2016 年度国家社会科学基金一般项目（16BZW037）
2020 年度国家出版基金资助项目（2020J-162）
“十四五”时期国家重点图书出版专项规划项目
2021—2035 年国家古籍工作规划重点出版项目

浙东唐诗之路沿线戏曲丛刊　俞志慧 主编｜审订

调腔传统珍稀剧目集成

吴宗辉 俞志慧 汇编｜校注

卷二

传奇　时戏一

浙江工商大学出版社·杭州

图书在版编目(CIP)数据

调腔传统珍稀剧目集成 / 吴宗辉，俞志慧汇编、校注.
— 杭州 ：浙江工商大学出版社，2022.9
ISBN 978-7-5178-4809-7

Ⅰ.①调… Ⅱ.①吴… ②俞… Ⅲ.①新昌高腔一剧本一研究 Ⅳ.①I207.365.54

中国版本图书馆 CIP 数据核字(2021)第 280625 号

调腔传统珍稀剧目集成

DIAOQIANG CHUANTONG ZHENXI JUMU JICHENG

吴宗辉　俞志慧　汇编、校注

出 品 人　鲍观明
策划编辑　任晓燕　张晶晶
责任编辑　沈明珠
责任校对　韩新严
封面设计　观止堂_未氓
责任印制　包建辉
出版发行　浙江工商大学出版社
(杭州市教工路 198 号　邮政编码 310012)
(E-mail:zjgsupress@163.com)
(网址:http://www.zjgsupress.com)
电话:0571-88904980,88831806(传真)
排　　版　杭州朝曦图文设计有限公司
印　　刷　杭州高腾印务有限公司
开　　本　710 mm×1000 mm　1/16
印　　张　154
字　　数　2842 千
版 印 次　2022 年 9 月第 1 版　2022 年 9 月第 1 次印刷
书　　号　ISBN 978-7-5178-4809-7
定　　价　1288.00 元(全五卷)

卷二目录

传奇

时戏一

传奇

一八 玉簪记

明传奇，高濂著。新昌县档案馆藏调腔抄本所见有《偷诗》《吃醋》《秋江》三出，复旦大学图书馆藏《戏曲选》和《倭袍》不分卷附《绍兴高腔三种》均收有《偷诗》和《吃醋》（前者题作《月转》，后者题作《失约》）两出。《秋江》出唱四平。

民国二、三年（1913、1914）之交，绍兴的调腔班“大统元”赴上海商办镜花戏园演出，曾于1914年1月16日夜戏搬演《偷诗》和《秋江分别》。民国二十四年（1935）9、10月间和次年5、6月间，绍兴的调腔班“老大舞台”分别赴上海远东越剧场和老闸大戏院演出，前一年9月14日日戏演《偷诗》《失约》，10月1日夜戏再演《玉簪记》；后一年6月1日和16日两度搬演《玉簪记》全三出。彼时报纸《戏世界》盛夸演员技艺之精湛：“日前记者偕杨君往观，莅场正演《偷诗》《失约月转》《秋江》。此剧系老大舞台拿手杰作，以台柱花旦筱彩凤饰前陈妙常，其思春时之情态，乐而不淫，雅而不俗；写情书之唱句，悠扬婉转，调高韵足；被潘公子调嬉之姿势，宜喜宜嗔，一惊一欢；失约时之愤怒，悲惨万状，含怨难言。所有喜怒哀乐，唱做念表，皆臻完美。又筱华仙饰潘必正，说白流利，咬字准确，唱做卓绝；应增福饰后陈妙常，《追舟》一场，演来如火如荼，无懈可击。”①

调腔《玉簪记》剧叙洛阳书生潘楷落第羞归，寓居姑母的道观之中，并与道姑陈妙常一见钟情。妙常自见潘楷，神思飘荡，于是写诗抒怀。潘楷趁妙常瞌睡之时，偷看诗文，戏谑妙常。妙常只得坦露心迹，两人盟誓欢会。次日夜晚，妙常等候潘楷赴约，潘楷因被姑母留阻禅堂，久而后至。妙常心生恼怒，潘楷陈情再三，妙常方转怒为喜。不久，姑母察觉两人私情，遂催促潘楷再次前往临安赴试。妙常来至秋江，雇舟追赶潘楷。潘楷、妙常江上相会，哭别而去。

校订时拼合小旦、小生、净三种单角本，其中前两出丑角部分从复旦大学图书馆藏抄本录出，《秋江》出付角据1958年老艺人忆写总纲本（案卷号

---

① 石少山：《纪越剧之“偷诗失约”》，《戏世界》1936年6月5日第1版。

195-3-46)校录。曲牌名抄本仅题有各出的【尾】和《秋江》的【山歌】【红衲袄】【小桃红】，其余参照1958年老艺人忆写总纲本(案卷号195-3-46)和《调腔曲牌集》题写。

偷　诗

小旦(陈妙常)、小生(潘楷①)、丑②(进安)

(小旦上)(引)

【清平乐】西风别院，黄菊都开遍。鸂鶒③不知人意懒，对对飞来池畔。

(白)云淡水痕收，人傍凄凉景④暮秋。蛩吟无断头，心事泪中流。懒把黄花插满头，见人还自羞。奴家陈妙常，自见潘郎之后，不觉心神恍惚，情思飘荡。如此困人天气，闷坐无聊，不免作诗一首，以消闷怀。(写)松舍，松舍青灯闪闪，云堂钟鼓沉沉。黄昏独自展孤衾，欲睡先愁不稳。一念静中思动，遍身欲火难禁。强将津唾咽凡心，怎奈凡心转盛，怎奈凡心转盛。(唱)

【绣带儿】难提起把十二个时辰付惨凄，沉沉的病染相思。恨无眠残月窗西，更难听孤雁嘹呖。堆积，几番长叹空自悲，怕春去留不住少年颜色。空辜负莺消燕息，只落得向幽窗偷弹珠泪。

(白)唔。(睡)(小生上)(唱)

【宜春令】云房静，竹影斜，(白)小生，潘楷，病体无瘳，好生烦闷，不免往白云楼下，闲步一回，多少是好。(唱)**欲求仙恨着天台路迷。问津何处，傍青松掩映着花千树。**(白)迤逦行来，已是陈姑卧房门首。喜门儿半掩在此，待我挨身而进。(科)陈姑，妙常，陈姑，妙常。这边没有，想是那边。陈姑，妙常，陈

① 潘楷，单角本或作“潘章”“潘昌”。据《六十种曲》本《玉簪记》，潘楷字必正。

② 丑，民国七年(1918)“方玄妙斋”《玉簪记》等吊头本(195-1-4)作“付”。

③ 鸂鶒，单角本一作“鸿鹕(鹄)”，《戏曲选》本作“鹨鹉”，今从《绍兴高腔三种》本。“鶒”亦作“鶆”“鷘”，音敕。《集韵·职韵》：“鷘，鸂鷘，水鸟，毛有五色。”“鸂鷘”亦名紫鸳鸯。

④ 景，《戏曲选》本作“立”，与通行本合。

姑，妙常，不知往那里去了。吓，是了，想是在禅堂诵经，不免转过禅堂。陈姑，妙常，妙吓，慢说别的，就是这个睡态儿，小生一见，落魄魂消，落魄魂消。案上有个小缄在此，待我取来一看。（科）“松舍，松舍青灯闪闪，云堂钟鼓沉沉。”好一个出家人的口气。“黄昏独自展孤衾，欲睡先愁不稳。”这两句有些变了。“一念静中思动，遍身欲火难禁。强将津唾咽凡心，怎奈凡心转盛。”有此诗句，陈姑芳心尽露了。（唱）**伴残灯香渺金猊，题红句情含绿绮**[①]。**心知，好一似天付姻缘，送来佳会**。

（白）不免将诗句藏过。待我闭上门儿，大胆调嬉一番，有何不可。（科）倘若陈姑叫声起来，如何吃罪得起？（科）吓，是了，有把柄在此，倒也不妨。（科）

（小旦唱）

【雅里江头金桂】[②]**惊疑，闪得人魄散魂飞**。（小生白）这又睡熟了，不免到那边去。（小旦唱）**倦体轻盈，倩谁扶起**。（小生科）有趣，有趣。（小旦）咳吓，你是潘相公吓？（小生）小生潘楷。（小旦）嗳嘻！（唱）**你是个书生班辈，好一个书生班辈**。（白）潘相公，你将奴什么看待？（小生）比做仙姑？（小旦）非也！（小生插白）比做神女？（小旦唱）**错认仙姑，比做神女。休题，文君佳趣**[③]**，这其间相如料难是你**。（白）潘相公，这里不是你站的所在，与奴出去。（小生）吓，我不出去，你待怎么？（小旦）你若不出去，我要去告诉你家姑娘。（小生）且慢，你去告诉我家姑娘，难道与你这个，那个？你也说不出口。（小旦）呀，我到你姑娘跟前，难道就没得说了么？（唱）**我到你姑娘的跟前，不说你别的而来，你乃是黉门中秀士，小尼是清静道姑，你那里书也不读，字又不写，终日里扰乱禅堂，成什么规矩？是何样道理，是何样道理？潘相公我要去告诉你家姑娘，只说**

---

① 残灯，通行本作“残经”。情含绿绮，新昌县档案馆藏抄本多讹作“情舍罗衣”，一作“心欢乐意”，据复旦大学图书馆藏抄本改。

② 雅里江头金桂，《调腔曲牌集》无“金”字，195-3-46 忆写本则有，今从之。此曲通行本作【降黄龙】。

③ 佳趣，新昌县档案馆藏抄本作“何趣”或“何处”，据复旦大学图书馆藏抄本改。

你秀才们偷香窃玉，你好意乱心迷。

(白)阿吓，这个人有些痴了！(小生)那一个人痴了？(小旦)是你痴了。(小生)呀，陈姑吓！(唱)

【醉太平】非痴，青灯愁绪，听黄昏钟声，夜半寒鸡。孤衾独抱，未曾睡先愁不稳，我的相思。(小旦白)咳，出家人有什么相思呢？(小生)不是你的相思，小生的相思。(小旦)咳，你的相思，与我何干吓？(小生)娘吓，特来与你诉苦。(小旦插白)吓啐，阿弥陀佛。(小生唱)**静中一念有谁知，我遍身欲火难制**①**。你把凡心自咽，只少个萧郎同伴，与你彩凤同骑。**

(小旦)咳！(唱)

【浣溪沙】看他脸儿上，情儿媚，话跷蹊，我的心自猜疑。(小生白)不必猜疑，我拾得一件东西。(小旦)呵吓！(科)(小生)陈姑，你寻什么？(小旦)我不要你管。(小生)不要我管，只怕寻一年也寻不着的了。② (小旦)呀，不好了，禅堂中出贼了。(小生)出贼？此处依小生看起来，必然是个熟贼，是个熟贼。(小旦)是吓，无非是个贼了。(小生)陈姑，到底不见了什么东西？(小旦)不见一幅经典。(小生)是幅经典，还是要紧的，不要紧的呢？(小旦)自然要紧，在此寻他；不要紧，不在此寻了。(小生)方才小生，进门来的时节，倒拾得一幅在此。(小旦)谢天谢地。(小生)为何谢起天地来了？(小旦)相公，别人家拾去，是不肯还我的；潘相公拾着，一定还我的。拿来还了我。(小生)倒也未必，小生未曾看过，看个明白，方可还你。(小旦)咳，你是看不得的。(小生)为何看不得的？(小旦)吓，你是吃五荤的。(小生)凑巧，凑巧，早上与姑娘吃了三官素来的，这

---

① 制，新昌县档案馆藏抄本作“禁”，《戏曲选》本此句作“欲火炎遍身难止”，今改正。

② 陈妙常寻诗的过程，《戏曲选》本作“(小旦白)呀，明明放在这里，为何不见了？咳，潘相公，请到这边来。(小生白)要小生到那边来。(小旦白)嗳哟，潘相公尊重些。(小生白)小生极尊重的。不知陈姑不见什么东西，这般在此寻他？(小旦)不要你管。(小生白)不要我管，就是一年一月，也寻不着的。(小旦白)怎么又没有？呀，潘相公，请到这边来。(小生白)什么，又要小生到那边来。(小旦白)嗳哟，潘相公老实些。(小生白)小生潘老实有名的”。

是好看的，好看的。“松舍”。（科）抢却也抢不去的。（小旦）咳，轻言些。（小生）“松舍青灯闪闪，云堂钟鼓沉沉。”好一个出家人的口气。“黄昏独自展孤衾，欲睡先愁不稳。”这两句有些变了。“一念静中思动，遍身欲火难禁。强将津唾咽凡心，怎奈凡心转盛。”陈姑，方才说是幅经典，这个还是《弥陀经》，还是《三官经》？依小生看起来，陈姑有些没正经。方才要去告诉我家姑娘，如今诗句现在，不劳陈姑去，小生自去请罪。（开门）列位姑姑听者，陈姑做下情诗，引诱良家子弟。“松舍青灯闪闪，云堂钟鼓沉沉。黄昏独，独独……”（小旦科）吓，潘相公转来，转来！（小生科）阿吓，娘吓！（小旦）吓啐！咳，什么意儿？（小生）是你叫我转来的。（小旦）你去。（小生）我去了。（小旦）吓，潘相公，潘相公！（小生）来，来了。（小旦）那个来叫你？（小生）你来叫我。（小旦）叫你的烂口。（小生）你来扯我的。（小旦）扯你的烂手。（小生）叫我烂口，扯我烂手，必须要牢牢记着，小生当真要去了。（小旦）你去。（小生）吓，列位姑姑听者，陈姑做下情诗，引诱良家子弟。“松舍青灯闪闪，云堂钟鼓沉沉。黄昏独独独……”（小旦）吓，潘相公转来，转来！（小生科）烂口，烂手。（关门）吓，陈姑，今日怎生发放小生？（小旦）咳，冤家吓！（唱）**这场冤情债诉与**[①]**谁，当初出口应难悔**。**一点灵犀**[②]**托付伊，几番羞解罗襦**。

（丑上）（插白）我里勾相公，勿知到罗里去者。是者，定到陈姑个里去。（丑下）（小生）这遭是了。（唱）

【滴溜子】[③]**合拜跪，合拜跪，此情有谁堪比**。**慢追思，慢追思，此德何年报取**。**谁承望今宵牛女，银河咫尺间，好一似穿针会，两下里青春桃李**[④]。

（丑上）（插白）嘿，青天白日，为啥门儿闭上？有狗洞来里，待我来看看者。

---

① 与，复旦大学图书馆藏抄本作“凭”，与通行本合。

② 灵犀，新昌县档案馆藏抄本作“灵心”，据复旦大学图书馆藏抄本改。

③ 此曲195-3-46忆写本和《调腔曲牌集》题作【江头送别】，《调腔乐府》卷一收入本曲时题作【滴溜子】，后者合于通行本，今从之。

④ 青春桃李，《戏曲选》本作“青春秾桃李”，《绍兴高腔三种》《调腔曲牌集》作“青春浓桃艳李”，后两者与通行本合。

（小旦唱）

【鲍老催】输情输意，鸳鸯已入牢笼计，恩情怕逐杨花起。一首词，两下缘，三生谜。相看又恐相抛弃，等闲忘却情容易，也不管人憔悴。

（小生）陈姑，小生若忘今日之情，待我对天盟下誓来。天地神明，日月三光，小生潘楷，若忘陈姑今日之情，永远前程不……（丑插白）来朵赌咒者。（小旦）咳，不是这样的。（小生）怎样呢？你来教导与我。（小旦）如此，待奴来教导与你。（唱）

【猫儿坠】皇天在上，照鉴两心知。（丑插白）来朵拜堂者。（小生）来吓。（小走板）（小生、小旦同唱）**誓海盟山永不移，从今孽债染缁衣。**[1] **欢娱，好一似双双凤求鸾配，凤求鸾配。**（科，下）

（丑）笑杀者，笑杀者。我里相公，今日之想陈姑，明日之想陈姑，一陈两陈，拨里陈到手者。（念）并香肩搂入交好，相思债从今勾了。俺东人跨凤吹箫，那陈姑懒参三宝。好一似扬子江里摆渡船，撑的撑来摇的摇，顺水滔滔。汆的要汆，梟的要梟。须知隔墙有耳，窗外有人瞧。（小旦咳嗽）（丑）来者来者，让我躲在撒尿衖口，捉点鹅头搭搭[2]，有啥勿好？（丑下）（小生、小旦上）（小生唱）

【皂角儿】两情浓同下[3]蓝桥，战兢兢欢娱交好。成就了凤友鸾交，休忘却天长地老。我为你病恹恹，只自耽，瘦怯怯，难自保，为着今朝。相偎相抱，力怯魂消[4]，相偎相抱，力怯魂消。休得把私情漏泄，两下里供状难招[5]。

【前腔】（小旦唱）**奴本是柔枝嫩条，休比做墙花路草。顾不得莺雏燕娇，恣意儿**

---

① 小生本一本从“皇天”起为合唱，二本从“誓海”起为合唱，今从后者。而《戏曲选》本自“从今”开始方为合唱，前为小旦唱。

② 捉点鹅头搭搭，借机讹诈，通常为讹诈作奸者的钱财，这里指借机占点便宜。按，“鹅头”本作“讹头”，指把柄。搭搭，亦作“嗒嗒”，方言，细细品尝。这里吃的对象为“鹅头”，是形象化的说法。

③ 下，新昌县档案馆藏抄本作“上”。此时潘、陈二人欢会完毕，当言“同下蓝桥”，据复旦大学图书馆藏抄本改。

④ 魂消，《戏曲选》本作“体娇”，与通行本合。

⑤ 此句新昌县档案馆藏抄本作“两下里同上蓝桥”，据《绍兴高腔三种》本改。

鸾颠凤倒。须记得或是忙，或是闲，或是迟，或是早，我和你夜夜朝朝。这些乖巧，谁人知道。[①] **春风一度，好叫我力怯魂消。**

【尾】[②]**从今淡把蛾眉扫，做一个内家腔调。**(白)潘相公！(同唱)**从今后把往日相思、往日相思一旦抛。**

(小生)陈姑，小生出去了。[③] (小旦)且慢。外面有人无人，待我看过明白。(小生)陈姑，有人无人？(小旦科)外面没有人。忘了顶巾。(小生)还是顶巾好，不顶巾好？(小旦)顶巾也好，不顶巾也好。(小生)陈姑，你忘了戴冠。(小旦)还是戴冠好，不戴冠好？(小生)戴冠也好，不戴冠也好。(小旦)我也好。(小生)你也好，我也好，大家好。(丑上)相公，天圆哉。(小生)狗才，什么天圆了？(丑)天圆者，即是地方也。地方上个人，要来捉奸者。(小旦)咳，真真要死吓！(丑)方才快活，如今要死，直脚[④]里快活死者。(小生)这遭如何是好？(丑)相公难介还好，外厢头个姓[⑤]人，都来啰唣说道："进安，㕵里勾相公做陈姑有之啥个事务，我们要去捉奸者。"我说："各位叔叔伯伯，勿要动气，我里相公是个读书之人，想是口中焦渴，借杯茶吃吃是有的，个些[⑥]事务是呒得勾。你们不要管闲事，我有三百铜钱带，你们拿去吃碗茶末是者。"他们一个个走散者。(小生)好，我相公有赏。(丑)唥，相公，赏我什么东西？(小生)赏你一个老婆。(丑)相公以来者，相公呒得老婆，来里刮。(小生)刮什么？(丑)刮尼姑。(小生)狗才，出去。(丑)叫我出去，勿难个，陈师父叫我一声，我就出去。(小生)陈姑，叫他一声。(小旦)咳，进安。

---

① "这些"至"知道"，《戏曲选》本作"何曾知道，这些乖巧"，与通行本作"何曾知道，这些关窍"者相近。

② 小生本为同唱【尾】，小旦本则有前两句小生唱，第三句同唱者。今依从《绍兴高腔三种》本和民国年间赵培生旦本（195-2-19）的处理方式，其中第三句从《绍兴高腔三种》本，而 195-2-19 本作"我和你往日相思（又）从今一旦抛"。

③ 此处小生说白单角本未见，据《戏曲选》本补。

④ 直脚，方言，副词，简直，实在。

⑤ 个姓，亦作"个星"，方言，那些。

⑥ 个些，方言，这些，那些。

(丑)呸！这个进安，那个进安，要你来叫。(小生)要叫你什么？(丑)叫我一声相公。(小生)唗，狗才！你要叫相公，我相公叫什么？(丑)吔又来者，是吔个相公时常来里叫个，我个相公撮撮而已个。(小生)叫不来的。(丑)勿叫，歇者，列位吓，吾里相公……(小生闷住)(丑)阿也，阿也，吔个只手来勿得，来勿得。(小生)吓，陈姑，做你不着，叫他一声。(小旦)如此站定了，开了门。(小生)开了门。(小旦)蒙了眼。(小生)蒙了眼。(小旦)双双死出去！(关门下)(小生)狗才，相公口中焦渴，在此借杯茶吃吃。你这等放肆，我回去禀告太老爷知道，打你二十大毛板，一板也不饶你。(丑)我也回去告诉太老爷，打你廿板，一记也不饶。(小生)为何打我相公呢？(丑)太老爷叫相公来里做啥？(小生)在此攻书。(丑)太老爷叫相公在此攻书，不叫相公来里刮。(小生)刮什么？(丑)刮尼姑。(小生)唗，狗才！(小生下)(丑)看相公好像火烧鬼，心勿死，一定还会转来，待我闪过一边，唬里介唬。(丑下)(小生上)吓，进安，进安！想是这狗才回去了，陈姑开门，开门。(科)(丑内)拿刀出来割耳朵吓。(小生逃下)

吃　醋

小旦(陈妙常)、小生(潘楷)

(小旦持烛上)(起更)(小旦)呀！(唱)

【石榴花】①(起板)**听残玉漏，展转动人愁，思量起我的脸含羞。我把这玉簪儿敲②断了凤凰头，**(白)方才月照中庭，如今月转西楼了。(唱)**我这里傍孤灯暗**

---

① 此曲实为集曲【榴花泣】，由南中吕【石榴花】一至四句和【泣颜回】五至八句组合而成。本曲的“听残玉漏”和“展转动人愁”曲律上本为一句。抄本曲牌名缺题，检《六十种曲》本《玉簪记》第二十一出《姑阻》、《缀白裘》八集《玉簪记·失约》等均题作【石榴花】，《调腔曲牌集》或据以补题。

② 敲，新昌县档案馆藏抄本作“拷”，据《戏曲选》《绍兴高腔三种》本改。

数更筹，出乖露丑[1]。(白)我想昨晚之事，非是出家之人所为。(唱)**一见潘郎人才出众语句温柔，那时节顾不得羞耻了，因此上出乖露丑**。(白)我与潘郎，可有一比。(唱)**他可比做墙外之蜂，奴可比做园内之花，未采花心，眷恋不舍；既采其花，他竟飘然去了。想昨宵雨约云期**，咳噫！**倒做了**[2]**凤泣鸾愁，凤泣鸾愁**。

(小生上)(唱)

【前腔】忙来月下恨杀那人留。(科，开门，关门)(白)陈姑，小生到此了。(小旦)知道了。(小生)呀！(唱)**往常见了小生欢天喜地，喜地欢天，今晚见了小生喜无半点，愁有万千，喜无半点，愁有万千，所为何来？所为何来？陈姑吓！为甚的泪双流？武陵人抱闷悠悠，夜深沉不饵鱼钩。好叫我心中暗愁**，(小旦白)愁什么来？把奴丢下就是了！(小生)呀！(唱)**这舌尖儿好叫人猜不透**[3]。**实指望楚雨巫云，反做了绿惨红愁**。

【泣颜回】(小旦唱)**从今休说那风流，你本是歹意无情汉，那有真心待奴身？当初只望交情好，谁知好后便忘交。你那里未得之时，待奴家如珍如宝；到如今情还未久，恩还未深，就是这般样丢人，那般样丢人，罢罢休休，罢罢休休，冤家吓！从今休说那风流，多情反被无情恼，从今恩爱付东流，一霎时忘却了绸缪**[4]。(白)你说来就说一个来，不来就一个不来呵！(唱)**哄人做怎的？耍人做怎的？噫吓，冤家吓！撇得我黄昏独自**，(白)冤家走来，你看月转那里

---

① 此句195-1-4吊头本前有“到(倒)做了”三字。按，根据抄本，“暗数更筹”唱甩头(“甩头”详见“前言”注释)，则本句“出乖露丑”应由后场接唱(不过《调腔曲牌集》“暗数更筹”未标甩头，“出乖露丑”记作普通帮腔句)，其下增句加滚之后，又唱“因此上出乖露丑”，这就是清王正祥《新定十二律京腔谱・凡例》所谓“有滚白之下重唱滚前一句曲文者”的“合滚”的例子。下文【泣颜回】先唱“从今休说那风流”，继之以加滚，再重唱“从今休说那风流”，系典型的合滚之例。

② 倒做了，新昌县档案馆藏抄本如此(唯一本作“到不知”)，《戏曲选》本作“到今朝反做了”，《绍兴高腔三种》本作“到如今”，而通行本作“到今朝”。

③ 此句《戏曲选》本作“话蹊跷，这话儿好叫人参不透”，《绍兴高腔三种》本作“听他言语蹊跷，不由我心中实(参)透”。

④ “多情”至“绸缪”，各本唯《戏曲选》本抄有，据以补入。

了？(小生)月转西楼了。(小旦)却有来。(唱)**直等到月转西楼。将人便丢，那些个、我见、见得你情儿厚**。(小生白)阿吓，陈姑吓！非是小生来迟，小生来时节，却被姑娘看见，一把扯住，回到禅堂之上。姑娘在这边诵经，小生在那边看书，出定之时，方可回来，故而来迟，望陈姑恕罪。(跪)阿唷！呀，姑娘吓，你好狠心吓！(小旦)呀！(唱)**我看他愁模样**①**，不由人堪爱堪怜，定不是将没作有**。

(白)话已讲明，你且起来。(小生)只要陈姑笑一笑，小生方可起来。(小旦)我出家人，从来不会笑的。(小生)往常是会笑的，今日就说一个，不会笑了。小生跪到天明，也不起来了。(小旦)呵呵哈哈。(小生)这是冷笑无情，一发不起来了。吓，姑娘吓！害得小生好可怜也！(小旦)冤家吓！(唱)

【前腔】多情反被无情恼，为你冤家想杀人。昨夜云雨会阳台，今宵双膝跪尘埃。原来是姑娘心狠，还是奴心见窄。待奴家向前去喜盈腮笑颜开，喜笑颜开，搀扶冤家，你且起来。(同唱)**一日隔三秋，鸳鸯结牢记锁心头。猩红一瓣，魂灵儿都被你勾。何曾下口，更难忘你灯下鞋尖瘦**②**。我若是/你若做浪蝶游蜂，须叫做裾马襟牛**③**。**

【尾】从今莫忘神前咒，今夜恩情难罢休。怎能够闰一个更儿和你相聚久？(下)

---

① 《戏曲选》本此句前尚有一段"又见他怆惶之貌，忧戚之容，双膝跪在跟前，叫奴家心下何忍，心下何安，奴这里暗悲伤"的曲文，曲前白为"我道过(故)意来迟，却元来是姑娘之过。咳"，而《绍兴高腔三种》本此句前的曲文为"我道是他故意来迟，却是他姑娘心狠。我心儿错，你心暗愁"。

② 此句新昌县档案馆藏抄本或作"灯儿忘却尖儿瘦""灯儿里下尖瘦"，或讹作"灯儿落难把我咒"，今从《戏曲选》本。

③ 裾马襟牛，抄本或俗化作"犬马耕牛"。裾马襟牛，即"裾襟马牛"，穿衣服的马和牛，比喻不知礼仪，不明道理，意思同"沐猴而冠"接近。

(白)来,开船哉。(小旦)呀!(唱)

【红衲袄】奴好似江上芙蓉独自开,只落得冷凄凄飘泊那轻盈态。(净白)道姑娘,晒还是中年出家,幼年出家?(小旦)我是幼年出家的。(净)亏晒丢①熬。(小旦)熬什么?(净)勿是吓!"熬清守淡"个"熬"。(小旦)咳噫!(唱)**恨当初曾与他结下了鸳鸯带,到如今、怎忍得分开鸾凤钗?**(净白)道姑娘。(小旦)何事?(净)晒庵里亨②猪养勿养?(小旦)不养的。(净)勿养还好,若养竟要肏③。(小旦)肏什么?(净)勿是吓!"豆腐烧糟吃食"之"食"。(小旦)咳噫!(唱)**别时节羞答答怕人瞧头怎抬④,到如今、闷恹恹独自一个担着害**。(净白)道姑娘。(小旦)何事?(净)方才去个位相公姓啥?(小旦)姓潘。(净)姓宽?(小旦)姓潘。(净)姓潘。(小旦)姓潘。(净)道姑娘姓啥?(小旦)姓陈。(净)姓金?(小旦)姓陈。(净)姓宽?(小旦)姓陈。(净)陈,潘,陈,潘。道姑娘,答里是啥个亲?(小旦)请老人家猜一猜。(净)要我猜一猜?(小旦)是。(净)姨娘表姐妹?(小旦)不是。(净)娘舅表姐妹?(小旦)也不是。(净)是我晓得来里哉。说勿得够,说勿得够。(小旦)不出恼就是。(净)阿是相知大朋友哉?(小旦)咳噫!(净插白)瓜皮船⑤踏沉哉!(小旦唱)(**【郊叠板】**)**你看水面鸳鸯,号为文禽之鸟,日间并翅而飞,晚来交颈而睡。奴与潘郎,他东我西,这等看将起来,人儿不如鸟乎!爱杀那一对鸳鸯也,哭啼啼今宵独自挨,今宵独自挨**。

---

① 晒丢,方言,你们。"丢"可用于构成第二、第三人称代词复数,也可以用在指人的词语后,表示人群。

② 里亨,"亨"亦作"哼",方言,里面。

③ 此字单角本或作"食"。调腔抄本"肏"或作"入",亦作"贼",绍兴方言读作[ʑieʔ],阳入调;明清文献中又写作"直""入""日",系秽词,交媾之意。"食"绍兴方言读作[zəʔ],阳入调,与"肏"音近。

④ 头怎抬,195-1-4 吊头本及宣统元年(1909)"潘筠铨读"小旦本(195-1-86)、民国初年"方吉庆堂记"《玉簪记》等本[195-2-18(1)]无此三字,清末民初日月明班"于朝林记"小旦本(195-1-88)有"豆(头)"而无"怎抬",据通行本改。

⑤ 瓜皮船,一种小船,亦泛指小船。清浙江山阴人周光祖《鉴湖棹歌》:"瓜皮小艇出西城,恰恰春莺惯有情。"参见潘超、丘良任等编:《中华竹枝词全编》第四册,北京出版社,2007,第 857 页。

（净）船来！（净、小旦下）（付摇船，丑、小生上）（小生唱）

【前腔】都只为别时容易见时难，你看那碧澄澄断送行人在江上也[①]。**昨宵呵醉醺醺欢会知多少，今日里愁默默离情有万千。莫不是锦堂中缘分浅，莫不是蓝桥倒时运蹇？伤心怕向蓬窗也，堆积相思两泪涟，堆积相思两泪涟。**

（净摇船，小旦上）（小旦唱）

【侥侥令】忙追赶、忙追赶去人船，见风里正开帆。（小生白）呀！（唱）**忽听人儿喧，何人忙向前**[②]。

（同白）呀！（同唱）

【哭相思】半日里寻伊不见，泪珠淋湿透了罗衫。

（净）罗个毬养，船头乱碰？原来是娘舅。（付）我道啥个人，原来是外甥。（净）我来勾。（付）为啥忽来拜娘舅呢？（净）舅母话呒拜舅公个岁去哉。（付）我十七八年，勿得去过。（净）我也勿来。（小生、小旦）稍水，来此什么地方？（净、付）秋江上哉。（小生、小旦）船儿连定。（净、付）船儿连定。（小生、小旦）去了风篷。（净、付）去了风篷。（小生、小旦）开了纱窗。（净、付）开了纱窗。

（净、付、丑下）（小生、小旦）呀！（同唱[③]）

【小桃红】（起板）**秋江一望泪潸潸，怕向那孤篷见也。这别离中，生出一种苦难言。恨拆散在霎时间，心儿上，眼儿边，血儿流，把我的香肌减也。恨杀那野水平川，生隔断银河水，断送我春老啼鹃。**

【下山虎】想黄昏月下，意惹情牵。才照得个双鸾镜，又早买别离画船。哭得

---

① 断送行人在江上也，单角本一作“独自在愁烦”。《调腔曲牌集》“江上也”作“江上晚”，可从。

② 《调腔曲牌集》无此二句，而将下文“半日里”二句置于【侥侥令】名下。《玉簪记》等小生本（195-1-57）亦无此二句，而《仁义缘》等小生本（195-2-13）作“呀！忽听陈姑喧，何人忙向前，两下里在秋江口来相会”，下紧接“半日里”句。小旦本“正开帆”和下文“半日里”之间，195-1-88本有“忽听人儿喧”一句，195-2-19本仅有间隔，195-1-86本则紧连。今但取195-2-13本前两句，并易“陈姑”为“人儿”。

③ 抄本从【小桃红】至【尾】“只在望中看”，均为小生、小旦同唱。《调腔曲牌集》除了“两意坚”三句和“夕阳”二句同唱之外，其他皆小生、小旦对唱。

我两岸枫林,倒做了相思泪斑,打叠凄凉今夜眠。喜见你多情面,好一似花谢重开月再圆。又恐怕难留恋,好一似梦里相逢叫我愁怎言?

【五韵美】意儿中,无别见,忙来不为贪欢恋,只怕你新旧相看心儿又变。追欢别院,追欢别院,怕不想旧有姻缘。这其间拚个死,口含冤,同到鬼魂庙里诉出衷情,和你双双发愿,双双发愿。

【五般宜】想着你初相见、心甜意甜,想着你乍别时、山前水前。我怎敢转眼负盟言?怎敢忘却些儿,我和你灯边枕边?只愁你形单影单,又愁你衾寒枕寒。哭得我哽咽喉干,一似西风断猿。

【忆多娇】两意坚,月正圆,执手叮咛苦挂牵,既然挂牵,何不带、带小生/奴家同上临安?欲共同行难上难。早寄鸾笺,早寄鸾笺,免使我心肠挂牵,心肠挂牵。

【尾】夕阳古道催行晚,听江声泪染心寒。要知郎眼赤,只在望中看。(小生白)阿吓,陈姑吓!(小生下)(小旦唱)重伫望更盘桓,千愁万恨别离间。(科)(转场)青灯夜冷香消鸭[1],暮雨西风泣断猿。(下)

---

① 鸭,单角本一作“燕”,一作“玄”,今改正。鸭,鸭炉,一种熏炉,因形制似鸭而得名。

一九　青袍记

明传奇。《曲海总目提要》卷一八著录，并云：“系明时旧本，不知谁作。”[①]郭英德《明清传奇综录》推断高濂《玉簪记》似作于明隆庆四年(1570)，认为《青袍记》的创作时间当在明隆庆、万历之际或万历初年[②]，故此将本剧次于《玉簪记》之后。

《青袍记》因写吕洞宾摄东平府知府薛琼之女于望仙楼，梁灏脱青袍为之遮体，后两人结成夫妻，故名。新昌县档案馆藏调腔抄本所见调腔《青袍记》凡四出，其一为《凤凰山》等总纲本(案卷号195-1-96)所抄《吕纯阳题诗》，对应于《古本戏曲丛刊》二集影明万历间金陵文林阁刊本《青袍记》第七出《留题》，但调腔本只是个别曲文见于文林阁本；其余三出出目名缺题，有光绪二十三年(1897)潘□正生本(案卷号195-1-26)、光绪二十六年(1900)张廷华《青袍记》正生本(案卷号195-1-27)等，对应于文林阁本《青袍记》第二十七出《献桃》、第二十九出《不伏》和第三十一出《荣耀》。“不伏”同“不服”，今依习惯将调腔该出题作“不伏老”。

调腔《青袍记》剧叙梁灏字太素，本系文曲星谪降，读书于望仙楼。吕洞宾遭大劫，潜入望仙楼，隐于梁灏指甲之中，得免雷击。因感梁灏之德，吕洞宾题诗其家，预兆其父子俱为状元。后梁灏携其子梁顾参加殿试，子中状元，而己为探花，遂坚辞不就。梁灏母亲年迈得病，吕洞宾化作相士，言灏母高寿一百二十岁，献蟠桃为灏母治病，并留一扇。灏母食桃后果然病愈，梁灏解说扇面所题之诗，知为吕洞宾献桃替母延年。梁灏累科不中状元，直至同其孙梁栋参加殿试，孙中探花，而己为榜眼，又辞科甲。梁顾以父亲梁灏不肯接受官诰，发帖邀请年伯董笃文到来，共同劝说。梁灏不伏老，定要第九次参加殿试。嗣后梁灏果于八十二岁得中状元，应合前兆，一门荣耀。

本次整理，《题诗》据《凤凰山》等总纲本(案卷号195-1-96)校订；《不伏

---

① 董康等校订：《曲海总目提要》，人民文学出版社，1959，第851页。

② 参见郭英德：《明清传奇综录》，河北教育出版社，1997，第74、122页。

老》据正生、净、末三种单角本拼合整理，其余角色的说白系整理时增补，小生下场诗则据明万历刊戏曲选本《徽池雅调》卷二下层《梁灏八十不服老》补入；《荣耀》据正生本和宁海县桑洲镇坑口村三坑班抄本整理，曲牌名则参照文林阁本《青袍记》补题。

题 诗

正生(吕洞宾)

(正生上)(唱)

吾本一儒流，名利多休弃。龙眼透出红日外，红日仙里红日仙。钟离本是老仙提，永保长生且不休。寒山拾得①**呵呵笑，人人道我自也由。**

(白)小仙吕岩，表字纯阳。一喜岳阳楼，二喜白牡丹，三喜点石化为金，四喜飞剑斩黄龙。因此上三千年小劫，五千年大劫。雷公追赶，隐在文曲星指甲之内，躲过二时②。大恩未报，不免挂起长云，如此须索走一遭也。

(唱)

日月星辰度过时，四海名扬文曲星。道院迎仙客，画堂隐相儒。庭栽栖凤竹，池养化龙鱼。(白)来自梁家门首，门儿半开在此，待我隐身而进。我看梁灏在呵呵打睡，不免转过后堂。且喜有枝笔在此，待我题诗便了。(唱)**提笔起挥毫行，道契回回**③**，仙契定定，而纯阳不愿别的而来，但愿你三元齐中，五福临门，早生贵子，连科及第。**(白)笔上缺了四句，待我再加四句便了。(唱)**两口无心不是昌，满天红日月无光。青云客度青云客，状元生下状元郎。神仙不可分明说，有恐凡人泄漏机。但愿你子子孙孙连科及第。**(下)

---

① 寒山拾得，指唐代诗僧寒山和拾得，后演化为和合二仙。

② 二时，指午未二时，详见文林阁本《青袍记》。

③ 此句前底本尚有“恼请(?)我里”四字。

不伏老

末(梁顾)、净(董笃文)、丑(董兴)、外(院子)、正生(梁灏)、小生(梁栋)

(末上)(引)念我家阴功有余,儿孙得叨胪传[①]。(白)下官梁顾,父亲梁灏。且喜得中高魁,只为爹爹不肯受职,为此发帖相邀董年伯到来,劝解爹爹受了官诰。怎么还不见到来?(净、丑上)(净引)蓬头白发尚随朝,叨受皇恩雨露饶。(白)老夫董笃文,梁年兄相邀,特地前来。(丑)启老爷,来此梁府门首。(净)通报。(丑)董老爷到。(末)过来。董老爷到,出堂迎接。(外院子上)吓。(末)年伯请进。(净)年兄。(末)请坐。(净)请问年兄相邀末弟到来,有何见谕?(末)我爹爹不肯受官诰,为此请年伯到来,劝爹爹受官诰。(净)这个都在末弟身上。(净、末)过来。请太老爷出堂。(外)太老爷有请。(正生上)(白)曾记少年骑竹马,看看做了白须翁。(唱)

曾赴春闱,曾赴春闱,五百名中独占魁[②]**;光阴有几,我儿居一题仙诗**[③]。**探花我中尚嫌低**[④]**,居人次第非吾意**[⑤]。(白)我儿得中状元,孙儿得中探花,我为榜眼。(唱)**论才高世所希,**(白)曾记望仙楼上攻书,吕仙说:"状元之母状元妻,状元生下状元郎。"(唱)**我想先兆其应后兆必显,状元应兆终须遇**。

(末)爹爹。(正生)罢了。请为父出来,何事?(末)董年伯到此。(正生)说为父出堂。(末)年伯,家父出堂。(净)怎么,令尊出来了?(净、正生)阿呀,且住。我与他朝房一别,又是三载,想是他耳背的了。待我高叫一声。咳,

---

① 得叨胪传,单角本作"德套明传",暂校改如此。

② 独占魁,单角本作"读仙诗",涉下而误,据《徽池雅调》卷二下层《梁灏八十不服老》【北驻马听】改。

③ 居一,单角本作"主依",今改正。按,文林阁本此句作"我儿居一弟先师",费解;《徽池雅调》卷二下层《梁灏八十不服老》作"吾儿居了第一"。"仙诗"盖指吕洞宾望仙楼所题诗句,即下文"状元之母状元妻,状元生下状元郎"。

④ 尚嫌低,单角本作"状元的",据文林阁本、《徽池雅调》本改。

⑤ 此句单角本作"诸人此地中(终)须遇",据文林阁本、《徽池雅调》本改。

老梁！／咳，老董！(同白)年兄。(正生)阿呀！(同笑)(净)自从朝房一别，越老越壮了。(正生)末弟朝房一别，末弟豪气愈加三分。(净)年兄豪气三分，末弟淘气三分。(正生)淘了尊嫂的气。(净)被小孙们缠绕不过。(正生)桂子兰孙，难得。请坐。(净、末)过来，请官诰过来。(外)官诰在此。(净、末)请年兄／爹爹受了官诰。(正生)取过了。(净)年兄，这是令郎报本之心，要受的。(正生)年兄，这个儿生坏了。(净)老天杀的，状元儿子，怎说生坏了？(正生)终日拿了纱帽，“请爹爹受了官诰”。末弟这几根髭口髭须，被他传白了。(净)年兄，你自己美官不肯做，令郎报本官诰又不受，你到底要做到什么地位？(正生)一心要中状元。(净)状元天下福，会元天下才，状元那里强中得来的？(正生)末弟就强要中一个状元。(净)年兄，你总总年纪老了。(正生)年兄！(唱)

你道我年纪老精衰力微，(净插白：行路要用此道了。)**又不用杖青藜步履如飞**。(净插白：只怕有些耳背了。)**你道我老仃冬朦胧着两耳，**(净插白：这老儿好妄想心痴。)**说来话儿忒杀相欺，你说道“老头儿好妄想心痴，那有个老状元来中着了你”**。(净白)年兄耳不背，眼目却有些昏花了。(正生)你道末弟眼目昏花，满堂古画牛毛细字，末弟站在十步之外看来，一字无差。(净)老天杀的，吃了儿孙现成茶饭，今日踱进，明日踱出，不要说看，就是摩也被你摩熟了。要不曾见过东西，才为眼力。(正生)一时之间，那里有不曾见过的东西？(净)吓，有了。末弟偶带一柄扇子，一幅山水古画，一面牛毫细字。站在十步之外，看得出怎讲？看不出怎讲？(正生)看不出受官诰，看出了怎讲？(净)看出了也要受令郎官诰。(正生)要打赌才是。(净)赌什么东西？就赌这柄扇子。(正生)不许耍赖。(净)耍赖老叫化。(正生)要你做王八。(净、正生)人来报数，背夹背各退五步。(科)(丑)一二三四五。老爷多踱了一步。(净)狗才，我略略摩得一摩。(正生)董太爷贱步，不要去睬他。(净)请看。(正生)见了。(唱)**这一面画的是隐士兰亭记，**(净白)再看。(正生)又见了。(唱)**这一面写的是孝女曹娥绝妙诗**。(净白)年兄，一些不是了。人来，取官诰过来。(正生)这可是隐士兰亭记？(净)年兄不看不是，要看要是。(正生)你我明人不做暗事，拿出来一看，若还不是，受了官诰，也未为迟。(净)兰亭隐士记。(正生)这可是孝女曹娥绝妙诗？(净)曹娥绝妙诗。(正生)多谢了。(净)年兄且慢，这柄扇子有个缘故在里面。(正生)扇子有什么缘故？(净)令郎速船来得快，末弟起身忙促，不曾带得扇子，只见孙儿拿了一柄扇子在头门玩耍，我说："孙儿，你这柄扇子借我公公用一用，我到梁公公家中吃酒去，吃酒回来拿果儿与你吃。"如今果儿也没有，扇子又没有，孩子家岂不要啼哭？年兄若是欢喜，末弟改日送两柄来，如何？(正生)这柄扇子小孙的，怪他不得，原要啼哭。(净)不消看得。(正生)"董笃文"这个狗名，那一个写在扇子？(净)这是小孙写在上面的。(正生)胡写乱写的，待我拿来毁掉了。(净)年兄成功莫毁。(正生)那里是小孙儿不得舍，分明是你老孙不舍，如今我梁公公赏你老孙儿去罢。(净)公公多谢孙儿。(正生)老天杀。(净)近来看书如何？(正生)年兄！(唱)**看书是一览无穷直到底，写字呵一笔挥扫千张纸**。(小生上)公公在上，孙儿拜揖。(正生)罢了。见了董公公。(小生)董公公，孙儿拜揖。(正生)见了父亲。(小生)爹爹，孩儿拜揖。(净)又是那一个官儿？(正生)小孙儿，一十六岁，得中探花。(净)年少登科，可喜可贺。(正生)年兄！(唱)**你道他年少登科便见喜，我道他有其名而无其实。这的是造化来时凑着的，论才学那曾得到你我精微处？**(净白)何不去凑他一凑？(正生唱)**你道状元来我道状元迟，得道何曾嫌路远，我才高何怕状元迟？**(净白)年兄，你总总年纪老了。(正生)老如末弟的。(净插白)老如你的老蟹精。(正生唱)**有一个姜子牙八十岁兴周室，**(净白)还有？(正生唱)**还有个唐尉迟七十二岁单鞭独逞威**。(净白)他们是武弁中，我们是文翰中，却没有了。(正生)喏。(唱)**又一个伏生儿他比我多八岁，读尽千年万古书，**(净插白：几十岁成名？)**他九十岁成名，我梁太素八十二岁成名也未迟**。(净白)讲了半日，这些老古董被你讲完了，末弟讲你不过，告别。(正生)吃了探花喜酒而去。(净)吃不成。(正生)为何吃不成？(净)不曾带得贺礼。(正生)贺礼改日可补。(净)是吓，我和你是家人，补也得，不补也得。(正生)你总想吃白酒的意思了。年兄，今饮酒不要被后生家看破，须要举杯就干。年兄请干。(净)咳啾，酒未到口就说干。年兄，你的酒量如何？(正生)年兄！(唱)**你问我酒量年高事怎的，**(净插白：要饮多少？)**连饮百斗何为醉**。(净插白：醉来时？)**醉来时歌赋诗词尽所为，兴来时端的豪气冲天地**。(净插白：太荒唐了。)**非是我荒唐自想花言语，**(净插白)末弟却也不信。(正生)你若不信呵！(唱)**我和你见一个量高低**。

(净)怎么样一个较法？(正生)连斟十瓯酒，须要一气而干，不许用馔喘气。若还用馔喘气，外罚三杯，不在数内。(净)年兄，你若饮得十瓯……(正生)多少？(净)末弟竟是二十瓯。(正生)不许耍赖。(净)耍赖是老叫化。(正生)老王八要你做。春兰报数。(丫环)一二三四五六七八九十。(正生)年兄请。(净)有道主不饮，(正生)客不宁。末弟有占了。干。(净)董兴打轿来，董兴打轿来。(正生)老天杀，幼年的时节读读书要赖学，如今吃吃酒要逃席来。诗书有上一句，牵牛而过堂下者华华[①]。(净)怎讲？(正生)什么意儿！(净)末弟回你一把骨牌名——公领孙[②]。(正生)什么骨牌名[③]！(净)老天杀的，我吃酒怕吃你不过？报数。(丫环)一杯干。(净)报得缓些。(丫环)一杯干，二杯干。(正生)有假娘酒。(净)做什么？(正生)喘气了。(净)那个喘气？这边不顺溜，到那边来。(丫环)三杯干。(净)寡酒难挡，酱瓜嗒嗒。(正生)有假娘酒。(净)做什么？(正生)用肴了。(净)那个用肴？(正生)小菜总是馔饯，要罚。(净)小菜不算的。(正生)又要从头饮起。(净)年兄，末弟便一便来。(正生)请便。(末)年伯，此礼为何？(净)年兄，相烦你到令尊跟前说一声，说董年伯年迈气喘，饮不得二十瓯，只好照数十瓯，四杯上接

---

① “牵牛而过堂下者”出自《孟子·梁惠王上》“齐桓、晋文之事可得闻乎”篇。按，自此到“什么骨牌名”，单角本拼合如此，似有脱误。

② 公领孙，骨牌名。这里用“公领孙”回应梁灏“牵牛而过堂下者”，暗把梁灏比作被牵的牛。

③ 骨牌名，单角本作“曲牌名”，据上文改。

起。(末)爹爹,孩儿拜揖。(正生)少礼。为何?(末)董年伯说,年迈气喘,一气饮不得二十瓯,照数十瓯,四杯上接起。(正生)回避。老天杀的,吃酒吃不过,你叫状元来讲,说道董年伯年老气喘,一气饮不得二十瓯,只好照数十瓯酒,还要四杯上接起。(丫环数酒)(正生)状元来对。(净)我做诗做他不过,吃酒怕吃他不过。(正生)梁府中酒怕没有?(净)央什么分上?(净欲走,末拦)(末)吓,年伯。(净)我何曾……吓,是了。想是你父子二人串通一路,不肯赊酒是真的。我有名董伯伯,吃酒吃到大天亮。肚皮略捌捌[①],还要吃七八甏[②]。(正生)活了天。(净)我要饶得你去。(正生)我也饶得你去。(净)人来报数。(正生)看酒来。(唱)

老年兄太相欺,太相欺,酒令怎肯轻轻饶恕你。外罚三杯然后施为,再休想轻轻逃回。(丫环白)四杯干。(净吐)年兄,末弟降了。(正生)降什么?(净)降你一口长屁。(正生)长气。气长寿也长,(净)今科必中状元郎。(正生)状元郎。(净)末弟告别。(正生)且慢。我们公孙父子坐将拢来,猜一个状元拳而去。(净)真的没你分,假的猜一个杀杀你的尿气。(正生)真的也要中,假的也要猜。(净)那个猜起?(正生)往常从大而至小,如今从小而至大。孙儿猜起。(小生)七马。(末)八马。(净)九马。(正生)末弟十全。那一个猜着?(丫环)是八马,状元老爷猜着了。(净)好,真的是你中,假的是你猜,吃一杯状元酒。(正生)真的是他,假的也是他了。(末)状元酒干。(正生)唔。那一个不晓得你是状元?在为父跟前扫兴,退下,退下。(末下)(正生)年兄,他们是后生家,不要他来。我和你老对老来猜,独占鳌头。(净)有道"酒令严如军令"。(正生)每人各带两马,不许执双,不许道对。末弟先点一拳,竟是两马。(净)贺状元酒,干。(正生)报数。(净)老天杀的,发酒疯了。(净)又不许说双道对,又不许前后对空,先占一拳,被他猜去了。不要扫他的兴,待我藏了一颗。末弟竟

---

① 捌,音绷,调腔《彩楼记·挪斋》"硬捌捌",复旦大学图书馆藏抄本作"硬绷绷"。

② 甏,一种矮而大肚的陶器。《字汇·瓦部》:"甏,蒲孟切,彭去声。瓶甏。""甏"同"瓮"。

两马。（正生）后手来。（净）没有了。（正生）在头上。（净）看酒来。年兄！（唱）**我今赠你状元杯，**（正生唱）**多谢年兄赠我状元杯**。（白）此酒祷告天地，罗衣挂体，御笔亲题。（唱）**方显得梁太素不伏老，夺一个状元回**。

（净）年兄，待末弟达上一本。（正生）上什么本？（净）今科状元年纪老了，骑不得马，游不得街，望圣上赐他一头水牯牛骑骑，慢慢好去踱。（正生）扳得年兄两只角。（净）你中了状元，少不得也要出角。（正生）你道末弟骑不得马，游不得街，不论什么红鬃烈骑，还可出得辔头。（净）末弟却也不信。（正生）过来，将马带到翰林道上去。年兄请上马。（净）末弟动也动不得了。（正生）唔。不要扫兴，好生送董公公回去。（小生）孙儿晓得。（正生）带马来。（净）年兄，判官头扳牢了，扳牢了。（正生唱）

一枝杏花红十里，状元归去马如飞。

（白）马来。（正生下）（净）年兄，你家公公坐在马上，犹如孩童一般，今科状元，稳稳有分的了。（小生）承奖。（净）告别。

（净）**可羡苍头负大才，**（小生）**胸中又抱少襟怀**。

（净）**连赴八科皆及第，**（小生）**今番定做状元来**。

（净）请。（小生）董公公请。（下）

荣　耀①

老旦（老夫人）、正生（梁灏）、末（梁顾）、小生（梁栋）、丑（重孙）

（老旦上）（唱）

【一江风】老年高，鹤发童年少，百岁身安乐。见儿曹，父子同朝，孙又登廊庙。妻贤孝义高，齐眉同寿考，一门五福俱全到，一门五福俱全到。

（正生、末、小生、丑上）（同唱）

---

① 本出正生以外部分据宁海县桑洲镇坑口村三坑班抄本校录，后者梁灏、梁顾、梁栋、重孙的角色分别为外、净、生、丑，兹参照前出略作调整。

【前腔】老神蛟，独把龙门跳，才显得文章妙。（正生白）母亲，孩儿得中状元回来了。（老旦）我儿果然得中状元。孙儿？（末）官居宰相。（老旦）曾孙儿？（小生）翰林学士。（老旦）小小曾孙？（丑）我与公公同年格。（老旦）敢是同榜？（正生）母亲，同科中的，原是同年。小年兄请了。（丑）老年兄请哉，请哉。（小生）唔，好没规矩。（老旦）呀！（唱）**见儿曹，父子同朝，孙又连科早。**（正生白）母亲，父子同朝天下有，兄弟联芳世间多，何劳太太褒奖？（老旦）我儿呀！（唱）**有道是父子同朝天下有，兄弟联芳世间多，唯有我儿，八十二岁，得中一个老状元，真个是天下少，三元齐来到。**（正生、末、小生、丑同唱）**太太福寿高，今朝果应仙缘兆。**

（白）春兰，开了祖先堂，大家一拜。（内白①）晓得哉。（众唱）

【皂罗袍】礼拜虔诚供养，赖先人积德善人多方。儿孙叠叠学书香，满门荣耀为卿相。子登台阁，孙居庙廊；荣魁金榜，名高寿长。一门五福俱齐享，一门五福俱齐享。

【前腔】幸喜萱花无恙，看兰孙②桂子齐沐恩光。愿同王母寿无疆，常沾③恩禄为卿相。子登台阁，孙居庙廊；荣魁金榜，名高寿长。一门五福俱齐享，一门五福俱齐享。

【尾】皇家福禄如天长，山河一统壮帝邦。日月光明照万方。（下）

---

① 前面的“春兰”及此处的“内白”，坑口村三坑班抄本作“春来”和“丑白”，今作改动。

② 看兰孙，单角本作“待来生”，据文林阁本《青袍记》改。

③ 常沾，单角本作“尚书”，据文林阁本《青袍记》改。

二〇 牡丹亭

明传奇，汤显祖著。新昌县档案馆藏调腔晚清民国抄本所见有《入梦》《慈戒》《寻梦》《跌雪》《冥判》《游魂》《遇母》《吊打》《金殿》，凡九出，其中《入梦》《跌雪》《游魂》《吊打》《金殿》分别对应原著的《惊梦》《旅寄》《魂游》《硬拷》《圆驾》，《冥判》又称《闹判》。20 世纪 50 年代根据抄本和老艺人的调查，绍兴的调腔班不计《慈戒》，其《牡丹亭》出目与新昌县档案馆藏抄本所见正同①。

晚清时期的调腔群玉班曾演过《牡丹亭》，其中"玉茗群玉"部头玉枕便演过《入梦》《寻梦》，见于李慈铭《越缦堂日记》"咸丰六年六月十三日戊戌"、《孟学斋日记》"同治四年八月初九日辛丑"等条。民国二、三年（1913、1914）之际绍兴的调腔班"大统元"赴上海商办镜花戏园演出，以及民国二十四、二十五年（1935、1936）绍兴的调腔班"老大舞台"赴上海远东越剧场、老闸大戏院演出，都曾搬演《牡丹亭》及其折子戏。1927—1937 年绍兴的调腔班较为兴盛，常有"老大舞台""丹桂月中台"等九个班社同时演出，其中"文秀舞台"以《牡丹亭》之《冥判》一出最为有名②。1953—1956 年间，曾由赵培生（饰杜丽娘）、杨小标（饰春香）等在各地巡演《入梦》《寻梦》《冥判》等出，后被认为"事涉鬼魅"而停演③。

调腔《牡丹亭》剧叙南安太守杜宝之女杜丽娘，偕侍女春香到后花园游玩，触景生情。丽娘倦而入睡，花神引书生柳梦梅入梦，致两人欢会。次日，丽娘对梦中人思慕不已，往后花园寻梦，徘徊惆怅，不胜伤感。后来丽娘一梦而亡，来至冥府，胡判官深表同情，允其还魂。柳梦梅前往临安赴试，遇雪跌滑，幸得陈最良帮扶，暂栖梅花观中。梅花观为丽娘死后所辟庵观，丽娘魂灵飘至梅花观，听得梦梅对其所遗画像声声呼唤。后来丽娘还魂，随梦梅

---

① 参见华东戏曲研究院编审室资料研究组：《从"余姚腔"到"调腔"》，华东戏曲研究院编：《华东戏曲剧种介绍》第五集，新文艺出版社，1955，第 52 页，后收入蒋星煜：《中国戏曲史钩沉》，中州书画社，1982，第 67 页。

② 参见华东戏曲研究院编审室资料研究组：《从"余姚腔"到"调腔"》，华东戏曲研究院编：《华东戏曲剧种介绍》第五集，第 59 页，后收入蒋星煜：《中国戏曲史钩沉》，第 75 页。

③ 参见石永彬主编：《新昌调腔》，浙江摄影出版社，2008，第 126 页。

一道前往临安。梦梅受托北上探听正在淮扬御敌的岳丈杜宝的消息，丽娘则同逃难而来的母亲、春香相会，诉明还魂前后原委。杜宝破贼，摆设太平宴，梦梅向前认亲，为杜宝所执，并被解往临安。时科举发榜，梦梅得中状元。正当杜宝吊打拷问之际，苗舜宾率人前来救下梦梅。后杜宝与梦梅金殿质对，丽娘上殿陈情，一家团圆。

新昌县档案馆藏调腔《牡丹亭》抄本详情如下：

<table>
<tr><th>体式</th><th>案卷号</th><th>详情</th></tr>
<tr><td>总纲本</td><td>195-1-42</td><td>光绪十八年(1892)，收《跌雪》</td></tr>
<tr><td>吊头本</td><td>195-1-145(3-2)</td><td>年代不详，收《游魂》《吊打》《金殿》</td></tr>
<tr><td rowspan="2">小旦本</td><td>195-1-65</td><td>年代不详，收《入梦》《寻梦》</td></tr>
<tr><td>195-2-19</td><td>民国年间赵培生抄本，收《入梦》《寻梦》《冥判》</td></tr>
<tr><td rowspan="4">贴旦本</td><td>195-1-9</td><td>同治二年(1863)“蔡逢秋记”抄本，收《入梦》、《寻梦》(含《慈戒》)、《冥判》、《游魂》、《遇母》</td></tr>
<tr><td>195-1-79</td><td>光绪二十二年(1896)，收《入梦》、《寻梦》(含《慈戒》)、《冥判》</td></tr>
<tr><td>195-1-87</td><td rowspan="2">年代不详，收《入梦》、《寻梦》(含《慈戒》)、《冥判》，均有不同程度的残缺和佚失</td></tr>
<tr><td>195-1-139(2)</td></tr>
<tr><td>小生</td><td>195-2-13</td><td>年代不详，收《入梦》《跌雪》，《入梦》宾白多省略</td></tr>
<tr><td>正生</td><td>195-1-29</td><td>光绪二十六年(1900)张廷华抄本</td></tr>
<tr><td rowspan="2">净</td><td>195-1-11</td><td>晚清抄本，收《冥判》</td></tr>
<tr><td>195-1-142(7)</td><td>年代不详，收《冥判》</td></tr>
<tr><td rowspan="5">外</td><td>195-1-108</td><td>年代不详，来自新昌下潘，收《跌雪》</td></tr>
<tr><td>195-1-129(2)</td><td>年代不详，收《跌雪》</td></tr>
<tr><td>195-1-140(2)</td><td>年代不详，收《跌雪》</td></tr>
<tr><td>195-1-141(1)</td><td>年代不详，收《跌雪》</td></tr>
<tr><td>195-1-143(2)</td><td>年代不详，收《跌雪》《冥判》</td></tr>
</table>

此外，光绪后期张廷华《彩楼记》总纲本及《赐马》等正生、外本(195-1-46)抄有《跌雪》出外角唱段，题有曲牌名【步步拆(娇)】。

本次整理,《入梦》《寻梦》《冥判》系拼合单角本,并参照演出本校订而成。《跌雪》据光绪十八年(1892)《雌雄鞭》等总纲本(案卷号 195-1-42)校订。《游魂》《遇母》《吊打》系以晚清《水浒记》等吊头本[案卷号 195-1-145(3-2)]为纲,拼合贴旦、正生本,并参照 1958 年赵培生忆写总纲本(案卷号 195-3-30)①整理,其中《游魂》出该忆写本散佚,因而丑和小旦部分参照了《集成曲谱》所收昆曲本。

入 梦

小旦(杜丽娘)、贴旦(春香)、小生(柳梦梅)、贴旦(花神)、老旦(甄氏)

(小旦上,贴旦随上)(小旦唱)

【皂罗袍】原来是姹紫嫣红开遍,似这般都付与断井颓垣。良辰美景奈何天,赏心乐事谁家院?朝飞暮卷,云霞翠轩;雨丝风片,烟波画船。锦屏人忒看这韶光贱。

【好姐姐】遍青山啼红杜鹃,荼蘼外、烟丝醉软。(贴旦插白)这牡丹可好?(小旦唱)**牡丹虽好,春归怎占得先?闲凝眄,声声燕语明如翦,呖呖莺歌溜滴圆。**

【尾】观之不足由他缱,十二亭台是枉然。倒不如兴尽归家,只索闲消遣。

(贴旦开门)开了东阁门,转过西阁窗。瓶插映山紫,炉添沉水香。小姐,你在此歇息片时,待春香望望老夫人来。(小旦)去去就来。(贴旦)晓得。(贴旦下)(小旦)蓦地游春转,小试宜春面。得和两留恋,春去如何遣?恁般天气,好闷人也。春色恼人,信有之乎!古来女子,遇秋成恨,言不谬矣。尝观诗词乐府,昔日韩夫人,得遇于郎;那张生,偶逢崔氏,以为前盟,密约佳期,后来谐秦晋。奴家年方二九,未逢折桂之夫,难遇蟾宫之客。可惜奴家,颜色如花,岂料命如一叶乎?奴身子困倦,且自隐几而卧。(小生上)莺

---

① 按,该忆写本前文散佚,以通行本计,从《旁疑》出后半部开始至《硬拷》,存二十三出半,但参照通行本实多,与新昌县档案馆藏晚清民国抄本不尽相合。

逢日暖歌声滑，人遇风情笑口开。一径落花随水入，今朝阮肇到天台。小生柳梦梅，跟着杜小姐一路而来，怎生不见？小姐那里？小姐那里？喜得花园门洞开，不免折柳而进。小姐在那里？小姐在那里？小生那处不寻到，你却独在这里。(小旦科)(小生)你既通书史，何不作诗一首，以赏这柳枝乎？(小旦)素昧平生，因何到此？(小生)小姐，小生爱煞你也！(唱)

【山桃红】则为你如花美眷，似水流年。那答儿闲寻遍，幽闺自怜。(白)小姐，我和你那答儿讲话去。(小旦)到那里去？(小生)小姐，来，来也！(唱)**转过了芍药栏前，紧靠着湖山石边。我把领口儿松，衣带儿宽，袖梢儿揾着牙儿苫也。则待你忍耐温存一晌眠。**(小旦唱)**那处曾相见，相看俨然，早难道这好处相逢无一言，好处相逢无一言。**(同下)

(贴旦上)(引)催花御史惜花天，检点春工又一年。蘸客伤心红雨下，勾人悬梦彩云边。(白)小圣南安府后花园花神是也。今有柳秀才，与杜小姐有姻缘之分，因此我惜玉怜香，不免前去助他云雨十分欢喜也。(唱)

【鲍老催】单则是[1]**混阳蒸变，看他们虫儿般蠢动的把风情搧，一般儿娇凝翠绽魂儿颤。这的是景上缘，想内成，因中见，淫邪展污**[2]**了花台殿。**(白)看他二人十分情浓，不免落花惊醒他便了。(科)(唱)**看他梦酣春透怎留连，梦酣春透怎留连，拈花闪碎红如片。**

(白)柳秀才抬起头来，听我神言吩咐：梦毕之时，好生送杜小姐仍归香阁，须要牢记。吾神去也。(科)(贴旦下)(小生、小旦上)(小生唱)

【山桃红】这一霎天留人便，草藉花眠。待把你云鬓点，红松翠偏。见了你紧相偎，慢厮连，恨不得，肉儿般，和你团成片也。逗得个日下胭脂雨上鲜。(同唱)**那处曾相见，相看俨然，早难道这好处相逢无一言，好处相逢无一言。**

(小生)小姐身子乏了，将息将息，小生去了。正是，行来春色三分雨，睡去

---

① 单则是，单角本作“但只见”，据《调腔曲牌集》改。

② 展污，单角本一作“沾污”，一作“玷污”，此从《双玉燕》等贴旦、小旦本(195-1-87)。按，明刊本作“展污”。展污，犹玷污。

巫山一片云。(小生下)(老旦上)夫婿坐黄堂,娇娃立绣窗。怪他裙衩上,花鸟绣双双。孩儿,孩儿,你为甚瞌睡在此?(小旦)我那秀……(老旦)孩儿怎的来?(小旦)女儿不知母亲到来,少失远迎,恕女儿不肖之罪。(老旦)我儿,何不做些针指?或观玩书史,舒展情怀?因何昼寝于此?孩儿,学堂看书去。(小旦)先生不在。(老旦)女孩儿长成,自有许多情态,且自由他。正是,宛转随儿女,辛勤做老娘。(老旦下)(小旦)咳,天吓!我杜丽娘有些侥幸,昼眠忽见一生到来,手执垂柳一枝,见他风姿俊雅,年可弱冠,他说:"小姐,既通书史,何不作诗一首,以赏这柳枝乎?"奴心自忖那生素昧平生,怎好轻与交言。那生将奴搂抱,到牡丹亭畔,芍药栏边,共成云雨之欢。欢毕之时,又送奴家睡眠,连叫几声"将息将息"。本待要送那生出去,忽被母亲到来唤醒,唬得奴一身冷汗。奴忙身见礼,又被母亲说了闲话。口虽答应,心中还是那梦中之事。咳,娘吓!叫女儿在学堂攻书,可散闷也。(贴旦上)小姐,被儿熏得香香,进去睡了罢。(科)(小旦)是。(唱)

【尾】困春心游赏倦,不须香闺绣被眠。(白)咳,天吓!(唱)**那有心情梦儿还去不远**。(下)

寻　梦

小旦(杜丽娘)、贴旦(春香)

(小旦上)(唱)

【月儿高】几曲屏山展,残眉黛深浅。为甚的衾儿里,不住的把柔肠转?憔瘦非关,爱月眠迟倦。可为那惜花,起庭院那惜花朝起庭院①。

(贴旦上)香饭盛来鹦鹉粒,清茶擎出鹧鸪斑。小姐可梳洗了么?(科)(小旦)

---

① 调腔抄本和曲谱的断句和重文原本如此。按,此二句《六十种曲》本《还魂记》作"可为惜花,朝起庭院",明金陵文林阁刊《绣像传奇十种》本《新刻牡丹亭还魂记》作"可为惜花朝,软迷痴觑庭院"。

呀！（唱）

【前腔】梳洗了才匀面，照台儿未收展。（贴旦插白）睡起？（小旦唱）**睡起无滋味，**（贴旦插白）茶饭？（小旦唱）**茶饭怎生咽？**（贴旦白）夫人说，早饭要早，午饭要中。（小旦唱）**你那里猛说起夫人，则待把饥人劝。**（白）春香。（贴旦）小姐。（小旦）为人在世，怎生叫做吃饭？（贴旦）小姐，一日三餐，就叫做吃饭。（小旦）如此拿了来。（贴旦）晓得。（小旦唱）**甚瓯儿气力与擎拳，生生的了前件，生生的了前件。**

（白）我不要吃，你拿去吃了罢。（贴旦）晓得。受用余杯冷炙，胜似剩粉残膏。（贴旦下）（小旦）看春香已去，正好寻梦一番便了。正是，梦无彩凤双飞翼，心有灵犀一点通。一径行来，花园门洞开，不免进去。（科）你看守花神圣不在，只见残红满地，好不伤感人也！（唱）

【懒画眉】最撩人春色是今年，少什么低就高来粉画垣，原来是春心无处不飞悬。睡荼蘼抓住在裙钗线，恰便是花似人心好处牵。

（白）这一湾流水呵！（唱）

【前腔】为甚的玉真重溯武陵源，也只为水点花飞在眼前，是天公不费买花钱。只恐怕人心上有啼红怨，辜负了春三二月天。

（贴旦上）吃饭不见小姐，只得一路寻来。（科）花园洞开，不免进入。小姐，春香那处不寻到，却在这里。夫人说，花园冷静，少要闲游，同春香进去了罢。（小旦）好生答曰夫人，说小姐随后就来。（贴旦）夫人说，叫小姐同春香进去的。（小旦）呢，贱人，还不走！（贴旦科）闲花傍砌如依主，娇鸟嫌笼会骂人。（贴旦下）（小旦）看春香已去，正好寻梦一番便了。（唱）

【忒忒令】这一答好似湖山石边，那一答好似牡丹亭畔。嵌雕栏，芍药的把芽儿浅。一丝丝垂杨线，一丢丢榆荚钱，线儿呵春，甚的金钱吊转。

【嘉庆子】是谁家少俊来近远？昨日那生，手折柳枝，要奴题咏，强逼奴家，欢会之时，好不话长。是谁家少俊来近远，拖逗这香闺、香闺去沁园？我与他话到其间有些腼腆，他捏这眼，奈烦天，咱噷这口，不觉待酬言。

【尹令】那书生可意呵，咱不是前生爱眷，素昧平生和咱半面。只道是来生出现，乍便今生和他梦见。生就一个书生，怯怯[①]生生抱咱去眠，怯怯生生抱咱去眠。

【品令】倚靠着太湖石，立着咱玉婵娟。待把俺玉山推倒，便日暖玉生烟。挨过了雕栏，(白)转过了秋千，(唱)揹着咱裙花展。敢席着地，怕天瞧见。好一会分明，美满幽香不可言。

【豆叶黄】他兴心儿紧嗻嗻，呜着咱的香肩。俺可也慢掂掂做意儿般周旋，等闲间把一个照人儿昏善。这般形现，那般软绵。怎[②]一片撒花心红叶儿吊将来半天，敢是咱梦魂儿厮缠？

【玉交枝】似这般荒凉地面，没多半亭台靠边。好一似眯睽色眼寻难见，明放着白日青天。猛叫人抓[③]不到魂梦前，霎时间有如活现。打方旋再得俄延，那答儿黄金钏扁[④]。

【月上海棠】[⑤]怎赚骗，依稀想像人儿见。来时荏苒，去也迁延。非远、非远，我与他雨迹云踪、雨迹云踪才一转，敢依花傍柳还重现。昨日今朝，眼下心前，阳台一座登时变，阳台一座登时变。

(白)寻来寻去，不见牡丹亭畔、芍药栏边，只见梅树一枝，梅子磊磊可爱，梅树依依可人，我杜丽娘死后得葬于此地，幸矣。(唱)

【江儿水】偶然间心似缱，梅树边。似这般花花草草、由人恋，生生死死随人愿，酸

---

① 怯怯，明朱元镇校刻《牡丹亭还魂记》作"恰恰"，其余明清刊本多作"哈哈"。按，调腔抄本"恰"常写作"怯"。徐朔方、杨笑梅校注《牡丹亭》(人民文学出版社，1983)作"恰恰"，在"生就一个书生"的前一"生"字下注云："有勉强，半推半就的意思。下句恰恰生生，或即怯怯生生、羞答答。"

② 怎，单角本作"这"，抄本中"怎""这"常相混。通行本或作"忑"，文林阁刊本作"怎"。

③ 抓，单角本作"盼"，据《调腔曲牌集》改。

④ 此句通行本作"是这答儿压黄金钏匾"，《调腔曲牌集》同。匾，通作"扁"。这里是指认梦中幽会之所。

⑤ 此曲牌名单角本缺题，据《调腔曲牌集》补题。通行本同题，《纳书楹曲谱》作【三月海棠】，可从。

酸楚楚无人怨。待打并香魂一片，阴雨梅天，呀！守的个、梅根相见。

（贴旦上）（唱）

【川拨棹】小姐游花园，怎靠着梅树偃。（科）（小旦唱）一时间望眼连天，（白）咳，我那秀才，我那秀才。（贴旦）我是春香。（小旦）你待怎讲？（贴旦）小姐。（小旦）呀呀啐！（唱）昏昏的、伤心自怜。知怎生情惨然？知怎生泪暗悬？

【前腔】春归人面，整相看无一言。我待折、折柳枝相问天，我如今悔、悔不与题写花笺，这一句猜头儿是怎言？知怎生情惨然[①]？

（白）春香！（唱）

【前腔】你与我慢、慢归休，款留连。如今听、听不出啼鸟惊天，我难道再、再过了亭园，只挣的[②]长眠和短眠。知怎生情惨然？知怎生泪暗悬？

【尾】软咍咍刚扶到画栏边，报与堂上夫人稳便。咱杜丽娘呵，少不得楼上花枝则索照独眠。（下）

跌 雪

小生（柳梦梅）、外（陈最良）

（小生上）（唱）

【山坡羊】树槎枒饿鸢[③]惊叫，岭迢遥病魂孤吊，破头巾雹打风霜[④]，透衣单伞做帐儿哨。路[⑤]斜抄，并没个店而捎。雪儿呵！偏则把白面书生来奚落[⑥]，怎生的冰凌断桥，步高低蹬着，（白）好也是好也，前面有株柳树在此，不免酬

---

① 此下无“知怎生泪暗悬”，单角本如此，《调腔曲牌集》亦同。

② 挣的，单角本作“如（除）非”，据《调腔曲牌集》改。

③ 槎枒、饿鸢，底本作“嗟鸦”“鹅鸟”，前者据单角本校改。

④ 霜，单角本同，通行本及《调腔曲牌集》作“筛”。

⑤ 路，底本作“正”，据单角本改。

⑥ 奚落，底本作“蹊摇”，单角本作“欺落”，据校改。

柳[①]而过去便了。(唱)**方便处柳跎[②]腰。虚嚣,尽枯杨命一条;蹊跷,豁喇杀跌一交,豁喇杀跌一交。**

(外上)(唱)

【步步娇】俺是个卧雪先生没烦恼,背上驴儿笑。心知第五桥,那里开年,有斋[③]村学。(小生白)救人吓!(外)呀!(唱)**怎生来人怨语声高?恁[④]城南破瓦窑,闪下个精寒料,闪下个精寒料。**

(白)我陈最良,为求馆冲寒到此。彩头儿恰遇着吊水之人,且是由他去。(小生)救人吓!(外)吓,那边听说救人之声,那里不是积福处,待我问他一声。哙,你是何人,失足于此?(小生)我是读、读书之人。(外)吓,怎么,你是读书之人?原来我辈中朋友。朋友,你不要惊慌,待我来救你。(小生)救人吓!(外)我来、来了。(小生)有劳是有劳[⑤]。(外)承情是承情。(小生)彼此是彼此。(外)吓唷!得罪是得罪。(小生)岂敢是岂敢。(外)请问先生,还是往上路去的,下路去的?(小生)晚生是往上路去的。(外)既如此,老汉也往上路去的。你看雪儿小了些,我和你合了一把伞而去罢。(小生)有理。(外)请问先生,何方之处,乞道其详。(小生)先生听禀。(外)请道。(小生唱)

【风入松】五羊城一叶过南韶,柳梦梅来献宝。(外白)吓,先生,你是来献宝的?(小生)正是。(外)献的什么宝?(小生)请老先生猜一猜。(外)吓,怎么,要我猜一猜?(小生)是。(外)敢是珊瑚玛瑙?(小生)不是,是活的。(外)吓吓吓!敢是麒麟獬豸?(小生)还只有两脚的。(外)吓,还只、只有两脚的?(小生)是。(外)敢是金鸡凤凰?(小生)一发不是了。(外)吓,先生,究竟是什么东西?(小

---

① 㧟,通行本同,单角本"㧟柳"作"挽住柳枝"。按,"㧟"同"揞",扶。明王骥德《新校注古本西厢记》卷五《报第》【醋葫芦】第二支"今日在琼林宴上揞"注:"揞,手揞也,以手扶搀人也。言宴之醉而人扶搀之也。"

② "跎"字底本脱,单角本作"咆",据通行本改。跎,作"驼"字解,形容柳枝斜横的样子。

③ 斋,底本作"招",据单角本改。

④ 恁,单角本或作"甚",与通行本合。

⑤ 按,底本"有劳是有劳"属陈最良宾白,不合情理,据单角本改,并据以添"承情是承情"一句。

生)吓,先生,小生一肚的文章,岂不是宝?(外)吓,若说起文章不该弃,既如此,老汉也有饱饱一肚在这里。(小生)原来前辈老先生,失敬了。(外)好说。(小生)老先生!(唱)**孤身取试长安道,犯严寒少衾**[①]**单病了。没揣的**[②]**逗着断桥溪道,险跌折柳郎腰,险跌折柳郎腰**。

(外)先生,你自揣高中的,方才受这等辛苦。(小生)不瞒先生说,小生是个擎天柱、架海梁。(外)活了天,方才若没有老汉到来,冻折了擎天柱,压到了架海梁。(小生)休得取笑。请问先生,仙乡何处?高姓大名?(外)先生听者。(唱)

【前腔】尾生般抱柱正题桥[③]**,**(白)先生方才这一跌,好彩头吓!(唱)**好一似倒地文星高照**[④]**。论草包,**(小生白)吓,怎么,老先生是草包么?(外)吓吓吓!后生家什么说话,此乃是"药[⑤]宝"之"宝"。(唱)**论草包是俺的堪调药,**(白)先生你看,前面已是梅花观了,我和你将息而行。(小生)有多少路?(外)不远。哪,哪,就在前面。(小生)如此老先生请。(外)请。(同唱)**暂将息梅花观好。好一树雪垂垂**[⑥]**如笑,墙直上绣旛飘,墙直上绣旛飘**。(下)

冥 判

净(胡判官)、外(赵大)、小生(钱十五)、贴旦(孙心)、
丑(李猴儿)、小旦(杜丽娘)、贴旦(花神)

(净上)(唱)

---

① 衾,底本作"食",据单角本改。

② 揣,底本作"猜",据单角本改。没揣的,忽然地,没料到。

③ 此句底本作"尾生抱正圣题湖桥",据单角本改。

④ 此句单角本或作"可比做文星佳兆",或作"这倒跌可比做文星高照",通行本作"做倒地文星佳兆"。

⑤ 药,底本作"学",据单角本改,次句"药"字同。

⑥ 垂垂,底本作"乖",据单角本改。

【点绛唇】十地宣差，一天封拜。阎浮界，阳世栽埋，又把俺门程迈[1]。

(科)(白)铁判灵官是咱名，赤须环眼显威灵。金鸡剪就[2]勾魂魄，定不留人到五更。俺，十殿阎罗王麾下一个胡判官是也。当初原有十位殿下，因阳世赵大郎家，和那金鞑子，争占江山，损坏众生，照鉴人民稀少，因此十停，去了这一停。玉帝见俺正直聪明，命俺权管十地狱之印信。今日走马到任，鬼卒夜叉，两旁刀剑，好不厉害也。(手下)启判爷，解来男犯四名、女犯一名，请判爷发落。(净)这是要俺发落的？(手下)判爷理该发落。(净)先带四名男犯听审。(手下)是。男犯四名走动。(外、小生、贴旦、丑上)(外)要知前世因，(小生)今生受者是。(贴旦)欲知后世因，(丑)今生作者是。(同白)判爷在上，鬼犯们叩头。(净)听点。(众)候点。(净)赵大。(外)有。(净)钱十五。(小生)有。(净)孙心。(贴旦)有。(净)李猴儿。(丑)有。(净)赵大，你在阳间有何罪孽，落在枉死城中？(外)鬼犯在阳间，并无罪孽，爱的是歌唱。(净)好快活也。钱十五，你在阳间有何罪孽，也落在枉死城中？(小生)鬼犯在阳间，并无罪孽，爱的是沉香泥壁。(净)好受用也。孙心，你在阳间有何罪孽，落在枉死城中？(贴旦)鬼犯在阳间，并无罪孽，爱的是花粉钱。(净)好飘逸也。李猴儿，你有何罪孽，落在枉死城中？(丑)鬼犯在阳间，并无罪孽，爱的么是男风。(净)怎么，好男风李猴儿就是你？(丑)吓，像是判爷也爱此道个。(手下)判爷，这个孽障在阳间如此猖狂，在阴间也如此猖狂，不免将他打进水队里去罢。(净)呢，谁许你插嘴！俺判爷初到任，也不用刑，罚你等在卵生队里去罢。(众)回回罗，答答罗，望判爷转一转，还想人身做。(净)你们还想做人？(众)做人好。(净)向蛋壳里去攒哩。(众)阳世孩

---

① 门程迈，单角本一作“门程迈”，一作“门庭改”。文林阁本、《六十种曲》本《还魂记》误作“门程迈”，明万历四十二年(1614)石林居士序刻本作“门桯迈”，是，据改。桯，《广韵》户经切，注云：“又音厅。”门桯，指门槛。

② 剪就，《缀白裘》初集《牡丹亭·冥判》和《审音鉴古录》本《牡丹亭·冥判》作“剪梦”。

子，再吃我们。(净)管叫阳世孩子，不再吃你们就是了。(众)谢判爷。(净)赵大。(外)有。(净)你爱的歌唱，变做黄莺儿去罢。(外)谢判爷。(净)钱十五。(小生)有。(净)爱的沉香泥壁，变做小小燕儿去罢。(小生)谢判爷。(净)孙心。(贴旦)有。(净)你爱的花粉钱，变做花花蝴蝶儿去罢。(贴旦)谢判爷。(净)李猴儿。(丑)有。(净)你这孽障，变做什么？(丑)判爷，我要挑好的做的。(净)也罢，变做蜜蜂儿去罢。(丑)这蜜蜂儿有什么好的呢？(净)屁眼上带一枚针。(丑)飞到判爷头上叮一叮。(净)好厉害。四个虫儿站开，听俺发落。那蝴蝶呵！(唱)

【油葫芦】粉版花衣胜剪裁，花衣胜剪裁，蜂儿呵！**你好忒利害，甜口儿咋着细腰挨**。燕儿呵！**斩香泥弄影在钩帘内**，莺儿呵！**留笙歌惊梦在纱窗外，恰好个花间四友无拘碍**。(众白)噫哈！(净)那阳世孩子，好不轻薄也！(唱)**他把那弹珠儿打得呆，扇梢儿扑得坏。不枉了宜题入画高人爱，只叫你翅挷儿**①**展将春色闹场来**。

(众鬼犯下)(净)带女犯一名杜丽娘走动。(手下)吠，女犯杜丽娘走动。(内)来也。(小旦上)天堂有路无人去，地狱无门欲恨谁。判爷在上，女鬼犯杜丽娘叩头。(净)女犯一名杜丽娘，为何不抬头？(小旦)有罪。(净)恕你无罪，抬起头来。(小旦)谢判爷。(净)呀！(唱)

【天下乐】猛见了荡地惊天女俊才，荡地惊天女俊才，哈也么哈，俺里来，(小旦科)苦吓！(净唱)**血盆中**，呀！**叫苦的观自在**。(手下白)启判爷，这女子生得标致，不免留到后堂，作为夫人罢了。(净)呢，上有天条，擅淫囚妇者斩。(唱)**谁许你小鬼头儿胡乱筛，俺判官头上何处买？是不曾见他，他不曾见咱，粉油头儿忒弄乖**。

(白)女犯上来，俺要瞧哩。(唱)

【哪吒令】我瞧、瞧着你润风风粉腮，到花台酒台。溜些些短钗，过歌台舞台。

---

① 翅挷儿，单角本用字如此，与通行本合。翅挷，同“翅膀”。

笑微微美怀，住秦台楚台。因甚的病患来？是谁家嫡支派？这颜色不像似在泉台。

（小旦）判爷，女鬼犯在后花园一梦而亡，原是有的。（净）谎也是谎也，世间那有一梦而亡之理也？（唱）

【鹊踏枝】滴溜溜女婴孩，滴溜溜女婴孩，梦儿中能宁耐。谁曾挂圆梦招牌，谁和你折字道白？哈也么哈，秀才何在，梦魂中曾见谁来？

（白）传南安府后花园花神走动。（手下）吠，南安府后花园花神走动。（内）来也。（贴旦上）红雨数番春落魄，山香一曲女消魂。判爷大人请了。（净）请了。请坐。（贴旦）有坐。相邀小圣到来，有何见谕？（净）这女犯是后花园一梦落花飞惊，可是有的？（贴旦）杜小姐与那秀才梦里缠绵，是我落花惊醒，原是有的。（净）敢是你花神假充秀才，迷恋人间女子么？（贴旦）我在阳间，你在阴司，那里知道？（净）你道阴司不知，恁且听者。（唱）

【后庭花滚】[①]**但寻常春自在，恁司花忒弄乖。眨眼儿偷元气色艳楼台，克性**[②]**了费春工淹酒债。恰好个九分态，要做个十分颜色。**（白）你把胡乱花名数上来。（贴旦）俺便数来。碧桃花。（净）碧桃花，**惹天台**。（贴旦）红梨花。（净）红梨花，**扇妖怪**。（贴旦）金钱花。（净）金钱花，**下的财**。（贴旦）绣球花。（净）绣球花，**结得彩**。（贴旦）芍药花。（净）芍药花，**心事谐**。（贴旦）木笔花。（净）木笔花，**写明白**。（贴旦）水菱花。（净）水菱花，**宜镜台**。（贴旦）玉簪花。（净）玉簪花，**堪插戴**。（贴旦）蔷薇花。（净）蔷薇花，**露渲腮**。（贴旦）腊梅花。（净）腊梅花，**春点额**。（贴旦）石榴花。（净唱）**石榴花留得在，几桩儿你自猜，嗟！把天公无计策。为甚的流动女裙钗，划地里牡丹亭杜鹃花儿魂魄洒**[③]**？**

---

① 单角本曲牌名无“滚”字，此从《调腔乐府》。

② 性，单角本作“枉”，据通行本改。

③ 此下，晚清《单刀会》等净本(195-1-11)尚有【寄生草】一支，曲前有“你道女子没有玩花而死，俺数来与你听者”之语，而《牡丹亭》《双玉配》净本[195-1-142(7)]无之，各贴旦本也没有相应内容。

（贴旦）小圣以后再不敢开花了。（净）花乃天公降下，花开花谢，世间那有不开花之理？这女犯慕色而亡，发在莺燕队里去罢。（小旦）苦吓！（贴旦）看他父亲一面。（净）他父亲是谁？（贴旦）他父亲杜宝知府，转升淮扬，总制三边之职。（净）原来是千金小姐，请起。（小旦）多谢判爷。（净）看杜老先生的分上，奏过天庭，再行议处。（小旦）鬼犯为何死得这般伤感？（净）注在断肠簿上。（小旦）奴丈夫姓柳姓梅？（净）注在姻缘簿上。（小旦）望判爷查一查。（净）掌案的过来，取姻缘簿过来："新科状元柳梦梅，其妻杜丽娘，前系游魂，后成明配，相会在梅花观中。"天机不可泄漏。（小旦）姓柳姓梅？（净）取。你丈夫姓柳姓梅，俺也不知。（小旦）那里望得家乡？（净）鬼卒，引他到望乡台一望。（小旦）多谢判爷。吓，爹娘，爹娘，你在阳间，女儿在阴司，恨不得插翅飞来也。（科）（净）打下。与你游魂牌一纸，着功曹引出枉死城，跟随那生去罢。花神。（贴旦）在。（净）休损坏他肉身也。（唱）

【煞尾】欲火近干柴，且留的青山在，不可被雨打风吹日晒。则许你傍月依星将天地拜，一任你魂魄往来，敢守着那破棺星圆梦那人来。（下）

游　魂

丑（石道姑）、贴旦（小道姑）、付（徒弟）、小旦（杜丽娘）

（丑上）（引）

【挂真儿】台殿重重春色上，碧雕栏映带银塘。扑地香腾，归天磬响，细展度人经忏[①]。

（白）几年红粉委黄泥，十二峰头月欲低。折得玫瑰花一朵，东风吹上窈娘堤。贫道，梅花观中石道姑是也。看守杜小姐坟庵三年，如今择取吉日，替他开设道场，超生玉界，早已门外竖立招旛，且看何人来到。（贴旦、付上）

---

① 经忏，晚清殷溎深昆曲《牡丹亭曲谱》同，通行本作"经藏"。

(贴旦)一片彩云扶月上,(付)羽衣青鸟闲来往。(贴旦)里面姑姑有人么?(丑)是那个? 请。(贴旦)请。(丑)见礼。(贴旦)见礼。(丑)原来是位小姑姑,到此何干?(贴旦、付)我们韶阳郡来,要宝庵借宿一宵。(丑)西厢房有位岭南柳相公养病,到下厢房可好?(贴旦)一同转过禅堂。(转场)请问今夕道场何来?(丑)只为杜衙小姐去三年,待与招魂上九天。(同白)大家来忏悔一番。(科)(同唱)

【孝南歌】[①]**钻新火,点妙香,虔诚为因杜丽娘。香霭绣旛幢,细乐风微扬。**真仙呵!**威光无量,把一点香魂,早度人天上。怕未尽凡心,再作人身想。做儿郎,做女娘;愿他永成双,再休似少年亡。**

(丑)想小姐生前,爱花而亡,今日折得残梅一枝,不免插在灵前净瓶内供养。功课已毕,不免收拾道场,进房歇宿。(风声)吓唷,冷窣窣一阵旋风,好怕人也。小姑姑辛苦了,请到下厢房安歇罢。(贴旦)请。(丑)晓镜抛残无定色,(贴旦、付)晚钟敲断木鱼声。(同下)(小旦上)昔日千金小姐,今日水流花谢。这淹淹惜惜杜陵花,太亏他。生性独行无那,此夜星前一个。生生死死为情多。奈情何!奴家杜丽娘女魂是也。只为痴情慕色,一梦而亡。凑的十殿阎君,奉旨裁革,无人发遣,女监三年。幸遇判爷哀怜放假,趁此月明风细,随喜一番。呀,这是书斋后园,怎么做了梅花庵观?好感伤人也!(唱)

【小桃红】咱一似断肠人和梦醉初醒,谁偿咱残生命也。虽则鬼丛中姊妹不同行,魆地里把罗衣整。只有这影随形,风沉露,云暗斗,月勾星,都是些游魂境也。到的这花影初更,一霎价心儿瘆,原来是弄风铃台殿咚叮。

【下山虎】俺则见香烟隐隐,灯火荧荧。铺了些云霞橙,不由人打个讫挣[②]。

---

① 此曲晚清《水浒记》等吊头本[195-1-145(3-2)]亦如此,即【孝南枝】,单角本冒题为【孝顺歌】。据单角本,此曲疑唱昆腔。

② 讫挣,195-1-145(3-2)吊头本作"势挣",据通行本改。讫挣,亦作"吃挣",寒噤,愣怔。

(白)是那位神灵？原来是东岳夫人、南斗真妃。仙真，仙真，杜丽娘鬼魂稽首。(唱)**魆地投明证明，好替俺朗朗的超生注生**。(白)再看这青词上，原来就是石道姑在此住持。一坛斋意，度俺生天。吓，道姑，道姑，俺可也生受你呵。再瞧这净瓶中，咳，便是俺那冢上残梅哩。吓，梅花吓！梅花似俺杜丽娘半开而谢，好伤情也！(唱)**只为这断鼓零钟金字经，叩动黄粱境。俺向这魆地里**[①]**梅根迸几程，透出些儿影**。(白)姑姑们这般志诚，若不留些踪迹，怎显的俺鉴知他，就将梅花散在经台之上。(唱)**抵多少一点香销万点情**。

(白)想起爹娘何处？春香何处？(内)俺的姐姐吓！(小旦)呀，那里沉吟叫唤之声，待俺听来。(内)俺的美人吓！(小旦)谁叫谁也？(内)俺的嫡嫡亲亲的姐姐吓！(小旦)咳！(唱)

【五韵美】(起板)**生和死，孤寒命，有情人叫不出情人应**[②]**，为什么叫不出你可人名姓？似俺孤魂独趁**，(内白)俺的美人吓！(小旦唱)**谁待来叫唤一声？不分明无倒断，再消停**。(内白)俺的美人吓！(小旦唱)**那边厢什么书生，睡梦里结言胡咥**。

【黑麻令】不由俺无情有情，凑着俺叫滴滴三声两声[③]**，冷清清**[④]**红泪飘零。呀！怕不是梦人儿梅卿柳卿，记着这花亭水亭。趁的这风清月明，只这鬼宿前程，盼不上三星四星**[⑤]。

【尾】为什么闪摇摇春殿灯，一灵儿绣旛飘经。这点落花风是俺杜丽娘身后影[⑥]。(下)

---

① 魆地里，通行本作“地坼里”。

② 情人应，195-1-145(3-2)吊头本作“应人情”，据通行本乙正。

③ 此句通行本作“凑着叫的人三声两声”。

④ 冷清清，通行本作“冷惺忪”。

⑤ 盼不上，通行本作“盼得上”。三星，《诗经·唐风·绸缪》有“三星在天”“三星在隅”“三星在户”之语，毛传：“三星在天，可以嫁娶矣。”四星，秤杆末梢钉有四星，比喻下梢，结果。

⑥ 此下，195-1-145(3-2)吊头本有【忆多娇】和【尾】，但同治二年(1863)“蔡逢秋记”贴旦本(195-1-9)无之。

遇 母

贴旦(春香)、老旦(甄氏)、小旦(杜丽娘)、丑(石道姑)

(贴旦扶老旦上)(老旦)万死一逃生,(贴旦)得到临安府。(老旦)女娘无处投,(贴旦)途路多辛苦。(老旦)春香。(贴旦)夫人。(老旦)前面什么所在,快去看来。(贴旦科,看)夫人,这里有一个小庵在此。(老旦)通报。(贴旦)晓得。吓,里面姑姑可有人么?(小旦上)是谁?(唱)

【不是路】斜倚雕栏,何处娇音问唤关?(老旦唱)**行程晚,女娘们借住霎儿间**。(小旦唱)**听他言,声音不似男儿汉,待我自去开门月下看**。(白)是一位女娘,请进里面坐坐。(老旦、贴旦走进)(老旦唱)**相提盼,人间天上行方便**。(小旦唱)**趋迎迟慢,趋迎迟慢**。

【前腔】破屋颓椽,为何独坐无人灯不点?(小旦唱)**这闲庭院,玩清光长送过这月儿圆**。(老旦白)春香。(贴旦科)夫人。(老旦)这好像小姐。(贴旦)正是小姐模样。(老旦)你快看房里,还有何人。若没有人,敢是鬼。(贴旦科)(小旦)这位女娘,好像我母亲;这丫头,好像春香。请问老夫人,何方而来?(老旦唱)**我住南安,相公淮扬安抚遭兵难,我被掳逃生到此间**。(小旦白)是我母亲,我可认他?(贴旦耳语)(老旦)是鬼,是鬼。(小旦)听他说起,是我的娘。娘吓!(老旦)敢是我女孩,怠慢了你,你活现了?春香,你快快买纸钱烧了。(小旦)阿呀,母亲,女儿不是鬼。(老旦)不是鬼。我叫你三声,你要应我三声,一声高一声。(小旦)女儿会应。(老旦)丽娘。(小旦)母亲。(老旦)我女儿。(小旦)我亲娘。(老旦)我的儿。(小旦)我的娘亲。(老旦)是鬼,是鬼吓!(小旦)母亲,你女儿有话讲。(老旦)呀!(唱)**略靠远,冷淋侵一阵风儿旋,有这般活现**。

(丑持灯上)(唱)

【前腔】门户牢拴,为甚空堂人语喧?这青苔院,怎生吹落纸黄钱?(白)老夫人和春香,那里来的?为何这般大惊小怪?(唱)**看他打盘旋,怕漆灯无焰将身远,恨不得幽室生辉得近前**。(小旦白)姑姑快来,我母亲害怕。(丑唱)**休**

疑惮。

(白)可是当年人面?(老旦唱)

【前腔】肠断三年,你坠海珠去复旋。(小旦唱)**爹娘面,阴司情念把魂还。好难言,感得东岳大恩眷,托梦一个书生把棺木开。**(老旦白)书生何方人氏?(小旦)岭南柳梦梅。(老旦)怎生到?(小旦唱)**他来赴选,**(老旦白)原来是个好秀才,快快请他相见。(小旦唱)**我央他看准扬动定把爹娘探,因此上独眠深院,独眠深院。**

(老旦)春香。(贴旦)夫人。(老旦)快见过小姐。(贴旦)晓得。小姐在上,春香叩头。(小旦)起来。(贴旦科)夫人,人说人是有脚的,鬼是没有脚的,小姐自然还阳了。(老旦)这等说来,苦杀我女儿了!(唱)

【番山虎】则道你烈性上青天,端坐西方九品莲,不道三年鬼窟里和你重相见。哭得我手麻肠寸断,心枯泪点穿。梦魂沉乱,神情倒颠,看时儿立地,叫时娘各天。怕你茶酒饭无浇奠,牛羊侵墓田。今夕何年,今夕何年,(合唱)**还怕相逢在梦边,相逢在梦边。**

【前腔】(小旦唱)**抛儿浅土,骨冷难眠,吃不尽爹娘饭。江南寒食天,俺可也不想道有今日,也道不起从前。似这般糊突谜,甚时明白也天。鬼不要,人不嫌,不是前生断,今生怎得连。今夕何年,今夕何年,**(合唱)**还怕相逢在梦边,相逢在梦边。**

(老旦)老姑姑,多感你守着我儿。(丑)老夫人吓!(唱)

【前腔】近的话不堪提咽,早森森把心疏体寒,空和他做七做中元。谁知他成双成爱眷。我捉鬼拿奸,知他影戏儿做的恁活现。这样奇缘,这样奇缘,(合唱)**打当了轮回一遍,轮回一遍。**

【前腔】(贴旦唱)**论魂离倩女是有,知他三年外灵骸怎全?只恨你同棺椁少个郎官,谁想他为院君这宅院。**小姐呵!**你做的相思鬼穿,从夫意专,那一日春香不铺其孝筵,那时节夫人不哀哉醮荐?早知道撇离了阴司,阴司做了人**

上羡[1]。**这样奇缘，这样奇缘，**（合唱）**打当了轮回一遍，轮回一遍**。

【尾】（老旦唱）**感得化生女显活在灯前面，他在贼子窝中没信传**。（小旦白）娘吓！你且心宽。（唱）**他在穴地里通天打听得远**。（下）

吊打

净（杜宝）、小生（柳梦梅）、付（郭驼）、正生（苗舜宾）

（净上）（引）玉带蟒袍红，新参近九重。耿秋光长剑倚崆峒，归到把平章印总，浑不是黑头公。（白）秋来力尽破重围，入掌银台护紫薇。回头却叹浮生事，长向东风有是非。自家杜平章，因淮扬平寇，蒙圣恩超迁相位。前日有个棍徒，假充门婿，提解临安府监候，今日不免提来细审。（差役押小生上）犯人提到。（净）将犯人带进。（小生）岳丈大人在上，小婿拜揖。（净）呢！（众）吠！（小生唱）

【新水令】则这怯书生剑气吐长虹，却原来丞相府十分尊重。（净白）呵！（小生）吓！（唱）**这声息儿忒汹涌，礼数缺通融。曲曲躬躬，他那里半抬身全不动**。

（净）寒酸，你是那些色人数，犯了法，在相府阶前，为何不跪？（小生）生员岭南柳梦梅，乃是老大人女婿。（净）呸！我女早已亡故，何来女婿？祗候，与我拿下。（小生）谁敢拿？（净）可恼，可恼！（唱）

【步步娇】我有女无郎早把青春送，刬口儿轻活动[2]。**岭南蜀中，牛马风送，因甚的丝萝共？一棍儿走秋风，指说情关骗得白军威动**。

（小生）你这样女婿，眠书雪案，立榜云霄，自家行止用不尽，要秋风老大人不成？（净）还要强嘴。搜他包袱，定有假雕书印，并赃拿贼。（手下）包袱破布单一条、画观音一幅。（净）呀，见赃了，这是我女孩儿春容。你可到南安，认得石道姑？（小生）认得。（净）认得陈教授？（小生）认得的。（净）原来

---

① 此句通行本作“跟了人上船”。

② 活动，通行本作“调哄”。

劫棺的贼，便是你。左右，采下去打。（小生）谁敢打？（净）你这贼，快招上来。（小生）谁是贼？老大人，拿贼要拿赃，不曾捉奸见床。（唱）

【折桂令】你道是证明师一轴春容，（净白）春容分明偷窃。（小生唱）**可不道苍苔石缝，进坼云踪**。（净白）快招来。（小生唱）**一谜承供，供的是开棺见喜，挡煞逢凶**。（净白）棺木之内，还有玉鱼金碗。（小生唱）**金碗呵！两口儿同匙受用，玉鱼呵！和我九泉之下比目和同**。（净白）还有？（小生唱）**玉碾玲珑，金锁叮咚**。（净白）都是道姑。（小生唱）**则是那石姑姑识趣拿奸纵，却不似你杜爷爷逞的拿贼落得这威风**。

（净）他明明招了。写供招上来，犯人一名柳梦梅，开棺劫财者斩。柳梦梅押了花字。（小生）不服！（净）你这好大胆也！（唱）

【江儿水】眼脑儿天赋[①]**，奸谋使的凶**。（小生白）谁惯来？（净唱）**你纸笔砚墨招详用，**（小生白）生员又不犯法。（净唱）**奸盗诈伪机谋中，**（小生白）令爱之故。（净唱）**精奇古怪虚头弄**。（小生白）令爱现在？（净）现在么？（唱）**把他玉骨抛残心痛，**（小生白）抛在那里？（净唱）**后园池中，月冷断魂波动**。

（小生）谁人见证？（净）陈教授来报知。（小生）且住。生员为小姐费心，除了天知地知，陈最良那会得知？（唱）

【雁儿落】我为他礼春容叫得凶，我为他展幽期耽怕恐。我为他点神香开墓封，我为他吐灵丹活心孔。我为他偎熨的体酥融，我为他启玉肱轻轻送。我为他软温香把阳气攻，我为他抢性命阴程迸。神通，医得他女孩儿能活动。通也么通，到如今风月两无功。

（净）这贼讲的甚么话，着的鬼话了？左右，与我取桃条打他，高吊起来打。（小生）阿吓，皇天吓！（付、军校上）（付）天上人间忙不忙，开科失却状元郎。一向找寻柳梦梅，今日再寻不见到。（军校）状元柳梦梅那里？（净）什么事

---

① 眼脑儿，195-1-145(3-2)吊头本作“脑恨”，据通行本及195-3-30忆写本改。天赋，通行本作“天生贼”。

情？(中军)不见了新科状元，圣旨着沿街寻叫。(小生)大哥，开榜了么？状元是谁？(净)嘈！你这贼多闲事。(军校)但闻丞相府，不见状元郎。咳，平章，打得喧闹哩。(付)里面声息，好像俺家相公。果然俺家相公吊起打，谁人吊的？(小生)是平章。(付)待俺拼老命打这平章。(净)谁敢无礼？(军校)驾前来寻状元柳梦梅。(小生)大哥，柳梦梅便是小生。(付解小生，净扯付，付跌)(小生)你是老驼？(付)正是。(小生)快向钱塘门外，报与杜小姐知道。(付)好，我去。(付下)(军校)状元找着了，报与黄门官。奏明圣上，前来搭救。(军校下)(净)一路的光棍去了，拷问这厮。左右，与我吊起来。(小生)待俺分诉说，难道状元是假的？(净)凡为状元者，登科记为证，你有何据？则是吊了打便了。(堂候官捧冠带随正生上)(正生)踏破草鞋无觅处，得来全不费工夫。放下。老平章请了。(净)请了。(正生)为何吊打状元？(净)敢不是他？(正生)是晚生本房取中的。(小生)就是苗老师取中的，救门生一救。(正生)有登科录呈上。(唱)

【侥侥犯】他是御笔亲标第一红，柳梦梅为梁栋。高吊起文章巨公，把桃枝受用。斯文吃尽斯文痛，无情棒打多情种。(小生白)他是俺岳丈。(正生唱)呀！**却原来泰山压卵欺鸾凤。**

(白)一领宫袍与状元遮盖而去。(净)什么宫袍？扯下他。(小生唱)

【收江南】呀！你敢抗皇宣骂敕封，你敢抗皇宣骂敕封，早裂绽御袍红。做人家女婿呵拜门也似乘龙，偏我这帽光光走空，桃夭夭煞风，老平章！**好看俺插宫花的帽压君恩重。**

(净)柳梦梅怕不是你。(小生)老平章是不知。为因李全兵乱，发榜稽迟。令爱闻的老平章，有兵寇之事。着我一来上门，二来报他再生之喜，三来扶助你为官，不想你好意成恶意，今日可是你女婿了。(净)谁认你女婿！(正生唱)

【园林好】嗔怪你会平章的老相公，不刮目破窑中吕蒙。忒做作前辈们性重，敢折倒丈人峰，敢折倒丈人峰。

（净）悔不将劫坟贼，监候奏请为是。（小生）呀！（唱）

【沽美酒】则你这孔夫子把公冶长陷缧绁中，我柳盗跖打地洞向鸳鸯冢，总有日燮理阴阳问相公。他无语对春风，列笙歌画堂中。抢丝鞭御街拦纵，把穷柳毅赔笑在龙宫，老夫差失敬了韩重。我呵！人雄气雄，老平章深躬浅躬。（正生唱）**请状元升东转东。呀！那时节才题破了牡丹亭把杜鹃残梦。**

（小生）老平章请了，你女婿赴宴去也！（下）

附录：清同治二年（1863）蔡逢秋贴旦本《慈戒》

（内白）来了。（上白）闺中图一睡，堂上有千呼。夫人在上，春香叩头。／老夫人，唤春香出来，那厢使用？／小姐在后花园，淹淹春睡，好似做梦一般。／春香怎敢？／春香晓得。／（白）寂寥未是采花人。／似有微词动绛唇。／晓得。

二一 水浒记（昆腔）

明传奇，许自昌著。新昌县档案馆藏调腔抄本所见较完整的有《借茶》《刺息》《活捉》三出，对应于原著第三出《邂逅》、第二十三出《感愤》和第三十一出《冥感》，均唱昆腔。有1958年老艺人忆写总纲本（案卷号195-3-5），但几乎全抄《缀白裘》本，非调腔本之旧。另据正生、丑本可知，调腔本同昆曲本一样，在《刺息》之后尚有《放江》一出。

调腔昆腔戏《水浒记》剧叙宋江同僚张文远经过阎婆家门，见阎婆息姿容绰约，借口喝茶，故为调戏。后宋江纳阎婆息为妾，阎婆息则与张文远私通。一日，宋江夜宿乌龙院，不慎将装有梁山水泊寨主晁盖书信和金银的招文袋失落，为阎婆息所得。宋江回取招文袋，阎婆息不给，逼迫宋江写下休书，但仍坚持要向郓城县投告。宋江怒而杀死阎婆息，并在王婆帮助下出逃。阎婆息死后，其亡魂不耐寂寞，竟夜访张家，活捉张文远而去。

整理时曲文以晚清《水浒记》等吊头本[案卷号195-1-145(3-2)]为基础进行校录，念白拼合正生、贴旦、丑三种单角本，老旦念白则参照《缀白裘》本补入。另，1949年《水浒记》丑本[案卷号195-2-28(1)]纸张有残缺，且有个别地方颇难识读，校录时稍加割舍。

调腔此剧又名《乌龙院》，见《凤凰图》等小生本[案卷号195-1-140(3)]所抄调腔戏目表。《中国戏曲音乐集成·浙江卷》绍兴市分卷调腔卷分卷之五亦题作《乌龙院》，收有《借茶》（全出）、《刺息》（【粉孩儿】至【会河阳】）和《活捉》（全出）的昆腔曲谱。

借　茶

贴旦（阎婆息）、丑（张文远）

（贴旦上）（唱）

【一封罗】临风半掩扉，俏含情暂倚闾。只见那结伴寻芳花外屐，选胜携樽陌上车。叫我惜春无计，春光暗移；惜花良苦，花期渐逾。镇无言独立，咳！长

吁气。(贴旦下)

(丑上)(唱)

【前腔】花间鸟自啼,(白)学生张文远,往街坊散步一回,好不烦闷人也!(唱)**杜陵东步屟移**。(贴旦上)(丑)阿吓,妙吓!你看门首有位小娘子,生得绰绰约约,好不动人也!(唱)**见他隐约珠帘遮翠髻,掩映芳容倚绣扉。叫我凝眸偷觑,神魂欲飞;看他含羞敛袂,天香暗霏**。(贴旦白)母亲还不见回来。(丑唱)**似莺声呖呖偷吁气**。

(白)且喜无人,待我上前,只做借茶吃,看他怎生光景。小娘子拜揖。(贴旦)客官见礼。请问客官往那里而来?(丑)个个学生寻芳到此,一时火动,渴吻难熬,敢借香茶一盏,胜似琼浆玉液。(贴旦)这茶是冷的。(丑)冷个?极妙个哉,无非煞火个意思吓!(贴旦)好说,随我来。正是,茗饮蔗浆罕所有,磁罂无借玉为缸。客官在此,动也不要动,待奴取茶与你吃。(科)啐!(贴旦下)(丑)妙吓,你看小娘子进去取茶了,叫我在此等。我张文远怎敢挪移半步吓?①(唱)

【醉罗歌】徙倚、徙倚缘阶砌,延伫、延伫望仙姿。依稀绰约洛川妃,炯含媚眼如秋水。(白)他方才进去的时节,把这裙儿一抖,三寸金莲,好不动情人也!(唱)**好似翾风宋祎,翩翩遇奇;阳城下蔡,悠悠思迷。只怕蟏蛸影阻高唐雨**。(贴旦上)(唱)**携茗碗,整绣襦,为怜鸿渐思依依**。(科)

(丑)小娘子,你一杯茶为啥勿放在学生手中,为啥放在桌上?(科)阿唷,阿唷!小娘子,你方才说茶只有个冷杯茶,哪,学生手指头怕热这,手指头怕热这。(贴旦)这是奴新烹沏来的。(丑)那啥,小娘子新沏来个?(贴旦)正是。(丑)有劳小娘子动火这,有劳小娘子动火这。(贴旦)请茶。(丑科)待学生来吃。(科)呷吓,好茶,好茶。(科)格格茶吓,事万难是乎!拿之个穿心罐罐,把在风炉上。拿之六月里个黄梅水,放在彩壶里。拿之一把风乎

① “且喜无人”至此,单角本残缺,参照《缀白裘》本补。

扇，斗之火门妻坰妻坰[①]，扇之个几扇，好个茶出带落去，所以格格茶故而汪清的绿，汪清的绿。(科)呷吓，不是透光蜜茶，不是透光蜜茶。(科)待学生赞其几句：玉手种茶七碗香，茶能解渴玉琼浆。有人来看春水好，好似刀挑花边。(科)呷吓，原是学生勿是哉，吃得其茶，谢吓不谢得。(贴旦)不要谢得。(丑)小娘子，学生要谢茶这。(唱)

【前腔】[②]**茗借、茗借怜崔护，消渴、消渴甚相如。琼浆、琼浆一饮自踌蹰，怎邀玉杵酬高谊？**(科)(贴旦)咳噫！奴好好取茶与你吃，你反说许多闲话，老娘实对你讲。(唱)**奴是蓬莱海外，去时路岐；嫦娥月里，望来眼枯。春山朦董**[③]**频偷觑**。(丑白)吓，原是学生勿是，吃之其茶，啥姓也勿问得，真是格格……(科)请问小娘子，你姓啥格？(贴旦)姓阎。(丑)姓年？(贴旦)姓阎。(丑)姓钱？(贴旦)姓阎。(丑)姓阎，姓阎，敢是阎罗王阎那啥？(贴旦)正是。(丑)呵吓，好凶个姓。吓，请问小娘子，宅第还有啥人？(贴旦)家中母亲一人。(丑)那啥，还有老亲娘在此么？请老亲娘出来，学生要谢茶这。(贴旦)今夜是不回来的。(丑)那啥，老亲娘勿在家里？(贴旦)是。(丑)那里去这？(贴旦)亲戚人家去了。(丑)今朝还是居来勿居来？(贴旦)我母亲回来了。(丑)勿居来格。(贴旦)我母亲回来了。(丑)那啥，老亲娘居这？(贴旦)我母亲回来了。(丑)老亲娘在那里？老亲娘在那里？(贴旦)母亲！(关门)(丑)小娘子，老亲娘居来这，老亲娘居来这。(贴旦)咳噫，奴好好取茶与他吃，还说许多闲话，真真奴好气也！啐！(贴旦下)(丑)咳！(唱)**我的私心许，目乱迷，何期相见便相依**。

(白)格格门对里有首诗来此，待我读读看："身无彩凤双飞翼，心有灵犀一点通。"(科)格半边啥格地方？原来招宝财神殿，(笑)财神菩萨。格半边？吓也，是茅坑。明日之茅坑间壁[④]来吃茶，间壁来吃茶。(下)

---

① 妻坰，拟声词。

② 此处195-1-145(3-2)吊头本曲牌名题作【□鹦儿】，首字残缺。

③ 朦董，调腔抄本里又作"朦瞳""朦朧"，同"懵懂"，意为糊涂。

④ 间壁，隔壁。

刺　息

老旦(阎婆)、正生(宋江)、贴旦(阎婆息)

(老旦上)(引)张敞无端滞此身,画眉契阔已经旬。(白)老身阎婆。这几日不知为何,宋相公不到我家来?多分是王婆这贱人搬了些是非。我如今到县前去寻他回来便了。(内嗽)(老旦)呀,那边来的,好似宋相公模样吓,待我迎上前去。(正生上)踏破铁鞋无觅处,得来全不费工夫。(老旦)宋相公。(正生)妈妈见礼。(老旦)宋相公往那里来?(正生)妈妈,俺往县前而来。(老旦)宋相公为何多时不到我家来?(正生)你女儿做人不好,你家不去了。(老旦)走,走,我女儿着实想念你。(正生)妈妈吓!(唱)

【粉孩儿】匆匆的案如山旁午甚,怎偷闲顷刻晏然安寝?(老旦唱)**齐眉举案岑寂深**,女儿呵!**倚纱窗望眼含颦**。**促芳尘早趁膏车**[①]**,怜闪得鸳瓦霜冷**。

(正生)妈妈,今日公门有事,不要扯了。(老旦)相公,请到里面去。相公请坐了,待我唤女儿出来。(正生)不要叫他出来。你若叫他出来,我去了。(老旦)相公,不要是这等嘘吓!阿呀,且住。我若说他在此,未必肯出来。嗄,有了。吓,我儿!(内)母亲。(老旦)你心上人在此,快些出来。(内)是那个心上人到此?(老旦)是宋……(内)宋什么?(老旦)是三郎到此。(贴旦)母亲,既是三郎到此,你对他说,为何不到我家中走走?你叫他跪在那边,打他几下,待等奴儿出来,发放与他。(老旦笑)吓,宋相公,你可曾听见我女儿说道:你一向不来,叫老身先打你几下?可要打么吓?(正生)吓。(内)来了。(贴旦上)(唱)

【福马郎】闪得霜闱倩谁顾问,负芙蓉香傍鸳鸯瞑,真薄幸。(白)母亲走来。(老旦)宋相公在此,上前相见。(贴旦)你说宋江只叫一个宋江,张三只是一个

---

① 促,通"蹴",踩,踏。车,195-1-145(3-2)吊头本作"时",今改正。膏车,给车轴上涂油。

张三，为何说得不明不白？（老旦）唷，宋相公不来，你又想他；如今来了，倒害起羞来。（贴旦）娘吓，你看吓！（唱）**看他言无味，面堪憎。藕已断丝萦，缠绵似葛牵藤。**

（老旦）阿呀，儿吓！（唱）

【红芍药】你收拾了此际檀痕，还须念旧日鸳盟。（白）儿吓，我们一家的身衣口食，都在他身上。（贴旦）你去靠他，我是不去靠他。（老旦唱）**你把嘴弄虚脾卖些甜净，眼乜斜递些风韵。**（白）来。（贴旦）到那去？（老旦）来。（贴旦）我不去。（老旦）吓，相公。（正生）怎么说？（老旦）自古男子下气与女娘，他见你一向不来，怎肯下气与你？还是你去。（正生）我是不去。（老旦）你看他们一个向东，一个向西，全然不像个夫妻。（唱）**悠悠，浑似一陌路人，**（白）宋相公，你也不要怪。我女儿这几日想念相公，哪哪哪，病都想出来了。（唱）**你没来由腰肢瘦损。也只为梦断梨云，**（白）吓，我儿，还是上前相见。（贴旦）我不去。（老旦）相公，还是你来。（正生）咳。（老旦）阿唷，我看你们这般光景，难道就罢了不成？啐，我有个道理在此。相公这里来。（正生）吓。（老旦）随我来嘘。我儿，走嘘，走嘘。（贴旦）你去坐。（老旦）相公请坐了。我儿，你也坐了。（贴旦）咳噫！（正生）吓。（贴旦）咳噫！（老旦）呀啐！相公不必如此，还是看老身分上。（正生）吓。（老旦）我儿，少间枕席上留些情意与他。（贴旦）咳噫！（老旦）相公略坐坐末就睡了罢。（正生）什么意思？（老旦）我也不要管他，我自去睡罢。待我闭上了门。好了！（唱）**看他鸳鸯双双睡稳。**（老旦下）

（起更）（正生）呀！（唱）

【耍孩儿】倦体欠伸浑欲瞑，自觉无聊甚，（三更）（白）呀！（唱）**听帘外秋漏沉沉。寒灯，一任你背地空挑尽，梦蝴蝶翩翩庄周寝。**（白）日间那晁……阿吓，晁盖有书到来，不知为着何事？待我看来。阿吓，我道为着何事，原来众英雄同聚梁山，叫我速速起程。（科）阿吓，待等天明，县前辞别众兄弟，起程便了。（科）淫妇，淫妇！（唱）**我那、那顾得闲愁闷？**

（四更）（贴旦）嗳嗳嗳，三郎！（科）呀！（唱）

【会河阳】我与他对面无缘，拊心自矜，阴虫切切不堪闻。短檠，照我寒衾，黯然泪痕，偏不照情郎影。(五更)呀！**含桃，颗颗我心头滚。吞刀，**呀！**寸寸我心头刃。**

(白)咳咳咳。(睡)(鸡叫)(正生)阿吓，鸡鸣了，这等天明了。妈妈，看守门户，我到县前去了。(科)起身忙如箭，双脚走如飞。(正生下)(贴旦科)三郎！(科)这个人去了，待我去到母亲房中去睡了。(科)吓，什么东西，失了一脚？(科)原来是宋江的招文袋。(科)袋内不知什么东西响，待我看过明白。原来是锭银子，拿来藏过了。(科)还有书信一封，待我看来："向事所犯赖恩司，聊奉黄金一锭。"(科)正所谓妇人家不识事务，疑是银子，原来是一锭金子。待等天明，好与三郎买茶冻果儿吃。"些须薄敬，望兄收纳，心表解救恩。弟晁益顿首拜。"晁益？哪，这个不像"益"字，我心头熟得紧，口中说不出来了。哪，晁、晁、晁盖！阿吓，闻得梁山上贼头名唤晁盖，他与强人来往，然后做出事来，岂非连累我母女？咳，宋江，宋江！(唱)

【缕缕金】甘唾井，恨无因。拾遗非祇幸，得黄金。若还梁山泊，反形足证。想天叫笼鸟翮凌云，任银瓶落梧井，任银瓶落梧井。(科)

(正生上)(念)

【越恁好】[①]**楚弓遗影，楚弓遗影，虑祸甚关心。**(白)阿吓，起身忙速，失下招文袋。想袋内这锭金子没有，细细小事，还有晁盖这封书信。想妇人家能识几个字，若还被他拾着，还当了得？为此急急前来。嗖，还好，且喜门儿还开在此。(科)(寻科)娘子可见招文袋？可见招文袋？(贴旦)呸！见你娘的鬼，什么招文袋？什么招文袋？(正生)这招文袋，明明掉在此地。(念)**早难道璧沉江海无凭准。**(贴旦白)宋江，袋内什么东西，说过明白，老娘好还你。(正生)一锭金子。(贴旦)这一锭金子，老娘所爱了。(正生)娘子若喜，送与娘子买果儿

---

① 此曲195-1-145(3-2)吊头本而外，唯晚清《荆钗记》等正生、外、末本(195-1-55)所抄《水浒记》正生本抄有，且所抄均已删节，而其他单角本仅标示"念"字。

吃。(念)**赠伊何吝?**

(贴旦)另外可还有?(正生)没有了。(贴旦)还有那晁盖。(正生)吓!(科)娘子还了我罢。(贴旦)呸!你难道闷死老娘不成?宋江,你好吓!你与强盗贼来往,然后做出事来,岂非连累我母女?如今要还我了当。(正生)什么东西,叫做了当?(贴旦)这大年纪,了当也还不晓?无非写了一纸休书,叫做了当。(正生)怎么,休书叫做了当?如此还了,我写。(贴旦)你写还休书,还你招文袋。(正生)你还得快,我写得快。(贴旦)你写得快,我还得快。(正生)我写了,怕你不还。(贴旦)我还你,怕你不写。(正生)怎么,当真要写?(贴旦)当真要写。(正生)我写。(贴旦)宋江,你与我来写。(正生)我写。(贴旦)你与我来写。(正生)我写。上写着"宋公明妻阎氏"。(贴旦)且慢,休书上要依我一句。(正生)那一句?(贴旦)是要任凭改嫁。(正生)是么,休书上是有任凭改嫁?咳,我且问你,你要改嫁那个?(贴旦)要改嫁一个人。(正生)是么,自然改嫁一个人,难道改嫁一个鬼不成?(贴旦)且住。他有把柄在我手中,与他真讲何妨?宋江你听。(正生)你要改嫁那一个?说来。(贴旦)我要改嫁张三郎。(正生)怎么,你要改嫁那张三郎?(贴旦)我要改嫁张三郎。(正生)且住。王婆之言,言不谬矣。(贴旦)呸!有什么王婆李婆,你与我写!(正生)我写,我写。(贴旦)你来写。(正生)写好,你拿去。(贴旦)宋江,这一张,非是一张,千张万张用不着的。(正生)休书上写得明明白白,为何用不着?(贴旦)虽则明明白白,休书上这个也没有。这个手印。(正生)怎么,要手印?(贴旦)老娘,老娘比你老当些。(正生)你倒是老作家。为大丈夫做得上,撇得下。(科)也罢,拿去。(贴旦科)这遭就是了。(正生)你到那里去?(贴旦)待我去到母亲房中去睡了。(正生)你方才说写还休书,还我招文袋。怎么,你要到房中去睡了?(贴旦)当真要还你?老娘哄哄你的。(正生)怎么,是哄哄我的?(贴旦)当真要还你?(正生)娘子,看夫妻之情,还还我才是。(贴旦)呸!前者不写休书,原是夫妻之情,如今写还我的休书,还有什么夫妻?还有什么夫妻?(正生)是吓,想休书不写,原是夫妻，如今已写，还有什么夫妻？这个……（贴旦）宋江，当真要还你？（正生科）娘子，做你不着，还还才是。（贴旦）这有何难，待等天明，去到郓城县，当堂交还招文袋。（正生）且住。我想郓城县是我本官，若还知风，还当了得？咳，我骂你这贼淫妇！（贴旦）我骂你这狗强盗！（正生）贼淫妇！（贴旦）狗强盗！（正生）娘子，你敢说三不还？（贴旦）你说三不还，非是三不还，就是十不还你听。（正生）你且说来。（贴旦）我一不还，二不还，三不还，不还，不还，当真不还。（正生）不还我就……（贴旦）你只得杀我不成？（正生）杀你何妨。（杀贴旦）（关门科）（正生）不怕你不还。（科）在这里了。为大丈夫，来得清去得明，不免叫破而去。妈妈走出来。（老旦上）自不整衣毛，何须夜夜号？相公，为何这般光景？（正生）你女儿做人不好。（老旦）我女儿做人不好，凡事看老身分上。（正生）看你分上，将他杀了。（老旦）杀在那里？（正生）杀在这里。（老旦）阿呀，儿吓！（正生）呀呸！不许你开口，开口连你也是一刀。可杀得是？（老旦）杀得是。（正生）可杀得不差？（老旦）杀得不差，杀得不差。（正生）抬过一边。（科）我养你暮年。（老旦）阿呀，相公吓！可念夫妻之情，买口棺木，盛殓了他。（正生）既如此，到街坊去买。（老旦）阿呀，宋江杀人吓！（正生）阿吓！（下①）

活　捉

贴旦（阎婆息）、丑（张文远）

（贴旦上）（唱）

【梁州新郎】②马嵬埋玉，珠楼堕粉，玉镜鸾空月影。莫愁敛恨，枉称南国佳人。便做医经獭髓，弦觅鸾胶，怎济得鄂被炉烟冷？可怜我章台人去也一片

---

① 正生本此下接写王婆私放宋江逃走的情节，约略两行字。

② 此曲牌名195-1-145(3-2)吊头本题作【梁州序】，《六十种曲》本《水浒记》亦如此。【梁州新郎】常被误题为【梁州序】。

尘，铜雀凄凉起暮云。看碧落，箫声隐，色丝谁续厌厌命，花不醉下泉人。

(白)来此三郎门首，不免叫他开门便了。三郎开门！三郎开门！(内白)阿二吓，外面有人叫开门，你看来吓。格贼精狗毬养睡熟这，让学生自家去开是这。(丑上)哑哑哑。遥怜隔窗月，何事来相请？咳吓，好月，好月！外面叫开门是啥人？(贴旦)是奴家。(丑笑)人人说道我张文远，桃花星照明，夜半三更，是格奴家奴家。外行头[①]奴家是啥人？(贴旦)三郎，我与你不别多日，奴的声音，就听不出来了？(丑)阿吓，否[②]错，否错，格声音熟得紧，日日学生耳朵里边撬进撬出。熟得紧，为啥想否起来这？(科)你格奴家，到底那里来勾？(贴旦)请三郎猜一猜。(丑)那啥，叫学生猜一猜？你在檐下廊，露水大得紧。你在檐界上立格立，待学生来猜。(科)是格，是格来里这。(科)勿是，勿是，格格奴家勿来，勿来。难来里这。(唱)

【渔灯儿】莫不是向坐怀柳下潜身？(白)可是么？(贴旦)不是。(丑唱)**莫不是过男子在户外停轮？莫不是携红拂在越府私奔？莫不是仙从少室，访孝廉封陟飞尘？**

(白)可是么？(贴旦)猜的一些也不是。(丑)呷吓，个夜猜死也猜否着这。你格奴家，到底那里来个？(贴旦)三郎，你开了门，自然认得的。(丑)勿差吓是勿差，我张文远聪明半世，懵懂一时，开得门自然会认得，自然会认得。(科)喂，小娘子，你在檐界上立格立，待学生来开，来开门开来里。走进来。(科)(贴旦进，下)(丑)喂，为啥一蓬鬼头风？小娘子，门开来里，请进来，请格进来，进来。半边没有人，来东那边。小娘子，小娘子，学生来格外头相请，请进来么。没有人。(科)来带这，衙门班朋友，外头吃酒回来，往我门前走过，说我张文远，在女娘房边乱占功夫，个个毬养捏得鼻子，是个“奴家，奴家”。你道我勿看见，你个毬养转还去这，我明朝到衙门廊，查你个

---

① 外行头，即“外哼头”，方言，外面。

② 否，即“弗”，方言音转为“勿”。

名姓，我要罚成你一桌东道，我要大大罚你一桌东道。转还去这，勿要去管其，去睡得。（关门）（贴旦上）三郎！（丑笑）小娘子，学生在外头相请，你往学生屁股顽皮，是个介进来怎么？请问小娘子，谁家子女？那家宅眷？请道其详。（贴旦）咳！（唱）

【锦渔灯】奴是那怀扼臂（丑插白：那个姓阿？）**薛昭临赠，奴是那去辽阳丁令还灵，**（白）阿吓，三郎吓！（唱）**未能够鹦鹉重逢环玉痕，**（丑插白：呷！为啥有土气？还是无得脚个！）**暂临风携将金碗出风尘**。

（丑）你可是阎婆息？（贴旦）正是。（丑）那啥好？（科）（贴旦）三郎吓！（丑）小娘子，自古道“冤有头，债有主”，被宋公明杀死，苦寻起我张文远吓！（唱）

【锦上花】你只该向严武索命频，怎么倒恨王魁负桂英？（贴旦白）三郎吓！（丑科）我唬杀这，唬杀这！（唱）**好似妖娇夜舞欲欺人。我不曾招屈子楚些吟，又不曾学崔护视殓殷，因甚的画图魂返牡丹亭，隐现毕方形？**

（贴旦）三郎吓！（唱）

【锦中拍】奴只道重泉路阴，把幽魄沉沦，那晓得鸳鸯性打熬未瞑，花柳情摧颓犹剩。恰好向夜台潜转一灵，似云华魂返长寝，似倩女魂离鬼门。须信道紫玉多情，英台含恨，因此上背鱼灯涉巫岭。

（白）三郎，见了这等害怕。（丑）吓，唬杀这，唬杀这。（科）（贴旦）今夜非为绝命而来。（丑）你不为绝命而来，你到来何事？（贴旦）看奴的容貌如何？（丑）你搭[①]我歇这！人个面孔么好看，鬼格面孔有啥格好看？有啥格好看？（贴旦）你看不看？（丑）我来看，我来看。你不要动，待我来看。你动一动，学生心里也是格一动；你再是一动，学生桌台，是格打过来这，打过来这。呷！张文远，张文远！你日看女娘，夜看女娘，今朝夜里，要看鬼面孔这，要看鬼面孔这。呷吓，妙吓！小娘子格才貌如再生，生得标致吓！（唱）

---

① 搭，单角本作“则”，今改从《双狮图》第十九号的用字。搭，方言介词，给。字亦作“得”，调腔《绿牡丹》第七号：“个签诗得我详解详解。”

【锦后拍】觑着你俏庞儿宛如生，(笑)(白)格小娘子是无个，就是那死，有何妨吓。妙吓！(唱)**听他娇吐的依然旧莺声**。(贴旦白)三郎！(丑唱)**打动我往常时逸兴，打动我往常时逸兴**。(贴旦下)(丑)以[①]无得这，以无得这。我匌你娘，放人勿做做鬼好，要来得来，要去得去，正所谓“乱无踪，喜无由”。(科)银烛无得这，待学生去困得。我匌你娘，说话则[②]你话完这，还要来里做啥？还要来里做啥？(贴旦上)三郎，你自言自语，讲些什么？(丑)记得小娘子好处吓！(唱)**可记得银蜡下和你鸾交凤滚，向纱窗重拥麝兰衾？仿佛听鼓瑟湘灵隐隐，真个是春蚕丝到死浑未尽**。

(白)格歇时光，说得口干舌燥，有茶借之一杯。咳，说之一句，引之一句这。小娘子，你可记得借茶格事务勾？(贴旦)奴怎的不记得？(丑)你也来说之一番。(贴旦)三郎吓！(唱)

【骂玉郎】小立春风倚画屏，好似萍无蒂柏有心，珊瑚鞭指填衡门。乞香茗，因此上卖眼传情。慕虹霓盟心，慕虹霓盟心，蹉跎杏雨梨云。致蜂愁蝶昏，致蜂愁蝶昏，痛杀那牵丝脱衽，只落得倒床捶枕。我方才扬李寻桃，扬李寻桃，便香消粉褪，玉碎珠沉。浣纱溪鹦鹉洲，夜壑阴阴。今日里羡梁山，和你鸳鸯冢并。

(内声)(丑)喂，阿二吓！个鬼是就个勿得个，勿要走出来，勿要走出来。以来这，以来这。(贴旦)三郎，可说得无差？(丑)听小娘子说来吓，事一点吓勿错格。(唱)

【前腔】李代桃僵翻误身，(白)咳，我好恨吓！(贴旦)敢是怪着奴家不成？(丑)怎敢恨小娘子？恨王婆狗花娘吓！(唱)**恨他翻为雨覆作云，可怜红粉付青萍**。(科)(白)我格日子，在衙门廊，查起小娘子个凶信，学生哭、哭、哭之七日八夜格。(唱)**哭得我泪沾襟，好一似膏火生心**。(科)**苦时时自焚，苦时时自**

① 以，方言，相当于“又”。

② 则，亦作“做”，方言，和，跟。

焚，正挨剩枕残衾。（科）**真如飞琼降临，真如飞琼降临，骤道是山魈现形，又道是鹍弦泄恨。**（科）**把一个震耳惊眸，把一个震耳惊眸，博得个荡情怡性，动魄飞魂。赴高唐向阳台，雨渥云深。又何异那些时，和你鹣鹣影并。**

（白）吓咻，吓咻！（贴旦）三郎可苏醒？（丑）说话则你话完这。（贴旦）我想你也少不得我，我也少不得你，双双同归阴司去罢。（丑）你去，我下这。有道"活，活个路，死末死个路"，真真放你娘狗屁！（贴旦）三郎吓！（唱）

【尾】何须鹏鸟来相窘，效于飞双双入冥。（科）（白）三郎吓！（唱）**才得个九地含眝，鸳冢安然寝。**

（丑）阿吓，命登。阿二，命登，命登……（科，下）

二二 百花记

明传奇，明祁彪佳《远山堂曲品》著录。该剧明清刊本未见全本流传，明末以来戏曲选本如《时调青昆》《醉怡情》《万壑清音》《歌林拾翠》等存有散出，而川剧高腔、湖南辰河高腔尚存全本（后者场次略有删减），题《百花亭》。新昌县档案馆藏调腔抄本所见有《赠剑》《点将》两出，其中《点将》出唱昆腔。宁波昆剧兼唱的调腔戏有此剧目。

调腔《百花记》剧叙元时安西王谋反，江六云化名海俊，潜入王府，职授参将、护国将军。内侍叭喇铁头忌其才能，将海俊灌醉后扶入百花公主内房歇息，意欲借刀杀人。百花公主侍女江花佑乃海俊之姊，遂加掩护。百花公主回宫，海俊知己为叭喇铁头构害，急忙说明情由。公主因见海俊相貌堂堂，心生爱慕，赠剑定情。后百花公主登台点将，以贻误军令为由，斩杀了叭喇铁头。

整理时以1958年老艺人忆写总纲本（案卷号195-3-8）和1958年油印演出本（案卷号195-3-105）为基础，拼合小旦、贴旦单角本。其中，油印演出本分《释（设）计请贺》《梅亭赠剑》《点将斩叭》三场，封面标作"周明理挖掘，方荣璋记谱"。因周明理系宁海艺人，故封面题"平调"。《点将》出曲牌名根据光绪二十二年（1896）《阴阳报》等旦本（案卷号195-1-79）所收《百花记》小旦本，《赠剑》和《点将》角色名目依照《调腔曲牌集》和忆写本前所附角色人物详情[①]。

除尾声之外，新昌县档案馆藏调腔抄本《赠剑》出曲牌名皆缺题，《调腔曲牌集》虽据调腔旦角赵培生唱腔记录，但曲牌名其实从忆写本和油印演出本补入，所补或系平调曲牌名。但"花披露"至"图画麒麟"，虽词式和曲谱皆与上曲同，曲牌名却不同；"相逢好"至"待成名渡鹊桥"，除"好良缘"两句为带念外，曲谱与《调腔乐府》卷一【川拨棹】相近；等等，故所题曲牌名不尽可信，今参照《时调青昆》《歌林拾翠》重订，曲牌名改题前后对照如表所示。

---

① 该角色人物详情分别题作老生和外并存，调腔里老生一般即指外，这里或者增一角，或者其一为老旦，今易老生为老旦。195-3-105演出本点卯报及速典罕儿时，众人称"出差去了，望娘娘写个到字"，如此则无须再增一角。

<table>
<tr><th>《赠剑》曲文起讫</th><th>《调腔曲牌集》原定名</th><th>新定名</th></tr>
<tr><td>“迷群雁”至“醉着销金”</td><td>【红绣缘】</td><td>【宜春令】</td></tr>
<tr><td>“看他形容”至“一命难存”</td><td>【前腔】</td><td>【前腔】</td></tr>
<tr><td>“我已醉”至“急切非轻”</td><td>【前腔】</td><td>【前腔】</td></tr>
<tr><td>“花披露”至“图画麒麟”</td><td>【彩凤栖】</td><td>【前腔】</td></tr>
<tr><td>“唬得我魂飞荡摇”至“那英豪披肝胆敢妆乔”</td><td>【园林好】</td><td>【园林好】</td></tr>
<tr><td>“看他容貌非奸刁”至“少迟刻命难逃”</td><td>【彩花新】</td><td>【嘉庆子】</td></tr>
<tr><td>“无端生出祸根苗”至“惜微躯连环难报”</td><td>【前腔】</td><td>【尹令】</td></tr>
<tr><td>“广寒宫月仙子思飘摇”至“玉宇无尘贮阿娇”</td><td>【望妆台】</td><td>【品令】</td></tr>
<tr><td>“明月在上照鉴我心苗”至“永订佳期决不学那王魁把山盟负却”</td><td rowspan="2">【赛红娘】</td><td>【豆叶黄】</td></tr>
<tr><td>“君非韩寿”至“做一个鸾凤颠倒不须推掉”</td><td>【玉交枝】</td></tr>
<tr><td>“这谩发文魔性”至“免得旁人嘲笑”</td><td rowspan="2">【双蝴蝶】</td><td>【江儿水】</td></tr>
<tr><td>“相逢好”至“待成名渡鹊桥”</td><td>【川拨棹】</td></tr>
</table>

赠　剑

贴旦(江花佑)、小生(海俊)、小旦(百花公主)

(起更)(贴旦提灯上)(唱)

【宜春令】迷群雁，断线筝，伴孤灯暗而不明。(白)奴家邹玉林之妻江氏，那年探亲，迷失路途，被公主娘娘掳上山来，叫我习学刀枪，取名江花佑。我身在此地，丈夫不知落在何处也？(唱)**猛然苏醒，三餐血泪如泉涌。想乘鸾拆散咽悲苦，遇虎狼、遇虎狼与羊相寝。**(白)娘娘叫我整备牙床，我还在此闲讲怎的？待我整备牙床则个。(科)呀！(唱)**是何人，天河误行，醉着销金①，醉着销金？**

---

① 天河误行，单角本作“扁我路行”“遍我路影”；醉着销金，单角本作“罪着小今”“垂着小镜”。检此二句《时调青昆》卷二下层《百花记・百花赠剑》和《歌林拾翠》二集《百花记・百花赠剑》作“天河误泛，醉卧销金”，据校改。着，指着床。销金，销金帐。

(白)待我取灯看来。(唱)

【前腔】看他形容，骨肉清，貌魁梧、超群后生。细观风姿，好似兄长眠珊枕[①]**。因甚的误入香闺，莫不是奸臣之计**[②]**？兄弟快醒，少迟半刻，一命难存，一命难存**。

(白)兄弟苏醒！(小生唱)

【前腔】我已醉，感承情，帐儿暖、被儿又温。恁般行径[③]**，**(贴旦白)兄弟苏醒！(小生唱)**为甚的脂粉香阵？**(白)小将酒也有了。你是那个？(贴旦)为姐江花佑在此。(科)兄弟，这是公主娘娘内房，有人擅入，即时斩首。(小生)阿吓，这遭不好了！(唱)**恨乔才设计害我，怎脱得、龙潭虎阱？**(贴旦白)兄弟因何到此？(小生)姐姐有所未知，只因魏王造反，一时被掳，改名海俊，多蒙大王封为西王府参将、护国将军。不想内侍叭喇铁头忌我才能，接我过府饮酒，将我灌醉，扶我到此地。姐姐，你因何落在此地？(贴旦)兄弟有所未知，那年探亲，迷失路途，被公主娘娘掳上山来，取名江花佑。兄弟，姐丈到那里去了？(小生)姐丈回去不见姐姐，爹爹将他配军去了。(贴旦)阿呀，夫吓！(小生)姐姐不必啼哭，救兄弟要紧。(贴旦)兄弟且是放心，待等娘娘安寝，再放你出去便了。(小生)多谢姐姐。(唱)**到此**[④]**，这场祸事，急切非轻**。

(内)江花佑掌灯。(贴旦)晓得。(小旦上)(唱)

【前腔】花披露，月有影，对青灯阴符漫评。恁香消被冷，良夜看剑却闲兴。运神机演武修文，观韬略、观韬略誓却奸佞。英名，名标青史，图画麒麟，图画麒麟。

(白)江花佑，命你准备牙床，可曾齐备？(贴旦)还未。(小旦)呢！(贴旦科)(小

---

① 眠珊枕，单角本一作“面三春”，一作“面相真”，《时调青昆》《歌林拾翠》本作“眠珊枕”，据校改。

② 之计，《时调青昆》《歌林拾翠》作“机穽”。

③ 行径，195-3-8 忆写本作“情幸”，据《时调青昆》《歌林拾翠》改。

④ 到此，《时调青昆》《歌林拾翠》同，195-3-105 演出本作“到今”。

生)阿吓,娘娘吓!(唱)

【园林好】唬得我魂飞荡摇,且饶恕、残生市曹。亦非是逾墙之盗,手无寸铁非挟匕,那英豪披肝胆敢妆乔。

(小旦)呀!(唱)

【嘉庆子】看他容貌非奸刁,堂堂一貌丰标。既不是逾墙之盗,因何的潜身来到?将心事诉根苗,少迟刻命难逃,少迟刻命难逃。

(小生)娘娘吓!(唱)

【尹令】无端生出祸根苗,(白)不想内侍叭喇铁头呵!(唱)**忌才能暗藏机巧,**(白)公主吓,小将乃是海俊,不想叭喇铁头,接我过府饮酒,将我酒灌醉,不知来到娘娘宫中,小将罪该万死。(唱)**似刘郎误入蓬瑶。望娘娘鉴他人之奸计,亦非是小将之胡为,惜微躯连环难报。**

(小旦)你夜阑更深,身入宫帏[①],本当斩首。此乃他人之过,非汝之罪,我今不杀,只是便宜了你。(贴旦)娘娘,不要便宜了他,待我杀了他。(小旦)唔,江花佑,你去看粉墙高低,待他扳梅过去。(贴旦)晓得。(小生)姐姐,快点放兄弟出去。(贴旦)且住。公主娘娘那里叫我看粉墙高低,明明多我这双眼睛。我闭门不管窗前月,兄弟吓,任你梅花自主张。(贴旦下)(小生)娘娘,叫小将往何处而去?(小旦)你傍梅亭左侧,可以扳梅过去。(小生)傍梅亭左侧,扳梅过去,待我扳梅而过便了。(小旦)海生,休把老梅来折损,待他乘月泄春光。(小生)小将晓得了。且住,方才公主之言,有爱我之心。是了,待我躲在梅亭左侧,听他讲些什么。正是,要知腹内事,但听口中言。(小旦)正是嫦娥素性甘清寂[②],怎奈青春[③]爱少年。方才听海生言语,志气轩昂,他名标青史。虽有良缘,不过公侯之子,焉有如此之人?我意欲将终身相托,只因女人家羞人答答,怎好启齿。吓,是了,待等成名之日,奏

---

① 宫帏,同“宫闱”。

② 嫦娥素性甘清寂,单角本作“嫦娥爱青春”,据《歌林拾翠》改。

③ 青春,《时调青昆》《歌林拾翠》作“秋香”。

过父王,成其美事便了。说话之间,未知他过墙否。咳,海生,海生!(小生)小将在。(小旦科)怎么,还未过墙么?(小生)小将还未过墙。(小旦)你可听见我讲些什么?(小生)方才公主之言,小生铭刻肺腑,何以图报。(小旦)说那里话来?(唱)

【品令】广寒宫月仙子思飘摇,须知桂蕊只向少年抛[①]**。男儿不惮青云杳,自有仙桥。说什么桥高必险,也不叫你担烦受恼。稳坐琼楼,玉宇无尘贮阿娇。**

(小生)既蒙娘娘见爱,小将若有异心,对天盟下誓来。(唱)

【豆叶黄】明月在上照鉴我心苗,蒙公主不弃鷦鷯,使鲰生此身有靠。你那里恩高义好,我这里魂飞胆消,恩高义好,魂飞胆消,永订佳期决不学那王魁把山盟负却。

(小旦)呀!(唱)

【玉交枝】君非韩寿,我岂学偷香女流?为怜君绝色丰姿妙,因此上订结绸缪。待等成功之日结鸾交,方求百岁我和你共同欢笑。(小生白)娘娘言虽是,未知成功在于几时?趁此良机,岂可虚度乎?(唱)**我和你效鸳鸯、双双颈交,做一个鸾凤颠倒不须推掉。**

(小旦)呢!(唱)

【江儿水】这谩[②]**发文魔性,把文君休轻掉。**海生!**那姻缘、必须要凭月老,我岂不知恩爱好,人伦纲常难颠倒。不告严亲罪非小,总使欢娱,免得旁人嘲笑。**

(小生)既蒙娘娘千金重托,又恐奸人计害,望公主娘娘在大王面前撺掇,使小将重任理事,可免无事。(小旦)君既怀疑,我自有处分,叭喇铁头,我当治罪。我有宝剑二副,汉祖以定天下之物,今将一副赠君,以表姻缘之兆。

---

① 此句单角本作“须知他随曾花少年貌”,195-3-105演出本作“须知桂蕊曾相(向)年少”,据《时调青昆》《歌林拾翠》改。

② 谩,亦作“漫”,胡乱。

（小生）公主，我和你拜了天地。（小旦）不消拜得。（小生）公主来也！（唱）

【川拨棹】相逢好，（科）（同唱）**赠青萍为表照。望嫦娥纳鉴微忱，望嫦娥纳鉴微忱，好良缘须及早，喜双双鸾凤交。待成名渡鹊桥，待成名渡鹊桥。**

【尾】（小生唱）**轻身飞出人静悄，**（小旦白）海生，过墙可无事否？（小生）小将过墙无事，公主请便。（小生下）（小旦）海生！（唱）**今夜无聊直到晓。**（白）海生！（唱）**准备着相思难打熬，相思难打熬。**

（贴旦上，科）（小旦）江花佑，你几时到的？（贴旦）我才到的。（小旦）可听我讲些什么？（贴旦）只听得一句。（小旦）那一句？（贴旦）准备着相思，叫人难打熬。（小旦）啐！（科，下）

点　将

净（何其能）、小旦（百花公主）、老旦（速典罕儿）、付（哈迷痴）、正生（乌吉利）、丑（叭喇铁头）、花旦（腊花左）、外（邹志荣）、末（陈大道）、小生（海俊）、贴旦（江花佑）

（净上）举目观青天，低头思故乡。某，何其能，乃南部开山挂印先锋是也。今日娘娘点将，在辕门侍候。（宫女、小旦上）（唱）

【（昆腔）**粉蝶儿】手握兵符，凭着俺手握兵符，胸藏着人时天数。密层层甲胄森罗，感吾王，恩波沐，浑一似商周尚父。这一场骚扰干戈，也亚是陈仓暗度。**

（白）身沐恩波任大权，霓虹万丈射青天。印悬肘后黄金斗，凤弹青缨碧玉冠。三尺剑一声言，任你英雄心胆寒。自夸寰宇挥青日，早挂雕弓勒燕然。自家虽是女流，志在张陈[①]之列。官居大将，要齐汉祖之韩生；赤心一点，誓取百二山河；朱颜半怒，奠安洪荒宙宇。今蒙父王重托，拜我为帅，即日兴师，必须要号令严明，须使行军无失。头目过来，听令。（净）在。（小

① 张陈，指汉高祖谋臣张良、陈平。

旦)吩咐辕门上旗鼓司，擂鼓三通。头通鼓起，埋锅造饭；二通鼓起，众将全身披挂；三通鼓绝，众将一齐上台听点。(净)辕门上旗鼓司听着，娘娘吩咐，擂鼓三通。(击鼓)(小旦)二鼓催。(击鼓)(小旦)三鼓紧紧速催。(击鼓)(净)启娘娘，三通鼓绝。(小旦)吩咐众将一齐上台听点。(净)娘娘有令，众将一齐上台听点。(众将上)娘娘在上，众将打躬。(小旦)众将少礼。(众)谢娘娘。(小旦)众将官。(众)有。(小旦)拜将者，乃古礼也。自从黄帝以来，代代有之。将令一新，必匡天下。今蒙父王重托，拜我为帅，即日兴师，必须要号令严明，须使行军无失。逢关斩将，虽夸自己之能；齐心协力，莫负皇上重托；长驱席卷，毋等众恶之逃生。为将献谋，为兵奋力，不失素日之英名。成功之日，分茅裂土，图画麒麟阁上；名标青史，坐看尧舜之成化。敢有闻鼓不进，闻金不退，盔甲不明，队伍不齐，一捆四十。穿箭游营，擅闯辕门，私行喧哗，奸人妻女，掳掠民财，即时斩首。张挂施行，有功者赏，有罪者罚。随吾者分毫不爽，须知军令无情，尔等各要小心。站立两旁，听令。(众)有。(小旦)北部听点。(众)候点。(小旦)北部开山挂印先锋速典罕儿。(老旦)在。(小旦)站立。(老旦)吓。(小旦)北部专主征伐掌印总兵官哈迷痴。(付)在。(小旦)站立。(付)吓。(小旦)北部督趱六路掌粮都判官乌吉利。(正生)在。(小旦)站立。(正生)吓。(小旦)北部记功使叭喇铁头。(丑)在。(小旦)站立。(丑)吓。(小旦)北部女将腊花左。(花旦)在。(小旦)站立。(花旦)吓。(小旦)以下总兵官查报。(众)清查。(小旦)南部听点。(众)候点。(小旦)南部开山挂印先锋何其能。(净)在。(小旦)站立。(净)吓。(小旦)南部专主征伐掌印总兵官邹志荣。(外)在。(小旦)站立。(外)吓。(小旦)南部督趱六路掌粮都判官陈大道。(末)在。(小旦)站立。(末)吓。(小旦)总理南北二部催趱兵马考功护国军师海俊。(小生)在。(小旦)站立。(小生)吓。(小旦)南部女将江花佑。(贴旦)在。(小旦)站立。(贴旦)吓。(小旦)以后总兵官查报。(众)清查。(小旦)众将官，营中可少什么器甲？(净)缺少十万狼牙箭。(小旦)命何人所造？(净)叭爷所造。(小旦)传叭先生。

(净)叭先生请。(丑)娘娘,自家在。(小旦)叭先生,前者父王命你督造十万狼牙箭,怎的不解功?(丑)启娘娘,功多限紧,宽贷几日,即便解功。(小旦)呢,敌人临境,岂可失误?分明奸诈之徒。刀斧手,与我绑起来。(丑)呔,你初次登台点将,先斩公卿,不是兴兵之道。(小旦)呢!(唱)

【(昆腔)泣颜回】**令出敢违误,恃奸藐法罪不容诛。三军未动,须知利器微储。倘敌人临界,早难道时下方精武。我今日法令之初,快与我斩首狂徒。**

(丑)我乃先帝所赐公卿,有功之臣,你却斩俺不得。(小旦)呢,你道先帝功臣,斩汝不得?(丑)斩俺不得。(小旦)你且听者。(唱)

【(昆腔)上小楼】**恁道是先帝功臣故狂疏,眼见得与他们为敌国。岂不闻将军约法,家邦难图,休逞着英武号令之初。**掌嘴!**轻觑俺小小花奴,轻觑俺小小花奴,令可也山岳动,军军将将敢来违误。岂容你逞花唇,岂容你逞花唇,顷刻间归云路,那里有奉旨钦点一萧何。**

(丑唱昆腔【泣颜回】前段)(白)且住。他初次点将,号令严明,怎肯放俺。待我上前相求,出了辕门,再作计较便了。阿吓,娘娘吓!(唱昆腔【泣颜回】后段)(小旦)呢!(唱)

【(昆腔)黄龙滚犯】①**慢劳**②**你屈膝求生,慢劳你屈膝求生,也只为军威难挫。齐整整百万男儿,齐整整百万男儿,雄赳赳众多头目。我今擅便恕便恕伊奴,有谁人肯服与吾?**刀斧手!**你与我推出辕门,你与我推出辕门,斩首级示吾法度。**(科)(斩丑下)

(小旦)海俊过来听令。(小生)小将在。(小旦)命你带领三千人马,往平望镇驻扎,以防贼人从太湖而进。(唱)

【(昆腔)扑灯蛾犯】**你领着三千人马行,仗英雄当住咽喉路。军中号令要严明,好约束儿郎将佐。齐整整队伍要分明,旗飘飘耀武后喧呼。**(白)转来。

---

① 此曲牌名民国年间赵培生旦本(195-2-19)题作【下小楼】。

② 慢劳,徒劳。"慢"字亦作"漫"或"谩"。

(小生)得令。(小旦)附耳上来。(唱)**你若是倘有差误,你若是倘有差误,可见那人赴冥途**。

(小生)得令。(小生下)(小旦)众将官。(众)有。(小旦)那叭喇铁头违我军令,已经斩首,须知军令无情,尔等各要小心。就此回。(唱)

【(昆腔)**尾】你今暂息归营伍,来日兴师往帝都。博得凌烟姓字图**。(下)

二三 万事足·高夫人自叹

《万事足》为明末冯梦龙据《万全记》改编之作，写陈循、高谷幼年同学，同科中举又同科及第。陈妻梅氏无子，主动为夫娶妾；高妻邳氏（调腔本作“范氏”）也无子，但妒悍非常，老仆高科恳劝亦遭痛斥，直至陈循过府饮酒，方才劝服邳氏允许丈夫置妾。先时高谷赴试途中救下女子柳新鸾（调腔本作“柳信英”），遂私娶为妾，寄之于流云庵中，并诞下一子。邳氏闻知其事，乃心生悔悟。新昌县档案馆藏调腔抄本《万事足》仅存光绪二十三年（1897）潘□正生本（案卷号195-1-26）所收单出，有剧名而无出目名，内容对应于《古本戏曲丛刊》二集影印明墨憨斋订定本《万事足》第三十一折《筵中治妒》，写陈秦（即陈循）劝服高妻之事；调腔《高夫人自叹》仅见于复旦大学图书馆藏抄本《调腔五种》，未题剧名，写高妻范氏（即邳氏）悔错一事。《万事足》没有与《高夫人自叹》曲白相近的出目，唯其第三十五折《一门和顺》开头写高妻自叙得知柳新鸾之事，思前想后，态度发生转变，与调腔该出写高妻悔错略有些相似。

安徽岳西高腔亦有该出，题《悔错》，高妻作杜氏，见收于班友书、王兆乾编校《青阳腔剧目汇编》下册（安徽省艺术研究所、安庆市黄梅戏研究所等编，1991）和崔安西、汪同元主编《中国岳西高腔剧目集成》（安徽文艺出版社，2014）；笔者购藏一册出自衢州的高腔抄本，收有《杜氏悔错》。以上内容均与调腔本相近。此外江西上饶有清嘉庆二年（1797）高腔抄本①，收有《遣仆劝主》《杜氏悔错》，据题名当为《万事足》出目，可见《万事足》曾被皖、浙、赣三省的部分高腔剧种所搬演。

本剧根据复旦大学图书馆藏抄本《调腔五种》校订。该本未标曲牌名，今据词式补题【驻云飞】和【尾】。

---

① 该抄本“口白台词常夹有赣东北乡音俚语，属何种高腔不详”，参见《中国戏曲志》编委会、《中国戏曲志·江西卷》编委会编：《中国戏曲志·江西卷》，中国ISBN中心，1998，第714—715页。

丑(范氏)、小旦(柳信英)

(丑上)(引)

【驻云飞】岁月如流,才见童颜又白头。昔日闺中幼,今改作苍头叟。嗏!人世若浮鸥,也须要参透。着什么来由,苦苦的与他们相争斗。做什么冤家结什么仇,人到中年万事休。

(白)不如意事常八九,可与人言无二三。老身范氏,匹配高门,相公官居二品,奴家屡受荣封。只因中年无子,娶得一妾,名唤柳信英,幸生一子,入学攻书。相公朝事未回,不免把昔日之事,细叹一番。瞬息光阴易变迁,正叹时岁不几延。匆匆世事浑如梦,叫奴暗地想从前。(唱)

从前事真出丑,我好没来由。常则是咬定牙根,眼睁眉皱,竟没些欢容笑口。(白)我与老爷虽同三十余年衾枕,那有一日唱随之意?(唱)**那里是恩爱夫妻,分明是、分明是冤家仇寇。**(白)就是老爷见我之时,他预加于声色呵!(唱)**他便迎合于笑脸有无的温柔。**(白)我想世间人,那里有丈夫怕妻子的道理?只因新婚之夜、恩爱之时、戏玩之间,男子汉总有正经言语让他几句,原是有的,谁知愈加让成妇人家的情性呵!(唱)**须知道嫁妇初归育桑条,育桑条还须要从幼。**

(白)老爷娶了柳信英,怕我不肯相容,把这女子寄在别处。后来老爷回家,将言语试我心腹,那时我妇人家所见不到呵!(唱)

待开言,待开言我便是河东狮吼,因此上迁延耽误他的佳期,数年间姻缘未偶。(白)曾记得当年陈叔叔到我家来下棋饮酒,说起置妾二字,我在屏风背后听见,慌忙出来,与他抢白一场,不容置妾,那时将我作践多少。今日过后思前,那里是他不是,皆因我不贤,若非陈叔叔之委曲周全,到如今那有一个好儿子呵!(唱)**正是人生五十岁,方知四十九年非,若不是同窗好友用意周,那得个回头?到如今那得个麟儿来续后?**

(小旦上)(唱)

龙潭香茗,磁炉汤沸时烹就,奉尊前殷勤问候。(白)夫人请茶。(丑)贤妹,怎么要你拿茶来。坐下。（小旦）夫人在此，贱妾怎敢旁坐？（丑）有话那有不坐之理？吓，贤妹！（唱）**我有无限丫头，怎要伊家这般样生受？**（小旦白）贱妾应该，夫人怎说此话来？（丑唱）**从今后夫人二字休出口，我和你姊妹相称，姊妹相称，如宾若友**。（白）妹子，你乃远方人氏，来到没爹娘地面，我若不另眼看待你呵！（唱）**怎叫你举目无亲，举目无亲，有谁来睬瞅？**

（小旦）累夫人受气。（丑唱）

说起含羞，自觉颜厚，（白）我少年间做人不好，将你作践多少，再若从前呵！（唱）**又恐怕笑破多人口**。（小旦白）有谁敢笑夫人？（丑唱）**又道众目难掩众口难调，此言非谬。怕刎颈雷陈**[①]**，光扬露丑，笑你我为着争闹，为着争非，我和你同僚不投**。（小旦白）贱妾不周。（丑唱）**有什么不周，论做妾人间有，谁似你下气怕声，下气怕声，逆来顺受？**（小旦唱）**深感贤褒，深感贤褒，铭心镂骨，念贱妾萍水漂流，谢夫人恩高义厚**。（丑白）今日得生一子，贤妹之幸也。（小旦）此子非贱妾之幸，乃老爷阴德所招，夫人贤惠而得，贱妾不愿别的而来。（唱）**名香一炷向苍天拜叩，愿老爷与夫人两两齐眉，两两齐眉，康宁福禄**。（丑唱）**难为你情意绸缪，情意绸缪，我还有一言叮咛**。

（小旦）夫人还有何言吩咐？（丑）我想老爷年纪高大，朝事沉沉，比不得少年的时节了。（唱）

他是个老人家筋骨疏残，容陋体瘦。必须要、必须要保养他的身躯，凡百事、凡百事要你来将就。（白）我如今把家筵托付与你掌管。（唱）**我如今丢开念头，把家筵付与汝收。收拾起被窝燕尾，除却了胸前纽扣，再不去搽粉面头油，罢了罗襦锦绣，向佛前焚香拜咒。礼佛持斋，礼佛持斋，我去看经念咒**。

（小旦）夫人正好享福。（丑）怎说此话来？（唱）

我如今忏悔愆尤，消灾灭咒。少年间醋性多，老将来须断酒。做一个散诞道

---

① 雷陈，即陈雷，指东汉时期的陈重和雷义。陈重和雷义同郡为友，同窗共学，互相推重，时人谓之“胶漆自谓坚，不如雷与陈”。事见《后汉书·独行传》。

遥，穿一领无挂碍的宽衫大袖。人世虚浮逐浪流，惟有我夫人使尽帆风未肯休。收几句谁参透，惟有我夫人破浪乘舟。急转回头，贤德芳名，贤德芳名，万载传流。

【尾】从今后夫人二字休出口，此后和谐永更休。（白）贤妹。（小旦）夫人。（丑唱）**我和你姊妹双双、姊妹双双到白头。**（下）（终）

二四 铁冠图

清初传奇。新昌县档案馆藏调腔晚清民国抄本所见有《观图》《对刀》《步战》《别母》《乱箭》《乱宫》《煤山》等出。民国二年(1913)《赐绣旗》《四元庄》等单角本[案卷号195-2-28(2)]所收《铁冠图》正生本《观图》出题二号,《乱宫》出题四号,知两出之间尚有一号,检民国七年(1918)"方玄妙斋"《玉簪记》等吊头本(案卷号195-1-4)当中有"付上白　丑上白"字样,则其间当有一场过场戏,盖写已投降李自成的太监王忠派人来京城送信,提督九门的太监杜秩亨得书并答应献城投降之事。

调腔《铁冠图》既有唱调腔的出目,也有唱昆腔的出目,两者来源不同。其中,调腔《观图》出与《缀白裘》本有不少差异,《乱宫》《煤山》两出与昆曲《铁冠图》写同一事的《分宫》《煤山》出迥异。经比勘,以上唱调腔的《观图》《乱宫》《煤山》三出与川剧高腔《铁冠图》同源,彼此曲文相合者甚多,溯其源则出自《曲海总目提要》卷三三著录的旧本《铁冠图》。调腔本《对刀》《步战》《别母》《乱箭》等唱昆腔,说明这几出借道昆曲,而昆曲《铁冠图》大部分出目来自《虎口余生》①。另,北京高腔《铁冠图》的部分出目也与川剧高腔本属于同一系统,例如《俗文学丛刊》第一辑第53、54册所收北京高腔《铁冠图·分宫》,便与《川剧传统剧本汇编》第二集《铁冠图》第十二场《宫议》和第十四场《夜探》基本相同。尽管如此,北京高腔《铁冠图》与调腔、川剧高腔本也存在一些差异。如《俗文学丛刊》第一辑第88册所收北京高腔"百本张"抄本《铁

---

① 《曲海总目提要》卷四六著录《表忠记》,云"一名《虎口余生》,近时人作。闻出织造通政使曹寅手,未知是否"。现有题遗民外史著的《虎口余生》旧抄本四十四出流传至今,影印收入《古本戏曲丛刊》五集。不过,曹寅《表忠记》(《虎口余生》)原作有五十余出,遗民外史本当是以曹寅原作为主要蓝本而加以改窜和编集的,参见陆萼庭:《读〈曲海总目提要〉札记》,《文学遗产》2003年第1期。

冠图》全串贯之《离宫》[1]，与调腔本《乱宫》、川剧高腔本《宫别》一样叠用【一江风】（川剧高腔本题作【二犯一江风】）且后接【不是路】，尾声之后亦有【扑灯蛾】，但只有少数曲文与调腔、川剧高腔本相同（与川剧高腔本相同的曲文稍多于与调腔本相同者）。

清代绍兴名士李慈铭曾在绍兴府城西郭门外家宅附近观看过调腔《铁冠图》演出[2]，并深为所动，其《越缦堂日记》"咸丰五年五月二十一日壬午"条云："夜同间谷、瘦生门前观剧达旦。演《铁冠图》，至思陵（按，指明思宗崇祯皇帝）逼后杀女时，凄然作变徵声，几为泣下。"[3]据《越缦堂日记》，李慈铭于咸丰五年（1855）五月中下旬在村中数次观剧，其中"二十四日乙酉"条记他"门前观剧终日"和"夜复观剧至四鼓归"，然后又说"越俗高腔最古"，再写他从"素不喜之"到去年深秋卧病时"近村有演戏者，声达枕畔，殊觉激烈入破，怆然泪下，自是喜听之矣"的转变。按越地最古之高腔即调腔，可知李慈铭所观为调腔戏，而所叙"思陵逼后杀女"事见调腔《铁冠图·乱宫》。

调腔《铁冠图》尚有若干出目见诸演出记载，但无晚清民国抄本遗存。如民国二、三年（1913、1914）之交，绍兴的调腔班"大统元"赴上海商办镜花

---

① 《俗文学丛刊》将该"百本张"抄本《铁冠图》全串贯置于昆曲名下，非是。该本当为北京高腔本，有《起闯》《金殿》《春宴》《分宫》《大战》《离宫》《定计》等出，其中《分宫》和《定计》已散佚，而封面题"全串贯十出"，疑《定计》后尚有三出。按，所佚之《分宫》出可参见《俗文学丛刊》第一辑第53、54册所收之本。又，《清车王府藏戏曲全编》第十三册所收北京高腔《铁冠图全串贯》第四出写王承恩与韩宫人商量对策，可补前者所佚之《定计》；第五出写崇祯煤山自缢，王承恩随殉，亦可补前者之所无。另，《清车王府藏戏曲全编》第十三册所收北京高腔《铁冠图全串贯》第三出为上述《离宫》出的异本，尾声之前较后者多出【忆多娇】【斗黑麻】两曲，但曲文与调腔本不同。

② 李慈铭家原住绍兴府城西郭门（即迎恩门）外，《越缦堂日记》"咸丰十一年十一月十九日癸卯"条云："吾家自明世以来，聚族越之西郭。……予家居门外横河、直河间，宗庙重器皆在其地。"后因受太平天国战乱的影响，于咸丰十年二三月间移居柯山，嗣后迁徙多地。又，李慈铭本山阴李氏，家住绍兴府附郭县山阴县地，因其曾祖李策堂改籍会稽，遂云会稽人。

③ ［清］李慈铭：《越缦堂日记》，广陵书社，2004，第213—214页。

戏园演出,演出剧目有晚清民国抄本已佚的《刺虎》。民国二十四年(1935)9、10月间和次年5、6月间,绍兴的调腔班"老大舞台"分别赴上海远东越剧场和老闸大戏院演出。其中前一年10月9日夜戏演出《铁冠图》自"崇正(祯)皇帝别宫赴煤山起",到"守门杀权奸止",则所演出目尚有抄本未见的《守门杀监》;后一年6月1日日戏题名《明末清初》,其中,筱华仙(小生)饰王承恩,林锡锦饰周总兵(周遇吉),陈连禧饰崇祯帝,钱大牛饰闯王,蔡老虎饰一只虎,则所演出目亦有《刺虎》。1958年赵培生忆写总纲本(案卷号195-3-22)抄有《守门杀监》和《刺虎》,唱昆腔。

调腔《铁冠图》剧叙明末变乱四起,崇祯帝在文华殿批阅奏章,忽有通积库库神现形,引崇祯帝来到通积库。崇祯帝观看昭示明朝兴亡的铁冠图,见其中一层题有"煤山归去"四字的藏头诗,大感不祥,回宫后与周皇后一道伤叹妖孽乍兴,社稷垂危。其时,李自成先败七省经略孙传庭,再破蔡懋德,进逼代州等地。代州守将周遇吉生擒李自成养子李洪基并杀之。其后代州失守,周遇吉退守宁武关。李自成围攻宁武关,周遇吉别母迎战,陷入埋伏,被乱箭射伤,自刎而死,周家亦举家自焚殉国。李自成兵临北京,崇祯帝自知大势已去,手刃公主,遣放太子,逼周皇后自杀。随后崇祯帝孤身前往煤山,自缢而亡。

本次整理,《观图》出据民国七年(1918)"方玄妙斋"《玉簪记》等吊头本(案卷号195-1-4)和单角本校订,并参照了1958年赵培生忆写总纲本(案卷号195-3-22)。该忆写本《观图》出除正旦部分外,内容多与昆曲本混同,且无【滴溜子】一曲,已非调腔本之旧。《乱宫》《煤山》两出据《铁冠图》等总纲本(案卷号195-1-135)校订。《观图》《乱宫》两出抄本讹别较夥,彼此间出入较多,校录时择要出校。除【啄木儿】套曲牌名抄本缺题,系推断补题,以及【太师引】【忆多娇】【斗黑麻】据赵培生忆写本及《调腔乐府·套曲之部》补入之外,其他曲牌名皆出自各抄本。

观　图

正生(崇祯)、付[①](王承恩)、正旦(周皇后)

(小出场[②])(二太监上)噫。(正生上)(引)国运已怆惶,待时难安攘。天命果垂危,社稷谁倚仗?(白)数年临御费艰辛,日月强照临。恨吾臣,陷吾民,忍见金瓯破损,四路起妖行。[③] 寡人,大明天子,国号崇祯。只因流贼猖獗,寡人日夜不安。命曹春援救,谁想他一命身亡,即命徐英魁代任。连日军报纷纷,使朕寝寐不安。今日在文华殿披阅各官奏章。内侍传旨,宣王承恩入殿。(太监)领旨。万岁有旨,王承恩入殿。(内)领旨。(付上)臣王承恩见驾,愿吾皇万岁。(正生)平身。(付)万岁。臣启万岁,王承恩代奏,朱纯臣一本呈上。(正生)那礼部朱纯臣一本:"为借饷等事,众文武个个俱想推诿百出。"朕想随朝臣子,那个不富?那个不贵?今日国家有难,理该义助。这等看将起来,要这些臣子何用也!(唱)

【解三醒】(起板)**恨臣子欺君结党,专朝政紊乱朝纲[④]。太平时食禄皆安享[⑤],非惜命即贪赃。那些个急公仗义完军饷,为国忘家理所当?还思想,元勋世爵,谁是忠良,谁是忠良?**

---

① 195-1-4 吊头本以及《白罗衫》等小生本[195-1-145(5)]所抄《铁冠图》单角本中,王承恩均为小生所扮,与 195-1-135 总纲本《乱宫》付扮王承恩不同。为求前后一致,今统一为付扮王承恩。

② 此前 195-1-4 吊头本尚有"(净上)(引)(吹【点江(点绛唇)】)(白)(下)",系通积库库神出场,点明导引崇祯帝观看铁冠图一事,惜无净本可稽。

③ 此定场诗词,光绪二十六年(1900)俞聚海正生本(195-1-153)作"数年临御费艰辛,日月强照临。忍见金瓯破损,四路起妖气。恨吾臣,息(陷)吾民,今年食禄,何人为国,若故亡身",今从民国二年(1913)《赐绣旗》《四元庄》等单角本[195-2-28(2)]所抄《铁冠图》正生本。按,《川剧传统剧本汇编》第二集《铁冠图》第十场《观本》相应念白后半部分作"愧为君,恨为臣,痛吾民。可怜流离百姓依何人,为国谁人肯亡身",可参。

④ 专朝政,195-1-4 吊头本作"展(殿)朝臣",单角本作"见朝正""占朝正","占""专"方言音同相混,据校改。又,紊,195-1-4 吊头本作"忿",紊、忿方言仅声调有别,据校改。

⑤ 食、皆,195-1-4 吊头本作"王"和"偕",据单角本改。

(白)王承恩,此本不可发出,待等太平之时,寡人自有处分。(付)遵旨。臣启万岁,南京兵部史可法一本呈上。(正生)南京兵部史可法一本:"为火药等焚烧等事。不遇多年,忽然二十八日,无故烧废,工匠人等,死伤数百余人,望吾皇降旨。"怎么,有这等事来?(唱)

【前腔】三百年曾留保障,论火药自在提防。分明是天变昭然上[①]**,遭焚毁岂祯祥?事关军国非虚谎,即往当存备不常。还思想,当存旧观,速盖收藏,速盖收藏。**

(白)呀!(唱)

【滴溜子】恍惚里,恍惚里,狰狞恶相。忽然间,忽然间,骤起波浪。[②]

(白)来此什么所在?(付)来此通积库。(正生)与朕打开。(四武士上[③])通积库乃太祖高皇帝所封,传谕子孙,不得擅开。(正生)不开此库,何人释得此疑?与朕打开。(四武士下,又上)有一铁柜,打开一看,有一小匣,万岁龙目观看。(正生)退班。(四武士下)(正生)待朕看来:"铁冠仙师留下图画一幅,洪武十三年正月初一日御笔亲封,子孙无得擅开。"原来是先朝灵像。王承恩,摆香案。(付)领旨。(吹【小开门】)(正生)上有三层图画,好似君王朝见光景,又有"垂裳而治"四字,这是何缘故也?(唱)

【太师引】(起板)**细端详,这是何代先帝灵像?似这般执笏垂裳,却原来冕旒相像,都是些坐朝问讲。**

(白)一片焦山,一枝枯树,仰卧一人,披发覆面,一足无履。(唱)

【前腔】草莽中是谁劣相,恁蓬头垢面凄凉。却原来死无人埋葬,恁抛弃边疆路旁。(白)后面有几个孩童,手执几面长旗,不知是何故也?(唱)**那壁厢旌旗兵仗,都是些孩童模样。**(白)上面有诗句,待朕看来:"煤火欲烧天,山川祚不

---

① 天变昭然上,195-1-4 吊头本作"天边照般长",单角本作"天边照然上""天命照然伤",据校改。川剧高腔《铁冠图·观本》作"分明天变警于上",可参。

② 此下 195-1-153 本尚有"旌旗照耀如心恼,即刻里祸起萧墙"二句。

③ 此处 195-1-4 吊头本有"四科白"字样。195-3-22 忆写本将"通积库乃太祖高皇帝所封"等归为王承恩说白,但 195-1-145(5)本无之,而 195-1-153 正生本下有"退班"字样,则必有他人上场,今据吊头本改为四武士上下场。

坚。归来真堪羡，去处最堪怜。”从横看来，“煤山归去”四字。（唱）**读诗句，把仙机暗藏，不由人心下意彷徨**。

（付）万岁回宫。（走板）（正旦上）臣妾见驾，万岁。（正生）平身，赐绣墩。（正旦）谢主隆恩。万岁入宫忒晚。（正生）朕在文华殿批阅各官奏章，白日之间，现出一鬼，朕仗剑追到通积库，霎时不见呵！（唱）

【啄木儿】（起板）**兴妖孽，事不祥，何处妖魅称伎俩？魆地里向藏库潜藏**[①]**，是列代钤封藏往**[②]。（正旦白）可打开一观？（正生）朕打开一看呵！（唱）**却原来先朝有道文明像，见一人披发将身丧**，（正旦白）可有诗句？（正生）从横看来，“煤山归去”四字。（唱）**煤山归去是形状，煤山归去是形状**。

【前腔】（正旦唱）**何须虑，不用慌，又何须心虚事忙。况是堂堂天子威灵，何惧这妖魅魍魉？吉凶祸福从天降，存亡得失谁倚仗，欲知深浅问卜祯祥**。

（拷小走板）（正生唱）

【三段子】朕心速往，见魍魉有害人丧；偶有不祥，祸临头忽遭魔障。国家偏又兴骇相[③]**，兴亡未必长安享**[④]**，郁郁心头，常怀悒怏**。

【归朝欢】（同唱）**封疆外，封疆外，许多沦丧，宫闱里、转添愁肠。天下有勤王兵将，念海内干戈劳攘。皇天里，皇天里，有谁倚仗？宵旰日夜徒劳攘**[⑤]**，妖孽将兴必丧亡，妖孽将兴必丧亡**。（下）

---

① 向藏库潜藏，195-1-4 吊头本作“向常潜常（藏）”，195-2-28(2)本作“先几（机）暗藏”，此从 195-1-153 本。

② 此句 195-1-4 吊头本作“是位代封强灭亡”，195-1-153 本作“是列台封藏亡”，“台封”右侧淡笔补“铃（钤）”字，据校改。藏往，记藏往事，《周易・系辞上》：“神以知来，知以藏往。”

③ 此句 195-1-4 吊头本作“国家吕又兴黑相”，195-1-153 本“国家”作“忽然”，余同 195-1-4 吊头本；195-2-28(2)本作“一家顷刻将身丧”。

④ 此句 195-1-4 吊头本作“长安未知偕尽常”，195-2-28(2)本作“长案得志意彷徨”，此从 195-1-153 本。

⑤ 此句 195-1-4 吊头本作“干戈应图多劳让（攘）”，单角本一作“小甘（宵旰）食度另上（劳攘）”，一作“孝干（宵旰）日夜徒劳长”，据校改。“宵旰”为“宵衣旰食”之省，有时借指帝王。

乱宫

正旦(周皇后)、花旦(公主)、小生(太子)、正生(崇祯)、付(王承恩)、小旦(费宫人)

(大拷①)(正旦上)(唱)

【一江风】为邦家,憔悴当今驾,宫院多消化。听悲箭,(科)**金鼓喧天,顷刻无用跨②。江山锦绣家,分明玉树埋③,何人执手匡天下,何人执手匡天下?**

(花旦、小生上④)(同唱)

【前腔】小宫娃,无事闲游耍,转向金门罢。(科)**自嗟呀,父皇临朝未回,母后默默无言,声声长叹,所为何来?所为何来?母后何事空牵挂?**(正旦白)阿吓,不好了么,王儿!我想国家大势已去,(唱)**你那里知道了么?王儿!伤心闷转加,伤心闷转加,衷肠难答他,只落得重重儿女凄凉话,重重儿女凄凉话。**

(随板⑤)(正生上)(唱)

【前腔】痛官家,社稷从今罢,世事如飘瓦⑥。(科)**事争差⑦,天命无常,到此难禁架⑧。勤王在那家?危亡可痛嗟,恨只恨求荣卖国多奸诈,求荣卖国多奸诈。**

【前腔】(随板)**你这两个小冤家,何事留宫闱,骨肉情非假。**(白)御妻,我想这两个冤家,岂可落于贼人之手,倒不如先结果了他。(正旦)万岁爷,念他金枝

---

① “大拷”二字底本未标,据195-1-4吊头本补,下《煤山》出“大拷”和“焰头”同。

② 此句195-1-4吊头本作“直甚(恁)无撑驾”,单角本作“顷刻芙蓉化”。

③ 树,抄本作“鬼”,树、鬼方言韵部相同,暂校改如此。“玉树埋”或“埋玉”为悼亡之典,《世说新语·伤逝》:“庾文康亡,何扬州临葬云:‘埋玉树箸土中,使人情何能已已。’”

④ “花旦”二字底本未标,据195-1-4吊头本补。又,本出195-1-4吊头本为小旦扮太子。

⑤ 随板,底本作“才板”,随、才方言音同,据校改,下同。又,此处底本尚有“加双隹□”字样,未详。

⑥ 飘瓦,底本作“飘莘”,据单角本改。飘瓦,坠落的瓦片,这里比喻世事飘忽不定。

⑦ 争差,底本作“难如”,据单角本改。争差,差错,意外。

⑧ 禁架,底本作“争加”,今改正。禁架,支撑,控制。下文“禁架”,抄本或作“争加”“禁加”“惊架”,径改作“禁架”。

玉叶。(正生)呷!(唱)**说什么**[①]**玉叶金枝,说什么千金价。谁怜绣幕花**[②]**,狂风卷浪沙**[③]**,**罢!**倒不如青锋**[④]**一剑香魂化,青锋一剑香魂化。**(花旦死,下[⑤])

【前腔】(正旦唱)**叹君家,祸事临天下,直恁无争达**[⑥]**。此子乃是万民之主,倘有不测,理该逃出宫闱,留得皇家一脉,留得皇家一脉。万岁爷何不留他走天涯?逸伏龙潜下,有日中兴霸**[⑦]**,有日中兴霸。**(正生白)御妻平身。王儿过来,你扮作良家模样,改名王子秀,逃生去罢。(唱)**存亡且听他,流离莫怨咱,从今后浮萍浪蕊任他罢,浮萍浪蕊任他罢。**

(大走板)(付上)(唱)

【不是路】急报宫娃,密密干戈乱如麻。(白)万岁爷,不、不好了!(唱)**城崩塌,贼兵内外都堪夸**[⑧]**。白灯笼三盏齐高挂**[⑨]**,贼人蜂拥来城下,车堙**[⑩]**城门马踏沙。**(正生插白:可有人抵敌?)**将臣散**[⑪]**,满城百姓都惊怕,奔逃无家,奔逃无家。**

---

① 说什么,底本作“他本是与(位)”,据195-1-4吊头本改。

② 绣幕花,底本作“秀落花””,据195-1-4吊头本改。

③ 卷浪沙,底本作“忒秀化”,据195-1-4吊头本改。

④ 青锋,底本作“宁风”,195-2-28(2)本作“清风”,据校改。青锋,剑名。

⑤ “花旦死,下”四字底本未标,据剧情补。

⑥ 争达,调腔抄本又作“挣挞”,同“撑达”。按,“撑达”元杂剧中多作漂亮、解事、老练解,《西厢记》第三本第三折【折桂令】“收拾了忧愁,准备着撑达”,明王骥德《新校注古本西厢记》卷三:“撑达,解事之谓。”并谓古注“解‘撑达’为‘支撑了达’,亦无据”。但后世有不达元人俗语而作支撑解者,如清孔尚任《桃花扇》第九出《抚兵》:“那督帅无老将,选士皆娇娃。却教俺自撑达,却教俺自撑达。”调腔《双报恩》第十六号“怎写出,献女娃,无计无会无挣达”的“挣达”,即支撑、挣扎之意。

⑦ “逸伏”至“中兴霸”,底本作“一福龙全,有十中兴把”,195-1-4吊头本作“移腹龙泉下,有日终兴化”,单角本作“汉长龙潜话,有日终兴兵,要把江山霸”,据校改。按,《川剧传统剧本汇编》第二集《铁冠图》第十六场《宫别》相应内容作“沉鱼付乌鸦,终须有日中兴罢”。

⑧ 此句底本原无,据单角本补。

⑨ 白灯笼为城防暗号,《俗文学丛刊》第一辑第53、54册所收北京高腔《铁冠图·分宫》写崇祯帝命杜秩亨在城头之上,立一高杆,上挂白灯三盏:若贼势临城,挂灯一盏;贼人攻城,挂灯二盏;城池不保,挂灯三盏。

⑩ 车堙,底本作“车因”,195-1-4吊头本作“离叠”,单角本作“闭出”。堙,壅塞,堵塞。

⑪ 将臣散,底本作“世父□”,195-1-4吊头本作“将城散”,单角本作“将成赛”,据校改。将臣,武臣。

（正生）再去打听。（付）领旨。（付下[①]）（正生唱）

【前腔】四海无家，万户生灵血染沙。难禁架，天命危亡真可怕。（白）王儿过来。（小生）在。（正生）君父大仇，全着你一人身上。（唱）**你可向天涯，祖宗社稷存亡大，赖你微躯一点芽。**（小生白）父王在上，臣儿拜别。（唱）**离膝下[②]，霎时血泪纷纷洒[③]，忙逃生罢[④]，忙逃生罢。**（小生下[⑤]）

（哭）（正生）夫妻本是同林鸟，大限来时各自飞。（哭）（唱）

【江头金桂】（起板）**我和你存亡无暇，阵阵狂风卷落花。都只为邦家兵乱，国势争差，烈烈轰轰义可嘉。叹当年霤下，当年霤下，朕本是堂堂天子，怎受拘拿，堂堂天子，怎受拘拿，一死须当殉国家。我和你[⑥]同林栖鸟，同林栖鸟，风波嗟呀[⑦]。誓无他，可怜败国亡家处，莫向东风怨落花，莫向东风怨落花。**

（大走板）（正旦唱）

【前腔】忆昔当年遣嫁，猛然间想起咱。实只望永调瑟琴，凤阙宫娃，又谁知一旦如崩瓦[⑧]。可怜我羊触刀加[⑨]，羊触刀加，不能够脱身活计，侍随君家，脱身活计，侍随君家，王忠[⑩]贼你就是祸根芽。可怜我六宫桃李，六宫桃李，

---

① 付下，底本作"落场"，下文"小生下""付下"同，今改从普通格式。

② "离膝下"句前底本书"合"字，据195-1-4吊头本及单角本改为小生所唱，又据单角本补出小生宾白。

③ 此句底本作"未将血泪纷纷洛（落）"，据单角本改。

④ 罢，195-1-4吊头本及单角本作"涯"。

⑤ 单角本"奔逃无家"下小字写王承恩"换衣，小王贝（背）下"，则王承恩当重新上场，然后将太子背下。

⑥ "我和你"三字底本原无，据单角本补。

⑦ 嗟呀，底本作"借（嗟）叹"，据195-1-4吊头本改。

⑧ 一旦如崩瓦，底本作"一旦乱凤娃"，195-1-4吊头本作"付平烦鸾凤娃"，单角本作"一旦就宫娇"，暂校改如此。

⑨ "可怜我"三字底本原无，据195-1-4吊头本及单角本补。羊触，义同《煤山》之"羊触藩篱"，比喻进退两难。《周易·大壮》："羝羊触藩，不能退，不能遂。"

⑩ 王忠，崇祯帝派往代州督师的太监。剧中王忠暗通李自成，致宁武关失陷，后又暗通提督九门太监杜秩亨，事可参《川剧传统剧本汇编》第二集《铁冠图》第六场《失机》、第十一场《投书》。

香消粉化[①]**。誓无他，可怜卖国千年恨，荡地有魂正可嘉，荡地有魂正可嘉。**

（急走板）（付上）万岁爷，不、不好了！奴婢保太子出宫，被贼兵冲散了。（正生）咳，如此把守宫门去罢。（付）领旨。（付下）（正生唱）

【忆多娇】喊声杀，乱如麻，贼势汹涌且任他[②]**，国家大事从今罢**[③]**。依传宫娃**[④]**，依传宫娃，顷刻里称孤道寡**[⑤]**。**

【斗黑麻】逆贼狂徒，千刀万剐，一统山河如飘瓦。天不佑，丧邦家，勤王之臣在那家？事业休夸，事业休夸，说不尽伤心话。岂惜微躯，岂惜微躯，万年咒骂。

（白）阿吓，御妻吓！我看你连连不舍，敢是贪生？速速自尽，免朕动手。（正旦）阿吓，万岁吓！臣妾焉敢偷生，臣妾死后，未知万岁爷落于何处，臣妾放心不下。（正生）阿吓，御妻吓！你若尽命，之后万古名标青史。御妻先行，朕当随后。（正旦）万岁请上，臣妾就此拜别。（唱）

【尾】忽忽拜别君王驾，夫妇恩情浪淘沙。罢罢！留与人民万古夸，人民万古夸。

（小旦）启万岁，娘娘自尽了。（正生）起过一边。（念【扑灯蛾】）我妻真堪夸，一死全不怕。顷刻丧黄泉，可怜玉殒香消也，伊休怨咱，堂堂国母丧邦家，堂堂国母丧邦家。（白）李宫人[⑥]，将锦被一条遮盖娘娘，朕往后宰门去也。（小旦）万岁爷，后宰门乃是死路，去不得。（正生）你是妇人家，那里晓得？朕往后宰门去也。（正生下）（小旦）这便怎处？吓，有了，待我扮做公主模样，与君王报仇便了。万岁爷吓！（下）

---

① 香消粉化，底本作“玉兵（殒）香小（消）”，单角本作“香消亡脸（廉）耻”，川剧高腔本作“香消粉化”，据校改。

② 此句195-1-4吊头本及195-1-153本作“倾（顷）刻分离意／依（伊）共他”。

③ 此句底本作“朝定（廷）大士（势）以亡大”，据195-1-4吊头本及单角本改。

④ “依传宫娃”及其重句，底本脱，据各本补。

⑤ 此句195-1-4吊头本作“怨话恨朝（昭）阳拆散”，195-1-153本作“怨与朝（昭）阳拆散”，195-2-28(2)本作“顷刻见朝（昭）阳喊杀”。按，“依传”至“道寡”，川剧高腔本作“无计留他，无计留他，愿把昭阳血泪洒（又）”。

⑥ 李宫人，195-2-28(2)本同，195-1-153本作“飞（费）宫人”，而195-2-28(2)本《煤山》作“黄宫人”。按，《曲海总目提要》卷三三著录《铁冠图》及川剧高腔本为韩宫人。

煤　山

正生(崇祯)

(大挎)(焰头)(正生上)(唱)

【山坡羊】惨凄凄紫微光晦,炎腾腾妖星难退,痛杀杀宫阙成灰,急煎煎宫人难回避[①]。喊声杀[②],干戈蓦[③]地追。好叫我进退浑无计,好一似羊触藩篱,羊触藩篱,何方[④]逃避?宫闱,眼睁睁一别离[⑤];阿吓伤悲,叹江山事业非,叹江山事业非。

(白)王承恩、李宫人,怎么,二人都不见了?想是逃生去了。朕出了后宰门,不知什么所在,待朕看来,煤山。吓,想那年铁冠图上一片焦土,一枝枯树,仰卧一人,披发覆面,一足无履。吓,分明应在朕的身上了。阿吓,先帝吓!且住,朕在此啼哭,也是枉然,不免扯下汗巾一幅,咬破指尖,写下血诏一道,留与后人以作记念便了。呷唷,得福承天下,恩荣十七年。朕非亡国主,误国是奸谗。去冠发覆[⑥]面,自缢入黄泉。朕死可再立,百姓望哀怜。血诏写完,不免拜辞先帝,寻个自尽便了。呷吓,先帝吓!(唱)

【孝南枝】辞先帝,血泪垂,不肖儿孙绝后裔。社稷已丘虚[⑦],天命终无倚。孤

① 此句底本作“乱粉粉今日个风停声”,据195-1-4吊头本改。宫人难回避,单角本一作“宫人无回”。

② 喊声杀,195-1-4吊头本及195-1-153本作“喊声退”,《清车王府藏戏曲全编》第十三册所收北京高腔《铁冠图全串贯》第五出作“听喊声催”,《川剧传统剧本汇编》第二集《铁冠图》第十七场《写诏》作“吼声催”,可参。

③ 蓦,底本作“扎”,195-1-4吊头本及195-1-153本作“灭”,当即“蓦”之讹,今改正。

④ “何方”前底本有“向”字,据各本删。何方,单角本一作“何处”。

⑤ 句前底本右侧补“难退”二字,据他本删。一,195-1-4吊头本作“哭”,195-1-153本作“叹”。

⑥ 覆,底本作“垢”,据单角本改。

⑦ 丘虚,同“丘墟”,废墟,这里用作动词,成为废墟。

魂惨凄，孤魂惨凄，呷吓，御妻[①]！**含笑九泉归，香魂都不昧。你向前，我后随；到黄泉，重相会，到黄泉，重相会**。

【尾】昏昏默默归何处，垢面蓬头甚惨凄。罢罢！**留与人民万古题**。（完）（下）

① “呷吓，御妻”，原在“香魂都不昧”下，据各本改。

二五 渔家乐（昆腔）

清传奇，朱佐朝著。新昌县档案馆藏调腔抄本所见有《卖书》、《成亲》（昆曲本称《纳姻》）、《落店》（昆曲本称《渔钱》）、《赏端》（昆曲本称《端阳》）、《替代》（昆曲本称《侠代》）、《看相》（昆曲本称《相梁》）、《刺梁》，凡七出，剧叙东汉时寒儒简人同生活清苦，受到渔翁邬老老及其女飞霞的帮扶。大将军梁冀党羽马融以女儿瑶草忤己之意，遂将瑶草嫁与寒儒简人同，邬老老及其女飞霞又加以资助。时梁冀专权，弑君立幼，清河王刘蒜逃难在外。梁冀派兵追杀刘蒜，不料缇骑误杀邬老老。后梁冀命马融送女瑶草为妾，邬飞霞为报父仇，代替瑶草混入梁府，乘隙用神针刺死梁冀，并在相士万家春的帮助下逃离了梁府。

光绪十七年(1891)“杨逢源记”昆腔吊头本（案卷号195-1-14）有《落店》《赏端》《替代》《看相》《刺梁》五出，皆唱昆腔，大抵反映了清末调腔《渔家乐》的出目。民国二、三年(1913、1914)之际绍兴的调腔班“大统元”赴上海商办镜花戏园演出，以及民国二十四年(1935)绍兴的调腔班“老大舞台”赴上海远东越剧场演出，都曾搬演《渔家乐》。其中，“老大舞台”以钱大牛饰梁冀，周长胜饰曹杜，蔡叶虎饰万家春，应增福饰渔婆（邬飞霞），而曹杜为《落店》出人物，知演出时涵盖该出。

昆腔吊头本而外，单角本有正旦、小旦、老旦、净、外五种。其中，小旦和老旦本为《替代》《刺梁》两出，但老旦本残缺较多，内容亦显得错乱阙略。正旦本一本仅存《落店》出七行内容，一本为民国年间赵培生旦本（案卷号195-2-19），惜仅存《替代》《刺梁》的部分残片。另有1954年老艺人忆写总纲本（案卷号195-3-12），存《赏端》《落店》《藏舟》《看相》《替代》《刺梁》六出，其中《藏舟》一出标有蚓号，《刺梁》出结尾【上小楼】之后残缺。但该忆写本《看相》《刺梁》两出净、丑的念白及其用字，竟与《缀白裘》本大同，且《看相》出缺【四边静】一曲；《刺梁》出老旦上场白作“歌舞楼头月，妆成艳冶娇”，而老旦本残存“无底杨柳”四字，知调腔本该上场白原作“舞低杨柳楼心月，歌尽桃花扇底风”。可见该忆写本已非调腔本旧貌。尽管如此，整理时除了拼合单角本，其余角色仍据1954年老艺人忆写总纲本（案卷号195-3-12）校录，同时《刺梁》出结尾参照《缀白裘》本配补。

赏 端

净（邬老老），外、付、丑（渔翁），小生（刘蒜）

（净上）（唱）

【浪淘沙】**咱是老渔樵，破衲缠腰，王侯不做在江潮。晚来浮在烟波也，一醉酕醄。**

（白）自家邬渔翁便是。今日乃是端阳佳节，各渔翁船上众兄弟说，陈家坟头葵榴茂盛，为此各执一壶一味前来，他们还不见到来，待我拔干净之地下草好坐。（外、付、丑众渔翁上）（唱）

【前腔】**佳节兴儿高，浊酒粗肴，欢娱今日唱歌谣。一醉横眠草地也，日落山高。**

（白）邬老老来里哉。（净）来里拔草。[①] 哙，老徐，呒是啥物事？（外）是我一尾鲈鱼。（净）好说。个老周，呒啥物事？（付）我是大蒜烧田鸡。（众）哙，邬老老，呒是啥物事？（净）昨日子，摸得一个鳖，酱烧之一大碗来里。（众）好个，好配老酒。（净）我们扎网而坐。（同唱）

【好姐姐】**庆赏，端阳时候，看蓬莱锦屏铺就。披肩散发，开怀饮数瓯。**（科）（白）阿吓，妙吓！（唱）**欢声骤，绿杨影里龙舟斗，蒲酒斟来琥珀浮。**

（净）雄黄放来烧，酒里个琥珀浮哉！（众）好酒，是好酒。（净）我要行个令。（众）行什么令？（净）要“渔家”为首，“渔家乐”为末，句中间要“渔”字曲牌名在内，又要分春夏秋冬。（众）如此老老派一派。（净）你是春。（外）我是春。（净）你是夏。（付）我是夏。（净）你是秋。（丑）我是秋。（净）冬，我老人家。

---

① 此下因缺乏单角本，有少量对白无法补出，下文“我里来唱莲花落”之后同。

老徐，先吃一杯起令酒，唱起来。(外)春来了。(唱)

【锁南枝】渔家事，春最好，(众白)春有啥好？(外唱)**桃红柳绿傍小桥。看花落水中流，听鸟鸣山外叫。敲舟楫，吹竹箫；唱一曲《锦渔灯》，这便是渔家乐。**

(众)好一个《锦渔灯》，吃一杯赏春酒。(付)好！让我夏来哉嚧。(唱)

【前腔】渔家事，夏最好，(众白)夏有啥好？(付唱)**绿荫深处避暑焦。松竹罩沙滩，芰荷香满沼。饭一碗，酒一瓢；唱一曲《水底鱼》，这便是渔家乐。**

(众)好一个《水底鱼》，吃一杯赏夏酒。(净)小王，要呃唱哉。(丑唱)

【前腔】渔家事，秋最好，(众白)秋里有啥好？(丑唱)**清风明月在江上邀。丹桂暗中飘，黄菊溪边绕。沽美酒，赏月宵；唱一曲《雁渔锦》，这便是渔家乐。**

(众)好一个《雁渔锦》，吃一杯赏秋酒。(净)大家散席。(外)邬老老，如今该你来了。(净)老人家，让之我罢哉。(丑)你是令官，那哼[①]说罢？(净)我冬来哉。(唱)

【前腔】渔家事，冬苦恼，(众白)那啥呢？(净)那啥勿苦恼。(唱)**寒江风雪冻折腰。**(白)好个来下底。(唱)**摆钓罩渔篷，炉火醉又饱。盖个破被絮，穿个破衲袄；唱一曲《渔灯儿》，这便是渔家乐。**

(众)好一个《渔灯儿》，吃一个赏冬酒。(净)我里来唱莲花落。当初有个郑元和，在天门街上唱莲花落，夜来中状元。我里大家来，也要分春夏秋冬，我老人家唱起，你们大家来和。(唱)

【莲花落】[②]**一年介才过，不觉又是一年介春，哩哩莲花哩哩莲花落也。渔船儿撑的撑摇的摇，星令生朗**[③]**过花村，也么哈哈哈莲花落也。一年介春尽，不觉又是一年介夏，哩哩莲花哩哩莲花落也。小男儿在河滩头出之脚，摸虾又摸鳅，也么哈哈哈莲花落哈哈莲花落也。一年介夏尽，不觉又是一年介秋，**

---

① 那哼，“哼”亦作“亨”，方言，怎么，怎样。

② 《赐绣旗》《双玉燕》等外、末本[195-1-143(2)]所抄《渔家乐》外本题【洞仙歌】。按，此曲净唱众和，其中众和“哩哩莲花哩哩莲花落也”之类。

③ 星令生朗，单角本亦作“星零霜狼”，象声词。

哩哩莲花哩哩莲花落也。老阿妈弯之背曲之腰，摸鳅又摸蟹，也么哈哈哈莲花落也。一年介秋尽，不觉又是一年介冬冬冬。（众白）阿唷，我们酒醉，唱到冬唱勿落去哉。（净）骨班小男，泥鳅打洞，介困熟哉。我老人家寒江独钓，挣命介挣里完归。（唱）**一年介秋尽，不觉又是一年介冬，哩哩莲花哩哩莲花落也。醉渔翁头又重脚又轻，随风逐浪似飘蓬也，也么哈哈哈莲花落哈哈莲花落也。**

（内声）（锣鼓大拷）（小生上）（打【扑灯蛾】）（小生）阿呀，且住。可恨梁冀这厮，发下骑尉追赶孤家，绝我刘氏宗亲。叫孤家何处逃生也！（打【扑灯蛾】）（四骑尉追上，放箭，小生逃下，四骑尉追下，净中箭）（付、丑）阿呀，邬老老伤身亡，报与阿囡知道罢哉！（外）待我报与他女儿知道便了。天有不测风云，（付、丑）人有旦夕祸福。（抬净下）

替　代

小旦（马瑶草）、老旦（乳母）、正旦①（邬飞霞）、末（院子）

（小旦上）（白）朝虚暮虚，这穷处怎归门庭？（老旦上）有事忙来报，无事不敢传。小姐。（小旦）妈妈，为何这等慌忙？（老旦）只见府中人沸沸扬扬，说是老爷高升了。（小旦）敢是老爷喜事？（老旦）不是老爷的喜事，分明是小姐的祸事。（小旦）有什么祸事来？（老旦）梁冀这厮，要娶小姐为姬妾了。（小旦）怎么，有这等事来？呵吓，不好了！（唱）

【小桃红】山穷水尽，做了绝路无车，阿吓，爹！**将奴逼入在乌江渡也。说什么父女恩情意踌躇，恐禄位世家虚，故把奴做游驹。**阿吓，官人吓！**苦了你，守寒儒，饿荒庐，不得能够来相聚也。**（老旦白）小姐吓，快快商量计会才好。

---

① 195-1-14吊头本《替代》出马瑶草标为“小旦”（行文中一处题作“旦”），邬飞霞标为“旦”，而《刺梁》出邬飞霞标为“小旦”。按，绍兴的调腔班“老大舞台”演出时以应增福（工正旦）饰渔婆（邬飞霞），今据以将邬飞霞标为正旦。

(小旦)到如今还有什么计会?(老旦)小姐想个计会才好。(小旦)这把刀,就是计会了。(唱)**我拚、拚得个血溅尔何惜,把奴命早上冥途**。

(正旦上)(唱)

【蛮牌令】贱妾卖江鱼,衣食颇相馀[①]。**恁道春色舞,妇道有谁拘**[②]。(白)来此简相公门首,里面为何啼哭之声?吓,是了!(唱)**莫不是无柴无米,莫不是无衣无食?莫不是夫妻们,反目虚?**小姐!**为甚的乱了云鬓,痛悲吁?**

(白)小姐为何在此啼哭?(老旦)大姐有所未知,不想马老爷将小姐献梁冀,梁冀这厮要娶小姐为妾。(正旦)那小姐是有丈夫的了。(老旦)不论有丈夫无丈夫,姬妾进府,万事不论。(正旦)如若不然?(老旦)如若不然,差骑尉前来盗抢了。(正旦)这不是小姐祸事,奴的冤家到了。(小旦)阿吓,苦吓!(正旦)小姐吓!(唱)

【斗黑麻】奴有冤情,此心久蓄。戴天仇恨,敢忘鞠育。(老旦白)你为那个有仇?(正旦)那梁冀这厮,无故将奴父亲射死。意欲进府行刺,无可计会,他要娶小姐为妾呵!(唱)**奴愿将身代,入金屋,换月偷天,风声动烛。孤身委曲,虎狼难犯触。仔细行藏,仔细行藏,休把机关露目**。

(白)简相公到那里去了?(小旦)到河东去了。(正旦)怎么,到河东去了?小姐,你扮作渔婆模样,认为母女,径往河东,寻着简相公,就有安身之处。奴扮小姐,在此等候。小姐吓,路上若有人盘问,不可说出真名真姓,只说邬氏飞霞,快快去罢。(小旦、老旦)大姐请上,受我拜别。(同唱)

【前腔】茅舍饥寒,孤眠独宿。地北天南,存亡未卜。(正旦白)奴也有一拜。(小旦)多蒙大姐之恩,奴家此去呵!(唱)**感大德,身再育,结草衔环,何年报复**[③]**?**(合头)**孤身委曲,虎狼难犯触。仔细行藏,仔细行藏,休把机关露目。**

(老旦、小旦下)

---

① 颇相馀,195-1-14 吊头本作"共相叙",据 195-3-12 忆写本改。

② 拘,195-1-14 吊头本作"知",据《集成曲谱》振集卷六所收昆曲《渔家乐·侠代》改。

③ 报复,报答,酬答。

（吹【过场】）（四校尉、末上）（末）打进去。（正旦科）你是什么样人，打进我门？（末）你且听着。（唱）

【尾】笑微微钧旨来传达，（正旦白）奴是有丈夫的了。（末）不顾你有丈夫无丈夫，须要迎娶呵！（唱）**来娶多娇进府**。（正旦白）如若不然？（末）难免大祸，好好请上车。（唱）**休把虚言进府来触**。（下）

看 相

丑（万家春）、净（梁冀）、末（院子）

（丑上）（念）

【普贤歌】我为相士口喳喳，气色观来定不差。吉凶判由咱，是非不管他，赛过君平一当卦。

（白）我万家春，靠子[①]两句《百中经》，舞言乱话，一味嚼蛆[②]，也倒好个，嚼来无不应验。还有一节好处，啰个晓得曹杜个圈套[③]，落拉我里子，逼渠写子一张甘结把柄，日日吃酒弗要钱，吃杀子匼娘贼哉。今日饶子渠罢哉。我到梁府，衙门前空场上立立，再嚼嚼蛆，自然铜钱银子，亦到我腰里滚子来哉。剩个口食孬雨落天光去吃，有理个。（内声）（丑）哧，梁国公回朝居来哉，我且等渠进去子哩，摆桌子罢哉。（众校尉上）（净上）（引）满朝朱紫尽京华，喜得文武低头俱顺咱。（丑）咦，一个死人，走进去哉。（校尉）吠，为何咒骂国公爷？（净）什么人喧嚷？（校尉）一个相士人，咒骂国公爷。（净）抓进

---

① 子，调腔抄本亦作“之”，明清吴语文献亦作“仔”，方言助词，有时相当于“了”。

② 嚼蛆，胡言乱道，瞎说。

③ 啰个，“啰”亦作“罗”，方言，哪个。曹杜，人名，美国国会图书馆藏《渔家乐》抄本第十一出《索账》作“赵图”，《缀白裘》三集《渔家乐·相梁》作“赵屠”，今从绍兴的调腔班“老大舞台”演出广告作“曹杜”。在《渔家乐·索账》（调腔本称《落店》，昆曲本称《渔钱》）一出中，赵图对邬飞霞图谋不轨，万家春助邬飞霞逃走，又设计让赵图留下吃酒不要钱的把柄。

来。(校尉)相士当面。(净)唗,我时常见你在府门首谈相,哄拥游手好闲之徒,不来罪及与你,反骂孤家,砍刀。(丑)千岁,小人该死。非敢浪言放肆,方才见千岁爷龙颜上气色不正,一时徇口忒子出来。我小人该死。(净)气色不正?起来谈相。(丑)小人方才无心中说出一句,该砍;难间再说子,该剐个哉。(净)恕你无罪。(丑)千岁。大寿几何?(净)六十有三。(丑)阿呀,七九之年。千岁前半世功名富贵,已臻其极,不必言矣。只是目下,气色运至眼堂。五官各有所属,眉属木,眼属火,耳属金,鼻属土,口属水,俱要相生为吉。如今运限在眼,如何水气旺于眉下?水能克火,太阴光掩,目下作事狐疑,此心无主。(净)如何吉凶?(丑)小人不敢说。(净)讲。(丑)千岁,小人大胆说了。千岁,眼为日月,能照万方;水若克火,阳光尽没。哧,目下只怕有人行刺。(净)应在几时?(丑)三日内要见。(净)可避得过?(丑)怎么避不过,无非不要出入,静坐衙斋,紧防外人往来,过子三日,云雾豁开。(净)唔。(丑)千岁爷还有帝王之位矣。(净)怎么,有帝王之位?(笑)(丑)谢倒弗要谢,饶我杀头罢哉。(净)过来,将相士押着,酒饭拿到耳房中去,三日后发放。(丑下)(净)甲士回避。(众校尉下)(净)老夫梁冀,朝罢回来,被相士一番言语,说得俺毛发耸然。昨夜梦见杜乔、李固等,一班戮过之人,聚集门墙,附耳低言,一时惊醒。方才相士之言,甚是可疑。我如今不出外堂,饮宴欢乐,刺客何来?过来。(末院子上)有。(净)有三件大事,吩咐你。(末)那三件?(净)第一件,着家人各房搜看,不许容留亲戚人等。第二件,各门户俱要封锁,不许擅开;各衙门奏启,不许传进。如有紧急公文,发门缝传进,不许放内侍进来。第三件,吩咐五百军士,内外昼夜巡查,如有闲杂人等,即便拿下,过了三日,就出堂理事。(念)

【四边静】这是关防内外如天大,严察人欺诈。门户要牢拴,侍女来传话。灯球遍挂,更筹须打。鸡犬莫惊他,实星是克化。

(末)晓得。(净)重门朱户深深锁,(末)聂政荆轲何处来?(下)

刺梁

正旦(邬飞霞),老旦、小旦(侍女),净(梁冀),末(院子),丑(万家春)

(正旦上)牢笼一计巧安排,谁识荆轲是女孩?是非只为多开口,欲钓鳌鱼泄怒怀。奴家邬氏飞霞,前日卖鱼回来,经过简秀才门首,只听得里面哭声凄惨。进去动问,不想有这桩幻事。奴家顿起杀父之仇,遂发虎狼之怒,趁此机会,代却小姐,解进梁贼府中,欲作要离献羹、豫让斩衣之事。如今已入巢穴,但不知天意若何?奴家进来两日,梁冀在朝摄政,尚未见面,今日方回,必来呼唤。奴且假意殷勤,聊为喜笑。不知他的造化,又不知奴的祸福。且做一场女侠之事也!(唱)

【粉蝶儿】翠黛云翘,奴不是翠黛云翘,要把那巨鳞并钓。今日里做一个女专诸义胆天高,这樱桃口,芙蓉面,却遇着是那无情笑貌。(白)想昔日圣姑,赐我宝针,曾说后来许多大事成就,俱在此针上,不想应在今日。(唱)**这冤债早已结下根苗,把柳苗俏身去红颜相调**。

(老旦上)舞低杨柳楼心月,歌尽桃花扇底风。新来大姐,千岁爷回府了,今夜在聚宝堂夜宴,必要我们承值吹弹。有舞衣、金舄在此,穿戴起来。(唱)

【泣颜回】这是环玉佩响琼瑶,点阳春艳云翘。歌喉弦管,竟有那十二多娇。(内白)侍女们掌灯。(二侍女提灯上)(净上)(唱)**巫山回绕,有昆仑何处来飞到**。(老旦白)启千岁爷,马瑶草唤到。(净)唤他进来。(老旦)大姐,过来见了千岁。(正旦)是。马瑶草叩头。(净)抬头。妙吓,果然比众不同。(唱)**见香云一室生光,似嫦娥降下蓬岛**。

(白)问他可会歌唱。(老旦)他说自幼未曾学得。(净)不要强他,慢慢教他习学。你们歌唱,瑶草把盏。(众)晓得。(四旦同唱)

【石榴花】满捧着金樽玉斝、曲了小蛮腰,可也是花枝和那酒卮肴。满座上鬓云香红妆衬着,口杯儿唇尖搅,齿筋儿舌梢挑。更有那檀板香喉,檀板香喉,

低低儿莺声俏。只见那柳榭花台，柳榭花台，也惊起枝头睡鸟，果然是巫山神女共鸾交。

(末上，击梆)(老旦)何事？(末)内堂总管，传进河东密报。奉太后懿旨，请太师爷票发拿进去。(老旦)候着。启千岁爷，外面有飞报传进，奉太后懿旨，送到太师爷票发。(净)角门传进。(老旦)角门传进。(末下)(净)拆封。(老旦)拆封呈上。(净)歌姬们回避。(老旦)大姐随我来。(众旦下)(净)呢，此时又有什么报来？(净唱)

【泣颜回】欢娱未了乱心焦，这闲情何必搅扰？(二鬼魂上)(净)羽仪关总兵飞报，河东、汴梁、广南诸路等，会议已立清河王为帝，旧臣张陵等，辅佐听政。飞报是实。我原说放走了小厮，必然起祸，不必言矣。只是马融，我已升他为督府，让他提师征剿，为何不见奏捷？不免批下，坐罪督府，自然献俘。(唱)**怪狂狙狐群，无端跋踬**[①]**王朝**。(白)咳，马融吓马融，这一差，你要用些谋略。(唱)**前程自保，**(鬼魂扯袖)(净)这又奇了。要写，为何手儿抬不下去？(唱)**又不是荆棘来围靠**。(鬼魂又扯)(净)呢！(唱)**早难道有鬼糊涂，不觉的醉魂潦倒**。(睡)

(一更)(正旦上)(唱)

【黄龙滚犯】早献出喜笑呵那，早献出喜笑呵那，不觉的眉轮火燎。觑着他抓声耳便逢腮[②]**，觑着他抓声耳便逢腮，恨不得云情出岽。管叫他金钗乱了襄王庙，这的是血溅不须刀**。(白)那贼唤我们回避，不知在内所干何事？呀！已醉倒在桌儿上。且喜针儿带在身旁，今夜不下手，待等几时？(唱)**休、休得要怯怯吁吁，休得要怯怯吁吁，学得个逾墙为盗**。

(白)千岁爷请酒。(净科，正旦刺净死，正旦下)(老旦、小旦上，正旦随上)(众)千岁爷为何在内喧哗？我们进去，看过明白。阿吓，千岁爷为何睡在地下？阿呀，不好了，千岁爷被人刺死了！快开了内堂门，唤总管院子进来。(众)有

---

① 跋踬，使折挫。

② 此句195-1-14吊头本如此，《缀白裘》三集《渔家乐·刺梁》作“只见他抓耳风魔”。

理。总管院子快来！（末上）怎么？（众）千岁被人刺死了。（末）千岁爷刺死了？在那里？看来。好奇怪，此间只有你们在此，有人行刺，难道你们不见的么？（众）方才传进报来，千岁爷唤我们回避，独自一人在此看报。只听得喧嚷，我们进来，千岁爷倒在地下，人影不见，好生奇怪。（末）阿吓，奇怪，看身上，一些伤痕也没有，真个神鬼不知。也罢，如今相士先生还在，唤他出来，相你们那一个动手行刺，少不得死在顷刻。（众）有理。（抬净下）（众）相士先生。（丑上）老酒好。（末）相士先生，你说千岁会做王。（丑）我话会做王。（末）好。相士先生，千岁死哉。（丑）死哉？阎王也是王。（末）相士先生，叫你出来相一相，那一个动手行刺？你说三日之内，有人行刺，不想今日，真真第三日，千岁爷果然被人行刺。先生你来相一相看，到底那一个？只有这一班歌姬在内，你们看一看。（丑）阿吓，个出事务大乱，啰哩？（末）这里来。（丑）就是个班？（末）正是。（丑）呿乿立齐子，让我来相。（众）是。（丑）我相你们这班女人，你你你，那有此大胆？（末）相准了罢？（丑）阿吓，列位吓！那刺客必定隐藏在府中，你们须要掌灯照看，方有着落，如何在女人上搜？快快去搜来。新来姐姐，你不认得的，你在此罢。（末、老旦等下）（正旦跪）（丑）你是渔婆？吓，面上一团杀气，千岁爷是你刺杀个，是你刺杀个。（正旦）阿呀，先生吓！奴的生死，出在先生金口了。（唱）

【上小楼】奴不惜云鬓貌，奴不惜花容俏。拚得个断舌敲牙，拚得个断舌敲牙，刀山叠叠，剑光皎皎。（丑白）住子。那亨进府来个？（正旦）先生吓，只因梁冀这厮，要娶马氏瑶草为妾，我一时仗义，代他进府。他扮做渔婆而逃，我扮做瑶草而进。（唱）**愿做个李代桃僵，愿做个李代桃僵，指鹿作马，比鱼为鸟**，阿呀，先生吓！**望救奴虎窟出龙巢**。

（丑）起来。我且问呿，方才梁冀，拉里做啥？（正旦）看报。（丑）那报介？（正旦）在此了。（丑）拿来。好，好，报上倒也有救拉里。笔，笔，笔！那哉，笔头没得个介？（正旦）倒拿了。（丑写）（正旦科，下）（众上）走吓！（末）吓，先生我们四下找寻，并不见个人影儿。（丑）呀呸！阿啐，你们还不知？还要寻什么刺客？方才传进报来，说已立清河王为帝，汴梁、广南诸路军民人等，迎请新君进朝。千岁爷自己手批在后，说："冤家到了，速速自裁，速速自裁。"是介两个字厾，为此将身自尽。天明起来，必然有禁军抄没诛戮。阿呀，天地神圣爷爷，你厾是该死个众生[①]，我是为啥了？放子我去，放子我去。（众）吓，先生住在此，救我们一救。（丑）吓，呾厾要救也弗难，你们个个除下花额，或是前门。（众）前门。（丑）或是后户。（众）后户。（丑）我里竟不一，走里使使。（末）吓，先生，我们打从后门而去罢。（丑）要性命个跟我来。（众唱）

【叠字犯】顷刻冰山势倒，祸患飞来不小。休惊起犬儿鸣，休惊起鸦儿噪，挨挨蝶儿乱绕。听更筹漏尽还敲，听更筹漏尽还敲。（众跌）阿吓，先生吓！（众唱）**哭哭啼啼杀身未保，又只见朦胧云月影天高。**（下）

（吹【尾】）（丑、正旦下）

---

① 你厾，同"呾厾"，你们。众生，詈词，犹云畜生。

二六 玉蜻蜓

清传奇。新昌县档案馆藏《玉蜻蜓》总纲本(案卷号 195-2-23)残存近十出,即《游庵》《问缘》《讨账》《头搜》《复主》《二搜》《办礼》《三搜》《巡哨》《遇金》。民国前期"方嵩山抄"《玉蜻蜓》等吊头本(案卷号 195-2-11)收有《游庵》《复主》和《二搜》三出。据单角本,《讨账》《头搜》二出唱昆腔。又,《游庵》《问缘》两出对应于《古本戏曲丛刊》五集影绥中吴氏藏抄本《玉蜻蜓》传奇第七、十折,但《游庵》出第二支【金络索】为绥中吴氏藏抄本《玉蜻蜓》传奇第七折所无。

调腔《玉蜻蜓》剧叙苏州南濠巨富申贵生,娶张玉英为妻。张氏归宁父母,申贵生同沈君钦游玩法华庵,见尼姑王志贞美貌,归去后仍脱身潜回,留住庵中,与王志贞相恋厮守。申府管家王廷前往朱四老家讨账,无意中得知家主迷恋尼僧,随即禀告主母张玉英,并率家丁搜法华庵。申贵生躲在藏经阁,幸而得免。一搜不成,张玉英亲自带人,二搜法华庵。申贵生藏于佛柜之下,险被发现,亏得知府徐权前来拈香,侥幸躲过。不久,申贵生因在庵内厮混,染成重病。张玉英二搜不成,命王廷置办礼品,再度前往法华庵,假意与志贞义结姐妹,以探听虚实。沈君钦因不耐张玉英催讨,出外躲避,与太湖豪侠李纲相会。调腔《玉蜻蜓》残本至此结束,其后情节大致为申贵生死后,王志贞产下遗腹子,为知府徐权所收养。徐府养子长大成人后,得知身世,与志贞母子相认。

按绥中吴氏藏抄本《玉蜻蜓》传奇无调腔本所云申府三搜法华庵之事,而《玉蜻蜓宝卷》(上海惜阴书局刊本)则有其事。《玉蜻蜓宝卷》写申贵升(即调腔本之申贵生)通过扮作玄女娘娘和藏入殿内龙凤鼓中躲过前两搜,三搜时张氏临庵求签,并与志贞义结姐妹,时申贵生躲在天花板上,堕泪于下,众尼以老鼠作闹作解。《玉蜻蜓宝卷》所写三搜之事,与调腔本《二搜》《三搜》的相关情节一致。

民国二、三年(1913、1914)之交,绍兴的调腔班"大统元"赴上海商办镜花戏园演出,曾数次搬演《玉蜻蜓》。民国二十四年(1935)9、10 月间和次年 5、6 月间,绍兴的调腔班"老大舞台"分别赴上海远东越剧场和老闸大戏院演出。前一年 9 月 24 日夜戏演《玉蜻蜓》自"三搜庵堂起,大叙团圆止",后一年 6 月 2 日夜戏自"张氏搜庵起，荣归大团圆止"，同月15日夜戏则上演统本《玉蜻蜓》。

校订时以《玉蜻蜓》总纲本(案卷号195-2-23)为底本，其中《游庵》《问缘》两出校以绥中吴氏藏抄本《玉蜻蜓》传奇。又，《玉蜻蜓》总纲本(案卷号195-2-23)讹别较夥，另有后人淡笔所添蚓号，并间有添改字句，然多不得当。

游 庵

小生(申贵生)，小旦(王志贞)，净、贴旦(尼姑)，付(普传)

(小生上)(唱)

【一江风】访精蓝①**，故把良朋赚，曲径寻仙凡。**(白)小生申贵生，为赴尼庵之约，不料沈君钦途次相遇，被他缠住。小生假托登东②，撇了三兄③，一径行来，已是茶坛后面了。(唱)**法华庵，一众沙弥**④**，匾额华而睆**⑤**。明霞隔水残，茕茕形影单，**(白)吓，有了！(唱)**把铜环轻叩遭阍讪。**(科)(三已⑥)

(小旦上)(唱)

【前腔】坐蒲团，一簇绳影⑦**伴，二六时长叹。夕阳残**⑧**，试启苍琅**⑨**，是谁个垂青盼？郎君俊俏颜，**(小生唱)**幼尼俊俏颜，相逢旧识颜**⑩**，**(小旦唱)**喜从空降下**

---

① 访精蓝，底本作"放情兰"，据《古本戏曲丛刊》五集影绥中吴氏藏抄本《玉蜻蜓》(简称吴氏藏本)改。精蓝，佛寺，僧舍。

② 登东，上厕所。东，东圊，即厕所。

③ 三兄，指沈君钦，后文《讨账》出王廷称沈君钦为"沈三爷"。

④ 一众沙弥，195-2-11吊头本作"曲径芳菲"，吴氏藏本作"竹里双扉"。

⑤ 华而睆，底本作"华尔顽"，今改正。华而睆，语出《礼记·檀弓上》："华而睆，大夫之箦与?"意为华美有光泽。

⑥ "科""三已"底本未标，据195-2-11吊头本补。

⑦ 绳影，底本作"绳阳"，据195-2-11吊头本改。按，吴氏藏本作"绳阴"，盖指尼姑手中拂尘所投阴影。

⑧ 夕阳残，底本作"一绳阳暂"，据195-2-11吊头本改。

⑨ 苍琅，底本"琅"作"郎"，今改正。"苍琅"亦作"仓琅"，指门环。

⑩ 旧识颜，底本作"泪识含"，195-2-11吊头本作"旧影杆"，据吴氏藏本改。

文魔汉。

(小生)昨日到今,已做升堂之客。(小旦)垂临玉趾[1],光效[2]入幕之宾。大爷光降,有何见谕?(小生)小生不知进退,有话奉闻。(小旦)请教。(小生)小生为家务冗烦,欲借宝庵片地静养攻书,不知可否?(小旦)小庵空房虽有,要问知当家普传才是。(小生)全仗姑姑玉成。(小旦)愿闻。(小生唱)

【金络索】(起板)**抒诚礼佛龛,作意翻经案**。(小旦唱)**只怕竹院闲过,瓜李嫌非伴**[3]。(小生唱)**蓬壶咫尺间,女禅关,赖有一枝梅花书牒函**[4]。(小旦白)可是当家普传?(小生)差也不多。(唱)**真知实际非身幻,**(小旦唱)**只怕花笑空来客便还。难留挽,恐将燕约误鹏端。只为天色阑珊,人语凋残,又恐遭欺慢**。

【前腔】常将泪偷[5]**弹,难把情留挽。意马心猿,跌蹉**[6]**多牵绊**。(小生唱)**碧桃天际蕃,杏难攀**[7]**,**(小旦唱)**莫将仙姬识面难**。(小生唱)**管取醍醐倾入莲花瓣,今日相逢幸有缘。你且休辞惮**[8]**,**(小旦唱)**想渴龙得水肯濯瀺**[9]。**虽然濮上桑间**[10]**,秘密机关,肯把芳名滥**[11]。

---

① 垂临玉趾,底本作"琼林王捐",据吴氏藏本改。

② 光效,吴氏藏本作"降为"。

③ 此句底本作"纸墨嫌飞绊",195-2-11 吊头本作"瓜里闲非伴",据校改。

④ 书牒函,底本作"书歇咸",195-2-11 吊头本作"书蝶展",吴氏藏本作"信一函"。按,"蝶"当系"牒"之误,歇、牒,咸、函方言音近,今改正。

⑤ 泪偷,底本作"阳雨",据 195-2-11 吊头本改。

⑥ 跌蹉,底本作"踈蹉",195-2-11 吊头本作"铁错",皆当为"跌蹉"之讹。跌蹉,义同"蹉跌",失足跌倒,比喻失误或差错。

⑦ 蕃,底本作"潘",195-2-11 吊头本作"番",且在其前小字补入"难"字,暂校改如此。蕃,繁殖。杏难攀,底本作"查难潘",195-2-11 吊头本作"杏难板(扳)","扳"同"攀",据改。唐高蟾《下第后上永崇高侍郎》:"天上碧桃和露种,日边红杏倚云栽。"盖申贵生以桃杏难于获取比喻对方难以亲近,而王志贞欲拒还迎,故驳之云"莫将仙姬识面难"。

⑧ 辞惮,底本作"辞弹",今改正。辞惮,推辞害怕。

⑨ 濯瀺(zhuóchán),底本作"溜瀺",今改正。"濯瀺"即"瀺濯",鱼鸟游动沉浮的样子。

⑩ 濮上桑间,桑间在濮水之上,春秋时卫地,为男女幽会之所,后遂以"濮上桑间"指声色淫风流行的地方。

⑪ 滥,底本作"蓝",据文义改。

(小生)请当家出来面恳,谅必允之。(小旦)待小尼叫他出。如此当家快来。(净、付、贴旦上)列位姑姑请吓!(唱)

【三换头】珍羞满盘,伊蒲供馔。孤眠独宿,环佩众攒。误入在桃源难返,(众白)申大爷稽首哉。(小生)列位姑姑见礼了。(小旦)当家,南濠申大爷要在庵中攻书,故请当家商议。(付)只是小庵不堪贵人所暂。(净)哙,申大爷,今朝到我个房里去困,喏!(唱)**他那里使独占,我这里割恩撒漫**①。**同在雕栏上,赏花总一般。奉告郎君,法力均占一例看。**

(白)申大爷到我个房里去。(付)吓个瞎将军来打啥个浑,听我说末是哉②。(净)吓且说来。(付)今日申大爷来里,是志贞接着勾,今夜我搭③志贞陪伴,明日大家轮流末是哉。(净)说明白哉。是哉,我勿然要吵吵得糊达达,大家困勿成。我是瞎猫拖死老鼠,咬着勿肯放。(下)(付)申大爷请到房里去坐。(小生)今夜胜缸照。(小旦)莫叫师父学诵经。(付)申大爷,骨骨三太阿是生货吓。(小生)妙极。(付)就是处处末也是好个。(小生)一发极妙。(小旦)大爷请。(小生)三太请。(付)勿要请哉,大家老实是哉。(科,下)

问 缘

正旦(张玉英)、贴旦(芳兰)、外(王廷④)、丑(文旦)

(正旦上)(引)

心郁郁,意悬悬,一朝雏凤离家园⑤。

---

① 撒漫,底本作"撇漫",据吴氏藏本改。撒漫,同"撒镘"。镘,铜钱的背面,泛指钱。"撒漫"谓任意用钱,引申为抛弃,断送。

② 末是哉,亦作"没是哉""么是哉",表示肯定的语气,相当于"就是了""就行了"。

③ 搭,亦作"答",方言,和,跟。

④ 王廷,底本多作"王定",间或写作"王廷",单角本作"王廷"。定、廷方言音近,今统一作"王廷"。

⑤ 雏凤,底本作"又逢"。此句吴氏藏本作"一朝雏凤失娇鸾",据校改。

(白)妾身张氏玉英,丈夫申贵生。两月绸缪,喜得画眉之约。前日与爹娘转拜归宁,如今相公出外一月有余,已命文旦往四方寻觅,因何不见回复。不免叫王廷进来,问个明白。芳兰。(贴旦)怎么?(正旦)叫王廷来。(贴旦)晓得。王伯伯快来。(外)来了。堂上闻呼唤,阶前听使令[①]。芳兰姐,叫我何事?(贴旦)大娘在那里着恼,进去须要小心。(外)芳兰姐,我有礼儿在此,全仗你周全一二。(贴旦)这个都在于我。启大娘,王廷唤到。(正旦)叫他进来。(贴旦)启大娘,王廷乃是年老之人,万事须要看顾与他。(正旦)谁要你管,叫他进来。(贴旦)晓得。大娘命你进来。(外)晓得。大娘在上,王廷叩头。(贴旦)大娘念你年老之人,起来罢。(外)吓。大娘有何吩咐?(正旦)前日转拜归宁之时,道你是个老契,不曾吩咐与你。如今主人出外一月有余,全不在心。命你到沈家前吵闹,又不进来回复,是何道理?(外)是。启大娘,那日大爷与大娘转拜归宁,在张太老爷府上,是文旦跟随,与老奴是无干的。(正旦)倒也推得干净,如此叫文旦进来。(外)文旦兄弟快来。(丑上)来哉。在他矮[②]檐下,怎敢不低头?王伯伯叫我何事?(外)大娘叫你。在那里着恼,进去须要小心。(丑)见之个对头人,自然要着恼哉。王伯伯,进去须要帮衬帮衬才好。(外)候着。(丑)吓,文旦,文旦,吔有些站勿住哉。(外)大娘,文旦唤到。(正旦)命他进来。(外)吓,文旦,大娘命你进来。(丑)晓得。大娘在上,文旦叩头。(正旦)狗才,好一个书童。我且问你,如今相公到那里去?(丑)前日在张太老爷府中,说道大娘留在内堂,故此勿曾寻得。(正)呢,掌嘴!(外)吓。(科)(丑)阿唷!王伯伯要轻点之个吓。(外)我还是帮衬你的。(正旦)我如今不管,要你二人身上还我相公来。(唱)

① 听使令,底本作“呼来因”,据单角本校改。
② 矮,底本作“尘挨”,据俗语改正。

【风入松】纪纲卒领众三千[①]**，管钥皆伊司典**[②]**。门庭稽查须严管，**(外白)这是老奴分内之事。(正旦)家主出外，难道是分外之事么？(唱)**须体问、须体问何方游玩**。(外白)这是文旦跟随，与老奴是无干的。(丑)文旦一发不知格哉。(正旦)狗才，还要胡说么？(唱)**施忧楚怜伊暮年，休得要轻息足故仔肩**[③]**，轻息足故仔肩**。

(外)大娘！(唱)

【前腔】东君何处远飞骞[④]**，觅迹寻踪难见**。(正旦白)难道人死了不成么？(外)大娘说那里话来？(唱)**或者登楼选胜高怀遣**[⑤]**，佳山水、佳山水偶然留恋。沈衙内登门閙喧，遵主命敢迟延，遵主命敢迟延**。

【急三枪】(贴旦唱)**明日里，忙寻觅，休推阻。须细访，莫迟延**。(正旦白)如不见大爷，狗才，看仔细。(唱)**如不见，东人面，休回转。使家法，受笞鞭**。

(丑)勿瞒大娘说，小人去到东沿治平寺、四方池，各处寻觅，其实影也勿曾见。(正旦)难道住在沈家，与那些狐朋狗党迷恋僧房道院，也未可知。可恼，可恼！(唱)

【风入松】五陵裘马正翩跹[⑥]**，楚馆秦楼留恋。尼庵道寓和僧院，**(丑白)各处寻到，还有一处勿曾寻得。(正旦)怎的不去？(外)那里？(丑)龙阳馆里。(外)那里晓得？(丑)王伯伯。(唱)**多滋味、多滋味后庭方便**。(外白)怎见得？(丑)大爷呵！(唱)**与文旦共斋眠，**(正旦白)狗才！(唱)**休得要施巧语逞花言，施巧语逞花言**。

(白)日前可有亲戚来往？(外)苏州城里城外，年家契友，俱已寻遍，并没有

---

① 纪纲卒领众三千，这里指带领着众多得力的家丁。《左传·僖公二十四年》载晋文公迎接夫人嬴氏归国，"秦伯送卫于晋三千人，实纪纲之仆"。

② 典，底本作"占"，据吴氏藏本改。司、典均为掌管之意。

③ 仔，底本作"施"，据吴氏藏本改。故仔肩，指先人嘱托的任务，即先太爷让王廷照顾申贵生的任务。仔肩，语出《诗经·周颂·敬之》："佛时仔肩。"郑笺："仔肩，任也。"

④ 骞，底本作"浅"，单角本作"贱"，据文义改。飞骞，"骞"亦借"骞"字为之，高飞。

⑤ 此句底本作"或者登楼选身高官遣"，据单角本改。

⑥ 五陵裘马，底本作"乌霞丧马"，据吴氏藏本改。五陵裘马，指富豪子弟生活奢靡。翩跹，底本作"翻仙"，今改正。

大爷。(正旦)可有远方书信来往?(外)老奴省着了,那日大爷转拜归宁,有人前来提书一封。(正旦)可晓书中之事么?(外)他说镇江马大老爷有书,送与大爷拆着。(正旦)可问他详细?(外)这个老奴倒不曾问得。(正旦)咳,好个老契家,为何不问他详细?(外)大娘!(唱)

【急三枪】只见那江南使,邮筒递,(正旦白)总然不见相公。(外)老奴去到酒肆中呵[①]!(唱)**同转拜,赴华筵,同转拜,赴华筵。**(正旦白)你可速速去到镇江马府,问明此事。(外)启大娘,老奴要在家料理家务,不能远行,莫若文旦前去。(正旦)文旦可去?(丑)文旦愿去。(正旦)既如此,与你盘费银子二十两,听我吩咐。(唱)**明日里,登程去,休迟缓。把行囊整,唤行船,行囊整,唤行船。**(下)

【风入松】(丑唱)**后朝五鼓便开船,早奔长江流遍。淮阳一带须寻遍,**(白)王伯伯,我此去寻不见大爷呵!(唱)**誓不转金阊[②]内院。**(外白)你敢是要逃去么?(丑)王伯伯,逃是勿逃勾。喏!(唱)**难违拗东人命严,东人命严,无确信怎旋,无确信怎旋?**(下)

讨 账

末(朱四老)、外(王廷)、净(贝白戎)、丑(俞阿二)、正旦(张玉英)

(末上)(白)一生无活计,开张作营生。自家非别,朱四老便是。开张酒铺,倒也闹热。只因欠了申家房钱,春季不曾还他,如今是夏季了,本欲要将房钱送去,因我侄儿借去摇会,等他会摇着了,就送去是哉。正是,不将辛苦艺,难求世间财。(外上)(白)荣显门庭旧官家,积玉堆金贵堪夸。我王廷,因我家大爷出外数月,至今并无消息。主母日夜不安,前日已着文旦往镇江寻觅,尚未回来。我已到北濠沈三爷家问信,沈三爷又不在家,他说出外访问去了。但愿主人早回,免得合家挂念。今日要到朱四老店中

---

① 此句单角本作“相公不见,付了酒钱呵”。

② 金,底本作“全”,今改正。苏州有金门、阊门,故以“金阊”借指苏州。

催讨房钱,不免前去一走。一径行来已是。吓,朱四老呢?(末)是那一个?原来是王伯伯,请进里面。请坐。(外)朱四老,你的房钱每年四季交纳,春季没有,如今是夏季,怎的不送来?(末)本要送来,因我侄儿借去摇会,待他会摇着了,即刻送来。(外)你不可误事的。(末)不误事的。(外)如此我去了。(末)王伯伯,里面吃酒去。(外)不消。(末)吃茶。(外)怎么有茶,倒要吃一杯去。(末)请进。(下)(净上)(念)

【水底鱼】掇月移云,掇月移云,自做梁上君。爬墙挖壁,入户有名声①,入户有名声。

(白)自家非别,我贝,贝白戎②便是。二月间在山塘上看戏,勿想南濠申大爷也来亨看戏。只见法华庵里格尼姑做个瓜子壳、花生壳,竟落落里丢落来。我竟一看,看冬③肚里哉。个一日我竟造得上一封情书,送到申府,个申大爷倒也来得大出手,赏我银子五两,我竟赌嫖拿来用完哉。个一日竟肚里也饥哉。一走二走,走到法华庵里,往草门一挖,挖之进去,大殿刚刚做法事过勾,铙钹钉铛都来亨佛桌,我竟一扫精光。一拿拿到隆兴当,当之一千大铜钱。咳,铜钱有哉,肚就勿饥哉。一走走到会场里,活啨,好闹热会场吓。灯亮烁烁亮,骰子唧唧响。看见一场牌九场,我竟立得个一看,看见得一掷落骰,我竟做一千大铜钱,是个哒吤安冬哉。庄家话:"喂。"竟看呧勿出贼头狗脑,格一个人倒也大出手,我说:"呧勿要多话,只管猜冬。"庄家竟拿起一掷庄,翻转一掷别十,(笑)我竟快活杀哉。一翻翻转来是掷十别,十别别十,倒成就勿得配来。咳,铜钱输完哉,肚里已饥哉。我竟再到法华庵里,往狗洞一挖,挖之进去,天也夜哉,只看见格班尼

---

① 此句底本作"日户惭忘稳",据单角本改。

② "贝""戎"合字为"贼",下文"贝戎人"即"贼人"。单角本"贝白戎"作"背勿动"。

③ 冬,亦作"东",方言,附着在动词或动词性短语后,表示动作或状态的持续或完成,这里可译为"在",下文"只管猜冬"的"冬"相当于"着"。"东(冬)"的用法详见《西厢记·游寺》"梦里来带成亲"注和《琵琶记·弥陀寺》"勿然也死东里头"注。

姑做蜎蝈从馊饭个来亨从[①]。我道来亨作啥,原来南濠申大爷来亨。喔吓,喔吓,好有趣吓!只见驼背尼姑、跷脚尼姑、当家师父、三师太、小沙弥、敛饭盏[②]、司务[③],一个个话:"申大爷,呒到我格房里去困。"又还有一个哼鼻尼姑,一走走之出来,说道:"申大爷,今朝到我个房里去困。"伊竟鼻头哼得也是个勿肯饶他,个个人倒是色精。正所谓酒不醉人人自醉,色不迷人人自迷。(内科)哙,来个好像俞阿二,让我唬你一个唬去。(丑上)(唱)

【前腔】好赌身贫,好赌身贫,学做贝戎人。挖包剪绺,白撞到黄昏。

(净科)来带哉。(丑)啥人?啥人?(净)我把狗里之个精,精里之个骨,骨里之个头,还要打出呒个四月癞头油。今日把门前鸡也叭[④]呒偷完哉,走走走,到自省所里去。(丑)呒到底是啥人?(净)呒可晓得六衙里新点大头脑阿叔?(丑)是哉,放之我。(净)要孝敬。(丑)有。(科白[⑤])(净)放之你。(笑)(丑)哙。(笑)(净)哙。(笑)(丑)阿唷,阿哥,呒竟做之大喉咙,我竟听勿出哉。(净)呒竟听勿出哉?(丑)阿哥,呒个生意可好?(净)只好老鼠偷干面——糊嘴。阿弟,呒个生意那光景?(丑)我今朝竟好往钱店门走过,一混混之进去,拿得一把碎银子来带。(净)阿弟。(丑)阿哥。(净)格末以要吃呒发财老酒。(丑)啥地方去?(净)端仙居里去。(丑)勿好。(净)五岳楼里?(丑)也勿好。(净)啥地方呢?(丑)卯坑巷里朱四老酒店里去。(净)好吃杀冬,无有人得知。朱四老。(末上,科白)(丑)格末阿哥请。(净)阿弟请。(同唱)

【(昆腔)皂罗袍】交易中须要相亲[⑥],我和你两下里胜似嫡亲。香醪不住斟满

---

① 此句谓这班尼姑像苍蝇扑在馊饭上那样聚在一起。蜎蝈,同"苍蝇"。

② 敛,底本作"练"。《越谚》卷中《风俗》:"敛饭,贫僧携篮。向贫檀越收盏饭曰'敛饭和尚'。饭盏饼:贫檀越斋僧,日齒一盏饭。候敛正初僧,先送饼为礼。"(《集韵·御韵》:"齒,吴俗谓盛物于器曰齒。")据改"练"为"敛"。

③ 《越谚》卷中《人类》之《贱称》:"司务,一切工匠总称。"

④ 叭,亦作"拨",给。

⑤ 此及下文"(末上,科白)",说白底本删略。

⑥ 此句单角本作"交情如同胶漆"。

樽，香浮扑鼻入喉咽①。(丑白)阿哥，吤我总人一想，想之起来，人都勿用做嘘。(净)为啥?(丑)无亲无戚，无妻无妾，做你作啥?(净)咳，阿弟，吤以来哉。罗个乡绅大老官，及得吤我来嘘?(丑)那啥，吤我都及勿来哉?(净)阿弟吓，吤我罗日勿吃?罗日勿穿?勿嫖?勿赌?有句话个:"天当棺材盖，地当棺材底。吞来以吞去，吞得三千里，成就棺材里。"阿弟要吃吃哉，要穿穿哉，阿弟以要来哉。(丑)阿哥请。(净②)有格一个乡绅大老官，有得万贯家财，家内娇妻美妾倒勿欢喜，还要去刮尼姑。(丑)罗个大老官欢喜尼姑?(净)就是南濠里申大老官。(外暗科)(丑)罗里晓得?(净照前白)格个后生走末走进冬哉，走出来难哉。(丑)是哉。(净)闲事勿要管，管闲事淘闲气。(丑)吃完算账，算账。(末科)(丑白)有些碎银子来带，吃完改日总算。(净)阿弟。(丑)阿哥。(净)有点酒高兴来带哉，啥地方去白相白相?(丑)南门外散西施里去。(净)阿弟请。(丑)阿哥请。(同唱)**银两赌兴，嫖妓偷情；赢他万贯，心下欢欣。花街柳巷游不尽**。(科，下)

(外)喔唷，方才听得那人说，我家大爷在法华庵内，被那些尼僧迷恋。唔，事有可疑，不免急急归家，报与大娘知道便了。朱四老，你的房钱不可误期，我去了。(末)王伯伯慢去。(外)不免报与大娘知道便了，不免报与大娘知道便了。(唱)

【前腔】听说言词可信，却原来尼僧迷恋东人。秦楼楚馆去追寻，僧房道院空查问。法华庵内，隐匿藏身；至今二月，消耗无音。全家老幼担愁闷。

(白)大娘有请。(正旦上)夫君移庭院，天大有情关。(外)大娘在上，老奴叩头。(正旦)王廷，敢是收账目而回?(外)是。大娘，如今大爷有下落在此。(正旦)在那里?(外)老奴往朱四老店中催讨房钱，忽有二人在那里饮酒，说我大爷在法华庵内，与那些尼僧迷恋在彼。(正旦)你不要听差了。(外)老奴听得明明白白，他说二月在彼，一些不差。(正旦)怎么，有这等事来?既

---

① 入喉咽，底本作"旋喉入"，单角本作"腻(入)喉咽"，据校改。

② 此"净"字底本脱，据剧情补。因底本此处脱漏，致下文"吃完算账"前的"净""丑"误被后人涂抹互换，今作回改。

如此，命你速传家丁四十名，去到法华庵，迎接大爷回来。他若好好送出大爷便罢，如若隐藏，与我各处搜来，我自有分讲。(外)晓得。众兄弟听者，大娘吩咐下来，传齐四十名家丁，明日随我到法华庵迎接大爷回来，不得有误。(内)吓。(下)(正旦)阿呀，官人吓！你将万贯家财撇下，把奴冷落清寒，谁知你在尼庵迷恋也。(唱)

【(昆腔)**尾】闻说叫人心战兢，必有狐朋一同行。阿呀，官人吓！你抛撇家筵，迷恋那尼僧**。(下)

头　搜

小生(申贵生)、小旦(王志贞)、贴旦(尼姑)、外(王廷)

(小生、小旦上)(合唱)

【(昆腔)**泣颜回】曲径玩芳菲，花底流泉向西。青松郁郁，那壁厢绿竹猗猗**。(小旦白)大爷，此景如何？(小生)好。三太，你这花园，景致精巧得紧，就是我家花园，也不过如此。(小旦)大爷休得谬赞，当初那有这样景致。只因蓝太太在此诵经，这都是总兵老爷所端正①的。(小生)他如今为何不来拜经？(小旦)只因身子不爽，接回家去了。(小生)说的敢是定海总兵蓝世隆么？(小旦)正是。(小生)这就是我家人王廷的亲家。(小旦)也是宦家，怎与你家管账②奴仆对亲？(小生)三太，你却不晓。那年先君被难，我才周岁，亏他怀抱耽烦。后来先君复职，与他兄弟相称，遗命下来，照前莫改。其长子天祥，新科解元；次子天禄，院取入泮二名，与我同学。他有良田三百、宅处一所、当铺一爿自居，因小生年幼，要他在家照管照管。(小旦)原来如此。(内科)大爷，雀儿飞往树上去了。(小生)妙吓！(唱)**看枝头鸟栖，倚栏杆见池牌渔郎济济。是连宵云雨无休，哀情儿眼惓谑喜**。

---

① “正”字底本脱，据文义补。端正，安排，准备。

② “管账”二字底本在前文“宦家”之下，今移改。

（贴旦上）走吓！（唱）

【前腔】**忙步心急，意匆匆报与云房情迹**。（白）大爷不好了！（小生）为着何事？（贴旦）小尼往蓝府回来，见大爷门首，家人聚集，说到庵中来搜取大爷了。（唱）**暗藏谋计，假惺惺却成门第**。（小旦白）阿呀，大爷吓！此事被大娘知道，我庵中尼僧，个个有灾。（唱）**暗藏埋提，假惺游却同老年谊**。（小生白）我不免往后门去罢。（外内）众兄弟，把前后门看守好吓！（小旦）阿呀，不好了。（小生）三太放心，他是仆，我是主，怕他奈我不成？（小旦）大爷虽则如此，大娘岂肯轻饶我们？（小生）既如此，那里躲一躲？（小旦）就是藏经橱里面躲躲便了。（小生）这是有菩萨宝号，岂不罪过？（小旦）阿伊，菩萨是有慈悲心的。（唱）**唬得人胆战心惊，不由人惭红满地**。

（外上）众兄弟趱上。（唱）

【（昆腔）千秋岁】**趱催齐，来到清幽地，个个雄威如虎势。堪恨惟优尼，堪恨惟优尼，惹风骚相诱官家子弟**。（小旦白）长者稽首了。（外）住了。大胆尼僧，怎将南濠申大爷藏在庵中，数月竟不放回？如今天网恢恢，事情败露，今奉大娘之命，命吾等迎接大爷回去。你们好好送出去，万事罢论，如若不然，叫尔等个个有灾。（小旦）阿呀，小庵乃是清净女庵，并无男人来往。（外）住口，你也还要假惺惺。众兄弟，把前后门看守好了，各处搜来。（唱）**前后门重重闭，无大小难回避。罪孽非儿戏，怎免得呈送官衙刑毙**。

（众）没有。（外）搜来。（众）吓！（唱）

【（昆腔）越恁好】①**伊行徒严禁**②**，平空波**③**浪起。俗家已出，守清规心不移**。（众白）没有。（外）搜来。（众）吓！（唱）**遍床探挨，遍床探挨，进厨房绕回廊无**

---

① 此曲牌名底本缺题，据单角本补。

② 伊行徒严禁，底本作“伊行徒严心”，单角本一作“伊行从严禁”，一作“伊行徒废”且重句，据校改。

③ 波，底本作“后”，据单角本改。平空，忽然；无端。“平”在近代汉语里有平白、无端、骤然义，即“平空”是并列结构，与动宾结构“凭空”的产生途径不同。

所见知。(众白)没有。(外)搜来。(众)吓!(唱)**笑你沙门贱意遍痴**[①]**,淫奔忌廉耻**。**休得遮掩,藏头露尾**。

(众)各处搜过,没有大爷。(外)天花板?(众)搜过。(外)脚墙内?(众)打破。(外)井底?(众)捞过。(外)怎么没有?这有奇了。(众)个也奇杀哉,做个人勿知抗[②]冬那里哉?(外暗科)(小旦)可见小庵并无虚况的么。(外)多讲。(众科)(外)没有,这有奇了。藏经橱?(众)藏经橱里没个。(科白[③])(外)量来是没有了。众兄弟,不免回复大娘去罢。(唱)

【(昆腔)**红绣鞋】寻思难决惊疑,一场事变跷蹊**。**居遁迹,隔天疑**[④]。**肝肠碎,远分离**。**忙回去,莫羁迟**。(下)

(小旦)这遭好了。(小生唱)

【(昆腔)**尾】这回不解其中意,从此安然无祸罹**[⑤]。**今夜欢娱临战**[⑥]**期**。(下)

复 主

正旦(张玉英)、外(王廷)

(正旦上)(唱)

【宜春令】霞光流,小阮亭,见飞来归巢燕莺。**爱他良禽成对,飘飘并飞相交颈**。**乃因我久别郎官,怎能够携手相亲?愁听,夜漫深沉,梦绕难宁,梦绕难宁**。

(外上)(唱)

---

① 贱意遍痴,单角本一作“贼忘(妄)偏痴”。

② 抗,字书或韵书作“囥”。《集韵·宕韵》:“囥,口浪切,藏也。”《字汇·口部》:“囥,音抗,藏囥。”

③ 本处底本删略,民国初年“方吉庆堂”《双玉锁》等净本(195-1-121)所抄《玉蜻蜓》净本内容为:“藏经橱谁个人吓,勿慷(囥)个。大菩萨小菩萨,还有个眉眉个菩萨,勿慷(囥)个。”

④ “居遁迹,隔天疑”,单角本作“居随躬,隔天避”。

⑤ 此下底本尚有一“奇”字,疑衍,今删。

⑥ 战,底本字形为左占右页,今改正。“战”在此指男女欢爱。

【学士解三醒】阻隔云山有万层，叫人意乱心难[①]**平。汪洋波内渐捞针**[②]**，明月芦花何处寻？**（白）大娘。（正旦）王廷，你回来了，大爷可有回来？（外）大娘不要说起，老奴与众家丁去到法华庵内吓！（唱）**井底厨房皆寻遍，转被掀翻没个影。魂无定，急回归呈复，主命筹生，主命筹生**[③]。

（正旦）井底厨房？（外）搜过。（正旦）楼阁回廊？（外）也搜过。（正旦）还有藏经橱？（外）这个老奴倒不曾看得。（正旦）好不仔细。如此你去吩咐众家丁，明日随我到法华庵内，迎接大爷回来，不得有误。（外）众兄弟听者，明日随大娘到法华庵迎接大爷，不得有误。（内应）（下）（正旦）可恼，可恼！（唱）**【前腔】嗔怪妖娆作比僧**[④]**，假意**[⑤]**削发为尼。朝恋暮色污邪淫**[⑥]**，迷恋良家动春心。撇得奴锦帐罗帏冷，梳洗妆台久不净**[⑦]。**兰房静，香消冷被，好梦难成，好梦难成**。（下）

二　搜

小生（申贵生）、小旦（王志贞）、付（普传）、外（王廷）、正旦（张玉英）、
净（家丁）、贴旦（芳兰）、正生（徐权）、贴旦（手下）

（小生、小旦上[⑧]）（小生）手儿搂抱肩儿挨，夜夜腰肢玉足睡。（小旦）从今莫把风流赶，我劝郎君及早回。（小生）三太，我欲待回去，只是一件。（小旦）那

---

① “难”字底本脱，据单角本补。

② 渐，单角本一作“去”，一作“惭藏”。又，此句 195-2-11 吊头本作“江洋大海去查问”。

③ 筹，底本作“寿”，单角本一作“求”，一作“酬”，据晚清《单刀会》等净本（195-1-11）改。又，“急回归”至“筹生”，195-2-11 吊头本作“急速回归，寻覆再生（又）”。

④ 此句 195-2-11 吊头本作“贱妖晓（娆）作伪妮（尼）僧”。

⑤ 假意，底本作“被留”，据 195-2-11 吊头本改。

⑥ 朝恋暮色，底本作“亡帘暮色”，195-2-11 吊头本此句作“朝恋暮色被贱迷”，据校改。

⑦ 净，底本作“绝”，据 195-2-11 吊头本改。

⑧ “小生、小旦上”底本未标，据剧情补。下文“起板”“急走板”等底本未标，据 195-2-11 吊头本补。

一件?(小生)三太吓!(唱)

【村里迓鼓】(起板)**怎撇下俏庞佳艳,携素手两情眷恋。菱花镜照,瘦岩岩**[①]**三春颜面。红轮渐高,映纱窗,眼花撩乱。**(小旦唱)**轻流香汗,何不分手,速了缱绻?**(小生白)三太吓!(唱)**这的是五百年前风流孽冤。**

(急走板)(付上)(唱)

【天下乐】都只为小书生朝暮多欢忭,露滴呵花也么鲜,似夫妻并蒂莲。(白)大爷不好了!(小生)为何这般光景?(付)小沙弥往申府门前经过,见一班家丁聚集门墙,候大娘上轿,来到庵中搜取大爷了。(唱)**他那里气昂昂纠纠壮威严,口儿骂不了比丘尼为泼贱,及早的计安排望周全,计安排望周全。**

【哪吒令】(小旦唱)**骤闻言唬得人魂飞肉战**[②]**,一霎时、意马心猿。如何计与变**[③]**,痛杀杀泪涟。返逢凶灾危,今日里无门窜,倒不如早赴黄泉,早赴黄泉。**

(小生)三太,你也不消如此,待我往后门去罢。(外内白)众兄弟,把前后门看好。(内应)(付、小旦)前后门有人,这便怎处?(小生)不妨,待我对大娘说明,不与你事。(付、小旦)大爷虽则如此,大娘岂肯轻饶我们?(小生)既如此,那里躲躲?(小旦)不如大殿上佛柜底下去躲便了。(同唱)

【鹊踏枝】即忙的步出幽轩,须索向观音佛殿。恰便似天台,误入蓬莱苑。刘郎[④]**忘却家庭院,不提防佛柜埋潜,佛柜埋潜。**

(众上)(唱)

【元和令】急攘攘不耐烦,热腾腾如飞箭。集家人纠纠壮威严,挺胸脯齐撇肩。一个个摩拳擦掌放浪言,绕庵临非等闲,绕庵临非等闲。

---

① 岩岩,底本作"彦些",今改正。瘦岩岩,瘦削的样子。调腔《汉宫秋·游宫》【天下乐】:"我和你弄着精神射绛纱,觑着他瘦岩岩影儿可喜煞。"

② 肉战,底本作"内战",据 195-2-11 吊头本改。

③ 如何计与变,底本作"事如计变",据 195-2-11 吊头本改。

④ 相传刘晨、阮肇人天台山采药迷路,攀岩摘桃充饥,逆溪流而上,得遇二女,结为夫妇。半年后两人思家求归。既出,世间面貌不再,子孙已传至七世。事见《太平御览》卷四一地部六引南朝宋刘义庆《幽明录》。后人以刘郎、阮郎代指情郎或如意郎君,这里的刘郎即代指申贵生。

(小旦)贫尼迎接大娘。(正旦)住了。你们这些尼僧,假意出家,把我家官人迷恋数月,竟不放归,是何道理?(小旦)大娘,令介[①]前日来庵搜过,并无大爷。况小庵是清净女庵,并无男人来往,大娘休听谗言,莫把小尼肮脏。(正旦)贱人,还要如此硬口!少刻搜出大爷,叫你等尼僧死无葬身之地。众家丁[②],与我细细搜来。(唱)

【上马娇】动离愁,惹恨绵,那禁有万千?怪伊家恁般不通变,反叫人寻鸿觅雁,藕丝相缠,寻鸿觅雁,藕丝相缠,不觉的误了家园,误了家园。

【游四门】(外唱)**云房卧室打盘旋,禅闺帐帏皆望观。并没个家主形瞧见,心下不安然,寻何处[③]告尊前,寻何处告尊前。**

【后庭花】(正旦唱[④])**他他他他藏暗[⑤],俺俺俺俺痛涟[⑥],每旬价嚼恨恹恹。害得我深闺娇秀愁无眠,害得人夜不眠。害得人愁怀展转,害得个精神恍惚闷恹恹。美夫妻人皆羡,美夫妻人皆羡,双携手乘鸾辇,谁似奴琴瑟分弦[⑦],不由人生悲怨,不由人生悲怨。**

【耍孩儿】(众唱)**齐努力各处都搜遍,更前后四顾相穿,窗摆墙壁都推转[⑧]。打破了,雪花片,没个英贤。**

【寄生草】(正旦唱)**一场怪事难分辨,怎叫人情长怯怯情意牵。早难道前生结下缘分浅,做夫妻两月破镜边[⑨]。堪羡夫君遁迹归何处,那禁日夜受熬煎,兀的不是狂风急断风筝线。**

---

① 令介,义同“盛介”,“介”亦作“价”,对别人仆役的尊称。

② 底本此下有间隔符号“リ”,省略了“(众)有”。据单角本,众家丁随即下场,其后上场同唱【游四门】,唱完接受张玉英询问后再次下场,其后又再次上场同唱【耍孩儿】。

③ 寻何处,底本作“定付裁”,据195-2-11吊头本改。

④ “正旦唱”三字底本未标,据剧情补。

⑤ 藏暗,底本作“藏言”,据195-2-11吊头本改。

⑥ 痛涟,底本作“疼典”,195-2-11吊头本作“痛恋”,据校改。

⑦ 琴瑟分弦,底本作“愁无分展”,据195-2-11吊头本改。

⑧ 此句底本作“窗外墙隔拭雄搌”,据单角本改。

⑨ 边,底本作“园”,据195-2-11吊头本改。

(众)启大娘,各处搜过,并不见大爷。(正旦)内房外房?(众)搜过。(正旦)箱笼经橱?(众)也搜过。(正旦)怎么没有?(众应)(小旦)大娘如何?(正旦)多讲。(众、净科白①)(正旦)你等外厢侍候。(众应,下)(正旦)芳兰,我们到大殿上去祈求大士,以断吉凶便了。观音能救苦,普渡万人缘。阿呀,大士,妾身张氏玉英,因丈夫申贵生出外数月,杳无音信。望大士佛光普照,指点回来,免得我合家挂念。(唱)

【端正好】拜深深,莲台下,拜深深,莲台下,恁那里光明方大。望慈悲恻隐心点迷化,度群生早还家。

(贴旦)大娘,有签筒在此,祈求一签,可断丈夫吉凶如何。(正旦)芳兰,取签筒过来。(贴旦)晓得。(正旦)吓,大士,奴丈夫申贵生即日就归,赐奴上上之签;倘有不测,赐奴下下之签。(唱)

【滚绣球】奴一时叩首垂骸,把言词上达,说不尽无限伤心话。见人家夫妇凤鸾跨,谁似奴冷落嗟呀②,阿呀!苦单单、憔瘦了小腰跨③。我肠怀牵挂,满怀忧郁腹儿瘕④。求凶吉问根芽,求吉凶问根芽,把灵签轻耸摇摆,轻耸摇摆。

(贴旦)大娘,签儿在佛柜底下。(正旦)怎么,掉在佛柜底下?芳兰,唤众家丁进来,把佛柜抬开,我要取签。(贴旦)晓得。(小旦)阿呀,不好了!(唱)

---

① 此处底本有删略,光绪二十九年(1903)"张贤云记"外、净、末等本(195-1-12)所抄《玉蜻蜓》净本内容为:"大娘,慢说藏经橱,就是灰炉里,都寻过哉。/不见大爷。/多话。/嗽嗒尼姑。/吼死起来,是一个巴掌。/打得呒三日勿吃碗。/饭要碗盛个。/看见后生人,眼睛溜溜;看见我老相公,做对头。/老伙后生也做二年过个。"

② 嗟呀,底本作"奸醮",据195-2-11吊头本改。

③ 腰跨,腰部。次字本作"銙",《广韵·马韵》苦瓦切,为附于腰带上扣板,原用于受环悬物,后只用于装饰。字亦写作"胯"。参见张涌泉主编、审订《敦煌经部文献合集》(中华书局,2008)第八册《小学类字书之属》敦煌P.3644号《词句摘抄》"腰跨""大跨腰带拾叁事"条校记。后来用"腰跨(胯)"代指腰部。

④ 瘕,妇科病名,腹内结块。

【倘秀才】这一回小尼僧难禁架，不由人、心惊胆怕[①]，陡然间无主无法。露行藏并非虚假，战兢兢何方奔踏，便穷猿折翅鸦，便穷猿折翅鸦。

(贴旦)大娘，家丁唤到。(众)大娘有何吩咐？(正旦)把佛柜抬开，我要取签。(众)吓。(内)徐太爷到。(众)启大娘，徐太爷到。(正旦)怎么，徐太爷到？你等且是回避。(众)吓。(下)(正旦科，下)(正生上)(唱)

【脱布衫】坐黄堂赫赫排衙[②]，奈沉烦词讼[③]无暇。辖群僚官居五马，凭着俺察闻风贤良殊歹[④]，贤良殊歹。

(拈香科)(白)大士在上，信官徐权，只因年迈无子，前来祈求大士。(唱)

【小梁州】[⑤]上奉君王龙飞驾[⑥]，下民子事断无差[⑦]。因何芝兰长垂芽[⑧]，千金价，乞求菩萨降临娃。

(小旦)大爷在上，贫尼叩头。(正生)罢了。本府只因无子，前来祈求大士。取香金。(贴旦)吓。(小旦)多谢太爷，请到客堂用茶。(正生)本府讼事多端，那有余闲？拜辞菩萨去者[⑨]。吩咐挽轿。挽轿上来。(唱)

【幺篇】虔诚顶礼幢幡挂，善只行富贵荣华。愿后世，追前辈，桂枝奋发，跃龙门题名雁塔[⑩]，题名雁塔。(下)

---

① 怕，底本作“炮”，据 195-2-11 吊头本改。

② 黄堂，古代州郡太守衙门的正堂。排衙，指旧时主官升座，衙署陈设仪仗，僚属依次参谒，分立两旁。

③ 词讼，底本作“事车”，据单角本改。

④ 贤良殊歹，底本作“贤良祚钗”，单角本作“旌良殊歹”，据校改。殊，诛杀。贤良殊歹，以有德行才能的人为贤，而诛杀歹人。

⑤ 【小梁州】及【幺篇】，以及下文【快活三】【朝天子】，曲牌名底本缺题，今从推断。

⑥ 龙飞驾，底本作“龙恩驾”，195-2-11 吊头本作“龙飞假”，据单角本改。

⑦ 此句底本作“下民子无端非差”，195-2-11 吊头本作“下民事虚断无差”，单角本作“下民子事无断差”，今综合数者，校作“下民子事断无差”。

⑧ 因何、垂芽，195-2-11 吊头本及单角本作“因何事”“蕊芽”。“芝兰”喻指子女，这里以芝兰垂芽，含苞不放，比喻长期未诞育子女。

⑨ 底本此处及“吩咐挽轿”下有间隔符号“リ”，省略了手下的说白。

⑩ 题名雁塔，指科举中式。唐代故事，新科进士题名于慈恩寺大雁塔，后“雁塔题名”遂成为进士及第的代称。

【快活三】(小旦唱)**恰便似轰雷一霎，恰便似水茫茫，透出了魂儿唬。**(白)冤家，快快取签出来。(正旦内)芳兰随我来。(贴旦)晓得。(小旦)呀呀！(唱)**恰便似青蛇出匣，恶狠狠滔天势压，惟愿取菩萨是怜福祐增加。**

(正旦上)(唱)

【朝天子】求神问卜，语句详解，愁肠万里乱交加，倚门终日眼巴巴。早难道飘蓬效学，迷恋烟花，顿忘家业，撇下浑家。早团圆厮守安康，免使我心下牵挂[①]。

(贴旦)大娘，签儿在拜坛底下。(正旦)取来我看：二十七签，下下。这是二十五、二十六，二十七，下下："昔日归阴一孟姜，配合夫君范杞良。可怜身死为泥粥，哭倒长城空断肠，哭倒长城空断肠。"咳，看签经之上，我官人是不能再会的了，兀的不痛……(贴旦)大娘苏醒，大娘苏醒。(小旦)吓，大娘！(正旦)呢！(科)(正旦唱)

【北曲过曲】[②]**恁看那神语也那波渣，顷刻间遍体汗流胯。痛得我涕雨泪如麻，哭哀哀把尘埃跪**[③]**，沈君钦恁那顽徒吓，终日里邀夫君两下里闲游耍，到如今身无去向，不由人詈口声声骂。阿呀，官人吓！恁那里露餐伴流霞**[④]**，恁那里轩**[⑤]**乘海浮槎，奴这里抱恨伤情，终日里忘其餐不思茶。这儿番遍处寻查，倒做了充饥话巴**[⑥]**。望只望夫归乡井，把愁肠一笔儿都勾罢。禁不住血泪纷纷红泪洒，好一似观油鼎烹茶，闪得奴哽哽咽咽生杀杀，喘吁吁叹嗟呀，喘吁吁叹嗟呀。想人生男女当婚嫁，偏奴家浪淘沙，敢只为命终朝守孤寡，命终朝守孤寡，奴只得忍泪含悲，冷清清空了睡巴**[⑦]。(下)

【上小楼】(小旦唱)**险些儿渐成祸事天来大，幸亏了府主临庵。消冤释急呈祥**

---

① 牵挂，底本作"惨伤"，据195-2-11吊头本改。

② 北曲过曲，底本题如此，曲牌来源不详。

③ 跪，底本字左足右戾，195-2-11吊头本作"埋"。

④ 霞，底本作"露"，今改正。

⑤ 轩，底本作"显"，轩、显方言仅声调有别，据改。

⑥ 话巴，同"话把"，话柄。

⑦ 巴，底本作"疤"，暂校改如此。按，195-2-11吊头本末四字作"恐(空)描慈吧"。

难化,只落得万千愁难卧榻,只恐怕那人来细查[①]。**喜得个潜藏身便吞声妆聋作哑,顾不得他人问津痛泪由他嗟呀**。**还须要三宝皈依,过禅关不漏艾豭**[②],**拜师尊礼佛殿体挂袈裟,体挂袈裟**。

【尾】(小生唱[③])**偷香窃玉谁似咱,乱禅房一味淫邪**。**我今疾病身染,湿透了绫波袜**。(科,下)

办 礼

外(王廷)、正旦(张玉英)、贴旦(芳兰)

(外上)(唱)

【醉酒花阴】[④]**只是俺申氏宗先不保佑,见东君不得能够**。(白)咳,小主,小主,曾记先太爷在日,我王廷受恩不浅。只为小主年幼,何等叮嘱。(唱)**早难道申氏宗支谁会有,泪汪汪、我的痛哭难休**。(白)慢说万贯家财,就是我家大娘仪容俊雅,十分贤德,亏你一旦抛撇。(唱)**苦只苦殊如令父延逗遛,好叫我哭不出这根由**。(白)我不恨你别的而来。(唱)**恨只恨沈君钦引诱小主花街走,荡东向西何处存留,何处存留**。**未知何日转家乡,天神来护佑,天神来护佑**。

(白)今日奉大娘之命,命我到街坊上买些礼物香烛,去到法华庵,一则备斋,二与志贞尼僧假意情投意合,慢慢诱他动情。不免前去一走。咳,大爷吓!(下)(正旦上)(唱)

【画眉序】痛亲身早拆夫却女流,我命遭僝僽。**俺俺俺俺可也配豪门坚心守,**

---

① “难卧榻”“只恐怕”六字底本脱,据195-2-11吊头本补。

② 过,底本作“故”,据195-2-11吊头本改。禅关,禅门,“过禅关”指出家。艾豭,老公猪,借指供贵妇人玩弄的美男子或渔色之徒。又,此下底本尚有“不狂”二字,据195-2-11吊头本删。

③ “小生唱”三字底本未标,据剧情补。

④ 醉酒花阴,底本题如此,当即【醉花阴】或【醉花阴】之变体,抑或是以【醉花阴】为主的集曲。

恨薄幸儿夫把奴丢。(贴旦上)(唱)**听子规啼恨,失却女娇流**。**声声的来即冷凄凉失凤雏**①**,再向那法华三搜,法华三搜**。

(外上)(唱)

【前腔】奉主命措办香礼周,急回家忙告情由。**恨惶恐以作绸缪**。(白)芳兰姐。(贴旦)何事?(外)你去对大娘说,办礼端正,请大娘上轿。(贴旦)王伯伯,叫他们候着,待我禀过大娘。大娘,王伯伯礼物端正,候大娘上轿。(正旦)命王廷进来。(贴旦)晓得。王伯伯,大娘命你进来。(外)晓得。大娘,唤老奴有何吩咐?(正旦)我想你那一日你不要年迈朦胧,可不听差了?(外)大娘,老奴虽则年迈,小主出外,老奴刻时当心,那有听差?(唱)**二人的话情投,酒肆中谈说缘由**。(白)老奴吓!(唱)**蒙先祖嘱托敢虚谬,白白明明话情投**。

(正旦)依你说来,大爷一定在庵中。如此命你备礼,去到法华庵,与志贞假意情投意合,诱他动情。若还窃出大爷,那时慢慢与尼僧理论。(唱)

【前腔】切莫要漏风声,此事休出口。**倘若露机关,东君回家不能够**。**只是儿闺阁使机谋,细察详暗地机关遭僝僽**。(白)吩咐挽轿。(唱)**若见儿夫面,好一似云开雾收,云开雾收**。(下)

三 搜

小旦(王志贞)、小生(申贵生)、付(普传)、正旦(张玉英)、贴旦(芳兰)、外(王廷)

(小旦上)(唱)

【喜迁莺】他他他他那里疾病悠悠,我命命犯这多愁。**不知前生结何仇,今日里罚我多忧**。(白)咳,普传,普传,前日依了我,送他回去,那有今日这等冤愆也!(唱)**都是你山塘看戏来引诱,今日里三人哭泣泪流流**。(小生白)三太,扶我到外面去坐坐。(小旦)如此我来了。(小生上,科)(唱)**俺俺俺俺这里悔却这情由,我恨**

---

① 凤雏,底本作“凤幼”。按,上文《问缘》引子“一朝雏凤离家园”之“雏凤”,底本作“又逢”,则书手盖误读“雏”作“又”音,此处又转写作“幼”。凤雏,即雏凤,代指申贵生。

恨恨我作事忒风流。(白)三太,我的病愈加沉重了,倘若死在庵中,这还了得?快快送我回去,与张氏妻子一别,就是死在九泉之下,也得瞑目。(小旦)大爷且是放心,保病要紧。待等普传当家回来,与他商议,送你回去便了。(唱)**切莫要悲痛这烦愁**,(白)但等三更时分呵!(唱)**悄地里送你归故丘**[①],**送你归故丘**。(付白)走吓!(唱)**急忙的速报这根由,忙步回来不停留**。(白)三太不好了!(小旦)莫非大娘又来了么?(付)方才我往蓝府回来,申府门前经过,只见王廷手托香烛,听得那些轿夫说,申大娘前来拆毁禅堂,要来修斋哉。(唱)**他那里唧哝哝又事投,唬得我魂飞散好难收**。

(小生)不必多说,那里躲一躲才好?(付原白)(小旦)上面天花板躲躲便了。(科)一同在此迎接。(付)吓,我们是勿来接勾,我是要去躲哉。(科)(付下)(正旦上)(唱)

【画眉序】顿令人心生机谋,陪笑脸良言来引诱。(小旦白)贫尼迎接大娘。(正旦)师太免礼。师太,我前日一时听了王廷之言,二次搜庵,并无形迹。乱了禅堂,惊动师太,是我心中不安,为此备下香烛礼物,还有花银五十两,以为修斋之费。(小旦)这个贫尼不敢受施。(正旦)奴非别意,只要祈求大士,指点我官人早早回来。请收下了。芳兰,送过来。(小旦)多谢大娘,请大娘客堂用茶。(正旦)王廷,你们外厢待候。(外应,下)(正旦)三太请。(小旦)大娘请。(正旦唱)**虔心诚意修斋慈航透,缓步行来过了楼。陡然间金猫炉内香烛透,金猫炉内香烛透**。(小旦插白)这是静乐轩,可幽雅么?(正旦唱)**这静乐轩坚金莲察根由,坚金莲察根由**。(小旦白)大娘这里来。(下)(小生)阿吓,妻吓!你丈夫本欲叫你一声,只恐六众尼僧性命攸关,为此掩喉不叫。我倘病好回来,与你夫妻还有相见日子;倘有不测,只好南柯梦里相会的了。(唱)**可怜你少年青春,撇却郎君好难受,我好没来由。恨只恨当初没有放我归故丘,苦只**

---

① “归”字下底本仅有两点,该两点当系记号,所代替之字当为“故丘”二字。“归故丘”系常语,本出下文多次出现,据校补。

苦张氏妻房遭怨尤。

（正旦、小旦上）（唱）

【出队子】两意浓心相见话情投，进幽轩语绸缪，进幽轩语绸缪。（正旦白）妙吓，尼庵中好密室所在。上面挂着松竹梅三友，图画上联是“片石孤云窥色相”，下联是“清池皓月照禅心”，“王志贞题”。（小旦）大娘，就是贫尼。（正旦）这么些诗画，是你佳作？（小旦）正是。（正旦）妙吓，好一个幽雅尼僧！请问师太俗家那里？因何出家？（小旦）大娘有所未知，奴本是江苏人氏，父亲王秀林，官居河南通判。不幸家业萧条，贫尼命犯黄沙，故而幼年出家。（正旦）如此说来，也是官宦之女。请问贵庚多少？（小旦）年方二八。（正旦）是奴夸长一年。意欲与你结为姊妹，未知可否？（小旦）大娘阆苑仙葩，贫尼空门陋室，怎敢高攀？（正旦）休得太谦。如此妹子请上，受为姊一拜。（小旦）贫尼也有一拜。（正旦唱）**拜深深义结情投，三生石**[①]**今朝辐辏**。（小旦唱）**但愿你东君及早归故丘，与我卸下这含羞**。

（正旦）请问妹子，桌上摆着棋盘，你与何人所下的？（小旦）不瞒大娘说，蓝太太在此拜经，空闲时节，不常与贫尼消遣的。（正旦）如此说来，一定妙手。意欲请教一回，未知可否？（小旦）这个……贫尼不敢班门弄斧。（正旦）休得太谦。芳兰，摆下来。妹子请。（小旦）大娘请。（正旦唱）

【佚名】羡当年古圣传流，这玉指各使计谋。（小旦白）大娘，贫尼这一酌[②]，大娘怎生做眼呢？（正旦）为姊自有妙算。（唱）**摆列着金炉双飞，这机关内藏机筹**[③]。（科）（白）吓，这天花板上有水掉下来，好似人眼泪一般，莫非上面有人

---

①　三生石，指因缘前定。相传唐代李源与僧圆观为友，同出三峡，见妇人汲水，圆观称“其中孕妇姓王者，是某托身之所”，并谓十二年后在杭州天竺寺相见，当天晚上圆观死而孕妇产子。李源依期赴约，遇一牧童歌《竹枝词》：“三生石上旧精魂，赏月吟风不要论。惭愧情人远相访，此身虽异性长存。”乃知牧童即圆观。事见《太平广记》卷三八七悟前生一所引《甘泽谣·圆观》。后用“三生石”指因缘前定，又常用“三生石”来形容男女相配乃夙世前缘。

②　酌，同“着”。调腔抄本“着棋”通常写作“酌棋”。

③　机筹，底本作“机周”，据文义改。机筹，计谋。

么？芳兰，叫王廷进来。(小旦)大娘，这不是人的眼泪，这是鼠儿打雄。(贴旦)大娘，何不将天花拆开一看，便知尼僧虚实了。(小旦)大娘，实是鼠儿打雄。(正旦科)阿吓，官人吓！(唱)**可怜你年少青春何处留，想起闷悠悠。自归宁来分首，两三番不能查究**。(小旦白)请大娘客堂用茶。(正旦)天色将晚，为姊告辞了。(小旦)大娘何不过了一夜，明日待贫尼送大娘回去。(贴旦)大娘，家内不可一日无主，还是回去才是。(正旦)如此，吩咐挽轿回去。妹子请。(唱)**挽手相逢话情投，难舍难分如骨肉**。(白)妹子若闲空，可到我家来走走。(小旦)贫尼前来望大娘。(正旦、贴旦下)(小旦唱)**唬得我魂飞魄丢，魂灵儿向何处投**。(白)当家快来，当家快来。(付上)(唱)**忽听得叫声久，向前去问取根由**。

(白)申大娘敢是去了？(小旦)去了去了，快些将大爷放下来。(付)如此快去。(科)(小生唱)

【尾】可怜张氏妻房空自守，未知何日归故丘？(小旦白)阿呀，大爷吓！(唱)**待等三更时分归故丘**。(下)

巡　哨[1]

老丑(头目)、正生(沈君钦)

(老丑上)(念)

【水底鱼】结党群连，终日不得闲。沿江杀劫，那顾亲和眷。

(白)俺李大王麾下头目是也。奉大王之命，命吾等各带小舟，往江边巡哨。众兄弟趱上。(念)

【前腔】喊杀连天[2]，专住在河边。金银劫去，遇咱命难全。

(正生上)(唱)

---

① 巡哨，底本作“寻扫”，今改正，次同。巡哨，巡逻查防。调腔抄本或作“巡扫”，或可转写为“巡绰”。

② 喊杀，底本作“险煞”，“喊”曲音为“险”，“煞”本俗“杀”字，今改正。

【山坡羊】[①]**出门庭如醉成梦，难猜度即这怎勇，哑谜儿成念万种，那人儿全无影踪。阿吓！时不通，心怀意快同。每日里到我家朝来暮送，我只得言语糊咏，言语糊咏，宽回放松。人哄，这机关俺落红；阿吓！吾义重，不料如山射祸种，不料如山射祸种。**

(白)卑人沈君钦，与申贵生年家契友，同伴游闲。不料至二月初，他托登东，自与分袂，而今身无去向。他妻子张氏来到我家吵闹，要在卑人身上还着他人。我想此事干系非浅，事关重大，因此多带银两，假作营生，且待他人回家之后，慢慢与他理论便了。(唱)

【前腔】堪羡他闺阁银峰，怕什么奸淫邪送，你儿夫终日闲游，反惹这即严勇凶。(内喊)有。(正生)阿吓，不好了！(唱)**心惊恐，喊声如潮涌。我被你断送残红**[②]**，又逢着狭路相逢，狭路相逢，无处藏踪。悲痛，细思量愁万种；阿吓，妻吓！若要相逢在梦中，若要相逢在梦中。**

(老丑上)嗒！你这汉子，将包囊留下，方可过去。(正生)住口。清平世界，浪荡乾坤，你敢如此无理！(老丑)怎说有理无理，将包囊留下，免受一死。(正生)且住。前者游玩虎丘，在酒楼之中，遇着红脸汉子，他说来到太湖，若遇强人，说出“金钩李胡”四字，可保无事，不免待我从空叫他一声。阿吓，金钩李胡兄吓！(老丑)你莫非姑苏沈君钦大爷么？(正生)然也。(老丑)一同前去见大王去。(念)

【水底鱼】久仰英雄，与咱济贫从。今日一见，大家喜冲冲，大家喜冲冲。(下)

---

① 此曲牌名底本缺题，今从推断。另，本曲“即这怎勇”“如山射祸种”及次曲“即严勇凶”等，意义不明，疑有讹误。

② 残红，底本作“从洪”，暂校改如此。残红，凋残的花，这里比喻残生。

遇金

净(李纲)、老丑(头目)

(四手下引净上)(唱)

【点绛唇】猛勇争先,奇才独占,英雄汉。奕[①]世缨簪,何日把转乾坤奠[②]。

(白)勇力过人我为强,五湖四海把名扬。仗义慷慨英雄志,定作皇家一栋梁。俺姓李名纲,字鹏飞,本是太原人也。只因在家打死酒保张三,逃出在外,来到太湖,聚集喽啰,落草为寇,尊我为王。兵齐粮足,人强马壮,倒也落得安康。想前者去往姑苏游玩虎丘,那时腹中饥饿,去到酒楼之中饮酒饱食,那时腰边失钞,险些露形,多亏一义士沈君钦,此人仗义慷慨,是他解危。后来与他有百拜之交,一别已有数载。今命喽啰前去探听,怎的不见回报?(老丑上)报,启大王,姑苏沈大爷到。(净)此人因何至此?(老丑)小的们见他肩背包囊,路过此地。小的们将他打,他却说出大王御讳。问他姓名,他说就是姑苏沈君钦。(后缺)

---

① 奕,底本作“店”。盖“奕”讹作“桌”,又转写成“店”。

② 何日,底本残剩“日”字的部分笔画,“何”字据文义补。奠,底本作“电”,暂校改如此。奠,奠定。

二七 出塞

《出塞》即《昭君出塞》，系源出明南戏《和戎记》而屡经改编，并改题为《青冢记》的单折戏。调腔《出塞》唱四平，全剧以唱做繁重而取胜。此外，民国年间赵培生旦本（案卷号 195-2-19）抄于《汉宫秋·饯别》之后，而 20 世纪 50 年代调查绍兴的调腔班剧目时，艺人亦将该剧缀于《汉宫秋》之后，则该剧旧时或连演于《汉宫秋》的《游宫》《逃番》《饯别》之后。

清浙江山阴（今绍兴）人王诒寿（1830—1881）《缦雅堂日记》"（同治）癸酉（十二年，1873）正月初三日癸未"条云："晴，诣商祊胡少涛，去年约也。夜留止宿。夜观剧于社，为群玉部，演《出塞》《西厢》《豹皮鞭》等剧。"①"群玉"系绍兴地区调腔班的专名，此为晚清时期调腔《出塞》作为正月社戏演出的记录。民国二、三年（1913、1914）之交，绍兴的调腔班"大统元"赴上海商办镜花戏园演出，则以《青冢记》为题演出本剧。

调腔《出塞》剧叙汉元帝时，王昭君怀抱琵琶，被迫出塞和番。在出塞途中，王昭君痛恨汉朝"文官济济成何用，武将森森也是枉然，忍将红粉去和番"，百般怀念故土。

校订时以光绪十八年（1892）《雌雄鞭》等总纲本（案卷号 195-1-42）所收《出塞》总纲为底本，校以小旦单角本，并参考了 1957 年油印演出本（案卷号 195-3-100）和《调腔曲牌集》。底本曲牌名题有尾声，民国年间赵培生旦本（案卷号 195-2-19）题有【步步高（娇）】和【尾】，其余曲牌名根据《调腔曲牌集》补题。

小旦（王昭君）、丑（马卒）

（小旦上）（唱）

【梧桐雨】别离泪涟，怎舍得汉宫帝辇？无端毛贼弄朝权，汉刘王忒煞懦软。

---

① ［清］王诒寿：《缦雅堂日记》，周德明、王显功主编：《上海图书馆藏稿钞本日记丛刊》第 26 册，国家图书馆出版社、上海科学技术文献出版社，2017，第 127 页。按，"商祊"当作"赏祊"，在今绍兴市越城区东浦街道。《豹皮鞭》即《豹尾鞭》，调腔剧名。

文官济济成何用，武将森森也是枉然，忍将红粉去和番，臣僚呵于心怎安，于心怎安？（走鼓）

【山坡羊】王昭君真哭得海枯石烂，手挽着琵琶一面，奴这里思刘想汉，眼睁睁盼不见南来雁。把书传，传与刘王天子，道昭君要见无由见。伤残，放声哭出雁门关；堪怜，心在南朝身在北番。

【竹枝词】昭君怨，去和番，怀抱琵琶马上弹。刘王送别珠泪涟，踢破凤头鞋半边。咬牙切齿毛延寿，画影图形往北番。想长安，望长安，要见刘王难上难，要见刘王难上难。

（众）启娘娘，趱路。（小旦）传马卒走动。（众）马卒走动。（丑上）来也。娘娘在上，马卒叩头。（小旦）马卒。（丑）有。（小旦）可有良马？（丑）没有良马，只有烈骑。（小旦）可知性的。（丑）知性的。（小旦）就将烈骑带过来。（众）嗄。（丑）请娘娘上马。（小旦）昭君赴玉鞍，马上题红叶。今朝汉宫人，明日胡地妾。马卒！（丑）有。（小旦）前面那里了？（丑）启娘娘，前面汉岭了。（小旦）呀！（唱）

【楚江吟换头】汉岭云横，（白）马卒。（丑）有。（小旦）前面雨来了。（丑）启娘娘，不是雨，只是雾。（小旦）呀！（唱）**雾泼下朔风吹透湿了征衣。**（白）马卒。（丑）有。（小旦）为何马不能行了？（丑）有道“南马不过北地”。（小旦）与我加鞭。（丑）嗄。（小旦）呀！（唱）**人到分关珠泪垂。正是人有思乡之意，马有恋国之心，漫说是人了，就是马到关前，马到关前步难行。又只见北雁南飞，冷清清朔风似箭，旷野云低，细雨飘丝。念奴在闺阁之中，那曾见风霜浪雨？**

（白）马卒。（丑）有。（小旦）那里望得见家乡？（丑）前面高山之上，望得见家乡。（小旦）与我带转马头。（丑）吓。（小旦）呀！（唱）

【牧羊关】转眼望家乡，阿呀，老爹娘！女孩儿从此一别，再不能够相见了么爹娘！正是行一步远一步，不知离了家乡多少路。转眼望家乡，家乡望不见，又只见飘渺云飞，海水连天。海水连天，黄花满地。愁只愁雁门关上望

长安,总有那巫山十二难寻觅[①]**。怀抱琵琶别汉主,西风飒飒染红尘。汉朝力士千千万,些须功劳任妇人。云霭霭雾沉沉,千年羞煞汉朝臣。今朝一别刘王去,咬牙都来恨不平。思我君来想我主,实指望凤枕鸾衾同欢会,又谁知凤只鸾孤一样肝肠碎,一样肝肠碎。**

【黑麻序】忽听得金鼓连天震地,又只见人似虎马似龙驹。旌旗闪闪[②]**,黑白云飞,见番兵好一似群羊队。我看他发似枯松,面似黑漆,鼻似鹰钩,须卷山驴。**马卒!(丑)有。(小旦唱)**你与我下雕鞍,一个个扎驻在关前里。**

【步步娇】[③]**佳人无奈离宫殿,寂寞煞昭君怨。无语泪珠弹,炮响锣鸣止不住心兢战**[④]**,空教人两泪涟,恨只恨毛延寿故**[⑤]**把形图献。送别宫门外,教人两泪涟,如何割舍相抛闪。远观胡虏**[⑥]**心撩乱,手执罗衣频频念,死别生离难见。水远山长,甚日把**[⑦]**雕鞍回转?**

(众)启娘娘,日当中午。(小旦)买个茶饭。(众)有。(小旦)马卒。(丑)有。(小旦)前面什么响?(丑)觱篥[⑧]儿响。(小旦)呀!(唱)

---

① 总,通“纵”。“那”字底本原无,据单角本补。

② 闪闪,底本作“煽煽”,民国年间赵培生旦本(195-2-19)残剩笔画“亅”,据《调腔曲牌集》改。

③ 此曲至“诉奴苦万千”,大致见于《徽池雅调》卷一《和戎记·昭君出塞》。其中,《徽池雅调》本分为【山坡羊】【新水令】【北步步娇】【北沉醉东风】四曲,调腔本“佳人无奈离宫殿”至“把奴家心中苦楚略传”相当于《徽池雅调》本【山坡羊】大半及【新水令】【北步步娇】二曲,调腔本尾声相当于《徽池雅调》本【北沉醉东风】末四句。《调腔曲牌集》据195-2-19本将“觱篥儿吹得奴好心酸”至“把奴家心中苦楚略传”题作“占豆料”,但“占豆”疑即“转头”,在此系引出唱腔的开唱锣鼓。“料”当作“科”,1958年老艺人忆写总纲本(195-3-29)即作“占豆科”。

④ 兢战,义同“惊战”,单角本一作“惊战”。

⑤ 故,底本作“不”,据《徽池雅调》本改。单角本无此字。

⑥ 胡虏,底本作“雾露”,单角本一作“胡儿”,一作“胡芦”,“芦”系“虏”之讹,据校改。

⑦ 甚日把,底本作“说什么”,单角本一作“甚你(日)”,一作“一堪他把”,据校改。

⑧ 觱篥,底本作“霹雳”,今改正,下同。觱篥,又写作“筚篥”,古簧管乐器名,又称“笳管”,出自西域龟兹。

觱篥儿吹得奴好心酸，要达子[①]口儿里闹喧。滚滚的红尘拂面[②]，恨不得这心转，恨不得那心转[③]。远、远水迢迢又将古涧穿[④]，嵯峨峻岭岚颠险。过园林鹊鸟声喧，鹊鸟声喧，我听、听他言心中惨然，不由人珠泪涟，不由人泪珠涟。我夜见月儿又圆，恨嫦娥独坐孤眠[⑤]，独坐孤眠。我生、生生的拆散青鸾，抱琵琶珠泪弹，珠泪弹。苏武庙里真堪羡，汉朝中烈士大贤，李陵碑相近在目前，相近在目前。又只见黑河不远，猛抬头高飞孤雁，高飞孤雁，又听得喧喧嚷嚷过关前。哀告苍天，哀告苍天，把奴家心中苦楚略传。

【尾声】云柬寄书宾鸿雁[⑥]，早到刘王宝驾前。再拜上软弱的刘王，诉奴苦万千。（下）（完）

---

① 要达子，底本作“要篣子”，抄本“要”“耍”不分，光绪二十二年(1896)《阴阳报》等旦本(195-1-79)作“哑达子”，据校改。《调腔曲牌集》据195-2-19本及195-3-29忆写本订作“蟹绀紫”，但后两者第二字左革右甘，当系“靼”之讹。按，《徽池雅调》本作“洒逵断”，“逵”或系“达”之讹。绍兴方言“耍”“洒”音近。

② 滚滚，底本作“混混”，字从单角本。拂面，底本作“泼面”，据单角本改。

③ 心转，单角本及《调腔曲牌集》作“心酸”。按，“恨不得这心转，恨不得那心转”，《徽池雅调》本作“我也闻不得这羶羶”。“羶羶”同“腥膻”。

④ 又将古涧穿，底本作“又见隔眼穿”，195-1-79本作“难将苦间穿”，《徽池雅调》本作“将古涧穿”，据校改。

⑤ “我夜见”至“孤眠”，底本作“我雁度月儿又圆，恨嫦娥爱高孤眠”，195-1-79本作“我应又只见月儿又缺，见嫦娥独坐孤眠”，195-2-19本作“夜、夜、夜只见月而(儿)游远(又圆)，恨着我何(孤)独不眠”，《调腔曲牌集》作“夜，夜只见月儿又圆，恨嫦娥孤独不言”，据校改。按，《徽池雅调》本作“野地胡波，只见月儿也圆，问姮娥你也曾孤单”。

⑥ 宾，底本作“并”，今改正。《礼记・月令》：“鸿雁来宾。”故称鸿雁为“宾鸿”“宾雁”“宾鸿雁”。

时戏一

二八 凤头钗

调腔《凤头钗》共二十四出(含第一号《开台》),宁波昆剧兼唱的调腔戏有此剧目,赵景深《宁波的昆曲班》亦曾提及,云"《凤头钗》是伦理剧,乃李若水甥舅事"①。调腔《凤头钗》写王林、李继美甥舅事。宁海平调"前十八"本有此剧目。

调腔《凤头钗》剧叙户部主事胡魁辞官归里,经扬州探望妹丈王振。时王振妻胡氏亡故,幼子王林尚在襁褓之中,同里李氏父母双亡,弟李继美亦在襁褓之中。胡魁遂为王振续弦,李氏过门,幼弟及侍女秋梨亦随嫁过门。胡魁又以凤头钗为聘,与王振定为儿女亲家。十余年后,王振染病身亡,家事遂起纷繁。先时,恶棍娄不清与秋梨暗中苟合,为王林撞见,秋梨见事情败露,遂先发制人,挑拨王林与继母关系。李氏欲行加害,弟继美闻知,骗取凤头钗,令王林前往长沙的舅家完婚,以阻祸端。秋梨见计不成,唆使李氏修书一封,命娄不清送往长沙,声言有书童冒亲。胡魁遂遣家人胡茂随王林归家,娄不清半路截杀,但误杀胡茂,以致王林蒙冤入狱。李继美洞悉其姐屈害王林,星夜赶至长沙,切责胡魁,并在探监时从王林口中得知秋梨之事,证实凶犯乃秋梨奸夫。继美火速返回扬州,此时李氏亦有悔意,继美遂与李氏合计,假称田园产业要与娄不清均分,将娄不清赚至长沙,诱其落入法网,王林冤情于是得以昭雪。后王林、李继美甥舅二人一同高中,合家团圆。

清代弹词有《合卺图》,故事与调腔该剧略肖,乃叙扬州王丹有子王龄,曾与韩永城联姻。王丹原配亡故,经妻舅吴廷玉撮合,李香莲携胞弟李之贵来嫁。不久,王丹因扫墓归途落水病故。王龄更名秉文,与其母舅李之贵一道,由香莲亲自抚养和教导。婢女秋梨同张九私通,被秉文撞破,于是向主母香莲进谗。香莲听信谗言,命弟之贵毒死秉文。之贵骗得聘物金钗,放秉文出逃,秉文辗转来到湖广韩府投亲。后香莲主婢得韩府来信,回书构陷,韩永城将秉文猛打抛尸。秉文幸而不死,被线铺主人陆员外救起,改名陆士登。韩府婢女翠屏买线见之,归告小姐,小姐命丫环锦春持钗银往会,被逃

① 赵景深:《宁波的昆曲班》,《中国戏曲丛谈》,齐鲁书社,1986,第271页。

来此地的张九杀害，秉文及其义父因而入狱。翠屏先被打死，后又还魂，与陆夫人上京投告，恰遇之贵中试，职受湖广巡按。之贵受理此案，诱使张九供招，秉文冤情遂得昭雪①。按，弹词故事头绪较多，所叙李香莲怙恶不悛，与调腔本剧叙事紧凑，述李氏寡断悔过不同。

校订时以光绪七年(1881)“郭学问记”《凤头钗》总纲本[案卷号195-1-110(4)]为底本，校以正生、小生、正旦、花旦、末、外单角本。另，该总纲本部分人名与单角本有异，如王振，单角本作“王永法”或“王永发”；周知道，单角本作“陈瑞华”。

第一号　开台②

(末上开宗)(念)

桃李门风，春夏初发，不幸弦断孤鸿。为奸邪花前月下，设计人牢笼。堪羡恩舅，接连宗祧，继美成全，大礼周公。甥和舅，荣归故里，一朝分玉石，羞脸老江东。

(白)来者，胡良正。(下)

第二号

外(胡魁)，老旦、净(手下)

(外上)(引)阀阅③门楣世胄，簪缨奕世传流④。中年无子甚忧愁，赖天福相

---

① 参见谭正璧：《弹词叙录》，《谭正璧学术著作集》第八册，上海古籍出版社，2012，第188—190页。按，《弹词叙录》著录《合沓图》旧刊本，题《新编说唱弹词合沓图》，十二集十二卷四册，首尾残缺。

② 底本正文有“壹号开台”字样，而正文之前另页写有“开台”的内容。该“开台”页首行写“一号”，次行写“末开宗”以及“桃李门风”等内容，校录时添出“上”“下”“念”“白”的舞台提示。

③ 阀阅，《集韵·月韵》：“阀，阀阅，功状。”又为门外竖立的用于旌表功勋、自序功状的柱子；《玉篇·门部》：“阀，在左曰阀，在右曰阅。”因以“阀阅”代指巨室显贵、世勋之家。

④ 簪缨，冠簪和系带，借指显宦，仕宦。奕世，累世，世代。

佑。(诗)雁塔[①]题名久，鹓班伫立多[②]。君恩雨露重，名节四海播。(白)下官姓胡名魁，字良正，乃是湖广[③]长沙人也。幼蒙科甲，职受户部主事。夫人田氏，同庚半百，并无子嗣，只生一女，取名翠英。下官为中年乏嗣，辞官故土。我有一妹丈，名曰王振，住居扬州，去年妹子亡故，叫他再娶一房，他说誓不重婚。今日便道前去一望。来。(老旦、净手下)有。(外)打道。(吹打【六幺令】)(下)

第三号

末(王振)、正生(家人)、外(胡魁)、付(乳娘)

(末上)(引)闷郁心杳，终日盈盈泪洒。(诗)半世光阴几度春，一生碌碌探浮尘。仰望秋雁成双对，指笛空操断弦琴。(白)卑人姓王名振，字汉玉，祖籍江都人也。发妻胡氏，同庚四九，不幸去世，遗下一子，取名王林，尚在襁褓。虽有乳母抚养，奈无嫡血情性。我意欲外厢贸易，奈何家下无人，思想起来，好不伤感人也！(唱)

【二郎神】[④]分鸾镜，不由人痛苦悲交[⑤]，半途成空孤星自照。操琴断弦，怨音悲孤弹别调。甘心愿把孤衾抱，没娘子谁来睬瞧。襁褓，提起来不由人泪雨如潮，泪雨如潮。

(正生家人上)有事忙来报，无事不乱传。员外，舅老爷奉旨还乡，路过扬州，

---

① 塔，底本作“落”，今改正。

② 鹓、伫，底本作“宛”“聚”，今改正。鹓班，朝官的行列。鹓，鹓雏，出自《山海经·南山经》，为与凤凰同类的鸟。鹓与鹭飞行有序，遂用以比喻班行有序的朝官。

③ 广，底本误作“州”，据单角本改。湖广，今湖北和湖南。明代置湖广承宣布政使司，清代分为湖北和湖南两省。

④ 此曲及曲前白“思想”至“人也”据单角本补，底本本处仅有“正是欢娱听笙歌，回来又恩(闻)叹哀声”字样。

⑤ 痛苦悲交，单角本一作“通(痛)苦悲宛(怨)”，一作“通(痛)苦悲爰(哀)”，一作“痛悲激”，一作“悲痛镦销”，一作“悲痛交消”，今校作“痛苦悲交”。

前来探望。(末)请见。(正生)舅爷有请。(外上)(引)同胞轻分半途,连枝轻弃西南。(末)大舅!(外)妹丈!(末)大舅请坐。(外)有坐。(末)不知大舅到来,有失远迎,多多失敬了。(外)好说。弟辞官故里,今日便道,前来拜望。(末)来。(正生)有。(末)叫乳娘抱出小官人。(正生)乳娘,抱出小官人。(付)晓得哉。(上)(引)殷勤不分①昼夜,教养胜似嫡亲。小官人在此。(末)见了舅老爷。(外)儿吓,落下个②没有亲娘,今日苦杀你了。过来。(正生)有。(外)取银子一百两与乳娘。(正生)晓得。(付)多谢舅老爷。(正生下,又上③)(外)儿吓,苦杀了!(唱)

【集贤宾】髫龀伶仃真苦恼,梧桐伤心泪落。才离母腹④便娘抛,也是你命中主造。(付唱)**心欢乐,这夭木全赖襁褓。**(下)

(外)妹丈,看此子相貌非凡,后来必成大器。况且妹子亡故,何不再娶一房,以管家业?(末)大舅,想令妹在日,亦且半途而废,何得再娶?(唱)

【黄莺儿】⑤思情怎弃抛,光耀膝下接宗祧,他一生作事全妇道。同甘受苦,不幸命夭,(外白)再娶一房,无非照管甥儿,以接王氏香烟,却也不妨。(末)弟若再娶呵!(唱)**把恩山义海赴草茅。在泥沼⑥,深恨薄幸,怨气冲霄。**

(正生)舅爷,这是我家员外执意不从,那些媒婆前来说亲⑦,被我员外辱骂而去,不敢上门来了。(外)既如此,你去对那媒婆说,不论多少聘金,是我老爷做主。快去。(正生)晓得。(下)(外)妹丈!(唱)

---

① 分,底本作"放",据文义改。

② 落下个,底本作"落儿句",据文义改。

③ 此处底本仅有"下"字,据剧情改。

④ 才离母腹,底本作"终当母强","纔"(同"才")俗写与"终"形近,遂相讹,据单角本改。

⑤ 此曲牌名底本缺题,据单角本补。

⑥ "在泥沼"三字底本原无,据单角本补。按,末本无"把恩山"至"冲霄",但《定江山》等外、末、正生本[195-1-138(3)]所抄《凤头钗》外本抄有末三句,"在泥沼"三字即据以补出。

⑦ "亲"字底本脱,据单角本补。

【猫儿坠】休得嫌疑，即速觅多娇。择吉日良辰渡鹊桥，焦琴再整和同调[①]。**偕老**[②]**，放心着泉下亡灵，宅实安好**。

（末）这个使不得。（外）妹丈！（唱）

【尾】百年大事休推却，即日成双鸾凤交。（白）弟不然告回，如今要等妹丈完婚之后，才得回去。（唱）**喜得个破镜重圆，再整那鲛绡**。

（末）大舅请。（外）妹丈请。（下）

第四号

正旦（李氏）、净（李安）、老旦（李安妻）、丑（张妈妈）、花旦（秋梨）

（正旦上）（唱）

【皂罗袍】默默心头痛酸，可怜我孤苦伶仃，怎得周全？堂上椿萱[③]**无由见，南阳枝发节节天**[④]。**摽梅之日**[⑤]**，柳赋**[⑥]**未迁；桃夭**[⑦]**何在，棠棣**[⑧]**少年**。**好似无蒂浮萍逐水面**。

（白）奴家李氏，自从父母亡故，只留得兄弟尚在襁褓。奴家年已二十，尚未

---

① 焦琴，《后汉书·蔡邕列传》："吴人有烧桐以爨者，邕闻火烈之声，知其良木，因请而裁为琴，果有美音，而其尾犹焦，故时人名曰'焦尾琴'焉。"又，"整"字底本脱，据单角本补。

② "偕老"二字底本脱，据单角本补。

③ 椿萱，抄本作"萱亲"，据剧情改。"椿萱"为父母代称。

④ 节节天，底本作"即即天"，单角本作"接斗天"，《调腔乐府·套曲之部》校作"急得上天"，据1958年老艺人忆写总纲本（195-3-26）改。南阳为李氏郡望之一，句意为延续李氏香火，并使之节节高升，家族兴旺。

⑤ 摽梅，《诗经·召南》有《摽有梅》一篇，毛序云："男女及时也。"后以"摽梅"指女子已届婚龄。

⑥ 柳赋，底本作"柳贼"，据《调腔乐府·套曲之部》改。调腔《双喜缘》第七号【锁南枝】第一支："天缘配，两和同，跨凤乘鸾蕊珠宫。桃夭双佳句，柳赋早吟咏。"

⑦ 夭，底本作"李"，据单角本改。桃夭，《诗经·周南·桃夭》为贺嫁女之诗，后遂以"桃夭"指婚嫁。

⑧ 棠棣，亦作"常棣"。《诗经·小雅·常棣》阐述兄弟应该和睦友爱，后因以"棠（常）棣"代指兄弟。

配偶。自从双亲去世，家人们等，尽行打发，只留李安夫妻。侍女名曰秋梨，伴作针指。家下田园，尽托与李安二老照管。咳，兄弟吓！你对为姐欢颜喜色，那知为姐心事，一肚愁肠？（唱）

【前腔】我是个青春娇艳，满腹愁怀，怎向人言？奈我命犯孤鸾，断桥那得牛郎现？提起悲苦，思之痛酸；广寒月缺，何时有圆？一生无主身只伴[①]。

（净上）老来无依靠，（老旦上）弱质有谁怜？（丑上）全凭三寸舌，成就两家缘。（净）张妈妈，你且在此，待我进去见过小姐，然后叫你进去。（丑）是。老伯，少刻说话，帮衬我几句。（净）这个自然。（净、老旦）吓，小姐，外面张妈妈要换钗环，可叫他进来？（正旦）叫他进来。（净）张妈妈，小姐叫你进去。（丑）是。小姐见礼哉。长久弗见，面上黄瘦哉。（正旦）请坐。（丑）有坐。（正旦）秋梨那里？走出来。（花旦上）暂罢针和线，正好观花人。（丑）哙，秋梨姐，呒个样长成哉，多少年纪哉？（花旦）我么十岁了。（丑）我替呒做媒哉。（花旦）啐！小姐。（正旦）抱小官人出去玩要。（花旦）晓得。小官人，我同你玩要去。（下）（正旦）张妈妈，可有钗环带来？（丑）老身不曾带得钗环，特[②]与小姐作伐而来。（唱）

【不是路】乔木鸾凤迁，百岁良缘在目前。真堪羡，绣幕一对并头莲。（正旦白）张妈妈，我守兄弟成人长大，我心足矣。（唱）**好腼腆，感叹冬梅凋残叶，愿守住根芽报椿萱**。（丑白）小姐你错了。凡为男子者，立身于天地之间，立姓扬名。女子身居绣阁，德性温存，常怀四德三从。有道“男无女而不成家，女无男而身无主”，小姐苦守小官人成人长大，但是这“身守节孝”四字，出于何典？（正旦）我守得兄弟长大，以接李氏香烟，岂不是孝？（丑）不是这个孝，敬顺公婆，才为大孝。（唱）**休执见，一身无主谁侍养，听我言劝**。

（正旦）张妈妈！（唱）

---

① 身只伴，底本作“分双伴”，单角本作“身单连”，据 195-3-26 忆写本改。

② “特”下底本衍“来”字，今删。

【前腔】**多感惜怜，命里安排只在天。哭少年，棠棣无根散花岩**。(净、老旦白)小姐，你不要执意了。张妈妈。(唱)**好良缘，才郎速速通乡贯，璧合锦堂贺百年**。(白)我家主见，只要带大相公过门就是。续弦不妨，入赘在此便好。(丑)老伯伯，就是紫花街王员外，他家私富足。(唱)**为团圆，襁褓补衲无人来照顾，真个是一对并头莲**。

(净)张妈妈，若说王员外家中家私富足，你去说，只要带大相公过门，即刻就允。(丑)如此说，待我说。你去劝小姐，我去了。(净)张妈妈慢去。(丑)咳，笑杀哉。只有带拖油瓶[①]儿子，那有带拖油瓶兄弟？真真笑杀哉！(下)(净、老旦)小姐，张妈妈之言，甚是有理，你不要错了主见。(正旦)李安！(唱)

【皂角儿】[②](起板)**非是我执心主见，都只是、李氏香烟。这良缘别无挂牵，愿守得金榜他年。朝和暮，心切切，挂胸填**[③]**，我守兄弟至中年**。(丑上)(走锣)(唱)**心儿喜欢，步儿乱窜。香闺门，说个因依，好谢媒钱**。

(净、老旦)张妈妈，这桩事情，怎么样了？(丑)王员外十分欢喜，说府上书香门第，正好门当户对。(净、老旦)门当户对，此事极美，但是大相公之事，怎么样了？(丑)王员外一发说得好，舅大爷年轻，理应照顾，就是家中田园产业，都是员外承值，待等舅大爷长成，一一交盘。传我到来问问，聘金多少？(净、老旦)如此说，还要什么聘金？叫他即日来迎娶就是。(丑)此事你我做不得主，大家问声小姐看。(净、老旦科)言之有理。(科)你看小姐不言不语，谅必允了。(净)是吓，张妈妈，你去说，叫他择日前来迎娶就是。(丑)如此我去了。一说就成了。(下)(净、老旦)吓，小姐，你放心前去，家中田园产业，有我二老照管。(正旦)李安吓！(唱)

---

① 拖，底本作“抱”，今改正。拖油瓶，指再嫁妇女带到夫家的儿女。

② 皂角儿，底本作【皂罗袍】，据单角本改。

③ 填，底本作“膛”，出韵，单角本字左月右甸，第五号【尾犯序】第四支“双渡鹊填”的“填”字底本同为左月右甸。按，该字当作“田”，加月加勹是受“胸”字影响而类化，“田”在此为“填”之同音假借。

【尾】伶仃孤苦谁是眷，提起叫人泪涟涟。(净、老旦白)小姐！(唱)**你是大义纲常，何必泣杜鹃？**(下)

第五号

外(胡魁)、末(王振)、正生(家人)、付(乳娘)、正旦(李氏)

(外、末上)(外唱①)

【尾犯序】碧玉种蓝田②，琴瑟调和③，永和百年。(末白)大舅！(唱)**直恁无端，忒杀理偏**。(外白)这份亲眷，是极好的了。为此吩咐悬灯挂彩，今日就要拜完花烛。来，取大衣过来，与员外换了。(末)这个使不得。(外)大舅休得执意了。(唱)**休心坚，这人伦亦非倒颠，堪羡你恩义非浅**。④(白)叫乳娘抱小官人出来。(正生)乳娘，将小官人抱出来。(付上)来了。小官人在此。(末)儿吓，非是为父无情，皆因你母舅苦劝，也是为你。(唱)**提起好心酸，不由人盈盈珠泪，血泪涌如泉**⑤。

(外)小官人可有吉服？(付)吉服虽有，大孝在身，穿不得。(外)今日吉日，什么穿不得？进去换了。(付)是。(下)(末)大舅，我若另娶，但是你妹子，在阴司何安也？(唱)

【前腔换头】⑥悲怜，恩爱抛家园，弃旧恋新，不义名传。都只为嫩蕊无根，娇枝结连。(内叫)(末)儿吓！(唱)**你莫怨，一声声哭出鹧鸪天，痛得我肝肠寸断**。

---

① “外唱”二字底本未标，据单角本补。

② 碧玉种蓝田，谓缔结良缘。杨伯雍至性笃孝，张设义饮，供给行人。有人饮水后予其石子，言种而能生玉，且得好妇。后伯雍果以其玉田所产白璧为聘，娶右北平徐氏女。事见晋干宝《搜神记》。蓝田，关中地名，以产玉闻名，后人融入种玉的典故，称“蓝田种玉”或“种玉蓝田”。

③ “调”字下底本为重文符号，据195-3-26忆写本改。

④ 据单角本，此下内容为“(吹【过场】)(正生上，科)舅太爷，轿子已到门首了。(外)妹丈，花轿已到门首，你将衣服穿起来就是。(末)不用，不用。(外)过来，叫乳娘小官官抱出来”，这与底本外劝末换衣事在曲唱“休心坚”前的处理不同。

⑤ “不由人”至“如泉”，底本作“不由人珠泪涌如泉”，据单角本改。

⑥ 此曲曲文及曲前白“大舅，我若另娶”至“何安也”，底本原无，据单角本补。

(外白)取大衣过来。(吹打,正生家人、两手下上,末换衣)(付上①)(末)儿吓!(唱)**提起好心酸,不由人盈盈珠泪,血泪涌如泉**。

(正旦上,拜堂,正旦下)(外)请坐。(付)拜堂时节,小官人欢天喜地,如今哭起来了。(末)有思亲之意。(外)看此子相貌非凡,后来必成大器。(末)没娘儿总是苦的。(外)如今是有娘的了。(末)多承大舅成其美事,不可有气。(外)弟成了此事,岂有假意?还要与妹丈结一亲,亲上加亲。弟有一女,才年一周,欲配甥儿,未知尊意如何?(末)但不知舅母可允?(外)弟一言既出,只求一物为聘。(末)待我去取聘金来。(唱)

【前腔换头】欢忭,亲上又亲联,定亲重日,花烛他年。何必吴刚执柯②,系红丝今朝结联。(末下)(外唱)(五己)**喜添,亲上加亲多姻③旧眷,喜中喜父子吉联**。(末上)走。(唱)**步堂前,见鞍思马,睹物心酸**。

(白)当日弟与令妹结姻,是凤头钗为聘,如今小儿与令爱结姻,也是凤头钗为聘。(外)妙吓,好一对凤头钗!我和你各分一只,日后一只,以为成双之兆。(末)既如此,择一日前来行聘。(外)路隔千里,还要行什么聘?有了凤头钗,就是我的女婿了。(末)拜见岳父。(付科)(外)不消,抱进去。(付下)(末)大舅,吃喜酒而去。(外)慢说喜酒,就是会亲酒也要吃得。(末)大舅请。(外)如今亲家请。(合笑)(唱)

---

① “付上”及下文“正旦下”,底本未标,据剧情补。

② 吴刚执柯,指媒人做媒。《诗经·豳风·伐柯》:“伐柯如何?匪斧不克。取妻如何?匪媒不得。”后以“伐柯”“执柯”“作伐”指做媒,“斧柯”指媒人。吴刚月中持斧斫桂本与婚媾之事无关,但人们将吴刚持斧斫桂同表示做媒的“伐柯”“执柯”混为一谈,遂以吴刚代指月老冰人。明阮大铖《燕子笺》第三十一出《劝合》:“好将织女停梭信,报与吴刚执斧人。”

③ 姻,底本作“恩”,据单角本改。

【前腔】开怀喜非浅，昼锦堂前，双渡鹊填[1]**。愿得个、举案齐眉，胤赐**[2]**百年。**（末白）妻吓！（唱）**汨涟，不能够偕老白发，又不能终守暮年**[3]。（外白）弟还有一言。（末）请道。（外）此刻结姻，令郎与小女俱皆年幼，异日长大，你我都老了。只要甥儿带了凤头钗到来，就好与他拜完花烛。（末）弟只当遵命。（同唱）**只一言，千金不易，他日永团圆**[4]。（笑下）

第六号

丑（娄不清）、花旦（秋梨）、净（李安）、老旦（李安妻）

（丑上）（念）

【字字双】祖贯江都是扬州，姓娄。名不清，萧条家业无亲旧，卑陋。心性还游，空丑。花街柳巷时常走，风流。

（白）区区非别，姓娄名不清，来下扬州地方，也算一个花客[5]。自从爹娘死过，连我毛坑基卖脱哉。难无藏身，无有立处，一脉竟光。难间[6]学之一行手艺，厚之一张面皮，撮点鹅头搭搭[7]。闲话少说，前日之来到西街走过，撞见之王家丫头，出城去到王家东村，年纪勿上十六，倒有些趣。我赶上

---

① 鹊填，唐白居易《白氏六帖事类集》卷三引《淮南子》："乌鹊填河成桥而渡织女。"指乌鹊群飞而填满银河，形成鹊桥。

② 胤赐，底本"胤"讹作"織"，单角本作"永和"。胤赐，亦作"胤锡"，诞育子嗣。亦作名词，指后嗣绵延，亦指后代。后文第十七号【折桂令】："凌逼孤子，斩断胤锡。"按，《诗经·大雅·既醉》："君子万年，永锡祚胤。"锡，通"赐"。胤，后代。古人将子孙多寡寄托于神天或命运，把后代降生视作天赐，故云"胤锡(赐)"。调腔《分玉镜》第二十四号【叨叨令】："出衙斋叩天齐也么哥，求胤赐祷神明也么哥。"

③ "（末白）妻吓！（唱）汨涟"至"暮年"，底本原无，据单角本补。

④ "（同唱）只一言"至"团圆"，底本原无，据单角本补。

⑤ 花客，方言，指吃喝嫖赌的人。《越谚》卷中《人类》之"恶类"："花客，嫖赌吃着之人。"

⑥ 难间，亦作"难介"，与上文"难"义同，方言，现在，当下。

⑦ 鹅头，底本作"浮头"，今改正。撮点鹅头搭搭，也说"捉点鹅头搭搭"，意为敲诈，通常为讹诈作奸者的钱财，详见《玉簪记·偷诗》"捉点鹅头搭搭"注。

前去，做里白答，答个两句。我想王家富足，若答相之好，吃用勿尽哉。（花旦内“唔”）（丑）看个边来个就是，里手里拿之一大包，勿知到罗里去勾。我等来丢[①]，倘有好处，也未可知。（花旦上）（念）

【缕缕金】[②]**身躯娜，貌风流。青春年方少**[③]**，十六发鬟头。**（白）我秋梨，今当秋收之际，奉员外、安人之命，叫我到东庄，对爹妈说，把那些田租并家常用度，结一总账，拿与安人看，还有一包茶食，与爹妈吃的。出得门来，好近城垣。前日在此地遇见一后生，倒也生得标致，言谈之际，不觉春心已动，今日再若遇见，乃是前世有缘也。（唱[④]）**潜身出城垣，早到荒丘。池塘一派无人走，怎得情人凑，怎得情人凑？**（科）

（丑上）啥，阿姐，长久不见哉。（花旦）你这个人，好不腻厌。（丑）前啥个呢。（花旦）前日在此地遇见了你，许多闲话，我不来睬你，今日又在此等我的么？（丑）为因阿妹个句说话，学生来里等勾。（花旦）嗳，我有什么说话，讲，你不要无中生有。（丑）阿妹，你不要动气。（唱）

【前腔】我爱你年及笄，娇容羞。体态又风流，笑脸情可投。若得并头莲，天长地久。青春年少两风流，何必脸含羞，何必脸含羞？

（花旦）我走不动了。（丑）啥个，吔走不动哉？走几里有泗洲堂[⑤]，来里坐坐去。（花旦）我竟要坐坐而去。（丑）阿姐，今日那亨打发我？（花旦）我且问你，你是何方人氏？姓甚名谁？做何生理？（丑）学生叫做娄不清，拉厾[⑥]员外对门。学生也是好人家出身勾。（花旦）我要到东庄去，你可跟随我后？倘有进步，时常可以来往。（丑）若得阿姐如此，学生就死也甘心个呢。（花旦）冤家吓！（唱）

---

① 来丢，同“来厾”，方言，相当于“来东”，在，在某处；正在。

② 此曲牌名抄本缺题，今从推断。

③ 年方少，底本作“芳”，据单角本改。

④ 此及次曲“我爱你年及笄”前的“唱”，195-3-26 忆写本作“念”。

⑤ 泗洲堂，山野田间供路人歇脚、避雨的地方，三面有墙。

⑥ 拉厾，方言，在。

【(昆腔)驻马听】**相逢邂逅,自见君家常挂休。好叫我神魂**[①]**难定,意马心猿,难捞难揪**。(丑白)阿姐!(唱)**千金一刻鱼水游,双双不断情儿厚**。(花旦白)这里是了。(丑)到哉。(花旦)爹、妈!(净、老旦上)(唱)**忽听声吼,何事来临,快说根由**。

(花旦)爹、妈。(净、老旦)何事到此?(花旦)女儿奉员外、安人之命,把那些田租结一总账,并家常用度,拿去与员外、安人观看。还有一包茶食,送与爹妈吃的。(净)难得员外、安人费心,待我开了总账来。(下)(老旦)儿,坐下来。(花旦)是。(老旦)儿吓,员外、安人待你可好?(花白)做丫头,有什么好处?(唱)

【前腔】**提起泪流,自恨命薄怎出头?终日里殷勤奉侍,叠被铺床,何时罢休?**(老旦白)儿吓,苦杀你了!(丑)哙,阿姐!(花旦)母亲,女儿要茶吃。(老旦)待我去取来。(下)(丑)阿姐,阿姐。(花旦)使不得。我在王家等你,你可进来。(丑)勿要骗我。(丑下)(净、老旦内"唔"上)(唱)**田租一一开清收,夫妻并不敢差谬**。(白)儿吓,账已开好,你回去多多拜上员外、安人,说我二老呵!(唱)**多感义厚,暮年有靠,天长地久**。(下)

第七号

正旦(李氏)、小生(王林)、正生(李继美)、末(王振)

(正旦上)(唱)

【绵搭絮】**思之无望,思之无望,暗地痛悲伤。终日里病重恹恹,排名香哀告穹苍**。(白)我李氏,自到王门,也有十载。不料员外染成一病,求神不灵,服药无效,看来命在旦夕。咳,天吓,我李氏这等命苦也!(唱)**惨可可**[②]**谁来主**

---

① 神魂,底本作"辰昏",后文第十号【品令】"好叫我神魂难定"的"神魂"作"晨昏",今改正。

② 惨可可,底本作"参痾痾",据单角本改。惨可可,悲痛的样子。

张，苦命人何留世上，倒不如先丧黄粱。呵呀，皇[①]**天吓！孤星儿偏照我行，细思量怎不叫人痛断肠？**

（走板）（小生、正生上）（唱）

【下山虎】感叹悲伤，盈盈泪汪。问卜求神去，胆战心慌。（正生白）姐姐。（小生）母亲。（正旦）兄弟，你姐夫病到这般光景，还到书房读什么书？（正生、小生）我二人那里攻书？在外面求神问卜。（正旦）吓，你小小年纪，晓得什么求神问卜？（正生、小生）有签诗在此，请看。（正旦）取来我看："第八签。红日西斜光不全，日影寒潭水底圆。霎时云雾迷天日，顷刻风雷雨似泉。下下之签。"咳，天吓！（唱）**触目惊心，魂飞魄散，似这等母子无依，少年人何处靠傍？**（白）咳！（小生）母亲，孩儿前去问卜，那先生说，六爻不起，大命已绝。（正旦）怎么，六爻不起？咳，员外吓！（正旦、小生同唱）**天命怎能挽，大事怎承当？**阿呀，皇**天吓！无蒂浮萍，怎受得骤雨风狂**[②]**，骤雨风狂？**

（末内白）安人。（正生、小生）母亲叫了。（正旦）员外看仔细。（末上）（唱）

【入赚】时不利命蹭蹬[③]**，病犯坎坷受邅迍**[④]。

（正旦）员外，病体可好些么？（末）十分沉重。（正旦）待我去取药来与你吃。（末）我病到这般光景，汤药济得什么？坐下来，我有话吩咐与你。（正旦）员外有何吩咐？（末）我和你成亲十载，并无产育。但是病体十分沉重。（唱）

【五韵美】愁只愁你瘦怯怯伶仃孤单，喘吁吁盈盈泪汪，早难道半途轻拆散，累及你受尽彷徨。（正旦白）员外说那里话来？虽无产育，膝下孩儿，年有十二。（唱）**休得悒快**[⑤]**，愿孩儿名题金榜**。**锦衣归改换门墙，你我是乐得余年安享，余年安享**。

---

① 此处底本以小字出之，当指该三字为念，与下文"天吓"作唱者有别。次曲同。

② 骤雨风狂，底本作"骤雨狂风"，今乙正；单角本作"泼天风浪"。

③ 蹭蹬，潦倒，困顿的样子。又指险阻难行，如后文第十号【尾】："羊肠蹊跷路蹭蹬，道路崎岖怎得平？"

④ 邅，底本作"灾"，单角本作"迠"，俗"邅"字，据校改。"邅迍"即"迍邅"，困顿，艰难。

⑤ 单角本句前多"且安心"三字。

(末)取凤头钗来。(正旦)待我取来。(科)员外,在此了。(末)林儿。(小生)爹爹。(末)跪在母亲跟前。(正旦)不消。(末)跪下去。(小生)晓得。(正旦)起来。员外,为何只管叫孩儿跪,起来。(末)安人,此子乃是王氏一脉,我死之后,须要朝夕训教,不离左右。就是这凤头钗,曾聘母舅的女儿。他家路隔千里,只有书信来往,日后林儿长大,这凤头钗与他带了前去,好拜完花烛。(唱)

【斗黑麻】鸾凤成双,花烛同房。重言来相托,紧记在胸膛。魂何在,魄渺茫。哽噎咽喉,一旦无常。

(白)阿呀!(末死)(正旦、正生、小生合)阿呀!(唱)

【忆多娇】天不念,实堪伤,不幸家门祸非常,措手无依怎商量?我好悲伤,我好悲伤,寡妇/母[①]孤儿如何抵挡?

【尾】寒门冷落添惆怅,怎禁得骤雨风狂?若要相逢梦一场。(下)

第八号

丑(娄不清)、花旦(秋梨)、正生(李继美)、小生(王林)

(丑上)(念)

【水底鱼】色不迷人,人儿自去寻。牡丹花下,做鬼也甘心。

(白)我娄不清,自从答秋梨姐勾搭来往,难没[②]吃之里、用之里、住[③]之里,还要困之里。享不尽风流,乐勿尽古董,输勿尽个铜钱,掷勿尽个银子。难没王振一死,后门再也无人拘束个哉。个两日来丢赌场里竟输哉,再去骗点银子用用,有啥勿好?个里[④]是哉。喏,秋梨阿姐!(花旦上)(唱)

---

① “母”字底本原无,据单角本补。

② 难没,“没”亦作“末”,方言,现在,当下。

③ 住,底本作“自”,住、自方言音同,据校改。

④ 个里,方言,这里。“个”亦作“格”,指示代词,这,那。

【前腔】[①]**事不关心，叫人牵挂心。愿得个天长地久，时刻不离身。**

（丑）哙，阿姐！（花旦）随我来。（科）前日与你许多银子买衣服穿，为何又是这般光景？（丑）勿瞒阿姐说，呒拨[②]我个银子放来丢枕头边，把贼子毬养偷之去[③]哉。（花旦）分明是嫖完了。（丑）有呒个样标致，再若去嫖，个个人真得好死哉！（花旦）今日到来何事？（丑）今朝手里干燥[④]，拿得去翻翻本。（花旦）翻什么本？（丑）做生意本钱。（花旦）做生意本钱？（丑）咳。（花旦）银子怕没有，只要依我一件。（丑）啥事体？（花旦）哪！（唱）

【前腔】风流情性，切莫假惺惺。我和你青春能有几，荏苒斗输赢。

（丑）阿姐。（花旦）吃酒去。（同下）（走板）（正生、小生上）（唱）

【前腔】携手相亲，同学伴青灯。痛椿庭/双亲鹤驭[⑤]**，提起泪如倾。**

（正生）甥儿，为何收拾了书本？（小生）甥儿不知何故，精神恍惚，无心诵读。（正生）和你花园散闷一回。（小生）母舅请。（同唱）

【啄木儿】[⑥]（走板）**步西**[⑦]**移，出书斋，两意情投向草台**[⑧]**。过回廊又转西厅，见檐前蜂蝶往来。窗外磐石依然在，件件桩桩竟不改，**（小生唱）**怎不见椿庭，暗地泪自揩。**

【前腔】（正生唱）**休哭泣，免悲哀，劬劳深恩难报来。放愁眉且自宽怀，有一日锦衣归光耀门台**[⑨]。（小生唱）**慈乌哺报晨昏待，跪膝乳羊在草台，却不道父母**

---

① 此曲底本题作【二郎神】，今改正。

② 拨，底本模拟丑白书作"不"，后文第十九号"拨我用用来"又作"拨"，今统一作"拨"。"拨"用以表示给予义和构成处置式，相当于近代汉语表示给予义的"把"和共同语的"给"。

③ 去，底本作"弃"。调腔抄本模拟方言白读音，将"去"书作"弃""起"，今改作"去"。

④ 干燥，比喻困难，拮据。《醒世恒言》卷三七《杜子春三入长安》："看看家中金银搬完，屯盐卖完，手中干燥，央人四处借债。"

⑤ 椿庭、鹤，底本作"萱""雀"。李继美幼年双亲并逝，故云"双亲鹤驭"；王林父亲刚死，当云"椿庭鹤驭"，单角本作"椿庭鹤噪"，据校改。鹤驭，死的讳称。

⑥ 此曲底本题作【画本儿】，今改正。

⑦ 西，底本作"须"，据单角本改。

⑧ 台，底本作"堂"，据单角本改。

⑨ 台，底本作"闾"，据宁海平调本改。

恩情深似海。

(白)我二人在此游玩,母亲差人出来,不见我二人,又要母亲挂心,我们进去罢。(正生)你在此游玩,我进去安慰姐姐。(小生)是。(正生)心事无有二,悲苦一般同。(下)(小生)你看母舅进去安慰母亲去了,不免到花园散步一回。(走板)(唱)

【三段子】心无聊赖,向花前难解闷怀;意不[①]**尴尬,寻赏梅**[②]**徐步花街。**(下)(丑、花旦上)(走板)(唱)**鱼水交情两和谐,千金一刻多恩爱,双双携手出门台。**

(小生科)阿呀!(丑)阿唷!(科,下)(花旦科)(小生)好贼人,好大胆,怎么做出这样没廉耻之事?我本待要叫喊起来,可惜是母亲随嫁,看母亲分上,留你这副嘴脸。还不走!(花旦)啐!(下)(小生)怎么有这等事来?幸喜母舅不在,如若不然,他体面何存?从今以后,再不到花园来了。(唱)

【前腔】家规颠败,陌柳墙花任人采;怒冲满怀,决不向花庭再来。抽身急步来行快,仍向书房且忍耐,败俗伤风,岂容贱奴胎?(小生下)

(走板)(丑上)唬杀哉,唬杀哉!(唱)

【归朝欢】汗淋漓,心慌惊来,冤家的、平空撞来;(白)唬杀哉,唬杀哉。个个小众生[③],竟来厾看花把戏,我一时勿防,竟拨里捉子冷破[④]。我想秋梨阿姐是要吃苦个,非但吃苦,就是我个衣饭碗头,拨里打破。让我到前面打听,若有风声草动,慢慢摆布个小众生来。(唱)**候黄昏,亲驾门台,问根苗此事怎解。若然如此事来露败,冤仇不共如山戴,还须要狭路相逢,除却小婴孩。**(下)

(走板)(花旦上)(唱)

【前腔】唬得人,魂飞天外,阿呀!**羞杀我、无地躲来**[⑤];(白)阿呀,好端端一桩

---

① 不,单角本作"必"。

② 寻赏梅,底本作"神卖梅",单角本作"神柳梦梅"。"神"和"卖"当分别为"寻"和"赏"的音讹和形讹,今改正。

③ 小众生,詈词,犹云小畜生。

④ 子,前后文亦作"之",方言助词,有时相当于"了"。冷破,破绽。

⑤ 来,底本作"身",据单角本改。

事情，被这小畜生看破。我只道定然告诉，其祸匪小，用夜膳之际，这小畜生一言不发，放了我的心事。日间约那冤家晚晚会我，只怕他受了一番惊唬，未必肯来。咳，王林，王林，你这小畜生，怎生饶得你过？（唱）**却不道，色胆如天大，恨薄幸把我丢开**。（丑上）（唱）**朦胧月色走花街，低身悄步来行快，多情反被多情害**。

（白）阿唷，阿姐，吃之苦哉！（花旦）一些无事。（丑）那说一些无事？谢天谢地！（花旦）吃酒去。（丑）勿反道[①]，吃酒去，吃酒去。（花旦、丑下）

第九号

正旦（李氏）、花旦（秋梨）、正生（李继美）、小生（王林）

（正旦上）（引）中秋时候，朝来金风尽透。（白）我李氏，自从员外亡后，喜得孩儿苦志，兄弟勤功，他二人伴读诗书。明日乃是中秋佳节[②]，不免叫老院公，买些果品，与兄弟、孩儿们过节。可恨秋梨这贱人，夜来不知做何勾当，到了此时，还不知在那里，待我叫他出来。秋梨在那里？（花旦上）夜来指望明月上，早起红日过墙街。叫我怎么？（正旦）贱人，做人家那有这等规矩？有道“黎明即起，黄昏便息”，你这贱人，夜来不知做何勾当，到了此时，还睡在那里。（花旦）夜来做不了事，多睡片时，故而起来这时候了。（正旦）进去吃了饭，我有话讲。（花旦）有何话讲？（正旦）明日乃是中秋时候，叫老院公，买些果品，与你们过节。（花旦）有气，饭不要吃。（正旦）吓，秋梨，我倒安慰你，你还有什么气？（花旦）不是秋梨的气，在此替安人气。（正旦）为我气？吓，秋梨，你倒来讲，什么事情？（花旦）不便讲得。（正旦）吓，莫非老院公和乳娘，背地说我什么？（花旦）老院公和乳母，说安人贤惠的。（正

① 勿反道，“道”亦作“淘”，方言，没有关系。

② 佳节，底本作“届节”，盖受“节届（按，届，至，到）中秋”的影响而误，据单角本改。下文“明日乃是中秋佳节”的“佳节”同。

旦)我家除了他二人,再没有别人讲了。(花旦)今日小官人,可曾进房问安?(正旦)他今早起来进房问安,见我睡熟,不敢惊动,到书房去了。(花旦)如何吓,我的气,就在他身上而起。(正旦)什么事情,你可对我讲。(花旦)吓,安人,我日日半夜三更不睡,也是为你。与他舅爷同学攻书,背地里说舅爷带来人,吃饭吃点心,还要用强,这也不在话下[①],不消说了。我早起送茶到书房去,他今早在那里啼哭,说安人待他不好,把他家产一手占住,要与兄弟安享。我想安人待他如掌上明珠,一旦付与东流,你道我气也不气?(正旦)怎么,有这等事来?且住,我自到王门一十二年,他今年一十四岁,他是我抚养,反说我占住家产?惟天可表!(花旦)他今早进房,见安人口也不开,这就是冷眼看待你了。(正旦)吓,秋梨,你与小官人,雀角[②]过了?(花旦)没有吓。(正旦)他甥舅二人,自小随我身伴,同食同衾,何有此句?一定是这贱人,不知在那里,背地在那里,做什么事情,被小官人看破,只怕说了你几句,你便怀恨在心,故而在我跟前,三言两语。咳,贱人,教养你忘了,今后若再如此,我便活活取你贱人一死。(花旦)安人吓,我秋梨随嫁服侍,自幼同伴,何曾有三言两语?我听这些说话,气得不了,今日还要如此肮脏。咳!(哭)(正旦)阿呀,且住。暗地里相壁听[③],他总不是亲生,待我尊如嫡亲一般。(花旦)他此刻年纪幼少,免不得叫你一声亲娘。你若不信,待我去叫他进来,当面一问,便知明白。他就说出没良心的话来,那时便知我秋梨,句句真言。(正旦)且住。我想秋梨自少随我身伴,他的心节,我岂有不知?待我叫他进来,当面一问,便知明白。吓,秋梨!(花

---

① “下”字底本脱,今补。

② 雀角,底本作“崔嘴”,今改正。雀角,语出《诗经·召南·行露》:“谁谓雀无角,何以穿我屋?谁谓女无家,何以速我狱?”指强逼女子成婚而兴狱讼,后泛指诉讼,争吵。调腔《双喜缘》第二十五号:“国舅此来,必有一番雀角。”

③ 相壁听,隔着墙听,这里当指感觉,隐约感到。又,方俗语词有“隔壁听”,清顾张思《土风录》卷一一:“文理模糊、空有声调者,讥为隔壁听,见朱子《中庸或问》:‘程子谓侯生之言但可隔壁听。’”

旦)怎么?(正旦)到书房叫他进来。(花旦)晓得。(下)(正旦)员外,我的心节,你岂有不知?(唱)

【八声甘州歌】好事无[1]**成就,枉费我一片心,朝暮担忧**。畜生吓!**指望成名,不枉我三迁训教**。**提起伤心泪怎收,把往事今朝一笔勾**。**泪流,不是嫡血亲生,总然虚谬**。(下)

(走板)(正生、小生上)(唱)

【前腔】节届赏中秋,悄不觉寒谷风凉,蓦然体透。**落叶摧残,丹桂飘香结珠球**。(小生白)母舅,天时当同地利,人和便知礼义。深秋时候,凉风几度,身上就有些寒冷了。(正生)便是。(合唱)**檐前铁马响不休,北雁南飞过门楼**。(花旦上)(唱)**疾走,全凭花言巧语,做一个无中生有**。

(白)小官人。(正生)秋梨,到书房来何事?(花旦)安人叫小官人有话。(小生)母舅,母亲有话,一同进去。(正生)有理。(花旦)大相公,安人有什么东西与小官人吃,你不便进去。(正生)如此甥儿先进,我随后来。(小生)是。(正生)暂罢诗书习,(下)(小生)移步出书斋。(花旦)小官人,这里来。(小生)吓,秋梨,叫我做什么?(花旦)小官人,你昨日有什么说话,得罪安人?(小生)我没有吓。(花旦)安人十分着恼,叫你进去,问个明白。(唱)

【不是路】雷霆怒吼,这场打骂人怎受?(白)可惜你小小年纪,(唱)**怎受得鞭抽,打、打得你皮开肉烂**[2]**鲜血流**。(小生白)呀!(唱)**好惊忧,平地风波倏忽起,唬得我战兢兢魂魄丢**。(白)我到书房去了。(花旦)吓,小官人,你若不进去,安人越发要狐疑了。是假是真,是虚是实,你进去说个明白,免得日后两下成冤。(小生)呀!吓,秋梨,母亲此刻动怒的,不由我分说,动手就打,叫我如何受苦得起吓!(花旦)这也不妨,只要我教导你几句,安人就不打你了。(小生)教导什么?快些!(花旦)少刻进去,安人若打你一下,不要开口;打你

---

① “无”字底本脱,据单角本补。

② 烂,底本字上加点表示删除,旁注“患”字,单角本作“绽”“焦”或“碎”,今仍取“烂”字。

两下，不要求饶。第三下，就好说了。(小生)怎么样讲？(花旦)你说："娘吓，孩儿年幼，一凭母亲吩咐。可怜我是没爹儿、苦命子，劝母亲将就些罢。"这两句，安人就不打你了。(小生)这两句话，是我紧紧记的。(花旦)小官人吓！(唱)**权分剖，总有遍体排牙**[①]**，说不尽得好便休**。

(白)你在此。(小生)少刻要帮衬我的。(花旦)在我身上。安人有请。(正旦上)(唱)

【前腔】我好没来由，仔细踌躇是与否。(花旦白)小官人来了。(正旦)他来了？(花旦)安人吓！(唱)**他门阑候，藐视你亏心不睬瞅**[②]。(正旦白)叫他进来。(花旦)是。(正旦)咳！(花旦)小官人吓！(唱)**莫回头，任他怒气三千丈，顷刻冰山化水流**。(小生白)咳！(唱)**岂担愁，昂昂志气冲牛斗，我只得无语低头**。

(白)吓，母亲！(正旦)那个是母亲？(小生)亲娘。(正旦)那个是你亲娘？(小生)阿呀！(正旦)王林，你在那里？(小生)孩儿与母舅同学攻书。(正旦)你背地说得我好？(小生)孩儿没有吓！(正旦)你今早不来问安。(小生)孩儿前来问安，母亲睡熟，不敢惊动，母亲恕罪。(正旦)好吓，你总不是我亲生，也是我抚养，不幸你爹爹早丧，实只望守得成人长大，暮年有靠，谁想你忘本太早！(唱)

【风入松】因甚的背地起波涛，横口儿一味腥臊[③]**。年未弱冠身又少，实指望、实指望光宗祖耀**[④]**。一片心如雪汤浇，提将起泪如潮**。

【前腔】(小生唱)**宁甘坐罪儿不肖，望娘亲说个分晓**。(正旦白)畜生，我就说破了你。你说母舅是带来人，说我占住家产，可是有的么？(小生)母亲，这是那个说的？(正旦)这是秋……(花旦)吓，小官人，安人动怒，不要开口。(正旦)是

---

① 总，通"纵"。遍体排牙，俗语有"浑身似口不能言，遍体排牙说不得"。

② 睬瞅，底本原倒，据单角本乙正。

③ 腥臊，底本作"煋灿"，今改正。腥臊，腥臭。另，一味腥臊，单角本作"乳腥未了"。

④ "实指望"底本未叠，"祖耀"底本原倒，据单角本校改。下文"枉了我""今日里"底本未叠，亦据单角本改。

你亲口说的。(小生)吓,是那个听见?(正旦)是我亲耳听见。(小生唱)**阿呀,天吓!泼天冤枉向谁诉?**(白)母亲,孩儿若有此话呵!(唱)**忤逆儿、忤逆儿自有苍穹鉴照**。(正旦白)畜生吓!(唱)**今日里明言直道,一一的分白皂**[①]。

(小生)母亲,孩儿没有此事。(正旦)待我打死了你,怕你不讲?(小生)秋梨帮衬我。(花旦)有我在此。(正旦唱)

【急三枪】碍心儿,持家法,唬儿曹[②]。**是与否,案心苗**。(走板)(白)畜生!(打)(花旦)说吓!(小生)阿呀,母亲吓!孩儿年纪幼少,一凭母亲吩咐。可惜我是没爹儿、苦命子,劝母亲将就些罢。(唱)**恕无知,年又轻,身又小**。**我便急抽身,往外跑**。(下)

(走板)(花旦)如何?(正旦)阿呀!(唱)

【风入松】听说言词心刀枭[③]**,他说来、话把泰山推倒**。**忘恩负义心忒骁**[④]**,枉了我、枉了我苦勤空劳**。员外吓!**在泉下知我苦恼,若有假心儿惟天可表**。

(花旦)安人吓!(唱)

【前腔】又何必痛哭号啕,他无情、何须义高?(正旦白)阿呀,秋梨吓!我一片热心尽付东流,只好随他。(花旦)何意随他?(正旦)他不是亲生骨血,这也是我的命薄。阿呀,员外吓!你何不早来叫我一声,只落得眼不见耳不闻,由他诽谤。(花旦)安人,你不是这等讲。他此刻年轻,尚然如此,日后成人长大,你与大相公须要遭他荼毒。(正旦)阿呀,是吓!他此刻年纪幼小,尚然如此,日后必须要遭他荼毒。咳,畜生吓!(唱)**你狼心狗肺心忒骁,舌尖儿胜似**

---

① 白皂,底本原倒,据单角本乙正。

② “持家法,唬儿曹”,底本作“持家唬曹”,据单角本改。

③ 枭,斩。单角本作“咬”,当即“绞”之讹,“绞”于义亦通。

④ 骁,底本讹作“饶”,下文“心忒骁”不误。骁,通作“枭”,不驯顺,忤逆。调腔《双玉锁》第十六号【做尾】:“非我心狠忒凶枭,前生与你结仇非小。”

狼豹。鸱鸮心翼翅未燥[①]**，这恶气、这恶气如何撇掉？**(白)秋梨吓！(唱)**快定下良谋及早，要传李氏种接宗祧**[②]**，传李氏种接宗祧。**

(花旦)秋梨倒有一计在此。(正旦)你快讲来。(花旦)明日乃是中秋佳节，叫大相公进来商议。(唱)

【急三枪】悄地里，藏毒药，配香醪。管叫他，一命即赴冥道，一命即赴冥道。(正旦白)吓，谋死了他，这个使不得。王氏香烟，全在此子，何不叫他进来，待我打他一顿，赶他出去？这口气就出了。(花旦)你若打他一顿，赶他出去，外面一发要诽谤，安人占住他家产是实。自古说得好，人无害虎心，虎有伤人意。(正旦)阿呀，是吓！有道"人无害虎心，虎有伤人意"。吓，秋梨，这毒药那里去买？(花旦)叫大相公进来商议。(正旦)有理。(唱)**主和婢，暗地里，使计谋巧。冤和孽，也是前生造。**

(走板)(正生上)(唱)

【风入松】为甚的翻面无情道[③]**？进中堂问这根苗。**(花旦白)大相公进来了。(正旦)气死我也！(正生)姐姐！(唱)**缘何挺出胸中恼，且宽怀、且宽怀何须泪落？**(正旦白)兄弟，这畜生忘本太早。(正生)他说什么？(正旦)他说你是带来人，说我占住他的家产，还要诽谤与我。(正生)甥儿与我从幼到今，何有此言？(正旦)方才叫他进来，打他几下，无非使他心怯[④]。他说没爹儿、苦命子，你道我气也不气？(正生)姐姐，你打他，他害怕，无非是脱身之计。(唱)**有道大能容小，须看先人面气来消，先人面气来消。**

(正旦)兄弟，他年纪小，尚然如此，日后你我必要遭他荼毒。(正生)依你怎么样？(正旦)我要取他一死。(正生)他和你有什么冤仇，要取他一死？(正

---

① 鸱鸮，这里指的是枭，猫头鹰一类的鸟，古以为恶鸟，谓枭长而食母。《诗经·邶风·旄丘》孔疏引陆机《毛诗草木鸟兽虫鱼疏》云："流离，枭也。自关而西谓枭为流离。其子适长大，还食其母。"翅，底本作"事"，今改正。

② 传，底本作"绝"，据文义改。另，此句单角本作"我要绝王氏绝宗祧"。

③ 道，底本作"仆"，据单角本改。

④ 怯，底本作"节"，据文义改。

旦)今日仇小,日后事大。(唱)

【前腔】中秋毒药配香醪,(正生白)这毒药在于何处?(正旦)叫兄弟去买砒霜一把。(唱)**无常等候三更即到**。(正生白)若将他谋死,王氏香烟何继?(正旦)兄弟,若不将他谋死了,他日后必害你我,李氏谁接?(正生)你身何靠?(正旦)我么无非靠着兄弟。(正生)靠我么?(正旦)唔。(正生)只怕不能。(正旦)我今为你,反来挺撞[①]。秋梨。(花旦)怎么?(正旦)你去叫你爹娘进来,说我有话。(正生)住了。阿呀,且住。他一时顿起黑心,急切之间,难以解劝。吓,是了,姐姐,你方才可是真的?(正旦)我岂有假意?(正生)咳,事到如今,我瞒不住了,我只道要……(正旦)你倒讲来。(正生)起初这小畜生原是好的,自从姐夫亡过,把我冷眼看待,睡梦之中,常常听见说我是带来人,说我要占住家产。(正旦)既然旧岁到今,你为何不讲?(正生)你和他是母子,我讲却也无恙,故此不说,隐瞒到今。(花旦)安人如何?(正生唱)**恨深深此仇不消[②],今日里、今日里冤冤相报。詈口儿絮絮叨叨,姐和弟受奚落,姐和弟受奚落**。

(正旦)既如此,你去买砒霜进来,明日和你行事。(正生)还有一事商议。(正旦)秋梨,到厨下收拾夜膳起来。(花旦)晓得。我巴不能够,到后花园去看看冤家。(下)(正旦)什么事情?(正生)想姐夫在日,凤头钗曾聘他母舅的女儿,如今还望姐姐呵!(唱)

【急三枪】做一个,移星斗,换月皎。谐秦晋,受花烛[③]。(正旦白)这头亲事,员外也曾说过,收了凤头钗,即可做亲。且待事情之后,为姐自有道理。(正生)兄弟放心不下,把凤头钗交付与我,那时就去买砒霜来。(正旦)如此你在此,待我取来。(唱)**却不道,好姻缘,天缘凑巧**。兄弟吓!**成双对,鸾凤交,成双对,鸾凤交**。

【风入松】(正生唱)**姐弟双双同心好,绝命樽如草芥**。(正旦白)兄弟!(唱)**还须**

---

① 挺撞,顶撞,冒犯。

② 此仇不消,底本作“此地不少”,据单角本改。

③ 受花烛,单角本作“做花朝”。调腔中“烛”字亦入萧豪韵。

暗地来计较，（正生唱）**莫疑心、莫疑心放开怀抱。何须用花言舌调，过今夜等明朝，过今夜等明朝。**

（正旦）去买来。（正生下）（正旦）气死我也！（下）

第十号

小生（王林）、正生（李继美）

（起更）（小生上）（唱）

【忒忒令】叹双亲早游仙境，痛我行孤苦伶仃。似这等风清月明，凄苦独伴孤灯。因甚的反怒容，打兼金[①]，好叫我难察难评。

（白）我母亲一向待我如同珍宝，今日不知何故，将我如此凌辱。亏得秋梨教导我两句话，母亲才肯罢休。有道亲心不悦，儿意何安？母舅进去解劝，好不闷人也！（二更）（唱）

【品令】铜壶漏滴，因甚不回音？更阑人静，寂寞悄无声。因甚的小鹿心头惊，好叫我神魂难定。（走板）（正生上）（唱）**巧计安排，料他行别无构衅[②]。一任他浪滚天高，稳坐江心波浪平。**

（小生）母舅来了。（正生）来了。（小生）可气息了？（正生）气息了。（小生）可曾吃饭？（正生）吃过了。（小生）谢天地。（正生）甥儿吓，你早上可有什么言语，得罪母亲，将你这般凌辱？（小生）甥儿与母舅同学攻书，心迹岂有不知？今日早上前去问安，见母亲睡熟，不敢惊动，所以母亲如此动怒。（正生）阿呀，姐姐，你好忒杀狠心也！（唱）

【玉交枝】纲常绝伦，断宗祧怎见先灵？举头三尺有神明，天鉴察自有报应。

---

① 兼金，《孟子·公孙丑下》："前日于齐，王馈兼金一百而不受。"赵岐注："兼金，好金也，其价兼倍于常者。"

② 构衅，底本作"遣衅"。按，"遣"当为"遘"之讹，而"遘"通"构"。构衅，制造争端。另，该词单角本作"异心"，疑先讹作"遗衅"，再据音改字为之。

(小生白)呀!(唱)**愁怀满腹心不明,言词何故冤深恨。诉衷肠便分渭泾**[①]。

(正生)阿呀,甥儿吓!事到如今,我也瞒不住,只得要说了。(小生)有何吩咐?(正生)阿呀,甥儿吓,你母亲心肠变了!(唱)

【五供养】邪念横心,(白)我进去解劝,反生出多少枝叶,明日呵!(唱)**庆赏中秋,绝你性命**。(小生白)阿呀!(唱)**魂消魄惊,望乞相容,救我孤身。伏叩尘埃地,念我孤子身。地厚天高,犬马再生**。(正生白)阿呀,甥儿吓!我若害你性命,也不对你讲了。被我一番假言,赚得凤头钗呵!(唱)**假说成姻眷,赚得宝和珍**。

(白)留得盘费白银百两,棉衣两套,有凤头钗在内,你可到长沙母舅那边避难,快些去罢!(小生)阿呀,母舅吓!此地到长沙,路隔千里,甥儿年纪幼小,如何去得?(正生)阿呀,甥儿吓!你若在此,必要遭他荼毒,还是避难为上。(小生)母舅请上,甥儿就此拜别。(唱)

【江儿水】离别他乡去,关河路途深。餐风宿水须自省,(合唱)**迢迢路远难捎信,天涯海角何处寻?须知由命不由人,看月朦胧,出花台悄步低声**。

(小生)母舅请转。(正生)何事?(小生)甥儿去后,必须要安慰母亲,不以我为念。有日衣锦荣归,与母亲争气。(正生)阿呀,甥儿吓!(小生唱)

【川拨棹】缺问省,恕儿不孝罪极深。有一日衣锦腰金,有一日衣锦腰金,改门楼重换簪缨。宗祖亲受诰命,谗消释[②]**侍晨昏**。

【尾】羊肠蹊跷路蹭蹬,道路崎岖[③]**怎得平?**(白)母舅吓!(唱)**可怜冤诉无门我自行**[④]。

(正生)阿吓,甥儿吓!(下)

---

① 渭泾,底本作"冒淫",据单角本改。

② 释,底本作"耗",单角本作"设",当即"释",据改。

③ 崎岖,底本作"蹊跷",与上句用词重复,据单角本改。

④ 行,底本作"强",据单角本改。

第十一号

花旦(秋梨)、正旦(李氏)、正生(李继美)

(花旦上)完了,完了。昨夜千思万想,今朝一场虚话。安人快来!(正旦上)非我心肠变,皆因命犯天。秋梨何事?(花旦)昨夜之事败露了。(正旦)吓,怎么败露了?(花旦)昨日大相公,在安人跟前,三言两语,都是假的。昨夜竟把小官人放走了。(正旦)昨日在我跟前,说得停当,怎么放走了?(花旦)我今早送茶到书房中去,他还在那里啼哭,说甥儿吓,但愿你此去衣锦荣归,回来把安人羞辱一场,还要打为下贱。(正旦)怎么,有这等事来?你去叫他进来。(花旦)他不肯进来的了。(正旦)如此同我到书房去。(花旦)快走。(正旦)咳,抱鸡鸡勿斗,恨杀抱鸡人。(正生内)吓,甥儿吓!(花旦)可曾听见?(正旦)叫他出来。(花旦)不识抬举,走出来。(正生上)天理今何在,人伦半字无。(正旦科)我且问你,昨日之事,怎么样了?(正生)我不来问你,你来问我么?(唱)

【点绛唇】恶妇心歪,恶妇心歪,纲常何在,五伦败。怒满胸怀,恨不得剖你心看青白。

(正旦)你既然如此不会行事,不该放他逃走。(正生)他若在此,你要别计去害他。你这妇人良心丧尽,丈夫在日,何等待你?襁褓兄弟带过门来,抚养成人长大,插前妻钗环,穿前妻的衣服,有何不足?顿起黑心,要谋害他的儿子,断他香烟,绝他宗嗣,于心何忍?(唱)

【新水令】王氏先灵分支派,九泉下深恨裙钗。循环有报应,神明照鉴察。可怜他瘦怯怯儿孙,逼走他海角天涯。

(正旦)吓,放走了。不必说,把凤头钗拿来还我。(正生)你要谋害他的性命不够,还要断他亲事。这凤头钗,是我早早付他,到母舅那里成亲去了。(花旦)完了,完了。(正旦)贱人!(花旦科)(正生唱)

【驻马听】鸾凤和谐，鸾凤和谐[①]**，欲渡银河孔雀屏开**[②]。**他那时亲上重亲，少不得诉说个明白**。**桩桩件件全没个抵赖，你那时有何脸面坐立门台？可不道羞杀你人面兽心，忒杀凶歪，有一日衣锦归来，要做你七出罪大**。

(正旦)养得好兄弟，也是关门养虎，(花旦)虎大伤人。(正生)我也愿不是你兄弟，我也没有这样不仁不义的姐姐，与我走出去！(正旦)吓，这是我家，叫我走到那里去？(正生)你要害他的儿子，也不是王家人了。(唱)

【折桂令】说什么相亲相爱，本是同胞，胜似同胎。**从今后断情绝义，你向东南，我向西北**。(正旦白)向东[③]南，走西北，叫我走到那里去？(正生)叫你嫁人去。(正旦)住了。李继美，你在为姐跟前，敢讲出伤风败俗的话来？(正生)你既不想嫁人，丈夫亡过，只有孤子，他要承值王氏香烟，你为何谋害他的性命？岂不是这个主见？(唱)**满腔中花烛重拜，生擦擦、设计谋害**。**谁似你伤风败俗，有谁来与我主裁**[④]**！**

(正旦)嫡亲的兄弟，把我如此欺侮。(正生)嫡亲兄弟欺侮犹可，还有那些旁人，骂你烂心肠的恶妇！(正旦哭)(正生)咳！(科)你还哭什么来？哭什么来？(唱)

【雁儿落】休得要假惺惺来作怪，阿呀哭啼啼、泪满腮。**可怜他瘦怯怯家乡在何处，恁可也语谆谆庭院多安泰**。(白)只怕他亲母舅，不肯饶你。(唱)**呀！这的是恶出千里外，那行人口似碑**[⑤]。**覆水难收起，遗臭后人骂**[⑥]。(白)也罢，自今以后，不来见我之面。(唱)**离书斋，出书房自摩揣；怨来，悔自迟不应该，悔自迟不应该**。

---

① “鸾凤和谐”底本未叠，据单角本改。

② 孔雀屏开，用窦毅借射孔雀屏择婿，最终招得唐高祖李渊的典故，谓缔结婚姻。《旧唐书·后妃传上》：“(窦毅)乃于门屏画二孔雀，诸公子有求婚者，辄与两箭射之，潜约中目者许之。前后数十辈莫能中，高祖后至，两发各中一目。毅大悦，遂归于我帝。”

③ “东”字底本脱，据单角本补。

④ 主裁，底本作“主哉”，今改正，下文【沽美酒】正作“主裁”。

⑤ 碑，底本作“牌”，今改正。《六十种曲》本《琵琶记》第三十九出《散发归林》【古女冠子】：“休道朝中太师威如火，那更路上行人口似碑。”

⑥ 骂，底本作“性”，据单角本改。另，单角本“遗臭”作“臭名”。

(正旦白,花旦科,外[①])(正生)这样恶妇,走出去!(下)(正旦)兄弟开门,开门!阿呀!(唱)

【沽美酒】一时间无主裁,悔昨日、心忒歪。后事无情,谁来[②]睬暮年来?(花旦白)大相公把凤头钗,付与小官人,到长沙做亲,安人祸却不小。(正旦)怎见得?(花旦)那胡老爷,是嫡亲母舅,又是女婿,怎肯甘休?打上门来理论,那时安人怎处?(正旦)是吓,他到母舅跟前,他怕不说过端详?他赶上门来理论,怎处?(科)秋梨,可有什么计策,解得此祸?(花旦)秋梨倒有一计在此。(正旦)快些讲来。(花旦)安人可修书一封,只说我家书童,盗了凤头钗,假冒小官人,前来做亲。到彼之时,须要送官究治,顶解原籍。一则小官人回来,免得胡老爷动怒。(唱)**两全事别无怪哉,归故乡仍转门台。我呵!万全策喜怀,娘儿依在。呀!甥和舅同向书斋。**

(正旦)好计策,待我写起来。呀!(唱)

【收江南】呀!挥毫起一一说明白,有书童盗窃凤钗,恐冒名花烛到门台。必须要重重追究原籍解,还须要追究那盗钗根苗[③]。切莫迟挨,切莫迟挨,念寒门冷落不得叩亲台。

(白)书已写完,那个前去呢?(花旦)安人,我家对门有一姓娄的,他到湖广长沙做生理,与他盘费带去,一些无事。(正旦)如此银子十两,以为路费。秋梨吓!(唱)

【尾】一场好事多尴尬,气得我目瞪口呆。(白)快去!(花旦)晓得。(正旦)咳,天吓!(唱)**但愿他荣归故里,我心念佛去挪斋。**

(白)咳,儿吓!(下)

---

① 此处"正旦白"下底本原无道白;"外"指李氏、秋梨被李继美推出门外。

② 底本于"谁来"下施加蚓号,将此二字划属上句,据单角本改。

③ "必须要"至"根苗",单角本止作"必须要追究切(窃)根牙(芽)"一句。根苗,疑当作"根荄"。

第十二号

丑(娄不清)、花旦(秋梨)、小生(王林)、付(院子胡茂)、外(胡魁)

(丑上)走。心怀不平事,(花旦)切莫露真情。这是银子,这是书,这是刀。(丑)阿呀,个个把刀,去杀啥人介?(花旦)赶上去,杀了这王林小畜生回来。(丑)天夜哉,赶勿上个哉。(花旦)你若杀了他,这份家产,和你稳稳可得。(丑)个没[1]让我赶上前去,杀个毬养没是哉。(花旦)快哉。(丑)个末我去杀。(下)(小生上)(唱)

【一江风】远迢迢,背井离乡道,回首盼故乡,泪珠抛。戴月披星,怎惯路途遥?(白)多蒙母舅释放,黑夜挨出城垣,随路问信,且喜已到长沙。进得城来,方才问过,说我岳父住在双桥。咳,母亲吓,亏你下得这般毒手!(唱)**硬心忒凶骁,多感恩义高,不然是早赶出冥道**。

(白)这里是了。里面有人么?(付上)来了。是那一个?(小生)请了。(付)请了。(小生)借问一声,这里可是户部主事胡府么?(付)正是。问他怎么?(小生)相烦通报,说扬州江都有甥儿王林在此,你家老爷是小生嫡亲母舅。(付)阿呀,如此大相公,又是我家姑爷。请少待。(小生)是。(付)老爷有请。(外上)(引)诗酒谈心曲,林下且安闲。何事?(付)扬州姑爷到了。(外)怎么,姑爷到了?说我出迎。(付)老爷出迎。(外)吓,贤婿呢?(小生)母舅。(外)你要叫我岳父。(小生)是,岳父。(外)贤婿请。(小生)岳父请。(外)老夫迎道。(小生)岳父请台坐,待小婿参拜。(外)路途辛苦,常礼。(小生)从命。(外)请坐。(小生)告坐了。(外)来,把姑爷行李抬进来。(付)是。(小生)且慢。小婿一人,没有什么行李。(外)贤婿,令先尊归天,老夫有病在床,不得亲叩。(小生)多蒙岳父厚赐。(外)令堂可纳福否?(小生)托赖。(外)近

---

① 个没,下文亦作"个末",方言,那么。

来家业[①]如何？(小生)岳父听禀。(唱)

【降黄龙】为家业颠连，寒门不幸，蹭蹬命蹇。时逢不利，倒颠随来，奉母命特叩尊前。须念，我是个孤身无依，望高台还须看先人一面。(外白)令堂可有书来？(小生)只为母亲有恙，不及备书，有凤头钗一只，以为心腹。(唱)**想当年，有襁褓缔结姻眷，喜今宵鸾凤双全。**

【黄龙滚】(外唱)**凤头最可羡，看他昂昂志气显。有日金榜挂名时，独把鳌头占。**(白)贤婿既已到此，待老夫择一吉日，与你们拜完花烛便了。(小生)小婿非为做亲而来，只因家下无人伴读，奉母亲之命，一则前来问安，二则要在府上攻书，以图上达。(外)我曾记得，你母亲过门时节，他有一兄弟带来，此事怎么样了？(小生)与小婿同庚，恰在舍下。(外)你二人就可伴读了。(小生)与小婿不睦。(外)好，你母亲有见识，你二人在彼争斗，故而送你这里攻书。只要贤婿极喜书香，何愁功名无望？(唱)**映雪囊萤，步月登楼显。拔步超群，起腾蛟[②]，英雄现。**

(内鸣锣)(外)何事鸣锣？(付)今当主试到府学去的。(外)贤婿，老夫前者也曾说过，要做儿婿两当。你既已到此，何不做了我家籍，前去赴考，你意下如何？(小生)小婿才疏学浅，有误岳父豪兴。(外)说那里话来？取我名帖，将姑爷开报册内，同送府学。(付)是。(外)进去见过岳母。(小生)是。(外唱)

【尾】三千豪气文星现，惟愿朱衣暗点[③]。折桂蟾宫爱少年。(下)

---

① 家业，底本作“书香”，并于“香”字右侧著一“性”字，据195-3-26忆写本改。

② 此下底本尚有一“湖”字，据单角本删。

③ 南宋祝穆《事文类聚》前集卷二十五仕进部引赵令畤《侯鲭录》：“欧阳公知贡举日，每遇考试卷，坐后常觉一朱衣人，时复点头，然后其文入格。……尝有句云：‘唯愿朱衣一点头。’”后因称科举上榜为“朱衣点头”“朱衣暗点”。

第十三号[①]

正旦、花旦（手下），末（张大鹏），小生（王林），净（号军？），正生（考生）

（考试）（正旦、花旦手下，末上）（唱【驻马听】）（白）老夫张大鹏，奉旨湖广主试。来，打道贡院。（下）（半只吹打[②]。小生、净上，科。灯。正生上，同考）（末白）掩门。众举子好文才也！（唱【尾】）（下）

第十四号

丑（娄不清），付（胡茂），正旦、花旦（手下），小生（王林），外（胡魁），老旦（田氏）

（丑上）（唱）（走板）

【（昆腔）**六幺令**】**渡水关河，跋涉辛勤受尽奔波。机关悄地难猜破**。（白）我娄不清，答秋梨姐两介头，千思万想，要想谋吞王家个份产业。一计勿成，二计又到，要里娘写子一封假书，叫我到湖广来，要里丈人送官究治。若是勿到官，绝里个性命。难没已到长沙，打听胡家住来丢双桥头。想我个人是照面勿得够，吓，有哉！（唱）**只说捎音信，别事多，行来已到高门大**。

（白）阿呀，是哉。有人来，里面有人么？（付上）是那一个？（丑）老伯，个里阿是胡府？（付）正是。你问他怎么？（丑）扬州王家阿是亲眷？（付）是亲眷。（丑）阿有一个小后生？（付）这是我家姑爷，已经进学了。（丑）啥个进子学哉？哙，老伯伯，里个娘有封书来里，叫哑老爷看。（付）少待，待我请出老爷。（丑）慢点。我是捎信勾，勿便相见，即刻就去哉。（付）慢去。（丑）那啥进子学，倒要来里打听打听。（下）（付）此刻忙忙碌碌，不便通报，等姑爷迎

---

① 此出末本在第十五号，内容稍有差异，谨录如下："（上）（吹【驻马听】）（白）请回衙理事。/打道。/（出轿，进位）（白）吩咐开门。/看照题。/长沙好文风也。/（吹）/吩咐擂鼓推（催）。/封门。（吹【尾】）。"看照题，一本作"看卷题"。一本"封门"前有"交题"一句。

② 指前面唱昆腔【驻马听】前半段（仅保留吹打），这里吹打【驻马听】后半段。

学过了，然后通报。(下)(吹打)(正旦、花旦手下，小生上，拜天地①)(外、老旦上)(小生)岳父母请上，待小婿拜见。(外、老旦)常礼。(小生唱)

【前腔】恩高义大，亲属重婚误招坦腹②。寒家仰拔门楣辱。(外、老旦唱)**真堪羡，喜心窝，增我光华阀阅多。**

(外)坐下。(小生)是。(外)贤婿，喜得文风有幸，待我写书报与你母亲，一则报喜，二则也尽你孝道，然后完姻便了。(小生)修书报喜可以，若说婚姻，待小婿名题金榜，然后洞房花烛。(外)好，有志气。且进书房，少刻贺喜③。(小生)是。(外)青云得路步蟾宫，(老旦)金榜题名喜气浓。(小生)诗书经纶多绣幕，(下)(外、老旦)家声冷落有文风④。(付上)姑爷有书呈上。(外)吓，怎么，有书来了？来人呢？(付)他说捎信，不便相见。(外)待我看来："亲翁胡大人亲手开拆。"(老旦)且慢。相公，亲母差贤婿到来，路上不惯风霜，亲母放心不下，故而寄书前来。(外)非也，要拜完花烛，双双送他回去。(老旦)相公，你不要错了主意，我是要入赘在此。(外)他家只有一个儿子，岂肯入赘在此？送他回去，日后要来往的。(老旦)我女儿到他家，未免三年五载，我如何放心得下？(外)有道"女生外向"。(老旦)书上怎写？(外)胡大人亲手开拆。(老旦)书上是相公开拆，拆开何妨？(外)如此待我拆开看来。(唱)

【泣颜回】凭书寄雁行，水远重情叠千丈⑤。家言重托，一一的诉说衷肠。(白)

---

① 拜天地，底本脱"天"字，今补。此"拜天地"指得中功名归家，摆香案拜祭天地和祖宗。

② 大，底本作"讳"，据单角本改。坦腹，指女婿，详见《荆钗记·逼嫁》"入赘在相府东床"注。

③ 本出195-1-138(3)外本多出胡魁与女儿叙话的内容，其中用了一支唱调腔但押歌模韵的曲子，曲间说白为"儿吓，你丈夫前去□……得他一举成名"，曲后再接"贤婿书房将息"云云，与底本安排不同。

④ 文风，底本作"坟风"，文、坟方言音同，据校改。

⑤ 丈，底本作"秋"，暂校改如此。按，此句单角本作"送远山遥重重叠叠"，宁海平调本作"水远山遥情谊长"。

“事关重大，不叙亲家。”唔。“启者[1]，亡夫在日，曾与府上结亲，有凤头钗一只为聘。寒家有一书童，名曰进才，年已十六，作事不端。恶仆颇知家事，刁滑非常，偷窃凤头钗，内房钗环首饰亦被盗去[2]。恐冒了小儿名姓，到府上完婚，况有凤头钗为聘，大人岂不信之？若有到时，请大人或者送官究治，顶解原籍，那时香闺不污，门楣有清。情关重大，余不尽言。”阿呀！（唱）**怒满胸膛，这奸刁忒无状。险些儿败我门楣，玷污[3]了闺阁红妆**。

（白）过来。（付）有。（外）到书房吊出狗头出来。（老旦）相公，若说这个人做书童，却也不信。若是那下贱之辈，那有这等相貌？那有这等文才？（外）唔，事也可疑。若说书童，也没有这等相貌；若说是王林，家下也不寄书来了。吓，是了，夫人，前者劝妹丈娶亲时节，那李家有一兄弟带来，与甥儿同庚，知道这头亲事，瞒过姐姐，盗了凤头钗，到这里完婚。他姐姐不见了凤头钗，难道说自己兄弟？假说书童，要我送官究治，顶解原籍，要全自己体面。（老旦）或者有之。相公快写起帖，送官究治，顶解他回去。（外）也不消送官究治，叫他出来，说破他，送他回去，他姐姐也知我的情分。（老旦）倒气他不过。（外）来。（付）有。（外）到书房叫他出来。（付）是。姑爷有请。（小生上）喜面转愁容，未知吉和凶。岳父母拜揖。（外、老旦）住了，谁是你岳父母？（小生）母舅。（外）住了，你自己母舅，反叫我母舅。好大胆，这里什么所在，如此胡为么？（唱）

---

① 启者，底本“启”作“起”，下文“启者”作“起初”，今改正。“启者”系旧时书信启事语，如“敬启者”“兹启者”。

② “首饰”下底本衍“凤头钗”三字，今删。

③ 玷污，底本作“点污”。《文选》卷一九束皙《补亡诗》：“鲜侔晨葩，莫之点辱。”李善注：“王逸《楚辞注》曰：‘点，污也。’‘点’与‘玷’古字通。”调腔抄本“点污”和“玷污”错出，如《凤台关》等小旦本（195-2-9）所抄《分玉镜》小旦本第二十九号【哭皇天】：“你是个平坑（康）下贱一青楼，点污了好出去（处）名儿臭。……玷污了人伦纲常{常}臭。”今于玷辱、奸污义统一作“玷污”。

【前腔】腾腾怒气三千丈，坏门楣廉耻污伤[①]**。送官究治，解原籍问罪你行。**(小生白)甥儿多感母舅抬举。(外)还要说母舅，你姐姐有书在此。(小生)那个姐姐？(外)睁开狗眼看来！(小生)待我看来："事关重大，不叙亲家。启者，亡夫在日，曾与府上结亲，有凤头钗为聘。今寒家有一书童……""有一书童"，阿呀，母舅吓！(唱)**休得恼怏，容甥儿诉说端详。**(白)阿呀，母亲你太狠心也！(唱)**怎不念母子偏衣，脱天罗又遭地网。**

(外)好。畜生，你空读诗书，枉有才学，做出这样伤天害理的事情，你良心何在？(小生)阿呀，母舅吓！暂息雷霆之怒，甥儿有无限[②]苦楚，一一告诉。(外)谁来听你花言巧语？(老旦)你把冒婿之事，一一说来。这凤头钗，几时盗来的？(小生)阿呀，母舅吓！母亲平日间待我如同珍宝，不想八月十四早上，霎时心变，说儿吓！(唱)

【前腔】背地乔言来诽谤，霎时打骂非常。无言分诉，等中秋毒药砒霜。(老旦白)后来便怎么？(小生)后来亏了母亲有一兄弟，名唤李继美，他在母亲跟前，赚了凤头钗，将我放出。只望到府上避难，不想母亲要害甥儿的归路。母亲你太狠心也！(唱)**孤苦悲伤，痛娘亲早归泉壤**[③]**。须念骨肉相亲，告分明望乞参详。**

(老旦)呀！(唱)

【前腔】听说言词好凄惶，不贤妇心恶虎狼。早难道脱却金蟾，一味的舌剑唇枪。(白)相公，说来有实情，若是冒认的，也不这样伤心了，还请相公三思。(外)此刻清浊难分。后生过来，你姐姐书上原写着"送官究治，顶解原籍"，我如今差一家人，送你回去。若是真的，即便同来；若是假的，不必说了，便宜

---

① 廉耻，底本作"剑此"。"廉"字调腔抄本或写作"脸"，而曲音"脸"读如"剑"，故有此误；"耻""此"方言音同相混，今改正。按，此句单角本作"败门楣、坏我纲常"。

② 有无限，底本作"又无害"，绍兴方言"限""害"二字音近，苏州方言"限"字白读与"害"同，据改。

③ 壤，抄本作"上"。"襄"旁俗省作"上"，如"嚷"俗作"吐"，调腔抄本或再省作"上"。

了你。(小生)母舅吓,甥儿若是回去,错绝甥儿,又生他意。(外)若是真的,即便来,又有什么他意?过来。(付)有。(外)好好送后生回去,若是真的,即便同来,不可去脱。(付)晓得。(外)世情有此反复也。(唱)**好难酌量,细踌躇免挂胸膛**。(老旦唱)**你看他相貌魁梧,少年人才进学广**。

(小生)小婿告别。(唱)

【尾】登程即速去羊肠,还须要保重风霜。真假分明,回来道短长。(下)

第十五号

丑(娄不清),小生(王林),付(胡茂),净、正生(地方),末(胡府家人),外(胡魁)

(丑上)(一更)(唱)(走板)

【意不尽】好乖张,少年人学进黉墙。翁和婿意合情投,书中事并无半响。(白)我来门前打听,无得响动,想是个封书,是勿成哉。我还要来里做啥?让我居去,秋梨姐盗了几百两银子,到别处做份人家,有啥勿好?(内)唔。(丑)咳,有人来哉,让我问一声看。(唱)**胡言乱语诉衷肠,假做贸易好经商**。好月吓好月!**凑巧明月如白昼,细细打听小儿郎**。(下)

(走板)(小生、付家人上)(小生唱)

【前腔】整行囊,出门庭感叹悲伤。泪淋漓哽噎[①]**咽喉,诉不出万种愁肠**。(下)(走板)(丑上)(白)咳,去个好像王林个小畜生,里有老娘家背之行李,想是送里居去。半夜三更,无人看见,让我赶上去,动手没是哉。阿唷,只是有两个人,那亨动手?吓,是哉,老娘家怕里做啥?拔出刀,赶上去杀介贼娘、禽狗去是哉。(下)(二更)(付、小生上)(走板)(小生唱)**谯楼早已初更上,皎月当空天碧光。因甚小鹿儿心头撞,胆怯吁吁好彷徨**。

---

① 哽噎,底本作"破噎",单角本作"硬嚥",前一字当作"哽",今改正。《广韵·屑韵》乌结切:"噎,食塞。又作'咽'。"则"哽噎"同"哽咽",意为悲痛气塞,泣不成声。

(丑上)开刀!(科)(锣鼓,付死)(小生)吓,此人有些面熟[①]得紧。吓,老人家,起来趱路。阿呀,怎么,被人杀了?阿呀,地方吓!(缠头[②])(唱)

【驻云飞】恶贼猖狂,谋财害命杀路旁。此人无有主,死得好彷徨。嗏!高声叫地方,叫地方泪汪汪。我是弱质年轻,魂魄俱[③]飘荡。恨杀无端起祸殃。

(走板)(净、正生上)(唱)

【前腔】高声语朗,夜半三更来闹嚷。(白)什么样人,把人杀死?(小生唱)**此地有强梁,把人来杀伤[④]。嗏!**(净、正生白)你是那里人氏?(小生)我是江都人氏。(净、正生)到此地何事?(小生)我岳父差老人家,送我回去。有一恶贼,后面追来要想行囊,竟把老人家杀了。(净、正生)岳父住在那里?(小生)住在双桥,做主事的。(净)胡府的人。尸首看好,我们同你回去面对。走!(小生)阿呀,老人家吓!(唱)**可怜你年迈老苍苍,老苍苍遭横亡。都是我累及你身,泉下难饶放。暂别灵魂转门墙。**

(净、正生)里面有人么?(末上)来了。是那一个?(净、正生)大叔,老人家送后生回去,路上被人杀死。(末)是姑爷。(小生)老人家,快请老爷出来。(末)是。老爷有请。(外上)(唱)

【前腔】步出中堂,何事喧哗来闹嚷?(白)何事?(末)胡茂送姑爷回去,路上被人杀死。(外)拿人呢?(末)在门外。(外)叫他们进来。(末)叫你们进去。(众进去)(小生)阿呀,岳父吓!(唱)**恶贼持凶器,抢劫我行囊。嗏!**(外白)地方,外面有这样人,持刀行凶杀死,难道你们,不知情的么?(净、正生)夜半三更,小人们都已睡熟。只听外面叫地方,起来一看,老人家杀死在地。问起情由,说是府上的姑爷,现有刀一把。(唱)**关报动天山[⑤],动天山叫地方。不见凶**

---

① 熟,底本作"认"。调腔抄本"熟"或与"热"形近相乱,这里又转写作"认"。

② 缠,底本作"缠"[缠 with 夕 variant],今改正。缠头,唱腔锣鼓名称,指小锣【缠头】,又名【小抽头】。

③ "魄俱"二字底本脱,据单角本补。

④ 伤,底本作"死",单角本此句作"将人来杀伤",据校改。

⑤ 报动,底本作"保同",据文义改。另,此句单角本或作"干系动天关"。

手,同他到府上。即速鸣官究豺狼。

(外)吓,是了,你见我送你回去,恐事情败露,故而把家人杀死。思想脱身之计,幸喜被地方获住,你今还有何辩?(小生)阿呀,岳父!(外)住了,还叫我是岳父!来,与我送官究治。(小生)阿呀,皇天吓!(唱)

【前腔】平空生浪,瘦怯寒儒怎用强梁?还望仁慈厚,念我少儿郎。(外唱)**嗏!即速到公堂,到公堂莫漏网。六问三察,休得来轻放。冤报冤来命抵偿。**

【尾】(小生唱①)**一重来了一重降,酷法严刑怎抵挡。可怜漂泊,孤魂在那乡?**

(外)罢了,罢了。(下)(丑上)咳,一眼花,把个老娘家拿来杀哉。谅来个小畜生要送官究治,我还来里做啥?居去之罢。双手撒开生死路,一身跳出是非门。(后鬼响)(丑)阿呀,阿呀!(下)

第十六号

老旦、付(手下),末(周知道),净(地方),小生(王林)

(老旦、付手下,末官上)(引)理任黄堂,坐南台物阜民康。(白)下官周知道,少登科甲,职任长沙。单生一女,并无子嗣。今早地方来报,胡府家人被杀,获得凶手在案,为此早堂审问。来,带人犯进来。(手下)将人犯带进。(净、小生上)(净)报,凶手。(众)进,当面。(末)听点。(小生)候点。(末)凶手。(小生)有。(末)地方。(净)有。(末)地方下去。(付)下去。(净下)(末)带王林。(小生)有。(末)看你小小年纪,冒名假婿,杀死家人,一一讲来。(小生)老父母,生员没有此事。(末)老父台?你莫非在庠的了?(小生)台下新进案首王林,就是生员。(末)那里人氏?(小生)扬州江都人氏。(末)既是扬州江都人氏,为何前来冒籍?(小生)岳父要做儿婿两当,什么冒籍?(末)那里是儿婿两当,分明前来冒婿。(小生)老父台,生员实是王林,有什么冒婿?只是

① “小生唱”三字底本未标,据单角本补。

母亲呵！(唱)

【(昆腔)**梁州序**】[①]**骤发雷霆，罪及儿身，感得恩舅怜悯。中秋释放，避难太岳门庭**。(白)母亲有书到来，接我回去，差老人家送归家下，辨个虚实。(唱)**狭路冤家凶狠，劫杀家奴，要把行囊整。喊叫地方他**[②]**密藏形，望乞**[③]**高台辨秦镜**。(末白)下去，带地方。(小生下)(净上)有。(末)夜半三更，喊叫杀人，你难道不知情的么？(净)夜半三更，小人们俱已睡热。外面喊叫，起来一看，老人家杀死在地。凶器呈上。(末)取。(手下)呈上。(末)归库。(众)凶器归库。(末)地方出去。(净)吓。(下)(末)带王林。(小生上)有。(末)你的口供，一派胡言。这人不是你杀，还要推在何人身上？(小生)老父母，生员没有此事。(末)行文府学，革去衣巾。打！(小生)阿呀，爷爷吓！(唱)**天可鉴，神明证。他乡异地人飘零，斯文体年又轻**。

(末)饶。(众)吓。(末)你母亲虽则凶狠，但是离了他眼前，也就罢了，为何反寄书前来，说你是书童？那胡府差人送你回去质对，想是你，见事情败露，难以脱身，故而将家人杀死，思想逃脱，可是实么？(小生)阿呀，爷爷吓！若说这封书，事关重大，家下何不差人前来，因何着人寄书？这一句望爷爷详察。(末)想冒婿是假，杀死家人是实。(小生)小人一来年轻，二来要杀家人，也没有凶器。(末)凶器现在。(小生)小人拿了凶器，老人家岂不要见疑？况且路上不好行事，反在近城之地，以凶器杀人，不去逃避，反在此叫喊地方，望老父母详察。(末)阿吓，是吓！(唱)

【(昆腔)**节节高**】**劫杀蹤迹脱祸身，缘何喊叫更阑静？**(白)那晚既晓来劫行囊，你可目睹？(小生)那晚皎月当明，如同白昼，是目睹的。(末)有须无须？(小生)无须的。爷爷，这个人，小人平日间是会过的。(末)叫什么名字？(小生)名字小人倒想不起。(末)吓，敢是在我案前心慌忘了？丹墀下想来。(小生)阿呀，皇天

---

① 此曲实为集曲【梁州新郎】。调腔抄本【梁州新郎】往往冒题作【梁州序】。

② 他，底本作“也”，据文义改。

③ “乞”字底本原无，据单角本补。

吓！(唱)**胆又碎，心又惊，怎得清**[①]**？敢把犯法来胡行，望爷爷稍宽定**。

(末)可想着？(小生)小人实是想不起。(末)上了刑具，带去收监。(众)慢慢想。(众上刑具[②])(小生)阿呀，爷爷吓！(唱)

【(昆腔)**尾**】**眼前谁是我亲人，披枷带锁刑囚命**。(众白)王林收监。(后应)(末)掩门。(手下下)(末)可惜他小小年纪，犯了天条。正是，(唱)**萧何律法罪当刑，王法禁严怎容情？也是他恶孽深仇报今生**[③]。(下)

第十七号

正旦(李氏)，付(院子)，老旦、花旦(手下)，正生(李继美)，

末(胡府家人)，花旦(秋梨)，丑(娄不清)

(正旦上)(引)一时怒胸窝，悔从前[④]作事差讹。(付院子上)启安人，大相公迎学回来了。(正旦)门首侍候。(付)晓得。(正旦)悔却当初无见识，膝下无子好孤凄。(下)(老旦、花旦手下上，吹打，正生上，拜天地。手下下)(正生)咳，甥儿吓！你此刻不知落于何处，你若在此，同去赴考，迎学回来，怕不是双喜？我独自在家，好不凄凉人也！(唱)

【**新水令**】**血流泪干不见伊，望不尽海角天涯。同庚又同学，到今朝、到今朝身落在何处？都只为挨不过凌逼，受不过鞭笞，挨不过凌逼，受不过鞭笞，背井离乡，抛撇故里，你今漂、漂泊在那里？**

(走板)(正旦上)(唱)

【**步步娇**】**泪落胸膛湿透衣，不住伤心处。今朝悔自迟，赴考双双，定然欢喜**。(正生白)甥儿吓！(正旦)兄弟。(唱)**休得要哭悲啼，得开怀处愁转喜**。

---

① 怎得清，底本作“怎计(记)得”，据单角本改。

② “上刑具”三字底本原无，据文义补。

③ 孽、仇，底本作“紧”“执”，据单角本改。

④ 前，底本作“然”，据文义改。

(正生)往[1]日甥儿在此，认得你是姐姐，如今甥儿不在，不是你兄弟，不要叫我。(正旦)吓，你不是抚养成人，怎能得进案首？(正生)我呢，亏你抚养成人，得进案首。姐夫若不娶你这样恶妇，甥儿怎能弃撇家园，漂流异地？(唱)

【折桂令】王氏种蒸尝有儿，百世传一旦无依。羞答答枉为人世，恨悠悠空自异啼。痛杀杀打骂朝夕，恶狠狠心如蛇蝎。凌逼孤子，斩断胤锡。凌逼孤子，斩断胤锡，败门楣流落萧条，你今悔也[2]自迟！

【江儿水】[3](正旦唱)**恨杀身无主，将我来轻欺**[4]。**漂泊他乡在何处，凝眸望断人何处？**(末白)走吓！(上)(唱)**一路行程不系**[5]**，早到江都，还须要打听仔细，打听仔细。**

(白)一路行来，说此间已是。里面有人么？(付)是那一个？(末)请问这里可是王员外府上？(付)正是。(末)如此，说长沙胡府家人要见。(付)候着。启安人，长沙胡府家人要见。(正旦)吓，长沙有人来了，着他进见。(付)安人着你进见。见了安人。(末)安人在上，长沙胡府家人叩头。(正旦)老人家请起。(末)这个就是姑爷？(正旦)这是李舅爷。(正生)姑爷到你家中来了吓？(末)来的正是姑爷。安人为何寄书前来，说是府上的书童？(正生)拿了凤头钗前来做亲，怎说是书童？(末)那晚胡茂，送姑爷回家呵！(唱)

【雁儿落】出门庭走街衢受祸奇，杀家奴、到官衙受鞭笞。披枷带锁监禁在囹圄，因此上急登程有书寄。(正生[6]白)呀！(唱)**唬得我魄散与魂飞，令人好伤悲。**(白)老人家可有原书？(末)有原书在此。(正生)取来我看。咳！(科)(唱)**一一从头观，胸中按不住。**(白)咳！(打)(大走板)(正生唱)**怒气，恶妇使谋计；冤气，母子情在那里？**

---

① 往，底本作“今”，据单角本改。

② “也”字底本作重文符号，据单角本改。

③ 此曲牌名底本缺题，据单角本补。

④ “恨杀”至“轻欺”，底本作“恨杀身无张，你弄轻欺”，据单角本校改。

⑤ 不系，单角本一作“急系”，一作“急”。

⑥ 此“正生”及“取来我看”之前的“正生”，底本作“旦”，而“取来我看”之后另标有“生”，据正生本改。

(白)咳!(原走板)(打)(正旦)阿呀,兄弟吓!(唱)

【饶饶令】同胞兄弟,宽宏且饶恕。一时无主使谋计,休要伤和气。

【收江南】(正生唱)**呀!嘴喳喳说无知,我不是你兄弟。**(打)(走板)(白)打也打不这许多。管家过来。(末)有。(正生)我同你到长沙,见你家老爷去。(走板)(换衣)(唱)**披星戴月去如飞,怎**[①]**顾得关河路崎岖。我誓不回归,誓不回归**[②]**,俺只得渺渺浪荡走天涯。**

(正旦)兄弟不要去!(正生)咳!(大走板)(下)(花旦上)(正旦)兄弟转来!(花旦)安人。(正旦)咳!(打)(花旦)阿唷!(走板)(正旦)贱人!(唱)

【园林好】终日里花言巧语,害得我、人亡家离。打死你泼贱躯,出不得胸中气,出不得胸中气!

(打)(白)贱人!(花旦)阿唷!(科,下)(小走板)(丑上)(唱)

【沽美酒】笑吟吟归故里,暗中行有谁知,只为着风流抛弃。重会面欢心自知,早来到他家门间。(走板)(花旦上)(唱)**打得我鲜血淋漓,这冤仇、怎罢休**[③]。(丑唱)**阿姐呵!为什么悲啼哭啼,这般孤凄?我的娘吓!向我行说个因依。**

(花旦)都是这封书,害我受累。(丑)啥事体?(花旦)王林在长沙,犯了人命了。(丑)个人杀之,是我害里个。(花旦)如今原书回来了。(丑)个个人呢?(花旦)大相公一看,把这老贱,打得要死,到长沙去了。(丑)为啥打得呃个样光景?(花旦)老贱说,都是我撺掇出来的,要我身上还他儿子,还他兄弟。(丑)若还没有?(花旦)要将我活活打死。(丑)阿呀,自家逼走儿子、兄弟,要谋害儿子,打得个样光景。叫里出来,我有话对里说。(花旦)你怎好见他?(丑)呃说带信个人居来哉,我就撮点鹅头搭搭。(花旦)安人有请。(正旦上)咳,儿吓!(唱)

【尾】我命苦好孤凄,哭声孩儿在那里?愿他灾退祸消,办炷名香谢神祇。

---

① 怎,底本作"恁",据单角本改。

② "誓不回归"底本未叠,据单角本改。

③ 怎罢休,失韵,单角本作"怎得披採""怎得披挨""怎得报意"。

(花旦)捎信的要见。(正旦)到了这般光景,还说什么捎信的?(丑)哙,安人,个封书勿是白带勾呢,要拿几百两银子谢谢我个。(正旦)都是这封书,害得我人亡家破,还要谢什么礼?(丑)阿唷,呒没得谢我,我要到外厢头去,扬你臭名来。(正旦)且住。倘被他外面传扬,如何是好?秋梨,取五十两银子与他,以后没有了,不许他上门来。阿呀,儿吓!(下)(花旦)安人与你五十两银子,下次没有了,不许上门来。(丑)五十两银子,用完我还要来。(花旦)怕他没有。(丑)常要里做个东道。(花旦)吃酒去。(丑)勿差个,吃酒去。(笑下)

第十八号

正生(李继美)、末(胡府家人)、外(胡魁)、净(禁子)、小生(王林)

(正生、末上)(正生)管家去吓!(唱)

【锁南枝】心似箭,到长沙,两步行来一步跨。急急叩尊前,诉出那根芽[①]。他是青云客,竟作匪类拿;无故受极刑,带锁与披枷,带锁与披枷。

(末)这里是了。(正生)通报。(末)少待。老爷有请。(外上)仰望乘龙婿,因何不见来?(正生)晚生有礼。(外)这是那一个?(末)这是李舅爷。(外)叫你去接姑爷,接李舅爷何事?(末)姑爷先来了。(外)何曾见?(末)下在监中,就是姑爷。(外)阿呀,下在监中,就是姑爷?(末)是。(外)这遭完了。(正生)老亲家,为因我家姐姐作事不端,淑弟赚了凤头钗,交付与甥儿,叫他到府上避难。既说冒婿,不该将人命害他。(外)是你姐姐有书到来,以致这场人命。(正生)你怎不量[②]情察理?(唱)

【孝顺歌】[③]他是斯文貌,儒士家[④],怯怯书生一俊雅。弱冠年又轻,怎得将人

---

① 芽,底本作“荄”,失韵,据单角本改。

② 量,底本作“将”,据单角本改。

③ 孝顺歌,依格律当作【孝南枝】。传奇中【孝南枝】多冒【孝顺歌】之名,调腔抄本每如此,后文不一一。

④ 儒士家,底本作“行为事家”,据单角本改。

杀?(外白)我好好留在书房攻书,你姐姐有书到来,说他是书童,因此送他回去,不该[①]把家人杀死。我一时把书信为由,送到当官,总是这封书不好。(正生)虽则这封书不好,就该将甥儿留在书房,差人到扬州打听明白,也没有这场人命了。(外)家人被杀,并无别人,凶器现在路旁,被地方们拿住见我。总不该把家人杀死。(正生)你见他杀的?(外)不是他杀,是那个杀的?(正生)嚗唷[②]!(唱)**忒杀奸邪,忒杀奸邪,**(外白)我奸邪在那里?(正生)咳,爱富嫌贫,误伤人命,陷害女婿。(外)倒是姐姐占房夺产,心生嫉妒,谋害孤子。(正生)咳!(唱)**悔却从前,怎不顾后人骂?**(外白)你骂我什么来?(正生)哪!(唱)**骂你老迈懵懂,怎不将人察?**(外白)我不来骂怨你,你反来埋怨我么?(正生)今日埋怨你也迟了,我去到监中,见过甥儿,还要告你。(外)告我什么来?(正生)哪!(唱)**告你倚豪富,恃官家;爱富嫌贫,败俗伤风化,败俗伤风化。**(下)

(外)咳!(唱)

【前腔】冲冠怒,无处发,仔细踌躇怎怪他?甥舅有亲谊,何况翁婿家。(下)(走板)(正生上,末跟)(唱)**步踉跄踏,步踉跄踏,转过街衢,举目无望。只见梧桐,何处是官衙?见狴犴,珠泪汪;且慢悲啼,哀告将情察,哀告将情察**[③]。

(末)这里是了。(正生)大哥有么?(净禁子上)来了。什么样人?(正生)探望王林来的,有个小礼在此,送与大哥。(净)待我开,你进来。(科)(末下[④])(正生)甥儿在那里?(净)不要高声,待我叫他出来。王林,你母舅在此,快些走出来。(小生上)吓,母舅在那里?(正生)甥儿在那里?(小生、正生)阿呀,母舅/甥儿!(唱)

【哭相思】[⑤]**披枷好悲伤,见了你垢面蓬头形憔悴。**

(正生)阿呀,甥儿吓!瘟官怎生问法,说与母舅知道。(小生)这是甥儿命该

---

① 该,底本作"敢",今改正。

② 嚗唷,底本作"旳旺",前者同"嚗",后者为"唷"的声符更旁字。

③ "转过"至"情察",底本作"转过梧桐是官衙。我且慢悲啼哭,哀告情容咱",据单角本改。

④ 此"末下"底本未标,据单角本补。

⑤ 此曲牌名底本缺题,据单角本补,曲前"母舅"二字据剧情补。

如此，生遭刑囚也！（唱）

【江头金桂】感得你义海恩山，来世报衔环。似这等披枷带锁，受尽凄凉，秋后冬前转望鬼门关。何处遮拦，何处遮拦？恨只恨娘亲心狠，怨只怨恶贼刁残，娘亲心狠，恶贼刁残，黑地里撒破了人碎胆。两下里暗施机关，暗施机关，公冶缧绁[①]**遭磨难。铁石人闻肝肠断，哭燥咽喉血泪干，哭燥咽喉血泪干。**

（正生）甥儿吓！（唱）

【前腔】[②]**耐心胸休得愁烦，凡百事情我待担。拚着我击鼓登闻，就是那铜镵**[③]**钉板，拚着残躯救甥还。**（小生白）母舅！（唱）**杀伤罪案，杀伤罪案。真个是十恶刑煎**[④]**，九死一生，十恶刑煎，九死一生，得脱贼残命难挽**[⑤]。（正生唱）**我和你异姓同胞一腔，同胞一腔，我就血战，公堂翻铁案。泪潸潸，那得个再世龙图断，豁除**[⑥]**沉冤脱罪行，豁除沉冤脱罪行。**

（外上，末跟）（唱）（走板）

【斗黑麻】恶贼刁残，宗嗣断斩。悔却从前，赚书误看。（末白）禁子，禁子！（净）什么人？（末）胡老爷在此，快些开了监门。（净）晓得。（末下）（外进）吓，贤婿在那里？（小生）岳父！（同哭）（外）阿呀，贤婿吓！（唱）**他乡起波涛，怎得出牢笼，一任走天关，冤雾弥漫，青天昏暗。**

（白）贤婿吓，做岳父的愚见也不必说了，但是供招可有什么挽回？（小生）阿呀，岳父吓！县主供招俱有挽回，但是凶手没有下落，小婿如何出罪得起？（正生）阿呀，甥儿吓！你若会过，难道就想不起了？（小生）母舅，那凶手确

---

① 公冶缧绁，即公冶长受缧绁。《论语·公冶长》："子谓公冶长：'可妻也。虽在缧绁之中，非其罪也。'以其子妻之。"缧绁，捆绑犯人的绳索。用指被捆缚、被囚禁，又代指牢狱。调腔戏常用该典故表示蒙冤受屈。

② 此曲曲白及曲前的"甥儿吓"，底本原无，据单角本补。

③ 镵，单角本从"原"或"厘"，疑所从为"廛"之俗，在此又当从"毚"。铜镵，铜针。

④ 煎，单角本作"间"，暂校改如此。

⑤ 贼，单角本作"寔"，暂校改如此。句谓虽然躲过半路贼杀，但因无法拿获真凶而难以挽回死罪。

⑥ 豁除，单角本作"哭出"，据文义改。

是我扬州人氏。(正生)若是扬州人氏,就有下落了。(小生)那日甥儿与母舅在后花园游玩,后来母舅进去安慰母亲,甥儿独自在,被秋梨与那人做出苟合,是我亲眼见的,只是不晓得名姓。(正生)甥儿吓,你且放心在监中,待我回去,拷问秋梨这丫环,便知明白。(外)大舅,你速回去,若有此人,解到这里治罪。(正生)老亲翁!(唱)

【忆多娇】急归家,亲打听,拷问秋梨这丫环,捕风捉影有何难?回天日返,回天日返,旭日重开云收雾散。

【尾】(外、正生唱)**机关莫露乔**[①]**打扮,休使偷出秦关**[②]。(正生白)老亲家!(唱)**一线风声,紧紧来使帆。**

(净)查监了,请出去。(众下)

第十九号

正旦(李氏)、丑(娄不清)、花旦(秋梨)、正生(李继美)

(正旦上)(唱)

【山坡羊】惨凄凄宗祧谁望,闷昏昏泪落胸膛,哭哀哀短叹长吁,痛杀杀百年事谁来靠傍?痛断肠,娇儿在那厢?悔只悔不该听信谗言,恨错娇儿,恨错娇儿,逼走他背井离乡。凝望,投亲舅入黉墙;谁想,贻祸刑囚好凄惶,贻祸刑囚好凄惶。

(丑上)总有千金谢,不够我消磨。哙,阿姐!(花旦上)风月谁人不爱,花柳个个逞欢。(丑)对安人说,我以[③]要银子哉。(花旦)安人,娄不清又在门外,要安人银子。(正旦)前者与他五十两银过了,只管来取,我那里有许多?(花

---

① 乔,底本作“吞”,据单角本改。

② 偷出秦关,战国时齐国孟尝君使秦被囚,让门客盗取狐白裘献给秦昭王宠姬,托其说情,得以释放。孟尝君获释后急忙逃归,夜半来到函谷关,凭借门客学鸡鸣,得以提前出关。这里指坏人逃脱。

③ 以,方言,相当于“又”。

旦)安人说过没有了。(丑)晓得哉,让我自家来说。阿呀,呒叫我去谋儿子,占王家个产业,就要你两百用用,勿多呢。(唱)

【前腔】恶狠狠继母不良,羞怯怯[1]**寄书他乡,乐悠悠暗度春秋,喜孜孜安荣受享**。(白)你若没有银子,我要当官哉。(正旦)告我什么来?(丑)告你行凶杀子,谋害孤产。(唱)**丑名扬,还要罪承当**。**王氏一脉小儿郎,断绝香烟,断绝香烟,有谁承当?**(正旦白)且住。倘若一告,怎么处?吓,秋梨,再与他一百两银子,下次不许上我家门来。(花旦)安人再与你一百两银子,下次不许上我家门来。(丑)一百两银子?难间要介几千两银子用用来。(花旦)你莫非吃在我家,睡在我家不成么?(丑)个末勿来。(正旦打花旦)(白)都是你贱人不好。(丑)难间有点打里勿得个哉。(唱)**白镪**[2]**,受千金有何妨?安享,在你家逍遥过时光,逍遥过时光**。

(白)进去吃酒去。(花旦)进去。(丑)咳,怕里做啥?(下)(正旦)(走板)阿呀!(唱)

【前腔】告天天意何向,虚飘飘倒做了随风逐浪,唧囔囔要占产夺业,两双双言颠语狂。**泪滂沱,家丑败门墙**。**叫我怎得来主张?驱逐狂徒,驱逐狂徒,免得胡妄**。(正生上)(唱)**踉跄,急归家来察访;暗藏,觅迹问行藏**。

(白)姐姐。(正旦)兄弟,你回来了!(正生)你为何这般光景?(正旦)可恨秋梨这贱人,私通情人。(正生)到书房中来。什么情人?(正旦)叫做娄不清。(正生)他便怎么样?(正旦)他要占住家产。(唱)

【前腔】恨[3]**悠悠家门不祥,一对对装模**[4]**作样,骂声声不住朝夕,气吁吁狠如虎狼**。(正生白)此人可在?(正旦)在里面饮酒。(正生)如此你不要放他出去,再不可说我回来,我去了。(正旦)为姐等不得你回来,你还要到那里去?(正

---

① 怯怯,底本作"区",据文义改。

② 白镪(qiǎng),白银的别称。"镪"本作"繈",意为钱串,引申为钱。

③ 恨,底本作"恶",据单角本改。

④ 装模,底本作"在暮",今改正。

生)姐姐。(唱)**作事莫**[1]**声响,叫他不提防。他是个图财害命恶强梁,告到官司,告到官司**[2]**,须入罗网**。(白)不要放他出去。(正旦[3])就来。(正生)我就来。(下)(正旦)如今好了。(唱)**我出书房,泪痕揩不干;向堂,假不知任他行,假不知任他行**。

(丑、花旦上)(唱)

【剔银灯】醉醺醺你我一双,喜孜孜、并头欢畅。无拘无束出中堂,还要他整备茶汤。(正旦白)秋梨,你去对他讲,若要银子,叫他只管来拿。照管家业,你意下如何?(花旦白又)(丑)照管家业勿会照管,只要依我一件。(正旦)吓,我就将秋梨配与你做夫妻,你道如何?就没有讲了。(丑、花旦)安人请上,受我夫妻一拜。(正生上,科)好受用。(花旦、丑唱)**休悒怏,须要辛勤作主张,免得个挂肚牵肠**。

(正生)待我进去。(科)吓,姐姐,这个是谁?(正旦)捎信娄不清。(丑)个个是啥人吓?(花旦)就是大相公。(正生)这位可是娄兄么?(丑)原来呃可是大相公吓。(正生)我家姐姐有书烦兄寄到长沙,如今小畜生下在监中,多承多承。(丑)岂敢岂敢。大相公,个件事体若勿是我,个份家产,呃罗里会占得?事难来分点我,拨我用用来。(正生)倘事成之后,与兄平半均分,你道如何?(丑)个是直公道,聪明人,明白人,读书人,用心人。(花旦)大相公,我秋梨也有些好处在。(正生)早知你的好处。姐姐,这小畜生的岳父十分势头,思想要救女婿出狱,若救出,这份家私我和你就得不成了。必须要商议计较,绝他性命才好。(丑科)(正生)做什么?(丑)大相公,我倒有点主意来丢。(正生)怎么,娄兄有主意?莫非到监中杀了他不成?(丑)咳,呃个人监中个好杀个?让我去买之一包砒霜,拌之酒饭里,呃是娘舅,进之监探望里,拨里吃下去,怕里勿死。(正生)娄兄好计策,连夜和你起身。(丑)明朝之去。

---

① “莫”字底本脱,据单角本补。

② 此处底本未叠,依上文当叠,据单角本改。

③ 此处底本作“作白”,今改作“正旦”。

(正生)连夜起身好。(丑)就连夜去。(正旦)兄弟,为姐将秋梨许配他二人做夫妻了。(正生)好[1]停当。娄兄!(正旦)兄弟不要去。(下)(正生唱)

【尾】打蛇不死招悲怨[2]**,**(丑白)大相公!(唱)**行程急速出羊肠**。(正生白)好!(合唱)**暗使机关,神鬼也难量**。

(正生)娄兄,走吓!(丑)大相公,连夜去吓?(正生笑)随我走来。(丑)去都是我。(下)

第二十号

小生(王林),正生(李继美),丑(娄不清),净(禁子),付、老旦(手下)

(小生上)(唱)

【点绛唇】坐井观天,坐井观天,无端受陷,泪涟涟。命犯迍邅,狴犴中谁见[3]**怜?**

(白)多感恩官开释,岳父意转心回,但是凶手没有下落,如何出罪得起?咳,母舅吓,枉费你一片热心也!(唱)

【混江龙】我是个狱底见怜,血溅刀头泣生前。又何必[4]**捕风捉影,枉费你一片心坚。说什么寒窗下求进身扬名姓显,可怜我披枷带锁受熬煎**[5]**,结什么好良缘绣幕红牵,绣幕红牵?**(正生白)娄兄,走吓!(走板)(上)(唱)**到长沙进城垣急步牢监,**(丑白)大相公!(唱)**这砒霜**、(正生闷住)(丑唱)**管叫他顷刻命断**。(正生白)娄兄!(唱)**同心合胆计谋巧,两意情投莫谤言**[6]。**他那里心自**[7]**悲号,我和你多少欢忭**。

---

① 好,底本作"我",据文义改。

② 此句底本脱,据单角本补。

③ 见,底本作"是",据单角本改。

④ "必"字底本脱,据单角本补。

⑤ 此句底本原无,据单角本补。

⑥ 谤,底本作"半",今改正。单角本"莫谤言"作"欢便(忭)"。

⑦ 自,底本作"思",据单角本改。

(白)大哥有么?(净上)什么人?(正生)王林家下有一位族兄探望王林。有个小意思,相烦开了监门。(丑)我是里个堂兄弟。(净)待我开里进来。(丑科)阿唷!(小生)吓!(正生)可是他?(小生)正是。(丑)大相公,你要说两句伤心话,拨我来里听听。(正生)阿呀,甥儿吓!你母舅千思万想,指望救你出狱,难得这位侠助,欲往上台告理。(小生)多感母舅恩深似海,又蒙这位慷慨侠义,有日出狱,自当图报。(丑)岂敢。小官人,你娘舅说被人所害,晓闻[①]此言,十分痛切,为此陪呃娘舅进监来望,也是[②]弟一片好心。(小生)多承。(丑)岂敢。好去买酒饭哉。(正生)砒霜呢?(丑)来里哉。(正生)买些酒饭来,你去与他讲讲。(丑)呃去买得来。(正生)大哥,开了监门。(净)是。(正生)此人不可放他出去。(净)是。(正生)花言将心钓,大胆去施行。(下)(小生)请坐。(丑)小官人,我且问你,你个人是好杀个?(小生)恩人吓!(丑)个歇时[③]勿要叫我恩人,等一介歇救呃出狱,才晓得叫我恩人来。(小生)咳,兄吓!(唱)

【油葫芦】休提起恶言恶语害老年[④],这冤家、是前愆。(内响雷)(丑白)哙,青天白日,为啥响动雷?咳,只怕有点缘故。(小生)兄吓!(唱)**常言道不测风雷有青天,只我这、披枷带锁受诬陷。肠[⑤]似剖,心似剑。仗得你救死回生恩非浅,可不道出罗网只在跟前,只在跟前**。

(正生)大哥走吓!(付、老旦随正生上[⑥])(正生唱)

【天下乐】一霎时愁容换喜面,冤也么遣[⑦],凶手现,(白)大哥开了监门。(净)是。

---

① 晓,底本作“小”,今改正。晓闻,知晓,听说。

② “是”字底本脱,据 195-3-26 忆写本补。

③ 个歇时,又说“个歇时光”,方言,这个时候,这会儿。

④ 老年,底本作“年老”,今乙正。

⑤ 肠,底本作“胜”,据单角本改。

⑥ “付、老旦随正生”六字底本未标,据剧情补。

⑦ “也么”的“么”,底本作“没”,单角本或作“莫”,均同,今从《凤头钗》等正生本(195-1-108)。遣,排除,排解。“遣”或当作“愆”。

(正生)这个就是。(付)吠!(丑)慢点,为啥拨我吊之起来?(正生)你杀胡府家人,陷害王林么。(丑)啥个看见?啥个凭据?(付、老旦)有何凭据?(正生)大哥,身边有砒霜。(付、老旦科)有砒霜。(正生、小生打丑)(正生)咳,狗才!(唱)**休得要嘴喳喳来强辩**。(丑白)坏哉是坏哉!(唱)**悔不该痴心想受他骗**,(正生唱)**一桩桩一件件向我明言,可不道冤有头来上有青天照鉴**[①]**,上有青天照鉴**。

(丑)好弄得清脱。(下)

第二十一号

正旦、花旦(手下),末(周知道),付、老旦(手下),正生(李继美),

丑(娄不清),小生(王林)

(正旦、花旦手下,末上)(唱)

【哪吒令】坐琴堂名显,百里才腼腆。都只为少年人悲怨,苦痛俺费心思阅这旧卷[②]。(白)方才李继美前来击鼓,说获得凶手到案。我想义舅不图家产,反救拔伸情,这也难得。(唱)**热**[③]**心肠一片,访凶徒进监**[④]。**铁案前高悬秦镜,公案中自有清廉,自有清廉**。

(付、老旦、正生、丑上)(付)人犯当面。(末)娄不清。(丑)有。(末)去锁。李继美。(正生)有。(末)娄不清下去。(手下)下去。(丑下)(末)李继美,那娄不清劫杀胡府家人之事,如何访出,一一说来。(正生)老父台,王林家下有一丫环,名唤秋梨,与娄不清通奸呵!(唱)

---

① 照鉴,底本作"鉴照",据单角本乙正。

② 悲怨,底本作"悲号","苦痛"二字属上句,据单角本改。又,前一句单角本一作"都只为少年人通(痛)苦悲怨",一作"都只为少年人怨苦颠连",后一句单角本或作"枉费心思阅旧卷"。

③ 热,底本作"实",据单角本改。

④ 进监,底本作"坚",据单角本改。

【鹊踏枝】主唆事赚家书断姻缘，转回归、起谋心害少年。离[①]**祸地归故里，还要把家产占。**(白)那时被生员一番假话。(唱)**心偏，买毒药害少年；到监，认分明到台前，秦镜拔沉冤叩清廉**[②]。

(末)下去。(正生下)(付)启老爷，娄不清身边搜出砒霜，呈上。(末)带娄不清。(众)带娄不清。(丑上)有。(末)你杀死胡府家人，可是你？一一招上来。(丑)老爷，小人勿晓得。(末)监中带出王林。(众)监中带出王林。(小生上)(付)王林当面。(末)王林，那晚可是他杀的？认来。(小生)那晚是他杀的。小人供招上面上说既认得，只是不晓得名姓。(末)下去。(小生下)(末)我把你狗头，杀死人命不够，还要买毒药到监中害他，一一招来。(丑)老爷，扬州到湖广路隔千里，罗里杀的人来？(末)你今日怎样来的？(丑)这是李继美骗来勾。(末)今日被赚，那日送书一定是你。(丑)小人勿晓得。(末)扯下去打！(众打四十)(丑)老爷，王林招认，苦苦寻自我做啥？(末)狗头，你杀了人，怎么叫别人抵命？(丑)罗个看见？(末)王林看见。(丑)啥个凭据？(末)这砒霜岂不是凭据？(丑)砒霜是李继美买来我个。(末)招不招？(丑)没啥个招。(末)夹来！(净上夹)(末唱)

【寄生草】见色起邪念，谋命害少年。公堂一一休强辩，三木下王法森严，王法森严[③]。(白)招不招？(众)不招。(末)收。(众)收满。(丑)愿招。(众)愿招。(末)松夹，取画招上来。(丑)咳，黑天，黑天。(众)青天。(丑)自家寻到死路里，岂不是黑天？(唱)**只道是一世好安闲，谁知头上有青天。不由人儿算杀家奴陷无辜**[④]**，望青天开活罪恩德非浅。**

(众)画招呈上。(末)上了刑具，带去收监，秋后取决。(丑科)(众)走！(下)

---

① 离，底本作“遗”，据单角本改。

② “到监”至“清廉”，单角本“到监”作“倒颠”，无“秦镜”二字，“清廉”作“青天”，末句重句。

③ “(末唱)【寄生草】见色”至“森严”，底本原无，曲牌名及曲文并据单角本补。

④ “只道是”至“无辜”，195-3-26 忆写本标为“念”。又，陷，底本作“云”，据文义改。

(付)收监。(内应)(付)收监是实。(末)带王林、李继美。(正生、小生上)老父台。(末)王林,你母亲总然凶狠,难得义母舅一片热心设计脱冤[①]。行文府学,还你衣巾,图取上达。(小生)多谢爷爷。(末)王林、李继美!(唱)

【尾】怜孤惜寒真堪羡,救苦超拔非等闲。(白)云消。(正生)甥儿随我来。(下)(末)掩门。(众下)(末)好一个李继美也!(唱)**昂昂志气冲霄汉,有日名标姓氏显**。(下)

第二十二号[②]

外(胡魁)、正生(李继美)、小生(王林)、付(胡府家人)、末(周知道)

(外上)(引)感得苍天护佑,好叫我喜上心头。(正生上)空中泪自流,(小生上)雾收云雨散。(付)李舅爷同姑爷到。(外)请见。(付)请进。(外)贤婿!(小生)岳父!(吹【哭相思】)(外白)进去。(小生下)(外)李舅爷请坐。(正生)告坐了。(外)此事因何而起?(正生)吓,老亲家,一言难尽。(唱)

【(昆腔)驻马听】满面含羞,不幸家门多遗臭。他是个无知泼贱,狼心饕残[③],夜赏中秋。(末白)报上。(付)所报何事?(末)周爷到。(付)启老爷,周爷到。(外)请相见。(付)周老爷有请。(末上)暗择乘龙婿,亲自上门台。(外)老父台。(末)老先生。请。(外)请坐。(末)有坐。(外)小婿之冤,感老父台救拔。(末)岂敢。下官一则前来拜望,二则李贤契可有家室否?(正生)还未。(末)老先生,弟有一女,配与李贤契为婚,烦老先生作伐。(外)大舅,拜过岳父。(正生)山鸡怎好配凤凰?(末)贤契,休得太谦。(正生)岳父请上,待小婿拜见。(唱)**良缘缔结配鸾俦,他年得望功名就**。(外白)老父台有宴。(末)敝衙有事,

---

① 脱冤,底本作“他怨”,今改正。

② 本出底本仅于“待小婿拜见”后书“吹【驻马听】”,而无曲文,其【驻马听】曲文与曲前白“李舅爷请坐”至“一言难尽”和曲后白“就此告别”,以及宾白“山鸡怎好配凤凰”“贤契,休得太谦”“今当大比之年,二人上京,求名去罢”,据单角本校补。

③ 饕残,单角本作“挑僝”,今改正。饕残,贪婪残暴。

等下官送亲过府完姻。告别。(外)候送。(末下)(外)今当大比之年,二人上京,求名去罢。(同唱)**步上瀛洲,扬鞭跃马,琼林聚首。**

(白)就此告别。(吹【尾】)(下)

(上)(考试)(下)

第二十三号

末(周知道),小旦、老旦(手下),丑(娄不清)

(末上,小旦、老旦手下带丑随上①)(末)左右趱上。(丑科)(吹【出队子】)(末白)下官周知道,蒙圣恩官居长沙。今乃秋后马壮,上司有公文下来,监斩一名娄不清。左右,转过法场。(科)(老旦)启老爷,时辰已正。(末)吩咐开刀。(老旦杀丑下)(老旦)枭首示众。(末)打道回衙。(吹【尾】)(下)

第二十四号

正旦(李氏)、外(胡魁)、老旦(田氏)、正生(李继美)、

小生(王林)、付(院子)、花旦(秋梨)、末(周知道)

(正旦上)(唱)

【园林好】寒门道茕茕疏落②,喜今朝、门楣重造。悔只悔作事多颠倒,锦衣归定嘲笑,锦衣归定嘲笑。

(外、老旦、正生、小生上)(唱)

【江儿水】杏花红十里,桃浪鱼龙跃③。门楣阀阅添光耀,(小生白)母亲,孩儿奏闻圣上,封母亲一品诰命夫人,请受冠诰。(正旦)儿吓,为娘悔之无极也!(唱)**听信谗言多颠倒,喜得你峥嵘头角还乡早。好叫我羞脸红桃,我是个没福孤老,怎受得一品冠诰?**

---

① “带丑随上”四字底本原无,据剧情补。

② 茕茕疏落,底本作“萤萤珠落”,据单角本校改。

③ 浪,底本作“花”,据单角本改。跃,底本作“耀”,“跃”作舒声念时读如“耀”。

(正生)李氏,你当年要害状元的性命,他如今不计你前仇,反跪送冠诰,可不道羞污了这顶冠诰?(唱)

【玉交枝】枉自悲号,中秋夜要害儿曹。(白)若不是我赚了凤头钗,焉有今日?(唱)**百年大事有谁靠,写赚书绝他归道**。(小生白)母舅!(唱)**前事休提话并消,今朝何必来重道?合家欢休得怒恼,望娘亲恕儿不肖**。

(正旦)儿吓,为娘听信秋梨之言,害你受累。(正生)如今秋梨在那里?(正旦)在厨下。(正生)带他出来。(付)秋梨走出来。(花旦上)(唱)

【五供养】[①]**恶孽自造,心爱风流,花言舌调。今日将我唤,必定来吊拷**。(正旦白)秋梨,你说状元老爷怨我,如今当面对来。(小生)秋梨,你在我跟前说,夫人打我三下,教我"没爹娘的儿子、苦命子",可是有的么?(花旦)状元爷爷吓!(唱)**恩高义好**[②]**,前事休提,恕我下遭**。(正生白)你这贱人,岂容饶你?来。(付)有。(正生)将秋梨送到县家去治罪。(唱)**谋主使毒药,弄**[③]**权忒欺藐。严刑勘问,一死难逃!**

(付吊花旦下)(正生)过来,小轿一乘,把李氏离娘家,永不上王家门来。(外、老旦)哧,大舅!(合唱)

【川拨棹】休怒恼,往事儿已成冰消。永团圆开怀欢笑,永团圆开怀欢笑[④]**,休得要扊扅尽焦**[⑤]**。母和子和言道,姐和弟冤也消**。

(正生)既是亲家讲情,权且饶你。姐姐!(正旦)兄弟!(正生唱)

---

① 此曲牌名底本缺题,据单角本补。

② 好,底本作"厚",据单角本改。

③ "弄"下底本有一"将"字,据单角本删。

④ "永团圆"句底本未叠,据单角本改。

⑤ 扊扅尽焦,底本作"赚疑尽焦",晚清《六凤缘》等外、末本[195-1-137(1)]所抄《凤头钗》末本写末角同众人出场合唱【江儿水】,作"扊扅转焦",据校改。扊扅,门闩,借指曾同患难的妻子。北齐颜之推《颜氏家训》卷六《书证》:"古乐府歌《百里奚》词曰:'百里奚,五羊皮。忆别时,烹伏雌,吹扊扅。今日富贵忘我为!''吹'当作'炊煮'之'炊'。……然则当时贫困,并以门牡木作薪炊耳。"休得要扊扅尽焦,谓不要赶走曾与王振同甘共苦的遗孀李氏。

【尾】非我饶舌来絮叨，不平人心中焦躁。今日个重聚[1]家园，大家豁眉梢。

（末内白）周爷送亲到。（吹打）（末上）老先生。（外）老父母。请。（拜堂）合家团圆，拜谢皇恩。（吹【清江引】）（下）

---

① 聚，底本作“叙”，聚、叙方言音同，据校改。

二九 游龙传

调腔《游龙传》共十一出，剧叙明正德时，姜斌因胞妹受宠，升任九门提督，巡哨皇城，仗势欺人，被徐汇之子徐刚一番痛打。徐刚假装受到欺辱，回家向其父定国公徐汇哭诉。徐汇上奏，正德皇帝迫于公议，罚姜斌俸银三千，以供徐刚疗伤。姜斌不服，正德皇帝命徐汇以三千两银子买下所射死雁。徐汇与世袭王公计议，欲出卖后宰门以激醒正德皇帝。朝堂之上，正德皇帝惊愕失色，拂袖而去。徐汇等于是背负先帝神位，手执皇鞭擒拿姜斌，闹上金殿。正德皇帝至此仍不悟，直至太后出面调和。

按，明武宗正德皇帝有宠臣江彬，被擢为都指挥佥事，导帝游幸，进封平虏伯，恃宠擅权，调腔本剧的姜斌当由之附会而来。宁海平调"后十八"本有此剧目。

中国戏剧家协会浙江分会、浙江省文化局戏剧处编印的《浙江省戏曲传统剧目汇编》第 83 集收有本剧。另有 1959 年油印演出本(案卷号 195-3-106)，题作《卖后宰门》，没有抄本第一、二、十号对应的出目，唱段较少且曲文往往粗浅失真。《卖后宰门》曾收入中国戏剧家协会主编、浙江省文化局编辑《中国地方戏曲集成・浙江省卷》(中国戏剧出版社，1959)，由金孝电整理，与上述油印演出本同出一源。

整理时曲文以《游龙传》吊头本[案卷号 195-1-109(5)]为底本，校以民国八年(1919)"方吉庆堂"《游龙传》吊头本[案卷号 195-2-18(2)]及单角本。付、丑、老旦(太后)的念白录自 1962 年整理本(案卷号 195-3-80)，其余据单角本拼合而成。

第一号[①]

外(徐汇)、末(徐德)、老旦[②](徐夫人)、小生(徐刚)

(外上)(引)俊英旧族世忠良,开国元勋保君王。(诗)簪缨奕世耀门台,功立山川第一家。英雄大志贯牛斗,封侯万里姓名扬。(白)本藩,徐汇,蒙圣恩宠,享受天禄,不听宣召。只因朝中姜斌这厮,有一胞妹,献与圣上,纳为贵妃,十分宠爱。他本是都指挥,骤升九门提督,以致弄权。在圣上跟前启奏,万岁如此迷误,无可奈何。过来。(末上)有。(外)请夫人、爵主出堂。(末)夫人、爵主有请。(老旦、小生上)(老旦引)世袭公爵爵禄高,论门楣忠义传家。(小生引)少年多立志,何日里际会风云?(外)夫人见礼。(老旦)王爷见礼。(外)请坐。(老旦)请坐。(小生)爹娘在上,孩儿拜揖。(外)罢了,坐下。(小生)谢爹娘,告坐了。(老旦)王爷今日回朝,冲冲大怒,却是为何?(外)夫人,朝中有一奸臣,名唤姜斌,他本是都指挥,他有一胞妹,圣上立为贵妃,十分宠幸,骤升九门提督。(老旦)王爷,朝中有这样奸人,文武良将,难道不能阻止么?(外)想太祖定鼎开基,祖业何等艰难。(唱)

【临江怨】锦绣好江山,物阜民安。宫帏权衡女红兰,依然是倾国倾城,山魈荒荡。天下有酒色图欢,不夜元宵干。顿令人、顿令人怒难按,必须要会群臣位列朝班,莫不是创业有艰难。

(走板)(老旦)王爷!(唱)

【前腔】怒气冲霄汉,纪纲事不安。朝纲颠倒事冗烦,星斗昏暗,天庭遭难。一时也星飞电奔地北与天南,数排定事难挽。顿令人、顿令人怒难按,早难道坐守来相看。

---

① 本出 195-2-18(2)吊头本作第二号,即仍保留第一号“开台”。

② 老旦,195-2-18(2)吊头本作“正旦”。

【忆多娇】[①](小生唱)**心自猜**[②]**,意自叹,妙算神机可安耽**[③]**,何得胸中挂愁烦,何得胸中挂愁烦?**

【尾】(同唱)**内宫苑有情关,昼夜提防奸顽。治国安邦齐家都难。**(下)

第二号

正生(正德皇帝)、小旦(姜妃)

(吹【小过场】)(二太监、正生上)(引)

【点绛唇】龙飞凤舞,不念先人欢娱。青云淡,皓月交辉,花蕊滴露。

(诗)金殿重重五色新,瑶阶叠叠万花灯。琼浆玉液笙歌乐,时辰春色也留情。(白)寡人,大明天子正德。登基以来,感上苍福庇,祖宗余荫,民安乐业,万民同欢。前纳贵妃姜氏,乃是都指挥姜斌胞妹,生来天姿月貌,绝世无双,虽无四美之容,胜有嫦娥体态。寡人今日侍朝,传旨有宴,摆在御园,与贵妃夜乐。内侍传旨,宣贵妃入殿。(太监)圣上有旨,传姜氏娘娘上殿。(内)领旨。(吹【小过场】)(二宫女、小旦上)(小旦)(引)试按宫谱,听笙歌叠奏琴鼓。(白)臣妾姜氏见驾,愿吾皇万岁。(正生)平身。(小旦)万万岁。(正生)赐绣墩。(小旦)谢主隆恩。臣妾启奏万岁,今乃太平盛世,朝政安然,群臣可有劾奏?(正生)化外狼烟尽扫,群臣共享升平。奏章盛世之辟,表臣有何劾奏[④]?(小旦)臣妾胞兄姜斌,多蒙万岁封为都指挥,转升九门提督[⑤],群臣可有劾奏?(正生)那姜斌虽然骤升,朕旨钦命,群臣有何劾奏?(小旦)兄妹

---

① 此曲牌名195-1-109(5)、195-2-18(2)吊头本缺题,据单角本补。

② 自猜,195-1-109(5)吊头本作"事猜",据单角本改。

③ 安耽,195-1-109(5)吊头本作"安胆",195-2-18(2)吊头本作"安坦",单角本作"安躭","躭"同"耽",据改。安耽,安心,安乐。

④ 辟,单角本或作"群",疑当作"辞"。表臣,外臣。

⑤ 九门提督,小旦本作"护国大将军"或"护国将军",后文第十号光绪二十二年(1896)《游龙传》正生本[195-1-109(1)]亦云"护国将军",但上下文他本皆称"九门提督",今从之。

受万岁洪恩，享无边之福也。(正生)朕备宴，与贵妃夜乐。(小旦)臣妾把酒一盏，与万岁欢乐。(同白)侍女们，看酒来。(科)(吹【小过场】，摆酒)(同唱)

【(昆腔)上小楼】[①]**俺本是仙家形影朝帝君，这是太极一微星。早则是万里声名，千载奇形**[②]。**挂碧摩天炉，众仙气凝**[③]。**五云内齐唱金声，望云亭上醉乾坤。焚香鼎炉虔诚，万里云齐立太平。保护万寿之尊，齐唱和鸣，立下大乾坤**。

(一更)(太监)天色已晚，请万岁回宫。(正生)回宫。(吹【尾】)(下)

第三号

净(姜斌)、小生(徐刚)、末(徐德)、付(徐茂)

(净上)(引)一朝宠幸正堂堂，贵戚皇亲耀风光。(念)满面称豪兴，论群臣谁不钦敬？求富贵用计谋，说包耻与含羞。吾妹当今多欢爱，何谈笑觅封侯。(白)俺姜斌，乃是凤阳人也。吾妹一时得近龙颜，十分宠幸。官居都指挥之职，转升九门提督，这也不在话下。吾妹产生[④]，岂非当今国舅？满朝文武，个个谁不钦敬？那些世袭之爵，竟把我不挂在名教，少不舌头一动，那长长勋爵名望，一笔勾销。有道"一朝天子一朝臣"，昨日马牌发出，进城巡查，正是皇命公卿谁不尊？(四手下上)吓，人马齐备，请大将军上马。(净)就此起马。(四手下)吓。(吹打【泣颜回】)(四手下、净下)(内)徐德，随我来。(小生、末上)(小生唱)

【六幺梧桐】**花厅游遍，无聊胸中长闷恹恹。散心步出向街前**。(白)徐德，我

---

① 此曲据195-1-109(5)吊头本录入。吊头本一般不录昆腔唱段，此本则有。195-1-109(1)正生本本出昆腔曲牌作【甘州歌】【排歌】，惜未抄曲文，其余单角本则套用《百花记·点将》的【上小楼】和【下小楼】(即【黄龙滚犯】)。

② 奇形，195-1-109(5)吊头本作"奇刑"，暂校改如此。

③ 气凝，195-1-109(5)吊头本作"气名"，暂校改如此。

④ 产生，生育。

们出府来，向何处游玩？（末）小爵主，花街柳巷，不是小爵主所走；茶坊酒肆，不是散闷之处。我们竟[1]到御校场去，若有军兵在那里骑射跑马，或者有将官在那试演技艺，可以去得。（小生）徐德，同我去到御校场一走。（唱）**技艺中，有高贤，百步穿杨，弓矢骑射非浅，骑射非浅**。

（内）七彩，八马，九莲灯，十大全，好老酒。（小生）好一座酒楼，闹热得紧。（末）小爵主，我们到御校场去，恐有试演技艺，必须要饱餐一顿去。（小生）徐德，可有银子带来？（末）小爵主，这里吃酒，不用带酒钱的，尽量而饮，尽量而吃。（小生）那有白吃之理？（末）这酒楼吓，是府上徐茂开的，就是本钱，都是府中领来的。（小生）徐茂何等样人？（末）徐茂是老王爷府中内丁，年纪老了，不用遣差，因此老王爷跟前领了本钱，赁了房址，在此开张酒楼的。（小生）叫他出来。（末）吓，徐茂哥！（付上）离了藩王宫，开起十里香。外面那一个？吓，原来是老弟。（末）徐茂哥。（付）请来见礼。（末）久不会，请来见礼。（付）老弟因何到此？（末）小爵主在此。（付）吓，小爵主在那里？（末）在外面。（付）请进，请进。（末）请。（付）小爵主在上，老奴叩头。（小生）起来。（付）阿呀，老弟，小爵主到此，有何贵干？（末）老哥有所未知，小爵主在家心中烦闷，到御校场跑马骑射，行过此地，在你店中吃了饱餐而去。（付）阿，要吃个饱餐，请到楼上去。（末）楼上去。（付向内）小伙计，小爵主到此，你好个老酒拿到楼上来。（上楼，摆酒）（付）小爵主饮酒。（向末）阿唷，老弟，你也下楼去，好的老酒尽量而饮，尽量而吃，你也吃个饱餐而去。（末）徐茂哥，我要服侍小爵主的。（付）小爵主有我服侍。（末）怎么，你在此服侍？我下楼尽量而饮，尽量而吃，你在此服侍小爵主，我下楼去。（末下）（小生）徐茂，今年多少年纪了？（付）老奴今年六十三岁了。（小生）可有儿子？（付）有三个儿子，四个小孙。（小生）做何事业？（付）当初在老王爷跟前以为内丁呵！（唱）

【前腔】蒙恩浩然，免我差徭恕我老年。因此开张杏花馆。感大德，恩非浅，

---

① 竟，副词，径直，直接。

犬马劬劳，没世难忘恩典，难忘恩典。(付下楼)

(大搒)(四手下、净上)(唱)

【前腔】巡城游遍，开道鸣锣军威雄显。民家谁不心惊战？(手下白)报大将军，杏花馆挂起招牌。(净)店家吓！(付上)来了，来了。那一个到此？(手下)大将军巡逻到此。(付)大将军，小老儿叩头。(净)唔，马牌发出，为何不收招牌？(付)启大将军，小老儿店中生意忙碌，忘怀了未收这块招牌，望大将军饶恕一二。(净)重责二十。(手下打)一五、一十、十五、二十。(净)少刻出府回衙，不收招牌，取你一死。(付)我收，我收。(收招牌)(净唱)**罪不恕，法不宽，令出如山，奴胎休得舌辩，休得舌辩**。(大搒)(四手下、净下，付下)

(小生)徐德。(末上)来了。(科)小爵主，叫我上楼来何事？(小生)徐德，叫徐茂上楼来。(末)徐茂哥，小爵主叫你上楼来。(付上)来了，来了。(上楼)老弟，叫我上楼来何事？(末)小爵主叫你。(付)喔喔，怎么，小爵主在叫我？小爵主，你叫老奴上楼何事？(小生)徐茂，你楼下什么官儿，鸣锣喝道，为何这等闹热？(付)阿，楼下……九门提督到此。阿唷！(末)吓，徐茂哥，你为何这般光景？(付)老弟有所未知，姜斌路过此地，我在楼上服侍小爵主，忘怀了未收这块招牌，姜斌他道俺招牌不收，将我捆打二十。(末)九门提督是姜斌，他忒有势的了，欺我家老王爷，难道不晓徐茂哥，是王爷府中内丁，年纪老了，不用遣差，领了本钱，赁了房址，在此开张酒楼？生意忙蹙[①]，不曾收得招牌，却也无碍。将你打了二十，小爵主现在酒楼亲眼目睹。将你打了二十，真真岂有此理！(小生)可恼，可恼！(唱)

【尾】腾腾怒气冲霄汉，顿令人恶气难言。(同下楼)(小生)徐茂，姜斌还是出府去的，还是回衙转的？(付)此刻是出府去的。不收招牌，将我捆打二十。回衙不收招牌，要将我拿去杀头了。(末)怎么，要杀头了？(小生)你招牌可收了？(付)要杀头，我无奈只有收下。(小生)将招牌挂起来。(唱)**他有威权认少**

① 忙蹙，亦作“忙促”，忙碌。

年。(小生、末、付下)

(大掺)(四手下、净上)(唱)

【剔银灯】巡街道将军令号,进皇城、君命差徭。归去辕门传令号,(手下白)启将军,杏花馆又挂起招牌。(净)可恼,可恼!(大二己)(唱)**直恁的泼天大胆**。(白)传店家。(手下)传店家。(付上)来了,来了。那一个到此?(手下)大将军到此。(付)怎么,又是大将军到此?小老儿该死。(净)呢,前者何等吩咐,不收招牌,扯下打!(末上,科)呔,谁敢打定国公府中内丁?谁敢打定国公府中内丁?(净)何人在此胡闹?拿下!(末躲,推小生上)(小生)呔,奸贼,你敢欺我么?(唱)**无知直恁强暴,敢欺我股肱元老**。(净白)你是什么样人?(小生)你且听着。(唱)**开创业国公名号,认徐刚轻年英豪**。(净白)呀,徐刚,小小年纪,如此无礼,将他打!(打,四手下逃下)(小生)可恼,可恼!(唱)**你倾心认着,可知是安良除暴,安良除暴**。

(打净,净逃下)(末)徐茂哥,这顿打,出你之气。(小生)徐德,将招牌收下来。(末)小爵主,招牌打碎了,到他衙门,要他赔招牌。(小生)招牌打碎,要他赔了招牌而去。(付)小爵主吓,你将姜斌侮辱而去,姜斌他有贵妃内权之势的呵!(末)吓,我们定国公开国元勋,怕他什么贵妃内权?我们不怕,不怕。(付)小爵主吓,姜斌有位胞妹,万岁纳为贵妃。姜斌此番回去,禀告娘娘知道,娘娘奏与万岁知道,万岁圣旨下来,要捉拿老王爷,老王爷钉着小爵主,这如何是好?(小生)阿吓,这便如何是好?(末)不妨,不妨,老奴有计谋在此。(小生)有计快快说来。(末将腰带解下,套小生头上)(付)你把小爵主吊起来不成?(末)这是当当意儿的。(小生)将我吊起来,当当意儿的?(末)小爵主,你将带儿紧了,到老王爷跟前说,御校场试演技艺回府,在紫金街遇着姜斌,姜斌说冲他马头。(唱)

【前腔】不念着股肱勋爵，一味的恶口嚣嚣[①]。**两下争竞来闹吵，轻欺我小小儿曹**。(小生白)我们回去了罢。(唱)**非敢花言舌调，泼天祸可也事消，可也事消**。(小生、末下)

(大一己)(付)阿唷吓！(唱)

【前腔】不期的惹祸今朝，险些儿一命难逃。避踪潜迹走荒郊，免得个披锁带枷。(付下)(大走板)(净上)(唱)**倚恃着世袭功高，怎把那国法轻藐**。

(白)吓，徐汇，徐汇，你儿子小小年纪，王法全无，明日金阶叩诉。(唱)

【尾】拚将一命赴草茅，要与奸雄辨清浊。(白)徐汇，徐汇！(唱)**泼天大胆祸来招，大胆祸来招**。

(内)阿！(净科，逃下)

第四号

外(徐汇)、老旦(徐夫人)、小生(徐刚)、末(徐德)

(外、老旦上)(同唱)

【一江风】宫保[②]**第，世袭侯爵裔，九锡蒙恩庇。儿技艺，武略超群，堪羡称绝世**[③]。(外白)夫人，本藩今日回府，徐刚为何不见？(老旦)我儿在御校场跑马骑射，恕我儿不肖之罪。(外)夫人，世袭公爵，理该如此。(唱)**胸藏多经济，雁塔早名题，莫负轻年英豪气**。[④]

(走板)(小生、末上)(小生唱)

【前腔】日沉西，急步如飞，空设牢笼计。(末白)小爵主，此刻老王爷一定回朝的了，必须要装出受伤形影来吓。(唱)**哭哭啼啼，说道姜斌，反唇来凌欺**。

---

① 恶口嚣嚣，195-1-109(5)吊头本作“恶只嘘嘘”，195-2-18(2)吊头本作“恶念滔滔”，据单角本改。

② 宫保，太子太保、太子少保的通称。

③ 绝世，195-1-109(5)、195-2-18(2)吊头本作“绝气”，据单角本改。

④ “胸藏”至“豪气”，195-1-109(5)吊头本原无，据195-2-18(2)吊头本及单角本补。

（小生）晓得。（哭）阿吓，爹娘吓！（外、老旦同唱）

【不是路】（起板）**乍见惊疑，敢是骑射失马蹄？**（末白）不是骑射跑马。（外、老旦）敢是演武力乏？（末）不是演武力乏。（外、老旦）小爵主为何这般光景？（末）被有势的九门提督姜斌打的。（外、老旦）小爵主在御校场试演技艺，姜斌怎样打小爵主？（末）不是御校场打的，在紫金街口，偏偏遇着姜斌。（唱）**他没情理，势大滔天将人欺**。（外、老旦白）小爵主御校场试演技艺回府，怎样到紫金街口，遇着姜斌？（末）小爵主在御校场试演技艺回府，在紫金街口遇着姜斌，说冲他马头。（唱）**显雄威，把小爵主一把抓过去，就地不容来分辩，一声吼喝受鞭笞**。（外、老旦白）你为何不上前去讲？（末）老王爷，老奴本该上前去，姜斌众人们狐假虎威，不容我分辩，竟是打了。（外）回避。（末）吓。（科，下）（小生）阿吓，爹爹吓！姜斌岂不认得孩儿么？（唱）**仗贵妃，倚恃内宫权势重，紊乱纲纪，紊乱纲纪**。

（外）吓，姜斌，我把你这奸贼！倚恃内宫之势，敢欺世袭公爵。（唱）

【皂角儿】（起板）**按不住腾腾怒气，忍不下、咽喉噎气。倚恃内宫妖妃，敢欺我世袭后裔**。（老旦白）王爷，姜斌这奸贼，将我儿打得这般光景，若不与他上殿面奏，欺我世袭公爵，毫毛一样也！（外）吓，我儿，明日同为父上朝，看皇上怎样问法。（唱）**一一金阶诉伊，紫金街，受鞭笞，直言来奏启。猛拚残躯**[①]**，血溅街衢。要与他，丹墀奏启，丹墀奏启，内外有权势，内外有权势**。

【尾】（同唱）**奸邪直恁太无理，一味的假口是非**。（白）吓，奸贼，你有内权称雄势。（唱）**明日丹墀问着你，丹墀问着你**。（外、老旦扶小生下）

---

① 躯，195-1-109(5)、195-2-18(2)吊头本均作“反”，下文用“呕”代“殴”字，据单角本改。

第五号

付(常国忠)、丑(胡英祖)、净(姜斌)、外(徐汇)、小生(徐刚)、末(刘正)、老旦(太监)、正生(正德皇帝)

(四手下、付、丑上)(拷【水底鱼】)(付)本藩常国忠。(丑)本藩胡英祖。(付)胡王爷请了。(丑)常王爷请了。(付)胡王爷入朝甚早。(丑)候驾君王,不得不早。(手下)来至朝房。(付、丑)取朝笏,外厢侍候。(四手下下,付、丑坐)(四手下、净上)(拷【水底鱼】)(手下)来至朝房。(净)外厢侍候。(四手下下)(净)来此朝房,与他面奏面奏。(付、丑)唔,何等官儿,在朝房胡闹?(净)原来二位王爷。(付、丑)原来是姜大人。(净)小官。(付、丑)姜大人你为何冠带不正?(净)二位王爷,被人欺辱了。(付、丑)合朝二班文武,谁人敢来欺侮姜大人?(净)就是定国公儿子,名曰徐刚。(付、丑)定国公儿子,名曰徐刚,小小年纪,怎样来欺侮与你?(净)他在酒楼之上,出来不问皂白,将我一把扯下马,劈面就打,将我髭须拔去一半,将俺蟒袍扯碎,二位王爷帮衬帮衬。(付、丑)打得好,打得好。一来你该看他年轻,二来该看他世袭公爵之后。(净)介子一句。(四手下、外、小生上)(外)(念【水底鱼】)逆罪非浅,萧何律不鉴。声声詈骂,纵横敢将言。(白)天色尚早,圣驾还未临殿,且进朝房一坐。(手下)来此已至朝房。(外)外厢侍候。(四手下下)(小生)爹爹,姜斌打孩儿在此了。(净)吓!(外)姜斌,你敢打我孩儿么?(净)你的儿子打了我,还说我打你儿子。(小生)姜斌,如今在朝房,你要打,请打,请打。(付、丑)小世侄,不要如此。老王爷,此事因何而起?(外)二位王爷,我孩儿在御校场试演技艺回府,在紫金街口遇着姜斌,说我孩儿冲他的马头,就喝从人们,将我孩儿鞭笞厮打呵!(唱)

【点绛唇】(起板)**一声令号,一声令号,虎威牙爪,他轻年少。怎禁吊拷,忍辱受煎熬。**

（丑）嘈！大胆姜斌，爵主在紫金街口饮酒，你不问过来历，将人乱打，你敢欺俺世袭公爵呵！（唱）

【混江龙】倚恃着宫帏势豪，敢压量、公爵名号[①]。**便将你扯下雕鞍，来殴辱可也无聊**。（小生白）公爷！（唱）**他显威风气昂昂，逞雄势、狠暴如虎狼**。**可知是令出如山，平空的将咱来殴辱雕鞍，殴辱雕鞍**。（小生下）

（走板）（末上）（唱）

【油葫芦】曙色新开天初晓，侍驾臣早进朝，缘何喧天震地声声闹？（外、付、丑白）师爷见礼。（末）列位王爷见礼。为何在朝房吵闹？（外）朝中奸佞，横目无人，要与他面奏。（末）那一个奸佞？（外）就是那姜斌。（末）姜大人万岁宠爱之人，不可难为了他。（净科）（末）吓，姜大人，你为何这般模样？（净）师爷，被人欺辱了。（末）谁人敢来欺你？与我说过明白，好与你公论公论。（净）就是定国公儿子，名曰徐刚。（末）定国公儿子，名曰徐刚，他小小年纪，怎敢欺辱与你？（净）师爷有所未知，我奉万岁旨意，巡哨皇城，行到紫金街口，徐刚在酒楼之中出来，不分皂白，将我一把扯下马来就打，髭须扭去，蟒袍扯碎。二位王爷在此与他，师爷你是要帮衬帮衬。（末）姜大人，你总总不该打他的。（净）吓，你见我打的么？（末）姜大人，我那里看见你打？你在紫金街口，众目皆见，横目无人，欺打别人。一来你该看他年轻，二来也该看他世袭公爵之后。（净）也是介一句。（丑）嘈！大胆姜斌，我骂你下贱奴胎呵！（唱）**骂你这泼贱奸刁，可为甚将军名号！你道是滔天势，如浪潮**。**轻觑逐水浪浮藻，终有日雪化冰散**[②]**顷刻消，雪化冰散顷刻消**。

（走板）（老旦太监、正生上）（唱）

---

① 压量，抄本作“押谅”，“押”通作“压”。压量，压制，轻觑。公爵，抄本多作“公家”，今改正。

② 散，195-1-109(5)、195-2-18(2)吊头本作“山”，今改正。另，雪化冰散，《浙江省戏曲传统剧目汇编》第 83 集本作“雪花冰霰”。

【天下乐】看纷纷祥光瑞霭也那千层绕，虚也么飘，五云[①]巧，离却宫廷内苑早。侍朝会群臣可也来问道，喜孜孜御园不夜乐滔滔，宫廷御榻多欢笑，可正是鸳鸯戏水乐逍遥，鸳鸯戏水乐逍遥。

(众)臣等见驾，愿吾皇万岁。(正生)平身。(众)万万岁。(净欲上前奏)(末)唔。(众拦住净)(正生)姜斌，为何冠带不正？(净)万岁，万岁！(末)唔。姜斌，你在紫金街口，不分皂白；在金殿之上，不分侍主，你敢冒奏龙颜，该当何罪？(正生)列位王兄，为何不许姜斌启奏？(末)臣启万岁，事有高下，案有虚实，定国公有不平纪纲之事，有恐姜斌冒奏龙颜。(正生)定国公。(外)臣。(正生)有什么不平纪纲之事？(外)臣启万岁，昨日臣子在御校场试演技艺回府，路过紫金街口，遇着姜斌，说臣子冲他的马头，喝从人们，把臣子遍身厮打呵！(唱)

【哪吒令】显威风咆哮，从人的强暴。臣子的年少，受尽了吊拷。不犯的令号，何罪的受劳。望吾皇分玉石，拔罪黜奸刁，金殿上分过清浊。

(正生)徐刚人在那里？(外)人在午门，万岁无旨，不敢入殿。(正生)内侍传旨，宣徐刚入殿。(老旦)万岁有旨，宣徐刚入殿。(内)领旨。(小走板)(小生上)(唱)

【鹊踏枝】[②]假妆着受伤痕抵多少，上金阶哭嚎啕。草莽臣轻年少，何犯军令也那颠倒。(白)草莽臣见驾，愿吾皇万岁。(正生)平身。(小生)万岁。阿唷，阿唷，万岁吓！(正生)姜斌，为何在紫金街口，鞭笞徐刚呢？(付)臣启奏万岁，姜斌欺俺世袭公爵之后也！(唱)**奸刁，受重任法轻藐；怒恼，不念公勋老，鞭笞小儿曹，鞭笞小儿曹。**

(末)老王爷、列位王爷，万岁乃是仁德之君，少刻自有公论。(正生)列位王兄，那姜斌怎敢轻藐世袭公爵元勋，也不敢殴辱徐刚，非是朕不公，罚姜斌俸银三千，将养徐刚伤痕。(唱)

---

① 五云，195-1-109(5)、195-2-18(2)吊头本作“五内”，据单角本改。五云，五色云，即古书所谓“卿云”“景云”“庆云”，古人以为祥瑞之气。《宋书·符瑞志下》：“云有五色，太平之应也，曰庆云。若云非云，若烟非烟，五色纷纭，谓之庆云。”

② 此曲牌名 195-1-109(5)、195-2-18(2)吊头本缺题，据单角本补。

【寄生草】纪纲须整顿，朝政不颠倒。群臣和美多欢笑，世袭公爵气平消。(付、丑、外、末白)万岁仁德布政，臣等怎敢不遵旨？(正生)姜斌听旨。(净)万岁。(正生)取三千两银子，送到徐王府去。(净)臣启万岁，臣打得这般光景，还要罚我俸银三千么？(付、丑、外、末)姜斌，万岁乃是仁德之君，罚你三千两银子，大大便宜了你。(正生)众卿退班。(付、丑、外、末)万岁！(唱)**赤紫君王多有道，受君命可也无烦恼，出朝班笑盈盈安良除暴，安良除暴。**(付、丑、外、末下)

(净)万岁好不公，好不公。(正生)爱卿，非是朕不公。(唱)

【尾】[①]**世袭公爵定鼎功绩高，沙场血战多劬劳。一个个汗马鏖战江山定，九锡荣封受裔苗。**(净白)咳！(正生唱)**你也不必胸怨恼，携手的进御园开怀欢笑，开怀欢笑。**(下)

第六号

小旦(姜妃)、老旦(太监)、净(姜斌)、正生(正德皇帝)、小生(穿宫内监)

(小旦上)(唱)

【桂枝香】宝殿珠环，霓裳绣兰。一对对龙蟠金波，五色的凤彩牡丹[②]。(坐)(白)哀家姜氏，多蒙万岁驾临，我在此等候者。(唱)**躬身门阑，躬身门阑，侍驾回还，轻言笑谈。设玉兰**[③]**，宽饮多沉醉，欢乐会巫山，欢乐会巫山。**

(小走板)(内)爱卿，随我来。(老旦太监、净随正生上)(正生唱)

【前腔】休挂愁烦，携手相看。入宫帏兄妹相依，饮香醪金瓯满泛。(小旦白)万岁。(正生)平身。(正生)你胞兄姜斌，随进宫来。爱卿见贵妃，爱妃见胞兄。(小旦)哥哥见礼。(净)娘娘。(叹介)(小旦)呀！(唱)**因甚的声声悲叹，声声悲**

---

① 此曲牌名抄本缺题，依《牡丹亭·冥判》、《凤头钗》第二十一号之例补题。

② “凤彩”与“龙蟠”相对，指花如凤凰之彩羽。

③ 设，张设饮食。玉兰，酒名，清郎廷极《胜饮编》卷九《制造》：“玉兰，宋人诗：‘玉兰酒熟金醅溢。’”另，单角本“玉兰”作“玉盏”，或是也。

叹，满面愁容，泪珠偷弹？（白）哥哥为何这般光景？（净）娘娘，我被人欺辱了。（小旦）谁人敢来欺辱与你？（净）娘娘吓！（唱）**怨不堪，**（正生白）爱卿，朕帐下委屈你，不过三千两银子，你何必再谈？（唱）**休得心烦恼，何须再重谈，何须再重谈？**

（小旦）臣妾备得有宴，万岁欢乐。（正生）爱妃退班。（小旦）领旨。轻身宫帏进，心下多忧愁。（科）（小旦下）（正生）爱卿，贵妃有宴，摆在御园，与爱卿散闷。（净）臣陪驾。（正生）内侍，将筵宴摆在御园者。（走板）（唱）

【前腔】御园蘋蘩，苍苔芝兰。一阵阵风送花香，一种种兰麝两番。（内鸟叫）（老旦）鸿雁来了。（正生科）呀！（唱）**一阵鸿雁，一阵鸿雁，齐齐叫喊，八字分班。**（内鸟叫）（老旦）鸿雁来了。（正生）爱卿，有鸿雁来了。待朕射雁，与你看者。内侍，取弓箭过来。（内）领旨。（小生拿弓箭上）那边有鸿雁来了。（正生科，唱）**抖弦弹，开弓如秋月，箭发星斗寒，箭发星斗寒。**（科，射雁，雁死下地）

（小生）鸿雁在此了。（净）万岁弓箭如神，乃是洪福齐天。（正生）爱卿不必说了，故此射雁，与卿解闷。（净）万岁钦赐极已。（正生）朕也明白了，不过委屈了你三千两银子。（唱）

【前腔】呕气难按[①]**，口有冤衔。**（白）爱卿三千两银子，在朕身上。（唱）**又何须双锁眉尖，无语低头不堪。**（白）内侍，将鸿雁皇封，封将起来。（小生）领旨。皇封已好。（正生）侍儿，将皇封死雁，送到徐王府去，说朕射的鸿雁，要卖三千两银子，一厘无缺。（小生）领旨。（走板半煞）（小生下）（净）若有三千两银子送还，臣气也平了。（正生）爱卿，明日徐王府徐汇有三千两银子送爱卿，还了你。（唱）**可也心安，可也心安，别有情关，事有循环。他不慢，钦命怎违旨，三千银送还，三千银送还。**（笑科）（同下）

---

① 呕气，195-1-109(5)吊头本作“瓯气”，195-2-18(2)吊头本作“殴气”，《黄金印》《分玉镜》等抄本写作“呕气”，今从之。呕气，同“怄气”，闷气。

第七号

小生(穿宫内监)、老旦(院子)、外(徐汇)、末(刘正)、

付(常国忠)、丑(胡英祖)、净(家丁)

(内)孩子们趱上。(二手下、小生上)(念【缕缕金】①)出宫帏,离端门。迤逦徐王府,卖飞禽。(白)咱家,穿宫内监,奉万岁旨意,有鸿雁一只,送到徐府,卖与徐王爷,三千两银子,一厘无缺。(念)秋来雁飞南,燕至海滨。春来秋去一般行,一宵又一惊。(手下)来此已是。(小生)通报。(手下)门上那位在?(老旦院子上)外面何人?(手下)公公送鸿雁到此。(老旦)请少站。老王爷有请。(外上)(念【前腔】)闻声请,出中厅。何事来相勾②,说原因。(白)何事?(老旦)公公送鸿雁到此。(外)开正门。公公何来?(小生)奉万岁旨意,前来卖雁,卖与老王爷,要三千两银子,一厘无缺。(外)唔,这只死雁,要卖与我么?(小生)上有封纸,要卖与老王爷的。(外)其中定有缘故。请问公公,这雁可是皇上亲射的么?(小生)正是。(外)皇上射雁之时节,姜斌可在旁?(小生)姜斌也在的。(外)我也明白了。这雁买在此,但这三千两银子,明日金殿上缴。(小生)告别。君臣喜杀三千两,(外)令人怒气满胸膛。(小生下)(外)送。吓,吓,圣上,圣上,你听谗言,这气我如何忍下?过来。(老旦)有。(外)请列位公爷到来,说徐王府有话,共议朝事。(老旦)吓。(老旦下)(外)可恼,可恼!(唱)

【风入松】恼恨内宫墙,妖妃内权握执掌。从今不安乱朝堂,兄和妹、兄和妹直恁不良。俺不住怒满胸膛,气冲冲照煌煌,气冲冲照煌煌。

(老旦上)师爷、列位王爷请到。(外)开正门,请相见。(老旦下)(末、付、丑上)(末)何事相邀甚殷勤?(付、丑)定然是共议朝政。(外)师爷、列位王爷见礼。

---

① 此曲牌名据民国三年(1914)“潘光德记”正生、外、末本(195-2-7)所抄《游龙传》外本题写,而该处195-1-109(5)、195-2-18(2)吊头本作打【水底鱼】。

② 勾,勾唤,传唤。

(众)老王爷见礼。(外)请坐。(众)请。请问王爷,叫我们到来,有何话说?(外)列位王爷,前日小儿殴辱之事,列位王爷尽知。谁想内宫妖妃弄权,前来戏乐与我。(唱)

【前腔】平空恼人肠,(众白)有什么事情,陷害老王爷不成?(外)过来,取死雁过来。(老旦上)列位王爷、师爷观看。(众)取过了。(老旦)是。(老旦下)(众)老王爷,这死雁那里来的?(外)说皇上亲射,旨命出卖与我。(唱)**无端衅起猖狂**。(众白)要卖多少银子?(外)要卖三千两银子。(众)这死雁,那里值得三千两银子?(外)列位王爷,前日在金殿议罚姜斌俸银三千,如今将此雁来戏乐与我。(唱)**轻觑公爵作徜徉**①**,**(丑白)列位王爷且是放心,待胡英祖赶上金殿,要与圣上评理也!(唱)**要与他、要与他分个青黄**。(末白)老王爷、列位王爷,我想姜斌胞妹,不过田庄之女,一时得近龙颜,你我两班文武,被他所害也!(唱)**必须要整肃纪纲,清国政理朝纲**②**,清国政理朝纲**。

(白)纣王宠妲己,幽王宠褒姒,他是倾国倾城、败国亡家之女。(外、付、丑)吓,吓,圣上,圣上,你好迷而不悟也!(唱)

【前腔】酒色图欢畅,兴废事人难酌量。**可惜勤劳汗马战沙场,定废了、定废了拓地开疆**。(白)好好一座锦绣江山,被姜斌兄妹二人倾废了。(末)大明江山虽然不失,合朝两班文武受他兄妹荼毒的了。(付)老王爷、师爷且是放心,待俺常国忠,手拿钢刀,赶上金殿,将姜斌兄妹二人,拿来一刀杀死,江山岂不平寂?(外)这是皇上宠爱的贵妃,如何杀得?(末)杀了兄妹二人,只道开国元勋用强了。(丑)师爷,你先师刘伯温在日,足智多谋,你要圣上来杀姜斌兄妹二人,这一计难道都没有了?(末)嗄,这一计容易。(众)师爷有何妙计?(末)老王爷,何不写招纸一张,出卖后宰门呵!(唱)**做一个密事乖张,奇谋巧非寻常,奇谋巧非寻常**。

---

① 徜徉,这里有恣意胡行的意思。

② 理朝纲,195-1-109(5)吊头本作“乱朝刚(纲)”,据195-2-18(2)吊头本改。

(众)怎么,后宰门?(末)想万岁死雁卖与老王爷,老王爷说家贫无措,只得将祖业后宰门出卖。(付、丑)后宰门乃是皇都公共所有,那好让吾等出卖?(末)后宰门虽然皇都公共所有,你我祖父打成基业,大家有分,是好卖的。(付、丑)老王爷写招纸来。(外)我也明白了,待我写起来。(走板)(唱)

【前腔】挥笔气昂昂,拚此微躯身赴[1]**云阳。我是丹心耿耿为家邦,**(白)过来。(净上)有。(外)将这招纸往后宰门张贴。(净)王爷,后宰门有人把守,这招纸如何贴得上?(外、末)不妨,大胆前去。(同唱)**有谁敢、有谁敢阻住伊行。老功勋自有胆量,泼天事做一场,泼天事做一场。**(净下)

(众)就此告别。(外)且慢。备得有酒,列位王爷畅饮。(急走板)(同唱)

【前腔】开怀且欢畅,乐得个豪兴酒囊[2]。**金樽满泛葡萄酿,待明朝、待明朝清理朝纲。世袭家擎天栋梁,擎天栋梁,酒色迷误家邦,酒色迷误家邦。**(下)

第八号

小生(穿宫内监)、净(家丁)、正生(正德皇帝)、小旦(姜妃)

(小走板)(二手下、小生上)(小生)孩子们趱上。(唱)

【风入松】笑口喜洋洋,后宰门是我领掌。(白)咱家穿宫内监,奉万岁旨意,把守后宰门,孩子们拿酒来。(二手下、小生下)(净上)(唱)**匆匆急走步踉跄,后宰门、后宰门金钉朱户妆。招纸内名姓说上,有何碍不须忙,有何碍不须忙。**(逃下)

(二手下、小生上)(手下)公公有请,后宰门有招纸张贴。(小生)待我看来。呀!(唱)

【前腔】未闻这[3]**楼房,后宰门宫殿怆怏。缘何骤起风波浪,来,快揭下招纸一**

---

① “赴”字 195-1-109(5)吊头本原无,据各本补。另,单角本前文或无“此”字。

② “个”字 195-1-109(5)、195-2-18(2)吊头本原无,据单角本补。又,囊,195-1-109(5)、195-2-18(2)吊头本作“嚷”,据 195-2-7 本改。

③ 未闻这,195-1-109(5)吊头本作“未问”,195-2-18(2)吊头本作“朱门者”,单角本作“未问这”,“问”当作“闻”,据校改。

张。老功勋如何酌量，来搬弄甚乖张，来搬弄甚乖张。(二手下、小生下)

(走板)(正生、小旦上)(同唱)

【锦堂月】[①]**绣帏罗帐，欢娱双双，胜似并翅鸳鸯。殢雨尤云**[②]**，醉中**[③]**几度汗香。**(小旦白)臣妾姜氏见驾，愿吾皇万岁。(正生)平身，赐绣墩。(小旦)谢主隆恩。(正生)朕昨夜沉醉不安，今日迟起，不觉红日高升。(唱)**夜来时难禁春风，舍不得香腮流觞。**

(急走板)(小生上)(唱)

【前腔换头】匆忙，奏启分明，招纸一张，世袭公爵贴上。(白)启万岁，后宰门一桩奇事来了。(唱)**见一人、急步匆匆，显然的官家模样**[④]。(正生白)后宰门有御林军把守。(小生)不是御林军，是世袭公爵的内丁。(唱)**威凛凛泼天大胆，贴一纸要卖楼房。**(正生白)什么楼房？(小生)有招纸呈上御览。(唱)**从未闻，王基门庭，出卖楼房，出卖楼房。**

(正生)"今立招纸，出卖后宰门，四围墙壁俱全，有人愿偿者，到徐王府来议。"可恼，可恼！(唱)

【醉翁子】[⑤]**怒嚷，逆臣的恁般无状。辄敢无忌纵横，心邪不良。**(白)贴招纸的内丁，你就该拿住了。(小生)万岁，贴招纸的内丁，匆忙而去，赶他不及。(正生)回避。(小生下)(小旦)万岁，徐汇出卖后宰门，看来朝纲紊乱了。(唱)**他心狼，不念君王隆重，白地平空起祸殃。享尽了**[⑥]**，九锡荣封，搬弄朝纲，搬弄朝纲。**

---

① 本支【锦堂月】少最后三句，而次支为换头格，词段完整。

② 殢雨尤云，195-1-109(5)、195-2-18(2)吊头本讹作"弹雨游云"，今改正。殢雨尤云，指男女缠绵欢爱。

③ 醉中，195-1-109(5)、195-2-18(2)吊头本作"翠中"，宁海平调本作"醉嬉"，据校改。

④ 模样，195-1-109(5)、195-2-18(2)吊头本作"公样"，单角本作"么样"，"么"为"模"的别字，今改正。另，单角本先唱下文"威凛凛"二句，再唱此"见一人"二句，且"贴一纸要卖楼房"句尾为四字重句。

⑤ 此曲牌名及下文【侥侥令】，抄本缺题，今补。

⑥ "了"字 195-1-109(5)、195-2-18(2)吊头本原无，据单角本补。

(正生)朕也明白了,昨日命侍儿皇封死雁,要卖与徐汇三千两银子,徐汇心生不良。(唱)

【前腔】胡妄,做出了一番肮脏。忍不住腾腾怒气,冲冠发上。(小旦白)臣妾启奏万岁,徐汇与胞兄有咎,看来性命难保也!(唱)**泪汪,跪尘埃叩乞圣恩,免得个身赴那云阳。望吾皇,早赐姜斌,及早还乡,及早还乡。**

(正生)朕本欲出旨,将徐汇拿下,问他叛逆之罪。如今要问他,怎样出卖后宰门,叫他死而无怨也!(小旦哭)万岁吓!(唱)

【侥侥令】伏乞仁慈厚,免得遭祸殃。若留京地遭危难,兄妹难承望。

(正生)朕若不治罪,多少世袭公爵,心何平也?朕要问他怎样出卖后宰门,然与姜斌无干,你且放心。(唱)

【前腔】休得心悲苦,愁眉且舒放。休得哭损娇容,娇容芙蓉面,映出桃花庞。

【尾】(小旦唱)**孤身谁是亲谊傍,唯有仁德好君王。**(正生白)吓,吓,徐汇,徐汇!(唱)**横目权衡乱朝堂,权衡乱朝堂。**(下)

第九号

外(徐汇)、净(姜斌)、小生(陈良)、付(常国忠)、丑(胡英祖)、末(刘正)、正生(正德皇帝)

(外上)(唱)

【一枝花】哀哉我宗祖那宫墙,为开基血战定封疆。追元顺定鼎正家邦,百余年巩固永金汤。谁料[①]**得谗臣起锋芒,内宫苑迷惑**[②]**君王。好一座锦绣江山,一旦倾废好凄惶,一旦倾废好凄惶。**

(净、小生上)(净)独立朝政坐朝堂,(小生)待漏朝房正朝阳。(净)王爷请来见礼。(外)吓,朝纲乱了!(小生)王爷为何在此动怒?(外)陈大人,目下有一奸臣弄权,

① "料"字195-1-109(5)吊头本脱,据单角本补。

② 迷惑,195-1-109(5)、195-2-18(2)吊头本作"迷护",据单角本改。

你乃是进谏的官儿,怎的不奏?(小生)太平盛世,朝政安然,君臣共乐,何得出此重言?(外)朝中有一奸贼,轻藐世袭公爵,我要与他做一个对头。(净)住了。前者议罚俸银三千,却也够了。(外)呢,奸贼,你敢欺我么?(唱)

【梁州第七】[①]**只问你何功绩治国安邦,消受了无穷恩享?**(净白)你有什么功劳?(外)你且听着。(唱)**俺俺俺、俺也曾出征定封疆,汗马功绩长。何须定鼎开基,立社稷擎天栋梁。你不过倚恃宫帏,行权势乱了朝纲,乱了朝纲。**

(付、丑上)(付上)安排牢笼计,(丑)出卖后宰门。(小生)二位王爷来得正好,老王爷在此动怒,大家解劝。(付、丑)老王爷请来见礼。(外)呵!(付、丑)老王爷为何在朝房动怒?(外)朝中有一奸贼,轻藐世袭公爵,要与他面奏。(付、丑)那一个奸贼?(外)就是姜斌。(丑)嘈!大胆姜斌,你敢欺侮世袭公爵?(丑、净科,小生劝)(末上)笑谈多得意,开怀杀佞臣。(众)师爷见礼。(末)列位王爷,为何在此吵闹?(付、丑)朝中奸佞当朝,在此训教与他。(末)那个奸佞呢?(付、丑)师爷,姜斌横目无人,欺我世袭公爵。(末)列位王爷,那姜斌乃是万岁宠爱之人,你们不可难为与他。(付、丑)若还难为与他?(末)若还难为与他,大家都有杀身之祸了。(丑)师爷,你怕什么杀身之祸?俺胡英祖拚着此官不做,打这奸臣何妨?(末)待等圣驾临殿,一同合奏。(内)圣驾临殿。(二太监、正生上)(唱)

【四块玉】他他他他倚恃功绩长,明欺弱储君王。不念着臣节[②]**规模守纪纲,紊乱了邦国大纲常。朕问你祖宗受配飨,世袭千钟享,你可也心不足作事不忠良,作事不忠良。**

(众)臣等见驾,愿吾皇万岁。(正生)平身。(众)万万岁。(正生)叵耐逆臣心太凶,强霸朝纲乱中庸。今日分辨玉石事,国法难容魂魄中。(白)定国公。(外)臣。(正生)唔,后宰门招纸可是你张贴的么?(外)是臣张贴出卖后宰

---

① 此曲牌名抄本作【梁州序】,今改正。

② 臣节,195-1-109(5)、195-2-18(2)吊头本作"臣绩",据单角本改。

门。(正生)唔,大胆逆臣,还敢利嘴!(外)臣启万岁,万岁有死雁一只,旨要卖与老臣,老臣家贫无措,只得将祖业后宰门出卖。(正生)吓,后宰门皇都公共起用,怎容你出卖!(外)大明江山,是我祖父徐达追逼元顺,争夺来的江山,不但后宰门出卖。(丑)难道金銮殿也可卖得?(付)难道午朝门?(末)倒也难定。(付、丑)好,大家卖。(正生)吓,大明江山、社稷祖业,是你祖父打就基业,开国元勋争夺来的,可以卖得?(外)大明江山,分毫粒土,患难同扶。皇上贵为天子,富有四海,臣实系家贫无措,只得将祖业后宰门出卖。(正生)好,准你,你卖。(外)谢主隆恩。哟,合朝二班文武听着,俺徐汇实系家贫无措,只得将祖业后宰门出卖,你等可愿买否?(丑)俺胡英祖愿买。(外)好,上金殿来缴。(丑)来也。臣启万岁,胡英祖愿买后宰门。(正生)吓,胡王兄,你能买后宰门么?(丑)臣启万岁,臣祖父胡大海,受过先帝恩赏,家内有余,臣倒也愿买。(正生)准你能买后宰门。(丑)谢主隆恩。(正生)何人做中?(付)做中臣常国忠。(正生)常王兄,你来做中?(付)臣启奏万岁,祖父常遇春在日,与列位王爷都是金兰义友,今日臣倒也愿做个中人。(正生)好,准你做中。(付)谢主隆恩。(正生)何人代笔?(末)代笔臣刘正。(正生出座)军师,你做代笔?(末)臣启万岁,祖父刘基在日,列位王祖,都是祖父旧交。这个代笔,臣倒也愿做。(正生)呷呀!(倒入座)可恼,可恼!(大拷)(唱)

【乌夜啼】直横霸颠倒国邦,急得俺怒气满胸膛。看他们、倚恃着世袭欺君王,忒杀有奸党,忒杀有奸党。(白)陈良听旨。(小生)万岁。(正生)明日邀齐众臣,文武议论国法。(小生)领旨。(正生)姜斌听旨,命你带兵三千,把守后宰门,团团围住。(净)领旨。(净下)(正生)可恼,可恼!(大走板)(唱)**按不住腾腾怒嚷冲冲气昂,待明朝一个个绳穿与索绑。齐赴那云阳,难逃萧何律正当。逆臣的权衡霸占,朕非是太甲不祥**[①]**,太甲不祥。**(二太监、正生下)

---

① 非是太甲不祥,意为不遭受被群臣要挟、逼迫的下场。太甲,成汤之孙,商代帝王,据《史记·殷本纪》记载,太甲昏庸乱德,被伊尹流放到桐宫。后太甲悔悟,伊尹于是迎回太甲并归还了政权。

（转头[①]）（众唱）

【尾】[②]虽不是伊尹与霍光[③]，兴废事可也来忖量。那些个败国亡家，尽在酒色中社稷荒凉，社稷荒凉。（下）

第十号

老旦（太后）、小旦（宫女）、正旦（皇后）、正生（正德皇帝）

（老旦上）（引）我在南楼念弥陀，保佑皇儿万万春。（白）哀家杨氏，皇儿正德，登基以来，朝中安然，太平盛世，此乃皇儿一朝洪福也。（小旦上，科）启太后娘娘，正宫娘娘要见。（老旦）宣昭阳进南楼。（小旦）领旨。太后娘娘有旨，宣正宫娘娘进南楼。（内）领旨。（正旦上）忽听经堂宣，南楼奏事因。臣妾见驾，太后娘娘千岁。（老旦）昭阳平身，赐绣墩。（正旦）谢太后娘娘，告坐了。（老旦）昭阳，你上南楼有何启奏？（正旦）臣妾启奏太后娘娘，徐汇出卖后宰门呵！（唱）

【锦缠道】乱国朝，情踪[④]国法轻藐，狐疑事难猜度，进南楼特问根苗。（老旦白）昭阳说那里话来？我想后宰门乃皇都公共所有，徐汇怎将出卖也！（唱）**激起了无名火盖世忠良，不平事、震怒了补佑[⑤]元老。**（白）我想徐汇出卖后宰门，皇儿做事一定不济了。（唱）**昼夜苦勤劳，鏖战争锋历尽了波苦恼。社稷敢惮劳，定山川开国元勋，可不道祖业汗马劳。**

（正生上）（唱）

【普天乐】正冠裳问安好，进南楼、问余老。说什么起义七星，同甘苦布衣旧

---

① 转头，锣鼓牌子名称，节奏可快可慢。

② 此曲牌名抄本缺题，今从推断。

③ 是，单角本作“比”。与霍光，195-1-109(5)吊头本作“霍兴光”，据195-2-18(2)吊头本改。

④ 情踪，情迹，情状。调腔该词一般作如此解。“情踪”又与“情悰”义同，意为情怀，心绪。明凌濛初《南音三籁》散曲上杨慎散套《南正宫刷子序犯·咏燕》【山渔灯犯】：“绿阴浓寻芳倦，寂寞情踪，聊自消遣。”

⑤ 补佑，犹辅佐。《三凤配》第四号：“臣职受宰执，出身补佑朝廷。”

交。(科,上楼)(白)臣儿见驾,愿母后千岁。(老旦)皇儿平身。(正生)千千岁。(老旦)赐绣墩。(正生)谢主隆恩。(正旦)臣妾见驾,愿吾皇万岁。(正生)昭阳平身。(正旦)谢万岁。(老旦)皇儿,昭阳来奏,徐汇出卖后宰门,可有其事?(正生)母后,可恨逆臣徐汇说,祖业分毫粒土,要出卖后宰门。(唱)**令人怒恼,国法不容饶。他律犯萧何,齐赴云阳道**。

(老旦)皇儿,我想后宰门乃是皇都公共所有,徐汇怎好出卖?(唱)

【古轮台】[①]**丹心照,顶天立地护当朝。秉丹心何惧那枪刀,一个个南征北讨**。(正生白)母后,世袭公爵,朋比为奸,要出卖后宰门。有胡英祖愿买,常国忠做中,刘正以为代笔。臣儿命姜斌带领御林军三千,围住后宰门;命监察御史陈良合同文武公卿,议论国法。(老旦)徐汇出卖后宰门,皇儿要阻止才是。(唱)**你可也仔细猜摩**[②]**访察奸刁,问清浊江山自保**。(正生白)臣儿封姜斌为都指挥,转升九门提督,那徐汇心生嫉妒。(唱)**为巡街祸苗,披发小儿曹,直恁的纵横胡闹**。(老旦白)小儿曹是谁?(正生)就是徐汇之子徐刚,在紫金街口,遇着姜斌胡闹。臣儿与他解围已过,徐汇心生不良。(唱)**衅起无端威风浩浩,竟把那国法轻藐**。(正旦白)臣妾启奏太后,姜斌有一胞妹,万岁纳为贵妃。(老旦唱)**岂不闻倾国倾城,花媚月妖,褒姒三笑,直恁胡闹?叹祖业开基,昼夜苦勤劳,昼夜苦勤劳**。(老旦下)

(正旦)万岁吓!(唱)

【尾】劝万岁休心焦,可念世袭功高。(正旦下)(正生)吓,徐汇吓,你好泼天大胆!(唱)**逆臣犯法与违道**。(下)

---

① 此曲牌名抄本缺题,今从推断。《调腔乐府》将"丹心照"至"一个个南征北讨"阑入【普天乐】,非。

② 猜摩,抄本原作"猜磨"。猜摩,猜测揣摩。"磨"和"摩"在摩擦、切磋、研究等意义上通用,《诗经·卫风·淇奥》"如琢如磨"释文:"磨,本又作摩。"调腔抄本多作"磨",间或作"摩",今将"猜磨""察磨"统一作"猜摩""察摩"。

第十一号

外(徐汇)、净(姜斌)、付(常国忠)、丑(胡英祖)、末(刘正)、

正生(正德皇帝)、小旦(宫女)、老旦(太后)

(内)可恼,可恼!(唱)

【新水令】怒轰轰挺身上金阶,拚微躯血溅草台。(大走板①)(外背先帝神位上,二手下同上)(外唱)**君王听谗言,昼夜图酒色。有日里江山消败,你可也悔也迟哉②,悔也迟哉。**

(白)某,徐汇,昨日圣上一番谗逼,今日若不如此行为,这奸贼愈加声势也!(唱)

【步步娇】③丹心一点无所改,护国忠良在。奸邪直恁歪,权势滔滔,内宫依赖。仓仓兴废快④,吾身愿赴云阳哉,吾身愿赴云阳哉。(二手下、外下)

(二手下、净上)我欲恕人人难恕,人要容我我难容。俺,姜斌,带领御林军三千,把守后宰门,团团围住。世袭公爵,尽一捉拿。过来,小心把守者。(付、丑上)(付)出卖后宰门,(丑)那怕杀人星?(付)胡王兄请了。(丑)常王兄请了。(付)后宰门有御林军把守,如何进去?(丑)不妨,俺有铁券丹书。(付)俺有免死金牌。(丑)你我大胆进去。(付、丑下)(手下)世袭公爵,个个进午门去了。(净)阿吓,妙吓!世袭公爵进午门去了,少刻出来,一个个绳索捆绑。(二手下、外上)宁甘丹墀血战,拚身齐赴云阳。(净)老王爷见礼。(外)呔,奸贼,见了先帝龙牌,为何不来朝参?过来,上前拿下。(净)你无圣旨,谁敢拿俺?(外)呔,奸贼,可知先皇所赐打皇金鞭,何况与你?拿下!(绑净)(末上)金鸡三下响,移步进朝堂。老王爷见礼。(外)师爷见礼。(末)老

---

① 大走板,195-1-109(5)吊头本作"大走",195-2-18(2)吊头本作"走板",《调腔乐府·套曲之部》作"(接打【火炮】,徐汇上)(白)(大挎【倒脱靴】)"。

② 迟哉,195-1-109(5)吊头本作"自烦",据单角本改。

③ 此曲牌名195-1-109(5)、195-2-18(2)吊头本缺题,据单角本补。

④ 兴废快,195-1-109(5)吊头本作"兴飞快",据195-2-18(2)吊头本改。

王爷，为何将姜斌拿下？（外）这奸贼，轻藐先帝，故而拿下。（末）不尊先帝龙牌，如何做官？（外）过来，押进午门者。（唱）

【折桂令】[①]**休轻觑碌碌庸才，莽撞男儿，可也气概。都只为君耽**[②]**花月，内宫苑出了妖媚。俺是个铜肝铁胆，何惧怕暴露罪大。使鼎羹何碍，做一场动地惊天，拚身一死在泉台，拚身一死在泉台**。（绑净下）

（付、丑上）（同唱）

【江儿水】五内如火焚，恶气满胸臆，妖媚直恁来作怪。（白）老王爷，我等在此侍候哉！（唱）**铁券丹书依然在，免死金牌挂胸怀，不负了世袭帝台，世袭帝台**。（外白）列位王爷勠力同心，深恩大德，没齿不忘[③]。（付、丑唱）**义胆包天**[④]**，说什么深深德大，深深德大**。

（白）曾结金兰义，生死有何哀。（外）俺徐汇，难得列位王爷如此坚心。（唱）

【雁儿落】猛拚着全家祸有何碍，累及你世袭家挺身客。真个是公冶长受缧绁，赛过那汉三齐来诬害[⑤]。（付、丑唱）**呀！何须的话重白，宗祖来结拜。曾结金兰义，伯桃羊角哀**[⑥]。（白）世袭公爵，一死何足惧哉！（末）列位王爷，少刻万岁出来，动起怒来，你们不要害怕。（付、丑）俺不怕。（末唱）**我在，舌尖儿巧弄乖；奇才，吊出了内宫廷有主宰，内宫廷有主宰**。

（急鼓）（太监、正生上）（唱）

【侥侥令】何事景阳骤，快步出瑶阶。（众白）金阶参龙牌。（正生科）呀！（唱）**霎**

---

① 折桂令，195-1-109(5)吊头本作【桂枝香】，单角本亦多如此，据195-2-18(2)吊头本改。

② 耽，195-1-109(5)吊头本作“淡”，今改正。耽，沉溺。

③ 此处说白系整理时添补，以照应下文“说什么深深德大”。

④ 195-2-18(2)吊头本“义胆包天”重句，而上文“世袭帝台”不重。

⑤ 汉三齐来诬害，指韩信被诬谋反，为吕后杀于长乐钟室。“三齐”即齐地，因齐地曾被项羽分为齐、济北、胶东三国而得名，这里代指做过齐王（三齐王）的韩信。

⑥ 伯桃，人名，姓左；羊角哀，人名。二人为战国时人，共往楚国求仕，路遇大雪，度不能全，左伯桃将其衣粮并与羊角哀，而自己饿死于树中。羊角哀仕楚为上卿，收葬伯桃，又梦见伯桃告知其墓在荆将军冢侧，受到荆将军的侵伐，因而求助，羊角哀遂自杀。君子评价二人“执义可为世规”。事见《太平御览》卷四二二人事部所引《列士传》。

时心惊战，向前来参拜，向前来参拜。

(吹【过场】)(众)臣等见驾，愿吾皇万岁。(正生)平身。(外)吓，先帝，先帝吓！只因皇上有死雁一只，旨命要卖与老臣。俺徐汇，实系家贫艰难，只得将祖业后宰门出卖，恕臣万死之罪。(正生)呔，徐汇，你好忒气杀人也！(丑)来，三千两银子，扛上金殿面缴。(正生)吓，可恼，可恼！(唱)

【收江南】呀！逆臣的忒弄乖，负先帝抱龙牌。上谕丹书免死金牌，锦袍御赐恩荣载。金鞭尚在，金鞭尚在，纲常大义今何在，大义今何在？(科)

(小走板)(小旦扶老旦上)(老旦唱)

【园林好】[①]**出庭帏见龙牌，忙向前敛衽拜，忙向前敛衽拜。**

(吹【过场】)(众)臣等见驾，愿太后娘娘千岁。(老旦)平身。(众)千千岁。(老旦)众公卿，你们一个个抱了先帝龙牌，在此争闹，哀家尽知。大明江山，外有众公卿尽心报国，内有昭阳理事，料这妖妃，不敢专权。(唱)

【沽美酒】国朝事惟天大，升平世、一快哉，辅佐匡襄应看待[②]**。锦绣的江山万载，**(白)皇儿，大明江山，都是公公元老。(唱)**御案前忠肝义胆。护邦家英雄气概，**(白)皇儿！(唱)**你不可贪迷酒色。切忌了宫帏欢爱，保大明千秋万载。**(众白)臣启太后娘娘，臣等怎敢紊乱朝纲，想祖业何等艰难。(唱)**俺呵！丹心的无改护赖，恕臣的为着帝台。**(老旦白)众公卿，你们一个个抱了先帝龙牌回府，看哀家一面。(众)遵旨。(老旦)皇儿！(唱)**须耐，莫轻觑公勋年迈，公勋年迈。**

(众笑)(吹【尾】[③])(下)

---

① 此曲《浙江省戏曲传统剧目汇编》第83集本和《调腔乐府・套曲之部》作“出宫帏香烟渺渺，出宫帏、香烟渺渺。猛见先帝祖龙牌，忙向前来参拜，忙向前来参拜”。

② 此句195-1-109(5)吊头本作“辅佐匡相有□□”，末两字残缺，195-2-18(2)吊头本此句作“辅佐臣相应看待”，据校补末三字为“应看待”。又，“匡相”当作“匡襄”，匡襄，亦作“匡勷”，辅佐。

③ 195-1-109(5)、195-2-18(2)吊头本无吹打尾声的标记，单角本或标有“尾”字，《调腔乐府・套曲之部》于【沽美酒】后注云“下接吹‘尾声’”，据校补。

三〇 一盆花

调腔《一盆花》共三十一出，剧叙江都人刘贺，闻得母舅陆秉忠升任山东巡抚，意欲前往探望。贺有母弟刘小，生性顽劣，被赶出家门，离家前刘贺嘱托管家刘安找回刘小，以慰继母之心。贺有一义弟孙秀斌，与妹秀花相依为命，衣食难谋。秀斌前往刘府借银，刘小趁兄不在，将秀斌羞辱了一番。秀斌归家，跌倒雪地，被讨账回来的刘安救下。时方百林向刘小索债回来，路过坟庄，窥见秀花，意欲强聘，秀斌及时赶回阻拦。不料刘小助纣为虐，同方百林勾结，前来强抢，幸得刘贺回来，前往护保。方百林、刘小强抢未成，又来火烧坟庄，刘贺救下秀斌兄妹，并带回家中安顿。

事后，刘贺与秀斌上京赴试，刘小引方百林进入刘府，诱其误抢刘妻韩氏，而己独占秀花，反被秀花刺死，方百林亦被韩氏用花盆砸死。秀花、韩氏两人下在狱中，刘安上京报信求救。其时，刘贺、秀斌各中榜眼、状元，陆秉忠业已升任刑部。三人闻知凶讯，查得部文已发，于是刘贺、秀斌连夜驰往江都。奈阻刑不及，孙秀花已死，韩氏因刑前分娩，故而得救。剧以陆秉忠请旨旌表秀花，并赐秀斌与己女完婚作结。

民国二十四年(1935)9、10月间和次年5、6月间，绍兴的调腔班“老大舞台”分别赴上海远东越剧场和老闸大戏院演出，曾数次搬演《一盆花》，其中前一年10月2日日戏有《贞节冤》，据其所列剧中人物知为《一盆花》。检绍兴的调腔班“大统元”于民国二年(1913)赴上海商办镜花戏园演出时，12月28日的夜戏题《贞节缘》，即《贞节冤》，则该异名由来已久。越剧亦有同名剧目，系据调腔移植改编①。

整理时以1962年整理本(案卷号195-3-84)为基础，拼合正生、小生、小旦(至第四号止)、净、末、外单角本，曲文参照了1957年所记曲谱(案卷号195-4-8)。其中，1962年整理本(案卷号195-3-84)从孙秀斌兄妹上场叙

① 上海《申报》1942年2月3日第4版皇后剧院广告越剧《一盆花》注明系“高腔改编杰作”。

起，因而前四出据单角本补出。本次整理后的场号，后半部分较小生、末、外本所标号数偏小，如第二十六号考试，小生单角本为第二十九号，而正生单角本为第二十七号。

第二号

正生（刘贺）、小旦（韩氏）、外（刘安）

（正生上）（引）诗书门庭，论功名志气凌云。（诗）男儿立志贯长虹，纬武经文韬略胸。一朝平步青云上，奋发凌云达九重。（白）卑人，姓刘名贺，字俊濡，祖贯扬州人也。先父在日，曾授翰院，生母陆氏，相继二房，继母王氏，年已天命，生一兄弟，名曰刘小。此人不成才，家业消败，终日赌博闲游，所以赶出在外。荆妻韩氏，才德温存，非在话下。卑人幼读诗书，习弓马，去岁乡试，得占文武魁首。有一义弟，名曰孙秀斌，同习诗书，又是同科中的。他家贫窘，每常资助。近闻邸报，母舅转任山东巡抚，意欲到彼一走，不免叫娘子出来，商酌而行。娘子出堂来也。（小旦上）（引）绣幕垂帘，躬身的移步堂前。（白）官人见礼。（正生）娘子见礼。（小旦）请坐。（正生）请坐。（小旦）官人叫妾身出来，何事？（正生）近闻邸报，母舅转任山东巡抚，父母双亡，不能相见，意欲到彼一走，存省问候，未知娘子心意如何？（小旦）官人，公婆弃世，舅翁还任外郡，不能讣告，而今邻省为官，理应问候。只是官人去后，家事无人料理，妾身如何担代？（正生）此去山东，不过几日之事，命刘安总管料理。（小旦）官人，你终日在家勤务功名，未惯出门，如何受得风霜之苦？（正生）娘子，但是卑人呵！（唱）

【宜春令】平生志，少茂身躯大英才，何虑着风霜露霾[①]**。只我这烈烈轰轰，柏栋身襟抱胸怀。况又是嫡派亲谊，岂可的纲常败坏？依赖，若得个提拔身**

① 露霾，单角本作“露理（埋）”，今改正。

荣，舅和甥同赴金阶，同赴金阶。

【前腔】（小旦唱）**休言疑，心意乖，论人生立业应该。堪羡你泾渭有分，我这里三从四德也无放怀**。（正生白）娘子，想母舅官居台宪，与你向着功名，无非戏言出口，娘子何须忧郁？（小旦）官人，自古男儿立业，只在天地之间。（唱）**你是个一榜魁名，早难道不能上达？奋发，有一日虎榜名题，缓步瑶阶，缓步瑶阶**。①

（正生）刘安那里？（外上）老爷有何吩咐？（正生）你可知二爷这几日在于何处？（外）老奴昨日收账回来，见二爷在街坊上与别人厮打。老奴问他，他说欠方府银子不还，故而厮打。（正生）既有如此，为何不报我知道？（外）老奴意欲回来禀与大爷知道，有恐大爷生气，故而不说。（正生）如此，你去到街坊，寻二爷回来见我。（唱）

【尾】有豪奴我担代，叫他无从糟蹋。（外白）老奴晓得。（外下）（正生）待我自去寻他便了。②（小旦）官人，二叔倘然受人委曲，须要忍耐，不可生事回来。（正生）娘子说那里话来？（唱）**我是个烈烈轰轰英雄辈，岂肯受辱恶奴胎？**（下）

第三号

小生（孙秀斌）、正生（刘贺）

（小生上）（唱）

---

① 此下尚有刘贺继母王氏（老旦）出堂，一番叙话之后，王氏掉下泪来，刘贺知其为母弟刘小被赶出门外之故，经其妻劝说，遂叫刘安进前，询问母弟下落。中有【宜春令】一支，如下："（小旦）婆婆吓！（唱）休哭泣，免泪腮，且宽容愁眉顿改。官人，你是个仗义英雄，手足亲谊怎忍分开？（正生白）母亲，非是孩儿不收留兄弟归家，料他心性顽劣，我也劝过几次，他不听犹可，反与人家赌博邪横，也是无可奈何。（小旦）官人，叔叔为人总然顽劣，还须看婆婆一面。（唱）皓首的鬓发苍颜，接蒸尝膝前欢爱。"该支【宜春令】的结尾部分系老旦所唱，因缺乏老旦本，前后内容遂不可补。

② 此句正生本作"既如此，待孩儿自去寻他便了"，因缺老旦本，前后对话不完整，今稍作改动。

【六幺令】[1]**圣门儒士，腹饱珠玑胸藏瑟资**[2]**。堪怜博学贫困时**。(白)小生孙秀斌，本系官宦之后，叨占鹿鸣[3]，怎奈一贫如洗，为此穷困守寒窗。今日到院会文，儒学老师品题优劣，为此想与义兄刘贺同去一走。咳，孙秀斌呵！(唱)**身落拓，一寒儒，磨穿铁砚难遂志**。

(正生上)(唱)

【前腔】胸怀儒士[4]**，为着同胞急步趄趑**。(白)贤弟吓！(小生)阿吓，原来是义兄。(正生唱)**不期邂逅中途次**。(小生白)请问哥哥，慌慌张张何往？(正生)贤弟，一言难尽。(唱)**为同胞，想着亲，慈颜记念亲生子**。

(小生)原来为令弟之愆。常言兄弟如手足，况是异母之兄弟，自当厚待，足见人伦义重。(正生)贤弟何往？(小生)今日儒学老师邀齐吾辈书院会文，特来相接兄同往。(正生)阿吓，我倒也忘怀了。为兄本欲同往，奈家下。(唱)

【前腔】顿生俗事，微躯羁留怎生会诗？(小生白)吾兄既然家有事情，小弟自去会文，请了。(正生)且慢，贤弟近日家下如何？(小生)吓，兄吓！(唱)**为范丹**[5]**，没思忖，兄妹两口无以支**。

(正生)贤弟，为兄本要相叙家常，我匆匆有事。我有碎银数两，且为几日之费，为兄异日呵！(唱【前腔】)(小生白)蒙兄高义，领受告别。(唱)

【尾】蒙大德济贫士，不啻陈雷故事[6]。(同唱)**我和你义重深交相别之**。(下)

---

① 本出【六幺令】，《凤凰图》等小生本[195-1-140(3)]所抄《一盆花》小生本标有蚓号，唱调腔，《闹京华》等末、正生本(195-1-95)所抄《一盆花》正生本则标注"吹"字。【六幺令】在调腔中多为昆腔曲牌，则此曲存在由昆腔改唱调腔的情形。

② 瑟资，制瑟的材料，比喻才学。又疑当作"瑟梓"，即"梓瑟"，梓木制的瑟，亦比喻才学。

③ 叨占鹿鸣，指中举。鹿鸣即"鹿鸣宴"，指乡试放榜后，地方长官宴请新榜举人或主考、执事及新举人的宴会，席间歌《诗经·小雅·鹿鸣》，跳魁星舞，故称。

④ 儒士，单角本作"如剩"，据文义改。

⑤ 范丹，东汉末名士，又作"范冉"。范丹因性狷急，弃官不做，以卖卜为生。后遭党锢之祸，范丹携妻流浪，居无定处，时或绝粮，而能清贫自守。后世以"范丹"指代贫困而有操守的贤士。

⑥ 不啻，如同，无异于。陈雷，指东汉时期情义坚如胶漆的陈重和雷义，详见《万事足·高夫人自叹》"怕刎颈雷陈"注。

第四号[①]

末(方大)、净(方二)、付(刘小)、外(刘安)、正生(刘贺)、老旦(王氏)、小旦(韩氏)

(末、净、付打上)(末、净念)

【缕缕金】打你这,贱无知。沿途来撒泼,扯街西。(付白)阿哉大叔,勿可糟蹋人呢。(末)狗命的,你欠我大爷银子钱文一年有余,本利一些没有,还说糟蹋。(付)银子迟两日赌场里赢得来,本利来还清楚。(末)我们也不与你多说,扯你去见大爷。(付)见大爷,我不去。(末、净)狗命的,还要强嘴么?(同唱)**可晓得方布政,滔天威势**。

(白)走!(内)走!(外上)你们为着何事,在此厮打?(末)原来刘总管,正要告诉与你。刘小欠我大爷银子钱文,一年以来哉,本利全无。今日问他催讨,不还犹可,还要如此用强,你道要打勿要打?(外)欠你家多少银子?(末)利钱不算,本银二十两。(外)不过二十两银子,岂可糟蹋二爷。同老奴回去了罢,叫大爷与你奉还便了。(末)且慢。银子不还,走到那里去?(付)到我阿哥那里,讨得银子还拨大爷。(末)你自己欠了银子,怎与别人去讨?做不来的。本银没有,利钱拿了去。(付)个钱一些没有,身上破衣一件。(末)正要剥你的皮,破衣脱了去。(外)吓,你们沿途剥夺,可晓得我家大爷来历么?(末)可晓得方布政的厉害?(外)吓,豪官之家,如此用强,可恼,可恼!(念)

【前腔】贼奴胎,把人欺。怙主行泼悍,忒无礼。(打科)(正生上)(唱【缕缕金】五至六句)(白)你们在此打架不成?(末)呔,我要问你,我们豪官家奴,你是何样人?(正生)刘安,为何在此生事?(外)咳吓!(唱)**举手来厮打,两下来相欺**。

(末)刘大爷,你家兄弟欠我大爷钱文,本利不还,在此催讨。盛价[②]到来护

---

① 本出付、净、老旦说白系整理时增补。

② 盛价,对别人仆役的尊称。

庇行凶，还要厮打。(外)老奴奉大爷之命，来寻二爷回去，正与他们扭结。我说见了大爷，自然还他银子，他说剥夺，反要护庇行凶，岂有此理？(正生)我家门不幸，欠你多少银子？(末)本银二十两。(正生)明日到府来领。刘安，扯他回去。(末)大爷，我家公子吩咐来的，本利要刘小自己去算，明日来府上领银，难以遵命。(正生)吓，我的跟前，撒野不成？(末)有道"放债图利"，撒野何妨？(正生)可恼，可恼！(净)方大，好汉不吃眼前亏，回去禀告大爷再处。任我横行谁阻隔？(末)威势滔天何惧伊？(末、净下，正生、外、付下)(老旦、小旦上)(同唱)

【步步娇】隆冬寒露凛日皎，鸦鹊频频噪。心下人忧焦，暮景桑榆，全赖依靠。

(小旦)婆婆。(老旦)媳妇儿，我那可怜的小儿，看来是不回来了。(唱【步步娇】六至七句)(小旦白)二叔不过流落近地，又不去远他乡，官人去寻，那有不回来之理？(老旦)怎么，会回来的？(小旦唱)

【前腔】休得担烦受恼，何必挂心劳？侍奉我承当，总是妾身，也可依靠。(正生、外、付上)(正生唱)**急步路飞跑，忍气吞声转家窑**[①]。

(外)安人，二爷回来了。(付)阿妈！(老旦)儿吓，你回来了！(付)阿妈，我回来了，孩儿知错了。(小旦)官人，听叔叔之言，谅必悔心。叫他进去换衣吃饭，然后再来叙话。(正生)刘安，叫进去换衣吃饭，少刻出堂来听讲。(外)二爷随我来。(外、付下)(正生)吓，吓！(小旦)官人，何处遇见兄弟？为何受气而归？敢是与人争闹？(正生)母亲、娘子有所未知，不要说起这不成才的，为人不端，终日赌博，欠方府银子钱文，被众豪奴在街坊厮打。(老旦)怎么，有这等事来？(正生)母亲容禀。(唱)

【江儿水】家门多不幸，早被人轻藐。无为逆弟行不肖，轻身漂泊无倚聊，凶债追近难掉。一众豪奴凶相暴，(老旦白)后来便怎么？(正生)我去解围，这班

---

① 窑，单角本作"遥"，调腔抄本凡"家窑"俱作"家遥"，今悉改之。家窑，家门，家庭。朱恒夫主编《中国傩戏剧本集成》第9卷(上海大学出版社，2016)所收章军华编校《恩施鹤峰傩愿戏》之《傩堂杂戏·父子会》："河下渔翁收了钓，放牛牧童归家窑。"

豪奴倚恃压人，那孩儿呵！(唱)**进退狼奴，挺身的詈骂凶嚣，詈骂凶嚣**。

【前腔】(小旦唱)**听说衷情事，惹出祸根苗。劝慰良言告**，(白)官人，你斥退豪奴，他岂甘休？依妾身将银子还他，免得无事生非。(唱)**无非无事休烦恼，一家和顺添欢笑。你须自省自度保**，(正生唱)**即便登程，备行囊辞别年高，辞别年高**。

(小旦)就要起程了？(正生)速备行囊起来，就要起程。(小旦)妾身理会了。(小旦下)(正生)孩儿有事启告母亲。(老旦)我儿请讲。(正生)孩儿远去山东，家下无人主事。兄弟在家，为人不端，恐生枝节，望母亲严加管束与他。(唱)

【玉交枝】良言劝好，改前非可度昏朝。教他无得生计巧，免使我牵挂心劳。(老旦白)为娘晓得。刘小走出来。(付上)何事？(正生)兄弟，非是为兄说你，你早有今日之意，何用吃尽千般苦楚？今日收你归家，一来母亲年老，二来为兄弟手足之情。(唱)**今朝得意休欢笑，可记得奚落萧条？弃邪横须行正道，养育恩补报劬劳，补报劬劳**。①

(小旦上)(唱)

【五供养】行装备好，待行礼饯别佳肴。何事来争闹，各自气咆哮？婆婆！**有甚衷情，可诉根苗，可诉根苗**。

(白)官人，为何在此动气？(正生)咳！(唱)

【川拨棹】我恨无聊，好心肠已赴波涛。若不念手足相依，若不念手足相依，便行凶任打奴枭。(小旦白)二叔决不是了，你兄弟将你归家，万事忍耐，他今日起程之际，反将言语触怒与他。官人，你是仗义君子，看婆婆一面，听妾身相劝。(唱)**休得含悲泪恁忧焦，放愁容舒眉梢，放愁容舒眉梢**。

(正生)不必言劝，行李可曾端正？(小旦)端正了。(正生)刘安那里？(外上)来了。(唱)

---

① 此下正生本有“你到那里去”“呢，如此你走出去”共两处说白，因缺乏老旦、付本，故附于此，而下文“反将言语触怒与他”之后也有老旦或付的说白无从补出。又，下文小旦所唱【五供养】仅存后半支，则此下本有老旦或付所唱的【五供养】半支或一支半。

【前腔】**骤听东人叫，整路酒相送西郊**。(白)大爷，老奴整备小舟，在后墙门等。行李甫正，整备下舟，与大爷起程。(唱)**愿此去顺水相遥，愿此去顺水相遥，驾轻船一路滔滔**。(正生白)刘安，我大爷此去，别无所托，有三件大事，嘱咐与你。(外)那三件？(正生)头一件，家中内外之事，要你照管，毋许虚流。(外)那二？(正生)第二，孙相公是我好友，若到来借银，须要资助，不可轻怠与他。(外)那三？(正生)那第三，这不成才欠方府银子钱文，若来取讨，还他本银；若要算重利，等大爷回来，自有处分。(外)是。(正生唱)**你可记胸填相应照，家常事你承当，家常事你承当**。

(外)晓得。(正生)拜别。(唱)

【尾】**登程一路无耽搁，速见亲谊归故郊**。(下)

第五号

昆腔场次，写方府家人方大、方二回府向方百林报账，方大向方百林诉说向刘小讨账以及遇见刘贺的经过，方百林于是决定叫上家丁，再次前往刘府讨账。①

第六号

小生(孙秀斌)、贴旦(孙秀花)、末(方大)、净(方二)、丑(方百林)

(内哭)(小生上)(唱)

---

① 《一盆花》等末、外本[195-1-130(1)]所抄《一盆花》末本第五号内容如下："(上)受辱报东人。(合)大爷，大爷。/回来了。我是欠项总清。/别人俱已清楚，只有刘小欠二十两银子，一年以来，本利全无。/小人日日追讨，这厮常常赌博无还纳。今日与方二一同收账回来，遇见此人，问他追讨，他兄长前来解围去了。/是个文解元，名叫刘贺。/大爷，此人倒有些厉害。/大爷容禀。(唱)【驻云飞】他直恁无知，依势轻人言语非。措行全无忌，受辱把人欺。/大爷吓！(唱)嗏！厮闹两反持，反行威势。本利难返，无处生活计。上告东人作主意。/大爷，看此人本领高强，况是新科解元，怕复仇不□(起)。/大爷速去复仇，待我叫子壮丁出来。/小人晓得。(下)"

【桂枝香】卑陋寒贱，心心痛酸。可怜我衣食难度，长守着青灯黄卷。（贴旦上）（唱）**停针罢线，停针罢线，兄和妹孤苦相依，一对的少儿青年。**（同唱）**我和你泪涟涟，两口无倚傍，仰面告苍天，仰面告苍天。**

（小生）咳，妹子吓！我也是名门旧族，父母去世，遭此颠沛。不幸命苦，人遭回禄，身住坟庄，因累年失了馆地，衣食全无。妹子吓，这是为兄不肖，苦杀你了！（贴旦）哥哥说那里话来？有道"时运未来君且守，困龙自有上天时"，况你身登科第，发迹就在眼前，又何必多虑。（小生）咳，老天吓！我孙秀斌身虽不才，也是一榜的名士，何故穷到这个地位？想将起来，好不痛、痛杀人也！（唱）

【前腔】心思意乱，我好悲怨。恨生时家业萧条，天寒冻何来炊爨？（贴旦白）哥哥，这几日北风透骨，像要下雪的光景。这柴米全无，如何度日？小妹还有几件旧衣在此，拿到市上典当，挨过几日，再作计较。（小生）妹子吓，此刻寒冬时候，就有旧衣，不够遮寒，拿去典当，叫为兄心下怎忍？（贴旦）哥哥，这出于无奈呵！（唱）**何须哀怜，何须哀怜，当白镪暂度昏晚**[①]**，换青蚨柴米周全**[②]。（小生白）妹子，为兄有路了。那日到书院会文，有义兄刘贺，路问家常，他助我碎银数两，说我家下贫乏，还要大大的资助。我今日前去，一则问候义兄，二可挪借些须。（唱）**我去告明言，等待春雷动，补报义兄还，补报义兄还。**

（贴旦）有此机会，何不早说？我去炊煮早膳，与你吃了去。（小生）此去城南，无数里之遥。你在此炊煮，我去了回来吃罢。（贴旦）如此早去早回。（小生）这个自然。（贴旦）哥哥吓！（唱）

【前腔】你身受卑贱，饥寒甚坚。有和无早早回家，免使我盼望形颜。（小生唱）**你休挂胸填，休挂胸填，我与他交情莫逆，岂是那陌路相觑。**（白）开门了。（同

① "昏"字下，195-4-8 曲谱缺一字，今暂定作"晚"。

② 青蚨，一种水虫，子母不相离，《太平御览》卷九五〇虫豸部七引汉刘安《淮南万毕术》云："以母血涂八十一钱，亦以子血涂八十一钱，以其钱更互市，置子用母，置母用子，钱皆自还。"后遂以青蚨指钱。

唱)**是兄妹去街前,朔风难禁受,含泪叫青天,含泪叫青天**。(小生下,贴旦关门下)

(内)男吓[1],趱上!(末、净二家人,丑上)(合唱)

【前腔】快步向前,气难吞咽。一众的短扎征衣,一个个挺胸露肩。(丑白)气杀哉,气杀哉。刘贺个夯娘贼,帮之阿弟赖我家本利,家人反被殴辱。我今气伊勿过,挑选之家丁赶上门去,打伊一个落花流水。男吓!(末、净)有。(丑)要齐心努力。(末、净)吓!(丑唱)**休得胆战,休得胆战,我与他势不开交,打一个落花水面。步儿前,认我官家子,那怕他魁元,那怕他魁元**。(下)

第七号

付(刘小)、末(方大)、净(方二)、丑(方百林)

(付上)(唱)

【吴小四】气难忍,口难开,同胞手足无看待。声声骂我奴胎,受拘束,怎欢快,怎欢快?

(白)我,刘小,起初做人原有点勿好,被阿哥赶出门来,外头赌博过日。难末阿妈娘记念亲生,叫之我居去,吃穿虽然无缺,只是没得闲用个铜钱,介末那哼弄呢?有哉,老总管说,阿哥起身个时节,有廿两银子放来账房里,要还方府,姑且让我拿得去,到赌博场上挪二把骰子末有啥格勿好?(内吼)(付唱)

【前腔】心惊跳,好难猜,莫非有什么祸来?慌声声乌鸦噪,无聊赖,不出门,有人来,有人来。(付下)

(内)男吓,跟之上去!(末、净二家人,丑上)(唱)

【水底鱼】怒满胸怀,怄气怎忍耐?报仇雪恨,亲自到门台。

(末)这里就是了。(丑)打进去,叫刘贺走出来。(末)刘贺走出来!(付上)(唱)

---

① "男吓"的"男",亦作"囡",指少年男仆。

【前腔】何事声催？（丑打付一掌）（唱）**骤见恼胸怀**。男吓！**先打刘小，后灭恶狼豺**。

（白）打！（付）阿唷，打杀哉！（丑）叫匝阿哥走出来。（付）我阿哥勿来带屋里。（丑）那里去哉？（付）到山东望娘舅去哉。（丑）老总管呢？（付）老总管外哼头讨账去哉。（末）打你这狗肏的。（丑）慢点，刘小匝个肏娘贼，欠我银子勿还，反叫阿哥保卫。匝若今朝勿还我个本利么，喏！（唱）

【前腔】势不两开，本利一齐来。**如有欠缺，你命难遮盖**。

（付）大爷放之手，银子会有。（丑）也勿怕匝会逃走。（付）我去拿得来。咳！（唱）

【前腔】自悔自艾，没幸一齐来。**从前赌博，今日受飞灾**。（付下）

（末）大爷，刘小最会说谎，不可被他骗脱。（丑）伊若骗我，扯得伊去送官。（末）不差，送官追究。（付上）银子来哉。（唱）

【前腔】纹银交代，二十雪花来。**奉上尊前，先付本银哉**。

（白）哙，大爷，我里阿哥想到匝个威名，有言对我说过，先还本银廿两，等总管收账回来，大爷一到，随即奉还。请收。（丑）本钱来里哉，还有利钱，利钱。（付）利钱只有等我阿哥居来哉。大爷，利钱免免是哉。（末）利钱没有，这件衣服好剥了去的吓。（付）哙，大叔，大叔！（丑）男吓，个样勿用场个人，糟蹋伊做啥？等伊阿哥居来算账末是哉。天个样冷，我里到酒楼上吃酒去。刘小，本银我拿去哉，欠票来拉[①]我手里，若有利钱还我罢哉，若还没得，等匝阿哥居来对伊说嘘。（唱）

【前腔】当官分辩，追究利应该。**看纷纷瑞雪，沽酒便潇洒**。（净、丑下）

（付）大爷慢去。（末）便宜这狗肏的。（末下）（付）我肏匝个娘！（唱）

【尾】我气无出口难开，悔从前无聊无赖。（白）个肏娘贼来得凶，收之本钱，说道还要利钱。欠票勿还，还要对我阿哥算账，介末那格[②]办呢？吓，有带哉！

---

① 来拉，方言，在。

② 那格，如何，怎样。“格”亦作“介”，清茹敦和《越言释》卷上“介”条：“越人以如此为‘是介’，如何为‘那介’。”

(唱)**我明日登门说明白。**

(白)晦气,倒运。(下)

第八号[①]

小生(孙秀斌)、付(刘小)、外(刘安)、小旦(韩氏)、
贴旦(孙秀花)、净(方二)、丑(方百林)

(小生上)阿吓,好大雪吓!(唱)

【点绛唇】雪紧风飘,雪紧风飘,难行路遥,步低高。乱踹街瑶[②],闪杀人无依靠。

(白)咳,我孙秀斌,枉有满腹珠玑,只为饥寒二字,受此狼狈。此去挪借,若有资助,还好,倘然不遇空回。(唱)

【新水令】定然一命赴鸿毛,难撇下亲妹同胞。看寂寥人烟少,乌鹊尽归巢。一身步踱,望凝眸朱门已到,朱门已到。

(白)阿吓,此间已是门首了,不知义兄可在,待我高叫一声。里面有人么?(内)来哉,来哉。(付上)忽听连声叫,心头怦怦跳。啥人?啥人?(小生)是我。(付)哙,呧是来打上门卦呢啥?(小生)岂有此理。小弟孙秀斌,与你令兄有莫逆之交,就是与二兄也曾会过几次,难道不认得了么?(付)个样说来,呧是孙家阿哥哉。(小生)正是小弟。(付)请进,请进。个样大雪,呧到来做啥?(小生)兄吓!(唱)

【驻马听】我有言词相告,怎生启口惭愧尔曹。身落拓四壁萧条,望我兄传言禀报,传言禀报。(付白)听呧说来,要向我阿哥借点个意思哉。(小生)这个……咳!咳,二兄吓!弟一言难尽。(唱)**时不利命蹭蹬受此悲悼,好叫人、**

---

① 本出曲牌名,【园林好】【鹊踏枝】【收江南】【浪里来煞】据195-4-8曲谱补题,【沉醉东风】【沽美酒】系推断,其余据单角本题写。

② 街瑶,即“瑶街”,街道的美称。

羞脸红桃。望你仁慈德,禀告义情交,今日个借朱提[①]**,异日里报琼瑶,异日里报琼瑶。**

(付)孙家阿哥呕今朝来勿着哉。(小生)到那里去了?(付)我阿哥山东望娘舅去哉。(小生)老总管?(付)老人家外哼头讨账去哉。(小生)吓!(付背白)我里阿哥为着伊勿肯收留我,今日碰着来里,让我说之几句,出出我个气。哙,阿哥,看呕文质彬彬,一个后生,啥个行业勿好做,眼顾眼向人家借来向人家挪,看呕个面孔羞勿羞?(小生)我与义兄交情甚切,故此到来挪借。既不在家,也须好言相待,如此胡为,真个忒杀欺人也!(付)脅倷[②]娘!我同阿哥虽非同胞,也是嫡亲手足,尚且勿能照顾。呕把我刘二爷当啥个人看待,啥个人看待个嘘。(唱)

【沉醉东风】笑你家说出言颠倒,枉孔孟、破头巾被人耻笑。我劝你休烦恼,又何必哭号咷?你是个命穷人何颜立着,何颜立着。

(推小生出门)昂浪之个别[③]。个毬养,廉耻都勿要个。(付下)(小生)吓!阿呀,羞死我也!(唱)

【折桂令】气得我无言违拗,进退无门,被人奚落。急匆匆且转家窑,顾不得弱怯身卧雪荒郊。(内白)好大雪!(外上)(唱)**冒雪冲寒,急步转家窑。**(小生白)呵吓,苦吓!(外)呀!(唱)**是何人口叫连声,上前去看过分晓,看过分晓。**

(白)阿呀,原来是孙相公。为何跌倒在地,待老奴扶他起来便了。(科)孙相公苏醒,孙相公苏醒。(小生唱)

【江儿水】默默无言诉,三魂去渺渺。(外白)孙相公,老奴在此。(小生)呵吓,苦吓!(唱)**心悲意苦,向谁来告。**(外白)孙相公,为何这般光景?说与老奴知道。(小生)老人家,说也惶恐。我未知义兄远去山东,不期天降寒冻,只望到来挪借些须,不想正遇刘……(外)敢是不成才的二爷么?(小生)正遇刘小,被

---

① 朱提,《汉书·地理志》:"朱提,山出银。"遂用作白银的代称。

② 倷,义同"呕赖",方言,你们。表领有时,有时复数人称代词实际上表示的是单数。

③ 昂浪之个别,开门、关门声。

他一番羞辱，我也无言可对，只得气忿归家。此刻若没有老人家到来吓！（唱）**冻饿街心，定然是命丧荒郊，命丧荒郊**。

（外）孙相公吓！（唱）

【雁儿落】休得要哭婆娑泪流浇，劝你耐心田、放愁容舒眉梢。（白）就是大爷起程之际，原有言语吩咐老奴，孙相公到来，叫我好生看待。今被不成才的二爷，将你一番唐突，大爷回来，叫老奴如何吃罪得起？这便怎处？有了，老奴有碎银子数两在此，孙相公拿了回去以度日，待老奴回家禀告主母，自当资助。（小生）老人家，承蒙高谊，我怎好领受？奈我命苦如此，怎好抱怨于人？你看雪儿小了，妹子在家悬望，我要回去了。（外）孙相公。（唱）**以免得伤触了义情交，待东人回家分白皂，待东人回家分白皂**。（小生白）咳，老人家，承蒙高谊，回去切不可对主母说。（外）为何？（小生唱）**呀！丑事儿怎向人前道，别你去暗悲号**。（外白）相公，银子拿去，银子拿去。（小生）多承了。咳，苦吓！（小生下）（外）咳，可怜，可怜。（唱）**看他形容多愁面，我回去告东君说分晓，告东君说分晓**。（白）大娘有请。（小旦上）（唱）**听道，何事的高声叫？请着，总管！甚因情明言告，甚因情明言告**。

（外）大娘，二爷可有在府中么？（小旦）方才丫环来报，说二叔在门外不知与何人争闹一场，如今出门去了。（外）果有此事。想老奴收账回来，见孙相公十分伤悲，老奴问起情由，他到来挪借，不想被我家二爷呵！（唱）

【侥侥令】言语来羞辱，亵渎义情交[1]。（白）就是大爷起程时节，何等言语吩咐老奴说，孙相公到来的时节呵！（唱）**好生看待相顾照，岂可负东君际行**[2]**托，负东君际行托？**

（小旦）想官人与孙家叔叔交情非止一日，他今受此委屈，异日官人回来，这还了得。刘安，你备好纹银五两、白米三斗，送到孙相公坟庄，多多安慰与

---

① 义情交，单角本作“义情重”，据195-4-8曲谱改。

② 际行，单角本作“姬行”，今改正。际行，临行之际。

他，说二爷乃是无义之徒，切勿计较与他，大爷自有回来之日，快去。（外）老奴晓得。（外下）（小旦）吓，官人吓！此子原是无义之徒，你苦苦收他回来作甚。（唱）

【园林好】枉费了一片心劳，好心儿、顷赴草茅。今日个断情绝义，也只为亲严命难违拗，亲严命难违拗。（小旦下）

（贴旦上）（唱）

【鹊踏枝】望凝不见亲兄归故乡，好叫我、好叫我萦怀抱。（白）奴家孙秀花，兄妹二人，居住坟庄。只为家业萧条，哥哥到义兄处借贷，未见回来，好生挂念也！（唱）**莫非留他饮香醪，怎不记同胞？**（白）想他一早出门，此刻已是正午，有无也该回来了。（唱）**免使我常瓜葛。心焦，倚门闾且等着；焦躁，看渐渐瑞雪不飞飘，怎不见亲兄到，望不见亲兄到。**

（净家人随丑上）（丑）男吓，跟之我来！（唱）

【收江南】呀！醺醺的一簇转家窑，沽美酒饮香醪。（贴旦白）哥哥也该回来了。（开门）（丑）咦！（唱）**见柴扉半掩人立着，**妙吓！**好个体态女多娇。**男吓！**我喜也欢笑，喜也欢笑，**（净白）大爷欢喜，进去坐坐么？（贴旦）阿呀，有人来了。待我掩上门。（关门）（丑）慢点，大大大大姑娘，喏！（唱）**我问你谁家女子那宅眷，快把姓名表，快把姓名表。**

（贴旦）你是何处尊官，到我家作甚？（丑）学生讨账回来，路过姑娘门口，一则借府上坐坐，二则有句话要同姑娘说说。（贴旦）尊官既然有话，我是女子家不好问，等兄长回来说罢。（丑）那格[①]，大姑娘吃还有个阿哥？学生是个正经人，吃个阿哥叫啥名字？做啥行业？对我说说是不妨的。（贴旦）尊官容禀。（唱）

【沽美酒】门楣败意悄悄，遭贫穷受煎熬，有兄长身经一榜魁元早。不幸的双亲去世，兄妹两口无依靠。（丑白）男吓，听个大姑娘说来十分可怜，我大爷今

① 那格，方言，相当于“怎么”，表示反问。“格”亦作“介”。

朝要发慈悲心哉。(净)大爷,呒还是要赠伊银子呢啥?(丑)勿勿勿。我大爷死之结发,还没得见之个样齐整的大姑娘来里,受苦岂非可惜?让我放点聘金来里,讨居去做之继室,呒道可好?(净)如此对他面说。(丑)勿错个。唅,大姑娘,学生乃是方布政个倪子,名叫方百林,年已三十,死之结发,还没得续弦。学生愿出重聘,聘呒居去做之继室,有廿两银子放带,然后慢慢商量。(贴旦)呢,我乃香闺处女,你是何处狂徒,敢来玷污与我?快快出去!(丑)那格,呒话我狂徒?(净)伊骂我赖[①]狂徒,狂两句拨伊听听。(丑)大姑娘,学生有大大家财,阿伯[②]是堂堂布政,人头上那一个勿晓得?日后拨呒讨带过去,也是门当户对个嗟。(唱)**一霎时魂飞魄掉,因此上欲缔鸾交**。**休执见从我所好,管叫你、管叫你受用非小**。(贴旦唱)**恁呵!敢欺我孤女窈窕,我便高声喊叫**。**呀!**(白)地方救人吓!(小生上)(唱)**急回归气忿难消,气忿难消**。

(丑)大姑娘勿要喊。(小生)呢,狗男女,你敢欺辱我妹子么?(净)他哥哥来了。(丑)索性说明白。(净)大爷,明日来行聘末是哉。(丑)勿错,明日行聘是哉。请哉。(净、丑下)(小生)呵吓,妹子吓!这是何来贼子,敢在此欺你?(贴旦)阿吓,哥哥吓!小妹因你一去不回,故在门首远望,忽然来了这贼子呵!(唱)

【浪里来煞】轻薄儿将人戏调,他醉醺醺、说不尽言花语巧。(小生白)你便怎生回他?(贴旦)哥哥吓,你可知小妹心情呵!(唱)**我是个冰清玉洁女窈窕,便抽身急步声高**。(小生白)阿吓,妹子,为兄早上前去挪借,不期义兄远去山东,却被刘小这厮一番羞辱,使我没趣而归。此刻回来,妹子又被恶贼欺辱,想起来兀的不痛、痛杀人也!(唱)**祸事来重重颠倒,怎解我胸中气恼**。(贴旦白)哥哥,方才那贼子说要来强聘,如何是好?(小生)阿吓,妹子吓!为兄虽则不

---

① 我赖,新昌县档案馆藏本剧及《双报恩》等剧的整理本凡遇该词多记作“伢”。以上两者同为方言第一人称代词复数,而同剧的晚清民国抄本一般只作“我赖”,今从之,后同。

② 阿伯,方言,父亲。

才，也是一榜的名士，拚着这顶破头巾呵！（唱）**便当官势不开交，何惧他平空波浪**。（贴旦唱）**这是我命犯坎坷，累及你担烦受恼**。（同唱）**这是一重未了一重招，有一日要把那欺凌的贼万剐千刀，万剐千刀**。（下）

第九号

末（陆秉忠）、外（管家）、正旦（顾氏）、花旦（陆甄梅）、正生（刘贺）

（末上）（引）保障一方，半壁屏藩雅望。（诗）抚宪声名重，屏藩齐鲁邦。禄享千钟厚，辅佐保君王。（白）下官，姓陆名怀，字秉忠，少登科甲，位列鹓班，蒙圣恩敕任监察御史、云贵提学，转升山东巡抚，提调全省军务。莅任以来，好不荣显。昨闻邸报，圣上召我进京，职授刑台，不日就要进京。今乃老夫母难之日，备得酒筵，与夫人、女儿畅饮。来。（外管家上）有。（末）请夫人小姐出堂。（外）有请夫人、小姐。（外下）（正旦、花旦上）（正旦引）诰受五花魁，（花旦引）宦室娇娃楚婵娟。（末）夫人见礼。（正旦）相公见礼。（末）请坐。（正旦）请坐。相公，唤我母女上堂何事？（末）请夫人出来，非为别事。近闻邸报，圣上相召老夫进京，不日就要起程，这都与夫人说知。（正旦）恭喜相公贵职高迁，洪恩庇赖，可喜可贺。（末）今日老夫母难之期，又见庭前冰梅盛放，特备酒寿筵，与夫人、女儿一同玩赏。（正旦）多谢相公。（花旦）女儿把盏。（末）上席。（合唱）

【（昆腔）**画眉序】庆赏寿长春，盛放冰梅彩色新。喜阶前如花，有女堪称。选一个佳婿乘龙，倚靠着桑榆暮景。筵前畅饮香馥郁，喜开怀满泛酥醽**[①]。

（外上）启老爷，淮扬刘贺相公有帖儿呈上。（末）夫人，甥儿来了。（正旦）甥儿来了，快请。（花旦）女儿告辞。（正旦）这是至亲骨肉，相见不妨。（末）请刘相公相见。（外）刘相公有请。（正生上）一路风霜迢近前，特来叩拜亲谊。

---

① 酥醽，即“醽酥”“醽渌”，美酒名。

(末)甥儿。(正生)母舅。母舅、舅母请上,甥儿拜揖。(末、正旦)路途辛苦,常礼免拜。(正生)久离膝下,父母仙游,报丧未及,恕甥儿不肖之罪。(末)赴任云贵,已闻报捷,甥儿名占春元,为母舅不胜欣幸。(正旦)我儿见了表兄。(末)见了表妹。(正生、花旦)表妹/表兄。(正生)甥儿一则前来问候,二则为父母去世,前来报讣。(末)母舅本欲差人前来问及家常,今见甥儿到此,十分欣慰。今日老夫诞辰,一同上席。(正生)甥儿把盏。(末)上席。(合唱)

【前腔】葡萄泛金樽,为叙家常骨肉情。堪慰取胸怀,畅饮酩酊。(正旦白)甥儿,近来家事如何?(正生)赖二位大人福庇,一家平安。(末)可有子女否?(正生)还未。(正旦)咳!(正生)舅母为何悲泪起来?(正旦)甥儿,但我二老呵!(唱)**也靠这半子东床,又何来坦腹相亲?**(末白)甥儿,你母舅年将耳顺,单生一女,未赋桃夭,久闻淮扬地灵人杰,若有乘龙佳婿。(唱)**仗你执柯持斧聘,效秦楼吹入箫凤引**[①]。

(正生)表妹青春几何?(末)才年二八。(正生)看表妹人才秀丽,又生得温存,自当拣选东床,甥儿留心在意。(末)再备酒筵,后堂畅饮。(唱)

【(昆腔)尾】今朝至戚叙殷勤,顿使人心怀喜气盈。(合唱)**再整香醪同叙情**。(下)

第十号

老旦(太监)、外(管家)、末(陆秉忠)、正旦(顾氏)、花旦(陆甄梅)、正生(刘贺)

(吹【出队子】)(老旦太监上)钦召勋功,一路风尘。路途延宕,禀事匆匆。文武臣僚,唧唧哝哝。降旨煌煌,上达九重。圣旨下。(外管家上)老爷,圣旨下了。(末上)摆香案接旨。(老旦)圣旨下,跪,听宣读。诏曰:咨尔陆秉忠莅任,封疆宁靖,庶民德化,朕心大悦。今六部共议,钦召来京,职授刑台。

---

① 秦楼,又称“凤台”“凤楼”。相传萧史善吹箫,秦穆公以弄玉妻之。萧史教弄玉作凤鸣,凤凰来集,秦穆公为之作凤台,后二人偕凤凰飞升而去。事见汉刘向《列仙传》。

旨到起程，莫负朕命。钦哉，谢恩。(末)万万岁。香案供奉。(老旦)老先生，圣上甚重贤明，钦召进京，职授刑台，夫马俱全，就请同行。(末)待下官料理家事，即刻起程便了。后堂开宴。(老旦)不敢领情，十里亭恭候，告别。(末)候送。(科)(老旦下)(正旦、花旦、正生上)相公/爹爹/母舅，圣旨到来何事？(末)圣上道我为官清正，钦召进京，职授刑台，旨到就要起程。(正生)母舅步步高迁，官居台阁，甥儿敢贺不一。(末)甥儿秋闱已捷，会试在迩[①]，不如同我进京了罢。(正生)本当侍奉进京，奈我家事未了，即当归家，且等进京会试问候。(末)既如此，着家丁送你回家。甥儿，你表妹姻缘须当留意，不可忘怀。(正生)领命。甥儿拜别。(唱)

【(昆腔)**别银灯**】**别尊前淮扬去匆匆，返家园喜笑欢容。亲台德化君恩重，有日相会都中**。(合唱)**一路风霜保重，他日里再重逢**。(正生下)

(手下、车夫上)(手下)请老爷起马。(末)请母女上车，就此起马。(吹【排歌】)(下)

第十一号

净(方奎)、丑(方百林)、付(刘小)、外(管家)

(净上)(引)告职归田，乐得安享余年。(白)老夫方奎，少年皇榜有名，职受布政之职。老妻亡故，单生一子，取名百林。这畜生不听训教，也无可奈何。不免叫他出来，训教一番。百林那里？(丑上)正在朦胧，又听叫声。阿伯，倪子拜揖。(净)罢了，坐下。(丑)叫倪子出来做啥？(净)叫你出来，非为别事。你在外游荡，成什么官宦之体！为父本欲与你对亲，免得在外饶舌。(丑)倪子亲事有头来里，只怕呒有个样福分。(净)是何等人家？(丑)是新科举人孙秀斌的阿妹，大姑娘末生得好，只是人家穷点。(净)书香人家，何

① 秋闱、会试，单角本作“春闱”“殿试”。按，剧中刘贺去岁乡试(秋闱)，即将进京参加会试(春闱)，而殿试在会试后不久举行，故下文刘贺云“且等进京会试问候”，据校改。

计贫富。何处得见此女？(丑)阿伯，昨日倪子街坊收账回来嚧。(唱)

【驻马听】冒雪归里，得见娇娥心自怡。问他姻缘未配，抢白当场，有兄长怒起。(净白)当面定亲，也须好言相认，何故与他抢白？(丑)倪子有些酒兴，见大姑娘生得好齐整，一时心急说话，原有点粗鲁，勿想伊阿哥居来个嚧。(唱)**只道苟合相连理，挺身詈骂非礼义。想煞娇妻，想煞娇妻，若得洞房，死也欢喜。**

(净)畜生！(唱)

【前腔】一味胡行，乱语胡为无道理。也须要三媒六证，说合婚姻定佳期。(丑白)呧末是个布政使，伊是个穷举人，若去说亲，也称门当户对。(净)既要与他成亲，不该与他兄长抢白。(唱)**他是一榜名题，叫我何言来对礼。**(丑白)呧若勿去说亲，倪子一世要做光棍哉。(净)为父呵！(唱)**与你另选佳期，另选佳期，若得配合，携手连理。**

(丑)个样姑娘勿到手，我死也难过个嚧。(净)畜生，胡说。(外管家上)启老爷，本县老爷来邀请，有帖拜。(净)看大衣侍候。(唱)

【尾】整冠裳离门第，(净、外下)(丑)难是放勿下娇娥哉。(付上)全凭三寸舌，负罪到他门。哙，门上好冷清，待我自家进去。哙，大爷，大爷！(跪)(丑)阿呀，呧是刘小，走起来，走起来，坐东，坐东。(付)介末坐东。(丑)呧到来做啥？(付)个日要大爷动气，一则前来赔罪，二为利钱勿明白，来恳求恳求，要大爷开开恩哉。(作揖)(丑)啥闲话，请坐。我呀原对呧相好个，只为呧个阿哥有点勿好，故此得罪得呧哉。难末也勿得说，借票还拨呧是哉。(付)那格，借票还拨我哉？多谢大爷。哙，大爷，呧为啥勿到街里去走走，在屋里唉声叹气？(丑)咳，老刘，我有心事带。(付)呧有心事，可好对我说说？(丑)个日子我从呧屋里居来，路过坟庄。(付)个是孙家坟庄？(丑)实是孙家坟庄。个大姑娘生得来齐整。(付)个大姑娘呧道是谁，是孙秀斌个阿妹。(丑)勿错，实是孙秀斌个阿妹。(付)个大姑娘呧是勿是欢喜？(丑)介好大姑娘，那格会勿欢喜？(付)

个大姑娘,大爷是话[①]欢喜,包东我老刘个手把里。(丑)那格,好包东呾手里?(付)大爷,我话拨呾听,孙秀斌人家是穷个,花红聘金重些,我老刘走过去,一说就允,一到就成。(丑)老刘,呾真是知心朋友嘘。个大姑娘拨大爷办到手,我搭呾两个人也是知心知意个朋友个嘘。(唱)**我与你同心合意**。(付白)大爷,喏!(唱)**我这袖里机关谁见知?**

(白)大爷我去哉。(丑)慢点,慢点,吃之酒去。(付)啥个酒?(丑)先浇媒根。(付)介末领情哉。请。(下)

第十二号

外(刘安),小生(孙秀斌),贴旦(孙秀花),付(刘小),
末、老旦、正旦、花旦(方府家人)

(外上)(唱)

【(昆腔)**六幺令】奉命前程,周济寒儒资助白镪**。**堪怜孤苦小书香**。(白)我刘安,为因不成才的二爷触犯孙相公,恐大爷回来见责,为此禀告大娘,将银米资助。今日前去赔礼,往坟庄一走。(唱)**送银米,到坟庄,殷勤赔礼心才放**。

(白)到了。孙相公开门。(小生、贴旦上)(同唱)

【前腔】闻听声扬,急启柴扉看取端详。老人家,**伊家何故来临降?**(外白)老奴奉大娘之命,送得银子五两、白米三斗,与孙相公安家之费。(小生)老人家,蒙你主母如此厚义,真个粉身难报。但我孙秀斌呵!(唱)**何颜面,来受贶,望你赍转来达上**[②]。

(外)孙相公,我家大娘吩咐而来,二爷乃是无义之徒,何必挂心。待大爷回来,自有处置,你何故如此执意吓!(唱)

---

① 是话,方言,如果。

② 赍,持拿。赍转,指将赠物带回。来达上,单角本作“来上”,195-4-8曲谱作“言达上”,据以补“达”字。

【前腔】何故推让？（贴旦白）老人家，非是我哥哥执意，只为你家二相公欺人太过。（唱）**一味无端羞辱怎挡**。（内白）列位，跟之我来。（梅花吹）（付上，末、老旦、正旦、花旦四家人捧花红随上）（末）走走走走，为何不走？（付）走到那里去？到哉。（末）到哉，花红发进去。（付）慢点，花红发进，那里介豪悛[1]，我话都呒得话明白过。（末）呒得话明白，花红好发来格。（付）喏，我是硬做媒人个。倷稍站一刻，我走进去，三两句话，好算数哉格。（末）好个，好个，呸进去话来。（付）嗳，孙家哥哥。（小生）你是刘小，到来何事？（付）我是刘小，到来做媒。（小生）做什么媒？（付）呸个阿妹许拨方百林大爷，我做媒个。花红发进来。（四家人捧花红进）（外）二爷，你与那个做媒？（付）我拨方百林大爷做媒个。（将花红摔在地）（付）算数哉，算数哉。（付、末、老旦、正旦、花旦下）（外）孙相公，此事老奴不解。（小生）老人家，我那日在府上借贷回来，妹子在门首远望与我，忽然来了方百林这贼子呵！（唱）**见姿容，邪意狂，胡言乱语聘红妆**。

（外）吓，怎么有此事来？孙相公，你将花红银米收下，待老奴前去打听明白。（唱）

【（昆腔）尾】这情踪难度量，叫人兀自悒怏。（外下）（小生）呵吓，妹子吓！（唱）**累受欺凌没下场**。（下）

第十三号

丑（方百林），末、老旦、正旦、花旦（方府家人），付（刘小），外（刘安）

（丑上）（唱）

【水底鱼】心念娇娥，刻刻记心窝。眠思梦想，怎得结丝萝？

（白）学生，方百林。为之孙家大姑娘放心勿下，阿伯勿肯去说亲，为此同刘小商量，叫伊做之媒人。今日前去下聘，为啥还勿见居来，介也奇杀哉。

---

① 豪悛，方言，快。《集韵・号韵》："悛，快也。"按，此与下文第十三号"豪悛居去"的"豪悛"二字，整理本均记作"豪爽"，今改之。

（末、老旦、正旦、花旦四家人，付上）（付唱）

【前腔】**两脚奔波，急步去如梭。行盘已过，顷刻娶娇娥。**

（众家人）大爷，小人叩头。（丑）倷居来哉。个遭倷辛苦，吃酒饭去，吃酒饭去。（末）吃酒饭去。（众家人下）（付）大爷，刘小叩头。（丑）老刘起来，起来。大媒辛苦东哉，个老位坐东。（付）那格，个老位叫我坐？我就坐东。（丑）老刘，个头亲事那哼哉？（付）大爷，事体明白哉，花红聘金都收哼哉，只是伊个阿哥有点兜答[①]。（丑）伊个阿哥有兜答，我大爷也无法。（付）那格会无法，花红聘金收哼哉，要算数哉。家人四十，花轿一顶，去到坟庄，伊阿哥抱上轿勿用话哉，是话勿肯就抢亲。（丑）那格话？抢亲要吃大官司个呢。（付）吃官司，有我硬媒人到堂。（丑）那格，有吒硬媒人到堂？我去点家人四十。（付）我去打花轿一乘。（同白）到坟庄去抢亲。（外上）（唱）

【前腔】**事急蹉跎，快步不停挪。根由来问，此事非小可。**

（白）这里就是了，待我进去。（付）吒点家人，我押花轿，我押花轿去。（外）哪，二爷！（付）做啥？（外）这是你的仇人，怎不远避，反与他做成一路，强聘人家闺女？大爷回来，只怕你担代不起。（付）老毬养，阿哥回来，难道要我性命不成？（丑）老刘，个是啥人？（付）大爷，个人是我赖阿哥屋里扫扫地、管管门个老鼻头，就是伊。（丑）老鼻头便是伊，该死该死。男吓，山柴棍拿出来。（付）大爷慢点，看看老刘面孔。（丑）今朝实在看吒面孔，是话勿看吒面孔，一定敲伊死。（付）好个，好个。（丑）里哼[②]吃老酒去。（丑下）（付）吒看东，个歇没有我二爷个面子，山柴棍要拨吒活活敲死。豪悛居去，老老话我赖阿哥居来、阿哥居来，那里会拨我个人吃还？我二爷做个事体吒勿要来

① 兜答，麻烦，周折。明陈士元《俚言解》卷一“吺谘”条：“言语烦琐谓之吺谘，音兜答。《集韵》注：‘多言也。’又行事缠绕曰‘挽搭’，言其不断截也。”“兜答”“吺谘”“挽搭”系同源词，均有繁多义，引申而为琐碎、麻烦。详参曾昭聪：《中古近代汉语概论》，暨南大学出版社，2018，第151—152页。

② 里哼，“哼”亦作“亨”，方言，里面。

管，老实话我二爷个面子勿疲①个呢。（付下）（外）阿呀，这二个狗男女如此行为，大爷又不在家中，这便怎处？吓，有了，待我回去，禀告主母知道，与他理论便了。（唱）

【前腔】**情理不合，禀报事非讹。强婚闺女，祸事来天大。**（下）

第十四号

净（陆府家人），正生（刘贺），小旦（韩氏），外（刘安），末、老旦、正旦、花旦（方府家人），付（刘小），丑（方百林），贴旦（孙秀花），小生（孙秀斌）

（净家人随正生上）（正生唱）

【醉花阴】**快马加鞭不停留，扣青鬃丝缰紧牢。一路里顾不得风尘调，望淮扬、何时得到？**（白）俺，刘贺。自别母舅，一路归家，昨日离了青州地界，看看故乡不远，有恐家乡悬望，因此催马赶上。（唱）**遥望去近城壕，三街六市多喧闹，莫停留回归故郊，回归故郊。**（净、正生下）

（小旦上）（唱）

【画眉序】**香闺静悄悄，忆念夫君萦怀抱。听鹊噪连声，频频心摇。**（白）妾身韩氏，想官人出门，一月有余，不见回归。家事虽有老仆料理，只是二叔为人不端，我也不好重言训斥。官人吓，你该早早回来吓！（唱）**免使我牵挂胸填，盼归期云山飘渺。**（内白）马来！（净随正生上）（正生）骤马不停留，顷刻到门墙。（小旦）官人回来了，一路可好？（正生）还好，还好。（净）大爷，行李交代与你，小人要回去了。（正生）且慢。看天色已晚，安宿一宵，明日一早动身。（净）多谢大爷。（正生）把马带进。（净下）（小旦）官人请坐。（正生）请坐。继母可好？

① 疲，方言，差。该字195-3-84整理本作“歹”，括号注云：“音惜。”今改作“疲”，后文第二十一号“呾个头也勿疲”的“疲”字同。《越谚》卷下《单辞只义》“皵、趿、倏、歙、疲”条：“并音歇。越贬人物不美曰‘疲’。”绍兴方言“疲”“歇”“惜”同音，读作[ɕieʔ]，阴入调。晚清《三婿招》总纲本（195-1-102）第六号《思家》：“弟见王兄令郎，人品勿歇。”“歇”同“疲”。

(小旦)婆婆在家,倒也安泰。(正生)刘安为何不见?(小旦)他送银米到孙家坟庄去了。(正生)好,不负临行之嘱。兄弟在家,可无事否?(小旦)但是你兄弟在家么……也是好的。(正生)呀!(唱)**见他辞色有蹊跷,有衷情须当直道,须当直道**。

(小旦)官人,此事若对你说知,又恐见罪一家。(正生)讲来。(小旦)那日官人出门,不上数日,孙家叔叔前来挪借,不想你兄弟呵!(唱)

【喜迁莺】一味的将人、将人轻藐,语言中羞辱、羞辱讥诮。他性也么暴,忒凶嚣。(正生白)有什么凶嚣?(小旦)孙家叔叔前来挪借,被你兄弟一番羞辱,怄气归家,那时妾身命刘安呵!(唱)**赠银米暂度昏朝,他两三番秉性推却**。(正生白)如今这不成才的往那里去了?(小旦)他么?(唱)**再诉告,昼和夜无忌纵横,一味的恶狠狠行奸弄巧,行奸弄巧**。

(正生)咳,罢罢罢!(唱)

【画眉序】闻言怒咆哮,无知逆弟行不肖。玷辱书生,将他轻藐。(白)娘子我去也!(小旦)那里去?(正生)我么?(唱)**要将他赶出门庭,依然是街坊流落**。(小旦白)你将兄弟赶出,岂不违逆母命?(正生)咳!(唱)**令人难按胸中恼,亲逆罪自家承挑①,自家承挑**。

(外上)(唱)

【出队子】闪得人无可解交,不提防强聘窈窕。黑夜里迎亲女多娇,(白)大娘。(小旦)刘安起来。你大爷回来了。(外)怎么,大爷回来了?(笑)有救了,有救了。(正生)刘安,我大爷在此。(外)大爷,不好了。(正生)咳,二爷作事,我也尽知,你且缓缓而讲。(外)老奴奉大娘之命,送银米到孙相公家。不想来了二爷,与方府做媒了。(正生)那个方府?(外)欠他银子,就是那方百林。(正生)此事那里知道?(外)大爷,老奴那里知道,银米送去孙相公,不想二爷行聘花红。老奴赶到他家,细细打听明白,今夜要将孙小姐。(唱)**黑夜里强抢如**

① 承挑(tiāo),犹承当,意为承办,承担,担当。挑,用肩担,引申为承担。

花貌。**可怜他一对青年少,怎忍两开交?**

(正生)怎么,有此事?可恼,可恼!(唱)

【滴溜子】听言来,不住怒冲霄;恨凶枭,难按五内烧。娘子!**你须当慰亲年老,逆弟行为,我去承保**。刘安!**和你同到坟庄,挺身救捞,挺身救捞**。

(外)老奴晓得。难得有救,难得有救。(正生、外下,小旦下)

(初更)(末、老旦、正旦、花旦四家人,付,丑上)(同唱)

【鲍老催】准备花红,个个怒目狰狞貌,执斧持刀抢多娇。**努力齐心,去黑夜,急飞跑**。(丑白)老刘,家人齐备带哉,今夜个场事那哼排场排场?(付)大爷放心,若说抢亲,我有媒人。(丑)媒人阿媒人。(付)伊个阿哥受过聘银,闲人谁敢公论?(丑)公论阿公论。(付)兄妹居住坟庄,黑夜谁人救应?(丑)救应阿救应。(付)勿论官司口舌,大爷大胆,只管抢亲。(丑)阿嗑!老刘,倷屋里阿哥来哼①。(付)我赖阿哥山东望娘舅去哉。(丑)还有老鼻头来哼。(付)老鼻头有我二爷来带。(丑)好个。男吓,一个个尽心努力哉!(付、丑同唱)**齐心努力称英豪,休得高声来喊叫,密密静悄悄,密密静悄悄**。(众下)

(二更)(贴旦上)(唱)

【刮地风】呀!听更筹滴滴声声已初敲,好叫人愁肠寸绞。**恨只恨薄命红颜,孤鸾坐着克星照**。**苦只苦双亲早丧归泉道,**(小生上)妹子吓!(唱)**都是我行不肖,累及你身受煎熬**。(贴旦白)哥哥吓!(唱)**愿甘心困守在草茅,又谁知被恶贼欺凌,贼祸来招**。(小生白)那刘贼结连狐群狗党,日间硬聘而去,料也不肯甘休,我也无计可使,这遭如何是好?(贴旦)妹子有一主见。(小生)事在应急,有什么主见,快快说与为兄知道。(贴旦)小妹拚得一死,以保贞烈。(同唱)**去幽冥,向森罗,哀哀诉告,保贞烈以孝道,兄和妹一双苦恼**。**悲号,止不住泪雨如潮,叫天天不来鉴照**。

(正生、外上)(正生)金兰遭大变,(外)祸事不轻非。(正生)贤弟开门,开门。

---

① 来哼,“哼”亦作“亨”,方言,在,在那儿。“亨(哼)”的用法详见《西厢记·游寺》“梦里来带成亲”注。

(小生)那一个?(正生)为兄刘贺到此。(小生)义兄来了,妹子回避。(贴旦下)(小生开门)(正生、外)贤弟/孙相公。(同唱)

【双声子】乍见了,痛苦悲号;义情交,重会意心劳。(正生白)贤弟,为兄失了主见,害着你也!(唱)**解祸患,息纷嚣**。**安慰家常,我当力效**。

(小生)阿吓,兄吓!这是小弟命运蹭蹬,怎好累及吾兄?(外)孙相公,那方百林可有动静?(小生)那逆子恶心已起,谅来不肯甘休。(正生)贤弟,为兄今夜到来,要保义妹贞烈。(唱)

【四门子】何惧那逆子势滔滔,保贞烈我承挑。打得他落花流水无头脑,不负了义结金兰义同胞,义结金兰义同胞。(末、老旦、正旦、花旦四家人,付,丑上)(同唱)**急抢佳人事,坟庄已到**,呀!**准备着密计施为暗谋巧**。

(付)到哉,到哉。(丑)打进去。(付打门)(小生)刘小你来了么?(正生开门,打付一掌,踢出)(付)阿哥来带,勿好哉,勿好哉。(正生)咳,贼子,贼子!(唱)

【水仙子】呀呀呀气咆哮,呀呀呀气咆哮,犯王章罪难逃。(丑唱)**何惧你行凶暴,便当官何足道**。(正生打,众逃下)(贴旦上)(唱)**听中堂闹吵吵,这灾危怎脱逃?**(白)哥哥吓,恶贼受辱而去,谅来不肯甘休。(正生)义妹,此地也住不得了,依为兄之见,不如到我家耽搁几日,再作计较。(小生)恩兄吓,兄妹多蒙恩义,结草难酬,只是不好轻造府上。(正生)义妹说那里话来?我同义弟情同手足,何出此言。刘安过来。(外)大爷。(正生)你去对大娘讲,叫他准备车辆,迎接孙小姐。快去。(外)老奴晓得。(外下)(贴旦)阿呀,哥哥吓!(小生)妹子吓!(唱)**休得要泪珠抛,事急迫免悲号**,(同唱)**都只为恶贼行凶弃蓬茅,恶贼行凶弃蓬茅**。(正生、小生、贴旦下)

(付上)勿好哉!(唱)

【煞尾】吓得我汗如汤浇,(末扶丑上)(丑)打坏哉!(唱)**打得我无头无脑**。(白)哙,老刘!(付)大爷!(丑)老刘!(付)大爷!(两人相碰,丑踢付)(丑)阿呀,我脔呾个娘!呾介好个计策,抢亲,抢亲,硬做媒人,呾叫阿哥来保卫,把我屁也打出哉。(付)大爷,我阿哥居来,我是勿得知个。若叫阿哥来保卫,也勿用逃走哉。(丑)话带起来，我大爷错怪之呾哉。(付)大爷实在错怪得我哉。(丑)错怪呀错怪。阿哉老刘，我大爷明白带哉。(付)大爷呾明白啥？(丑)呾阿哥没得倪子，孙秀斌个阿妹个头生得好，呾阿哥心里想做小。(付)大爷，是有点意思，是有点意思。(丑)是话有点意思，大爷要行绝计哉。(付)顶好行个断命计、绝命计。(丑)想来三个人都在坟庄里厢，我点之家人四十，把坟庄团团围住，阿唷，门儿反锁，用火焚烧。(付)用火烧。(丑)若话烧死穷鬼，我大爷得娇妻。(付)若话烧死我阿哥。(丑)若话烧死呾阿哥，两份家私呾独得。(同白)独得独得……(丑打付一掌)(丑)话起独得，高兴杀哉。(付)个生活好来格。好个，好个，叫家人走出来，走出来。(丑)男吓，男吓！(老旦、正旦、花旦三家人上)打坏哉，打坏哉。(丑)我大爷打得个样光景，呾赖[1]个班毴养，都到罗里去哉？(众)我赖打伊勿过，都躲在茅坑里。(丑)今夜吃之亏哉，我大爷勿肯饶伊，快点去备火炬，大家回坟庄，烧掉之伊末是哉。倷打伤哉，贴膏药、吃补药，都是我大爷个。(付)列位吓，我赖阿哥是个举人，三脚猫有两几个，今夜大家要出大力哉。(丑)男吓，今朝夜里，大家要出大力哉！(唱)**我意决放火焚烧，那怕他飞腾九霄**。(众唱)**一个儿为着娇娥，一个儿起横心怎顾同胞**。(下)

第十五号

净(刘府家人)，杂(车夫)，外(刘安)，付(刘小)，丑(方百林)，
末、老旦、正旦、花旦(方府家人)，正生(刘贺)，小生(孙秀斌)，
贴旦(孙秀花)，小旦(韩氏)

(三更)(内)众兄弟！(唱)

---

① 呾赖，方言，你们。

【泣颜回】急步往街坊，(净家人、杂车夫随外上)(外唱)**纠集三千纪纲**[1]。**挺身直上，一个个放开胆量**。(白)老奴刘安，奉大爷之命，纠集家丁，雇下车辆，到坟庄迎接孙小姐兄妹二人。众兄弟，一路之上，自要小心防备者。(唱)**灯球齐放，须提防、黑夜劫红妆。必须要努力齐心，紧紧的保家乡**。(外、净、杂下)

(付、丑上，末、老旦、正旦、花旦四家人随上)(丑)男吓，团团围住。(付、丑、四家人两面下)(正生、小生、贴旦上)(同唱)

【千秋岁】整行装，打叠出门墙，兄和妹、潜避祸殃。(四家人围上，付、丑同上)(丑锁门)烧东，烧东。(正生)呀！(正生、小生、贴旦唱)**听高声喊嚷，不一时直透红光**。(正生科)(小生)义兄，外面起火了。(正生)义弟，休得惊慌，待我看来。(唱)**扣双扇怎措掌，无计策出门墙。阿呀！火势如蜂拥，即便抽身，捣壁推墙**。(正生带小生、贴旦走圆场，推墙不倒，用石头砸墙，逃下)

(末)往后面出去了。(丑)快点追。(众追下)(正生、小生、贴旦上)(同唱)

【红绣鞋】三人急步彷徨，休得离身轻放。脱祸地，免灾障。朦胧月，影无光。好叫我，意彷徨。[2]

(付上，扯贴旦)(付)在这里了。(丑上)抢得去。(四家人上，抢下)(贴旦)阿呀！(小生跌)呵吓，义兄吓！义兄吓！(正生上，夺转贴旦，打，四家人下。丑上，打丑鼻子，丑逃下)(付笑)我赖阿哥火烧熟哉，两份家私我一个人独得哉。(正生打付，付逃下)(外上，净家人、杂车夫上，接贴旦，众走圆场，小旦上接，下)

---

① 三千纪纲，指众多得力之人。《左传·僖公二十四年》载晋文公迎接夫人嬴氏归国，“秦伯送卫于晋三千人，实纪纲之仆”。

② 单角本本曲仅有“三人急步彷徨”一句，“休得”至“彷徨”据195-4-8曲谱补。另，休得离身轻放，《调腔乐府》作“须得紧紧依傍”。本曲之后，195-4-8曲谱尚有**【煞尾】**：“(小生、贴旦唱)谢你恩德义非常，可恨那恶子胡为丧天良。今朝舒却愁眉放，何日得报报深恩大义广？(正生、小旦唱)休言相报，情同一腔，兄妹相依何须两样。终有日金阶上，名题虎榜叠闹铿锵，叠闹铿锵。”

第十六号

末、老旦(方府家人),丑(方百林),付(刘小),净(方奎)

(内)打坏哉,打坏哉!(末、老旦扶丑上)(丑念)

【哭婆娑】打、打得我魂飞魄散,我、我心惊胆战步儿践。(付上)(念)**吓、吓得我无头可还,急、急得我浑身淌汗**。

(白)勿对哉,勿对哉,我赖大爷拨我赖阿哥打得泻血哉。哙,大爷!(丑)来带冒血。(末)冒血。(付)来东冒血。大爷,话来话去,我赖阿哥做人来得勿好,夺得大爷个风流,把大爷打得冒血,叫我老刘心里如何过得。(哭)阿呀,大爷,大爷!(丑)我大爷被倷阿哥打得个样光景,呾还要讲个样凉飕飕个死话。(付)大爷,我是是是真话。(丑)刘小,我赖屋里勿要呾来哉。(付)大爷,我是要来个。(丑)呾是话到我赖屋里来,我要抽呾个筋,剥呾个皮,后脚筋还要放断。勿必说,男吓,扶之我到阿伯个里去。(念)

【前腔】一霎时哽咽喉咙干,这冤仇如何报还?(末、老旦扶丑下)(付)咳!(念)**何苦的调舌斑斓,自悔我口语胡讪**。(白)我真真𠕇杀倷娘。指望想攀伊个势道,图个进身,抢亲,抢亲,抢出阿哥来哉,打之个样光景。个场事体,弄得两头勿讨好,大爷勿要我去哉,自己屋里居去勿来哉,叫我罗里去呢?吓,有哉!身上还有件海青来带,脱下来到街坊里当个三五百钱,到赌场里虬虬罢哉。(念)**归旧路笑言谈,仍赌博把心安**。(付下)

(净上)(引)逆子纵横,不听训教无奈何。(白)老夫方奎,年迈单生一子,畜生不听训教,无可奈何。(末、老旦扶丑上)(丑)阿伯,倪子打坏哉。(净)儿吓!(吹)(白)为何这般光景?(丑)阿伯,喏!(唱)

【(昆腔)驻马听】只为心想娇娥,硬聘千金劫红妆。(白)勿想来之刘贺狗娘贼。(唱)**轻轻拆散好鸳鸯,被他殴辱来无状**。(白)倪子千辛万苦为娇娥,若还勿能到手,喏!(唱)**难保存亡,死生未卜,一命黄泉**。

(净)为父差县主前去作伐便了。(唱)

【(昆腔)**尾】且安心愁容放,叫人怎不泪汪?**(丑白)阿伯快点去,拨倪子说亲要紧。(丑下)(净)我本不与他说合亲事,念你一个独子。(唱)**怎忍轻离骨肉行?**(下)

第十七号

正生(刘贺)、小生(孙秀斌)、外(刘安)、丑(胡得富)

(正生上)(引①)家事冗烦,叫人怒气难按。(白)卑人刘贺,只为逆弟不肖,受此一节。他今见我,不敢归家,倒也免了无穷气恼。如今义兄、义妹俱在我家安顿,倒也日夕悄然。目下进京会试,儒学斋府投过名帖,就要起程,不免叫义弟出来,一同进京。贤弟那里?(小生上)(引)羞脸惭容,和妹身寄良朋。(白)哥哥。(正生)见礼,请坐。(小生)叫小弟出来,有何见谕?(正生)贤弟,昨日斋府投过名帖,纷纷举子皆已上京,为此叫贤弟出来,商酌而行。(小生)承蒙吾兄如此恩待,弟感激非浅。但是舍妹在府上造次,恐有不便。(正生)贤弟说那里话来?令妹在舍下,姑嫂作伴,何必牵挂?(小生)我兄施恩高厚,但是舍妹呵!(唱)

【尾犯序】孤子甚凄凉,自幼双亲,命赴黄粱。失教香闺,恐惹非常红妆。心肠,倘忤了深闺绣幕,反累了一片衷肠。心难放,我寻思转展,暗地苦悲伤。

(正生)贤弟吓!(唱)

【前腔】何必泪落有千行,义妹娇柔,岂虑参商。离别常情,何必悒快?(小生白)哥哥,非是小弟过虑。(唱)**去往,今日个相叙亲谊,各天涯怎能倚傍?**(正生白)贤弟,可知功名事重,何必疑虑家常?(唱)**免惆怅,有日腰金衣紫,不负旧书香。**

(外上)启大爷,本县老爷有帖拜。(小生)哥哥,县主到来何为?(正生)莫非

---

① 引,单角本作"白",下小生出场单角本为"引",是此处亦当为"引",今改正。

到来饯行?(小生)未必为此。(正生)开正门。贤弟,一同出去迎接。(二手下、丑上)有意来作伐,假意作饯行。(正生、小生)老父母。(丑)贤契。(正生)请进。(外)老爷有请。(正生、小生)春元参。(丑)不敢。孙贤契你也在此。(小生)晚生一知老父母驾到,即来迎接候。(丑)好说。(正生)请坐。请问老父母到寒下,有何见谕?(丑)今当大比之年,一来前来饯行,那二有事相求。(正生)老父母吩咐,自当领教。(丑)下官此来,本要刘贤契代言,刚巧孙贤契在此,就面恳了。(小生)晚生听教。(丑)请问令妹青春几何?(小生)年方二八。(丑)妙吓!正是摽梅之际,下官有言奉告。(小生)请道。(丑)本城方府公子,断弦未续,欲求令妹为婚,命下官前来作伐,未知尊意如何?(小生)这个,这个,咳!(丑)贤契休得含糊,方府乃藩宪名门,贤契是书香旧族,岂不门当户对?(唱)

【前腔】恳乞效鸾凤,订结丝萝,佳配双双。当效秦楼,鸾凤呈祥。(小生白)老父母在此,晚生直告。(丑)请道。(小生)舍妹为方贼之愆,险些性命攸关。他硬婚不遂,烧毁坟庄,我与他仇深山海,老父母此来差了。(唱)**休讲,我与他做个冤家,奈登程应试上榜。望推详,香闺女岂配犬豕郎?**(小生下)

(丑)孙贤契讲得不明白而去,倒有些没趣,告别。(正生)候送。(丑)只道良缘来说合,谁知此事有前非。没趣,打道。(二手下、丑下)(正生)贤弟快来。(小生上)(唱)

【前腔】难耐怒胸膛,堪恨无知不忖量。哥哥,**他局邪横,又生风浪**。(白)哥哥,那县家去了么?(正生)贤弟,你既不允亲事,也要好言回他。他是父母官儿,恐生枝节,必须隐忍方是。(小生)哥哥,他身为牧民,不察细情,受人哄骗,前来作伐,叫小弟如何隐忍?(唱)**虚谎,为牧民枉坐琴堂,直言的与他分讲**。(正生唱)**有胆量,登程在迩,同去整行囊**。

【尾】(同唱)**两同心志一腔,义结情投欢畅。辞别中庭到帝邦**。(下)

第十八号

贴旦(孙秀花)、小旦(韩氏)、正生(刘贺)、小生(孙秀斌)

(贴旦上)(唱)

【锦堂月】忍耻含羞,兄妹相依,感蒙义友相投。恶贼邪横,一味的行强弄丑。害得奴身无所归,贞烈女遭此僝僽。意绸缪,想起衷情,盈盈泪流,盈盈泪流。

(小旦上)(唱)

【前腔换头】邂逅,两意情投,姑嫂相依,恰似闺中良友。姑姑!**我看你愁眉不展,我劝你舒开眉皱**[①]。(贴旦白)恩嫂见礼,请坐。(小旦)见礼,请坐。(贴旦)请问嫂嫂,到小姑房中,有何话说?(小旦)小姑,你还不知道,令兄会试在迩,就要起程。为嫂已备酒筵,请你一同去饯别。(唱)**嘱临行同叙杯盘,表殷勤一杯浊酒**。(贴旦白)既是哥哥去会试,何人作伴?(小旦)官人同往。(贴旦)如此嫂嫂请。(小旦)小姑请。(同唱)**同携手,金莲款蹙**[②]**,徐步悠悠,徐步悠悠。**

(内)哥哥请。(内)贤弟请。(正生、小生上)(同唱)

【醉翁子】[③]**情投,内庭聚首。今日个背井离乡,难撇娇羞。**(小生、贴旦唱)**泪流,心下悲忧,一片离情难诉剖。休眉皱,登程吉日,切忌泪双流。**

(正生)义妹,今日贤弟同我上京会试,在我家下,姑嫂作伴,何必过虑?(唱)

【侥侥令】须记前情事,别起暗中谋。此去若得功名就,光宗祖耀门楼,光宗祖耀门楼。

(贴旦)哥哥,你为功名,小妹也难阻挡。想此一别,薄命的妹子,不知与你何日相会也。(小生)阿呀,妹子吓!(小生、贴旦唱)

---

① 眉皱,195-4-8 曲谱作"情爽",据文义改。

② 款蹙,犹云缓步。蹙,通"蹴",踩,踏。

③ 此曲牌名单角本书作"醉公子",明王骥德《曲律》卷一《论调名》云:"【醉公子】,唐人以咏公子,今讹为【醉翁子】。"但调腔他处作【醉翁子】,今从俗。

【滴溜子】痛伤心，痛伤心，肠断悲忧；好似子规啼，红泪难收。叫人难舍亲骨肉，（众合唱）**这苦难消受，此话怎剖。泪眼相看，各自心愁，各自心愁。**

（丫环捧酒上）（众合唱）

【尾】临行且饮三杯酒，一路风霜担受。（贴旦白）哥哥，愿你此去荣贵显。（正生、小生）好！（同唱）**衣锦归来开笑口。**（下）

第十九号

净（方奎）、花旦（丫环）、丑（方百林）、付（刘小）

（内哭）（净上）（唱）

【孝顺歌】为痴儿，无行做，心意彷徨泪珠堕。患病受多磨，日夜不安妥。（白）这畜生，为孙家之女而起，倘有不测，如何是好也？（唱）**奈我桑年衰暮，桑年衰暮，孤子无依，怎生折挫。**（花旦丫环扶丑上）（丑）阿吓，阿伯吓！（唱）**我哭泣悲哀，心念娇娥。**（净唱）**乍见伤心处，不住泪滂沱。倘有差池，父和子怎结果，父和子怎结果**[①]。

（净）儿吓，你病体可好些了么？（丑）倪子病体一日重一日，看来勿济事哉。（净）只要丢却痴心，自然痊愈了。（丑）阿伯，呾叫县官去说亲事，那格哉？（净）看来勿允。（丑）那格，勿允？咳，大姑娘，看来我搭呾枉死城中相会哉。（唱）

【前腔】一心心，想着他，难道阻隔这银河？绝断好姻缘，生死难逃躲。（净唱）**言语糊模，言语糊模**[②]**，你好痴愁，又向森罗。一身作怪，霎时平地起风波。**（丑白）咳，我病得个样光景，你还要来宽我个心，好恨吓！丫头，刘小可有来过？（花旦）没有。（净）那一个刘小？（丑）刘小是刘贺个阿弟，倪子个好朋友。（净）刘贺上京赴试去了。问他怎么？（丑）那格话，刘贺上京赴试去哉？阿伯放心，倪子个毛病好哉。（唱）**拔出眼中钉，计会在胸窝。**（净白）咳！（唱）**不记**

---

① “倘有”至“结果”，单角本原无，据195-4-8曲谱补。

② “言语糊模”及其叠句，单角本原无，据195-4-8曲谱补。

从头事，一味胡行做，一味胡行做。（净下）

（付上）（唱）

【前腔】急匆匆，去如梭，步履如飞不停挪。迤逦是侯门，前来问安妥。

（白）大爷，刘小叩头。（丑）唥，呒老刘，走带起来，坐东，坐东。（付）我坐东。大爷，呒病体可好些么？（丑）略宽松点，还没有痊愈。（付）恭喜，恭喜。（丑）阿哉老刘，闻得呒个阿哥同孙穷鬼上京去哉。（付）大爷，呒那哼得知？（丑）阿伯为我有病，央之县主去说亲，孙穷鬼勿肯，同呒阿哥会试上京，知县回复阿伯，阿伯对我说个。个大姑娘是勿是在倷屋里？（付）介是真个。我阿哥虽然勿来拉屋里，叫我那哼替呒出力？（丑）大姑娘为呒阿哥来里，一时推却。到底女人家水性杨花，呒那哼骗之伊出来，了了我个心病，真正是我大恩人哉。（付）大爷，想个大姑娘骗是骗勿出来个呢。（丑）介末那哼呢？（付）让我居去打听伊困个所在。夜里呒准备花轿一乘，家人四十，我对呒拍手为号，拨个大姑娘抢到庄院里，好随呒摆布哉。（丑）老刘好计策，是话葛个大姑娘办到手，呒是我赖方家个活祖宗哉。（唱）

【前腔】赛陆贾，似随何[①]**，密计安排入网罗**[②]**。暗度陈仓做，要他做番婆。两意情投，两意情投，你我机密，商量已妥。与我成对，没世不忘。**（同唱）**话情投，机关笑呵呵；两双双，心意和，两双双，心意和。**

（付）我去哉。（丑）勿可嬉脱局个。（付）大爷放心。（下）

第二十号

老旦（王氏）、付（刘小）

（老旦上）阿吓，儿吓！（唱）

【玉山颓】忆念亲生，哭得我涕泪交淋。好叫我常挂胸怀，从不见回转门庭。

---

① 陆贾、随何，均为汉初谋士，以辩才著称。

② 安排入网罗，195-4-8 曲谱作“巧安排”，今稍作改动。

(白)老身王氏，只为不肖无知，身习下流，我费尽心机，相劝攸归，奈他不能悔心。刘贺见责与他，仍然赶出在外。为了此子之愆，累我低眉颔首。吓，不肖子呀不肖子！(唱)**一味的赌博营生，不成才流落飘零，几时得能回心？若得心归正，我就死黄泉也欢欣**。

(付上)(唱)

【前腔】跨步前行，早归来已是旧境。此刻是胆战心惊，缘何的寂寞无人。(白)凑巧门上没得人带，让我悄悄进去。哙，阿妈！(老旦)你是刘小吓？(付)倪子居来哉。(老旦)阿吓，好畜生吓！(唱)**泪落胸襟，见了你不觉伤心，使人一喜又一惊**。(白)你一向在何处，今得回来见哉？(付)阿妈，做倪子虽然人勿好，阿哥为人有点勿公，为此游荡街坊嘘。(唱)**荡街坊，雨打梨花飘泊轻**。

(白)阿妈，呃可康健否？(老旦)做娘的为你不好，恐你嫂嫂有话见责，故此常远避他们。(付)阿哥可来屋里吓？(老旦)与姓孙的一同上京会试去了。(付)孙穷鬼个阿妹呢？(老旦)你嫂嫂内厅收拾卧房，在我家住下了。(付)老苍头到那里去了？(老旦)下乡讨账，要旬日方回。(付)阿妈，难末倪子改过前非，竟要做好人哉，要阿妈帮衬我点才好。(老旦)只要你肯改过前非，为娘那有不肯？随为娘进去。(唱)

【尾】亲生儿记胸心，自好看承。(付白)多谢阿妈。(老旦)恐嫂嫂看见不便，悄悄地进来。(老旦下)(付)晓得。阿呀，想方百林个狗娘贼，个夜里要我抢孙家阿妹，想对伊也呒啥相好，无非为之一张欠票，弄得我身无立足之地。我想今夜等花轿到来，把阿嫂抱之上轿，孙秀斌个阿妹我自己受用。咳，老刘，老刘，呃今夜乐煞之人哉嘘！(唱)**毒计安排，只恐累自身**。(下)

第二十一号

贴旦(孙秀花),小旦(韩氏),付(刘小),花旦(丫环),丑(方百林),
末、正旦(方府家人),净(方奎),老旦(王氏)

(起更)(贴旦、小旦上)(同唱)

【园林好】更阑静万籁无声,双携手、姑嫂相应。若不是义结同心,轻拆散早离分,轻拆散早离分。

(小旦)小姑。(贴旦)恩嫂。家兄多蒙义兄厚德,又感恩嫂垂怜,此恩德何日报答?(小旦)小姑说那里话来?我夫妻最重孝义,怎说"报答"二字?趁此黄昏未睡,内堂无人来往,和你刺绣一会,以消良夜,如何?(贴旦)小姑当得奉陪。嫂嫂请。(小旦)小姑请。(同唱)

【前腔】纤纤的玉指拈针,并相列、一对娉婷。绣一幅并头莲转青蘋,用奇工施精神,用奇工施精神。

(小旦)小姑,这片枝叶如何?(贴旦)待奴看来。阿吓,妙吓!(唱)

【江儿水】果然玲珑巧,指上有神灵。这一回、重重初开枝头应,那一幅连理枝头同欢庆[①],(同唱)**好似你我灯前映**。(小旦唱)阿呀!**小鹿心头乱惊**,(白)小姑,为嫂心惊肉跳,不知何故是也?(贴旦)嫂嫂,我也是如此。(同白)这又奇了。(靠桌睡,家神上,看小旦作愁苦状,看贴旦做杀头状,拭泪下,贴旦、小旦惊醒)(贴旦)嫂嫂,我看你一霎时形容改换,你我各自进房去罢。(小旦)既如此,待我收拾零细,各自进房安睡了罢。(贴旦)嫂嫂请。(小旦)小姑请。(同唱)**暂罢针工,进香闺各自就枕,各自就枕**。(同下)

(二更)(付上)(唱)

【前腔】黑夜无光照,谯楼已二更。缘何不见二娉婷?(内白)嫂嫂,小姑失陪了。(内)小姑,为嫂不送了。(内)嫂嫂请。(内)小姑请。(付)噫!(唱)**且听他**

---

① 此句195-4-8曲谱作"那一朵蒸尝未色紧",今从195-3-84整理本。

唧唧哝哝来相亲，抢红妆必须机灵[①]。（花旦丫环、贴旦捧灯上）（唱）**进去闺房安寝，**（关门下）（付上推门，门紧闭。摸圆场，开大门，家神上，一惊，摸）（付）葛介人摇摇摆摆，会长会矮。（拍胸）勿对，勿对。（撒尿，家神下）（付）等方百林大爷来末，喏！（唱）**毒计安排，只恐累自身**。（关门，家神上碰门）

（丑上，末、正旦二家人随上，丑惊退）（末、正旦）大爷，呒那格哉？（丑）喏喏喏，前面白闪闪，个是啥东西？（末、正旦）个是大人家个白粉墙。（丑）大人家个白粉墙？为啥摇摇摆摆会动？（末、正旦）大爷，年数多，要倒东哉。（丑）年数多要倒东哉。快站远些，塌来要压煞个。（丑拍手）（付上，拍手）（付）外面是勿是大爷？（丑）是个，是个。里面是勿是刘小？（付）是个，是个。（丑）刘小，呒事体可明白？（付）明白哉。花轿有得到来？（丑）花轿已到。（付）花轿来东哉。难末让我开带起来。（开门，末、正旦进）（家神上，上轿。付被单裹小旦上，上轿，丑、末、正旦带轿下，付下）（丑、末、正旦带轿上）（丑）男吓，关门，关门。落轿，落轿。晕去哉，晕去哉。快拿出参汤来。（末、正旦下）（丑）让我揭开之被单。娇娇！（小旦）贼子吓，贼子！（唱）

【玉交枝】恶贼太狠，敢胡为强抢红裙。我本裙布女钗荆，敢污我清白芳名。（丑白）勿是。弄错哉，弄错哉。呒是啥人？（小旦）我是刘贺之妻韩氏。你们强抢有夫之妇，快快送我回去。（丑）那啥，呒是刘贺之妻韩氏？呒老公夺得我风流，呒个头也勿瘕，呒今朝来带，做呒勿着哉。（小旦）阿呀，不好了！（丑唱）**我遍身欲火难禁，残花败柳何须论**。娇娇！**今夜里了我病根，今夜里了我病根**。

（小旦）贼子，休得无礼。（家神捧花盆与小旦，小旦砸，丑死）（末、正旦上）不好了，大爷死哉，叫之老爷出来。（末、正旦下）（小旦）阿呀，不好了！（唱）

【前腔】鲜血淋淋，霎时间一命归阴。前世冤孽今世认，（白）贼子吓贼子！（唱）

---

① “且听他”至“机灵”，195-4-8 曲谱作“且是踌躇等待来，抢红妆自有欢爱”，今从 195-3-84 整理本。

我便餐刀死也甘心。(末、正旦随净上)(净)打进去！儿吓！(唱)**乍见娇儿命归阴,满地鲜血淋淋**。(白)泼贼,泼贼！(唱)**绝宗祧儿命归阴,来到公堂一一理论**。(净、末、正旦带小旦下)

(三更)(花旦、贴旦上)(贴旦唱)

【五供养】夜半三更,倏忽心头,小鹿频频。令人难猜量,莫非有灾迍?(白)丫环,在房中刺绣,外面声声闹吵,却是为何?(花旦)莫非大娘未睡,我去看来。(花旦下)(贴旦)吓,是了！(唱)**意思心萦,因家常朝暮担愁闷。神思多恍惚,腹内又怀孕。休要闲思,且是挑绣拈针,挑绣拈针**。

(付上)(唱)

【前腔】听人声寂静,引动风流,欲火难禁。悄地回廊过,不见女娉婷。哧！**见灯光照映,门半掩等着我有情人。大胆行将去,凭天降祸临**。(蹿进门,隐在贴旦身后,贴旦持灯照)(贴旦)这又奇了。(付)娇娇！(唱)**我和你前世姻缘,死也甘心,死也甘心**。

(贴旦)放手,放手！(剪刀刺死付)(花旦上)阿呀,不好了！叫老夫人出来才是。(花旦下)(贴旦唱)

【川拨棹】恁胡行,也是你命犯煞星。谁叫你污我清名,(白)贼子吓贼子！(唱)**赴云阳前生注定**。(花旦、老旦上)(老旦唱)**闻报道儿命倾,好一似箭攒心**。

(白)孙家小贱,我家有何亏待你,将我孩儿,因何刺死?(贴旦)逆子横行,理当除害,你去问来。(老旦)贱人吓！(唱)

【前腔】心狡獍①**,似鸱鸮**②**恶蛇心。关门养虎虎伤人,耐胸襟。便食汝肉剜你心,食汝肉剜你心**。

(贴旦)罢罢罢！(唱)

【尾】今宵祸事重重临,冤如泼天何处伸?(老旦白)快叫大娘出来。(花旦)大娘

---

① 獍,恶兽名。《广韵·映韵》:“獍,兽名。食人。”亦称“破镜”,《汉书·郊祀志上》中“祠黄帝用一枭、破镜”,颜师古注引孟康曰:“枭,鸟名,食母;破镜,兽名,食父。”

② 鸱鸮,这里指的是枭,猫头鹰一类的鸟,古以为恶鸟,谓枭长而食母。

有请，大娘有请。夫人，大娘不见了。（老旦）想是你们二人同谋是实。丫环，将贱人扯到公堂去，将你凌迟来碎剐。（贴旦）天吓，天吓！（唱）**苍天怎不见分明?**

（老旦）贱人！（打一掌）（扯下）

第二十二号[①]

外（刘安）

（内）走吓！（外上）（唱）

【红叶儿】[②]**走长街去如梭，暂回归事多磨，闻听家常遭此奇祸**。**家门不幸，萧墙内骤风波**。（白）我刘安，为家主上京应试，家常命我总管。已在深冬收结之际，去乡间耽搁几日，闻知家中有事，即速赶回，不期家中遭此大祸。主母被方贼抢去，未有归家；刘小被孙小姐伤命，老夫人差人到县堂前叫冤。此事未知确实，为此安顿好行李，到县堂打听明白。咳，大爷吓大爷，你在京中，那知家中之事吓！（唱）**若闻言魂堕**[③]**，怎提防起风波，合门家眷人声寂寞**。**去往琴堂，急抽身踉跄步蹴**。（下）

第二十三号

丑（胡得富）、正生（方六）、小旦（韩氏）、老旦（王氏）、贴旦（孙秀花）、外（刘安）

（四手下、丑上）（引）琴堂流水响潺潺，一味的苞苴[④]眷恋。（诗）百里庸才士，

---

① 本出单角本有目无词，仅书作“廿叁号　唱　白　唱”，据 195-4-8 曲谱和 195-3-84 整理本校录。

② 曲牌名 195-4-8 曲谱题作“拱叶儿”，195-3-84 整理本改作“鸿雁儿”，当即**【红叶儿】**。另，本出疑为昆腔场次，而昆腔曲文传写和口述容易失真。

③ 魂堕，195-3-84 整理本作“魂胆堕”。

④ 苞苴，用苇或茅编织而成包裹用具，代指馈赠、贿赂。苞，同“包”。《荀子·大略》“苞苴行与”杨倞注：“货贿必以物苞裹，故总谓之苞苴。郑注《礼记》云‘苞苴裹鱼肉者，或以苇，或以茅’也。”

琴堂掌牧民。下民容易虐，上天岂闻知。（白）下官扬州府江都县胡得富是也。原是岁贡出身，一味媚权谄势，上司道我善能凑趋，所以得此美官。到任以来，纵然赚银，只是不够弥补。正在踌躇，忽报命案，为此审堂录供。吩咐开门，将众人犯带上来。（正生、小旦上）（丑）人犯报名。（正生）小人方六。（小旦）小妇人韩氏。（众）有锁。（丑）去锁。韩氏下去，方六上来。（小旦下）（正生）有。（丑）方六，你家老爷为着何事，状告韩氏？（正生）我家老爷，只为一位公子，原配孙秀斌胞妹孙秀花为婚，原受过聘礼。胞兄上京会试，其妹身安刘门。奈我家公子与刘贺先有深仇，韩氏卖奸进府，谋命是实。（丑）你可实供？（正生）小人代冤，怎敢谎言？（丑）下去。（正生下）（丑）传韩氏。（众）传韩氏。（小旦上）大老爷，韩氏在。（丑）你将方百林谋死，从实招上，免受刑罚。（小旦）爷爷容禀。（唱）

【（昆腔）**梁州序**】**听诉因依，衷情细剖，无端劫抢娇柔**。**一味邪横，硬婚图占风流**。（丑白）混话了。孙秀花已受方府重聘，既来催亲，理应婚嫁，怎能阻婚匿女？你分明与方府有仇，卖奸谋命是实。（小旦）爷爷吓！（唱）**休得别意索隐，玷辱门墙，污我芳名丑**。**高悬秦镜也察根由，伏望青天鉴碧流**。（丑白）呢，我骂你这不要廉耻的妇人！你在深闺绣阁，方百林何得黑夜将你强抢？必定与他先有奸情，恐此女剥夺你风流，使你怀恨在心，还要抵赖么？（小旦）爷爷，小妇人既然与他有奸，岂肯谋他性命？这是逆子行凶，黑夜劈门被劫，他要强奸与我，一时情急，失手伤命。你身坐琴堂，难道不察深情么？（唱）**不察情理，不穷究**。**一味胡为没来由，枉冠裳是沐猴**。

（丑）传方六。（众）传方六。（正生上）老爷。（丑）韩氏说你主人黑夜抢他进房，意欲强奸，被他失手伤命，你主人就该死了。（正生）老爷，我家老爷道公子有病，前去催亲。众人到他门首，只道孙秀花上轿，那知韩氏代进门，未曾花烛，先行谋命，望老爷详察。（丑）下去。（正生下）（丑）韩氏，你还有何辩？（小旦）咳！（唱）

【前腔】[1]**情不相合，理不相投，竟敢玷污绸缪，欺我清白名流**。(丑白)你若不招，本县就要动刑了。(小旦)你动那一个的刑？(丑)动你的刑。(小旦)我也明白了。你受了方贼贿赂，故此到来说亲。孙秀斌不允，你便触怒。今日犯案，不以超豁，反敢污我名节不成？(丑)吓，大胆泼妇，下官不来问你，你倒反说玷污名节二字，谅来你也不是好人。来，拶起来。(小旦)阿呀！(唱)**你是沐猴官僚，反把奴身，酷法来欺辱**。(丑白)招不招？(小旦)不招。(丑)将他敲。(众)一二三四五六七八九十。(小旦)瘟赃吓！(唱)**一味枉断也恁鞭抽，保节全贞一女流。痛难禁，管叫人不住魂飞丢，贪赃辈酷法够**。

(内击鼓)(众)何人击鼓？(内)王氏击鼓叫冤。(众)大老爷，王氏击鼓叫冤。(丑)将韩氏松了拶，带过了一边，把叫冤人犯带进来。(老旦扯贴旦上)(老旦)爷爷伸冤吓！(贴旦)冤枉吓！(丑)不要啰唣，各报名姓。(老旦)老身王氏。(贴旦)小女子孙秀花。(丑)吓，你就是孙秀花？本县正要拿你，你倒也来了，好好好。何事叫冤，诉上来。(老旦)民妇有子刘小，向来游荡街坊，今得归家。孙秀花见我孩儿青春年少，引诱我子，我子不从，将他用剪刀刺死了。爷爷吓！(丑)孙秀花，你小小年纪，不该见色起淫，调戏不从，将他谋死，你的心肠也太狠了。(贴旦)爷爷，小女子怎敢谋命杀人？昨夜三更，在房刺绣，有刘小挖门而进，将奴搂抱图奸。小女子叫喊不及，一时错手将剪刀刺去，伤了性命。爷爷吓！(老旦)小贱人，你在我家吃现成茶饭，终日清闲，不安本分，见我孩儿美色，妄想图欢，反说我子调戏与你。阿吓，爷爷吓！要与我子偿命吓！(丑)自然要与你儿偿命。下去。(老旦)阿吓，儿吓！(老旦下)(丑)孙秀花，你自寄刘门，蒙他恩养，也该报德，反而行奸谋

---

① 此曲195-3-84整理本题作【催拍】，且以“一味枉断”及以下为前腔。但细玩词式，“情不相合”至“贪赃辈酷法够”当为第二支【梁州新郎】，只是“欺我清白名流”之前和“痛难禁”(195-3-84整理本作“痛连心难禁”)之后似各脱一句。又，本段“一味枉断也恁鞭抽”一句，与上文“高悬秦镜也察根由”句式一致，益可证该段为上一曲的前腔。另，本曲“情不相合”至“欺我清白名流”四句不见于195-4-8曲谱，据195-3-84整理本补入。

死刘小。你好好供招，免得本县动刑。(贴旦)爷爷容禀。(唱)

【(昆腔)**节节高】休说那奸谋，望思筹，伶仃孤立安分守。青年还幼，礼义周，贞烈厚**。(丑白)你方才招供剪杀，此刻就要抵赖，岂是善良之辈。带韩氏上来。(众)传韩氏。(小旦上)(丑)你二人一同画供，待本县申详上司，依律定罪。(小旦)小姑吓，你因何犯此命案？(贴旦)阿吓，嫂嫂吓！昨夜与你分散归房，挑灯夜绣，忽然来了刘小这恶贼呵！(唱)**他便顿起暗中谋，强奸烈女来遗臭**。(丑白)招不招？(贴旦、小旦)我二人宁死杖下，决不招供的吓！(丑)来，将二人并拶起来。(贴旦)阿呀，瘟官吓！(丑)招不招？敲！(众)一二三四五六七八九十。(小旦)阿唷吓！(贴旦)阿吓，嫂嫂吓！我见如此惨毒，怎受极刑，看来做我不着。爷爷吓，小女子愿认因奸谋命之罪，我恩嫂怀孕在身，求爷爷将他释放，小女子愿认两命之罪。(小旦)小姑吓，这是我前生冤孽，怎好累及你认罪？待我一人供招罢。(丑)二人一齐松拶，画招上来。(贴旦、小旦)罢罢罢！(同唱)**二人并罪冤无伸，云阳西市各承受**。

(手下)画招呈上。(丑)画招是实。来，取律簿过来。律簿上有一款，有孕妇人，犯罪在监，产后典刑。取过了。传方六。(正生上)老爷。(丑)方六，你家公子可有殡殓？(正生)还未。(丑)老爷按律定罪，好生殡殓公子去罢。(正生下)(丑)来，传王氏。(老旦上)阿吓，媳妇儿吓！昨夜这小贱人将你二叔谋死，我差人寻你不见，只道你二人做成一路，为何也犯在案下？(小旦)阿吓，婆婆吓！都是你年迈懵懂，纵子不法，干出这绝伦灭理之事。天网恢恢，自己伤命，前生冤障，不必言矣。(老旦)爷爷吓，我媳妇乃是好的，待老身带他回去，叫孙秀花抵我儿性命。(丑)哼！老婆子，你的儿子谋死，要别人抵命，人家的儿子谋死，难道不要抵命的么？孙秀花已招因奸致命，你儿子可有殡殓？(老旦)还未殡殓。(丑)下去殡殓你儿子尸骸去罢。(老旦)阿吓，媳妇儿吓！(老旦下)(丑)将二人上了刑具，掩门。(丑下)(外上)忽闻遭祸患，二女受严刑。大娘、孙小姐，老奴才得回家，一闻凶信，即便赶来，不想立问罪。(贴旦、小旦)阿吓，老总管吓！(唱)

【(昆腔)**尾**】**严刑拷问无援救,急速回归故丘**。(外白)也罢,待老奴进去诉冤。(手下关门)(外哭)呀,且住,大爷不在家中,大娘、孙小姐遭此大祸,下在监中,叫老奴如何是好也?(唱)**且自归家再付筹**。(哭下)

第二十四号

净(禁子王二)、小旦(韩氏)、贴旦(孙秀花)、外(刘安)

(净上)天堂有路你不走,地狱无门闯进来。自家非别,江都县一个禁子,王二便是。起初原是公门差役,欠了官粮,将家产入官,夫妻二口无以为活,多亏邻居刘大爷赠我银两,仍受公门行当。如今充作禁子,倒也温饱。今日有二个女犯下监,都是恩人的家属,为此叫老婆子好生看待。不免叫他出来,外面坐坐便了。妈妈,叫刘大娘、孙小姐外面坐坐。(内)阿吓,苦吓!(小旦上)(唱)

【**哭相思**】**披枷带锁,止不住愁肠寸断**。(贴旦上)吓,苦吓!(唱)**垢面蓬头形容变,想是奴前生冤愆**。(白)嫂嫂吓!(唱)**各自伤心有万千,断肝肠一对婵娟**。

(净)你们到这里来坐坐。(小旦)吓,你是邻居的王伯伯,缘何在此地?(净)小老儿多蒙府上赠银,仍归旧业,如今充作禁子了。(小旦)原来。(净)你们犯下命案,罪皆不小,看来官意不肯超豁,如何是好?(小旦)事已犯下,只得听天由命。(净)你二人在此坐坐,我去取些热汤,给你们吃吃。(小旦)多蒙了。吓,小姑吓!为嫂一时被抢,恶贼心想行奸,以致伤命受罪。你在内房安置,那刘小怎会到你房中来的?(贴旦)咳!呵吓,嫂嫂吓!(唱)

【**小桃红**】**这是我前生冤债,前生冤债,盈盈痛悲哀,恨恶贼巧计安排也。黑夜行凶,奸逼女裙钗。坐囹圄命应该,恨只恨,贼狂徒,他的心,忒凶狠也。把我的肉身玷污怎分解,难补报恩似海,不住的盈盈泪满腮,不住的盈盈泪满腮**。

【**下山虎**】(小旦唱)**听言分解,听言分解,我好悲伤怀。两下重重灾,恨杀奴胎**。

害得个少貌红颜身首开，有谁来担代，家无栋梁材。今日同一处，一日魂魄丢，有朝西市云阳界，再叙亲谊望乡台，再叙亲谊望乡台。

(内)走吓！(外上)(唱)

【山麻秸】家不幸，遭颠败，急走匆匆走长街，二女犯下分身罪，叫我如何分解？如何分解，将到囹圄，细剖根荄①。

(白)阿呀，来此监门首，待我问个明白。里面禁子大哥可有？(净)来了，来了。是那一个？(外)哪，你是王二哥？(净)你是刘伯伯？(外)正是。(净)到来何事？(外)我前来探望大娘、孙小姐，老奴有个小礼在此。(净)慢点慢点，我同呡老邻居，何用费心，不敢收。(外)是要的。(净)进来，进来。(外)大娘在那里？(净)不要高声，随我来。刘大娘，有人探望你。(贴旦、小旦)是那一个？(外)老奴在此探望与你。咳！呀，大娘吓！(贴旦、小旦)阿呀！(同唱)

【五般宜】乍见好惨伤、纷纷血泪洒，各自披枷锁、愁眉舒不开。(外白)大娘，老奴收账回来，一闻凶信，即速到县前打听。你二人下在监中，老奴前来探望，今日一见呵！(唱)**别东人进帝台，寻取二贤才。倘得个拔罪囹圄，不枉我义仆年衰，义仆年衰**。

(贴旦、小旦)总管/刘安吓，想我二人命遭刑囚，也是前生命定，岂可累你跋涉关山之苦吓！(同唱)

【蛮牌令】年衰多力迈，岂可受悲哀。就往京都地，难救祸飞灾。(外白)大娘、小姐说那里话来？刘安虽则年迈，我赶到京都，若得大爷、孙相公得中的时节，老奴借着此去呵！(唱)**就将冤情诉细明白，兄和弟同会位金阶**②。**若得出狱，喜笑盈腮。若得个出罪囹圄，我就死应该**。

(贴旦、小旦)如此姑嫂不胜感激，请上，受我二人一拜。(外)可不折杀老奴。(贴旦、小旦唱)

---

① 根荄(gāi)，植物的根，比喻事物的根源。

② 会位，单角本作“为回”，今改正。“会”“位”“为”绍兴方言音同，与“回”唯声调有别。位，位列。另，195-3-84 整理本“会位”作“上”。

【江头送别】感谢你，感谢你，老迈年衰；关山远，关山远，云山万台。（同唱）**不幸奇祸自天来，怎得个执法皋陶**①**，那里有再世乌台，再世乌台？**

【尾】②**重重祸事无可奈，义结金兰刎颈可代。**（白）若得寻见官人/东人/哥哥呵！（唱）**速来提救女裙钗。**（哭下）

第二十五号

净（书吏）、末（陆秉忠）

（【大开门】）（四手下、净、末上）（末唱）

【点绛唇】蒙委着司寇恩荣，掌管着提刑狱讼，君恩重。禄享千钟，执法如山重。

（白）按着刑曹律，萧何法不松。两袖清风士，一点秉丹忠。老夫陆秉忠，原任山东巡抚，蒙圣恩钦召进京，职授刑台。今当深秋，令点、判决、阅囚，不免把各省公文细览一番。来，把文案总籍取过来。（净）册籍呈上。（末）展开。呀！（唱）

【驻马听】律案重重，律案重重，仔细摩揣法不松。为皇家敢不心浓，耐不住愁锁眉尖，怎超豁十恶罪凶。这一起、（大拷，旗牌上，提公文下）**图奸谋命照详封，那一起**、（大拷，旗牌上，提公文下）**致死阴奸律不容。这的是犯律条阅囚风，好叫俺笔下难超怎忍胸。这节事难容，那节事难松。怎叫俺王法刑台负职容，尽分发天下行通。**

（白）封门。（唱）

【尾】南台执法无私纵，效乌衣皋陶位同。虽不是再世龙图，也算得两袖清风，两袖清风。（下）

---

① 皋陶，单角本作“皋满”，次出【尾】“效乌衣皋陶位同”的“皋陶”同，今改正。皋陶，舜时掌刑狱之事。

② 此【尾】外本作“金（今）朝何事惓艮内，叫我如何抵挡”，有脱误，今从195-4-8曲谱。

第二十六号

净(考试官)、小生(孙秀斌)、正生(刘贺)

(二手下、净上)(引)奉旨考奇才,举子纷纷进场来。(诗)三月桃花浪,举子远远望。三场文字出,天下姓名扬。(白)老夫翰林院大总裁,奉旨考选天下奇才,举龙门。左右。(手下)有。(净)贡院门开。(手下)贡院门开。(吹【过场】)(小生、正生上)(净)天字号举子向前领对。(小生)春元在。愿闻。(净)高山古松,探出龙头望月。(小生)园中嫩笋,展开凤尾朝天。(净)好奇才! 龙虎日观榜。下去。(小生)谢大人。恩兄请。(小生下)(净)地字号上前领对。(正生)春元在。(净)领老夫一对。(正生)愿闻。(净)雪压竹丝头下地,(正生)风吹荷叶背朝天。(净)好奇才! 龙虎日观榜。(正生下)(手下)三场已毕。(净)封门。举子文字好,上殿奏皇朝。(下)

第二十七号

外(刘安)

(外上)(唱)

【(昆腔)**黄莺儿】途路好悲忧,急步行程不暂留,纷纷道路多僝僽**。(白)老奴刘安,大爷、孙相公上京赴考,家中遭此大祸,二人下在监中,不能够出狱。我因此急急登程,去到京都报信。若二人得中,咳,咳,苍天,苍天,保护我家大娘、孙小姐二人出罪囹圄,我刘安报恩积德。一路行来,你看来此京都地界,不免待老奴趱上前去也!(唱)**怎顾远走风霜禁受,渐渐旭日融光透**。**喜心头,听声鹊噪,不住甚悠悠**。(下)

第二十八号

小生（孙秀斌）、末（陆秉忠）、正生（刘贺）、外（刘安）、净（主事官）、付（千里马）

（二手下、小生上）（唱）

【端正好】占魁元，头名状，沐君恩喜气洋洋。今日个扬鞭跃马开怀畅，不辜负守寒窗。

（白）下官孙秀斌，与哥哥同上京都赴试，喜得名题金榜。琼林已过，参谒宗师而回，邀同义兄，往六部瞻拜。你看，仪从纷纷，好不闹热。打道。（唱）

【滚绣球】寒酸士今快爽，脱蓝衫换冠裳，头戴着金花飘摇展双翅，身跨那五色花鞋扣丝缰。凭着那前呼后拥纷纷列，喝道鸣锣排两行。这的是文章有用，论男儿志刚强，今日个瀛洲先上[①]**，瀛洲先上。**（二手下、小生下）

（末上）（唱）

【叨叨令】掌刑台案曹豪烈显昂昂，受君恩、食爵禄辅家邦。博得个龙颜辅弼螭头上，全赖着积德阴功护蒸尝。（白）老夫自进京都，掌握刑台，喜得词讼清简，一家安享。今当大比之年，我甥儿上京赴考新榜眼，今日必来参拜，我为此备酒等候也。（手下上）报，启爷，新科榜眼前来参拜。（末）开正门，请相见。（手下下）（正生上）少年登科及第，特来叩拜亲谊。（末）甥儿。（正生）母舅。母舅请上，待甥儿一拜。（唱）**仗福庇占魁名显耀争光，感谢得亲谊照顾登金榜。今日个拜门师也么哥，异日里耀宗祖也么哥。**（末笑）（唱）**堪羡你云梯平步青霄上，云梯平步青霄上。**

（白）甥儿名占高魁，母舅不胜欣喜，为此备酒筵，与你贺喜。（正生）甥儿一来祖宗福庇，二，母舅赐宴，感恩非浅。（末）状元与甥儿是同乡么？（正生）

---

① 瀛洲先上，指士人获得殊荣，平步青云。《旧唐书・褚亮传》载唐太宗为秦王时，开文学馆，收揽四方彦士，图画“十八学士写真图”，“预入馆者，时所倾慕，谓之‘登瀛洲’”，后遂以“登瀛洲”“步瀛洲”比喻士人平步青云。

是甥儿义弟。(末)妙吓,三甲之中,叨占二元,足见淮扬文风甚盛也!(正生)无非偶然耳。(末)你旧岁归家,母舅托你表妹婚姻如何?(正生)有了。(末)才郎叫什么名字?家住那里?(正生)说起表妹婚姻,母舅,真是喜出望外。(末)好,快快讲来。(正生)甥儿与义弟情同手足,少刻到来,招赘状元为婿,岂不是妙?(末)妙吓,老夫若得状元为婿,不但暮年有靠,但是门楣增光也!(手下上)报,启老爷,状元老爷前来参拜。(末)妙吓,好不喜杀老夫!甥儿,和你前去迎接。开正门。(手下下)(小生上)(唱)

【脱布衫】**快加鞭急匆匆骤声扬,行过了紫金街、男女观望。早来到秋官第司寇门墙,躬身的参刑台速正冠裳,速正冠裳。**

(末)状元。(小生)老师。(正生)贤弟。(小生)恩兄。(末)状元请登正道。(小生)老师拥道,晚生怎敢乱踹?(末)状元乃天子门生,锦心绣口,御道争先,何况老夫敝衙。(小生)大人不怪,晚生有占了。(末)请。(正生)贤弟请。(小生)大人请台坐,待晚生参谒。(末)且慢。老夫本当大礼相迎,状元与甥儿乃是义结金兰,老夫叨占便宜,常礼而罢。(小生)从命。(末)请坐。(小生)告坐。(末)请问状元,青春几何了?(小生)才年二十。(末)可有婚定否?(小生)这个……晚生家寒微,还未定婚。(末)状元家下还有何人?(小生)父母仙逝,只有同胞一妹,身寄义兄处,与恩嫂同伴在家。(末)状元与榜眼义结金兰,老夫有话,本要甥儿代讲,不如面讲了罢。(小生)大人金谕,晚生领教。(末)老夫年迈,单生一女,才年十六,欲招状元为婿,以靠暮年,未知心意如何?(小生)大人吩咐,晚生本当从命,奈晚生家下呵!(唱)

【幺篇】**言未启好叫人难诉衷肠,遭贫困、破壁萧墙。怎攀得奇花苑阆,聘红妆望推详。**(末白)甥儿,但是这个……(正生)理会。贤弟,我母舅主意已定,若说表妹才貌,与状元一般无二。这杯媒酒,为兄夺占了。(唱)**和你上华宴姻缘配合,慢慢的讲情况,慢慢的讲情况。**

(末)请状元上席。(小生)这如何……(正生)请。(末)请。(同下)(内)走!(外上)(唱)

【小梁州】走得我气喘吁吁步儿忙，骤闻喜报添惆怅。(白)老奴刘安，大娘、孙小姐下在监中，不能出狱，我因此前来报信。老奴一路问来，孙相公得中状元，我家大爷得中榜眼，今日游街已过，去到刑部参拜。为此速速赶上前去，诉说冤情，有恐拔罪超冤，未可见得。(科)阿呀，我想刑部衙门，如何进去？吓，是了，我拚着此骸，大娘、孙小姐你二人性命，全着老奴身上也！(唱)**怎顾得老微躯赴汤炀，诉冤情何惧身丧，早来到威赫刑堂**[1]**，威赫刑堂**。

(白)你看来此刑部衙门，待我进去。(科)里面那一位在？那一位在？(手下上)嘈！老头儿你好大胆，竟敢在此窥探么？(外)差爷，待我借问一声。(手下)问什么？(外)状元、榜眼可在你府中？(手下)在我府中，你问他作甚？(外)相烦通报一声，淮扬人氏，有一刘安，有紧急事情，要与状元、榜眼一同叙话。(手下)这风宪衙门，敢来胡闹。老爷怪罪下来，这干系何人担代？(外)由我担代。(手下)你担代。候着，候着。大老爷有请。(正生、小生、末上)(合唱)

【快活三】聚华筵喜洋洋，何事的请声朗？(白)何事？(手下)启老爷，淮扬有一刘安，有紧急事情，要见状元、榜眼老爷。(小生)哥哥，刘安到来何事？(正生)相见自然有话。(末)刘安是何人？(正生)甥儿家下总管。(末)如此请相见。(手下)大老爷命你进去相见。(外)我来了。大爷！(正生)刘安。(小生)刘总管。(外)大爷，孙相公。阿呀！(跌倒)(末)取姜汤来。(科)(小生)刘安为何这般光景？(正生)刘安，你且缓缓而讲。(外)大爷，不好了！(正生)为何？(外)我家中犯下命案。(正生)怎么，这等事来？(外)大娘好好在家，被方贼抢去强奸大娘，大娘不从，方贼失手伤命。他告到当官，将大娘立决之罪了。(正生)阿呀！(昏倒)(小生)总管，孙小姐在家可好？(外)孙小姐也有一起。(小生)怎么，孙小姐也有一起？(外)孙小姐好好在家，不想我家二爷调戏孙小姐，孙小姐不从，有剪刀一把，将我家二爷伤命。去到官衙，一同画招，因奸致死之罪

---

① 刑堂，单角本作“刑台”，据 195-4-8 曲谱改。

了。(正生)阿吓，妻吓！(唱)**可怜你黑夜被抢行奸妄，**(小生唱)**阿吓，妹子吓！苦杀你因奸致死命遭伤，致死命遭伤**。

(末)总管，你家中受此冤屈，县家难道一味枉断？(外)江都县一味枉断。(末)里面酒饭。(外下)(正生)母舅，可有知录簿？(末)传主事官。(净上)主事官叩头。(末)取淮扬决案总录上来。(净下，又上)总录呈上。(净下)(末)"扬州府江都县为卖奸杀命剐犯女一名韩氏"。(正生)阿吓！(昏倒)(小生)"扬州府江都县为因奸致死斩犯女一口孙秀花"。阿吓！(昏倒)(末)甥儿、贤婿！(正生、小生)阿呀，妻/妹子吓！苦了你了！(同唱)

【朝天子】你命犯好惨伤，不久的云阳，苦杀你含冤诬屈两分张[①]。(小生白)哥哥！(正生)贤弟！(同唱)**也不愿题名雁塔显姓名扬，快和你卸却这冠裳**。(末白)甥儿、贤婿！(唱)**耐却胸填，慢卸冠裳，**(白)甥儿、贤婿，此刻顶文已至，你二人归家，难以挽回，这便怎处？吓，有了，此事老夫担代吓！(唱)**就是决案分清，俺可也担代这奇枉**。(白)过来，速备飞马，辕门侍候。待我写起公文来。(付千里马上)来也。大老爷，千里马叩头。(末)千里马，我有公文一角，命你到扬州府江都县，不可停留，若有差池，一体问罪。(唱)**这壁厢路忙，那壁厢法场，倘有赴法刑遭，便将你身首两分张，身首两分张**。

(付)小的去也。(上马，付下)(正生、小生)刘安，刘安。(外上)老奴在。(正生、小生)快快收拾行李动身。(外)老奴晓得。(末)甥儿、贤婿，速备飞马，与你动身。老夫奏闻圣上，降旨到来，送女完姻。(正生、小生)请上，就此拜别。(唱)

【尾】别匆匆奔羊肠，出刑台归故乡。(末白)贤婿！(唱)**莫忘却受托订盟，完全你兄妹双双**。(合唱)**若得个卷雾收云，提出了天罗地网，天罗地网**。(上马，下)

---

① 分张，单角本作"分强"，《调腔乐府》改为"分腔"，次同。今校作"分张"，该词调腔戏习见，意为分离，离散。

第二十九号

(梅花)(打【水底鱼】①)(旗牌上)马来。俺,抚院旗牌是也。今有刑部发下各省的公文,各府州县都要决戮囚徒。顶封到省,巡抚大老爷发下地方,命我承值,扬州府江都县。此乃秋决大典,恐误时辰,催马一走。(打【水底鱼】)(下)

第三十号

贴旦(孙秀花)、丑(胡得富)、净(禁子)、付(千里马)、末(吹号)、小旦(韩氏)、老旦(牢头婆)、末(刽子手)、正生(刘贺)、小生(孙秀斌)、外(刘安)

(起更)(贴旦上)呀!阿呀,皇天吓!(唱)

【一枝花】我本是处女香闺一娇羞,犯下了罪重山丘。今日个罪犯应分首,惨凄凄、惨凄凄孤身女流。是前生大数遭劫就,看将来不久的丧身刀头。(白)我孙秀花,与兄长别后,身寄刘门,不料平空遭此大祸,姑嫂同入图圄,真个坐井观天,好不凄凉。这几日看嫂嫂恹恹倦卧,问其事故,像要分娩的光景。咳,哥哥吓!你在京都,那知小妹今日之苦?想此刻嫂嫂睡卧未起,且去看望一番。咳,天吓!我二人同犯命案也!(唱)**双双的画招成凶杀奸谋,名节儿玷污了败臭,又未知骨肉再相投,骨肉再相投。**(贴旦下)

(丑上)(唱)

【梁州第七】坐琴堂身牧民百里诸侯,贪酷糊涂也是俺,俺俺俺只为支销弥补不能够。(白)下官江都县。赚钱那也不少,上司闻我贪酷,恐彼参我美缺,只得补凑各司银库,方得安稳。今当秋季令点,恐上司有公文发下,为此差衙役传禁子吩咐一番。来,禁子可到?(门子上)在宅门侍候。(丑)传进来。(门

---

① 打【水底鱼】,195-4-8 曲谱如此,195-3-84 整理本作吹【风入松】。

子)太爷传禁子。(净上)太爷在上,禁子叩头。(丑)起来。(净)爷传小的有何吩咐?(丑)目下秋决之期,恐有顶封到县,命你将一概人犯俱加重铐紧杻,各归号房,毋得混乱。(净)大人金谕,小人理会。(丑)非是本县严查,奈人犯事重,我老爷呵!(唱)**重任儿我承受,这干系如天样难宽宥**。(门子、丑下)(净)阿呀,不好了!(净下)(付千里马上,又下。末吹海螺上,马夫牵马上,付上,换马下,马夫牵马下,末吹海螺下)(小旦上)苦吓!(唱)**霎时间痛悠悠,莫不是腹孕临盆候?不禁的锁在眉头,四肢恹恹祸频骤**。(贴旦上)呀!(唱)**只见那无语低头,向前去问个缘由**。(白)嫂嫂吓,为何这般光景,莫非要分娩了么?(小旦)小姑吓,今日不知何故,腹中更加难禁了吓!(贴旦)嫂嫂吓,若在家中,小姑也可扶持汤水,到此地步,叫我如何措手吓!(唱)**见了你形容卑陋,见了你形容卑陋**。

(净上)(唱)

【牧羊关】进衙斋听因由,要拘束掣手肘。(白)妈妈开监门。(老旦上)老老,你回来了。大老爷传你进去,有何话说?(净)方才大老爷传我进去,非为别事,说顶封将至,犯重案者勿许交头接耳,都要上紧铐。(老旦)老老吓,我看刘大娘要分娩,难道也上紧铐不成?(净)也得如此。(老旦)你我受他恩德过的。(净)我也顾他不来。人在那里?(老旦)在萧王殿,一同转过萧王殿。(贴旦)呀,苦吓!(净)刘大娘、孙小姐不好了!(贴旦、小旦)吓,莫非要提审了么?(净)不是,不是。方才大老爷传我进去,说道目下顶封降至,一应重案人犯,俱要受戮,须要长铐紧枷,各归号房了。(贴旦、小旦)吓,怎么,要上铐了?阿呀!(净、老旦)刘大娘、孙小姐苏醒。(贴旦、小旦唱)**听说罢顿令人魂飞魄散,嫩皮肤怎禁严刑受?一个是怀胎足月,一个是嫩娇柔,呵吓,哥哥/我夫吓!这冤情你可知否?那冤情你可知否?**(净、老旦白)咳,可怜,可怜。(贴旦)呵唷,嫂嫂!(净、老旦)刘大娘,刘大娘。(贴旦)嫂嫂切莫惊慌。伯伯、妈妈,看我嫂嫂这般光景,岂可紧铐枷杻?将我嫂嫂宽锁枷杻,宁可将我重枷收紧,还望伯伯、妈妈行个方便。(净)但是这个么?这是做不来的。(贴旦)怎么,做不来的?我只得下跪了。(净)咳,姑娘,我二老原受大娘恩典过的,紧铐与他,这是县主严命厉害，不能担此干系。见你们这等凄凉，我心下也难过。(老旦)老儿，我是顾你不得了。姑娘做你不着，你去归了号房，大娘临盆在即，暂且同我房中去睡，等分娩一过，那时再处。(净)如此大姑娘，你可情愿否？(贴旦)这也是无奈吓！(净)如此将大娘刑具宽下。(老旦)随我来。(净)我把刑具收一收紧。(小旦)阿呀，姑娘吓！(净)还要带上长枷。(贴旦)阿唷。(贴旦、小旦唱)**这苦怎禁受，披枷紧铐来锁杻。此刻生离别，若要相逢黄泉等候**。

(贴旦)嫂嫂！(小旦)小姑！(分下)(正生、小生、外上)(同唱)

【四块玉】俺俺俺心急步难留，拍马如飞骤。恨不得飞到扬州，救裙钗双双出罪开笑口。(同下)(内白)马来！(付千里马上，又下。末吹海螺上，马夫牵马上，付上，换马，马夫牵马下，末吹海螺下，付打三鞭)(付)阿呀，不好了！(唱)**恨时刻不停留，马足断向他落后，若有差池我的头颅也难留**。(付下)

(旗牌上，击鼓)(手下上)呔，何人击鼓？(旗牌)上司公文下，大老爷有请。(手下、丑上，接公文，旗牌下)(丑)传刽子手。(末上)刽子手叩头。(丑)提人犯到来。(交监牌，二手下、丑下)(末圆场，净上开监门，贴旦上，末带贴旦下)(净)唗，妈妈！(老旦上)何事？(净)不好了，秀花提监去了。(老旦)你待怎讲？(净)刘大娘也要处决了。(老旦)阿呀，老儿吓！他正要分娩，在那里痛哭，如何前去典刑？(净)呸！他是一个剐犯，顾得他典刑不来的。快些叫他出来。(老旦)大娘快来！(小旦上)(唱)

【乌夜啼】[①]**猛听得锣鼓声骤，莫不是秋后决刑囚？**(白)妈妈，叫我出来何事？(老旦)阿噫！这个么？(小旦)王伯伯，为何这般光景？(净)我也顾不得了。大娘不好了！(小旦)何事？(净)顶封已到，就要处决了。(小旦)吓，怎么，要处决了？孙小姐呢？(净)提出监去了。(小旦)阿呀！(跌倒)姑娘吓！(唱)**一霎时魂飞魄丢，怎不见义女俦？**(白)阿唷！(老旦)阿噫，你看他要生落来里。(净)这遭是完了。监中从来没有此事的，如今怎样弄法？(老旦)无奈只得做好事。

---

① 此曲牌名及下文【幺篇】据195-3-84整理本题写。

(净)好事怎么做呢?(老旦)到我房里去生。(净)污秽杀哩。(小旦)阿唷!吓!叫天天不应,入地地无门,今夜身首断,又遭五内刀刎。吓,皇天吓!我前生作祸孽,吓,官人吓!今生与你永无会。阿呀,罢!(唱)**胞浆水破流**。(老旦白)阿呀,胞浆水破里。(净)介末快些扶他到房里去生。(老旦扶小旦下)(末上)(敲门)(净)怎么?(末)带韩氏。(净)韩氏在监中分娩,乞求大老爷暂缓一刻。(末)监牌在此,岂可误时?只管带出来。(净)唫,韩氏画供上产后典刑。(末)你同我会官去。(净)好,同你会官去。(净、末下)(老旦上,内婴儿叫,老旦倒水下)(丑上,旗牌、手下扯贴旦上)(手下)孙秀花当面。(丑)再将韩氏带过来。(末扯净上)(净)大老爷在上,禁子叩头。(丑)禁子,为何不带韩氏前来典刑?(净)大老爷,韩氏在监中分娩,乞求大老爷暂缓一刻。(丑)嘈!奉旨决囚,朝廷大典,岂可迟缓时刻?(净)大老爷,韩氏画供上原写着产后典刑的。(丑)住口,此刻顶封已下,顾得什么画供!还是你担代得起,还是本县担代?(净)大老爷,自古道一人打死一人抵命,难道要两人抵一命么?(丑)呀,禁子速到监中,韩氏若已产育,速提到法场,候我典刑。去罢。(众下)(付千里马上,马跛足,又下)(正生、小生、外上,又下)(旗牌、手下、净上)(净)妈妈开门。(老旦上)好忙吓!(净)大娘可分娩了?(旗牌、手下)禁子快走。(净开门,旗牌、手下进,扯小旦,老旦抢婴儿下,旗牌、手下带小旦下,净下)(手下、末绑贴旦上,丑随上)(丑)闲人站开。(贴旦)皇天吓,我孙秀花死得好惨痛也!(唱)**泼天冤情伤刀头,死云阳顷刻来分首。诬了我因奸致死起凶谋,我只得森罗殿上告因由。要向那阎君殿上诉冤仇,阿呀,哥哥呀!贞烈女恨无休**。

(丑)韩氏可有提到?(末)还未。(丑)时辰可到?(末)时辰已至。(丑)先将孙秀花开刀。(付内)刀下留人!(丑)只管开刀。(末)吓。(末杀贴旦)(丑)绑上来。(旗牌、手下绑小旦上)(付上)刑部公文到!(丑)阿呀呀呀!(小生上)吓,妹子!(付)已经典刑了。(小生)在那里?(付)喏。(小生)呀,阿呀!(倒地)(正生上)我的妻吓!(外上)大娘!小姐!(丑)放绑,备轿。(正生)送到府中去。贤弟!义妹!(付)回文,回文。(付下)(小生)呀!阿呀,妹子吓!(唱)

【幺篇】乍见身首断魂散魄丢，阿呀，妹子吓！鲜血淋淋截断咽喉。睁睁怒目不收，我看你倒竖双眉恨不休。我今卸冠裳，同你去冥幽，咳！**见瘟官糊涂怒气冲牛斗，恨不得食肉啖皮，**妹子！**叫不应分身尸首。**（正生白）贤弟吓，义妹遭此惨死，那瘟官糊涂枉断，已死不能复生，收殓义妹尸首要紧。（小生）阿吓，哥哥吓！父母早亡，只有同胞一妹，今见惨死，我也不愿为人了吓！（正生）贤弟吓！（唱）**劝你行暂把伤情来撇丢，且自归家再绸缪。向金阶哭诉冤情，**（同唱）**你在黄泉等候。**

（外打丑，小生扯丑，三碰头，下）

第三十一号

付（千里马）、末（陆秉忠）

（付上）马来！（唱）

【（昆腔）**六幺令】**[①]**马蹄蹀躞**[②]**，半生报马今天周折。只为公文误时刻。**（白）俺刑部大堂飞骑千里马是也。奉大人钧旨，赍着公文前往扬州投递，来到清江浦换马，不想马足溜蹄，误了时刻，不能救得罪犯，只得讨了回文，入京听罪。咳，这也是年灾月晦也！（唱）**进京都，心胆怯，怕罪犯身过铁。**（付下）

（内）趱上！（四手下、末上）（唱）

【前腔】刑讯已决，一对婵娟身遭大劫。星夜飞马送文牒。（白）老夫只为甥妇婿妹，身遭大辟，差千里马前去阻刑。老夫奏过圣旨，为此星夜出京，此时必然出狱。趱上！（唱）**蒙圣恩，赦冤狱，免遭云阳身溅血。**

（付上）马来！（手下）呔，何处报马，敢阻挡钦差去路？（付）阿呀，大老爷，报

---

① 此及以下三支【六幺令】，195-4-8 曲谱未录曲文，据 195-3-84 整理本录入。

② 蹀躞（diéxiè），亦作“躞蹀”，小步行走貌，这里用来指马行貌。唐释慧琳《一切经音义》卷二四《方广大庄严经序品》卷九音义“躞蹀”条引《考声》云：“躞蹀，小步貌也。”元柯九思《丹邱生集》卷五《赵松雪画牧马》：“骏骨雄姿产渥洼，霜蹄蹀躞势堪夸。”

马叩头。(末)你往扬州报文,可误时么?(付)阿呀,大老爷!(吹【六幺令】)(末)吓,那罪犯可曾典刑?(付)小的中途马失前蹄,到了江都,已经典刑,急往法场投递。谁想状元胞妹即时开刀,只留得榜眼夫人之命。有江都县回文呈上,大老爷观看。(末)阿呀!(唱)

【前腔】**报马失蹶,延误时刻极刑受枭。幸留甥妇全名节**。(白)报马误事,途中不便,你且回京听罪去罢。(付)吓。(付下)(末)且住,典刑已过,赦旨也是无益。想状元只有同胞一妹,他为此惨毒,不免回京复旨,再求圣上旌表烈女。过来,趱上!(唱)**转京都,请褒旌,又可送女姻亲毕**。(下)

第三十二号

净(禁子)、老旦(牢头婆)、外(刘安)、正生(刘贺)、小生(孙秀斌)、末(陆秉忠)

(内)妈妈来吓!(净、老旦上)(同唱)

【(昆腔)玉抱肚】**天理循环,行小惠博得大赚。在监中喜觑佳人,感蒙他不忘贱顽**。(净白)唅,妈妈,我们不忘刘大爷赠银之恩,所以刘大娘进监不加枷杻,将他十分看待。后来典刑的时节,又是我去向当官争执,所以留得大娘这条性命。如今刘老爷差人叫我夫妻二人到来,必然厚待我们。(老旦)这也亏我做主,与他房中包扎。(净)是吓!你做外婆,自然也有功劳的。(老旦)如今不必多说,到府上去。(净)有理,请。(同唱)**夫妻徐步喜欢颜,行来已是他门前**。

(净)来此已是,那位在?(外上)是那一个?(净)是我。(外)原来是王二哥,见礼。(净)唅,原来是刘总管。(外)我家大爷在此思念与你。(净)相烦通报,说王二夫妻前来拜贺。(外)请少待。老爷有请。(正生、小生上)(小生)阿呀,妹子吓!(正生唱)

【前腔】且免悲叹，保身躯岂可愁烦[①]**？**(白)何事？(外)王二夫妻二人，要见二位老爷。(正生)命他自进。(外)我家老爷，命你二人自进。(净、老旦)叩见老爷。(正生)不敢，请起。我妻多蒙你夫妻照顾，为此请你们前来面谢。(净、老旦)这是老爷的公子，特来奉还。(正生)二位恩人请上，受父子二人一拜。(唱)**感大德护保裙钗，谢得你深恩保全**[②]。(净、老旦唱)**夫妻曾受义无还，博施济方效衔环。**

【佚名】(小生唱)**心悲意惨，心悲意惨**。(白)老人家，我来问你，小姐在监，可曾有何言语对你说？(老旦)咳，说起孙小姐的苦情，真是痛断肝肠。(唱)**苦楚多受说不完，远望终朝亲兄还**。(小生白)妹子吓！(唱)**我罪重如山，听说罢心内悲惨。都是我误你丧身，哭得血泪潸潸**[③]。

(正生)老人家，你二人既无子嗣，不如在我府中安享余年罢。(净、老旦)若得如此，二人感激非浅。(正生)在衙内吃了茶饭。(净、老旦)晓得。这遭好了。(同下[④])(内)圣旨下。(正生)配衣接旨。(末上)圣旨下，跪。(正生、小生)万岁。(末)听宣读，诏曰：状元胞妹，已经斩首，封为贞节烈女，钦赐烈女牌坊一座。陆秉忠年迈无子，单生一女，许配状元为妻。圣上为媒，旨到完姻。钦哉，谢恩。(正生、小生)万岁，万岁，万万岁。(正生)多劳母舅前来。(末)送小女与贤婿完姻。(正生、末)龙凤花烛。(拜堂)合家团圆，拜谢皇恩。(吹**【尾】**)(下)

---

① “且免”至“愁烦”，195-4-8曲谱作“且免悲伤受凄凉，你妹受屈岂可愁烦”，195-3-84整理本作“且免悲怀，保身躯岂可愁烦”，今从后者，但改“怀”为“叹”。

② 保全，195-4-8曲谱作“礼义”，失韵，今作改动。

③ 195-4-8曲谱到“远望终朝亲兄还”为止，“我罪重如山”至“血泪潸潸”据195-3-84整理本录入。

④ 此下195-3-84整理本尚有刘贺劝慰孙秀斌，张设灵堂，祭奠孙秀花的情节，但正生本和195-4-8曲谱无此内容，兹不录。

三一 分玉镜

调腔《分玉镜》共三十一出，剧叙越州许文通上京赴考，途经山东历城县小西庄，与饭铺店主朱老三之女朱惠兰互相倾慕，两人私合。文通约定考后迎娶，临行时将祖传双玉镜分一半给惠兰，以作信物。相国言道民有女言多娇，一双瞽目，久未出嫁。适逢文通高中状元，言道民强迫文通入赘相府。惠兰未婚先孕，产下一子，悬挂玉镜，咬断中指，命婶娘哑婆抱往京中。哑婆行至荒郊，路遇猛虎，弃子逃生。适逢言道民荒郊打猎，遂抱归以为己子，取名言秀林。先时，朱老三因妻子亡故，向王配军借银殡葬。为还本利，朱老三典卖住房，生活愈加困苦。不久，朱老三病故，惠兰卖身殡殓其父。时河南巡抚李庭兰任满进京，收买惠兰为婢，以便抚养幼女李绣娥。十五年后，言秀林天齐庙拜佛回来，路经李府门楼，与李绣娥一见钟情。言、李两家联姻，惠兰作为陪嫁丫头进入言府，与许文通酒筵悲逢，两下相认，一家团圆。

民国二、三年(1913、1914)之际绍兴的调腔班“大统元”赴上海商办镜花戏园演出，以及民国二十四、二十五年(1935、1936)绍兴的调腔班“老大舞台”赴上海远东越剧场、老闸大戏院演出，都曾多次搬演《分玉镜》，其中“老大舞台”曾一度将本剧改题为《破镜重圆》。宁海平调“前十八”本有此剧目。越剧亦有同名剧目，系据调腔移植改编。

本剧有1962年整理本，但散佚近半，1982年整理者参照单角本，并楼相堂、杨荣繁口述补为全本(案卷号195-3-83)，本次整理时以之为基础，拼合正生、小生、贴旦、小旦、花旦、净、末、外单角本，并参照了宁海平调本曲谱。除最后一号即第三十四号作第三十二号之外，整理后的场号与《双狮图》《分玉镜》外、末本[案卷号195-1-134(2)]所收《分玉镜》末本(仅有曲文)皆合。角色方面，剧中言多娇宾白多作丑白，而言多娇的角色整理本标作“旦”，验之单角本，当即小旦，“老大舞台”在上海远东越剧场演出本剧时即以筱彩凤(工小旦、花旦)饰演颜娇容(即言多娇)。之所以用小旦扮演而用丑白，当是为了突出言多娇虽贵但嫉妒、丑恶的人物特点。另，“老大舞台”以应增福(工正旦，但也兼演小旦之类的戏)扮演朱惠兰，或与新昌的调腔班以贴旦应工的做法不同。

第二号

正生(许文通)

(正生上)(引)寒窗苦子受书香,一心只为云霄上。(诗)十载寒窗苦,磨尽铁砚穿。有朝鹏程日,得志云霄上。(白)卑人,许文通,乃是越州人氏。父亲许贤美,母亲谢氏,不幸父母双亡,并无兄妹,单生一人,寒窗苦守。今当大比之年,上京求取功名,倘然得中功名,许家之幸也。(唱昆腔【玉抱肚】)(白)闲话少说,整备盘费,起程便了。(吹【尾】)(关门)(下)

第三号

末(朱老三)、贴旦(朱惠兰)、净(王配军)

(末上)(念)开张生涯饭铺,秋闱热闹京都。远近文人赐顾,来从三元寓所。① (白)老汉朱老三②,乃是山东历城县小西庄人氏。娶妻王氏,单生一女,取名惠兰,年方十七,尚未适人。只因妈妈去世,无钱殡葬,向王配军借银十两,安葬妈妈,如今日日催讨,不免叫女儿出来,商议商议。惠兰走出来。(贴旦上)(引)恨命孤栖,痛萱堂早丧归阴。(白)爹爹,女儿万福。(末)罢了,坐下来。(贴旦)谢爹爹,告坐。爹爹,叫女儿出来,何事?(末)儿吓,王配军这种银子,没有还他,如何是好?(贴旦)爹爹,有些钗环首饰,拿去典当,先交利钱,再作计较。(末)这些钗环首饰,是你母亲遗下,拿去典当,叫为父心下如何过得。(贴旦)爹爹吓!(唱)

【锁南枝】家贫穷,日消耗,父女孤栖度昏朝。囊箧尽空乏,怎当钱和钞?就

---

① 《双狮图》《分玉镜》外、末本[195-1-134(2)]所抄《分玉镜》末本此处作"(末上)(念【双声子】)开张饭铺,浮名往过。安寓途中,门庭悲苦。老迈无子,只有一女,桃夭未赋"。

② 朱老三,单角本一作"朱小三",一作"朱三老"。

是官粮债,也要迟一宵;求他宽容恕,过年来相交,过年来相交。

【前腔】(末唱)**他是异乡客,犯律条,远配他乡家业抛。无业可支撑,觅利度昏朝。**(白)想这种银子借来殡殓你母亲的吓!(唱)**这是恩义债,偿还须及早;今岁皇恩赦,本利要清消,本利要清消。**(贴旦下)

(净上)(唱)

【前腔】急往他乡去,算结要清消,步儿匆匆来取讨。转弯小西庄,来到他门道。(白)朱老三!(末)吓,王老伯请坐。(净)这种银子要还哉嘘。(唱)**本和利,一笔消;速速清消算,快把白镪包,快把白镪包。**

(末)王老伯,念我朱老三呵!(唱)

【前腔】贫难诉,苦无聊[①]**,实穷实贫恁焦燎。**(白)暂停几日,一并送还。(唱)**望乞再宽恕,措办来清消。须看我,陋巷瓢;望乞宽洪量,再肯迟几宵,再肯迟几宵。**

(白)我女儿有件首饰,拿去典当,少刻送到寓所来。(唱)

【前腔】偿资本,可安好,送你行程路迢遥。(净白)朱老三,我是异乡人氏,靠这种银子度日,你若不还,我要当官追逼。(唱)**措办休迟延,寓所来等着。**(末白)小老怎敢说谎,送到寓所就是了。(净)你若不还,喏!(唱)**当官诉,来追讨;等候归家里,一算要清消,一算要清消。**(净下)

(贴旦上)爹爹,看此人出言不良,快拿去典当了,还他便了。(末)儿吓!(唱)

【前腔】解愁眉,免心焦,休把微物挂心劳。追逼甚坎坷,父女难解交。(贴旦白)爹爹吓!(同唱)**苦难言,受煎熬;连年遭颠沛,苍穹不顾照,苍穹不顾照。**(下)

---

① 无聊,谓贫困无所依靠。

第四号

外(言道明)、小生(堂候)、老旦(陆氏①)、小旦(言多娇)

(外上)(引)掌握朝纲,叹年华雏子难描。(念)爵尊一品,位列三台。朝纲掌握,燮理阴阳。(白)老夫,言道明,乃直隶人也。少登科甲,蒙圣恩职授相位。夫人陆氏,同庚六旬,并无一子,单生一女,取名多娇,一双瞽目。今日朝罢无事,请夫人出来,同叙家常。来。(小生上)有。(外)请夫人、小姐出堂。(小生)夫人、小姐有请。(老旦上)(引)年迈苍苍无依靠,只有一女无婿招。(外)夫人见礼,请坐。(丫环、小旦上)(引)双眼无珠,瞎秋波两目无光。(白)爹娘,女儿万福。(外、老旦)罢了,坐下。(老旦)相公独坐中堂,声声长叹,却是为何?(外)夫人,你我同庚,年迈六旬,单生一女,尚未婚配,好不伤感人也。(老旦)相公说那里话来?也有一女,招得一婿,也有半子相靠,你何须忧虑。(外)夫人,但是老夫呵!(唱)

【驻马听】年迈苍苍,膝下无儿好彷徨。我是个辅佐朝纲,阀阅家声,尊严名望。威权赫赫正堂堂,半子须选折桂郎。两鬓秋霜,两鬓秋霜,东床坦腹,儿婿两当。

(老旦)相公吓!(唱)

【前腔】不须惆怅,继嗣宗祧有承望。虽然是年纪及笄,要选官媒,拣招才郎。铺床叠被做偏房,螽斯②苦挨岂无望?两鬓秋霜,两鬓秋霜,东床坦腹,儿婿两当。

(小旦)阿妈娘吓!(唱)

【前腔】好不度量,有女如花貌非常。况又是宰相千金,耽搁终身,女长难当。(外白)你一双瞽目,那一个王孙公子,与你配合?(小旦)咳!(唱)**胡言乱语不忖量,老迈昏憧甚无良。**咳!**恼我胸膛,恼我胸膛,只有孤男独宿,那有丑女无郎?**

---

① 从外本和末本来看,剧中言道明和李庭兰皆云夫人六(陆)氏,小生本中言秀林则称母亲徐氏。

② 螽斯,即斯螽,蝗属。《诗经·国风·周南》有《螽斯》篇,诗意为祈颂子孙昌盛,后遂以"螽斯"或"斯螽"代指子嗣、子孙,又用作祝人多子多孙之词。

（老旦）儿吓！（唱）

【前腔】休得悒怏，一世终身须当酌量。（白）相公，我女儿此言不差呵！（唱）**你看他年纪已及笄，岂不辜负青春，早选东床**。（外白）儿吓，明春大比之年，科场中选得才郎入赘，岂不是美？（唱）**免得丑事外传扬，你我暮年有倚傍**。（小旦下）（外）夫人，你来看。（唱）**丑态难当，丑态难当，但愿得乘龙早配，免得耽误他行**。（同下）

第五号

正生（许文通）、净（店小二）、末（朱老三）

（正生上）（唱）

【步步娇】[①]**长途跋涉为功名，春老举子忙。盼不到帝京，路远迢迢，闷杀行程**。（白）卑人，许文通，上京求取功名，来到山东地界，看天色已晚，何处安寓才好？（唱）**途路受艰辛，路过西庄安寓劳顿**。

（白）朱老三安寓饭铺，果然彩头。里面店家可有？（净上）相公，前来投宿那啥？（正生）正是。（净）相公，店里客人宿满哉。（正生）只要一间房子，场期一到，就要进京赴试去的。（净）待我叫老店主。老店主有请。（末上）忽听小二叫，出堂问分晓。何事？（净）外亨头有一位斯文相公投宿。（末）只有一位相公，叫他进来。（正生）行李交代与你。（末）小二，收拾好。（净）吓，老店主。（末）相公见礼。（正生）见礼。（末）请坐。（正生）请坐。（末）相公，小老店中人客宿满，如何是好？（正生）卑人只要一间房子，场期一到，就要进京赴试去的。（末）店中俱已歇满哉。小二，你倒打算打算。（净）有事体[②]来

---

① 此曲牌名单角本缺题，1959 年方荣璋曲牌摘录本（系记谱手稿，楼相堂念腔，案卷号 195-4-11）作【玉交枝】，今从宁海平调本。

② 事体，单角本作“事件”，今改正。事体，事情，情况。

亨，在退堂[①]，间壁大姑娘，可惜不便。（末）看这位相公斯文一脉，倒也不妨。（净）一防二防，不提防得起么。（净下）（末）请问相公那里人氏？高姓大名？（正生）店家听道。（唱）

【前腔】文通姓许旧簪缨，家住越州城。赴试为功名，行过西庄，借寓安顿。（末唱）**必定占魁名，三榜魁元扬名姓。**

（净上）老店主，打扫清清楚楚，好像小书房。（末）请问相公，茶饭还是小店承值，还是怎样？（正生）一概店家料理。（末）使得。（净）吓，考相公来带[②]，蛮蛮好。（科）

（正生）**寒窗苦志受风霜，只为功名两字忙。**

（末）**鳌头独占人敬仰，状元归家喜洋洋。**

（正生）好，好一个"状元归家喜洋洋"。（下）

第六号

贴旦（朱惠兰）、付（哑婆）

（贴旦上）（唱）

【桂枝香】淑女多磨，红颜折挫。奈萱堂早早归阴，老爹行年迈坎坷。（白）奴家朱氏惠兰，只因爹爹向王配军借银十两，他日日催逼，只得将钗环首饰拿去典当，以作利钱。（唱）**追逼怎躲，追逼怎躲，无处移挪，告当官追取法坐。儿的乱心胸，闲想神思倦，盈盈泪滂沱，盈盈泪滂沱。**

（付上，打手势）（贴旦）怎么，我爹爹留一后生，在我店中后房安歇？吓，爹爹，你好糊涂也！（唱）

【前腔】作事糊模，男女事蹉[③]。虽则是安歇营生，顿忘了女道规模。（白）想爹

---

① 退堂，绍兴房屋正厅（中堂）后有退堂。

② 考相公，指来考试的秀才。来带，方言，在，在这儿。

③ 蹉，单角本作"差"，今改正。蹉，失误，差错。

爹岂有差池，或者亲戚，亦未可知，不免前去观看那生。婶娘，同我一走。（唱）**缓步移挪，缓步移挪，金莲款步，此刻时金乌西堕。鸟鹊尽归窝**，婶娘，**悄地前行去，观看那书模，观看那书模**。（下）

第七号[①]

正生（许文通）、净（店小二）、贴旦（朱惠兰）、付（哑婆）

（一更）（正生上）（唱）

【泣颜回】初更漏滴响，孤灯照银缸。旅店投宿，只为那功名有望。（白）卑人许文通，来到山东地界，饭铺之中，多蒙店家十分看待。（唱）**幽静开敞，对青灯、书案可唧哝。早不觉更深寂静，闷无聊闲思闲想，闲思闲想**。

（白）闲话少说，不免看书了罢。（唱）

【前腔】心心长念占金榜，阵阵风来飘荡。豪兴诵读，小包内取出文章。（科）**字字行行，展古书细展参详。孔圣门莫言名利，也有那刺股悬梁，刺股悬梁**。

（净上）（唱）

【千秋岁】夜更阑，殷勤送茶汤，小二家理所应当。（白）相公请茶。（正生）如此有劳了。（科）店家，你店中有多少人？（净）老店主、大姑娘、哑婆。（正生）怎么，三个人？你呢？（净）不在所内。（正生）怎么，不在所内？（净）我来带吃口白饭。（正生）这大姑娘，何等样人？（净）老店主个囡。（正生）怎么，是他令爱？有多少年纪了？（净）十七岁。（正生）可有人家？（净）高勿攀，低勿就，还是光棍头。（正生）有这大年纪，还没有人家。（净）老店倌囡知些书，进出账目，都是大姑娘誊清吓。（正生）还是知书识字的么？（净）好困哉。（正生）店家，夜已深了，进去安睡了。（净）噫！格格后生，眼睛光溜溜，勿是好朋友，勿是好朋友。（净下）（正生）怎么，这大年纪，还没有人家？正所谓“深山出美玉，明珠出

---

① 本出曲牌名单角本仅题有尾声，其余参照格律及宁海平调本增补。

老蚌”。言语少说，不免看书了罢。(唱)**再观文章，再观文章，大名儒千古流芳。言言的如金玉，字字的锦绣长。豪兴多滋味，诗书诵读，鏖战文场，鏖战文场。**

(科)(白)山不在高，有仙则名。水不在深，有龙则灵。(二更)(付、贴旦上)(贴旦唱)

【前腔】出兰房，蓦听书声朗，不觉的愁容舒放。(正生读书，付打手势)(贴旦唱)**隐隐诵读，隐隐诵读，心切切烈志昂昂。未觌面空思想，有了！待我来舌尖儿舔破纸窗。**妙吓！**观看貌端庄，秀丽年轻，风流雅相，风流雅相。**

【越恁好】(正生唱)**经纶透光，翰墨人非常。笔法伶俐，读书人心欢畅。**(贴旦失帕，贴旦、付下)(正生)外面有灯亮，想必小娘子来了。(唱)**想是店内女娇娘，悄地来私行观看。**方才店家说，**窈窕未赋，窈窕未赋，遇佳期拣选才郎。可惜未得见红妆，不然是三生欢畅**[1]。**那顾羞耻在今夜**[2]，**床笫连挽花开墙。得第荣归，迎娶还乡，迎娶还乡。**

(开门)(白)我道什么东西，原来是幅罗帕，一定是小娘子掉下来的吓。(唱)

【尾】留一步空思想，一定是七步流芳。(白)想小娘子一定转来讨还罗帕，我要考他才学如何。(唱)**我且等候娇娘会巫山。**(下)

第八号[3]

贴旦(朱惠兰)、正生(许文通)、付(哑婆)

---

① 欢畅，单角本作“县(悬)望”，据195-4-11曲牌摘录本和195-3-83整理本改。

② 此句单角本作“那股钗钉结农”，据195-4-11曲牌摘录本和195-3-83整理本改。

③ 本出除【点绛唇】外，曲牌名单角本多缺题，兹参照195-3-83整理本，根据词式改订补入。该出“进书斋话情投”单角本重句，而整理本将“又何须面通红无语低头，进书斋话情投”订作【鹊踏枝】首二句，实非；又将“苍穹鉴我心儿剖”及以下订作【赚煞】，则系牵合北杂剧曲律。整理本将“移步来遍地寻觅无所有”至“此是他必转留逗”订作【哪吒令】，一则不合【哪吒令】词式，二则上曲【天下乐】句数不足，而调腔【天下乐】其实可增句。

（三更）（贴旦上）（唱）

【点绛唇】我好悲忧，我好悲忧，薄命僝僽，一女流。姻缘未配，难诉这根由。

（白）我方才观看那生，人才秀丽，相貌端庄，好不有幸也！（唱）

【混江龙】人才秀俊，天然体态美风流。貌端庄英才秀丽，朗朗的诵读《春秋》。真个是会蓝桥三生有幸，似刘肇、天台路投①**。这奇逢意马难收，好叫我展转绸缪，展转绸缪。**

（白）这一幅罗帕，倘然被那后生拾去，叫我如何是好也？（唱）

【油葫芦】羞答答怎把此事来出口，悔无主、夜半闲走，就是个鲁男子轻轻袖手②**。这罗帕相厮守，那罗帕藏在手。**（白）喜得婶娘睡着，此刻夜静更深，不免前去寻觅转来便了。（拿灯）（唱）**提灯照去寻觅休错路头，男女的、有别河洲**③**。好香闺此刻时夜更阑无人来察究，急寻取免落他人手，免落他人手。**（贴旦下）

（正生上）（唱）

【天下乐】夜深静人寂静书斋独坐，忆娇容、可也知否④**，**（白）卑人许文通，小娘子失下罗帕，一定转来讨还，我要考他才学如何。（唱）**必然是闺中杰秀**⑤**，攀上他丝萝结就。且把那香罗帕翻覆绸缪**⑥**，**（四更）（贴旦上）（唱）**移步来遍地寻觅无所有。**（正生白）好香是好香。（贴旦）呀！（唱）**果然是手捧罗帕，只见他细细观看不歇手。**（敲门）（正生）外面有灯亮，想是他来了。（唱）**启双扇看过因**

---

① 刘肇，指刘晨、阮肇。相传刘晨、阮肇入天台山采药迷路，攀岩摘桃充饥，逆溪流而上，得遇二女，结为夫妇。事见《太平御览》卷四一地部六引南朝宋刘义庆《幽明录》。

② 鲁、袖，单角本作"曾""就"，据宁海平调本改。鲁男子，鲁国有一男子，为避嫌而拒绝因房屋损坏来借宿的寡妇，事见《诗经・小雅・巷伯》毛传。后以"鲁男子"泛指不好色的男子。句意是希望书生能袖手旁观，不拾取罗帕。

③ 句谓男女有别。《诗经・周南・关雎》："关关雎鸠，在河之洲。"洲为水中可居的陆地，雎鸠居于河洲，"生有定偶，而不相乱；偶常相随，而不相狎"（朱熹《诗集传》语）。

④ 可也知否，单角本作"无人知我"，据 195-3-83 整理本改。

⑤ 杰秀，单角本作"桀嫂"，195-3-83 整理本作"锦绣"，今订作"杰秀"。

⑥ 翻覆绸缪，单角本作"万赴东流"，据 195-3-83 整理本改。

由，此事他必转留逗[①]。(开门)(白)原来是小娘子，敢寻罗帕而来？(贴旦)正是。(正生)小娘子吓！(唱)**又何须面通红无语低头，进书斋话情投，进书斋话情投**。

(白)小娘子，请来奉揖。(贴旦)有礼奉还。(正生)呵吓，妙吓！卑人今日一见，果然沉鱼落雁，实为万幸也。(贴旦)何劳相公美赞。(正生)敢寻罗帕而来？卑人有幅拾着，未知是与不是？(贴旦)正是。(正生)如此奉还。(贴旦)男女授受不亲。(正生)好一个"男女授受不亲"。(置罗帕于桌上)(贴旦)多蒙相公奉还罗帕，就此告别。(正生)且慢，我要考你才学如何。(贴旦)奴家不过田庄村女，有什么才学来？(正生)咳，小娘子吓！(拉贴旦坐下)(唱)

【哪吒令】我是个非凡风流，只爱你才貌两相投。(白)卑人许文通，上京求取功名，倘能成名得中呵！(唱)**占金榜显扬名虎榜占鳌头，要求个淑女鸾凤俦**。(白)请问小娘子可曾吃茶否？(贴旦)但是这个……(正生)呷吓，妙吓！(唱)**分明是未配合闺香秀，喜相逢蓝桥路头。望云山，要配偶，要把你女姜结就**。

(贴旦)呀！(唱)

【鹊踏枝】心留恋欲语还休，只怕你订终身，恐猜做墙花路柳。(白)相公异日身荣，休忘贫贱之女。(唱)**贪恋着十里红楼，这终身岂可赴东流？可晓得九烈三贞，恐王魁把奴撇丢，把奴撇丢**。

(正生)小娘子若还不信，卑人对天盟下誓来。(唱)

【寄生草】苍穹鉴我心儿剖，盟情愿挂肠绝首[②]。(拉贴旦拜)(贴旦唱)**须记得海誓山盟，今夜里露滴难收，露滴难收**。(正生、贴旦下)(五更)(付上，找贴旦，下)(正生、贴旦上)(正生唱)**宽松衣裳并相投，难舍难分情难久**。(贴旦白)冤家吓！(唱)**我的香衫儿汗珠流，好乌云蓬松湿透，蓬松湿透**。

(付上，正生开门，逃下。付拉贴旦走圆场)(贴旦)阿吓，婶娘！(唱)

---

① 此句单角本作"子似他必转鳌头"，"似"一作"是"，195-3-83 整理本作"此事儿辗转逗留"，据校改。

② 此句单角本作"敢情剖常还出头"，据宁海平调本改。挂肠绝首，形容极尽忠诚。

【尾】**你不须气喘嗽，此事还当隐藏收**。(白)婶娘，我母亲亡故，你是亲娘一般也！(唱)**蒙抚养天高地厚，厚感恩胜比亲生骨肉，亲生骨肉**。

(付扶起，贴旦欲下，付拉转，作羞，同下)

第九号

末(朱老三)、正生(许文通)、贴旦(朱惠兰)、付(哑婆)

(末上)(念)

【大斋郎】**配军的，忒凶歪，终日追逼如官债**。**家下一刻无措办，只得将住房来典卖**。

(白)我朱老三，半月前有一位相公前来安歇，如今场期已到，不免算清房饭钱，凑凑好还王配军。(念)

【前腔】**老妻的，死后无布摆，只得借了王配军十两债**。

(白)相公那里？(正生上)店家何事？(末)相公，场期已到，几时动身？(正生)怎么，场期到了？卑人即刻动身，房饭钱结算结算。(末)进小店已有半月，一总三两五钱银子。(正生)怎么，三两五钱？我有五两银子，给予店家。(末)相公多了。(正生)送与店家。(末)多谢多谢。请坐一坐，待小老到街坊买些酒肉来，与相公饯行。(末下)(正生)店家去了，不免叫惠兰姐出来，说过明白。惠兰姐快来。(贴旦上)见礼。(正生)见礼。(贴旦)请坐。(正生)请坐。(贴旦)叫我出来何事？(正生)场期到了，卑人要进京赴试去了。(贴旦)怎么，就要起程了？(正生)就要起程了。(贴旦)相公吓！(正生)吓，惠兰姐吓！(唱)

【(昆腔)玉抱肚】[①]**又何须长挂胸怀，耐心伤不必悲泪**。**我成名衣锦荣归，愿报**

---

① 第一支【玉抱肚】和【哭相思】前两句根据单角本校录。第一支【玉抱肚】宁海平调本作“休得泪落襟，耐心田不必悲哽。待成名衣锦荣归，来娶你美貌娉婷。此物长挂在胸膛，信物相会为表证”，韵脚与下文相合。

你美女傷憸。(白)我有玉镜一面,各分一只,以为聘物。(付上,正生递镜,贴旦交付,付下)(正生唱)**双双的话情投,衣锦荣归耀门楼**。

【前腔】[1](贴旦唱)**谨遵严命,在深闺等候佳音。用心的即赴科场,须记住对天誓盟**。(白)我有罗帕一幅,与你带去。(唱)**迢迢一路须关心,保重身体赴帝京**。

(正生)多谢惠兰姐。(贴旦)有送。(同唱)

【(昆腔)**哭相思】今朝分别泪淋淋,这幅罗帕人叮咛**。(同哭,下)

第十号

末(吉天祥)、正生(许文通)、花旦(考生)

(四手下、末上)(引)奉旨考奇才,举子纷纷争斗来。(诗)天地平如水,龙门吉日开。若无读书子,官从何处来?(白)老夫翰林院总裁吉天祥,奉旨考选天下奇才。军士们。(手下)有。(末)吩咐贡院开门。(手下)贡院开门。(吹【过场】)(末)众举子各入号房。(正生、花旦上)(末)天字号举子上来。(正生)有。(末)受老夫一对。(正生)请老大人出题。(末)高山枯松,透出龙头望月。(正生)园中嫩笋,摆开凤尾朝天。(末)好大才!龙虎日观榜。(正生)谢大人。(正生下)(末)地字号举子上来。(花旦)有。(末)受老夫一对。(花旦)请大人出题。(末)小小书生蓝衫拖地,(花旦)堂堂宰相豪气冲天。(末)好大才!龙虎日观榜。(花旦)谢大人。(花旦下)(手下)三场已毕。(末)封门。(手下)封门。(四手下下)(末)少年不把诗书读,休想乌纱盖顶门。(下)

---

① 第二支【玉抱肚】单角本未抄录,195-3-83 整理本作"我与你心内挂牵,但愿你得中回来。总有日鸾凤祥配,耀门庭改换门墙。(白略)(唱)这幅罗帕带在身,须要你牢记在心",今从宁海平调本。

第十一号

外(言道明)、小生(堂候)、花旦(门子)、正生(许文通)、末(太监)、老旦(陆氏)、小旦(言多娇)

(外上)(引)官清素来无牵绊,香玉堂前启竹兰。(白)老夫言道明,今有新科状元,乃是越州人氏,名叫许文通,谅必才貌双全,今日必定前来参拜。堂候。(小生上)有。(外)少刻新科状元前来参拜,把小姐亲事说允,赏你一个好衙门。(小生)多谢太师。(花旦上)一日朝天子,前来参相国。来此已是。门上那一位在?(小生)外面那一位?(花旦)新科状元带来了众进士,前来参拜相爷,有帖呈上。(小生)候着。启相爷,新科状元带来了众进士,前来参拜相爷,有帖呈上。(外)众进士免参,请状元相见。(小生)晓得。相爷吩咐下来,众进士免参,请状元相见。(花旦)众进士免参,状元爷有请。(花旦下)(四手下、正生上)十载身到凤凰池,一举成名天下知。(外)起乐。(小生)起乐。(正生)老太师请登正道。(外)状元请登正道。(正生)老太师朝纲辅佐,晚生不敢乱踹。(外)请。(正生)催道。(吹【过场】)(正生科)老太师请上,晚生拜揖。(外)不敢。状元天子门生,朝纲辅佐,必是国家栋梁。(正生)草莽卑陋,感蒙不胜。宴赴琼林,金榜题名。(外)好说,请坐。(正生科)请。(小生捧茶上)(吹【过场】)(外)请问状元,可有圣命下来?(正生)没有圣命下来。(外)若有圣命下来,老夫一同合奏。(正生)多谢太师,就此告别。(科)(外)且慢。状元为何去之太速?(正生)各衙门还未参拜。(外)各衙门还未辞谢,在老夫衙门,倒也不妨。(正生)多谢太师。(外)请坐。(正生)请。(外)请问状元贵庚多少?(正生)才年二九。(外)可曾婚定?(正生)聘定在山东小西庄,两下还未花烛。(外)老夫有言,难以启齿。(正生)未知太师有何见谕?(外)老夫年迈无子,单生一女,招赘状元为婿。(唱)

【(昆腔)驻云飞】**佳婿乘龙,欲屈东床喜浓浓**[①]。**和鸣谐鸾凤,秦晋两和同**。**嗏!订结玉芙蓉,丝萝名重**。(正生白)不瞒老太师说,晚生有前定的了,难以遵命。(外)为官之人,又道一妻二妾,倒也不妨。(唱)**成就姻眷,喜气上眉峰**。**品玉吹箫有根种**。

(正生)咳,太师吓!(唱)

【前腔】[②]**上诉明公,不弃糟糠学宋弘**[③]。(白)惠兰姐,惠兰姐,起程时节,何等言语,吩咐与我。(唱)**待等春雷动,迎娶到门扃**。(外白)状元,这有何难,今日完了亲事,明日老夫写书一封,接你令正到来,与我女儿同拜花烛,心意如何?(正生)太师吓!(唱)**嗏!非我无情浓,蒙你是丘山恩重**。(外白)如此状元不肯完姻,堂候陪伴状元,老夫请旨完姻,打道入朝。(唱)**请旨完婚,料你难推从**。**岂可龙颜说宋弘**[④]。(外下)

(小生)状元爷,为何不允亲事?(正生)堂候公,你家令爱,难道没有豪门配合?(小生)状元爷吓!(唱)

【前腔】香闺女容,才貌两相同,姻缘前定谐鸾凤。(正生白)堂候公吓!(唱)**嗏!富贵何必用,声名珍重**。(白)惠兰姐,惠兰姐,此事下官无情也!(唱)**阻隔姻缘,迢迢路难逢**。**薄幸男儿负娇容**。

(吹【过场】)(外、末上)(末)圣旨下,跪。(正生)万岁。(末)听宣读,诏曰:今有言相启奏,年迈无子,圣驾为媒,招赘新科状元为婿,奉旨完姻,毋负朕命。钦哉,谢恩。(正生)万万岁。(末)状元为何不接旨?(正生)公公吓!(吹【驻云飞】)(末白)今日完了姻事,然后接你令正到来,意下如何?(外)状元不必推辞了。(吹【驻云飞】合头)(外)后堂开宴。(末)皇命在身,就此告退。(外)有

---

① 喜浓浓,单角本作"喜孜孜",失韵,今改正。

② 第二、三两支【驻云飞】正生本颇为错谬,今根据 195-3-83 整理本,并参照宁海平调本校录。

③ 宋弘事详见《琵琶记·题诗》【醉扶归】第二支"宋弘不弃糟糠妇"注。

④ "请旨"至"宋弘",单角本原无,据宁海平调本补。

送。(末下)(外)点起龙凤花灯。(吹【过场】)(老旦上,丫环扶小旦上,拜堂。小旦摸正生头,正生顿足)(外、老旦)妙吓,好一对年少夫妻也!(吹【尾】)(下)

第十二号

贴旦(朱惠兰)、付(哑婆)、末(朱老三)

(贴旦上)(唱)

【锦缠道】想情踪,终日里郁郁在心胸,早难道命犯孤穷,恨冤家无始终。莫不是选场春开名脱空,若然是独占鳌头鱼雁可通。(白)奴家朱氏惠兰,许郎在我店中安歇,与他私订终身,身怀有孕。如今场期已出,并无音信,这又奇了。(唱)**叮咛情浓,为何因、音信无踪?**(白)为此叫婶娘去到街坊,买了一张题名录进来,看过明白。(唱)**可解这情踪,登科录万人转送,看分明免得挂心胸。**

(付持题名录上,打手势)(贴旦)妙吓!(唱)

【前腔】许文通,越州人状元名重,果然是头名得中,(付示意婚姻无分)(贴旦)呀!(唱)**好叫人羞答答愁聚眉峰。**(白)他说若还得中,前来接我,到如今音信全无,我也明白了。(唱)**早难道另配偶谐鸾凤,我这里盼不到音信无通。盈盈泪珠涌,**(白)许文通,许文通,我腹内的东西,是你亲骨血的呵!(唱)**我是个淑女香闺恁么**[①]**重。被你剖花容,**(白)他起程时节,何等言语,嘱咐与他,不想到了今日呵!(唱)**硬心的不顾各西东,好叫我血泪杜鹃红,血泪杜鹃红。**

(末上)(唱)

【普天乐】急归家步儿匆匆,进香闺、我女娇容。将住房典卖银两,免得他索讨凶凶。(白)阿吓,儿吓!(贴旦)阿吓,爹爹吓!为何这般光景?(末)儿吓,为父将住房典卖银子五十两,还了王配军,他说这些银子,作利不够。(唱)**偿还**

---

① 恁,单角本作“什”,调腔抄本“恁”常简写作“什”。恁么,义同“恁”,这样,如此。

本利军犯忒凶勇,我与他争闹一场怒气满胸,怒气满胸。(贴旦白)爹爹吓!(唱)**休得要气冲冲,你是个、老年人又朦胧**。(白)想这些银子殡殓母亲呵!(唱)**理该要本利清消,劝严亲何必心痛,何必心痛?**

(末)儿吓!(唱)

【尾】年衰迈苦无穷,怎得个半子相同。(贴旦白)爹爹吓!(唱)**你是个苦命人儿老孤穷**。

(白)爹爹吓!(贴旦扶末下)

第十三号

外(言道明)

(外上)(引)虎榜姓名扬,鳌头独占人钦仰。(四手下上)有。(外)老夫言道名,招得状元为婿,倒也安泰。今乃秋尽冬初,意欲出外打猎,以保年岁丰盛。众家丁,人马可曾齐备?(众)人马齐备,向前起马。(外)就此起马。(众)吙!(吹)(下)

第十四号

贴旦(朱惠兰)、末(朱老三)、正生(魁星)、付(哑婆)、外(言道明)、
正生(许文通)、老旦(陆氏)、小旦(言多娇)

(起更)(贴旦上)(唱)

【醉花阴】衔冤抱恨恁焦燎,负心人把奴撇抛。椿庭的病缠身年衰老,薄幸[①]**女、薄幸女朝夕煎熬**。阿唷吓!**刻时节心惊胆摇,定然产育在今朝,痛得我咬牙恨难打熬,咬牙恨难打熬**。

(白)阿唷吓!奴家朱氏惠兰,那日我无主张,与许文通苟合。不想身怀有

---

① 薄幸,这里犹薄命,与通常作薄情讲者不同。

孕，十月满足，就要分娩，叫我如何是好也？阿唷吓！（唱）

【画眉序】他无心忒杀情薄，辞别临行叮嘱托[①]。**悔着从前走**[②]**，转弃窈窕**。**薄幸人另选豪门，竟把奴轻轻撇掉**。**霎时神魂多颠倒，止不住血泪如潮，血泪如潮**。

（末上）（唱）

【喜迁莺】事多磨疾病、疾病缠绕，遭颠沛玉石、玉石难料。**悲也么悼，苦命女谁来顾照，特地来问个分晓，问个分晓**。（贴旦扯帐遮住）（贴旦）阿吓，爹爹吓！你进房何……何……（末）阿呀，儿吓！为父口中焦渴，要杯茶吃，叫你不应，为此进来一看，不想你也如此。（贴旦）阿，爹爹吓！你要茶吃，待我叫婶娘送来与你吃。女儿不过受些风寒，就会好的，快快出去，快快出去。（末）为父去了呵，儿！（唱）**你且把身保，休为我疾病年高，一般的病缠身悲苦无聊，悲苦无聊**。（末下）

（二更）（贴旦）阿唷，不好了！（念【扑灯蛾】）恨切齿，痛难熬。五内如火烧，腹内如刀绞，霎时汗淋漓，誓死不相饶，誓死不相饶。（入帐）（正生魁星调上，点下）（婴儿叫，付上洗生，扶贴旦）（贴旦）婶娘，是男是女，抱来看。（科）阿吓，儿吓！你一出娘胎，看来就有分离之苦也！（唱）

【画眉序】爱你如珍宝，相貌魁梧难画描。**我是个淑女身，怎养儿曹？**（白）婶娘，取玉镜过来。儿吓，见了玉镜，就是你父亲一般。婶娘，你将婴儿抱往京中，还他亲骨血吓！（唱）**探虚实订结豪门，在香闺等你音耗**。（白）且住，后来母子如何认得？有了。（唱）**就将你中指断绝，**（咬，婴儿叫）**好叫我心如刀绞，心如刀绞**。

（付夺子，放帐。贴旦下，付出门下）（四手下、外上）（唱）

【出队子】带家丁游猎西郊，忙向前一派荒郊。（白）老夫言道明，带领家丁，游山打猎。众家丁，趱上！（唱）**人簇拥一齐闹嚷嚷，遇猛虎生擒活捉**。（内虎叫）

---

① 托，单角本作“咐”，失韵，今改正。“托”在此派入萧豪韵。

② 走，单角本在次句“窈窕”下，今作移改。

(众)前面猛虎来了。(外)怕他什么,紧紧趱上!(唱)**一个个齐心协力,忙向前转过山岙,转过山岙**。(四手下、外下)

(老虎上,调下)(四手下、外上)(唱)

【滴溜子】猛听得,猛听得,声声虎豹;众家丁,众家丁,行过山岙。(众白)虎来了。(外)大路难行,往小路急急趱上也!(唱)**一个个齐心努力,快步的转过山岙,转过山岙**。(四手下、外下)

(付抱婴儿上,老虎随上。付弃婴逃下,虎追。四手下、外赶上,虎逃下)(众)猛虎不见,有婴儿在此。(外)婴儿抱上来。呵吓,妙吓!(唱)

【刮地风】呀!见婴儿难猜又难度,为何的撇在荒郊?莫不是天赐婴儿接宗祧,手儿里断指尖似有蹊跷。(白)且住。看这婴儿,颈上挂着玉镜,又无年庚八字,这又奇了。(唱)**一定是苟合私情,将婴儿撇在荒郊**。**被猛虎唬得魂胆消,是偷生潜出相抛**。(白)且住。不免将婴儿抱回府去,与夫人观看。众家丁,相爷途中得子,外面不可漏泄,回府个个有赏。(唱)**一个个休对外人说分晓,须认做亲生襁褓,蒸尝自有宗祧。欢笑,年衰迈得儿曹,喜浓浓豁眉梢,喜浓浓豁眉梢**。(四手下、外下)

(正生、老旦、小旦上)(同唱)

【鲍老催】宽饮香醪,同叙亲谊添欢笑,初放梅花对今朝。(正生白)岳母,小婿拜揖。(老旦)罢了,一旁坐下。(正生)告坐了。(老旦)贤婿入赘我家,闷闷不乐,却是为何?(正生)岳母吓!(唱)**心惊难宁耐,终日挂**[①]**心苗**。(白)前者岳父说,去到山东小西庄,接惠兰到来,重拜花烛,谁想到了今日。(唱)**全无迎娶女多娇,婚姻割断会蓝桥,我的明言来相告**。

(老旦)贤婿且是放心,等岳父回来,写书一封,去到山东小西庄,接你惠兰到来,重拜花烛。(正生)谢岳母。(小旦)阿妈娘吓!(唱)

【双声子】休听他,花言舌调;分明是,欺压儿曹。瞽目的无依无靠,路柳墙

---

① 挂,单角本作"家",方言"家"字白读与"挂"略近,据改。

花，妄想娶讨，妄想娶讨。

(老旦)贤婿吓！(唱)

【四门子】休得要怒气咆哮，听老身明言道，即日迎娶女多娇。(小旦白)阿吓，阿妈娘吓！(老旦)儿吓！(唱)**不须落泪哭号啕，夫与妇和顺谐同调，做一个鱼水相欢两下交。**

(小旦站起，摸，扯起正生)(小旦)我要问得咗哉，咗乃是贫贱书生，入赘相府，有啥个事务委屈咗么？(正生)吓，我不到你府上，来求婚过的。(小旦)你要另娶，万万不能够。(正生跺脚)吓！(正生下)(小旦跌倒，站起，摸下)(老旦)咳，我里个肉！(唱)

【水仙子】呀呀呀休悲号，呀呀呀休悲号，千金女非轻小。休得要泪落鲛绡，须索要存心妇道。(外笑上)(唱)**笑吟吟转家道，对夫人说分晓。**(白)夫人！(唱)**天赐麟儿接宗祧，天赐麟儿接宗祧。**

(外笑)(老旦)相公打猎回来，为何这等欢喜？(外)我与众家丁出外打猎，去到西山脚下，只见猛虎伤人，众家丁追赶。后来一道红光，猛虎不见，只见婴儿下地，身上挂着玉镜，夫人请看。(老旦)相公，见婴儿面目清秀，颈上挂着玉镜，又无年庚八字。相公为官清正，天赐孩儿，接我言氏宗祧。(外)所以重赏家人，谅无人泄漏。夫人，还须另雇一个奶娘，扶养成人长大，酬神谢祖。(唱)

【尾】安排家宴喜心苗，暮景桑榆乐逍遥。(老旦唱)**你是个老运亨通，喜孜孜扶养儿曹，扶养儿曹。**(下)

第十五号

末(李庭兰)、小生(院子)、正旦(夫人)

(末上)(引)奉旨钦召进京华，受皇恩伴驾君王。(白)下官李庭兰，少登科甲，蒙圣恩职授河南巡抚，任满进京复命。夫人同庚，同在任所，单生一女，才得周岁。昨日风狂浪大，难以开船，今日天气晴明，不免叫夫人出来，一同开船。过来。(小生上)有。(末)请出夫人。(小生)晓得。夫人有请。(正旦上，丫环抱婴儿随上)(正旦引)船停江边，膝下无子堪怜。(白)老爷见礼，请坐。(末)夫人见礼，请坐。(正旦)老爷，这风狂浪大，过几日开船？(末)马牌已出，定在今日开船。(正旦)采买婢妾之事何如？(末)到了中途再处。吩咐开船。(小生)稍水，老爷吩咐下来开船。(拷【水声】，二船夫两边撑船上)(末)院子，来此什么地方？(小生)稍水，来此什么地方？(船夫)来此山东地界。(小生)老爷，来此山东地界。(末)命你上岸去，寻访官媒婆，买一个女子下来，服侍夫人。(小生)晓得。稍水打跳。(小生上岸，下)(末)吩咐船儿停泊。(下)

第十六号

贴旦(朱惠兰)、末(朱老三)

(贴旦上)(唱)

【绵搭絮】悲苦绵绵，悲苦绵绵，时刻挂心田。薄幸的将奴抛撇，顿忘了海誓盟言。(白)奴家朱氏惠兰，只因爹爹有病，倘有不测，叫我如何是好也？(唱)**病膏肓一命难全，早难道父女分离，早难道父女各天。**(白)我与许文通私情苟合，产生一子，叫婶娘抱往京中，还他亲骨血，婶娘还未回来。(唱)**孤女是无依无靠，一身弱质有谁怜，弱质有谁怜？**

(内)阿吓，儿吓！扶我出去。(贴旦)爹爹，外面风大，不要出来。(内)儿吓！

(末上)(唱)

【前腔】天命催然，无子实堪怜。依靠伶仃女，赖他侍膝前。(贴旦白)爹爹吓！(唱)**又何须哭泣泪涟，你是个老迈朦胧，休得要为儿挂牵。**(末唱)**病膏肓隔心田，看将来一命赴黄泉，一命赴黄泉。**

(白)儿吓，为父早已将住房典卖，倘有不测，如何是好也？(唱)

【蛮牌令】谁人来殡殓，仰面告苍天。天不来鉴察，怎不照残喘？(贴旦白)爹爹且是放心，但是女儿呵！（唱）**免萦心衣衾殡殓，女孩儿自有主见。**（末唱）**伤心处切莫悲涟，一霎时哽噎喉咙，气运难转。**

（贴旦）阿吓，爹爹吓！（唱）

【前腔】两目无色颜，牙关咬舌尖。渺渺归何处，汗雨如绵绵。（末唱）**魂何处六魄无边，一灵儿鬼魂早见。**（白）咳，老妻！我儿！（贴旦）爹爹。（末）喏，喏！你母亲来了。（贴旦）母亲亡故了。（末）阿吓，儿吓！（唱）**实指望倚靠暮年，今日里死别生离，永难见面。**

（白）老妻，祖先！也罢！（死）（贴旦）爹爹吓！（唱）

【忆多娇】叫不应，老亲严，一命归阴好悲怜，不幸今朝丧残喘。谁来殡殓，谁来殡殓，活活的老父归天。

【尾】你身死我难全，我只得卖身殡殓。（白）许文通，许文通！（唱）**你撇却前盟恶心变。**

（白）呷！爹爹！呷吓，爹爹吓！（哭下）

第十七号

丑（李妈妈）、贴旦（朱惠兰）

（丑上）（念）我做媒婆双脚走，奔波。若要卖身做媒都是我，都是我。（白）我，李媒婆便是。京里来了一个大官府，要买一个伶俐女子，惠兰大姐还没有人家来，往惠兰姐门上一走。有人卖身，做做介绍人，铜钱银子赚点用用，有啥个勿好。（念）东街走，西街走，有人叫卖身，只要银子多，只要银子多。（白）一走两走，走到惠兰大姐门口，待我叫惠兰大姐开门。惠兰大姐开门！（贴旦上）（念）我命坎坷，哭泣泪婆娑。忽听一人叫，出来问事何？（开门）（白）李妈妈。（丑）惠兰大姐。（贴旦）见礼。（丑）见礼。（贴旦）请坐。（丑）告坐。惠兰大姐，呍阿伯病体可好点？（贴旦）我爹爹亡故了。（丑）那格，呍阿伯死过哉？介末尸首那格排场排场？（贴旦）无钱殡殓，只得卖身葬父。（丑）好。来得凑巧，京里出来一位官府，要买一个伶俐女子做妾，你可会去？（贴旦）妈妈，做婢倒也使得，做妾难以遵命。（丑）做妾做婢，我倒也勿晓得。我同呃下船去问问看。若还对哉，呃来亨；勿对哉，好回来还个。（贴旦）咳，爹爹，爹爹，非是女儿不孝也！（唱）

【（昆腔）**尾**】**非儿不孝罪深深，只为家贫把你撇。愿甘卖身葬父亲**。（关门下）

第十八号①

末（李庭兰）、正旦（夫人）、小生（院子）、丑（李妈妈）、贴旦（朱惠兰）

（末上）（引）船泊江边，（正旦上）（引）立等老年。（末）夫人见礼。（正旦）老爷见礼。（末）请坐。（正旦）请坐。老爷，院子上岸，寻访官媒婆，买个女子，怎的不见回来？（末）待等院子回来，再作道理。（小生上）媒婆随我来。（丑上）惠兰大姐，随得我来。（贴旦上）（小生）媒婆，你在岸上立一立，待我下船禀与老爷、夫人知道。（丑）晓得哉。（小生下船）老爷、夫人在上，院子叩头。（末、正旦）起来。（小生）谢老爷、夫人。（正旦）命你寻访官媒婆可有？（小生）有，在岸上。（末、正旦）叫他下船来。（小生）晓得。媒婆，叫你下船来。（丑、贴旦下船）（丑）老爷、夫人在上，媒婆叩头。（末、正旦）媒婆起来。（丑）谢老爷夫人。（丑）见了老爷、夫人。（贴旦）晓得。老爷、夫人在上，难女叩头。（末、正旦）起来。（贴旦）谢老爷、夫人。呷吓，爹爹吓！（末、正旦）女子因何卖身？（丑）这女子阿爹死过，无钱殡殓，卖身葬父。（末、正旦）听你说来，倒是个孝女。来，媒婆内舱用了酒饭。（小生）媒婆，内舱用了酒饭。（小生、丑下）（末、正旦）你这女子，那里人氏，一一说来。（贴旦）老爷、夫人容禀。（唱）

【啄木儿】言未禀，两泪淋，剖诉尊前说真情。（白）我父亲朱寿禄，在小西庄开张饭铺，母亲亡故，无钱殡殓，向王配军借银十两。（唱）**数年来本利无还，将**

---

① 本出曲牌名单角本缺题，据格律并参照宁海平调本增补。

住房典卖消清。老父呕气恹恹病，谁料今朝丧幽冥，只因难女呵！**情愿卖身葬父亲。**

【前腔】(末、正旦唱)**听伊言诉，心暗评，好一个弱质女钗裙。**女子！**堪羡你孝道无亏，取资财殡葬生身。同归衙署且安顿，教传绣阁女红裙，与我女儿同伴姐妹称。**

(贴旦)老爷！(唱)

【三段子】再容诉情，父尸骸耽搁家庭；尚未窆窀，容难女归家葬殡。千金侍奉我当承，若然做妾难从命，愿写使婢文契为准信。

(末、正旦)这大年纪，你父亲不与你配合的么？(贴旦)这个……(末、正旦)不要害羞，只管说来。(贴旦)老爷、夫人吓！(唱)

【滴溜子】念难女，念难女，丝萝未订；先父的，择婿担心。错过姻缘耽搁家庭，(末、正旦白)情愿做婢，不愿做妾，敢是有人家的了？(贴旦)我幼年丧母，中年丧父，那有姻缘二字来吓！(唱)**那有个俊俏才郎，岂不望鱼水欢性？若做妾父母不瞑，父母不瞑。**

(小生、丑上)(丑)多谢老爷、夫人酒饭。(末、正旦)要卖多少身价银？(丑)阿哉惠兰大姐，吔要卖多少身价银？(贴旦)妈妈，只要五十两殡殓之费，多则不要。(丑)老爷，这女子说，只要卖五十两银子好哉。(末)五十两银子，倒也不多。院子，取五十两身价银，另取十两，赏与媒婆。(小生)晓得。(下，又上)(小生)媒婆，这五十两身价银，这十两赏与你。(丑)十两银子赏之我？阿唷，多谢老爷、夫人哉！惠兰大姐，五十两身价银来带哉，那格排场排场？(贴旦)妈妈，我和你一同上岸，殡殓我爹爹尸首去罢。(丑)惠兰大姐，吔好勿用去，吔爹爹尸首一概我料理好哉，吔在此服侍老爷夫人好哉。(贴旦)有劳妈妈。(丑)介话介话。(末)院子，你同媒婆一同上岸，殡殓他父亲尸首，即便赶来。(丑)老总管，吔一道随得我来。(丑、小生上岸，下)(贴旦)呷吓，爹爹吓！(末、正旦)吩咐开船。(唱)

【尾】滔滔一路赴帝京，绿水青山佳景。(同唱)**直进京都吏部升。**(下)

第十九号

净(徐阿二)、丑(许阿四)

(净上)(唱)

【斗鹌鹑】[①]**只俺这乞丐英豪,卑田院**[②]**咱有名号。住京城落拓恁萧条,逞风光游玩街坊奔走大道。吃残羹并剩饭终日温饱,也算得快乐逍遥。**(诗)聚众集义兴繁华,求名逐利非是咱。乡宦豪恶俺不惧,只恐恶犬咬皮鞋。(白)我乞丐徐阿二,结义兄弟十数余名,道俺忠直,尊我为头。今日言相公子做三周岁,我们前去领赏。个包来得大,酒饭来得体面,吃醉了,不免到寓所里困去罢哉。(唱)**步踉跄归路迢遥,醉醺醺、东撞西翻,眼模糊认不出归路大道,归路大道。**

(鸟叫)(白)呀!(唱)

【沙和尚】又听得鸟鹊吱吱声聒噪,一对的、并翅翔翱。又道是晚阴[③]**燕子尚归巢,可怜我花子们独宿在荒郊,独宿在荒郊。**(净下)(丑上)(唱)**喜孜孜沉醉号啕,喜孜孜、今夜里清静寂悄。**(白)我乃许阿四,言相公子三周岁,前去叩头领赏,待我赖讨饭人实勿错,老酒吃饱哉,去到城隍庙困觉去罢哉。(内)好酒。(丑)噫!(唱)**这的是徐二倌,怎的不回巢,看他朦胧来追着**[④]。

(净上)(唱)

【雪里梅】[⑤]**快步行来须及早,望不见城隍庙,**(相撞)**看他朦胧来蹊跷。**(同白)

---

① 此曲单角本题作“斗安仁”,《调腔乐府》据以另立“斗安仁”条目,实不必。此曲即源出北越调的【斗鹌鹑】。

② 卑田院,同“悲田院”,原系佛教接济贫民之所,唐开元间有司置坊,用以收容乞丐,称悲田院,或曰养病院。详见北宋高承《事物纪原》卷七“贫子院”条。

③ “阴”前单角本尚有一“钟”字,据 195-3-83 整理本删。

④ “这的是”至“来追着”,195-3-83 整理本作“又只见徐二官,怎的不回头”,今从宁海平调本。

⑤ 此曲牌名单角本题作“雪押梅”,当即北曲越调【雪里梅】,今改次字作“里”。

啥人眼勿生珠，是骨样乱撞？（净）啥人？（丑）啥人？（净）原来是阿四。（丑）原来是阿二。（净）咳，阿四，为啥乱碰乱撞？（丑）阿二，言相公子三周岁，前去叩头领赏，老酒吃醉，是介乱碰乱撞。（净）我没得看见，我也来亨个。（丑）呃来亨啥地方？（净）我来亨东廊。（丑）那格，呃来亨县堂？（净）东廊。（丑）东廊。（净）呃来亨啥地方？（丑）我来亨西厅。（净）那格，呃来亨尿瓶？（丑）西厅。（净）西厅。东廊到西厅，实是碰勿着。阿四，酒吃得醉，扶我到城隍庙罢哉。（唱）**脚轻心摇，吊头儿重摆摆摇摇，进胡同安身卧着**。**见一座亭台阁楼，好一似月隐蜃楼、琼宫碧霄，金星光辉月光影照**。**月光影照，走不到城隍庙，一对清宵**[①]**，一对清宵**。（下）

第二十号

正旦、小旦、花旦、末（京城百姓），付（哑婆），外（言道明），老旦（陆氏），小生（院子），净（徐阿二），丑（许阿四）

（正旦、小旦、花旦、末京城百姓四人上）（同唱）

【要孩儿】纷纷男女来传报，相府广济贫民道，（末白）列位请了。（众）请了。（末）我们京城百姓，今日相府公子三周岁，我们前去叩头领赏。（众）我看天色已晚，只怕没得赏了。（末）有没有，大家去走走来。（同唱）**顾不得汗雨汤浇。飞跑，红日西沉日影照，匆匆急急须赶到，可比做求乞来硬讨，求乞来硬讨**。（众百姓下）（付上哭，随众下）

（外、老旦上）（外唱）

【会河阳】喜气盈盈乐陶陶，今朝广施贫民窑。（白）夫人，今日孩儿三周岁，为此广施贫民。外人知我有子，我好喜也！（唱）**观瞧，顶平额广无穷，儿长大辅佐王朝**。（内声）（外）来。（小生院子上）有。（外）何事喧嚷，前去问来。（小生）外面何事喧嚷？（内）京城百姓，前来叩头领赏。（小生）启相爷，外面京城百姓，

---

① 清宵，单角本作“清消”，今改正。清宵，清静的夜晚。

前来叩头领赏。(外)叫他们不要啰唣,进来领赏。(小生)晓得,外面京城百姓听着,你们不要啰唣,进来领赏。(京城百姓四人上)(众)相爷、夫人在上,京城百姓叩头。(外)几十名到此?(众)四十名。(外)来,赏他们五两银子一个,自去分派。(小生)赏你们五两银子一个,各人自去分派。(众)谢相爷、夫人。(付上)(众)我们到那里去分派?(末)城隍庙。(众)去勿来个,阿二、阿四要分得去个,到土地堂去分。(付)嗳,嗳!(众)哑婆,你自己去讨。(京城百姓四人下,付进内)(外)他是来做什么的?(小生)哑婆来求讨的。(付)哑巴巴。(外)可曾赏过?(小生)没有赏过。(外)来,赏他五两银子。(小生)哑婆,赏你五两银子,去去。(付作谢,见婴儿,欲抱,小生推出哑婆,关门下,付哭下)(外)好喜也!(唱)**欢笑,喜孜孜开怀抱;欢乐,自古道有麟儿万事抛,有麟儿万事抛**。(外、老旦下)

(付上,拜城隍,睡)(净、丑上)(同唱)

【佚名】云遮月黑天无道,狂风刮噪,醉人倒。(净白)阿四,你在这边,我在这边,困觉去,困觉去。(丑下)(付)哑巴巴巴!(净科)(唱)**唬得我怦心胆摇,有活鬼一把扯着,唬得人儿吐酕酶**①。(白)阿四,有鬼,有鬼!②(丑上)(唱)**何事的高声喊叫,唬得我心头小鹿频频跳**。

(白)我倒象牙床里勿曾困,吒倒要死、要死叫魂哉。(净)阿四,勿好哉!(丑)那格?(净)城隍庙里有恶鬼。(丑)吒拔我省哉,城隍庙里勿蹲勿蹲末七八十年蹲落来哉。(净)咳,十七八年。(丑)十七八年,从来没得鬼见过。(净)夜到实在有鬼,我倒一脚勿曾爬上去。阿二吒来哉,吒来哉。(丑)那格来东话?(净)实在有鬼。(丑)实在有鬼,我老四会抲③个。(净)咳,我赖讨饭人,只会抲蛇吊狗,抲鬼那格抲抲呢?(丑)抲鬼吪啥烦难,手里画道符。(净)啥

---

① 人儿吐酕酶,单角本作"小二心里皮皮匋",据宁海平调本改。

② 此下净角说白单角本省略,徐阿二和许阿四捉鬼、收徒的说白皆据195-3-83整理本校录。

③ 抲,方言,捉。按,"抲"同"挌",《越谚》卷下《单辞只义》:"挌,'客',手把项不放。《唐韵》。"《广韵·陌韵》苦格切:"挌,手把著也。"《集韵·陌韵》乞客切:"挌,搦也。"《祃韵》丘驾切:"挌,持也。"

个符？(丑)鬼念符。左手上前，右手落后，走去一把抓东拘带来打夹腊，腊带起来放鬼干汤吃。啥啥啥舒！(用棒敲)(付)哑巴巴巴！(丑逃出)阿二，阿二！(净)阿四，阿四，㑚来东啥地方？(丑)我来带拘鬼。(净)为啥勿拘带来呢，快点拘得来。(丑)鬼，老实会拘得来，鬼念符，捞豆腐。阿二，㑚胆大是胆小？(净)我胆小个。(丑)我赖再去拘过，两个人一齐去拘，㑚胆小上前，我胆大落后。(净)㑚倒好个，我胆小个上前，啪啪来亨吃哉，㑚好逃走哉。(丑)勿用话，两介头一齐去，双拳抵四手，打个恶鬼走。喔啥啥啥！(付)哑巴巴巴。(丑)个娘杀，哑老鬼。(净)眼花绿花，(丑)猫拖酱瓜。(净)哑婆当鬼拘。(丑)拘得大半夜。咳，哑婆，个城隍庙是我赖蹲个，快点走出去。(付)哑巴巴巴。(净、丑)咳，快走出去。(净)阿四，哑婆话啥些，㑚懂勿懂？(丑)我勿懂。(净)叫㑚走出，叫我也走出，城隍庙门𨳍𨳌之个别[①]，关东，拐柱拄东，嗤嗤困觉哉，叫你我勿要吵。(丑)介有点气带，哑婆来霸得我赖所在，我去打打其走。打！(付使拐)(净)阿四，我赖压伊勿过，伊会嬉两头拐，有名堂个，乌龙盘颈，梅花结顶，个遭那格好？(丑)㑚把伊收得来做徒弟。(净)哑婆那格弄得灵清？(丑)好讲个，哑个人蛮聪明个。(净)好，㑚去话得来。(丑)哑婆，勿要打，伢[②]对㑚讲好哉，㑚还是新讨饭，还是老讨饭？(付打手势)(丑)个也怪你不得。城里头我赖两位大头脑，喏！其叫徐阿二，我叫许阿四，并带拢来末六足，个京城里都是我赖两个人所管，喏！㑚拜之我赖两位做师父好哉，然后讨饭，小讨饭勿会来欺待[③]㑚，若还妥当哉，头钩两记；勿妥哉，头摇摇。(付点头)(净、丑)勿用拜，好省个。(付取出元宝)(净、丑)嗄，元宝啥地方来？(付打手势)(净、丑)嗄，老相爷个里讨得来勾。(付交元宝)(净、丑)㑚园[④]东，㑚园东，好买衣裳穿。(付哭，下)(丑)哑个人，实在聪明，一

① 𨳍𨳌之个别，开门、关门声。
② 伢，与前后的“我赖”义同，方言，我们。
③ 欺待，方言，欺负。
④ 园，《集韵·宕韵》：“园，口浪切，藏也。”

教就会，一会就讨饭。(净)咳，讨饭讨饭，难听勿难听？要打测字，要讲收租跑天。(丑)是收租跑天。(净)阿四，师父做哉，徒弟收哉。我床头里还有三百铜钱来亨，到街坊打之酒，斩之肉[①]，城隍庙请请财神菩萨罢哉。(同唱)

【佚名】今夜里门庭耀，三人快乐叙通宵。明日里要买三牲，请一个招宝神道。大家来散福，吃一个水流花落，水流花落。

(白)困去，我做吓一帐去困。(下)

第二十一号

正生(许文通)、外(言道明)

(内哭)(正生上)(唱)

【山坡羊】闷沉沉忆佳人书斋独坐，(白)那日在山东小西庄，与惠兰何等恩爱。(唱)**我与他两欢娱来相酌，**(白)虽则是小户人家之女，也有多少温存体态也！(唱)**堪羡他情儿厚，双双的同心滴破。提起来，不由人盈盈泪腮痛断肝肠。**(白)下官许文通，那日路过山东小西庄，与惠兰两下何等恩爱。起程时节，何等言语嘱咐与我。下官在此思念与你，未知你可念下官否？那日岳父说，接惠兰到来重拜花烛，不想到了今日。(唱)**全无迎接女多娇，红裙绿女要只要[②]。伤残，若要相逢难上难；呷吓，惠兰吓！反把琵琶彼岸弹，反把琵琶彼岸弹。**

(外上)(唱)

---

① 斩之肉，即斩肉，方言，买肉。"斩"同"劗"，用刀切。《越谚》卷下《单辞只义》："劗，'斩'平声。高举其刀，断物有声。"

② 红裙绿女要只要，当即"要只要红裙绿女"，倒文以与上文"娇"协韵。又因此句唱甩头("甩头"详见"前言"注释)，即前台演员唱完本句，"伤残"二字由后场接唱，那么"要只要"意思上或可与"伤残"相接，意即让"红裙绿女"(剧中指朱惠兰)受到伤害和摧残。

【玉芙蓉】[1]**为门婿日愁烦，终日里不思茶饭。多是那悔却前盟，曾许他丝萝结拜。**(白)贤婿吓！(唱)**为甚的愁眉不展，敢为着我女轻慢？**(正生白)岳父，小婿拜揖。(外)罢了，坐下。(正生)告坐了。岳父，前者有言说过，去到山东小西庄，接惠兰到来重拜花烛，不想到今日呵！(唱)**心嚎**[2]**，违逆椿庭，辜负糟糠。**

(外)老夫也曾差人到山东，不想令岳父亡故，令正卖身葬父，不知在于何处。有恐贤婿伤感，故而不说。(正生)怎么，岳父亡故了？呵吓，岳父吓！(外)贤婿吓！(唱)

【前腔】休哭泣泪潸潸，耐心田愁怀须放。是令正命犯孤星，休哭损肉体孱僽。(正生白)岳父，小婿辞官不做，到天涯海角，要见惠兰一面也！(唱)**苦杀他红颜命薄，苦杀他身受灾殃。悲伤，我心如刀绞，累及你泪落拨弹，泪落拨弹。**

【尾】(外唱)**舒愁容宽心放，已分飞怎得回还？**(正生白)岳父吓！(唱)**浪荡天涯誓不还。**(哭下)

第二十二号

小生(言秀林)、外(言道明)

(小生上)(引)凌云志气上青霄，气吐虹霓万丈高。(诗)阆苑门庭泛书香，家声阀阅旧门墙。有朝一日登金榜，光耀门楣荣归享。(白)小生姓言，名秀林，乃是直隶人氏。爹爹言道明，母亲陆氏，生下姐弟二人，姐姐入赘许文通，小生在书斋日夜攻书，愿得一举成名。(唱)

【(昆腔)**洞仙歌】**[3]**日读伴窗前，文墨休懒倦。苦志要心坚，有日拜金銮。门庭**

---

① 此曲牌名据宁海平调本题写，单角本一作【山坡羊】。

② 心嚎，单角本作“辛道”，据宁海平调本改。

③ 此曲据光绪二十二年(1896)《阴阳报》等旦本(195-1-79)校录。按，言秀林单角本除了该本，还有《分玉镜》等小生本(195-1-72)，则言秀林或有小生和旦角两种扮法。

改换红楼登，荣显莫待须更变。

（外上）（唱）

【（昆腔）**前腔**】[1]**终日挂愁颜，心下不安然。都只为家婿泪落胸填。**（小生白）爹爹，孩儿拜揖。（外）罢了。（小生）谢爹爹。（小生）爹爹声声长叹，却是为何？（外）吓，儿吓！你那里晓得？（唱）**你姐夫要重完花烛言，纲常轻弃未更变。**

（小生）姐丈要重完花烛，此乃衣冠禽兽也。（唱昆腔【洞仙歌】）（外白）儿吓，为父想起一桩心事来了。（小生）爹爹有什么心事？（外）明日三月二十八，天齐庙胜会，命你前去了还香愿便了。（小生）爹爹，孩儿一则前去了还香愿，二则去拜佛，爹爹心意如何？（外）好。我儿去了愿，待等明日，叫家童整顿香烛，与我儿去了愿便了。（唱）

【（昆腔）**尾**】**但愿你步上青云鳌头占。**

（小生）谢爹爹，明日前去便了。（唱昆腔【尾】后两句）（下）

第二十三号

末（李庭兰）、外（院子）、正旦（陆氏）、贴旦（朱惠兰）、花旦（李绣娥）

（末上）（引）朝事清闲，叙家常无子堪怜。（白）老夫李庭兰，官居吏部，单生一女，取名绣娥，才年十六，尚未择配，日夜挂念。来。（外院子上）有。（末）请夫人、女儿出堂。（外）夫人、小姐有请。（正旦上）（引）年迈苍苍无依靠，只有一女度昏朝。（贴旦、花旦上）（花旦引）香阁长存一片心，终日里侍奉双亲[2]。（正旦）老爷见礼。（末）见礼。（正旦）请坐。（末）请坐。（花旦）爹娘万福。（末、正旦）罢了。（正旦）老爷，你独坐中堂，声声长叹，却是为何？（末）夫人，

---

① 此曲据《分玉镜》外本[195-1-155(2)]校录。按，该本标有蚓号，则本出亦有改唱调腔者。195-3-83 整理本结尾多出“怎叫为父又难解，他的言语长短讲，好叫与我难分辨”三句。

② 此引子单角本一作“移步金莲出中堂，问候严亲爹娘安”。

但是老夫呵！（唱）

【五供养】继子总空，叹年来早虚成空。服侍成东[1]**，继子宗祧，终日里访媒愁容**。（正旦白）老爷吓！（唱）**何必愁容，休得要蹙眉峰。闷坐愁烦，有女儿半子相同**。（花旦唱）**且放愁容，又何须双眉愁容？几度空望，倒做了画饼饥充**。

（末、正旦）儿吓，爹娘亦非为年迈无子，何必伤感？（花旦）爹娘，女儿若是男子，也好侍奉爹娘吓。（末、正旦）儿吓，你在家，胜似男子一般了。（末）夫人，明日天齐庙胜会，你母女前去了愿，意下如何？（正旦）我母女前去了愿，不甚雅观。（末）夫人。（唱）

【前腔】顶礼虔心去，早到祠庙中，赐麟儿求谢苍穹，求谢苍穹。（末、正旦下）（花旦唱）**早结着结系丝萝，怎禁得愁肠万种**。（贴旦白）小姐既有心事，何不与惠兰下棋一回？（花旦）我那有心思与你下棋？（贴旦）小姐，既如此，明日我与你去到门楼上，观看胜会，心意如何？（花旦）惠兰吓！（唱）**怎奈我挂心胸，这事儿难诉情衷，难诉情衷**。

（贴旦）小姐吓！（唱）

【尾】愁默默泪浓浓，又何须挂心胸？（花旦白）惠兰吓！（唱）**老父严训女娇容**。（下）

第二十四号

小生（言秀林），丑（书童），外、正生、老旦、小旦（香客），付（尼姑），末（李庭兰），贴旦（朱惠兰），花旦（李绣娥），付（哑婆），外（言道明）

（小生上）准备香烛，去往天齐庙了愿。小生言秀林，今日乃是天齐庙胜会，爹爹命我前去了愿。命书童准备香烛，未知可曾齐备。不免叫书童出来。书童那里？（丑上）忽听相公叫，慌忙就来到。相公在上，书童叩头。（小生）

---

① 成东，盖付诸东流之意。

起来。(丑)谢相公,叫我出来何事?(小生)命你准备香烛,可曾齐备?(丑)早齐备哉。(小生)好,同我出门去罢。妙吓!出得门来,男女济济,好闹热也!(唱)

【端正好】步徐徐,过廊东,叩神明瞻仰苍穹。清晨的虔心诚意来拜诵,行曲径过胡同。

【滚绣球】行过了竹林边小桥东,人悠悠、乐无穷,恁看那金井耀梧桐。飘飘风来送,看看红日坐当中,摩接踵人儿闹喧哄。三街六市人簇拥,鸣钟台前谢苍穹,礼拜鞠躬,礼拜鞠躬。(小生、丑下)

(外、正生、老旦、小旦四香客上)(同唱)

【叨叨令】执名香信心奉,神明显赫泰岱宗。(外白)列位请了,我们京城百姓,前去拜佛,不可男女混杂。(同唱)**一个个虔心诚意奉,看看来到寺庙中。**(付上,出接)鸣钟擂鼓。(众拜)神圣在上,弟子等但愿吉祥如意。(唱)**愿得个民安物阜年岁丰,永古名香利田翁。**(四香客下)(内)左右打道。(二手下、末上)(唱)**出衙斋叩天齐也么哥,求胤赐祷神明也么哥。**(拜佛)(白)神圣在上,信官李庭兰,为年迈无子,特来祈求,望神圣早赐麟儿,以接宗祧,到那时呵!(唱)**塑金身寺庙重修仰无穷。**

(付)老爷在上,贫尼稽首。(末)起来。过来,取香金银与他。(手下)香金银放在师太佛桌上。(付)多谢老爷香金银,请到客堂用茶而去。(末)衙内有事多端,拜辞神圣去也。(唱)

【幺篇】望神明鉴察我心崇,早诞育后嗣承奉。速降下羽诜振振有斯螽[①],方得个泽皇家显神通。(二手下、末下)(小生、丑上)(小生唱)**奉亲命叩天齐了心愿,看看来到寺庙中。**(付出接)鸣钟擂鼓。(小生拜)神圣在上,弟子言秀林,前来了愿,一保双亲康健,二保小生早步蟾宫。(唱)**愿得个步上瀛洲早蟾宫,以报**

---

① 羽诜(shēn),单角本作"玉羡",今改正。羽诜振振有斯螽,语出《诗经·周南·螽斯》:"螽斯羽,诜诜兮。宜尔子孙,振振兮。"意谓子孙昌盛,这里是祈求诞育子嗣。

双亲耀门扃。(付白)相公请上,贫尼稽首。(小生)师太请起。书童。(丑)相公。(小生)取香金银与师太。(丑)香金银放在师太佛桌上。(付)多谢相公,请到客堂用茶。(小生)不消,拜别神圣去也。(唱)**拜别神圣步匆匆,急归家免得老父挂心胸,免得老父挂心胸**。(小生下,付送下)

(贴旦、花旦上楼)(花旦唱)

【脱布衫】主和仆步出庭中,上门楼欢颜笑容。**男女欢娱人簇拥,真个是胜无穷**。

(丑、小生上)(同唱)

【幺篇】[①]**行过了宝殿苍松,男女纷纷人簇拥**。妙吓!**见佳人倚靠门楼中,沉香扇笑浓浓,沉香扇笑浓浓**。

【秋绣衫】[②](花旦唱)**猛然见美娇容,小身材**[③]**端庄童,不由人眼角留情意浓浓**。(白)惠兰,小姐扇子掉下,前去寻来。(贴旦)晓得。(下楼,开门)(丑)有柄扇子掉下。(小生)妙吓,好一柄沉香扇也!(唱)**上写着李氏绣娥亲手做,留题名姓称花容**。

(贴旦)相公,这柄扇子,是我家小姐的,拿来还了我。(小生)大姐,扇子诗句,可是你小姐所做?(贴旦)正是。(小生)如此奉还。(贴旦)呀!(唱)

【朝天子】[④]**乍见心中疑,断尖中指容,好叫我难猜难详这情衷,难猜难详这情衷**。(花旦白)惠兰进来,惠兰进来。(贴旦科)我来了。(哭,掩门看,哭,关门,上楼,贴旦、花旦下)(小生)书童,这是谁家小姐?(丑)相公,个是吏部小姐。(小生)吏部小姐有此容貌,回去禀知爹爹,前来作伐便了。(唱)**且归家诉说这情踪,遣**

---

① 此【幺篇】系推断。宁海平调本作【小梁州】。

② 此曲牌名据"叶以妥记"《五羊山》等丑、旦本[195-1-155(1)]所抄《分玉镜》花旦本题写,【秋绣衫】当即【快活三】。

③ 身材,单角本一作"春才",一作"身睡",当即"身材",今改正。

④ 此曲牌名单角本缺题,据宁海平调本补。

冰人合相同，可道是金殿贮娇容[①]。(付上跪)(小生)书童，这是做什么的？(丑)这是哑婆求乞的。(小生)书童，赏他银子。(丑)相公，小人银子用完了。(小生)怎么，用完了？(科)哑婆，造化了你，有几钱压袖银子，赏与你。(付接，见玉镜、中指，拉小生，小生逃，圆场，丑关门，小生下)(丑)伢相公银拨得其，还要米，还要米。(丑下)(付哭，下)(外上)(唱)**胜会欢娱，求愿神功。不见回归，忆娇儿凝望眼儿空，凝望眼儿空**。

(小生上)(唱)

【幺篇】这壁厢拜圣，那壁厢拜神通，速归家免得老父挂心胸，老父挂心胸。(白)爹爹，孩儿拜揖。(外)我儿拜佛辛苦了。(小生)爹爹，孩儿去往天齐庙了愿，行过胡同街口，见李府小姐容貌呵！(唱)**吏部家有门风，当配合谐鸾凤。喜得个门户两相同，望爹爹速请媒翁**。(外白)为父明日叫堂候前去，作伐便了。(小生)谢爹爹。(外唱)**好良缘鸾凤送，谐凤卜**[②]**影摇红。他是个天官之女，当配合宰相门风，当配合宰相门风**。(下)

第二十五号[③]

净(堂候)、末(李庭兰)、正旦(夫人)

(净上)奉着相爷命，特地到此来。(白)门上那一位在？(家人上)外面那一个？(净)与我通报一声，相府堂候要见。(家人)请少待。老爷有请。(末上)何事唤声急，出堂问原因。何事？(家人)老爷，相府堂候要见。(末)着他进

---

① 金殿贮娇容，即汉武帝金屋藏娇的故事。据《汉武故事》，汉武帝幼时，长公主刘嫖抱置膝上，指着女儿阿娇问曰："阿娇好不？"武帝答曰："好。若得阿娇作妇，当作金屋贮之也。"

② 谐凤卜，《左传·庄公二十二年》：初，懿氏卜妻敬仲，其妻占之，曰："吉。是谓'凤皇于飞，和鸣锵锵。有妫之后，将育于姜。五世其昌，并于正卿。八世之后，莫之与京'。"后世因称得配佳偶为"谐凤卜"。

③ 本出曲文唯末角部分根据单角本校录，其余从195-3-83整理本录出。

来。(家人)晓得。我家老爷叫你自进。(净)晓得。老爷在上,堂候叩头。(末)起来。到来何事?(净)到来非为别事,奉相爷之命,前来作伐,红单呈上呵!(唱)

【(昆腔)驻云飞】**上诉原因,相府门楣不非轻**[①]。**成就三生定,订结永朱陈**[②]。(末白)相府求亲,门当户对。(唱)**嗏!说合这姻亲,心下欢庆**。**男婚女嫁,招赘得成亲**[③]。**乘龙儿婿有家庭**。

(白)堂候西厅酒饭。(净下)(末)来,请出夫人。(家人)夫人有请。(正旦上)何事来相请,出堂问分明。(末)夫人请来见礼。(正旦)有礼。(末)请坐。(正旦)请坐。老爷,叫妾身出堂何事?(末)言相公子观见我儿容貌,差堂候前来作伐。(唱)

【**前腔**】**说合姻亲,坦腹东床言秀林**。**女儿姻缘定,膝下有承应**。(正旦白)相府来与我女儿说亲,真是门当户对。(唱)**嗏!门对户当婚,才貌相同**。**相府门楣,女儿来配婚**[④]。(净上)多谢老爷酒饭。(末)堂候,你去对相爷说,我老爷允了亲事。(唱)**百年依靠是他身**。(净下)

(末)夫人进去,与我女儿说明便了。(同唱)

【(昆腔)**尾**】**安排遣嫁妆奁准,百年依靠是他身**。**女貌郎才,少年青春**。(下)

第二十六号

外(言道明)、老旦(陆氏)、丑(傧相)、末(李庭兰)、正旦(夫人)、贴旦(朱惠兰)、花旦(李绣娥)、小生(言秀林)

---

① 不非轻,即非轻。不,语助词,无义。

② “上诉”至“朱陈”,195-3-83整理本作“为着千金,聘定相府门楣重。才貌两相同,前来作媒翁”,今从宁海平调本。朱陈,唐白居易《朱陈村》:“徐州古丰县,有村曰朱陈。……一村唯两姓,世世为婚姻。”后遂以“朱陈”代指男女和合缔婚或世代联姻。

③ “男婚”至“成亲”,单角本作“男女嫁得成亲招赘”,文字有错乱,据词式和文义改。

④ “相府”至“配婚”,195-3-83整理本归之于末角所唱,但末本无之,今移就正旦名下。

(外、老旦上)(同唱)

【(昆腔)驻马听】[1]**玉树乘龙,昼锦堂前喜气浓**。(外白)夫人见礼,请坐。(老旦)请坐。(外)夫人,今日我儿吉日良辰,我好喜也。(唱)**两姓乘龙,仙女仙郎,貌娉娇容**。(老旦白)相公,我儿容貌,好像许文通一般无二。(外)什么话!(老旦唱)**举止好像许文通**,(外白)多讲!(唱)**好佳期休言胡朦**。

(吹【过场】)(四手下、丑傧相上)(吹【过场】)(众下)(末、正旦上)(同唱)

【(昆腔)赚】**遣嫁女容,举案齐眉百世荣**。(末白)夫人,今日女儿遣嫁。(唱)**出门扃,妇道规模交合荣**。(正旦白)必须遣儿名丫环,前去服侍女儿。(末)我命春香、夏莲前去。(正旦)女儿说带惠兰前去。(末)惠兰老丫头,不当雅相。(正旦)年纪虽大,作事倒也能干。(末)惠兰。(内)怎么?(末)服侍小姐出堂。(内)晓得。(贴旦、花旦上)(花旦唱)**泪浓浓,移步中堂问情踪,拜别泪浓浓**。(白)爹娘,女儿拜谢爹娘养育之恩。(末、正旦)儿吓,今日你遣嫁,须要三从四德,孝顺公婆,敬重丈夫。(唱)**休悲痛,淑女总要配鸾凤**,(白)惠兰,服侍小姐,须要小心。(唱)**全赖你操心承**。

(四手下、丑上)(丑)大老爷在上,傧相叩头。(末)起来。喜言赞上。(丑)伏以请:战鼓叮叮咚,内里闹哄哄。天上神仙府,人间繁华宫。请!(吹【过场】)(花旦、贴旦上轿,下,末、正旦下)(外、老旦上)(吹【过场】)(丑、四手下带花轿,贴旦、花旦上)(丑)相爷、夫人,傧相叩头。(外、老旦)起来。喜言赞上,重重有赏。(丑)伏以请:一枝甘蔗节节青,将刀去了外边皮。七星放在镜盆里,好似神仙下象棋。新人移步出堂。请!(吹【过场】)(小生上,拜堂)(外、老旦)送入洞房。(丫环烛照花旦,贴旦烛照小生,贴旦三退)(外、老旦)好一对年少夫妻也!(吹【尾】)(下)

---

① 本曲单角本仅抄有"玉树"至"貌娉"的内容,今据文义补"娇容"二字,并据宁海平调本补出"举止"至"胡朦"的内容。

第二十七号

花旦(李绣娥)、贴旦(朱惠兰)、小生(言秀林)

(【小开门】,丫环照花旦上、贴旦照小生上,贴旦三退,丫环下。贴旦关门,倒酒)(起更)

(小生)又听铜壶滴漏声,襄王神女会婚姻。新婚燕尔多欢庆,好似嫦娥下凡尘。(唱)

【傍妆台】[①]**好一似降下嫦娥落尘凡,玉阙瑶池离广寒。果然是桃腮杏脸花绣女,真个是落雁沉鱼貌非凡。**(白)小姐,那日门楼上观看胜会,小姐掉下扇子一柄,上有名讳。(贴旦暗哭)(小生唱)**上写着李氏绣娥亲手做,顿使人顾盼窈窕告爹行。执柯阀阅丝萝伴,**小姐,**且饮了玉液金波合卺盏。**

(二更)(花旦)呀!(唱)

【前腔】听说甚羞惭,满面通红意姗姗。真个是门楼拾扇风流客,今夜里巧合重逢会巫山。(白)惠兰。(贴旦)怎么?(花旦)敬酒与姑爷。(贴旦)晓得。(心惊)(倒酒)(三退,暗哭)(花旦唱)**敬尊前殷勤侍奉玉杯上,趋奉尊前女红兰。**(小生白)小生转敬娘子一杯。(花旦)君家吓!(唱)**蒙君所赐,敢不尽量,怎奈我量浅难加这美琼浆。**

(三更)(小生)小姐,谯楼鼓打三更,请小姐进去睡了罢。(唱)

【三段子】玉漏频传,已三更且自安然;锦被香翻,卸宝钿伏卧牙床。(花旦白)君家先请,奴家随后。(小生)小姐,夜已深了,进去睡了罢。(唱)**新婚燕尔凝眸望,年少青春归罗帐,真个是巧合重逢会巫山。**

(花旦)惠兰。(贴旦)怎么?(花旦)与我卸了衣妆。(贴旦)晓得。(花旦唱)

【前腔】卸下了宝钿金镶,卸下了、翠结鸳鸯;摘了耳环,松纽扣宽却罗衫。(四更)(小生)小姐,谯楼鼓打四更,进去睡了罢。(唱)**新婚燕尔凝眸望,双双携手**

---

① 此曲牌名单角本缺题,据宁海平调本曲谱补。从次曲来看,此及次曲或为【二犯傍妆台】。

归罗帐，我和你年少夫妻年少郎。（小生、花旦下）

（贴旦）阿！噫吓，不好了！（唱）

【滴溜子】痛娇儿，痛娇儿，落在何方？忆娇儿，泣断肝肠。蓦见心怀悒快，（白）那日小姐门楼上观看胜会，掉下扇子一柄，命我前去寻觅。见那生中指断绝，好像孩儿模样也。（唱）**见断中指惨伤，想前情两泪难按。怎奈胸怀，泪雨潸潸，泪雨潸潸。**

（五更）（鸡鸣）（贴旦）呀！（唱）

【尾】五更报晓金鸡鸣，何得闲思妄想？（白）儿吓，你那知为娘呵！（唱）**为娘就死黄泉也不枉。**

（白）阿吓，儿吓！（下）

第二十八号

末（李庭兰），外（言道明），正生（许文通），小生（言秀林），花旦（李绣娥），贴旦（朱惠兰），老旦（陆氏），小旦（言多娇），老旦、正旦（丫环）

（末上）（引）女儿遣嫁喜洋洋，准备花红绸帐。（白）老夫李庭兰，今日女儿三朝喜日，准备田园嫁妆，前去做三朝。过来。（二家人抬礼上）（末）随我老爷往相府一走。（唱）

【（昆腔）**剔银灯】备花红望女孩，喜孜孜欢乐开怀。牵羊担酒欢娱在，踏芳尘风卷黄沙。门楣，他是个位列三台，俺是个天官冢宰。**①（二家人、末下）

（外、正生上）（同唱）

【前腔】叙亲谊华筵列摆，陈水陆相敬相爱。（外白）贤婿，今日你妻舅三朝，你长在东宫伴读，为此备下一席，与你畅饮。（正生）多谢岳父。（外唱）**殷勤礼敬且宽待，举金杯置酒筵开。**（末上，二家人抬礼上，二家人叩头下）（外）亲家。（末）

---

① 此曲见于195-1-134(2)末角吊头本，惜有残缺，今据宁海平调本补入“沙”“三台”“冢宰”五字。

亲家。(外)有劳亲家到来。(末)好说。今乃三朝,末亲备此薄礼,特来一望。(外)好说。来,请新姑爷、新大娘出来拜三朝。(小生、花旦上,贴旦随上)(外、末唱)**举金杯,畅饮欢爱,满醍醐喜笑盈腮**。

(外)亲家,非关殢酒[①]休见怪,剩酒残肴再添杯。(细吹【过场】[②])(小生、花旦拜三朝,拜毕,花旦下)(正生、贴旦互视,一惊。贴旦回顾,小生呵斥,贴旦下。正生张望,碰小生。外、末、正生、小生下)(正生暗上)(唱)

【前腔】[③]**乍见了惊心胆摇,定然是形只影单**。(白)且住。方才拜三朝这老丫头,好像惠兰模样也。(唱)**见他满腹抱怨难分解,有言词怎好口开。无奈,他是个下贱奴胎,怎好言语相对泪盈腮**。

(白)且住。尝闻岳父说,惠兰卖身葬父,难道卖在李府衙内不成?(唱)

【前腔】等天明家宴安排,再商议问个明白。(白)且住。他是从嫁丫环,俺是相府宾客,一时难以相认,这个……有了,明日乃寒冬天气,他必定前来讨赏寒衣。吓,吓,惠兰,惠兰,只道永无见面的了!(唱)**不料今日重相见,早难道鬼使神差。开怀,喜笑颜开,剖分明桩桩件件诉根荄**。

(白)吓,惠兰我妻!(科)唵呵!呷吓!惠兰妻吓!(科,下)(花旦、老旦扶小旦上)(同唱)

【前腔】叙亲谊姑嫂相待,出花厅家宴相待。(入席)(花旦)婆婆,媳妇万福。婆婆,待媳妇奉敬一杯。(老旦)生受你了。(花旦)姑娘,待弟妇奉酒一杯。(小旦)吓,弟妇咳!你晓得个我姑娘双眼睛,没边凹[④]的,你自个吃之两杯呵。

---

① 殢(tì)酒,沉湎于酒,醉酒。《杀狗记》第十五出《妻妾劝夫》【尾声】:"终朝殢酒醉醺醺。"

② 《中国戏曲音乐集成·浙江卷》绍兴市分卷调腔卷分卷之五《吹打曲牌》"过场"条云:"用于家庭戏偶尔亦有笛子主奏(如《分玉镜》做三朝)。"用笛子主奏即"细吹",用梅花(唢呐)主奏则为"粗吹"。

③ 此曲及次曲,单角本仅标有"吹"字,曲文据宁海平调本补。

④ 凹,方言"瞎"的读音。《越谚》卷中《疾病》:"瞎子,上'凹',眼无见。"

(花旦)姑娘吓!(唱)**潇洒香醪并摆,聚花厅团圆骨肉喜盈腮**。(小生上①)(唱)**举金杯,畅饮欢爱,满醍醐喜笑盈腮**。

(白)母亲,孩儿拜揖。(老旦)罢了。(小生)谢母亲。爹爹送客时节,有圣旨到来,请母亲出堂叙话。(老旦)我儿你们在此,为娘出堂叙话。(小旦)阿哉阿妈娘吓,这冤家长在东宫伴读,多日勿居来哉,今朝居来东哉,我也做里亲热亲热。(老旦、小旦下)(花旦)惠兰。(内)怎么?(花旦)奉酒与姑爷。(内)晓得。(贴旦上,倒酒,敲桌,小生惊,酒倒在小生衣服上)(小生)娘子,看这老丫头,见我常常双眼掉泪,却是为何?(花旦)官人有所未知,那年爹爹进京,路过山东小西庄,他父亲亡故,无钱殡殓,卖身葬父,到我府中,也有十数余年,并无不悦之意。他思念父亲,故而如此。(小生)卖身葬父,也是个孝女,怪他不得。(唱)

【前腔】叙鸾凤夫妻恩爱,畅醍醐对景开怀。我和你夫妻双双,两情浓鱼水和谐。门楼观会叙情,幸喜玉手扇坠。女貌郎才,一双情侣,好一似嫦娥携手上阳台。(小生、花旦、贴旦下)

(老旦、正旦二丫环上)(唱昆腔【尾】前段)(白)请了。今日姑爷犒赏寒衣,你我前去叩头领赏便了。(唱昆腔【尾】后段)(下)

第二十九号

贴旦(朱惠兰),正生(许文通),老旦、正旦(丫环),付(丫环秋菊),

小旦(言多娇),花旦(李绣娥),外(言道明),老旦(陆氏)

(内哭)吓,许文通,你害得我好苦也!(贴旦上)(唱)

【一枝花】哭得我冤气冲冲泪难收,恨薄幸将奴撇丢。明晃晃冤家觌面不能将言剖,泪汪汪、我的冤气不休。(白)我那日同小姐在门楼上观看胜会,小姐掉下

---

① 195-1-72 本无本出,195-1-79 本曲文仅有“举金杯”至“盈腮”,下文小生所唱的“叙鸾凤夫妻恩爱”曲据 195-3-83 整理本录出。

扇子一柄,我前去问后生取讨,见中指断绝,好像我孩儿一般。方才拜三朝时节,这位官长,好像许文通模样也。(唱)**一霎时不能来开口,觌面来难将这话情投**。(白)今夜相府姑爷,犒赏寒衣,不免瞒过小姐,前去叩头领赏。若是许文通,我怎肯饶你也!(唱)**必须要吐露机关袖,相府中寻觅诉因由,苦命儿被你来出丑。今日个拚死微躯,总要将冤情细剖,总要将冤情细剖**。

(白)呷吓,苦吓!(贴旦下)(内哭)(正生上)(唱)

【梁州第七】遇磨难抛撇做丫头,订结未结就[①]。**俺俺俺、俺这里赏寒衣来分剖,要与他两下话情投**。(白)昨日厅堂上拜三朝,这位老丫头,好像惠兰模样。今日寒冬天气,他必定前来讨赏寒衣。吓!吓,妻吓!只道永无见面的了!(唱)**非是我无义来撇丢,卖与相府做丫头。非是我无心的将你来撇丢,卖与相府做丫头**。(老旦、正旦二丫环上)(老旦)寒冬天气时,(正旦)前来叩领赏。(老旦、正旦)姑爷,丫环叩头。(正生)你是那房来的?(老旦、正旦)我是上房来的。(正生)赏你五两银子一个,去罢。(老旦、正旦)谢姑爷。(老旦、正旦下)(付丫环、贴旦上)(付)前来领寒衣,(贴旦)拚死说分明。你是许……(正生)唵,你是那房来的?(付)我是下房来的。(正生)他叫什么名字?(付)他是惠兰大姐。(正生)赏你银子五两。惠兰随我来。(正生、贴旦下)(付)嘘,我赖姑爷,为啥将惠兰大姐一把拉到书房去哉?我倒要去打打冷眼来带哉。(付下)(正生、贴旦上)(正生)吓!呷吓,妻吓!(唱)**见了你哽咽喉,双眼泪珠流。非是我无心的将你来撇丢,卖与相府做丫头**。

(贴旦)阿吓,相公吓!(唱)

【牧羊关】心狠毒是禽兽,悔前盟却箕帚[②]。**可怜我一身的痛苦悲忧,身下贱卖婢做丫头**。(付暗上)是来带,是来带。(正生)呷吓,妻吓!苦杀你了!(贴旦)咳,起程时节,何等言语嘱咐与你,谁想你负心的吓!(付)唷,还是个老相好,

---

① 未结就,单角本作“来结求”,据文义改。

② 箕帚,畚箕和扫帚。因洒扫为妇职,借指妻室或妻妾。

我去报与小姐知道。(付下)(贴旦唱)**你是个赛王魁,拙哉西河守**[①]。**竟抛撇女裙钗,入赘相府东床受**。(付扶小旦暗上)(贴旦)可怜爹爹亡故,无钱殡殓,只得卖身葬父呵!(唱)**早早的琵琶别投,终身有依托,何用卖婢作奴囚?你今贪恋荣华,忘却了叮咛受**。

(正生)妻吓,那日得中头名状元,前来参拜言相。(唱)

【四块玉】他他他他把丑妇来等候[②]**,双眼泪珠流。非是我无心的将你来撇丢,卖与相府做丫头**。(白)昨日厅堂上,难以相认,为此到了今日。(唱)**重会面诉因由,割姻缘一旦付东流**。(白)我想此事,都是丑妇之故也!(小旦插白)骂起我来哉,我气杀哉。(正生唱)**卸冠裳上诉龙颜,同林归故丘**。

(小旦破门,打)(小旦)贱人!(扯贴旦下)(正生唱)

【哭皇天】事强暴扯进门楼,(白)且住。扯进内厅,必有一番痛打,我难道罢了不成?这个……有了!(唱)**泼淫妇听因由,我去赶到门庭楼**。(正生下)(小旦扯贴旦上,付上,又下)(小旦唱)**泼贱无知行出丑,执家法一一问根由**。(打)(白)你是何方泼贱,敢在相府卖弄么?(唱)**你是个平康**[③]**下贱一青楼,玷污了好出处名儿臭**。(打)(正生上)(唱)**泼淫妇听因由,我去赶到门楼**。(正生扶起贴旦)(小旦)好一个东宫伴读,叫丫环在书房苟合么?(唱)**玷污了人伦纲常臭**,(正生白)住了。玷污他名节,还说什么?(小旦)我气杀哉,气杀哉!(唱)**气得我瞽目无依来瞅**。(科)

(花旦上)(唱)

【乌夜啼】出香闺顾不得脸含羞,呀!**何事痛打我丫头?**(白)姑娘,为何打我从嫁丫环?(小旦)你从嫁丫环,在书房苟合我儿夫,你道要打勿要打?(花旦)

---

① 西河守,指战国时卫人吴起,因吴起曾任魏国西河守,故名。吴起侍奉鲁君,齐人攻鲁,鲁国欲以吴起为将,但因吴起妻子系齐人而疑之,吴起遂杀了妻子,以求为鲁国之将。事见《史记·孙子吴起列传》。

② 等候,单角本作"狠猴",据文义改。又,来等候,195-3-83整理本作"强好逑"。

③ 平康,即平康里,唐长安街坊名。唐孙棨《北里志》:"平康里,入北门东回三曲,即诸妓所居之聚也。"后遂为妓院的代称。

姑娘道言差矣，惠兰到我家，也有十数余年，并无半点差池，今日初到你家，怎说勾引二字来？（唱）**且不把真情来察究，说什么勾引风流，明欺我弱质女娇羞**。（小旦白）你是何等样人，在宰相千金面前放肆么？（唱）**你好不度量自忖筹**，（花旦白）你道宰相千金，前来压我；我也是吏部之女，不来玷辱你门楣。惠兰即有不好，也要看你兄弟一面吓！（唱）**全没个嫡亲骨肉**。（小旦白）啥个嫡亲骨肉，你老公是领来个野种。（花旦）你待怎讲？（小旦）呒去问老公。（花旦）惠兰吓，随我来。（花旦、贴旦下）（正生、小旦团团打转）（外、老旦上）为着何事？（小旦）阿伯吓，他叫了使婢丫头私情苟合，呒道要打勿要打？（唱）**打得我痛苦难蒙受，恶贼的如禽兽**。（众唱）**一家人争闹非常，相府中出乖露丑，出乖露丑**。

（正生打小旦，小旦扯住外胡须下，老旦随下，正生下）

第三十号

花旦（李绣娥）、贴旦（朱惠兰）、小生（言秀林）、外（言道明）、老旦（陆氏）、正生（许文通）、小旦（言多娇）

（花旦、贴旦上）（花旦）香闺来玷污，玷辱我门墙。吓，惠兰吓！（唱）

【风入松】香闺来颠败，淑女岂可污埋？家声吏部门楣大，被他行、被他行人伦颠败。有冤情你可诉来，免得个受非灾，免得个受非灾。

（贴旦）呷吓，小姐吓！（唱）

【前腔】奴是个贞烈女娇娃，岂肯把伤风俗败？（白）小姐吓，我惠兰与小姐同伴十数余年，难道不晓惠兰的烈志么？（唱）**多蒙恩德丘山大，说出来、说出来冤如山海**。（花旦白）惠兰，有事大胆说来，有我小姐担代。（贴旦）如此告罪了。（唱）**望乞你恕我罪大，有冤情可分解，有冤情可分解**。

（花旦）惠兰吓！（唱）

【急三枪】我和你，交情厚，如姐妹。有冤情，可分解。（贴旦白）阿吓，小姐吓！你道相府姑爷是谁？（花旦）是谁？（贴旦）就是惠兰的原配呵！（唱）**许文通，越**

州人，名姓在。只为登科日，逢场开，登科日，逢场开。

（花旦）我且问你，还是从幼结亲，还是长大联姻的？你且说来。（贴旦）阿吓！（唱）

【风入松】羞惭满面无聊赖，怎启口香房欢爱？（花旦白）你且说来，你且讲来。（贴旦）吓，有了！（唱）**今朝那顾面羞惭，说出来、说出来恐你惊骇。**（白）小姐吓，你道新姑爷是何人所生？（花旦）是何人所生？（贴旦）就是惠兰所生呵！（唱）**他中指断亲口咬牙，有玉镜认明白，有玉镜认明白。**

（花旦）吓，吓，怎么，我官人是惠兰所生？（贴旦）是我所生。（花旦）阿吓！（昏倒）（贴旦）小姐苏醒，小姐苏醒！（唱）

【前腔】休得默默无聊赖，哭得那娇容意惫。（花旦唱）**精神恍惚无聊赖，当日个、当日个姻亲结来。若不是冤情诉来，那得个剖明白，那得个剖明白？**（贴旦急下）

（小生上）（唱）

【急三枪】何事的，香闺女[①]**，泪满腮？进闺房，问根荄，进闺房，问根荄。**

（白）娘子，为何这般光景？（花旦）官人有所未知，只因你姐夫西厅犒赏寒衣，惠兰不知事务，前去叩头领赏，不想你姐姐这丑妇呵！（唱）

【风入松】他将言语来忒杀，说你是野花开。（小生白）你说话，我也不懂？（花旦）他还说得好吓！（小生）他说什么？（花旦唱）**说你是无根无叶无聊赖，不是他、不是他亲生嫡派。说你是山花野菜，问过虚和实，免得人笑腮，免得人笑腮。**

【前腔】（小生唱）**听他说来好伤怀，不由人来泪盈腮。**（白）娘子吓！（唱）**高堂自有双亲在，要问过、要问过金石明白。**（花旦下）（小生）爹娘有请。（外、老旦上）（同唱）**猛听得娇儿痛悲，因何事跪倒尘埃？**

（小生）吓，爹娘吓！孩儿不要做人了！（唱）

---

① 宁海平调本此下尚有“声叱咤，嘤嘤哭”二句。

【急三枪】我是个，宰相子，门楣大。怎忍得，这谣造。(正生上)(唱)**今日里，衷情事，恩和爱。到中堂，说明白，到中堂，说明白。**

(小旦上)(唱)

【风入松】无端恶贼行凶歹，反将奴百般痛打。(白)许文通，好，打得爽快呵！(唱)**明欺瞽目无聊赖，拚得个、拚得个一命倾丧。**(欲打正生一掌，误打小生脸上)(小生)咳！(唱)**拚得个血泪如潮，打你这丑奴胎，打你这丑奴胎。**

(小旦)言秀林，呒是领来的野种，打起我来么？(逃下)(小生)吓，爹娘吓！(正生)岳父母吓，此事叫惠兰出来，说过明白。(唱)

【前腔】说分明理当葬埋，他乃贞烈娇女孩[①]。(外、老旦唱)呀！**直恁无端气满怀，怎说出移路根荄。**(正生白)惠兰快来！(贴旦上)(唱)**顾不得满面羞惭，出中堂剖冤枉，出中堂剖冤枉。**

(白)你是许……(外)住了。你这丫头，在相府卖弄么？(正生)惠兰，有事大胆讲上，有我许文通担代。(贴旦)阿吓，相爷、夫人，相爷、夫人，听奴说因依，文通赴试逢场期。安寓我店有半月，终身私订效于飞。只望及第身荣贵，迎娶还乡我为妻。不想身怀有六甲，早产婴儿好孤栖。(外、老旦)有何为证？(贴旦)有玉镜为证。(外、老旦)在那里？(贴旦)一半文通，一半婴儿。(外、老旦)贤婿，可带在身旁？(正生)带在旁。(外、老旦)两下对来。(正生、贴旦、小生)对来，对来。(外、老旦)我儿对来。(小生)吓！呵呀，爹娘吓！(贴旦)呷吓，儿吓！(外)夫人，一十五载成空望。(正生、贴旦、小生下)(外、老旦)这遭完了！我儿，我儿！(下)

第三十一号

言秀林考试。

---

① “孩”字单角本原无，据韵律补。

第三十二号

净（徐阿二）、付（哑婆）、小生（言秀林）、外（言道明）、正生（许文通）、老旦（陆氏）、贴旦（朱惠兰）、花旦（李绣娥）、末（李庭兰）

（净上）我徐阿二，太师爷四方张贴招纸，要寻一个哑婆。我十数年前收留一个哑婆，不知是也不是？我叫他去认认看。哑婆快来！（付上）（净）太师爷四方张贴招纸，要寻个哑婆。呒是勿是，给太师爷认认看。（净、付下）（小生上，四手下随上）（小生唱）

【新水令】瞻仰苍穹泪婆娑，诉亲生百折千磨。不负恩和义，今日笑呵呵。事难猜摩，奉请得五花一座。（四手下下）

（外、正生上）（小生）外祖公请上，孩儿拜谢。（唱）

【步步娇】拜谢你恩高义大，一十六载扶养我。感蒙恩德雨露大，结草难报恩多。（外唱）**果然孝道有规模，高车驷马门楣大，高车驷马门楣大。**

【折桂令】（正生唱）**他是个贞烈不虚讹，受皇封霓裳恩大。离家受此百凌辱，提起来泪雨滂沱**①。（外白）贤婿！（唱）**再结同心，订结丝萝。一个是抱贞守烈，一个是义名天大。**

（净上）（唱）

【江儿水】笑杀江湖口，父子三登科。登门求赏来叩贺，（白）门上那位在？（手下上）外面那一个？（净）乞丐徐阿二，要见太师爷。（外）命他自进。（手下）徐阿二，太师爷叫你进去。（净）太师爷在上，徐阿二叩头。（外）何事？（净）太师爷四方张贴招纸，要寻一个哑婆。我数年前收了个哑婆，勿知是也勿是？（外）哑婆进来。（净）哑婆，太师爷叫你进来。（付上）（正生）儿吓，这是你大德恩人，前去参拜。（小生）恩人请上，受我一拜。（唱）**谢得你白发蓬鬓。**（外白）丫环，叫哑婆进去。（付下）（外）来，银子三百两赏徐阿二。（净）那格，有银子三百？

---

① “他是个”至“滂沱”，单角本原无，据宁海平调本补。

我要去谢谢带来。太师爷在上，徐阿二拜谢。（唱）**拜谢你恩高义大，花子多年，今日个喜笑呵呵**。（净下）

（外）孙儿，你娘亲不肯受五花官诰，和你进去，劝慰一番。（唱）

【雁儿落】堪羡他好裙钗贤哉呵，可怜他弱质女受多磨。恨只恨你爹行心忒毒，险些儿玷污伤风俗。（外、小生下）（老旦、贴旦上）（贴旦唱）**呀！按不住血泪沱，撇得我无结果，十六年前无地躲。折挫，一番话语来说破；眉锁，好叫我闷胸窝，好叫我闷胸窝**。

（老旦）贤妹吓！（唱）

【侥侥令】休得心悲怨，哭泣泪婆娑。状元妻子状元母，这福分天来大，那福分天来大。

（丫环上）夫人，哑婆寻着了。（贴旦）婶娘在那里？婶娘在那里？（丫环扶付上）（贴旦唱）

【收江南】呀！只道你中途绝命呵，我无处寻觅耐若何。恨只恨亏心薄幸许文通，害得你荒郊走奔波。受尽多磨，受尽多磨，（白）婶娘，我母亲亡故，你是我亲娘一般也！（唱）**我今待你亲骨肉，待你亲骨肉**。（丫环扶付下）

（外、小生、花旦上）（同唱）

【园林好】画堂前三星笑呵呵，百年欢、一双比目。今日个蓝田玉种，谐伉俪笑呵呵，谐伉俪笑呵呵。

（小生）母亲，孩儿奏闻圣上，请得五花官诰，母亲顶戴。（贴旦）儿吓，你父亲亏心薄幸，为娘还要这官诰何用？（小生）母亲！（小生、花旦唱）

【沽美酒】小孩儿年纪大，一十六载抚养我。若还不受五花诰，夫与妻一双跪读。（老旦白）状元儿子官诰要受的。（贴旦）儿吓，你起来，为娘受了官诰。（内）圣旨下。（小生）圣旨下了。（外）摆香案接旨。（末上）圣旨下，跪。（众）万岁。（末）听宣读。诏曰：言相封为养老太师，许文通东宫伴读，加封吏部做春官。许秀林点为翰林编修。惠兰卖身葬父，封为节孝夫人，钦赐牌匾一块，悬顶中堂，一家封赠。钦哉。（众）万万岁。（正生）多劳亲家保奏。（末）但是末亲来到呵！(唱)**感荷你订结丝萝,会蓝桥鹊渡银河,双佳凤洞房花烛。恁呵!喜孜孜成全骨肉,一双并蹩**①。**呀!笑吟吟合霅金波,笑吟吟合霅金波**。

(正生、贴旦拜堂)(众)一家团圆,拜谢皇恩。(团圆)(下)

---

① 并蹩,一齐行走。蹩,通“蹴”,踩,踏。

三二 双凤钗

调腔《双凤钗》共三十三出，剧叙山西巡抚周方告假在家，同夫人及其女儿周素娥庭前饮宴赏雪，其乐融融。户部主事段百青之子段耀先游玩观音阁，适见周素娥还香了愿，段耀先心生爱慕，并与周府家人争闹。段耀先央其父托舅父林全得前往周家说亲，被得知内情的周方坚拒。洛阳书生苏良璧辞别寡母，上京赶考，途中遇雪，冻昏于凉亭。周方外出赏雪路过，将苏良璧带回家中救治，并将女儿周素娥许配与他。周方转升礼部，先行进京。段耀先恼恨周方说亲不允，与其仆段四密谋，在元宵观灯时将苏良璧赚入府中，欲灌酒而杀之。不想段四误杀段耀先，遂嫁祸于良璧。祥符知县沈可究知凶案非良璧所为，将其放归。段百青贿赂抚院赵琪，赵琪提案复审，将良璧问成死罪。沈可究于是星夜入京，将案情报与刑部程国恩。程国恩一面令飞骑驰往祥符，一面保举沈可究为钦差，于城隍庙会审苏良璧。沈可究查实贿赂情状，昭雪了冤情，苏良璧合家团圆。

民国二、三年(1913、1914)之际绍兴的调腔班“大统元”赴上海商办镜花戏园演出，以及民国二十四、二十五年(1935、1936)绍兴的调腔班“老大舞台”分别赴上海远东越剧场、老闸大戏院演出，曾多次搬演《双凤钗》，其中“老大舞台”在老闸大戏院6月4日夜戏所演《双凤钗》，注明从“看灯起，团圆止”。

整理时拼合正生、小生、小旦、花旦(孙小三女)、净、末、外单角本，其他角色参照1958年老艺人忆写总纲本(案卷号195-3-51)。该忆写本对应于本次整理的第七号至第三十号，当中场次仍有删减，且曲文多粗浅失真。至于场号，唯清末蔡源清《双凤钗》正生本[案卷号195-1-133(1)]保留完整，《双凤钗》等小生本(案卷号195-1-125)有十五、廿四、卅二、卅四号，《双玉锁》等净本(案卷号195-1-90)所收《双凤钗》净本有五号和九号，整理后场号同上述单角本大体吻合。

第二号

外(周方)、正生(院子)、正旦(徐氏)、小旦(周素娥)

(外上)(引)暮景荒凉,看庭前白梅开放。(诗)衰草凄凄时节冻,花残叶落吊西风。今来阵阵清风雅,瑞雪巫山一户红。(白)老夫,姓周名方,乃是祥符县人也。蒙圣恩职授山西巡抚,奉旨荣归省墓,也有半载。夫人徐氏,单生一女,才年十六,尚未婚配,这也非在话下。今日庭前腊梅开放,又见瑞雪飘飞,准备酒筵,与夫人、女儿一同玩梅赏雪。来,酒筵可曾完备?(正生院子上)俱已完备。(外)请夫人、小姐出堂。(正生)有请夫人、小姐。(正旦、小旦上)(小旦引)梅雪纷飞,出中堂甘旨晨昏。(白)爹娘,女儿万福。(外、正旦)罢了。(小旦)多谢爹娘。(正旦)老爷,唤我母女出堂何事?[①](外)今日庭前腊梅开放,准备酒筵,与夫人、女儿一同玩梅赏雪。(正旦)有劳老爷了。(小旦)女儿把盏。(外)上席。(同唱)

【(昆腔)二犯傍妆台】[②]梅开满庭芳,畅叙开怀,满目前梅雪争风忙[③]。凝眸望云雾迷漫无日颜,分不开楼台一片烂银妆。又何来莺燕飞舞庭前笑,抵多少风雪摧残恁猖狂。那些个访梅踏雪,尽都是逸兴玩赏,只我这暖阁欢娱醉流觞。

(正旦)老爷,女儿说要到观音阁了还香愿,不知老爷意下如何?(外)已有心愿,理该了还,但是天公降下大雪,你母女如何出府?(小旦)爹娘,女儿前去了愿,何愁风雪?(外)好,院子,明日去到观音阁,对庵主人说,明日夫人、小姐前来了还香愿,男女不许胡惹。准备小轿两乘侍候,这些酒筵赏给你们。(正生)晓得。(外)撤过酒筵。(唱)

---

① 本出及第六号的正旦说白系整理时增补。

② 此曲据《赐绣旗》《双凤钗》等外、末本[195-1-143(3)]所抄《双凤钗》外本和《满床笏》等末、外本[195-1-70(2)]所抄昆腔唱段校录,其中曲牌名“傍”作“望”,今改正。

③ 忙,195-1-143(3)外本作“庄”。

【(昆腔)**尾】醉酩酊效卿相，逸兴畅饮卧小窗**。(白)夫人！(唱)**真个是林下安然乐非常**。(下)

第三号

写苏良璧辞亲赴试。

第四号

昆腔场次，写户部主事段百青之子段耀先游玩观音阁，适见周素娥还香了愿，段耀先心生爱慕。由于段耀先意欲强闯观瞧，周府家人与之吵闹一番。

第五号

写段耀先归家，向其父段百青请求遣媒说合，段百青只得央大舅林全得前往周家说亲。

第六号

外(周方)、正旦(徐氏)、正生(院子)、末(林全得)

(外、正旦上)(同唱)

【锁南枝】白茫茫，雪连天，道路难分一片毡。一任乱纵横，江山来白占。(正旦白)老爷，天公降此大雪，常言道"瑞雪兆丰年"。(外)夫人，长安有贫者，宜瑞不宜多。(唱)**昼和夜，竟无观；乱纷纷，一般的鹅毛旋**[①]。

(正生上)启老爷，林全得老爷有帖拜。(外)"年家眷，弟林全得顿首拜。"这等大雪，到来何事？(正旦)门外雪大，且请他进来，一问方知端的。(外)夫

① "乱纷纷"至"鹅毛旋"，单角本作"乱分分船一旋的鹅毛风"，疑有脱误，据文义改。

人说得不差，请林爷相见。(正旦下)(正生)吓，林老爷有请。(末上)(唱)

【前腔】调和风月，两家缘，雪白冰霜路盘转[①]。(同白)年兄！(同唱)**曾记在寒窗，嬉耍打秋千**。(外白)过来。(正生)有。(外唱)**忙备酒，学野仙；雪儿卧，醉中天，雪儿卧，醉中天**。

(白)年兄到舍，有何贵干？(末)一来拜望年兄，二有事动问年兄。(外)敢问何事？(末)请问年兄，有几位令嗣公？(外)单生一女，膝下无子，意欲招赘一婿。(唱)

【前腔】宗祧事，要承肩，择选浮槎[②]**释常肩**。(末白)可有人家？(外)还未。(末)好好好，恰巧末弟前来作伐。(外)是那一家？(末)不远，是本城段百青之子段耀先，是末弟的外甥呵！(唱)**门户两相当，银河鹊桥边**。(外白)怎么，年兄令甥？(末)正是。(外)可在庠否？(末)年轻，还是个童生。(正生)吓，老爷有请。老爷，段府这头亲事，允不得的。(外)为何？(末)吓，管家，你在老爷跟前，将亲事撺掇成了，我回去对段老爷说，好重赏与你。(正生)林老爷，这是小姐终身，老奴敢不直说？段大爷，小人也曾见过了。(末)年兄，我外甥你管家会见过了，文质彬彬，相貌堂堂，好的呢。(正生)段大爷行事呵！(唱)**恁糊涂，乱胡缠**。(外白)那日回来，为何不说？(正生)那日回来，本要禀知老爷知道，有恐动怒。(唱)**定然是怒轰轰，恼胸填，怒轰轰，恼胸填**。

(末)年兄，下人之言，不要听他，望年兄允了亲事才好。(外)咳！(唱)

【前腔】言非礼，气冲天，乡党纵横要刁奸。倚势乱胡行，国法难逃免。(白)这样不肖之子，亏你有何颜面，前来作伐。过来。(正生)有。(外)与我扯出去。(正生)吓！(外唱)**休胡说，枉老年；絮絮叨叨，恨非浅，絮絮叨叨，恨非浅**。(外下，正生关门下)

(末)年兄开门，开门！咳，倒霉。何必生嗔怒，把人来轻贱？风月无功，少

---

① 盘转，单角本作“片转”。盖以“盘”为“爿”，又转写为“片”。

② 择选浮槎，单角本作“择宣浮差”，今改正。浮槎为木筏，“择选浮槎”用来比喻请人作伐。

年琴瑟不和同，姻缘休错见。咳，倒霉，倒霉！① (下)

第七号

小生(苏良璧)、正生(院子)、外(周方)

(内)好大雪也！(小生上)(唱)

【山坡羊】实只是为功名进京华，离家园亲别萱花，路途里受波渣，似这般昂昂的风雪交加。迢迢路，怎把步儿跨？千万关山重重赊②，飘飘白云悬空挂。盼断，云烟不见舍；滚鹅毛纷纷堕下，好叫我望不见村庄儿那一答。

【前腔】盼行人、恍若是我身抖答，行不上步儿亲踏，忒愣愣、心儿战齿咬牙，泣森森头儿晕兀自眼昏花。病重奄奄谁知咱，定然是孤魂魄来消化。(白)小生，苏良璧，为着功名，顷别老母，一路进京。不想天公降此大雪，奈我瘦怯书生，不惯风霜，受了一身寒病。你看白茫茫一带堤塘，分不出路径，叫我如何行走得来吓！(唱)**冒雪冲寒路又滑，力尽气屈恁咿呀，悲痛娘亲，望眼巴巴，怎知儿受尽了苦无暇。**(跌转)**踏踏③，踏踏，痛心伤叹浮生最苦路无家；泼面风雪何处遮，猛抬头又只见一村舍。**

(白)且住，行到此间，有座凉亭在此，不免进去借杯热汤水暖暖寒。里面可有人么？这边没有，想是那边。里面可有人么？可有热汤水，借杯我暖暖寒？这边也没有，待我出去罢。(科)吓，风吓风！为何不吹到那边去也？(唱)

---

① 此下净本还有"回话"部分，写林全得回到段府，诉说说亲被拒之事，中有两支【锁南枝】，第一支为："(净、付上)(同唱)心儿乱，大媒不回转。望得我眼儿穿，急得人似箭攒。(……)(净)呀！(唱)因甚的声长叹闷恹？(……)(净唱)且消停，过了年；待明春，访婵娟(又)。"

② 赊，遥远。

③ 踏踏，光绪二十七年(1901)"钱兴根记"小生本(195-1-23)、《双玉燕》等小生本[195-1-144(3)]作"渣踏"，《双凤钗》等小生本(195-1-125)作"谁踏"，今改正。踏，《中原音韵·家麻韵》与"查楂吒"同音。踏踏，践踏，踩踏。

【滴溜子】[①]**风带雪，风带雪，泼天威大；只孤身，神昏力乏。叫天穷骸蹪**[②]**踏，魂魄在何处，心乱如麻。痛严亲，怎知儿受尽了命掩黄沙，命掩黄沙。**（跌倒）

（正生、外上）（外唱）

【尾】访梅踏雪多笑耍，杖梨行过荒野。（白）看一带荒郊，瑞雪朦朦。（唱）**胜似那浪蝶游蜂去采花。**

（正生）老爷，有一座凉亭在此。（外）坐坐而去。（正生）老爷，有位后生，冻倒凉亭。（外）心可热的？（正生）心下热的。（外）扶他起来。（正生）晓得。（外）我老爷换衣与他遮寒。呀！（唱）

【不是路】风雪争差，途路难禁苦悲哀。看他少年华，怯怯身躯怎禁加？（白）可怜，可怜。（唱）**自离家，孤身漂泊凉亭上，谁是亲谊何处家。**（白）过来，前去问来，凉亭里面可有人的，有人冻倒在地，为何不出来相救，有热汤水，拿碗来。（正生）凉亭可有人？（内）人有的。（正生）有人冻倒在凉亭，为何不出来相救？（内）外面风大，开不出门。（正生）可有热汤水？（内）热汤水你自家拿。（正生取茶）（外）与他吃下。（小生吃，吐）（小生）阿吓，亲娘吓！（唱）**儿在天涯，顷弃高堂谁侍奉，儿的孤魂随风飘化，随风飘化。**

（外）看他还是有病之人，扶他回去，请医生调治，送他回去。（唱）

【尾】慈且尚义扶人快，途路风霜嗟呀。（白）只问他家乡在何处。（唱）**何方倾诉这根芽？**（下）

第八号

正旦（徐氏）、小旦（周素娥）、正生（院子）、外（周方）、小生（苏良璧）、末（医生）

（正旦、小旦上）（同唱）

【一江风】在楼台，花木妆银色，粉黛残冬届。真堪爱，树发枝芽，堪羡腊梅斗

---

① 此曲牌名及下文二【尾】和【不是路】，单角本缺题，今从推断。

② 蹪（tuí），颠仆，跌倒。《玉篇·足部》：“蹪，仆也。”

雪开。(小旦白)女儿万福。(正旦)罢了,坐下。(小旦)谢母亲,告坐了。(正旦)儿吓,你父亲出门踏雪辛苦,苦你父亲的了。(小旦)母亲,爆竹一声催腊去,数点腊梅报春来。(唱)**春届残冬岁,节届那苍苔**①**,堪羡腊梅斗雪开**。

(正生上)夫人、小姐,老爷回来了。(正旦)回避。(正生下)(外上)(唱)

【前腔】荒郊外,蓦见故乡客,冻倒无倚赖。(正旦、小旦唱)**进门台,踏雪郊园,精神怯怯展不开**。(正旦白)老爷踏雪回来,却也辛苦的了。(外)夫人,老夫在外踏雪访梅,路过凉亭,看一后生冻倒在地。(正旦)敢是贫苦人家?(外)他身边是有包囊的。(正旦)可怜,可怜。(小旦)爹爹,可问他名姓?(外)凉亭之上,风雪昂昂,怎生问得?我命家人背了回来。(唱)**一时同情话,济困扶穷骸**。(小旦白)病人背了回来,岂不担了干系?(外)有道"见义不为,非为人也"。(唱)**免得个孤身异地遭狼狈**。

(正生上)老爷、夫人,这后生苏醒了。(外)接进内书房来。(正生)晓得。(正生下)(正旦)我儿回避。(正旦、小旦下)(正生扶小生上)(外)快去,请医生进来。(正生)晓得。(正生下)(小生)难人不过冒雪感受风寒,不必请医调治。(外)总要去了你的风寒。(小生)母亲吓!② (唱)

【啄木儿】恩高好,怎报偿,良璧姓苏住洛阳。怯儒生守着经史,家贫寒乏缺资囊。孤儿寡母住坟庄,诵读雪影照萤窗,为着功名离故乡。

【前腔】(外唱)**虽则是容憔悴,貌端庄,体态斯文不鲁莽。定然是旧族门楣,守青灯苦读书香。凋残叶落无所望,离乡背井泣路旁,只听他悲苦伤心有高堂**。

(正生上)禀老爷,先生请到了。(外)请进书房。(正生)吓。先生有请。(末

---

① "春届"至"苍苔",民国年间赵培生旦本(195-2-19)作"真看(堪)爱,如(儒)门志呀",今从光绪二十二年(1896)《阴阳报》等旦本(195-1-79),其中"岁"原作"届",但曲文仍颇费解。

② 母亲吓,单角本一作"亲娘吓",此乃"疾痛惨怛,未尝不呼父母也"(《史记·屈原贾生列传》),并非对剧中人言讲。

上）渴多逢美酒，病后遇良医。见礼。（外）先生。（末）何人要看病？（外）这位后生。（末）敢问是何亲戚？（外）无亲无戚。（末）如此待小老看来。（外）先生开方。（末）小老药箧之内，恰有几帖在此，按时服下，好生将息，散了风寒，即便痊愈。（外）取五两银子与先生。（正生）晓得。先生，银子在此了。（末）多谢，告别。药医不死病，（外）佛度有缘人。（末下①，正生扶小生下）（正旦上）老爷，那后生病体如何？（外）听先生说来，无非冒些风寒。（唱）

【三段子】**满怀愁肠，贫穷乏资就帝邦；乏缺资囊，路迢遥难禁风霜**。（正旦白）后生那里人氏？（外）洛阳人氏。（正旦）为何冒雪冲寒到此？（外）上京求取功名去的。（正旦）这等说来，也是旧族书香的了。（外）夫人！（唱）**他是个旧族书香，别慈颜求名帝邦，冻沟渠坎坷凄凉**。（正旦白）可有同伴？（外）他是穷儒，有什么同伴？（正生上）老爷、夫人，这后生说病体痊愈，他说要回去了。（外）不要出来，即刻进内书房来。（正生）晓得。（正生下）（外）夫人，我同你到书房一看。（正旦）妾身女流之辈，去不得的。（外）老夫同去，不妨得的。（唱）**彬彬文星胜潘郎，骨骼清奇貌堂堂，有日名驰占金榜**。

（小生上）（唱）

【归朝欢】**容辞谢，容辞谢，恩高义广，效犬马来世报偿**；（正旦唱）**乍见了，乍见了，才貌端详**，（小生白）恩公请上，难人多蒙恩公提救，没世不忘。请上，受我一拜。（外）不消，请坐。（小生）告坐了。（外）动问先生，府上令尊如在？（小生）先君文端，在日苦守书香，不幸去世。家业凋残，同老母居住坟庄，困苦不已。（外）定然苦志寒窗了。（小生）恩公吓！（唱）**惨伤箪瓢陋巷。功名切志命乖张，慈亲催促难违抗，虑只虑老母无依怎支撑**。

（外）贵庚多少？（小生）年方二九。（外）可曾定婚？（小生）这个……（科）（正旦）但说无妨。（小生）功名未就，怎望姻缘？（正旦）老爷，看这后生人品端，何不将女儿终身许配与他？（外）夫人，你难道不念他家贫的么？（正旦）做

---

① 此请医情节为195-3-51忆写本所无，今结合单角本增补。

了我家女婿，还有什么贫呢？(外)好，正合我意。(正旦)央媒说亲便了。(外)你我自己看中女婿，什么央媒求婚？当面许之。请坐，老夫有言，难好启齿。(小生)恩公有何吩咐？(外)老夫周方，官居山西巡抚，任满归家省墓，也有半载。膝下无子，单生一女，招赘你为婿。(唱)

【前腔】侍并前，侍并前，晨昏高堂，谐秦晋、百年欢笑；(小生白)府上千金，乃琼瑶仙子，寒酸穷极无望，不敢仰攀。(外)你做了我家女婿，就不会穷了。(小生)恩公，功名未遂，岂望婚姻？暂辞告别，异日酬恩。(正旦)如此良缘，就不必推辞了。(小生)恩公吓，家下有老母在堂。(唱)**亲不告，亲不告，逆罪难当，**(正旦白)亲母在家，差家丁送银子一千，与亲母安家便了。(小生)这个？(外)夫人此言不差，老夫准备银子千两，家人二名，送你回去，安顿了令堂，然后随老夫进京，倘能得中，那时完其花烛。(小生)感蒙二大人不弃，寒微订结。岳父母请上，苏良璧拜谢。(唱)**躬身叩拜高堂**。(同唱)**愿得平步青霄上，腰金衣紫归故乡，那时节璧合双双昼锦堂**。(下)

第九号

外(周方)、正旦(徐氏)、净(旗牌)、正生(院子)、小旦(周素娥)

(外、正旦上)(外白)冬尽春芽，盼东人不见回归。(正旦)老爷见礼。(外)见礼。(正旦)请坐。(外)请坐。夫人，贤婿回家安顿亲母，还不见回来。(正旦)春回雪消，想必就回。(外)夫人说得不差。(净旗牌上)上司公文下，昼夜不留停。门上那一位在？(正生上)那一个？(净)上司公文下。(正生)老爷，上司公文下了。(外)夫人回避，命他自进。(正旦下)(正生)老爷叫你自进。(净)晓得。老爷在上，旗牌叩头。(外)起来。(净)谢老爷。(外)所报何事？(净)到来非为别事，有书呈上。(外)里面酒饭。(净)晓得。(净下)(外)胡年兄有书到来，拆书看个明白："山西巡抚为官清正，加升礼部大堂。"呀！(唱)

【(昆腔)**驻马听**】**书中催促,又人谋飞电速**[①]。**待荣归半载,又侍朝班,进京旨复**。(白)胡年兄书上写得明白,说我告假限期已满,若不进京呵!(唱)**欺君逆罪不差讹,感得同僚书付我**。

(正旦上)老爷,所报何事?(外)京报下来,老夫转升礼部大堂。(正旦)几时起程?(外)叫我速速进京,若还误了限期,是有欺君之罪。(正旦)等贤婿回来,一同进京便了。(外)夫人说那里话来?老夫若带贤婿进京,误了限期,是有欺君之罪。(小旦上)(吹【驻马听】合头)(白)爹娘,女儿万福。(外)儿吓!(唱)

【**前腔**】**一举成名,晨昏侍女道规模。愿得他金榜题名,锦衣归拜完花烛**。

(小旦)爹爹吓!(吹)(吹【过场】)(换衣)(外)就此起马。(外下)(吹【尾】)(下)

第十号[②]

小生(苏良璧)、老旦(苏母)、付(段耀先)、丑(段四)、正生(院子)

(二家人、小生上)(唱)

【(昆腔)**六幺令**】**归路迢遥,恩德丘山重生再造。不嫌贫乏赋桃夭**。(白)小生苏良璧,多蒙岳父母大恩,赐我白银千两,着家人送我归家,安慰老母,然后进京求取功名。若能侥幸荣归花烛,此乃前缘夙世,赤绳早系也。(二家人)姑爷,到贵府还有多少路程?(小生)不远。只是到了舍下,得罪二位。(二家人)敢是穷么?(小生)不但是穷呢。(唱)**是陋室,胜破窑,风吹四壁甚萧条**。

(白)这里是了。(二家人)果然穷苦。(小生)穷极不堪。母亲开门。(老旦上)忽听有人叫,出门看分晓。儿吓,你回来了!(小生)母亲!(二家人)怎么,这

---

① 此句疑有脱误。

② 本出老旦和二家人的说白系结合小生本增补,曲牌名据词式推断。从小生本曲牌名标作意为前腔"又"来看,在苏良璧携仆上场前,应由老旦先上场唱一支【六幺令】,因缺老旦本,故不可补。

位就是老安人?(小生)是家母。(二家人)老安人在上,小的叩头。(老旦)快快请起。儿吓,二位那里可以坐得?(小生)哪,那边书房在彼,二位去坐一坐。(二家人)吓。(二家人下)(老旦)儿吓,你去科考,怎么去而复回?(小生)母亲,孩儿病倒中途,有一恩公,名曰周方,曾任山西巡抚,踏雪荒郊,见孩儿冻倒凉亭。(唱)

【前腔】提救恩高,不嫌贫寒良缘订好。花银安慰亲年老。功名望,做花烛,恕儿不告亲自招。

(老旦)多蒙亲家提救我儿,不弃寒家,粉身难报。(小生)母亲,厨下可有米?(老旦)尚有一些。(小生)这肴馔呢?(老旦)在此了。(小生)这菜如何请得人客来?(老旦)嗳,既有白银千两在此,合该到街市上买些米面菜肉回来,也好待客,我儿快去。(小生下)(老旦)这遭好了。(老旦下)(付上)(唱)

【前腔】可恨周方,无知老贼多颠倒。有女不配鸾凤箫。(白)学生段耀先,阿伯段百青。可恨周方女儿生得姿色,差得娘舅去做媒,不允亲事犹可,反将我里娘舅赶出门来,后来许拨洛阳苏良璧穷鬼为妻。格堂堂正正王孙公子勿许,我罗①那格气得其过,叫段四商议个商议。段四那里?(内)来哉!(丑上)忽听大爷叫,慌忙就来到。大爷在上,段四叩头。(付)起来。(丑)多谢大爷哉。叫我出来做啥?(付)阿哉段四,我大爷心头勿好过。(丑)那格?(付)喏,前者周府小姐,差之我个娘舅去做媒。周方老勿死不允亲事,反将我娘舅赶出门来。叫呾出来,为周方女婿苏良璧,他是洛阳外路人,周小姐拨之其,大爷气勿过,要呾行计策,想个办法,周小姐给我大爷做老婆,重重有赏。(丑)介个事体有个勿难,明日子街坊看灯会碰着个,我哄得其来到书房吃酒,灌其醉,杀得其还②哉。周府小姐好拨大爷哉,你道好勿好?(付)个计策好个,里头吃酒去。(丑)明日子行事,吃酒去。(付、丑下)(二家人、小生上)(唱)**别**

---

① 我罗,方言,我。罗,亦作"啰",词尾。

② 还,方言,在动词或动宾短语后作补语,表示完成。《越谚》记作"患",其卷下《发语语助》:"患,语助。'丢患''跌患''弃患'。"

慈颜，离故郊，登程一路平安道。

【(昆腔)**尾**】**行来迤逦进城壕，举头凝望廊门高**。

(二家人)姑爷回。(正生上)姑爷回来了。(小生)回来了。岳父！(正生)老爷升任礼部大堂，进京去了。(小生)怎么，岳父进京了？(正生)进京了。(小生)那岳母呢？(正生)夫人在内堂。(小生)进去见了岳母。(下)

第十一号

老旦、正旦、小旦、贴旦、花旦(百姓)，

付(段耀先)，丑(段四)，外(院子)，小生(苏良璧)

(老旦、正旦、小旦、贴旦、花旦看灯上)(唱)

【(昆腔)**慢锣一条龙**】**灯彩光荣，喜得个称心欢爱。大家观花灯，看桃红柳绿，五色金光彩**。(老旦白)列位阿妹请哉，请哉。(众)请哉，请哉。(老旦)列位阿妹，那班人穿得红红绿绿出来看灯，到啥地方去看？(众)我赖还没有看过。(老旦)没有看过，跟得我来。(众)请。(唱)**心中愉快，要到大街挤挤挨挨，心中欢爱**。(众下)

(付、丑上)(吹)(付)段四，今年果然好灯彩。(丑)大爷，有啥个灯彩勿灯彩，碰着苏良璧，好做花把戏哉。(付)段四，碰着苏良璧？喏！(吹)(付、丑下)(外、小生上)好灯彩！(同唱)

【(昆腔)**新水令**】**普天庆君民共乐，万姓欢齐贺元宵，满城灯火灿烂照**。(外白)姑爷，这里灯彩如何？(小生)好得紧，真个丰年乐业，嘉胜繁华也。(外)姑爷，府上呢？(小生)都是一样的。(五女看灯上，外、小生冲散下)(小生上)阿吓，管家吓！(唱)**人不见何处杳？喧哗践踏，步儿低高**。

(付、丑上)(付)嗄，一班大姑娘，个样厉害。(丑)大爷，有啥个厉害，快点碰穷鬼去。(付)走。(小生与付碰)(付)阿唷唷，啥个人家，拨我乱碰乱撞？(丑)阿哉大爷，个是周府姑爷呢。(付)那格，个是周府姑爷？(小生)仁兄得罪了。

(付)兄,客气,客气。兄,吤可是周年伯姑爷么?(小生)正是。(付)咳,小弟失敬哉。(小生)得罪是得罪。(付)请问兄,尊姓大名?(小生)弟姓苏名良璧。(付)嗄,原来苏兄。久仰,久仰。(小生)请问仁兄高姓?(付)不瞒兄说,弟姓段名耀先。(小生)原来段兄。(付)阿哉苏兄,为何忙速?(小生)管家不见,在此寻他。(付)阿哉兄,吤灯棚下管家寻勿着,还是到小弟书房里安歇一夜,明日子差段四送你回去。(小生)素昧平生,怎好打搅。(付)勿慌得,小弟与周年伯通家来往格。(吹)(小生)这个……(付)勿要紧。段四,我赖扯得去。(丑)勿错。(小生)怎好打搅。(付、丑扯小生下)(外上)姑爷吓!(吹)(白)我同姑爷出府看灯,人多挨挤,一时失散。是了,只怕姑爷先回府了,不免回去了罢。(吹)(下)

第十二号

正生(天魔杀星)、付(段耀先)、丑(段四)、小生(苏良璧)、净(段百青)

(正生上)我本天魔地杀,昭彰善恶分明。姻缘夙世有蹭蹬,堪怜书生悲惊。俺,天魔杀星是也。今有苏良璧,命犯迍邅,段耀先血断刀头也!(打【水底鱼】)(正生下)(内)请。(付、丑、小生上)(付)知己同窗,(小生)登堂叩揖。(付)兄请坐。(小生)有坐。(付)段四,你对厨下人讲,大爷书房里有人客来带,酒饭办之一桌来。(丑)有数者。咳,厨下人听着,大爷书房里有人客来带,酒饭办之一桌,外加杀鸡、杀鸭、杀大羊。(内)杀鸡、杀鸭、杀大羊。(丑)大爷,酒饭来哉。(付)兄请。(唱)

【佚名】①**我和你知己同窗,两下里畅饮香醪**。(白)兄,请吃酒。(小生)弟不吃酒的。(付)兄吓!(唱)**满杯勿逃,满杯勿逃,我和你开怀欢笑**。(小生白)小弟实是不吃酒的。(付)兄吓!(唱)**休得推辞忒猖狂,我与你并醉酕醄**。

① 从次曲小生所唱曲文来看,此曲疑为【桂枝香】,惜缺付本,而195-3-51忆写本曲文又不尽可靠。

（小生）兄吓！（唱）

【前腔】感得你居家义好，是前生前缘结着。（付白）兄吓，周年伯进京，呾为何勿进京个？（小生）不瞒仁兄说，多蒙岳父母恩德，赠我银子一千，家人二名，送弟归家，安顿老母，然后进京。不想圣命催促，所以岳父先进京去的。（付）原来。（小生）弟有酒了。（丑）大爷，酒冷哉。（小生）兄吓，非是小弟不遵命吓！（唱）**投掷木桃，投掷木桃，卑鄙寒儒，怎报琼瑶？**（丑白）老酒会吃，做做客个。（付）咳，老酒会吃。段四，看大杯来。（小生）弟酒有了，告别。（付）阿哉兄吓，酒吃醉，在小弟书房里困。明日子差段四送你回去，周伯母问起，个是小弟恩情嘘。（唱）**醉醺醺何须推却，真个是恩高义好**。

（丑）周姑爷，饮酒，饮酒。大爷，酒吃醉哉。（付）窗兄，饮酒，饮酒。妙吓！慢点，书房里困觉罢哉。段四，酒吃醉，人要茶，到厨房里拿茶来。（丑）吓，待我去拿得来。（付）咳，慢点，呾做啥西[①]？（丑）拿茶去。（付）老实拿茶去勾，酒灌哉，那排场？（丑）拿得刀来杀。（付）书房里那里来格刀？（丑）来带哉，厨房里有把菜刀来里，我去拿得来。（付）歇哉，菜刀只好切菜勾，那里好杀人？（丑）阿哉大爷，个把菜刀，杀鸡杀鸭杀羊都好杀勾，杀人也好杀勾。（付）好个，呾去拿得来。（丑）我去拿得来。（付）苏良璧，苏良璧，今朝夜里落之学生圈套哉。（灭灯）（小生）兄吓！（唱）

【尾】醉模糊人难料，因甚的神魂颠倒？（白）吓，怎么，灯亮不见了？想是段兄道我酒醉，扶进牙床安睡。（唱）**醉卧牙床无知晓**。

（丑上，正生天魔杀星上，引丑杀付，正生下）（丑掌灯）（小生）有灯亮来了。（丑）阿吓，勿好哉，报与老爷知道。（丑下）（散锣）（丑上）老爷，勿好者，大爷拨人家杀死哉！（净上）听说心胆惊，叫人魂飞散。（丑）喏，在这里。（净）阿吓，儿吓！（唱）

【不是路】血染钢刀，满地鲜血命寂寥。（白）段四，大爷何人杀的？（丑）不是我

---

① 啥西，亦作“啥些”，方言，什么。

杀的。(净)呢,你这狗头,我孩儿与你有什么仇气来?(唱)**夜静悄,一进书房伤命了**。

(小生)吓,为着何事吓?(净)这是什么样人?(丑)他是周府里姑爷,叫苏良璧,洛阳人,大爷是他杀的。(净)叫众家丁出来。(丑)众家丁走动。(二家人上)老爷在上,小人叩头。(净)起来。这狗头将大爷杀死。来,将他捆绑起来。(小生)我是段兄邀进书房,来吃酒的吓!(丑)嘈!苏良璧,呃有恩不报,反将我大爷杀死。(小生)段四,你家大爷何人杀的?(丑)是呃杀的。(小生)呀呸!(丑)我里大爷好意留进书房,好个酒饭拨呃吃,见我罗书房里古董宝器来得多,见宝起谋,将我大爷一刀杀死。(小生)你不要血口喷人。我寻不见归路,你家大爷邀我进书房来吃酒,将我灌醉,把我睡在床上。你家大爷不知被何人杀死,怎推到我身上么?(唱)

【前腔】言辞怒恼,说来话儿无踪杳。(净白)我也明白了,为求婚不允,挟仇在心。(唱)**是非招,凶恶心肠暗地掩刀**。(白)来,将他捆绑起来。(唱)**酷法拷,公堂三木罪不饶,难免云阳赴市曹**。(小生白)你们将无影之事,来诬陷与我。(唱)**气冲霄,此际何言来分诉,公堂直剖,公堂直剖**。(丑、二家人押小生下)

(净科)阿吓,儿吓!(唱)

【朱奴儿】不幸你命绝餐刀,不幸的、轻年命夭,不幸家门多颠倒,不幸的断绝了宗祧。堪怜,百年无依靠,事惨伤难猜度,事惨伤难猜度。

(白)那周方虽则是礼部,我难道罢了不成?我准备银子一千,送进官衙,怕他不画招也!(唱)

【尾】有计谋妆圈套,害人命反成祸招。难免十恶罪滔滔。(哭下)

第十三号

外(院子)、丑(段四)、小生(苏良璧)、正旦(徐氏)、小旦(周素娥)

(外上)(唱)

【哭婆娑】[①]**东君、东君寻不见,走、走、走得我汗雨如潮。**

(白)我同姑爷出府看灯,夫人说道没有回家。吓,姑爷,姑爷,你昨夜不知在何处,老奴何处来寻你也!(唱)

【水底鱼】急走街坊,又经多曲巷。灯彩密密,何处问行藏?

(丑、二家人绑小生上)(小生唱)

【前腔】冤仇海样,黑夜人杀伤。设计谋命,自认到公堂。

(外)咳,段四,你为何将我家姑爷扭结?(丑)那格,个呏姑爷?好个,好个,呏个姑爷看灯路途不熟,我里大爷好意留进书房,好个酒饭拨其吃,见我罗书房里古董宝器来得多,见宝起谋,将我罗大爷一刀杀死,扯到公堂去个。(外)阿呀,姑爷吓!你将段府公子杀了么?(小生)管家吓,我你二人在灯棚失散呵!(唱)

【前腔】奇祸骤招,邀酒进书房。诬害谋命,招罪到公堂。

(丑)拿到公堂去。(小生哭)(外)段四。(科)(丑)呏老毬养,扯个扯拉个拉,勿来歇哉,来也是一刀。(内)嗄,杀人。(丑)我那里会杀人?我杀鸡勿会杀。(丑、二家人绑小生下)(外)有这等事来,报与夫人知道便了。(唱)

【前腔】急步踉跄,心忙意又忙。天降大罪,祸起在萧墙。

(白)夫人、小姐有请。(正旦、小旦上)(同唱)

【尾】何事的喧声嚷,有衷情细说端详。苍头,**气喘吁吁汗雨淌。**

(白)为何这般光景回来?(外)姑爷可有得回来?(正旦、小旦)那里有得回

---

① 此曲牌名单角本缺题,据《调腔乐府》补。《调腔乐府》卷五《锣鼓牌子》记有【哭婆娑】锣鼓经,且注明用于《双凤钗》寻找姑爷。

来?(外)老奴昨晚同姑爷出府看灯,人多挨挤,一时失散,为此一早寻访,见段四把我家姑爷扭结。(正旦、小旦)为着何事扭结?(外)我也曾问他,说我家姑爷,见宝起谋,将公子杀了。(正旦、小旦)如今人到那里去?(外)如今送到祥符县去了。(正旦、小旦)快到县前打听。(外)晓得。(外下)(小旦)不好了!(唱)

【佚名】你是个弱质书生,怎禁得、豪奴恶状?吉与凶难猜难料,真和假人命非常。(白)母亲吓,苏郎拿去,如何是好?(正旦)但是这……待为娘差人金条马银,送进官衙便了。(同唱)**义门祸福,望断肝肠**。**娘和女望断凝眸,望断凝眸,心意彷徨**。

【尾】香闺弱质受惊吓,你在牢监受灾殃。(白)贤婿吓!/苏郎吓!(唱)**弱质书生,怎受这冤含?**(下)

第十四号

正生(沈可究)、付(周府家人)、净(门子)、末(王书吏)、丑(段四)

(正生上)(引)康哉百里[①],牧民事、铁案惊奇。(诗)执法如山重,萧何律不轻。奸刁多讼案[②],拔罪[③]想偷生。(白)下官,祥符县令沈可究,乃山西潼州人也。少年皇榜有名,蒙圣恩特授祥符县。此地民刁吏滑,若不仔细察摩,公案难分,玉石决断,怎辨清浊?今日有段府家人,扭着凶手到案,为夜进书房图财谋命。因此相验尸首,果是刀伤绝命。凶手苏良璧,乃洛阳人氏,本城周府招赘的女婿,为昨晚元宵夜,主仆二人出府观灯,谁想街坊上人多分散,不识路影,遇段耀先留进书房,饮酒醉卧床上,杀伤人命,一

---

① 康哉,清末蔡源清《双凤钗》正生本[195-1-133(1)]作“康才”,淡笔改“康”作“痛”,其他正生本皆作“痛才”。“痛才”或即“通才”,这里校作“康哉”。康哉,语出《尚书·益稷》:“元首明哉,股肱良哉,庶事康哉。”指所辖地域太平。百里,指一县之地。

② 讼案,单角本一作“滑讼”。

③ 拔罪,超拔罪咎(特别是冤案),这里指洗刷罪名。

些不知。况这凶器，乃是苦主家厨下菜刀，这桩公案，内有舛错，还须仔细猜摩。(付上，击梆)(净门子上)何人击梆？(付)周府前来送礼。(净)启老爷，周府前来送礼。(正生)角门而进。(付)老爷在上，小人叩头。(正生)起来。进来何事？(付)周府前来送礼，有礼呈上。(净)老爷，有礼呈上。(正生)怎么，周府送礼？吓，是了，想凶手乃是周府女婿，所以前来送礼，拜托这事，依势压我的了。(付)周老爷进京去了，夫人、小姐差小人待送来的。(正生)原来母女情关，这也难怪与他。将原礼发转，对苍头说，我老爷自有公断。(净)老爷，这是金条马银。(正生)呢，你这狗头，若动一丝一毫，立时取死你这狗头。(净)原礼发转，老爷自有公断。出去。(付下)(末上)黑夜难启口，(丑上)贿赂进官衙。(末)阿哉段四，礼单收那格哉？(丑)礼单收，吃我东道。(末)你东道，茶馆店侍候。(丑)晓得。(丑下)(末击梆)(净)何人击梆？(末)王书吏要见老爷。(净)候着。老爷，王书吏要见。(正生)着他进来。(净)请进。(末)老爷在上，王书吏叩头。(正生)起来。进来何事？(末)段府送礼，礼单呈上。(净)有礼单呈上。(正生)“上达老父母台下：凶手心恶，斩宗绝祠，痛心不已，冤恨非浅。乞求老父母，将凶手苏良璧，重重治罪，一消幽冥泉下冤气，二安国法森严。些须薄敬，万勿推却。儒生段百青拜托。”吓，想一个儿子，被人伤命，况且凶手现获，少不得要公断。自有凶手偿命，反前来送礼拜托，真真可笑，可笑得紧。过来，对来人说，三千两银子，发进官衙，法堂自有公断。(末)晓得。(丑上)王先生。(末)来了。(丑)礼单收勿收？(末)礼单收者，官司行者。(丑)吃我东道。(末)来来来，吃东道。(末、丑下)(内)三千银子抬到。(净)老爷，三千两银子抬到。(正生)过来，三千银子，抬到养育堂公用。(净)老爷，三千两好受用哉呢。(正生)唔，贪污一毫，立时取死。(净)来人听着，三千银子，抬到养育堂公用。(内)有。(净)我里老爷，这边银子勿要，那边银子也勿要，官虽来得清，然后只怕讨饭归家。(净下)(正生)过来。(四手下上)有。(正生)吩咐打点升堂。(下)

第十五号

正生(沈可究)、小生(苏良璧)、丑(段四)、外(院子)、净(段百青)

(起鼓)(四手下、正生上)(引)流水鸣琴,论公案铁面森森。(白)过来,将段府一起人犯带进听审。(手下)将段府人犯一概带进。(小生、丑上)人犯在。(正生)人犯跪齐,听点。(小生、丑)候点。(正生)苦主段百青。(丑)家主有病,小人替主代审。(正生)见证段四。(丑)有。(正生)凶手苏良璧。(小生)生员。(丑)有凶器呈上。(手下)凶器呈上。(正生)凶器归库。(手下)凶器归库。(内)归库是实。(手下)有锁。(正生)去锁。苏良璧下去,段四上来。(小生下)(正生)你主被苏良璧杀死,他怎生进府来的?(丑)苏良璧看灯路途不熟,我里大爷好意留进书房喝酒,勿想苏良璧见书房里古董宝器来得多,见宝起谋,将我罗大爷一刀杀死。(正生)他既然杀了,还不逃走,睡在书房,等你们捕获么?(丑)这个……(正生)下去。(丑下)(正生)带苏良璧。(手下原白)(小生)生员。(正生)吓,好一个生员,为何将人杀死,难道不知王法的么?(小生)老父台,生员与段耀先素无识认的。(正生)你既不识认,为何到他书房饮酒呢?(小生)老父台,昨夜元宵看灯。(唱)

【梁州序】普天同庆,灯辉月明,万姓同欢升平。簇拥街衢,主仆分散无寻。(白)生员是洛阳人氏,不识路径,有段府公子有酒相邀。(唱)**说是年家留饮,黑夜三更,沉醉牙床寝**。(正生白)他既然留你书房饮酒,也是他的好意,岂肯将自己伤命,来诬害你么?(小生)老父台吓!(唱)**无踪影迹也误人命,伏乞青天断分明**。(正生白)你乃洛阳人,与段耀先并无识认,何有挟仇,一定见宝起谋,将他杀死是实。(小生)老父台,凶手总在他府内。(正生)吓,你自己杀了人,还说凶手在他府内。(小生)老父台,若说生员一时起谋,我身边那里来的凶器吓？（唱）**暗计谋，有别情。弓蛇误看杯中影**[①]**，望鉴察恩秦镜，望鉴察恩秦镜。**

（外暗上）（正生）这句也辩得是。想见宝起谋，一时何来凶器，内有人阴谋暗算，诬陷是实。下去。（小生下）（外）老爷，这场公案，段府有阴谋暗算。（正生）吓，你是什么样人？（外）小人周府家人。（正生）案上无名，敢来胡闹，掌嘴。（手下）一二三四五。（外）阿唷。（正生）打了你，容你讲。（外）老爷，只因旧岁我家夫人、小姐在观音阁了还香愿，那死鬼段耀先也在观音阁，见我家小姐十分姿色，见色起淫，即央林全得硬媒强聘。家爷不允亲事，两下角口一场。后来招赘苏姑爷为婿，家爷既则进京去了。姑爷出府看灯，那段耀先留进书房，有酒相约，本要伤我姑爷性命，这是天理昭彰，自伤其命是实。望爷爷缉访凶手到案，反坐诬谋命之罪。（正生）下去。（外下）（正生）段四。（手下）段四。（丑上）有。大老爷，段四在。（正生）段四，你故主在日，央林全得到周府硬媒强聘小姐，可是有的么？（丑）小人不知。（正生）你主叫段百青？（丑）我主人段百青。（正生）听差，我有请帖一个、火签一枝，立拘段百青，当堂有话。（二手下拿请帖、火签下）（正生）段四，家主与苏良璧，昨晚在何处遇着的？（丑）在灯棚下碰着的。（正生）他说素无识认。（丑）不想苏良璧嗻。（唱【梁州序】前段）（正生白）他进书房，可有家人同随？（丑）没有家人同随，苏良璧独个人进来勾。（正生）只有苏良璧一人，他偷窃珠宝，是那个看见的？（丑）小人见他偷出珠宝。（正生）他偷窃珠宝，被你亲眼所见，他要杀你主人，你为何不上前夺刀呢？（丑）本要夺他的刀，打点小人出门将灯亮踩灭。（唱【梁州序】中段）（正生白）这凶器，是你厨下菜刀？（丑）厨房菜刀。（正生）既是厨下菜刀，为何在苏良璧之手？（丑）他自家去拿。（正生）吓，他在街坊上，路也不认得，初到你家，就认得厨下了么？（丑）是个

---

① 此用“杯弓蛇影”之典（事见东汉应劭《风俗通义》卷九“世间多有见怪惊怖以自伤者”条，又《晋书·乐广传》），说明事情如杯中蛇影一般，系无中生有。

个……(正生)讲吓。(丑)个个……(正生)说来。(丑)是个个……(正生)唔。(科)听这二造口供,凶手却不是苏良璧。(丑)是那个?(正生)这凶手,一定是你府中的人,阴谋陷害。(唱)

【前腔】**情鉴察,案分明。凶手必定是仇人,书生害婚姻停,书生害婚姻停。**

(二手下上)段老爷请到,交还火签。(正生)请相见。(二手下)段老爷有请。(净上)有帖相邀,并钩火签。老父母在上,儒生段百青大礼参。(正生)请起。老先生,论纪纲次序,怎敢紊乱,今日执法公堂,得罪了。(净)公堂岂可造次。(正生)老先生告苏良璧夜进书房,图财谋命。苏良璧供出与故子从无识认,赚进书房,图谋诬陷。(净)书房亲捕凶手苏良璧。(正生)老先生,旧岁故子在日,央林全得到周府强媒硬聘小姐,可是有的?(净)但是这个……(正生)段四对来。(丑)老爷,做媒格句好话个。(净)启上老父母,旧岁只为求婚不允,与媒人两下角口,原是有的。(正生)这等说来,凶手不是苏良璧。(净)是那一个?(正生)凶手是你府中人,这是故子求婚不允,挟仇在心。见苏良璧,周府招赘女婿,所以赚进书房,图谋诬害。(唱)

【节节高】[①]**商约计谋害书生,昭彰天理自伤其命**。(净白)难道儒生杀了亡儿,陷害苏良璧不成?(正生)见证段四,供出凶器是你厨下菜刀。(唱)**露机关,怎招认,起亏心**。(净白)老父台,这关天人命,非比寻常,还望察访凶手到案,抵我苦子泉下之冤。(正生)本县自然察访凶手,以抵泉下之命。带苏良璧。(手下)传苏良璧。(小生上)有,老父台,生员在。(正生)苏良璧,此案与你无故,出去。(小生)谢父台,好青天,好青天。(小生下)(净)呀,老父母,周方虽则礼部,这是命案呢。(正生)难道本县趋奉周府不成么?(净)老父母想想。(正生)吓,想一想,莫非三千两银子?(净)请老父母公断。(正生)怎么,要我公断?段四。(丑)有。(正生)你是命案的见证。(丑)人命做见证。(正生)好,先将见证夹起来。(丑)咳,大老爷,喏。(净)你将凶手释放,反将见证夹讯,是何道理?

---

① 此曲牌名单角本缺题,今从推断。

（正生）住口，他是命案见证，你难道罢黜我，不许动刑？夹起来！（手下绑丑下）
（正生唱）**腾腾怒气满胸襟，阴谋诬害你见证。三木严刑你须问，铁面无私正光明。**

（白）招不招？（手下）不招。（正生）将他收。（手下）收，不招。（正生）再收。（手下）再收，又不招。（正生）收满。（手下）收满，不招。（手下绑丑上）（正生）你这狗头，府中有人谋命，你怎么诬害别人？本县本要治他教子无方，念他孤子无依。（唱）

【尾】乱胡为休评论，怎屈陷无故严刑？（白）掩门。（众下）（正生）想这桩公案，若不是本县审理，那苏良璧受罪非轻也！（唱）**拘禁囹圄苦悲哽，囹圄苦悲哽。**（下）

第十六号

净（段百青）、付（赵琪）、丑（段四）、外（钱二）

（净上）（吹）（白）可恨瘟赃，受周方之贿，将凶手释放。抚院赵琪我门生，银子送进官衙，怕他不画招也！（吹）（净下）（二旗牌、付上）职受河南，威名谁不钦羡？执法公堂重如山，凛凛威风谁敢？一声吼喝如雷电，谁敢不惊胆魂魄散？吾，河南赵琪，多蒙老师提拔，职受河南抚院之职。我上任以来，还未参拜老师。正是，赫赫威名重，纪纲谁不遵？（丑上，击梆）（外上）何事传梆？（丑）段府有帖，前来送礼，还有门包三百两。（外）候着，启大老爷，段府有帖，前来送礼。（付）段老师来了。来，开正门，请相见。（外）吓，请相见。（净上）冤气难消，哭悲受屈。（付）老师请进。（净）贤契。（付）老师在上，晚生拜揖。（净）贤契少礼。（付）老师，世兄在府可好？（净）世兄被人伤命了。（付）嗄，被人伤命了？凶手可捕？（净）凶手乃是洛阳人氏，姓苏名良璧，周方女婿呵！（唱）

【风入松】海底沉冤怎拔超，泉下亡魂悲悼。黑天冤雾迷漫罩，恁纵横、恁纵横纪纲颠倒。伏望你提案强暴，亡儿冤可消了，亡儿冤可消了。

【前腔】(付唱)**听他言来好悲伤,不由人腾腾怒恼。贪赃受贿罪难饶,受贿赂、受贿赂国法难逃**。(净白)还有三千两银送与他。(付)要他何用?(净)要他公断。(唱)**把公案如烊雪浇,花银受冤屈超,花银受冤屈超**。

(付)可恼,可恼!(唱)

【急三枪】恼得俺,冲冠怒,气难消[①]。**提凶手,到法曹**[②],**提凶手,到法曹**。(白)钱二,过来听令。(外)在。(付)我有令箭一支,去到祥符县,提苏良璧到来复审。(外)得令。(外下)(付)备得有酒,老师畅饮。(净)有劳贤卿吓!(唱)**可怜我,年又迈,绝宗祧。恨切齿,怨冲霄,恨切齿,怨冲霄**。(科,下)

第十七号

外(钱二)、末(王书吏)、正生(沈可究)、正旦(徐氏)、小生(苏良璧)、末(家人)

(二手下、外上)(唱)

【水底鱼】提案重慜,吉凶恁难定。祥符早到,须当祸事清[③]。

(白)待俺击鼓。(击鼓)(末上)呔,何人击鼓?(外)抚院令箭下。(末)大老爷有请。(正生上)(唱)

【前腔】击鼓声频,急速出公庭。何事紧急,令下听原因。

(白)何事?(末)抚院令箭下。(正生)吓,贵差。(外)贵县。(正生)到衙何事?(外)段府一起命案,如今奉大老爷之命,凶手苏良璧,见证段四,原卷口供,杀伤凶器,带到辕门,候大老爷亲审。(正生)明白了,押原犯解到辕门候审。过来,我有帖儿一个,到周府去请苏秀才,进衙有话。(末)晓得。(末下)(外)贵县苏良璧,杀人凶手,恐要逃走,你我周府立拘,心意如何?(正生)周府堂堂乡宦,有本县担代,何用立拘?(外)吓,贵县说那里话来?(唱)

---

① "气难消"三字195-3-51忆写本原无,今补。

② "法曹",195-3-51忆写本作"台下",失韵,今改正。

③ 祸事清,单角本作"还是肖",暂校改如此。

【前腔】**命案办奸，立拘怎容情？官差权重，使用要千金。**（二手下、外下）

（正生）我也明白了。（唱）

【前腔】**奸刁不认，诬在我公庭。上台首告，含冤入覆盆**[①]。（正生下）

（正旦、小生上）（同唱）

【前腔】**饯别行程，春闱赴帝京。功名到手，欢笑赴琼林。**

（正旦）一旁坐下。（小生）谢岳母，告坐了。（正旦）贤婿，差人送你进京，赴试便了。（内声）（正旦）苍头。（末上）有。（正旦）外面何事喧嚷，前去问来。（末）外面何事喧嚷？（内）祥符县公差，叫苏良璧衙内有话。（末）夫人，祥符县公差叫姑爷衙内有话。（正旦）传话出去，今日姑爷起程忙速，待等得中回来，登门叩谢。（末）公差听着，夫人有令，我家姑爷进京赴试忙速，待等得中回来，登门叩谢。（内）在府前立等。（末）夫人，他在府前立等。（正旦）贤婿，出去看来。（小生）待小婿出去看来。（二手下、外上）你可是苏良璧？（小生）是。（外）将他锁着，锁着。（外、二手下绑小生下）（末）夫人，不好了。（正旦）为何？（末）姑爷被公差拿去了。（正旦）吓，姑爷拿去了？（末）拿去了。（正）快到县前打听。（末）晓得。（正旦）不好了！（下）

第十八号

正生（沈可究）、外（钱二）、小生（苏良璧）、丑（段四）、末（王书吏）

（四手下、正生上）（唱）

【点绛唇】**铁面银牙，铁面银牙，冰心无瑕，为邦家。政事细查，不饶恕雄强霸。**

（白）本县为段府一起命案，想真凶手一定是他府中，本要察出其情，以抵泉下之命。谁想段百青，抱怨与我，在抚院衙门哭诉投告。今日提案复审，

---

① 覆盆，倒扣的盆子。因光明不入覆盆之内，故用以比喻无法挣脱的黑暗和无处申诉的冤屈。

我早知抚院赵琪，是他门生，本县岂肯畏惧与他也！（唱）

【混江龙】激得俺冲冠怒发，一任你死生早叙在官衙[①]**。耐不住胸中逗挑，耐不住清廉儒家。只俺这铁铮铮何有私曲，便将你明晃晃执法无假，执法无假。**

（外上）官宦成公案，当差可称心。贵县，凶手苏良璧立拘到案，急速点名，速解辕门，候大老爷亲审。（正生）本县理会，不必在此胡混。（外）吓，好胆大的知县。我此地不来问你，少刻辕门等你。回衙空素手，忍耐在心中。（科）（外下）（正生）带苏良璧。（手下带小生上）（手下）苏良璧有锁。（正生）去锁。（手下）去锁。（小生）呷吓，老父台吓！生员多感老父台恩德释放，今日提案，是何故也？（正生）苏秀才，本县开释了你，要察访凶手，以抵泉下之命。谁想段百青在抚院衙门提告，今日提案复审，本县考程犹可，只是你瘦怯书生，如何受得起严刑也？（小生）阿吓，老父台吓！生员宁死台下，决不向抚院衙门去的吓。（正生）吓，苏秀才，苏秀才，这是你命犯磨折，含冤缧绁也！（唱）

【油葫芦】非是俺无力智难以超拔，这纪纲怎紊乱严刑国法。也是你命乖张被人蹭蹋，只俺这官卑小难保伊家，难保伊家。（小生白）老父台吓！（唱）**闻言来魂消魄化，怯身躯、怎受得严刑酷法？这的是泼天威势，看将来前世冤家，前世冤家。**

（正生）带段四。（手下）带段四。（丑上）段四在。（正生）段四，你主在抚院衙门投告，如今提案复审，你须钳口结舌，将你夹刑之事，不可仇恨在心。（丑）小人怎敢？（正生）料你不敢。过来，将苏良璧上了锁，原卷口供、凶器，一同带往辕门。请印。（吹【过场】）（末捧印上）（正生）听爷吩咐。（众）有。（正生）今日到抚院衙门，非比寻常，要摆全副执事。（众）有。（正生）前呼后拥。

① 一任你死生早叙，单角本或作“一恁（任）他书生早坝”，“早坝”未详何义。叙，这里指录口供。《越谚》卷下《发语语助》：“盖叙刑案口供，如曰‘小的’‘你的’‘我的’‘打杀了’‘就是了’等语口吻，动笔时照此。声叙无误，谓之入调。”

(众)有。(正生)鸣锣要响。(众)有。(正生)喝道要高。(众)有。(正生)打道,往抚院衙门一走。(众)吠。(大拷)(吹【过场】)(二手下鸣锣,正生上轿,回看,丑三退,下)(吹【过场】)(二手下带小生、丑上,二手下鸣锣上,末随正生上,下)

第十九号

付(赵琪)、末(王书吏)、正生(沈可究)、小生(苏良璧)、丑(段四)

(【大开门】,吹【过场】,四手下上)(大拷)(付上)本院河南赵琪,段府一起命案,本院拿来复审也。(二手下鸣锣上,末随正生上)(正生)相烦报门。(末)报上,祥符县。(正生)沈可究。(手下)噫。(末)报上,祥符县。(正生)沈可究。(手下)噫。(正生)大人在上,卑职将口供、凶器呈上,一该人犯,拘在辕门候审。(付)凶器归库。(手下)凶器归库。(内)归库是实。(正生)卑职参。(手下)喔吠,喔吠,喔吠。(付)免。(手下)免。(付)贵县。(正生)大人。(付)段府一起命案,可是你审问?(正生)小官审问。(付)怎样问供?(正生)苏良璧与段耀先素无识认。(付)既然无识认,为何在他书房饮酒?(正生)这是赚进书房,阴谋诬害,误伤自身。(付)阴谋诬害,误伤自身,他难道自杀娇儿,陷害苏良璧不成?(正生)大人,有原招口供内,周府管家供出,旧岁夫人、小姐到观音阁了愿,死鬼段耀先,见色起谋,即央林全得到周府硬谋强聘。周府不允,两下角口,故而挟仇在心。今见苏良璧,乃是周府招赘女婿,所以赚进书房,图谋诬害,自伤其命是实。(付)挟仇在心,自伤其命,将凶手释放,见证拿来夹讯,你好铁面,一场问供。(正生)见证要他口中吐露凶手。请问大人,既然苏良璧行凶谋命,何来凶器?(付)厨下菜刀。(正生)却有来,既是段府厨下菜刀,为何在苏良璧之手?(付)咳,谁问得口供,待俺问过口供。下去。(正生)是,是。看他怎样问供?怎样问法?(正生、末下)(付)来,将人犯带上。(小生、丑上)(手下)人犯带到。(付)人犯听点。(小生、丑)候点。(付)凶手苏良璧。(小生)有。(付)见证段四。(丑)有。(付)段四,凶手敢是书房中亲捕?(丑)书房中亲捕。(付)敢是实供?(丑)实供。(付)与你无故,下去。(丑)多谢大老爷。苏良璧㕶来带打、夹,还要杀。(丑下)(付)苏良璧上来。(小生)有。(付)掌嘴。(小生)念生员……(付)杀人凶手,不许开口。(小生)阿呀,大老爷,小人与段耀先素无识认,如何行凶?(付)为何在他书房中饮酒?(小生)只为元宵出府观灯,人多失散,段耀先有酒相邀。(唱)

【天下乐】[①]**暗机谋谁识牢笼在黑夜,嗟也么呀,有仇家,恰便似金鳌钓月空中挂。倒做了卸衣**[②]**换却害儒家,望推评杯影弓蛇挂,感清廉公庭判断,翻铁案还须细察,还须细察。**

(付)来,取夹棍侍候。(手下上夹棍)(小生)阿呀,大老爷,两下既有挟仇,怎不行凶在别处?务要杀在他书房,等他们到来擒拿么?(唱)

【哪吒令】望参详细察,无情欠牵挂。有诬害仇挟,置书房那答。劝酒睡卧榻,有谁来挣达[③]**?平空的奸猾,幸清官超拔,怯身躯怎受得严刑酷法,严刑酷法?**

(付)招不招?(手下)不招。(付)收。(手下)收。(付)再收。(手下)再收。(付)收满。(手下)收满。(小生)愿招。(手下)愿招。(付)写画招上来。(小生)不好了!(唱)

【寄生草】魂魄归何处,渺渺向天涯。前生造孽弥天大,冤家夙世弄虚话,泪盈悲痛老年华,倚门闾望眼巴巴。怎知儿曲遭祸害,痛杀杀血泪潇洒,血泪潇洒。

(手下)画招呈上。(付)画招已实。来,传祥符县。(手下)传祥符县。(正生上)大人,卑职在。(付)贵县苏良璧画招已实,你这狗官,拿去看来。(正生)

---

① 【天下乐】,195-1-23、195-1-144(3)本标作【鹊踏枝】,下两支曲牌名缺题。"嗟也么呀,有冤家"实系【天下乐】词式。"望参详细察"曲为【哪吒令】无疑,"魂魄归何处"曲当为【寄生草】,今补题。

② 倒做了卸衣,195-1-125本作"难道是洗红",俱费解。

③ 挣达,"达"原类化作"挞",同"撑达",详见《铁冠图·乱宫》【一江风】第五支"直恁无争达"注。"有谁来挣达"谓有谁能从沉睡中摆脱醉意,挣扎起来杀人呢。

大人，风宪执法，若非严刑拷打，苏良璧怎肯画招？(付)呢，本县枉断与他？(正生)吓，若不枉断，九泉之下，枉死城中，也无冤魂了。(付)本院达部要参。(正生笑)不劳大人费心，卑职早带印信，情愿交还，归家务农。(付)本院参你不得？(正生)吓，知县不做，进士还在。(付)扯出辕门。(正生)咳！(科，下)(付)来，将苏良璧上锁，带去收监。掩门。(付唱【尾】)(下)

第二十号

正旦(徐氏)、小旦(周素娥)、外(院子)、小生(家人周恩)

(正旦、小旦上)(同唱)

【傍妆台】[①]**望凝眸，事难展转好心愁。感得恩官分清浊，祸退灾消转门楼。因甚的风波起，顿令人难猜透。这穷究，你是个儒生旧，似这般胆战心惊容憔瘦。**

(外上)东君遭大难，祸事及临身。夫人、小姐，不好了！(正旦、小旦)为何？(外)那抚院不容姑爷分辩，夹了一棒，下在监中。(正旦、小旦)怎么，下在监中了？阿呀，不好了！(同唱)

【江头金桂】唬得人魂散魄游，提起来盈盈泪流。你是个瘦怯书生，容颜憔瘦，那禁得配枷锁杻？倒做了旧岁刑囚，旧岁刑囚。冤屈何诉，罪难消受，冤屈何诉，罪难消受，望不见囹圄泪珠流。(外白)那祥符知县，释放姑爷无罪，抚院赵琪，是段百青的门生，翻案重提。(唱)**暗中计谋，暗中计谋，公案之中早自剖**[②]**。我的好痛伤，真个红炉来锻炼**[③]**，镂骨焚身去熬就**[④]**，镂骨焚身去熬就。**

(小旦)阿吓，苏郎吓！(唱)

---

① 此曲牌名单角本缺题，今从推断。

② 自剖，外本作“急配”，据文义改。

③ 红炉来锻炼，外本作“红户来断烂”，据文义改。

④ 就，外本作“尖(煎)”，据文义改。

【斗黑麻】香闺弱质，听言来魂飞九州[①]**。惨伤腹肠，哭得肝肠泪珠流**。(白)母亲吓，苏郎下在牢中，不能出狱，如何是好？(正旦)儿吓，为娘写书，报与你父亲知道。(小旦)母亲吓，洛阳也要差人去的。(正旦)儿吓，你婆婆年迈，见了此书，叫他如何伤心得过也？(小旦)母亲吓，苏郎下在监中，爹爹不能相救与他，母女又不能探望，没有亲人觌面，叫他如何悲苦得过吓！(唱)**身僝僽，命难留，百计千谋，含冤苦不休**。(正旦白)待我写起书来。(小旦)家丁快来。(小生上)(唱)**蓦听传呼，中堂问候**。(白)小人叩头。(正旦)起来。(小生)夫人，有何吩咐？(正旦)有书信，速去。(小生)吓。(小生下)(正旦、小旦唱)**速去荒丘，速去荒丘，母和女衷肠诉剖**。(下)

第二十一号

末(王书吏)、正生(沈可究)

(末随正生上)(正生唱)

【缕缕金】权衡重，气难平。弃职有何碍，进帝京。(白)可笑，可笑赵琪不思君恩厚禄，受了段百青之贿赂，翻案重提，参我情审不实。为此当场交印，出得衙来，打发家小先归故里，星夜赶进京都，猛拚头颅血溅，击鼓登闻。(唱)**书生遭凌辱，受屈无垠。贪饕暴虐有赖行，民冤何处伸？**(下)

第二十二号

小旦(周素娥)、花旦(丫环)、正旦(徐氏)、老旦(苏母)

(内哭)阿吓！噫吓，苏郎吓！(小旦上)(唱)

【佚名】好郎君命蹇折挫，止不住盈盈泪雨婆娑。他为功名事磨，途路中受奔波。风雪中染病坎坷，老爹行慈心救他，等荣归琴瑟调和，琴瑟调和。

---

① “香闺”至“九州”，单角本作“听言来魂飞九州，香闺弱质”，今乙正。

(白)周氏素娥,你好生得命苦也!(唱)

【佚名】红颜命薄,哭哀哀、受尽多磨。只将这妆台倚靠晕晕闷坐,又何来、别无计措。心思忖空劳无计措,好叫我说不出愁眉双锁,愁眉双锁。

(花旦丫环上)小姐,苏老安人到了。(小旦)呀!(唱)

【佚名】忽听得进庭左,含羞满面怎见他,伤心哭泣泪婆娑。(内白)亲母请。(正旦、老旦上)(同唱)**携手相邀进门台,声声哭泣泪婆娑。**(正旦白)儿吓,拜见婆婆。(小旦)婆婆,媳妇万福。(同白)呀!(同唱)**乍见亲谊有规模,止不住盈盈血泪,望不见囹圄何所,囹圄何所。**

(正旦)见礼,请坐。(老旦)亲母,小儿在你府上攻书,此事因何而起?(正旦)亲母,只为元宵观灯而起呵!(唱)

【佚名】仔细察摩观灯祸,假请酒起风波,黑夜私行不知祸。(老旦白)元宵观灯,为何在他家饮酒?(正旦)灯棚下路径不熟,遇着段耀先,留进书房,有酒相请。(唱)**书房毒害伤刀锋,**(老旦白)送到公堂,知县怎样审问?(正旦)好一个清廉知县,释放贤婿无罪。(唱)**凶恶河南翻案重,国法严刑不虚讹。**(老旦白)翻案重提,却是为何?(正旦)不想河南赵琪,乃是段百青门生呵!(唱)**恼恨他贪赃受贿,只看来难脱牢笼。**

(老旦)亲母吓,我去到监中探望小儿,心意如何?(正旦)那有不容?丫环,快快打轿子上来。(正旦、小旦、老旦同唱)

【佚名】意悬悬魂魄丢,恨深深不察摩。严刑究拷罪反坐,怎不叫人心酸痛?恨杀奸刁怒凶恶,细思之快步来折挫。凝望着郎君一面,投御状何处两逢,何处两逢?(老旦下)

【尾】(正旦、小旦唱)**急着他双眉紧锁,恨深深不察摩。凝望着寡母孤儿,一见了伤心悲痛,伤心悲痛。**(科,下)

第二十三号

末(孙小三)、小生(苏良璧)、花旦(孙小三女)、丑(家人)、老旦(苏母)

(末上)十恶难招认,判决难分明。小老孙小三,苏良璧落在我监里,口口声声叫冤枉,叫他出来,问过明白。苏良璧走带出来。(内)吓!阿呀,皇天吓!(小生哭上)(唱)

【哭相思】天不念寒窗苦守,天不察冤屈怎受?(白)大叔,叫我出来何事?(末)叫你出来,非为别事。在我监中,口叫冤枉,谁人冤枉你过?(小生)大叔,苏良璧实是冤枉的。(末)实是冤枉的。可要热汤水?(小生)那里有?(末)小囡。(内)嗳。(末)若有热汤水,取一杯出来。(内)晓得。(花旦上)(唱)**事参差母丧幽冥,侍膝前随父禁守**。

(末)拿得来,我扶。(小生)多谢大叔。吓!阿呀,娘吓!(唱)

【小桃红】前生孽灾,前生孽灾,冤家怎能解?无言分诉,感恩官堪怜我穷骸。不提防翻案重罪,这是我命遭分身,这是我命里早安排。阿吓,亲娘吓!**你是个年老无依,怎知儿受尽了苦哀哉,受尽了苦哀哉**。

【前腔】(花旦唱)**他是个儒门形骸,容颜多气概。彬彬文质,思亲悲痛伤怀**。(白)爹爹,苏公子这般光景,如何是好?(末)阿囡,苏公子可怜,王法个样重,有啥个办法好想?(花旦)爹爹吓!(唱)**顿令人盈盈泪腮,可怜他青春年少,可怜他受尽飞灾。望爹爹慈悲一线,宽枷杻胜似去修斋,胜似去修斋**。

(丑家人随老旦上)(老旦)冤屈无门诉,无故害良民。(丑)苏老安人,监门到哉。(老旦)通报。(丑)里面大叔。(末)外面那一个?(丑)苏老安人来探望。这十两银子,送拨大伯买茶吃。(末)苏老安人请进。(丑)老夫人叫你进去。(老旦)回避。(丑下)(老旦)我儿在那里?(末)咳,不可高声。苏公子,呃娘来探望呃哉。(老旦)我儿在那里?(小生)母亲在那里?阿呀!(同唱)

【山麻秸】[①]**乍见多狼狈，盈盈血泪腮。今日重会面，母子无依赖。阿呀，伤怀！愁眉展不开。带锁披枷，形容尽改，形容尽改。**

（小生）母亲吓，你那里知道孩儿在监么？（老旦）儿吓，为娘那知你下在监中，你岳母、妻子有信到来。（小生）阿呀，娘吓！（唱）

【忆多娇】亲年迈，耳又衰，怯怯虚虚悲又来，寡母孤儿谁担代。慢自疑猜，慢自疑猜，这冤屈尽诉明白。

【前腔】（同唱）**天已暮，日已歪，又听雌鸟唤子归，早难道娘儿不瞅睬。慢自疑猜，慢自疑猜，这冤屈尽诉明白。**

【尾】奈何天天不察，怎忍得两地分开？铁石人闻肝肠碎，无言凄凉哭悲哀。

（小生）阿呀，母亲吓！（小生下）（老旦）儿吓，儿吓！大姐请转，大姐请转。（花旦）苏老安人有何言？（老旦）大姐，我小儿下在你监中，万望大姐看顾。（花旦）苏老安人且是放心，你令郎下在我监中，有我父女侍奉，且是放心。（老旦）有劳大姐。儿吓！（哭下）

第二十四号

外（周方）、小生（家人周恩）、正生（书吏）

（外上）（白）进京多受命，雁塔题名，当尽臣职。（白）老夫周方，进京都见驾，圣恩隆重，升迁入内，春闱监场，主试天下举子纷纷。我女婿苏良璧，未知可进京都否？愿他金榜题名，遂我心愿也。（小生上）不辞关山远，何惧水宿餐风。来此礼部衙门，那一位在？（正生书吏上）是那个？（小生）请问老爷可在，夫人有书，周恩要见老爷。（正生）请少待。启老爷，外面周恩要见。（外）命他进来。（正生）老爷命你进去。（正生下）（小生）老爷在上，周恩叩头。（外）起来。周恩，你敢是服侍姑爷进京来了？（小生）姑爷不进京赴选，犯下命案，下在祥

① 此曲牌名及下文【忆多娇】，单角本缺题，今从推断。

符县监中了。(外)什么命案,下在监中?(小生)为元宵看灯。(唱)

【(昆腔)**东瓯令**】**新年灯,庆月皎,赏玩街衢闹元宵。主仆失散事蹊跷,奸徒多凶暴**。(外白)那一个凶暴?(小生)就是旧岁来做媒的段府公子,名曰段耀先。求婚挟仇,黑夜赚姑爷进府,将酒灌醉,要害姑爷性命,谁想自伤其命。(外)那个自伤其命?(小生)就是段耀先,杀伤书房,众家奴将姑爷送祥符县。(唱)**感得恩官拔罪超**,(外白)好一个知县,释放姑爷无罪,翻案重提,却是为何?(小生)段百青门生,乃是河南抚院赵琪,翻案重提。(唱)**问罪在监牢**。

(外)夫人差你,到来何事?(小生)有书呈上。(外)里面酒饭。(小生下)(外)呀!(吹)(白)是了,待我到刑部衙门一走。来,打轿,刑部衙门一走。(吹)(下)

第二十五号

净(程国恩)、小生(河南经承)

(【大开门】)(吹)(四手下、净上)(唱)

【北剔银灯】[①]**皇皇钦命奉天差,判决森森刑台。任你奸猾谁担代,犯着这笔下无改。真个是铁面森罗,胜似那天关臣玉殿开,天关臣玉殿开**。

(念)公案积德恶奸凶,十恶滔滔罪不同,怒气满胸。(白)老夫,刑部大堂程国恩。冰心铁面,执法无私。今乃秋后冬初,出生入死。左右。(手下)有。(净)与我发文者。(唱)

【前腔】犯法违条恶狼才,犯吾手休想生哉。仇谋旧恨不宁耐,今日里一命应该[②]。(旗牌上)报,江南经承,江南经承。(净)江南经承。(唱)**出皇城星飞速快,干系重休迟挨,干系重休迟挨**。(旗牌下)

【前腔】(净唱)**奸谋毒夫心凶态,令人见怒满胸怀。铁案禁忌为酒色,犯凌迟**

---

① 此曲牌名单角本缺题,《双狮图》第二十五号叠用四支【北剔银灯】,本出词式和用法与之相同,据校补。

② 应该,单角本作"抵挡",据 195-3-51 忆写本改。

千刀无碍。(旗牌上)报,江西经承,江西经承。(净)江西经承。(唱)**出皇城电奔星飞,奸谋罪愆法台,奸谋罪愆法台**。(旗牌下)

【前腔】(净唱)**劫抢盗贼伤孤害,途路里强横为财。全不知王章三法,你可也后悔迟哉**。(旗牌上)报,山东经承,山东经承。(净)山东经承。(唱)**一纸儿勾消**[①]**魂魄,犯萧何伊不对,犯萧何伊不对**。(旗牌下)

【前腔】(净唱)**黑夜行凶冤郎才,翻铁案重提十恶哉。巍巍国法怎移改,说什么宦族门楣**。(小生旗牌上)报,河南经承,河南经承。(净)河南经承。(唱)**奇谋只道又难猜,总有日报章败,总有日报章败**。(小生下)

(净)左右。(手下)有。(净唱)

【前腔】判决分明犯由牌,赴市曹身首两开。钢刀血染伤怀,渺渺魂灵今何在?一笔儿无更无改,俺是个听天命奉钦差,听天命奉钦差。(下)

第二十六号

末(王书吏)、正生(沈可究)、付(家将)、净(程国恩)、
外(周方)、小生(河南经承)、丑(千里马)

(末随正生上)(正生唱)

【新水令】俺本是耿耿丹心一英豪,虽则是官卑职小。牧民无私曲,清贫乐道遥。贪受贪饕,受君恩一味虚造,一味虚造。

(白)我沈可究,为了苏良璧参职,因此到京见过老师程国恩。他是刑部大堂,虽则命案,必有超拔。只恐赵琪做下事情,俺愿死九泉,也得含笑也!(唱)

【步步娇】一片冰心雄怀抱,何惧虎狼豹。公案分清浊,执法无私,息刑冤超。他倚着势力高,我残躯猛拚云阳道,猛拚云阳道。

(末)来此已是。(正生)小心投帖。(末)门上那一位在?(付家将上)是那一

---

① 勾消,同"勾销"。

个?(末)沈老爷进京来了。(付)请少待。大老爷有请。(净上)公案分清浊,笔下善恶分。何事?(付)沈老爷进京来了。(净)他在祥符县,不知为着何事?命他自进。(付)大老爷叫他进来。(付下)(正生)回避。(末下)(正生)恩师请上,门生大礼参。(净)贤契少礼,请坐。(正生)谢老师,告坐了。(净)你在祥符县,任还未满,进京何事?(正生)老师不要说起,门生为一起命案,抚院提审,道门生情审不实,参职了。(净)为那起命案?(正生)为户部主事段百青,有子耀先,为求婚不允,挟仇在心。(净)那一家?(正生)现任礼部大堂周方女婿,洛阳人氏,姓苏名良璧,是个饱学秀才。(唱)

【折桂令】因谋害庆赏元宵,赚进书房,儒生祸招。夜三更妆成圈套,醉卧牙床,举起钢刀。(净白)那段耀先相杀苏良璧?(正生)谁知伤命,不是苏良璧。(净)是那个?(正生唱)**暗中谋自有舛错,绝命耀先诬陷儿曹**。(净白)苏良璧夺刀将段耀先伤命了?(正生)老师,那公案原要这等问法,怎奈见证又是段府家人,名叫段四,他供出凶器是他厨下菜刀。(唱)**这的是昭彰天理诬陷命抛,仇恨难消。眼睁睁屈害无伸,特来问萧何律条,萧何律条**。

(净)还有什么萧何律条?(正生)这起公案,内有情弊。(净)还有什么情弊?(正生)想那段百青一个儿子被人杀死,凶手书房亲获,送到公堂,只要凶手抵命。既无私曲,怎肯送三千银子与门生。(净)有三千银子送与贤契?(正生)门生故而起疑,将三千银子发到养育堂公用。(净)对,理该要公用。(正生)凶手不是苏良璧。(净)不是他,那一个?(正生)一定是段府家奴,因此门生将苏良璧释放了。(净)唔,这伤公案不是这样审问。凶手未有着落,不该将苏良璧释放。(唱)

【江儿水】暗计来访,命案非轻小。仔细察摩密悄悄,铁案公庭法不饶,出生入死权掌握。(正生白)老师,这起命案,抚院赵琪,可有详文上来么?(净)有一起见宝起谋,早早发出皇城去了。(正生)阿吓!(唱)**听说心惊战,好叫人措**

手无聊[①]**，措手无聊**。

（付上）周老爷驾到。（净）周年兄来了，为此而来，请相见。（付）周老爷请相见。（外上）东床招屈陷，特来问大人。（净）年兄请进。（外）年兄。（净）请坐。（外）年兄，弟舍下有一起命案，特来请教年兄。（净）年兄未到，弟早已知道。（外）吓，详文达部了么？（净）详文早已发出皇城去了。（外）你是祥符县下？（净）见了周大人。（正生）周大人。（净）为令婿一案，抚院将他参职。（外）为我家之事，将你前程参职了？（正生）大人，前程犹可，这公案大有不平。（唱）

【雁儿落】非是俺铁铮铮执性拗，他那里怒轰轰上台告。可怜他瘦怯书生无门诉，怎受得国法拷[②]**？**（外唱）呀！**堪羡你貌堂堂，小书生受灾殃**[③]。年兄！**赵琪受贿赂，沉冤顿足捶**。（净唱）**休焦，命案我能保；休恼，冤屈我拔超，冤屈我拔超**。

（白）过来，传河南经承走动。（付）大老爷叫河南经承走动。（内）来也！（小生上）（唱）

【侥侥令】经承河南道，闻听进衙曹。（白）河南经承叩头。（净）河南经承，祥符县一起公案，可曾发出？（小生）老爷，斩决公文发出，投递去了。（唱）**星飞电速关河杳，不辞洛道遥**。

【收江南】（正生唱）**呀！早难道这般迟来呵，投梭的去路遥。公文已决案已销，捶胸顿足事怎料**。（白）老师！（正生、外同唱）**望伊家救捞，望伊家救捞，免得个孤魂西市去渺渺，孤魂西市去渺渺**。

（净）过来，传千里马走动。（付）大老爷传千里马。（丑千里马上）千里马在。（净唱）

【园林好】职刑台当权不小，提命案、复审重挑。临刑事囚刑冤剖，须陈奏冤拔超，须陈奏冤拔超。

（白）千里马，听爷吩咐。（唱）

---

① 无聊，无可奈何。

② 此句单角本一作“受不起王法重重律法条”。

③ 殃，单角本作“恙（样）”，或当作“殀（夭）”。

【沽美酒】行文的是紧要，迅速赶、休辞劳，龙行风送顺水潮。不顾着关河迢迢，你须恨时及早。不日里千金赏犒，千金赏犒。（净、正生同唱）**俺呵！一桩桩情剖冤剖，启奏当朝。呀！这公案一一承挑，一一承挑。**

【尾】丹墀独奏钦命诏，祥符县官卑职小。除强灭暴定铁案，超冤拔罪案可销，拔罪案可销。（下）

第二十七号

末（王太）、净（程国恩）、正生（沈可究）

（末上）君起早，臣起早，来到朝房天未晓。长安多少富豪家，服侍君王同到老。咱家，王太，今当早朝时分，恐有文武大臣奏朝。万岁还未临殿，在朝房侍候。呷吓，道言未尽，奏事官来也。（末下）（净上）公案分难磨，特来奏圣知。臣刑部大堂程国恩见驾，愿吾皇万岁。（末内）程卿有何本奏？奏来。（净）启奏万岁，抚院赵琪，将沈可究前程参职，前来奏知万岁。（吹）（末内）程卿平身。沈可究进御道。（净）万岁有旨，沈可究进御道。（内）领旨。（正生上）趋步朝门上，御道奏明君。臣草莽臣沈可究见驾，愿吾皇万岁。（末内）沈可究，河南赵琪将你前程参职之事，一一奏来。（正生）臣启万岁，户部主事段百青，有子耀先，为求婚不遂。（唱）

【（昆腔）**佚名】现任周方在朝堂，有佳婿婚定洛阳，苏良璧儒业黉墙。**（白）段耀先挟仇苏良璧。（唱）**是元宵赚良，黑夜杀伤，命图谋别有锋芒。**（白）段百青有三千银子送进官衙，要微臣屈害苏良璧。（唱）**狐疑事凶手察访，又谁知平地起风浪。书生遭陷屈，参职小琴堂。**（末上）旨下，沈可究有本奏道，河南赵琪贪赃受贿，沈可究前程参职。程卿保举，沈可究复职祥符县，封为钦差，在城隍庙两下复审，莫负朕命。钦哉。（正生）万岁。（末下）（正生）多谢老师保奏。（净）贤契，你星夜出京。（吹）（正生白）门生星夜出京，去到祥符县。（唱）**将公案来参访，铁胆无私正纪纲。**（科，下）

第二十八号

正生（沈可究）

（二手下持灯引正生上）（正生唱）

【（昆腔）**六幺令】**[1]**离却京华，路津关河叠。纷纷行不知昼和夜。**（白）下官沈可究，奉命钦差，复任祥符县，在城隍庙复审。左右，紧紧趱上！（唱）**休辞劳，莫嗟呀，一程行过两步跨，一程行过两步跨。**（下）

第二十九号

末（孙小三）、花旦（孙小三女）、老旦（苏母）、丑（千里马）、
付（赵琪）、小生（苏良璧）、正生（沈可究）

（末上）（唱）

【佚名】堪叹病重，怎忍他性命厌冲。不住的鲜血吐冒，不久夭亡生悲痛。（白）我倪[2]祥符县孙小三便是，苏良璧在我监里，我父女好生看他，不想犯了这等恶病，口吐鲜红，叫我如何是好也？（唱）**谁叫今生在监中，看来一命将身送，泪雨浓浓。**（花旦上）（唱）**见了你泪落心胸，瘦怯身躯，愁忧万种。**（末唱）**听声悲泣，我女娇容。**（花旦白）爹爹，苏公子口吐鲜红，如何是好？（末）小儿吓，你我服侍的，是周大老爷招赘的女婿。（唱）**绣阁娇容，耽搁婚姻，绣房悲痛。看将来命运无常，男女相思风无功。**（花旦唱）**一重来了又一重，三番两次遭磨弄。命犯孤穷，盈盈泪腮，难诉情衷。**

（老旦上）里面大叔。（末）那一个？苏老安人请进。（老旦）阿吓，儿吓！（花旦）苏老安人，苏公子口吐鲜红，如何是好？（老旦）多蒙你父女照料，来世犬马报

---

① 此曲单角本或唱调腔。

② 倪，单角本作“你”，今改作“倪”。我倪，方言，我们，有时亦表示单数，我。

偿。阿吓,天吓!我儿若能死里逃生,定不忘大姐恩德。(花旦)吓!(唱)

【佚名】含羞满面脸桃红,千金绣阁多情重。(二手下、付上)将苏良璧绑上。(二剑子手绑小生上)(小生)大姐吓!(唱)**多感你父女仁慈,结草衔环难报恩宠**。(二剑子手绑小生下,末、花旦、老旦哭,下)

(丑千里马上)千里马来。(丑下)(二手下、正生上)走!(科)(二手下、正生下)(二手下、付上)(击鼓,二剑子手绑小生上)(小生唱)

【佚名】宁甘泉下,暮景桑榆,送过白发。无依无靠亦无家,前孽造莫怨他。轰天炮响,头颅滚下。

(付)时辰可正?(手下)时辰已正。(付)将苏良璧开刀。(内)千里马来也!(丑上)交令。(丑下,付下,二剑子手带小生下)(手下背小生上)(小生唱)

【前腔】魂在天涯,渺渺茫茫,随风飘化。行感厚德配天大,谢天天不差。护佑寒家,办炷名香。(科,下)

第三十号①

末(王书吏)、正生(沈可究)、付(赵琪)、外(钱二)、小生(苏良璧)、丑(段四)

(**【大开门】**)(四手下、末、正生上)(正生唱)

【一枝花】气冲冲号青天,铁铮铮执法森严。堪笑他堂堂重任封疆宪,冤可伸天可鉴,冤可伸天可鉴。

(诗)儒冠今日笑呵呵,一点灵心不虚讹。安良除暴心所欲,翻案重提可消磨。(白)下官,沈可究,奉命钦差,复任祥符县,会审挟仇命案。今日在城隍庙,与那赵琪两下会审。尔等过来,听爷吩咐。(手下)有。(正生)少刻问供之际,老爷叫你们打只管打。(手下)有。(正生)叫你们夹只管夹。(手下)

---

① 本出用曲疑系【一枝花九转】套,类似于《双狮图》第四十三号的【一枝花九转】,惜单角本仅标有首曲【一枝花】的曲牌名。不过从词式来看,本出部分曲牌则与【端正好】套略似。另据 195-1-143(3)外本,本出之前还有一段赵琪会见段四,就复审之事面授机宜的情节,因缺付、丑本且 195-3-51 忆写本无相应内容,故不可补。

有。(正生)不要惧怕抚院牙爪。(唱)

【佚名】**只俺这奉钦差威泼天,掌刑曹是我案前。今日个轻轻揭起覆盆冤,必须要杀却那刁奸。非是俺行乔慢将人轻贱,只问他受贪饕把无辜来屈陷,恁可也一旦枉然,一旦枉然。**

(内)抚院大老爷到。(正生)起乐。(吹【过场】)(付、外上)(正生)大人,论纪纲次序,怎敢紊乱?今日执法公堂,要得罪了。(付)你不过奉旨钦差。(正生)这个何消说得。(付)看公案。(正生)请。书吏。(末)有。(正生)众人犯。(小生、丑上)(手下)人犯带上,有锁。(正生)去锁。(手下)去锁。(正生)听点。(小生、丑)候点。(正生)苏良璧。(小生)有。(正生)见证段四。(丑)有。(正生)请大人问供。(付)请大人执断。(正生)有占了。段四下去。(丑下)(正生)苏良璧上来。(小生)大老爷。(正生)好吓,本县念你饱学秀才,开释了你的罪名。吓,你怎么又到抚院衙门,去翻案画招么?(小生)呵呀,老父台吓!(唱)

【佚名】**乍见了不容人来分辩,一味的酷法拷受刑宪。三木下魂飞九天,怎禁得凶暴齐来如雷电。**(正生笑)你虽则受刑不起,何苦害那知县参职,可见你是个读书之人么?抚院大人他不问口供,就将你夹讯了么?(小生)生员怎敢谎言,抚院大人在此,当面可以质对的。(付)钦差大人,封疆大人,岂肯与你质对?钱二,与我扯下打。(正生)谁敢?今日当权执法动刑,在我掌握,谁敢动手?苏良璧,你怎样画招,只管大胆讲上。(小生)老父台!(唱)**这刑儿兀的不痛杀人也么哥,兀的不、苦杀人也么哥。**(正生白)这样极刑,你如何受得起?(小生)老父台!(唱)**这冤屈怎向幽冥诉告森罗殿,诉告森罗殿。**

(正生)怪你不得,画招,下去。(小生下)(正生)带段四。(手下)带段四。(手下带丑上)(手下)在这里。(丑)钱二,头一场呾老爷审过者,个歇时光,拨我老爷审哉?(手下)呾老爷糊里糊涂审勿清。(正生)段四。(丑)有。(正生)你主怎的不到案?(丑)阿哉大老爷,前者替主代审,今日子替主复审。(正生)好,本县正要问你。你主被杀,凶手现获,我老爷公断,自有凶手抵命。何得你主送银子三千与知县，这是那个主意？(丑)大老爷，小人主意。(正生)吓，这银子，是你送进来的吓？(丑)是我送个，但勿知啥人收个。(正生)是么，那个呢？原是知县不好，得了你主三千两银子，反将凶手释放，见证入罪，所以你主投告抚院，竟将凶手入罪，知县参职，可消了你主人之气了吓？(丑)阿哉大老爷，抚院大人将我释放，将凶手定罪，故而抵我主人之冤格。(正生)抚院大老爷，出力办事，你家爷送抚院大人，有多少银子？(外咳嗽)(正生)讲！(丑)是个。(正生)掌嘴。有多少银子，讲来！(丑)个个一个小铜钱没有。(正生)夹起来。(科)(手下押丑下)(正生)好狗头也！(唱)

【佚名】案儿下滥刑一片，有谁敢来阻间①**？俺今日奉钦差非等闲，休轻觑官卑小牧民知县，牧民知县。**

(白)招不招？(手下)不招。(正生)将他收。(手下)收。(正生)再收。(手下)再收。(丑)招。(手下)招。(正生)收满，松了夹棍。(手下带丑上)(正生)多少银子？(丑)阿唷，脚骨断哉。(手下)快点话得来。(丑)五千两有过。(正生)银子送进官衙，是谁人过付的呢？(丑)啥人过付？喏，个位二爷过付。(外)段四，诬攀封疆大人，难道不要脑袋的？(丑)啥个脑袋勿脑，呾门包也有三百两东。(手下)他门包有三百两。(正生)他叫什么名字？(外)名叫钱二。(手下)老爷，他名叫钱二爷。(正生)钱二，见了本县，为何不下跪？(外)我又不犯法。(正生)银子送进官衙，是你过付，也是犯法之人。来，扯下去打。(外)住了。你不过小小知县，敢打我二爷不成？(正生)咳，大胆狗头，可晓知县头上，有"钦差"二字。打！(外)你打，你打。(付)且慢。这场事情，不得……(手下)一十、二十、三十、四十。(正生)有多少银子，供来。(外)有什

---

① 阻间，195-1-133(1)本作"阻闲"，光绪十七年(1891)"潘永理记"正生本(195-1-13)和《双狮图》等末、正生本[195-1-144(1)]作"祖浅"。按，"祖浅"当为"阻间"的音误。阻间(jiàn)，义同"间阻"，阻隔，引申为阻碍，阻拦。此二句意为即便公案之下广施刑罚，也没有人敢来阻拦。

么银子？(正生)段四，钱二说没有银子，为何诬攀与他？(丑)我明明交代拨其五千两。(正生)过来，二人并夹起来。(付)且慢。这场事情，不得冤枉，不得冤枉。(正生)却有来，你前者不容苏良璧分辩，严刑画招，难道不是冤枉么？将他夹起来。(手下夹外)(正生唱)

【佚名】**堪笑你不容人来分辩，瘦怯书生受尽熬煎。今日个三木下心惊又胆战**。(白)招不招？(手下)不招。(正生)收。(手下)收。(正生)再收。(手下)再收。(正生)收满。(手下)收满。(外)愿招。(手下)愿招。(正生)松夹。(手下)松夹。(正生)讲来。(外)五千两是有的。(正生)门包？(丑)钱二爷，快点话上去。(外)三百两也是有的。(正生)钱二供出你受那段百青五千两银子，以将苏良璧入罪。(唱)**有何颜，枉受了天恩厚禄作等闲，天恩厚禄作等闲**。(白)上了刑具，带去收监。(手下绑外下)(正生)段四，本县都察访明白，赚苏良璧进府是你，见证是你，杀人凶手也是你。(丑)阿哉大大大老爷，小人杀鸡杀勿来，那里会杀人？(正生)那段耀先，在此问你讨命。(丑)阿哉大爷，吪勿会杀，叫我代杀，我是个将其一刀。(手下)是他杀个。(正生)写画招上来。(丑)是我杀之者，还要我罗写画招勾？(手下)要写个。(丑)阿哉大爷，吪想周府里小姐做老婆，要谋苏良璧。苏良璧倒勿死，吪倒死得上前，看来我段四也要跟吪同台去哉嚯。(唱)**瞒不过湛湛青天，看将来善恶昭天，善恶昭天**。

(手下)画招呈上。(正生)画招已实，传苏良璧。(手下)传苏良璧。(正生)大人，若非城隍庙会审，苏良璧怎能出狱？死鬼段耀先怎能消冤？带苏良璧。(小生上)有，苏良璧在。(正生)却受苦了。这场公案，凶手已实，还你头巾，好生回去。(小生)生员多感老父台再释之恩。请上，待苏良璧叩谢。(唱)

【佚名】**深深叩拜在厅前，冤祸消得见青天。堪恨那贪饕受贿赂罪非浅，少不得扭解君前，可不道羞杀你风宪**①**，羞杀你风宪**。(小生下)

---

① 古代御史因负纠察百官之职，被称为风宪官；风宪又泛指各类监察、司法部门。明清时各省设督抚，总揽军政、监察、司法，故剧中指称巡抚(抚院)赵琪为风宪。

(正生)过来,将他绑起来。(付)且慢。这场公案,本院还要复审。(正生)住口。供案明白,复审什么?还想贿赂么?绑起来!(唱)

【佚名】**便将你身赴法场边,犯由牌插在肩**。**只听得轰声雷炮连天,便将你赴云阳头颅血溅**。(白)好一个封疆大人,好一个爱军爱民抚院!(唱)**把纪纲倒颠,枉执法来胡言**[①]。**害书生拘禁囹圄坐井观天,进京都奏你个受贿贪饕罪非浅,受贿贪饕罪非浅**。(下)

第三十一号

写苏良璧归家,告诉母亲、岳母三审情形,再次辞亲赴试。

第三十二号

苏良璧考试。

第三十三号[②]

正生(圣旨官)、付(赵琪)

(内)圣旨下。(正生上)旨下,跪,听读:抚院赵琪,不思君恩厚禄,受贿虐刑[③],圣心大怒,即命沈可究拿下,发配充军,永不起官。钦哉。带了去。(打【水底鱼】)(下)

---

① 此句 195-1-13、195-1-144(1)本作“紊乱了国法难言”,今从 195-1-133(1)本。此下 195-1-133(1)本尚有“豁军粮可也来迟闲”一句,恐有脱误,暂录于此。

② 由于缺乏付本,仅录出正生部分。

③ “刑”字单角本脱,据文义补。

第三十四号[①]

外(周方)、小生(苏良璧)、老旦(苏母)、正旦(徐氏)、小旦(周素娥)、正生(沈可究)、末(孙小三)、花旦(孙小三女)

(外、小生上)(同唱)

【(昆腔)**粉孩儿】嚷嚷的闹街衢荣归显,耀门庭阀阅,增辉堪羡。高车驷马官第仙,封诰五花婵娟。双璧合昼锦堂前,拜花烛夫妻荣显**。(众上,下)

(末上)苏公子进京,中头名状元,报阿囡知道罢哉。阿囡快来!(花旦上)爹爹何事?(末)叫你出来,非为别事,苏公子到京,得中头名状元。(花旦)苏公子得中头名状元了,谢天谢地。(末)呸,终身出这。(花旦)咳吓,爹爹吓!(吹)(末白)阿囡不必啼哭,亲事是你修来东。背得来,送你上门去。(末、花旦下)(外、小生、老旦、正旦、小旦上)(同唱)

【(昆腔)**越恁好】灯彩色鲜,华堂花烛现**[②]。**三星宝缘,金麟喷香烟**。

(末、花旦上)(花旦)苏公子在我监中,父女何等看待与你。今日得中头名状元,将我终身抛撇,你好没幸也!(吹)(外白)老丈,令爱与我女儿同拜花烛,心意如何?点起龙凤花灯。(拜堂)一家团圆,拜谢皇恩。(下)

---

① 由于缺乏老旦、正旦本,正生本删略此出,末本不全,因而仅校录一部分。本出【粉孩儿】【越恁好】据195-1-125小生本校录。该本标有蚓号,但195-1-143(3)外本、195-1-23小生本、195-1-79花旦本等均只题写“上吹”或“吹”,则唱昆腔,今从之。其中,在外、小生上场同唱【粉孩儿】后,小生拜见母亲,拜谢沈可究搭救之恩,并回忆沉冤昭雪之事,众人同上酒席。

② 现,单角本作“献”,今改正。或当进一步校作“焰”,焰、现方言音同。

三三 后岳传

调腔《后岳传》共十五出，剧叙岳飞死后，金邦四太子金兀朮以粘得力为元帅，兴兵五十万再度南侵。高宗病重，诸大臣请旨之际，岳飞魂附秦熹身上，高宗惊吓而亡。孝宗即位，听从左相张信之言，赦归发配云南的岳雷母子，遣都察院李秉忠往太行山召回牛皋、吉青，重起岳飞麾下将官及其后裔，并新修岳坟岳庙。岳雷职授招讨大将军，直驱朱仙镇，先锋牛通连斩金兵先行土得龙、土得虎，再战斩杀金兵大元帅粘得力。鱼精普风下山复仇，用混元珠连伤岳雷、牛通。牛皋师父鲍方祖携丹药下山救护，并赠牛皋穿云箭一支，岳飞侄儿伍连及其妻吉秀娥亦前来助阵。牛皋箭发珠收，伍连夫妇刀劈普风，大败金兵。按，普风用混元珠伤宋将事，略见《说岳全传》第七十六回。宁波昆剧兼唱的调腔戏有此剧目。

整理时曲文以光绪满年(疑即三十四年，1908)"杨德铨办"《后岳传》吊头本(案卷号195-1-118)为底本，念白拼合正生、小生、正旦、小旦、末、外单角本，其余角色从1962年初次整理、1982年修订的整理本(案卷号195-3-75)录出。

第二号

正生(岳雷)、老旦(陈氏)、正旦(李氏)、小生(伍连)

(正生上)(引)一片冰壶御碧霄，尽忠报国赴波涛。(白)俺岳雷，先父岳飞，母亲陈氏，亡兄岳云。父亲在日，曾受招讨之职，在牛首山保驾。为金囚先破洞庭湖水贼杨么，威征朱仙镇以破。奸相秦桧弄权，圣君连发十二道金牌，召我父兄进京，三般朝典而亡①。后来牛叔父与父兄报仇，兵渡黄河，父亲忠魂显圣。如今牛叔父在太行山落草为寇，时常有书信传来。困守

① 三般朝典而亡，单角本"典"作"点"，"亡"作"止"，系音同和形近而讹，今改正。三般朝典，指君王将臣下赐死的三种方式，即弓弦、药酒、短刀。《元曲选》本《赵氏孤儿》楔子："某想剪草除根，萌芽不发，乃诈传灵公的命，差一使臣将着三般朝典，是弓弦、药酒、短刀，着赵朔服那一般朝典身亡。"

云南，不能与父报仇，好不悲叹人也。（老旦上）（引）一家精忠赴五洋，（正旦上）（引）发配云南未还乡。（正生）母亲，孩儿拜揖。（正旦）婆婆，媳妇万福。（老旦）罢了，一旁坐下。（正生、正旦）谢母亲／谢婆婆。（正旦）相公见礼。（正生）夫人见礼。（老旦）儿吓，你在此声声长叹，却是为何？（正生）想爹爹十大功劳，被奸相陷害，死得凄凉，家属发配云南。俺年已二十，不能与父报仇，在此长叹。（老旦）儿吓，你父兄被奸相陷害，死于非命，你我一家发配云南，多蒙柴氏夫人，十分看顾。（正旦）秦党当权，有日势败冰散，可雪大冤，且是忍耐。（老旦）为娘想你父亲，有十大汗马功劳，死得这般凄惨，好不痛杀人也！（正生）酒筵俱已齐备，有劳母亲祭奠一番。（老旦）使得。媳妇儿，摆下祭礼。[①]（正旦）晓得。（合哭）阿吓，老爷／爹爹／公公吓！（合唱）

【尾犯序】痛哭珠泪抛，哭先灵含泪如潮。身受讨职，被奸佞蒙蔽王朝。如蒿草，冤仇切齿，何日图报？（小生上）（唱）**小英豪，在边庭埋没英器，何日里显姓扬名，货与王朝[②]？**

（白）伯母，侄儿拜揖。（老旦）侄儿少礼。（小生）表兄、嫂嫂。（正生、正旦）见礼。（老旦）侄儿，你是少年英雄，烈烈轰轰，父母冤仇不能消报，好不伤感人也！（唱）

【前腔】这靖边庭枉徒劳，必须要立业功高。少年英气，埋没龙蛟。（小生白）伯母且是放心，秦党冰山势倒，定然瓦解，那时可雪大仇。（正生）贤弟，太行山牛叔父八旬大寿，为兄本要前去拜寿，奈我困守云南，不能轻离，烦劳贤弟呵！（唱）**代劳，庆祝千秋，备厚礼庆祝蟠桃。**（小生唱）**遵兄命，即日起程，速往太行祝祷[③]。**

（白）小侄就此告别。（唱）

---

① 此处说白195-3-75整理本原无，系整理时添补。

② 货，195-1-118吊头本作“赴”，据单角本改。货与王朝，效力王朝。俗语云：“学成文武艺，货与帝王家。”

③ “遵兄命”至“祝祷”，195-1-118吊头本作“如蒿草，一□里今日起程，去往太行山遥”，据单角本改。

【尾】匆匆拜别一年老，去往太行[1]**贺客招**。(老旦、正生、正旦唱)**异日回来添欢笑**。(下)

第三号

外(粘得力)

(外上)(唱)

【(昆腔)**点绛唇】赛比英雄，力敌无穷，抖战锋**。**精兵猛勇，沙场莫放松**。

(诗)眼如铜铃发如枪，方镇威名四海扬。此去破关斩敌将，约定中原我称强。(白)俺，大金邦四太子麾下粘得力是也。四太子九进中原，威风八面，排兵牛首山，被岳飞杀得大败。停兵二十余年不开战，军粮堆积如山。复夺中原，今日兴师，在辕门侍候。(下)

第四号

净(金兀术)、外(粘得力)、贴旦(艄婆)

(吹【点绛唇】)(四手下、净上)(念)虎皮狼牙领貔貅，志气昂昂显威风。父王驾前夸大言，要占中华头一功。(白)孤王，四太子完颜兀术是也。父王驾前夸此大口，立取中原，封粘得力为大元帅。来，传元帅进帐。(手下)元帅进帐。(内)来也。(外)报，粘得力。报，粘得力。郎主在上，粘得力打躬。(净)元帅少礼。(外)不敢。有何令差?(净)元帅听令。(外)在。(净)人马扯往江湖渡口。(外)得令。哟，郎主有令，人马扯往江湖渡口。(手下)有。(吹【二犯江儿水】)(四手下、外、净下)(【大开门】，细吹【小开门】)(贴旦上，扫船)(吹【过场】)(四手下、外、净上)(净)妙呀，下得船来，好江景也！(唱)

【(昆腔)**上小楼】恁道是先帝功臣故狂疏，眼见得与他们为敌国**。**岂不闻将军**

---

① 太行，195-1-118 吊头本作"太山"，据剧情改。

犯法，家邦难图，休逞着英武号令之初。你与俺征战沙场，你与俺征战沙场，顷刻间归泉路，俺是在父王前大言吐。（四手下、外、净下）

（吹【过场】）（四手下、外、净上）（净）元帅听令。（外）在。（净）带兵扫伐中原，不得有误。（外）得令。（外下）（净）儿郎们！（众）有。（净）起兵前往。（吹【尾】）（下）

第五号

老旦（太监）、正生（宋高宗）、正旦（宋孝宗）、末（张信）、小生（李秉忠）、净（万俟卨）、丑（秦熹）、外（岳飞鬼魂）

（老旦太监扶正生上）（引）病入膏肓，痛先帝何日转帝邦。（白）寡人，孝康，国号高宗。自从二圣蒙尘，被金兀朮囚禁，暗无天日。寡人多感秦相夫妻，设下一计，得转乾坤。如今龙体不安，气喘咽喉，必须要早选东宫，以得国家宁静。侍儿传旨。（老旦）万岁。（正生）宣殿下入殿。（老旦）万岁有旨，宣殿下入殿。（正旦上）红云来遮日，明月争辉光。臣儿见驾，愿父皇万岁。（正生）皇儿平身，赐绣墩。（正旦）谢父皇。宣臣儿上殿，有何国事嘱咐？（正生）吓，皇儿吓！（唱）

【小桃红】[①]**锦绣江山，一旦轻抛，止不住盈盈泪绕。数百年一统江山，指日里瓦解冰消**[②]。（正旦白）父皇，保重身体要紧。（正生）皇儿吓！（唱）**身体热命难保，一命儿黄泉路杳**[③]。（正旦白）父皇，臣儿年幼无知，怎能掌理国事？（正生）秦相去世，他子秦熹掌握军机，况有张信、万俟卨老臣整理国事。（唱）**他时聚集臣，国家保，正纪纲，把朝纲点也。指日里安邦劬劳。朕若归泉道，三魂去渺渺，看将来大数当然不能保，大数当然不能保。**

---

① 小桃红，依格律当作【山桃红】。

② 瓦解，195-1-118 吊头本作"画角"，单角本一作"画解"，今改正。瓦解冰消，义同"瓦解冰泮"。《文选》卷四四陈琳《檄吴将校部曲文》："太尉帅师，甫下荥阳，则七国之军，瓦解冰泮。"张铣注："瓦解冰泮，言破败之甚也。解、泮皆破也。"

③ 路杳，195-1-118 吊头本作"路上"，据单角本改。

(末上)金囚犯帝阙,(小生上)入宫叩龙颜。(末)老夫左相张信。(小生)下官都察院李秉忠。(末)李相国请了。(小生)老太师请了。(末)那兀术闻得岳家父子归阴,起兵五十万,直抵朱仙镇了。(小生)万岁患病龙床,一月不理朝政,这便怎处?(末)且进宫闱,一同启奏。(小生)有理,请。(末)岳氏威名化乌有,(小生)金囚攻入犯天朝。(同白)宫门首那一位公公在?(老旦)何事?(末、小生)张信、李秉忠,有要事面奏万岁。(老旦)启禀万岁,左相张信、都察院李秉忠有事面奏。(正生)命二卿入宫。(老旦)二位大人入宫觐见。(末、小生)领旨。臣张信 / 李秉忠见驾,愿吾皇万岁。(正生)平身。(末、小生)殿下。(正旦科)(正生)进宫有何国事议论?(末)一来问候龙体。(正生)那二?(小生)二为金囚复起。(末)万岁,那金囚闻得岳家父子归阴,起兵五十万,直抵朱仙镇了。(正生)咳,怎么,金囚又进犯中原了么?(小生)臣启万岁,金囚闻得岳家父子归阴,轻视宋室无人,故而进犯中原了。(正生)二卿,日后不要说起岳家,若想起岳家,寡人心乱如麻。(小生)万岁,边疆告急,何将御之?(正生唱)

【前腔】骤闻言[①]**心乱如潮,恨贼兵累累称骁。你若退金囚国家保,定安邦名标姓表**。(末唱)**那兀术,势涌如潮,占三关,兵将损也**。**何日里一统国朝?**(正生白)何计退得金囚?(末、小生)臣等无能,难以举荐。(正生)吓,怎么难以举荐?咳吓!(净、丑上,外岳飞鬼魂随丑上)(净)干戈风烟起,(丑)兀术泼面来。(净、丑)臣等见驾,愿吾皇万岁。(正生)二卿平身。(净、丑)万万岁。(正生)二卿何事?(净)进宫非为别事,百日之内,三关已失。(正生)何人可退金囚?(丑)臣岳飞愿往。(丑倒地,外下)(正生)吓,怎么,你就是岳飞?(末)怎么,是岳飞?(丑站起,打喷嚏)(丑)有鬼,有鬼。(正生)咳吓吓吓!(唱)**唬得我魂不在,汗流如潮,唬得我魂散魄飞归泉道**。

---

① 骤闻言,195-1-118 吊头本作“愁闻来”,单角本作“愁闻言”,据校改。

【忆多娇】(末、小生、净、丑唱)**天崩陷,山川倒,社稷兴亡在这遭,日月无光狂风到**[①]。**大数难逃,大数难逃,领兵剿灭那贼妖**。

(正生)王儿!(正旦科)父皇!(正生)众卿,咳吓!(死)(细吹,童男女送下)(末)殿下,万岁已归大梦,既死不能复生,岂可一日无君?且登基大宝,然后颁行天下。(正旦)阿呀,父皇吓!(唱)

【尾】平空白地起波涛,先灵顷刻归泉道。(众白)殿下!(唱)**且等御极免悲号**。(下)

第六号

老旦(太监)、末(张信)、小生(李秉忠)、净(万俟卨)、丑(秦熹)、正旦(宋孝宗)

(老旦上)(念)今起早,明起早,来到朝房天未晓。长安多少更豪家,服侍君皇同到老。(白)咱家穿宫内监。先皇驾崩,新主即位,又恐两班文武启奏,在朝房侍候。金钟三声响,忙步入朝堂。(老旦下)(末、净、小生、丑上)(末唱)

【点绛唇】君圣臣贤,(净唱)**太平风烟**,(小生唱)**开宝殿**。(丑唱)**国泰绵绵**,(众唱)**早向黄门殿**。

(末)老夫左相张信。(净)老夫右相万俟卨。(小生)下官都察院李秉忠。(丑)下官都指挥秦熹。(末)列公请了。(众)老相国请了。(末)先皇驾崩,新主登基即位,吾等朝房侍候。(小生)御香霭霭,圣驾临殿。(老旦太监、正旦上)(唱)

【前腔】圣日昊天[②]**,云阵风烟,开宝殿**[③]。**御极绵绵,早向黄门殿**。

(众)臣等见驾,愿吾皇万岁。(正旦)众卿平身。(众)万岁。(正旦)金殿当头紫阁中,仙人降下玉芙蓉。太平天子长安乐,五色祥云降六龙。寡人,初

---

① "天崩陷"至"狂风到",195-1-118 吊头本作"山川倒,地崩炮,社稷兴废见碧宵(霄),龙归沧海声难叫",据单角本改。

② 昊天,单角本作"尧天",疑"圣日昊天"当作"舜日尧天"。

③ 宝殿,195-1-118 吊头本作"科殿",据单角本改。

登大宝，国号孝宗，一来感上苍之福庇，仰先帝之余荫①；二托众卿匡勷，登基大宝。张相传旨。(末)臣。(正旦)寡人初登大宝，国号孝宗，颁行天下。(末)领旨。喲，众文武听者：新主登基，国号孝宗，颁行天下者。(内)领旨。(正旦)寡人可恨金囚累犯中原，二圣蒙尘，众卿议论，何得可以剿灭得金囚，请得二圣还朝，方显平生之愿也。(末)万岁要灭金囚，却也不难，只要起复忠良，除奸灭佞，金囚可灭也。(净)嘈！大胆老贼，万岁初登大宝，两班文武谁是忠？谁是奸？(末)住口。都是你们这班奸贼，圣上蒙蔽，以致国朝颠乱也。(正旦)众卿吓！(唱)

【村里迓鼓】赖众卿理国政文修武偃②，拨得个、金囚闯入逞凶蛮③。震④乾坤皇都不见，费神劳暗地悲怜，万民欢干戈满道战⑤，干戈满道战。(末白)万岁，要灭金囚，迎请二圣还朝，一些不难。只要依老臣五件大事。(正旦)只要请得二圣还朝，莫说五件，就是十件，寡人也准奏。(末)万岁，想金囚所怕者，岳氏一门，今闻岳雷母子发配云南为军，万岁敕旨一道，招那岳雷进京，去军授职，拜为招讨大元帅之职。那二，牛皋、吉青等俱在太行山落草为寇，万岁敕旨一道，招牛皋、吉青，以为前战先行。那三，岳飞麾下将官，被害者个个子顶父职。那四，万岁亲到西湖，督工起造岳王坟，修整岳王庙。那五，将奸佞拿下正法，那时金囚可破也。(净)住口。大胆老贼，万岁初登大宝，不遣兵调将，反胡议家邦。(末)咳！(唱)**君有道近龙颜，都是你狐群狗党害忠贤**⑥。(净

---

① “一来”至“余荫”，单角本作“一来上苍感仰，先帝之余荫”，《游龙传》第二号正生相应念白作“感上苍福庇，祖宗余荫”，据校改。

② 文修武偃，195-1-118 吊头本作“文先武拜”，据《调腔乐府》改。

③ 拨，抄本作“不”，调腔抄本中相当于近代汉语表示给予义的“把”和共同语的“给”的“拨”字常写作“不”。这里的“拨得个”当表示被动，谓被金兵闯入域内。另，《调腔乐府》将“拨得个”改作“不料得”。蛮，抄本作“埋”，据《调腔乐府》改。

④ 震，195-1-118 吊头本作“征”，单角本一作“镇”，此从《调腔乐府》。

⑤ 满道战，195-1-118 吊头本作“瞒道战”，单角本作“满逃战”或“满朝战”。

⑥ 忠贤，195-1-118 吊头本作“忠良”，据单角本改。

唱)**是有这老迈残喘谎龙颜,望吾皇削除刁奸**[①]。(小生白)二位老相国,且是耐心计议迎兵才是。(正旦)众卿吓!(唱)**老相国邦家擎天,安邦定国把名传。迎龙颜镇三军干戈敌战,敕赦书到云南前罪**[②]**尽免,前罪尽免。**

(白)老相国,寡人出旨去到云南,接岳雷母子到来,招为大元帅,何卿可以去得?(末)老臣愿往。(正旦)老相国请旨。那二本,去到太行山,迎接牛皋、吉青,以为前战先行,何卿可去?(末)臣启万岁,牛皋心性鲁莽,此去非李秉忠而不可。(正旦)李卿听旨,寡人有赦旨一道,命你去到太行山,招安牛皋、吉青。李卿星夜出京,毋得抗旨。(小生)领旨。(正旦)那三本,寡人出旨一道,合朝两班文武,诬害若在者,官还原职;不在者,子顶父职。第四本,寡人亲自去到西湖,重修岳王殿,修造岳王坟。(末)万岁,削除奸佞这一本,万岁怎样飘旨[③]?(净)第五本怎讲?(正旦)老相国,此刻倒难定也。(唱)

【天下乐】怎奈我唐室书生庶民浅,忠也么奸,恶凶险。恨只恨屈身卖国求荣辈,赖天星射斗万国转[④]**,射斗万国转。**

(白)退班。(老旦、正旦下)(末)咳!(唱)

【尾】豺狼当道害忠良,(净唱)**老迈无知谎君前。**(小生唱)**张邦昌命不全,愿得干戈尽扫狼烟,尽扫狼烟。**(众唱)**秉丹心扶社稷,返日回天,愿得凯歌奏名扬姓显。**(下)

第七号

付(牛皋)、丑(牛通)、正旦(门子)、净(吉青)、小旦(吉秀娥)、小生(伍连、李秉忠)

---

① 刁奸,195-1-118 吊头本作"扶奸",据 195-3-75 整理本改。

② "罪"字 195-1-118 吊头本脱,据单角本补。

③ 飘旨,单角本作"谭旨",今改正。飘旨,降旨。民国三十六年(1947)吕顺铨调腔目连戏总纲智集(195-2-4)《起马》:"圣上飘下旨意,封傅罗卜为河南刺史之职。"

④ 星、转,195-1-118 吊头本作"是""战",据单角本改。

(付上)(引)年迈老英雄,四海把名扬。(诗)可恨奸党太不良,屈害忠良一旦丧。恼恨昏君不思忖,听信谗言害栋梁。(白)俺牛皋,岳大哥在日,有十大汗马功劳,被奸相秦桧陷害,一门受屈。闻得岳大哥已归大梦,今乃老朽八旬大寿,又恐吉青兄弟前来拜寿,不免叫我儿出来,吩咐一番。过来。(手下上)有。(付)请出小爵主。(手下)晓得。少爷有请。(丑上)少小英雄志气高,文通武就是英豪。爹爹在上,孩儿拜揖。(付)我儿罢了。(丑)谢爹爹。(付)一旁坐下。(丑)多谢爹爹,告坐了。叫孩儿出来,有何吩咐?(付)叫我儿出来,非为别事,为父八旬荣寿,又恐吉叔父到来,与为父拜寿。今日准备寿筵,未知可曾齐备?(丑)寿筵一概齐备,请爹爹上寿。(付)好。来,摆开寿筵。(吹【过场】)(众)一同上寿。(付)咳!(唱)

【宜春令】庆华封,胜蓬莱,快乐无穷三生喜爱。愿得个彭祖八百,尧舜仪、醉卧牙床。只俺这年迈苍苍依然在,感叹岳氏受凄凉。悲哀,何日得雾散云开,雾散云开?

(正旦门子上)奉着老爷命,特地到此来。门上那一位在?(手下)外面那一个?(正旦)通报,吉老爷带吉小姐前来拜寿。(手下)请少待。老爷,外面吉老爷带了吉小姐前来拜寿。(付)说老爷出堂迎接。(手下)晓得。(付)儿吓,吉叔父、妹子来了,与为父一同出去迎接。(手下)我老爷出来迎接。(正旦)老爷、小姐有请。(正旦下)(净、小旦上)(净)庆祝寿诞欢爱,(小旦)特来叩拜尊前。(付)贤弟。(净)哥哥。(丑)妹子。(小旦)哥哥。(净)请进。(付)不知贤弟驾到,少出远迎,多有得罪。(净)好说。闻得二哥寿日,我带了小女前来拜寿。(付)生受你了。(净)二哥在上,小弟一拜。(付)为兄也有一拜。(净)雪白冰霜老英雄,但愿彭祖八百零。(付)非是老朽无结果,年迈依旧归绿林。(净)儿吓,拜伯父的寿。(小旦)女儿晓得。伯父在上,侄女儿拜寿。(付)占受你了。(小旦)麻姑献祝千秋岁,枯树逢春喜气生。(付)但愿早就君子配,喜得容美出贵人。(付)儿吓,拜吉叔父的寿。(丑)孩儿晓得。吉叔父,侄儿拜寿。(净)占受你了。(丑)一身武艺通四海,擒王斩将显奇功。

(付、净)好呀,好一个"擒王斩将显奇功"。(付)儿吓,叫妹子后堂上席。(丑)妹子,请到后堂上席。(小旦)晓得。(小旦下)(付唱)

【沉醉东风】拜金樽满牙畅,流星赶月饮琼浆。道家已计师祖靠[①]**,醉卧春风,喜气洋洋。须发皓然想金兰,可怜他尽忠保国赴汪洋**。

(小生上)(引)跋涉关山远,驱驰路途长。(白)来此已是,那一位在?(手下)那一个?(小生)相烦通禀,伍尚志之子伍连前来贺寿。(手下)请少待。启老爷,外面伍尚志之子伍连前来贺寿。(付)唷,怎么,贤侄来了?吉贤弟,伍贤侄来了,我儿出去迎接。(丑)孩儿晓得。说少爷出来迎接。(手下)少爷出来迎接。(丑)贤弟。(小生)哥哥。(丑)请进。(付)贤侄。(小生)伯父。(付)侄儿到来何事?(小生)小侄奉伯母、岳雷哥哥之命,有礼单呈上。(付)只要贤侄人到,何用礼物费心。(小生)细细薄礼,还望伯父全收。(付)来,照单全收,准备回礼侍候。(内)晓得。(小生)二位年伯叔请上,侄儿拜揖。(唱)

【前腔】叩尊前恭贺琴弹[②]**,如亲的天日方长**[③]**。庆祝千秋,年耄耋精神愈旺**。(付、净合唱)**堪羡英雄气昂昂,眉清目秀人中才,可怜他同气连枝丧泉台**。

(净)二哥,贤侄到此,到后堂上席。(付)贤弟,自家子侄,一同上席何妨。(净)阿吓,是吓!自家侄儿一同上席,倒也不妨。侄儿,一同上席。(小生)多谢年伯。(付)二哥请。(付唱)

【前腔】喜浓浓宽饮喜饶,顿开我胸中怀抱。金兰聚义后嗣表,(净白)二哥!(唱)**招赘乘龙女婿招**。(付白)贤弟,有什么招赘乘龙女婿招?(净)看伍贤侄,英雄气概,我女许配伍贤侄为妻,还望二哥做一个月老。(付)怎么,要为兄做一个月老?在吾兄身上。贤侄,吉叔父有一女,生得沉鱼落雁,许配你为妻,心意如何?(小生)启告伯父,小侄功名未就,何望姻缘?(付)侄儿说那里话

---

① 师祖靠,195-1-118 吊头本作"心粗靠",据 195-3-75 整理本改。

② 此句单角本作"年宜通家"。

③ 此句 195-1-118 吊头本作"聚心的天日放丧",单角本作"如亲的恕罪安泰",据校改。

来？你年已长大，不允亲事，叫伯父如何转得口来？（小生）小侄神前立誓，难以遵命。（丑）倒霉，实是倒霉。（付）咳！（唱）**一场好事成虚话，冲冲怒气满胸怀，**（净白）二哥！（唱）**且自三思再商讨**①。

（丑）贤弟，我家爹爹与你为媒，为何不允亲事？（小生）牛大哥，小弟神前立誓，亲严目睹，见过伎俩，然后说亲。（净）两下未曾觌面，如何是好？（付）自家兄妹，觌面何妨。（净）阿吓，是吓！觌面何妨。侄儿叫出妹子。（丑）妹子快来。（小旦上）（唱）

【泣颜回】奴是个闺阁裙钗，习学的武艺刀枪。（白）爹爹，叫女儿出来，何事？（净）儿吓，叫你出来，非为别事，为父将你终身，配与伍尚志之子伍连。他要与你见了高低，方可允了亲事，你去见个高低。（小旦）叫女儿如此羞人答答，如何使得？（丑）妹子，你若不与他见个高低，只道你无能的了，快快进去装扮起来。（小旦）晓得。（小旦下）（小生）怎么，他晓武艺的么？（付）伍贤侄，你喜爱那一件军器？（小生）任凭伯父所赐那一件。（净）可惜，可惜。（付）贤弟，可惜什么？（净）可惜刀枪不生耳目，还当了得。（付）阿吓，是吓！可惜刀枪不生耳目，倘若失手，还当了得。（丑）刀枪不生耳目，拳棒争先。（净）好，取拳棒过来。（小生）请。（小旦上）（唱）**乍见丰姿貌如花，手软脚踹打天台**。（小生白）妙吓！（唱）**乍见天仙子嫦娥降，喜得英雄手段来**。（丑白）好，打拳头，打拳头。（小生、小旦大战，小旦下）（付、净）妙吓！（同唱）**喜盈腮女貌郎才，洞房春欢情乐意会巫山**。

（丑）贤弟，过来拜见岳父。（小生）岳父请上，受小婿一拜。（付）且慢，没有这等容易。（小生）还望叔父作伐。（付）勿得功夫。（小生）牛大哥，伯父跟前，望好生讨情。（丑）呸，你这个老媒翁无用的了，有俺小媒翁兴旺了。贤弟来，来拜见岳父。（小生）岳父请上，受小婿一拜。（唱）

【前腔】叩泰山尊前婿相招，权当个儿婿名号。**为淑娥须言藏怀抱，伏你锋人**

① 商讨，195-1-118 吊头本作“去商”，据 195-3-75 整理本改。

心欢乐[①]。(小生下)(付、净唱)**喜怀抱欢情喜饶,洞房春乐意心欢喜爱娇**。

(净)选定吉日,与他完姻就是。(付)贤弟,今日为兄寿日,拣日不如撞日,还是今日与他完姻就是。(净)是吓,有道"拣日不如撞日",还是今日与他完姻,但是傧相来不及了,如何是好?(丑)傧相来不及,侄儿会当的。(付、净)好,赞上两句,闹热闹热。(丑)列位,伏以请:男有心,女有心,拳棒之上结婚姻。今日洞房花烛夜,这一拳,那一拳,打到大天明。请。(吹【过场】)(小生、小旦上,拜堂,下)(付、净)妙吓!(同唱)

【朱奴儿】画堂前银烛辉煌,锦屏内插着宫花,完全了百年事大,今日里欢情喜爱。(内白)圣旨下。(丑)摆香案接旨。(付)接你娘个鸟旨。(丑)圣旨到来,不知为着何事。待孩儿点起喽啰数千,杀他一个落花流水。(付)咳,小小年纪,晓得什么?退下!(丑下)(付)来,将圣旨官押着。(手下)呔,将圣旨官押着。(内)都察院李秉忠要见。(手下)都察院李秉忠要见。(净)二哥,李秉忠乃是李纲老太师的儿子,是我们大德恩人,还望二哥接旨为是。(付)贤弟请进后堂,为兄自有主见。(净下)(付)来吓,吩咐大开寨门。(唱)**怒满腮,心中不快,坐貔貅威风八面称英才**。(众下)

(【大开门】)(手下上)打点大开寨门。(四手下、付上)只望全军八面冲,恨奸党寝食朦胧。可笑阿是可笑,圣旨官到来,不知为着何事?来,将圣旨官抓来。(手下押小生上)(小生)岂有此理。(手下)报,圣旨官。(小生)摆香案接旨。(付)接你娘的鸟旨。(小生)牛将军,休得无礼也。(吹打【朱奴儿】前段)(付白)俺岳大哥在日,有十大汗马功劳,这昏君听了奸相秦桧谗言,他合门受屈,俺牛皋还要接什么旨来也?(吹打【朱奴儿】后段)(小生白)牛将军有所未知,先皇驾崩了。(付)这昏君死了,倒也罢了。(小生)如今先皇驾崩,太子即位,宝号孝宗,俺奉旨迎接二位将军呵!(吹打【朱奴儿】前段)(付白)我想

---

① "伏你锋"费解。又,"叩泰山"至"欢乐",单角本作"依膝下,依膝下,半子无瑕,望泰山休笑寒家"。

做皇帝之人，都是无情无义，俺牛皋已在太行山，不受皇帝之骗，俺牛皋接什么旨来也？（吹打【朱奴儿】后段）（小生白）我也明白。（付）明白什么？（小生）闻知兀术起兵五十万，直进朱仙镇，将军有些害怕，故而不敢接旨。（付）呀，俺牛皋岂怕这兀术？杀退金贼，又归绿林。掩门。（四手下下）（净上）（吹打【风入松】前段）（小生白）请过圣旨。（吹打【风入松】后段）（付白）圣旨悬挂中堂。（吹打【急三枪】）（付、净白）贤弟受惊了，喜得贤弟到此，如果别的官儿到来，叫他没趣而去。（小生）倒也不妨，告别。（付）后堂开宴。（小生）复命要紧。（吹打【风入松】）（小生下）（付）有送。妙吓，俺岳大哥在京显圣，此仇必报，金囚可破也！（吹打【风入松】合头）（净白）且慢。待等云南岳雷母子到来，一同出兵便了。（吹打【急三枪】）（下）

第八号

末（张信）、正生（岳雷）、老旦（陈氏）、正旦（李氏）

（二手下、末上）（打①）（白）老夫张信，奉旨去往云南，招安岳雷去军受职。来。（二手下）有。（末）趱上！（打）（二手下、末下）（正生上）（唱）

【蛮牌令】只俺这一一成另心悲惨，父曹害发配云南好彷徨。只俺这孤单单英雄气概，暗暗的泪落胸前湿不干。（白）俺岳雷，父亲被奸贼陷害，母子发配云南，年已二十，不能与父报仇，好不挂念。（唱）**那秦桧奸凶设计害忠良，暗暗的设下了天罗网，何日得天开日昶②，天开日昶？**

（老旦、正旦上）（同唱）

【前腔】为夫君遭屈受害泪千行，昼夜不宁何曾安泰。可怜他英雄盖世气昂昂，何日得雾散云收放毫光？（正生白）孩儿拜揖。（正旦）媳妇万福。（老旦）罢

---

① “打”系锣鼓牌子标记，195-3-75 整理本作牌子【朱奴儿】，疑此不当用吹打牌子，而当为打【水底鱼】之类。

② “开日昶”三字 195-1-118 吊头本脱，据单角本补。

了，一旁坐下。（正生、正旦）谢母亲／婆婆，告坐了。（老旦）儿吓，独自在此长叹，却是为何？（正生）一身本领，不能与父报仇，实为可恨。（老旦）儿吓，你只要习练武艺，豁开云雾，得见天日，何须忧虑也！（唱）**可知道事传论比魍魉**[①]**，命蹭蹬受尽魔障，待来时天开日昶，天开日昶。**

（正生）母亲！（唱）

【银和令】[②]**诉不出无情冤恨多调谎，正纪纲乱胡详，堪羡你蛟龙失水在尘壤**[③]。（正旦白）官人吓！（唱）**他那里独霸朝纲，迷圣主陷害忠良，待来时天开日昶，天开日昶。**

（内）圣旨下，岳雷配服接旨。（正生）圣旨下。（老旦）摆香案接旨。（老旦、正旦下）（吹【过场】）（二手下、末上）旨下，跪。（正生）万岁。（末）听读，诏曰：新主登基，国号孝宗，咨尔岳雷，悉除前罪，奉旨宣召进京，去军受职，带家属同往。旨到进京，莫负朕命。谢恩。（吹【过场】）（正生）万万岁。有劳太师。（末）老夫悉知将军之冤，恐有抗旨，为此老夫亲自前来。（正生）天开红日，怎敢违旨？里面备宴。（末）皇命紧急，无得停留，告别。（吹【过场】）（二手下、末下）（老旦、正旦上）我儿／相公，圣旨到来何事？（正生）母亲，金囚起衅，封孩儿招讨之职。（老旦）儿吓！（唱）

【胜源源】你那里孝心供养，死节的[④]**戴天仇恨在胸膛。整三军粮和饷，必须要为国坚心气昂昂，帏幄升平遣兵调将。**（正生白）母亲！（大拷）（唱）**尽君命，尽忠保国自猜自详，自猜自详。**

【北尾】（合唱）**丹心一片付君王，杀尽金囚定家邦。指日里接战干戈，定风烟**

---

① 事，195-1-118 吊头本作“是”，暂校改如此。此句句意略有些费解，盖为众口铄金之意。

② 银，195-1-118 吊头本作“艮”，调腔抄本“银”常省作“艮”。此【银和令】及次曲【胜源源】，曲牌来源不详。另，《凤凰图》第四十号有【胜原原】。

③ 失水在尘壤，195-1-118 吊头本作“失主在尘埃”，据 195-3-75 整理本改。

④ 死节的，195-1-118 吊头本作“如节的”，如、死曲音相近，暂校改如此；195-3-75 整理本订作“如这的”。

太平共享，太平共享。（下）

第九号

付（牛皋）、净（吉青）、正生（岳雷）、老旦（陈氏）、正旦（李氏）、末（圣旨官）、
小生（伍连）、小旦（吉秀娥）、丑（牛通）；
小生（探子）、净（金兀朮）、小生（土得龙）、付（土得虎）、外（粘得力）

（付上）年迈苍苍，（净上）雪白冰霜。（付）贤弟，你我得了诏书，多少欢悦。诏书到云南，召岳雷母子进京，必定望此山经过。我差喽啰下山打听，怎的不见回报？（手下上）报，老爷，岳雷老爷母子上山来了。（付）请相见，车子带上。（正生、老旦、正旦上）（同唱）

【（昆腔）**哭相思】见了你伤心悲痛，痛金兰归大梦**。

（正生）二位叔父，侄儿拜揖。（付、净）侄儿少礼。（正旦）二位叔公，侄媳万福。（付、净）侄媳妇，请到里面。（正旦下）（付）嫂嫂驾到，未曾远迎，多多得罪。（老旦）二位叔叔，我儿年幼，还望二位叔叔一同谋略。（付）嫂嫂说那里话来？只要灭得金囚，战死沙场，也是瞑目。（内）圣旨下。（正生）圣旨下。（付）摆香案接旨。（付、净下）（正生）摆香案接旨。（吹【过场】）（末上）圣旨下，跪。（正生）万岁。（末）奉天承运，皇帝诏曰：咨尔岳雷，先有旨召进京受职，如今金囚复起，不必来京，即授招讨大元帅，提兵朱仙镇，克灭金囚，得胜回来，论功行赏。谢恩。（正生）万万岁。（吹【过场】）（末下）（正生）母亲有请。（老旦、正旦、小生、小旦上）（老旦）圣旨到来何事？（正生）圣旨到来，非为别事，封孩儿为招讨，列位叔父为前战先行。只为兀朮起兵五十万，直进朱仙镇，不必进京，随路接应。（老旦）儿吓，你必须要照父亲行事，不可有误。（正生）这个自然。贤弟，伯母送进京都，日后到朱仙镇立功。（小生、小旦）拜别。（唱）

【（昆腔）**尾】拜别椿萱出沙场，两下里如潮似行**。（老旦唱）**愿你战凯歌转帝邦**。（老旦、正旦、小生、小旦下）

(四手下上)请印。(吹【过场】)(正生换衣)(末上)请收印。(付、净、丑上)(正生拜印,接印,末下)(正生)小小英雄志量高,精通武累称英豪。丹心耿耿扶社稷,一战成功转还朝。(白)俺岳雷,奉旨剿灭金囚,吉叔父听令。(净)在。(正生)四路催粮,不得有误。(净)得令。(正生)牛通听令。(丑)在。(正生)攻打前队,不得有误。(丑)得令。(付)且慢。元帅,俺在你父亲面前,当了数十年先行,你挂帅,难道用俺不着了?(正生)叔父年纪老了。(付)放屁!我老老得几根髭须,难道我的本领也会老了?(丑)呸,前者老的元帅,有你老的先行;如今少的元帅,是俺少的先行。你年纪大了,用你不着。(付)畜生,你小小年纪,晓得什么军机大事!(丑)俺年纪虽小,能者为先。(付)呸,畜生,你到为父跟前来吵嬉。(丑)在家有父子之情,辕门上有君臣之义。(付)呀,你这畜生,这等放肆,为父就将你一拳。(丑)我就……(正生)唔,休得无礼。(付)老了是老了。(正生)叔父,侄儿年轻,不晓军机,望叔父谋略。(付)难为元帅讲情,饶你这畜生。(丑)俺难道战你不过?(正生)众将起马。(吹打【泣颜回】)(下)

(吹打【朱奴儿】前段)(小生上)(念)打听军机事,奔关夜不休。日间藏草内,黑夜过荒丘。(白)俺探子是也。奉郎主之命,四路打听军机之事:岳雷挂帅,牛皋、吉青为前战先行。打听明白,报与郎主知道也。(吹打【朱奴儿】后段)(小生下)(【大开门】接【过场】)(四手下、净上)(唱)

【点绛唇】波浪滔滔,波浪滔滔,万丈波涛,风帆到。势压南朝,朝气满大英豪。

(诗)头戴狐貂拖翎毛,身穿金黄锁麟飘。五色锦袍扣绦腰,我国英雄第一条。(白)孤王,四太子完颜兀术是也。奉父王之命,起兵五十万,粘得力为大元帅,土得龙、土得虎为前战先行,何惧南蛮不灭也!(唱)

【混江龙】大金邦英雄,年苍苍发须皓。一心要占中原,那时节一统国朝。喜孜孜岳飞横丧,惨呵呵秦桧命夭,秦桧命夭。(内白)报上。(手下)所报何事?(内)探子要见郎主。(手下)探子要见郎主。(净)命探子进帐。(手下)命探子进帐。(内)来也。(小生上)快马走如飞,日夜不停蹄。报,探子。报,探子。郎主在上，探子叩头。(净)探子，打听中原之事，停了喘息，缓缓讲上。(小生)奉郎主之命，四路打听，岳雷挂帅，牛皋、吉青为前战先行，报与郎主知道也。(唱)**那孝宗新坐王朝，点兵将**[①]**如狼似豹**。**威震朱仙镇，剑戟枪刀**。

(净)来，赏他银牌两面，再去打听。(小生)谢郎主。(小生下)(净)妙吓，想探子报道，岳雷挂帅，牛皋、吉青前战先行。牛皋年迈将官，此番出阵，一战成功也！(唱)

【油葫芦】实指望一战成功登大宝，又谁知狂风骤起万丈高。(白)来，传土得龙、土得虎进帐。(手下)传土得龙、土得虎进帐。(内)来也。(小生、付上)(小生)又听郎主唤，(付)上前听号令。(小生、付)郎主在上，土得龙、土得虎打躬。(净)少礼。(小生、付)谢郎主。进帐有何令差？(净)土得龙、土得虎过来听令。(小生、付)在。(净)夺取中原，攻打头阵，不得有误。(小生、付)得令。(净)转来。(小生、付)还有何言？(净)听孤家号令者。(唱)**努力争先去出令，如虎豹献奇功，不消敌战凯歌齐唱，凯歌齐唱**。(小生、付下)(净)来，传大元帅粘得力进帐。(手下)传大元帅粘得力进帐。(内)来也。(外)金刀如闪电，宝马赛蛟龙。报，粘得力。郎主在上，粘得力打躬。(净)元帅少礼。(外)有何令差？(净)非为别差，命你攻破朱仙镇。(外)得令。(净)且慢。(外)还有何言？(净)听孤家号令者。(唱)**有道遣兵调将如除草**[②]**，令出如山无违拗**。(外唱)**只俺这架海擎天，杀尽南蛮滚波涛，南蛮滚波涛**。(外下)

【天下乐】(净唱)**协心齐力腾江潮，兵也么交，势滔滔，个个争勇龙鳞缟**。**势压中原破南朝，尽心咆哮忠良表，方显俺大金邦登九五坐皇朝，登九五坐皇朝**。(下)

---

① 点兵将，195-1-118 吊头本作“帝带先”，据 195-3-75 整理本改。

② 除草，195-1-118 吊头本作“速草”，195-3-75 整理本作“削草”，今校“速”作“除”。

第十号

丑（牛通）、付（土得虎）、小生（土得龙）、外（粘得力）、正旦（报子）、末（普风）、老旦（龟灵圣母）

（丑上）（唱）

【哪吒令】年少英雄志量高，单身独骑破金鳌。辕门令出，如动地山摇。（白）俺牛通，奉元帅将令，除灭金囚也！（唱）**笑金囚狗毹英豪，服顺俺泼天英豪，泼天英豪。**

（付上）嘈，来将报名。（丑）俺岳雷麾下大将牛通。（付）可恼，可恼也！（唱）

【出队子】南蛮休得逞凶骁，轻视你如牛毫。（丑唱）**燥急狗乱胡嘈，钢刀一起杀得你气转波涛，气转波涛。**

（丑、付战，付死下，小生上，接战，小生死下，丑下）（外上）（唱）

【幺篇】奉君令押后队来护保，（正旦报子上）报，启元帅，土得龙、土得虎被牛通斩首了。（外）再去打听。（正旦）吓。（正旦下）（外）可恼，可恼！（唱）**闻言不觉怒冲霄。**（丑上，科）（外）牛通，你斩我先行，本帅到此，要将磨骨扬灰，以消我恨也！（唱）**要将你万剐千刀，**（丑唱）**擒兀术一股扫。**

（战，杀外，外死下）（丑唱）

【煞尾】挺身敌战沙场道，扫荡金囚冤可消。俺本身出海龙蛟，杀得他倾国悲号。（丑下）

（大拷）（末上，调鱼，焰头调下）（焰头）（末又上）（唱）

【（昆腔）**浪淘沙】**[1]**咱是披剃僧，海底宫人。芦花遍地如积金，皓月当空星斗隐，落山深。**

（诗）枯海翻波浪悠悠，千层波涛几时休？日在深宫影太白，晚来皓月把光

---

① 此曲据《后岳传》等末、外本（195-1-89）校录，下文尾声从《赐绣旗》《双玉燕》等外、末本[195-1-143(2)]录出。195-3-75 整理本对【浪淘沙】以及【后庭花】重新创作，兹不录。

偷。(白)某,普风,前者投入大金邦四太子麾下,拜为护国军师,攻破朱仙镇,被岳飞这厮杀得大败亏输,只得土遁逃回。在九龙谷口,拜龟灵圣母为师,修炼宝珠,得成真果。闻得岳飞父子已死,大金邦招兵聚将,俺意欲前去拜投四太子麾下,以报前仇。不免请出师父,师父有请。(老旦上)(吹【后庭花】)(末白)弟子稽首。(老旦)少礼。请为师上来何事?(末)闻得大金邦起衅,俺要前去投入与他,杀南蛮,报前仇。请出师父,辞别而去,不知师父意下如何?(老旦)好。你此番要下山,以报前仇,为师不来阻挡与你。为师有混元珠赠你下山,须要小心。(末)多谢师父,弟子去也。(唱)

【(昆腔)尾】**遵师严命下山林,去到金邦立功勋**。

(老旦唱【尾】第三句)(下)

第十一号

净(金兀术)、正旦(手下)、末(普风)、正生(岳雷)、付(牛皋)、丑(牛通)、正旦(报子)

(吹【风入松】)(四手下、净上)孤家,大金邦四太子完颜兀术。命土得龙、土得虎、大元帅粘得力出战,但愿一战成功也。(正旦手下上)报,启郎主,不好了。土得龙、土得虎、大元帅被牛通斩首了。(净)可恼,可恼!(吹【风入松】)(白)再探。(正旦)吓。(正旦下)(内)报上。(正旦上)那一个?(内)普风求见郎主。(正旦)候着。启郎主,普风要见。(净)妙吓,普风前来助阵,何愁中原不灭也。请他相见。(正旦)请进见。(正旦下)(内)来也。(末上)离了深山地,来此是营门。郎主在上,普风打躬。(净)少礼,看坐。(末)告坐。郎主为何闷坐大营?(净)将军有所不知,有土得龙、土得虎、大元帅粘得力,被牛通斩首了。(吹【急三枪】)(末白)郎主且自放心,非是俺普风夸口说,俺法宝一起,管叫他人来鬼去。(净)好,有此本领。将军听令,命你攻打中原,不得有误。(末)得令。(吹【急三枪】)(末下,四手下、净下)

(正生、付上)(正生)叔父,牛通出马,未知胜败如何?(付)元帅且是放心,我儿出阵，圣天子有神灵护佑，大将军有八面威风。（吹【风入松】）（丑上）元帅在上，牛通打躬。（正生）少礼。（丑）谢元帅。爹爹，孩儿拜揖。（正生）胜败如何？（丑）俺斩了土得龙、土得虎，又斩了粘得力大元帅，前来交令也。（吹【风入松】）（正旦报子上）报，启元帅，普风前来讨战。（正生）再去打听。（正旦）吓。（正旦下）（付）阿呀！元帅，普风是个妖魔，那年你父亲在牛首山会见过的，十分厉害。（正生）未知何将愿往？（丑）俺牛通愿往。（正生）好，命你斩了首级回来，不得有误。（丑）得令。（正生）叔父。（付）元帅。（正生）一同出马。（吹【急三枪】）（下）

第十二号

末（普风）、丑（牛通）、付（牛皋）、正生（岳雷）

（内）好恼也！（唱）

【泣颜回】恼得俺怒冲冲气满怀，（末上）（唱）**恨南蛮忒杀逞强。只俺这单身独骑，遥望着旌旗一带。**（白）某，普风，一闻郎主之言，说土得龙、土得虎、大元帅粘得力尽丧牛通之手，为此讨差，必要消报此仇。（唱）**水底英豪**[①]**，斩将擒王都是咱。今日里扫尽蛮夷，正乾坤金邦一带。**

（白）呔，南蛮听者，普风前来劫营也！（末下）（丑上）（唱）

【上小楼】[②]**雄赳赳名扬四海，列阵交锋神惊鬼怕。**（白）俺牛通，奉元帅军令出战，要活擒兀朮也！（唱）**冤恨在苦只苦二圣井底埋，俺本是盖世英雄忠良后代，忠良后代。**（末上）来者可是牛通？（丑）然也。（末）土得龙、土得虎是你斩首？（丑）是俺斩首。（末）大元帅粘得力是你斩首？（丑）也是俺斩首。（末）可恼，可恼！（唱）**恼得俺怒气咆哮，**（丑唱）**管叫你一命归泉道。**（战，丑败下，末追下）（四手下、付上，登高看）（付唱）**煞气重重满天罩，**（内喊）（付唱）**呀！只听得破锣鼓咚咚**

---

① 英豪，195-1-118吊头本作“英来”，据单角本改。普风乃鱼精，故而自称“水底英豪”。

② 此曲牌名195-1-118吊头本缺题，今从推断。

催绕，（付下）（正生上）（唱）**统雄兵敌战低高，敌战低高**。（众下）

（丑、末上，战，丑受伤，付上，扶丑下）（正生上，接战，正生受伤，付上，扶正生下，末追下）（付扶丑、正生二人上）（付唱）

【北尾】今日个大将受伤，打伤了先行大帅。好叫俺措手无计，有谁来救驾？（下）

第十三号

小生（伍连）、小旦（吉秀娥）

（小生、小旦上）（同唱）

【醉花阴】寒露清[1]**梧桐叶落凤仙飘，光闪闪腾雾赶到。都只为先君受屈静静悄悄，夫与妻、夫与妻挺身必报**。（小生白）俺伍连。（小旦）奴家吉氏秀娥。（小生）娘子见礼。（小旦）官人见礼。（小生）奉大哥之命，送伯母进京，俺夫妻二人去到朱仙镇立功。（小旦）相公，我和你离了京都，昼夜长行，到朱仙镇还有多少路程？（小生）路也不远了。（小生、小旦）请。（小旦唱）**奴本是嫩柳女娇，随君去国把名标，**（小生唱）**为国家昼夜勤劳，昼夜勤劳**。（下）

第十四号

外（鲍方祖）、正旦（手下）、付（牛皋）、正生（岳雷）、丑（牛通）

（外上）（唱）

【画眉序】我是太行仙，只为妖僧法无边。大交锋混元珠[2]**，大伤英贤**。（白）贫道鲍方祖是也。自差牛皋下山，不知多少功绩，保住宋室江山。如今普风妖僧与混元珠，打伤岳雷、牛通，贫道因此下山，前来相救。（唱）**有灵丹调救英**

---

① 寒露清，195-1-118 吊头本作“赛呵的”，据单角本改。

② 混元珠，195-1-118 吊头本作“兀原主”，下文又作“兀原朱”，今统一作“混元珠”。

贤，穿云箭站立阵前。行来已是中军帐，相烦传禀军前[①]。

（白）辕门上可有人么？（正旦上）那一个？（外）相烦传禀，对牛爷说，鲍方祖要见。（正旦）请少待。牛爷有请。（付上）（唱）

【喜迁莺】闷昏昏神魂、神魂倒颠，兵和将个个、个个英贤。可么也怜，忠有那岳氏宗祧，恐[②]**娇儿命丧黄泉**。（白）何事？（正旦）鲍方祖要见。（付）嗄，我师父来了，说我出来迎接。（正旦）牛爷出来迎接。（外）牛皋。（付）师父请进，弟子拜揖。（外）罢了。（付）谢师父。师父今日下山何事？（外）为师知你有难，元帅、先行受伤，前来相救。（付）来，把元帅、先行扶出来。（内）有。（外）牛皋，取阴阳水过来。（外唱）**调取灵丹，救活巴顷刻身健遒**[③]**，消除平地风波如卷电**。

（小走板）（正生上）（唱）

【画眉序】魂灵飞九天，悠悠郁郁闷恹恹。三更梦里还魂转。（小走板）（丑上）（唱）**杀得我心惊胆战，杀得俺眼花缭乱**[④]。（合唱）**今朝有得重相见，好一似枯木生鲜，枯木生鲜**。

（正生、丑）多蒙师父相救。（付）师父，普风武艺高强，十分厉害，如何是好？（外）牛皋，为师有穿云箭一支，可收妖僧的混元珠，听我吩咐。（唱）

【出队子】上阵时须要接战，保主射起穿云箭。那妖僧重重叠叠法无边，必须要兵列三军齐争呐喊。（正生、付、丑同唱）**并心鏖战，上阵时个个争先，除灭妖僧凯歌迭传**[⑤]**，凯歌迭传**。（下）

---

① “有灵丹”至“军前”，195-1-118 吊头本作“有灵丹调救是众军前，看相前传禀军前”，有脱误，据单角本校补。

② 恐，195-1-118 吊头本作“痛”，据 195-3-75 整理本改。

③ 遒，195-1-118 吊头本作“有”，据文义改。

④ 缭乱，195-1-118 吊头本作“汨”，据 195-3-75 整理本改。

⑤ 迭传，抄本作“敌战”，今改正。

第十五号

末(普风)、丑(牛通)、正生(岳雷)

(末上)(唱)

【出队子】任着俺修炼千年,混元珠道法无边。(白)某,普风,前者牛通、岳雷被俺混元珠打伤,谅来性命难保。今日踏破营头,以报此仇也!(唱)**岳雷命绝归黄沙,占乾坤一统帝邦**。

(丑上,与末战,丑败下,正生上,接战,正生败下,末追下)

第十六号

净(金兀朮)、正生(岳雷)、付(牛皋)、小生(伍连)、小旦(吉秀娥)、末(普风)、丑(牛通)

(四手下、净上)(唱)

【鲍老催】威势倾滔滔,天南地北杀一遭,听号炮胜可操。(白)孤家,四太子完颜兀朮。有普风师父出战,孤家带兵助阵者。(唱)**齐努力破城壕,凌烟阁姓名标**。(四手下、净下)(四手下、正生上)(唱)**杀得俺两膀疼痛难解交**,(末内喊)那里走!(正生)呀!(唱)**又只见妖僧紧紧来追着**。(末上,战,正生败下)(末唱)**今日里休想命逃,占江山定在今朝,上前去活擒小儿曹**。(末下)

(付上)俺牛皋,奉师父之命,带了穿云箭,能收普风也。(付下)(小生、小旦上)(同唱)

【刮地风】呀!又只见遍地黄花生金飘,顿使人心欢意乐[①]。**只俺这夫妻年少**,(内喊)(小生、小旦)呀,不免趱上去看过明白。(唱)**又听得喊声高,夫与妻愁也么恼,愁也么恼**。(科,小生、小旦下)

---

① 195-1-118吊头本"心欢"下散佚,其后据单角本校录。

（末、丑上，战。付上，射箭收珠，丑败下。小生、小旦上，与末战，末死下，付、小生、小旦下）（四手下、净上，正生、付、丑、小生、小旦上，冲阵，正生与净战，净遁去，四手下死下）

（吹【尾】）（下）

三四 永平关

调腔《永平关》共十五出，剧叙薛丁山三子薛刚，先于前日打伤巡城的兵马司张万成左眼，参加程咬金寿宴期间，又寻衅怒打奉旨练兵的张君佐。两辽王薛丁山挑选征战人马，回京复旨，闻知薛刚事，带刚入朝请罪。太宗欲斩其父子，程千忠请来父亲程咬金说情。时南蛮苏保童之子苏飞虎进犯，永平关告急，薛丁山出征抵罪。危难关头，薛刚克敌立功，母亲樊梨花亦赶来增援，并调停父子关系，合力解了永平关之围。

徽剧、婺剧乱弹《九锡宫》有关薛刚闯祸和程咬金解围的情节与调腔此剧相近，但没有薛丁山父子出征永平关的相关内容。

整理时以1958年老艺人忆写总纲本（案卷号195-3-66、195-3-67）、1962年整理本（案卷号195-3-85）为基础，拼合正生、小生、末、正旦、贴旦、外单角本。单角本中唯小生本标有场号，整理后的场号第十、十一号，小生本作第九、十号；第十四号，小生本作第十五号，其他则一致。末出曲牌名抄本缺题，参照1962年整理本（案卷号195-3-85）增补。

第二号

正生（薛丁山）、净（张君佐）、付（张万成）、小生（程千忠）、
老旦（太监）、末（唐太宗）、贴旦（程林）

（正生上）（引）盖世功勋，藏韬略掌握三军。（白）本藩薛丁山，身受君恩，官居两辽王，掌握三军。夫人樊氏梨花，生下四子，长子薛猛，次子薛勇，俱在外任为官。三子薛刚，生来一身蛮力，终日在后花园习练武艺。我想此子不作用，为此将他锁进后园。不料南方胡儿起衅，永平关有表章进京，苏保童之子苏飞虎，为报亲仇，十分猖獗，必须要奏闻圣上，提兵剿灭胡儿，以免烽烟骤起。过来。（家将上）有。（正生）随爷入朝。（家将）有。（打【水底鱼】）（家将）来此朝房。（正生）看朝简，外厢侍候。（家将）有。（家将下）（净、付、小生上）（打【水底鱼】）（净）老夫首相张君佐。（付）下官兵马司张万成。（小生）

本藩程千忠。(小生、付)请了。(净)来此朝房,一同进入。(小生、付)一同入朝。(正生)老太师、列位大人见礼,请坐。(净、付、小生)请坐。两辽王为何入朝甚早?(正生)老太师、列位大人有所未知,南方胡儿起衅,必须要奏闻圣上,请旨定夺。(唱)

【点绛唇】叵耐强梁,叵耐强梁,胡儿雄壮,逞豪强。骤起锋芒,起衅在边疆。

(净)南方起衅,若不提兵剿灭,被他一番取笑也!(唱)

【新水令】精军烈勇在沙场,守边庭黎民受殃。阵势来争强,还须灭豺狼。肃边疆,愿得个齐我家邦,齐我家邦。

(小生)列位大人,你那文职官儿,那晓武略?必须要操练兵戈。(唱)

【折桂令】督军簇拥战沙场,跨海征东,平定西方。锦征袍铁甲征衣,薛平辽威震各邦。(净白)万岁临殿,一同合奏。(小生、付)有理。(正生)请。(同唱)**上达龙颜,携手相商,股肱臣社稷忧心,文和武议论朝堂,议论朝堂。**(众下)

(老旦太监、末上)(唱)

【雁儿落】出宫廷偕与见①**金阶上,正朝端、文和武来达上。怎做得匡扶社稷山河掌,岁耄耋百年无忧老苍苍,百年无忧老苍苍。**(白)日月光天德,山河壮帝君。太平无以报,永享万年春。寡人大唐天子李世民,自从登基以来,风调雨顺,国泰民安,一来上苍护佑,二托众公卿匡扶社稷。侍儿传旨。(老旦)万岁。(末)宣放龙门。(老旦)领旨。万岁有旨,宣放龙门。(正生、净、付、小生上)领旨。(正生)移步上金阶,(净、付、小生)螭头拜龙颜。(同白)臣等见驾,愿吾皇万岁。(末)众卿平身。(众)万万岁。(末)众卿上殿,有何本奏?(正生)臣启万岁,南方胡儿起衅,他苏保童之子苏飞虎,为报亲仇,无端起衅也!(唱)**呀!这的是亲仇起锋芒,出雄师灭豺狼。胡儿滔天勇,剿灭那豺狼。**(白)任他雄勇,微臣一战成功也!(唱)**兵强,争战抖锋芒;沙场,动干戈须酌量,动干戈须酌量。**

---

① 偕与见,单角本或作"谢与见",或作"谢与老迈",195-3-85 整理本作"卸御驾"。

【收江南】(末唱)**呀！意踌蹰叫人难酌量，上回有不忖量，一个是能战汉子大忠良，一个是鼎鼐调和为家邦。立业开疆，立业开疆，**(白)寡人自有处分。(唱)**用军机耀武扬威正南方，耀武扬威正南方**。

(贴旦上)手捧皇皇旨，上殿奏明君。程林见驾，愿吾皇万岁。(末)平身。(贴旦)万万岁。(末)上殿有何本奏？(贴旦)永平关告急本章呈上。(末)侍儿退班。(贴旦)领旨。(贴旦下)(老旦)表章呈上。(末)展开。(老旦)领旨。(末)南方胡儿起衅。可恼，可恼！(唱)

【沽美酒】恨胡儿甚猖狂，恨胡儿甚猖狂，面不色[1]**正堂堂**。**出雄师百万儿郎，无故的犯我边疆**。(白)众公卿，永平关有表章进京，何将可以破之？(净)臣启万岁，命两辽王带兵破之，望吾皇准奏。(小生)臣启万岁，那南方胡儿起衅，人势雄勇，必须要操练兵戈。(唱)**被军兵大险怎抵挡，秀着金戈藏深山**。[2] **必须要齐集粮和将，那时节燮理阴阳。俺呵！出雄师兵强将强，辟土开疆。呀！奋雄威平定西方，平定西方**。

(末)众卿奏事无差。两辽王。(正生)臣。(末)命你去到山西，挑选人马进京，剿灭胡儿，莫负朕命。(正生)领旨。(末)张相，命你镇守关下，毋得抗旨。(净)领旨。(末)张卿，命你巡哨皇城，莫负朕命。(付)领旨。(末)程卿。(小生)臣。(末)命你带兵在御校场，操练三军，莫负朕命。(小生)臣启奏万岁，我家祖公公百岁大寿，待等公公寿日一过，操练三军，望吾皇准奏。(末)呀，倒是寡人忘怀了。程老千岁荣寿，寡人理当恭敬。张相，命你在御校场操练三军，等程老千岁寿日一过，依旧程卿操练三军。众卿退班。(众)臣等送驾。(老旦随末下)(众唱)

【煞尾】君心仁德护家邦，君圣臣贤万民康。**愿得个海晏河清，文和武福寿永昌，福寿永昌**。(下)

---

① 面不色，单角本或作“免不色”，俱费解。

② 大险，单角本作“大显”，暂校改如此。“秀着金戈”句意不明。

第三号

正旦(樊梨花)、正生(薛丁山)、丑(薛刚)

(正旦上)(引)四大金刚,立功绩扶助王朝。(诗)失落有西番,社稷定平安。父子烈功绩,英名薛丁山。(白)妾身樊氏梨花,从幼拜梨山老母为师,师父有言,嘱咐与薛丁山,有夙世姻缘。投唐以来,生下四子,猛、勇、刚、强,强年幼,长在随身。王爷早朝未回,备得有酒侍候。(正生上)(打)(白)咳咳咳!(正旦)王爷见礼。(正生)夫人见礼。(正旦)请坐。(正生)请坐。(正旦)王爷今日回朝,声声长叹,为何?(正生)夫人有所未知,只为南方胡儿起衅,圣上命我往山西挑选十万人马,圣命急切,毋得停留。今乃程老千岁荣寿,无人前去拜寿,故而愁闷。(正旦)待等程老千岁寿日一到,差三子薛刚前去恭贺。(正生)夫人,我想此子呵!(唱)

【(昆腔)佚名】**作事无端恨无知,心气暴躁难纠止**①。(正旦白)薛刚回来,吩咐一番便了。王爷!(唱)**休得多虑,嘱咐言语事谨依**②。**是非劝慰,万事心安逸**。

(丑上)骑射穿杨在沙场,习练武艺当世豪。爹娘请上,孩儿拜揖。(正生、正旦)罢了。薛刚,你往那里回来?(丑)孩儿在沙场习练武艺回来。(正生、正旦)小小年纪,习练武艺,有恐损力,须要自己酌量。(丑)孩儿晓得。(正生)薛刚,今乃程老千岁百岁荣寿,为父要往山西挑选十万人马,不得在此,命你前去拜寿,这酒须要少吃。(丑)这酒是好东西。(正生)夫人你看,此子不足大用了。(正旦)儿吓,你父亲往山西挑选十万人马,程老千岁百岁荣寿,命你前去恭贺,这酒须要少吃。(丑)母亲,孩儿不吃酒就是。(正生)好!只要不吃酒不生事,为父在外才得放心。(正旦)备得有酒,王爷饯行。(吹

---

① "作事"至"纠止",单角本原无,据195-3-66忆写本录入。

② 事谨依,民国二十四年(1935)赵培生《双玉锁》等正旦本[195-2-28(3)]作"是心以",暂校改如此。

【尾】(正生白)圣命急切,不得停留,就此告别。(手下上)人马齐备,王爷起马。(正生)就此起马。(下)

第四号

付(张万成)、丑(薛刚)

(付上)掌握兵权有威风,志气轩昂号令重。下官兵马司张万成,只因南方起衅,十分凶勇,万岁有旨,命下官巡哨皇城。不想薛丁山与我有仇,恨不得死在外邦,方消胸中之恨。带兵巡哨皇城,正是赫赫威名重,军令谁不遵?(四手下上)吠!人马齐备,大老爷起马。(付)与我带马。(吹)(四手下、付下)(内)好老酒。(走板)(丑上)(唱)

【园林好】醉醺醺心意欢畅,昏沉沉、回归家坊。(白)俺薛刚,在程老祖公府上,众世子吃酒。这个一杯,那个一杯,吃得醺醺大醉,不免回衙去也!(唱)**只俺这心性刚强,回家里禀娘行,回家里禀娘行。**(丑下)

(内)吠!(大走板)(四手下、付上)(唱)

【前腔】威凛凛坐骑加鞭,扫皇城、谁敢胡行。(白)下官张万成,奉皇旨意,带兵巡哨皇城,好不威风人也!(唱)**巡皇城谁敢闹闯,不怕他皇亲势,不怕他势皇皇。**

(四手下)吠!(大走板)(四手下、付下)(丑上)(唱)

【江儿水】匆匆行步蹓,急速转门墙。(内声)(丑)呀!(唱)**何事这等闹嚷嚷,心怯聊且归家忙,何事热闹心难详。想是俺小英豪,何怕冲撞,何怕冲撞?**

(二百姓急上,逃下)(丑)嗄唷,我看平民百姓逃走,不知为着何故,看过明白。(丑下)(四手下、付上)(唱)

【前腔】只见平民逃,急速追赶上。扫尽狼烟如火烧,(二百姓急上)(手下)何处狂徒闯上?(付)呀,如此大胆,来,将他拿下!(二百姓)大老爷,我们平民百姓,一见大老爷兵马到来,故而惊慌,还望大老爷饶恕。(付)呢!(四手下)吠!(付)大胆狗头,如此无礼,冲撞下官。来,将他打!(二百姓)大老爷饶命!(四手下打)(丑上)什么样人,将百姓欺压拷打,俺心中不服。(付)嘈!什么样人,在此强摆?来,将他拿下!(四手下)拿下!(丑)谁敢?张万成,我骂你这奸贼!你欺压良民,反将俺拿下。可恼,可恼也!(唱)**恼得心中似火烧,反将俺捉拿违犯。怒气冲冲泼天大,要将你贼狗官有命难逃,有命难逃**。

(丑打手下,四手下逃下)(丑打付,付逃下)(二百姓)谢谢恩人。(丑)你们好生回去,待俺赶步前去,打这狗官。(二百姓)恩人,动不得,动不得。(丑)不要你管。(丑下)(百姓下)(四手下上)(付上)(唱)

【水底鱼】心中怒恼,薛刚忒胡闹。王法全无,敢行凶霸道。

(丑上,扯付)(付)饶命,饶命吓!(丑)你这狗官,俺三爷爷就将你一拳。(打)(付科)阿唷唷!(付逃下)(丑)这狗侴样的东西,被俺一拳,打坏他眼目。他们逃走了。酒也醒了,不免回去了罢。(唱)

【前腔】除恶奸刁,我心直恁焦。将他一拳,受亏他去了。(科,下)

(四手下、付逃上)(付唱)

【尾】打得我无头无脑,(众白)打坏了。(付)怎么,你们也打坏了?我老爷也打坏了。(四手下)咳,老爷,这眼珠打出了。(付)怎么,我老爷眼珠打出了?咳,快走,快走。(科)嗄唷。(四手下下)(付唱)**恨杀薛刚忒胡闹**。(下)

第五号

正旦(樊梨花)、丑(薛刚)、末(院子)

(正旦上)(唱)

【佚名】倚门闾盼望儿曹,夜更阑、何处闲要?莫不是沉醉那家,莫不是留恋野花?(白)妾身樊氏梨花,只为王爷到山西挑选人马未回,命薛刚叫众世子前去恭贺,到此刻不见回,好生挂念。(唱)**他是个暴性小英豪,只恐他酒后无觉,与朋友谈论沉醉,恐惹祸王法三章有争差**。

(丑上)好老酒,好老酒。母亲,孩儿拜揖。(正旦)咳,你这畜生在那里,这酒吃得这般光景?(丑)孩儿在刑部厅,众世子这个一杯,那个一杯,酒吃醉了。(正旦)进去睡了罢。(丑)孩儿有话,禀告母亲知道。(正旦)有话起来讲。(丑)母亲,孩儿行到御校场口,可恨张万成这狗官,欺压平民百姓,将他拷打。孩儿分辩几句,要将孩儿拿下。孩儿心中怒气,他要将我治罪。(正旦)后来便怎么?(丑)后来我放了良民,好好叫他回去。孩儿看张万成是俺爹爹仇人,我赶上将他一拳,打下左目。(正旦)咳,你这畜生,父亲去时,何等嘱咐,出外惹祸。过来。(末院子上)有。(正旦)去到朝房打听,无事倒也罢了。(末)如若有事?(正旦)报与夫人知道。(末)晓得。(末下)(丑)母亲,张万成这狗官,打他几下,有什么祸事不成么?(正旦)畜生,畜生!(唱)

【佚名】情性儿忒凶邪,无端惹祸如天大。守着安分成规,(丑白)有什么大不了事情。(丑下)(正旦唱)**一味的行威浪打,行威浪打**。(下)

第六号

付(张万成)

(四手下、付上)(手下)来此朝房。(付)取朝简,外厢侍候。(手下)晓得。(四手下下)(付)来此朝房,俯伏,张万成见驾,我主万岁。(内)张卿有何本奏?(付)臣启万岁,奉皇旨意,带兵巡哨,来了薛刚,将我左目打伤,望吾皇准奏。(内)旨下,张卿有本奏上,薛刚无故打伤张卿左目,本当斩首,念程老千岁百岁荣寿,三日难动军器。待等程老千岁寿辰一过,两辽王调动十万兵马进京,一同治罪。不必再奏,退班。(付)万万岁。(四手下上)老爷,圣上有何旨意下来?(付)薛刚本当斩首,念程老千岁百岁荣寿,三日难动军器。待等程老千岁寿辰一过,两辽王回京,一同治罪。(手下)老爷,怎样气得他过?(付)他们的运气好。(手下)老爷呢?(付)我老爷该倒灶[1]。(下)

---

① 倒灶,方言,运气差。

第七号

小生(程千忠),贴旦(程方),外(程咬金),正生、末、净(官员),
丑(薛刚),小旦(秦梦),花旦(罗昌),正旦(太监)

(小生上)(引)恩受荣封,喜得个福寿康宁。(白)本藩程千忠,只因公公百旬荣寿,我爹爹有寿礼送归,我命程方安排酒筵,未知可曾完备。来。(旗牌上)有。(小生)请爵主出来。(旗牌)晓得。爵主有情。(贴旦上)(引)少年烈功职,何日伴君王?(白)爹爹,孩儿拜揖。(小生)罢了。(贴旦)晓得。叫孩儿出来,有何吩咐?(小生)今日公公寿日,众文武前来贺寿,命你安排酒筵,可曾完备?(贴旦)早已完备。(小生)不免请出公公。(贴旦)晓得。(同白)公公/祖公公有请。(外上)(引)蒙圣恩百岁,年迈迈老苍苍。(小生)公公,孙儿拜揖。(外)孙儿罢了。(贴旦)曾孙儿拜揖。(外)小孙儿罢了。孙儿,请公公上堂何事?(小生)今日公公百旬,故而悬灯结彩。(外)中堂悬灯结彩,我道为着何事,原来老朽百岁暮年到了。孙儿,你父亲可有喜报回来。(小生)我爹爹早已寿礼送归了。(外)怎么,有寿礼送回?呵吓,儿吓!(小生)公公为何双眼掉泪?(外)孙儿,你们那里晓得?公公少年的时节,东荡西驰,南征北剿,受了多少汗马之苦。呵吓,儿吓!如今不能凯歌回朝,苦杀你了。(小生)有道今逢喜事精神乐,(贴旦)得高歌来且高歌。(小生、贴旦)公公/祖公公请上,待孙儿/曾孙儿拜寿。(外)月到中秋分外明。(科)(吹【画眉序】)(小生)公公请上,待孙儿拜敬一杯。(吹【画眉序】末两句)

(内白)报上,众文武前来恭贺。(小生)公公,众文武前来恭贺。(外)孙儿出去迎接,吩咐起乐。(小生)吩咐起乐。(正生、末、净上)(小生)阿呀,大人请。(众)闻得程老千岁百旬荣寿,准备礼物,前来恭贺。(外科)列位大人意到就是,何用礼物费心。(众)望千岁全收。(外)孙儿,列位大人后堂开宴。(小生)请,列位大人请到里面开宴。(正生、末、净、小生下)

(内白)报上,众世子前来恭贺。(贴旦)祖公公。(外)曾孙,你的同年到了,出去迎接。(贴旦)晓得。起乐。(丑、小旦、花旦上)(贴旦)哥哥。(众)四弟。(贴旦)哥哥请。(众)祖公公,曾孙拜揖。(外)意到就是,何用爹妈费心。(众)祖公公,奉爹妈之命,准备细细寿礼,还望全收。(外)怎么,要全收?过来,照单点齐,回礼侍候。(众)祖公公,这寿拜过,寿酒要吃的。(外)是吓,寿酒原是要吃的。曾孙。(贴旦)祖公公。(外)列位哥哥到演部厅饮酒,饮到半节之间,公公进来,与你们耍拳弄棍。(贴旦)列位哥哥,后堂上席。(众)请。(贴旦)请。(丑、小旦、花旦、贴旦下)

(内白)圣旨下。(小生上)公公,圣旨下。(外)摆香案接旨。(小生)摆香案接旨。(太监二名扛百岁坊,正旦上)(正旦)圣旨下,跪。(外、小生)万岁。(正旦)听宣读。诏曰:程老千岁百岁荣寿,圣上钦赐金冠一顶,蟒袍一袭,玉带一围,与程老千岁上寿。钦哉,谢恩。(外、小生)万万岁。(正旦)老千岁请上,受咱家拜寿。(外)老身也有一拜。(众上)公公,你也到此。(正旦)咱家拜寿而来。(众)吾等俱是拜寿而来。(外)孙儿,请公公、列位大人后堂开宴。(小生)公公、列位大人,后堂上席。(众)又要打搅。(小生)请。(众)请。(吹**【尾】**)(下)

第八号

丑(薛刚)、小旦(秦梦)、花旦(罗昌)、贴旦(程方)

(丑、小旦、花旦上)(同唱)

【(昆腔)**一江风】寿筵开,心中多欢容,我们小英雄。蹇眉峰,饮酒快乐,一任他鼓乐喧声隆**。(小旦白)俺秦梦。(花旦)俺罗昌。(丑)俺薛刚。(小旦、花旦)三哥,酒饮几杯?(丑)等四弟到来,尽兴而醉。(唱)**众世子,世袭小英雄,大家等候小胞同**。

(走板)(贴旦上)(唱)

【前腔】忙步儿，就到后堂中，兄弟聚话欢爱。(白)列位哥哥见礼。(众)四弟见礼，为何来迟？(贴旦)小弟外堂有事，如此前来备得有酒，列位哥哥畅饮。(唱)**畅开怀，今日寿筵开，一杯寿酒奉金樽。**(丑白)咳！(众)三哥为何停杯不饮？(丑)非是我停杯不饮，只因那日张万成巡哨皇城，无故欺压平民百姓。为兄见他拷打良民，为兄分辩几句，要将俺拿下，恼得为兄心头怒气，就将他一拳，打下他的左目。(众)后来便怎么？(丑)后来母亲说酒少吃。张万成这狗官奏明圣上，待等我父回来，拿下一体同罪。(唱)**真可恨，怒气冲牛斗，仇如山海结冤仇。**

(贴旦)三哥说那里话来？在我家饮酒，闯起大祸，倒也不妨。(众)阿吓，是吓！四弟快快拿酒来。(贴旦)待我取大杯来。(科)再取来。(科)(众)三哥再宽饮几杯。(丑)列位贤弟，你们可知事？(众)小弟不知。(丑)张君佐这老贼，在校场操练三军。(众)吓，张君佐乃是弄笔文臣，那晓得武事韬略？若说武事韬略，是俺世袭公爵所管。欺俺小名，令人可恼。(丑)列位兄弟，我与你去到校场，看个明白。(众)前去看个明白。(同唱)

【(昆腔)**尾】去到校场看分明，世袭公爵有威名。看这老贼怎么样，小小英雄有奇能。**(同下)

第九号

净(张君佐)、正生(中军)、丑(薛刚)、小旦(秦梦)、
花旦(罗昌)、贴旦(程方)、正生(薛丁山)

(【大开门】)(四兵、四将、正生中军上)(净上)(唱)

【新水令】奉命操练谕令表，金枝玉恺悌贤豪。三军如虎狼，就听轰雷炮。勤操，令如山画角号噪，画角号噪。

(白)老夫,张君佐,奉旨操练三军,克灭胡儿。来,转过御校场者。(大转头①)(唱)

【步步娇】三军簇拥乱啰唣,大纛耀衢道。旌旗挨对对,剑戟和戈矛。须听令号,五色旗大纛斜交,大纛斜交。

(吹【过场】)(净上马,下,众兵将随下)(四兵上,操练下)(四将上,操练下)(正生上,下)(净上,下)(吹【过场】)(四兵、四将、正生上)(净上,下马,上高台,兵将两边站)(净)中军听令。(正生)在。(净)吩咐旗鼓司,擂鼓三通。鼓起埋锅造饭,二通鼓全身披挂,三鼓绝,众将一齐上台听点。(正生)得令。(净)吩咐起鼓。(正生)喻,吩咐起鼓。(一鼓)(正生)一鼓止。(净)二鼓催。(正生)二鼓催。(二鼓)(正生)二鼓止。(净)三鼓紧紧速催。(正生)三鼓紧紧速催。(三鼓)(正生)三鼓没。(净)中军听令。(正生)在。(净)先传弓箭手上场比箭。(正生)得令。喻,相爷有令,先传弓箭手上场比箭。(四将上)相爷请上,小将叩头。(净)命你前去比箭。(众)得令。(击鼓)(净)弓箭手在后领赏。(四将下)(净)妙吓!弓箭手箭法如神,何愁胡儿不灭也!(唱)

【折桂令】众三军本领甚高,射中金钱,箭法神妙。灭胡儿如同草茅。(白)中军听令。(正生)在。(净)枪炮手上场比较。(正生)得令。喻,相爷有令,枪炮手上场比较。(正生下)(四兵上)叩见相爷。(净)命你们先去比来。(四兵)得令。(击鼓)(净)呢,你们这班狗头,看你失放营枪,死罪难逃也!(唱)**食君禄须听令号,失营枪军法轻藐。刑法重罪,军棍鞭敲,**(一兵白)相爷,小人一时失手,还望相爷呵!(唱)**望相爷饶恕一遭,饶恕一遭。**

(净)再去比来。(四兵)得令。(丑、小旦、花旦、贴旦上,科)(净)呀,你这狗头,又失放营枪。来,将他打。(丑、小旦、花旦、贴旦)且慢。大胆张君佐,欺压小民,我心中不服。(净)嘈!什么样人,敢来阻拦?(丑)你可晓通州薛三爷威名?(净)大胆薛刚,小小年纪,前来阻拦,将他拿下。(丑、小旦、花旦、贴旦)住

---

① 大转头,锣鼓牌子名称,用于冠带人物上场或引出唱腔的开唱锣鼓。

口。张君佐，你乃是弄笔文臣，那晓得武事韬略？如此无礼，可恼，可恼！

（同唱）

【江儿水】恼我英雄性，惹得怒冲霄。貔貅怎得你虫着？（净唱）**听言来怒气咆哮，恼得俺雷霆散发，管叫你有命难逃，有命难逃。**

（丑、小旦、花旦、贴旦拉净下台，打四十棍，净倒地）（丑、小旦、花旦、贴旦）阿吓！（逃下）（四兵扶净起）（净）阿唷吓！（四兵扶净下）（四将、正生上）（唱）

【雁儿落】望凝眸是都门进城壕，昼和夜迤逦无耽搁。皇皇旨不顾路迢遥，为邦家跋涉敢惮劳。（白）本藩薛丁山，只为南方胡儿起衅，圣上命俺往山西挑选十万人马，为此不分昼夜而来，进京复旨。过来，趱上。（唱）**呀！一个个赏禄非轻小，百日里立功劳。胡儿滔天勇，尽归大唐朝。**（内喊）（正生）呀！（唱）**闹吵，为何噫声日非小？心焦，叩青鬃停缰勒马问分晓，停缰勒马问分晓。**

（四兵扶净上）（净唱）

【侥侥令】皮开剖肉绽，两腿鲜血冒。（正生白）老太师为何这般光景？（净）两辽王你回都了，你生得好儿子！（正生）我三子薛刚得罪老太师不成？（净）呸！你三子薛刚，道我欺压小民，他心中不服，将我扯下将台，捆打四十呵！（唱）**声声骂我恶奸刁，你纵子罪不消，你纵子罪不消。**

（正生）老太师且息怒，待本藩绑子前来请罪。（净）呸！明日到朝房等你。（四兵扶净下）（正生）吓，逆子闯出弥天大祸，还当了得。来，带马。（唱）

【步步娇】恨逆子竟胡闹，泼天祸事我担着。不念着共事臣僚，逆子罪我自当。倚侍着世袭同僚，恨不得将他万剐千刀，将他万剐千刀。（四将、正生下）

（丑、小旦、花旦、贴旦上）（同唱）

【收江南】呀！醉醺醺一味的心迷呵，恨奸徒赏罚不分晓。枉做了当朝冢宰一元老，有一日除奸灭暴。（丑、小旦、花旦白）四弟请了。（贴旦）列位哥哥请了。（丑）为兄酒还未尽兴。（贴旦）到我家吃一个尽兴而去。（丑、小旦、花旦）有劳四弟，请。（同唱）**再饮香醪，再饮香醪，**（内声）（众科）（同白）何处人马？（内白）两辽王回。（众科）（同白）阿吓，不好了！（同唱）**唬得人心头小鹿频频跳，心头小鹿**

频频跳。(科,下)

(正生上,扯丑衣,丑逃,正生下马,追下)(四将上,拉马拾枪下)(小旦、花旦、贴旦上)

阿吓!(同唱)

【园林好】唬得人汗流淋,遇严亲来捕捉。料想此刻来奔逃,顾不得崎岖路遥。(科)(逃下)

(四将、正生绑丑上)(正生)逆子,逆子!(唱)

【沽美酒】恨逆子罪犯王章,今日里、命难逃,顷刻间身赴鸿毛。害我身罪犯王朝,要将你斩首市曹。俺呵!要将你斩首截腰,尸骨焚烧。呀!在金门听候侍朝,听候侍朝。(四将、正生绑丑下)

(小旦、花旦、贴旦上)(同唱)

【尾】亲见金兰身被捉,严亲命无可解交。(小旦、花旦白)四弟,三哥被两辽王拿去,如何是好?(贴旦)列位哥哥吓,待我回转家中,请祖公公上殿保奏便了。(唱)**任你泼天来坐罪,立救金兰祸事消**。(哭下)

第十号

小生(程千忠)、贴旦(程方)、外(程咬金)

(小生上)(引)恩受荣华,喜得个海晏河清。(白)本藩,程千忠,昨日众文武前来恭贺,又来了众世子前来拜寿。那些众世子出外闲游,怎的不见回来,好生挂念也。(贴旦上)(唱)

【不是路】祸事天来,急报情踪说根芽。进门台,忙见亲爹泪盈腮。(科)(小生)呀!(唱)**恁惊骇,为甚的满面啼痕泪,一一从头说明白**[①]。(白)为何这等回来?(贴旦)阿呀,爹爹,三哥在我家饮酒,饮到半席之中,说张君佐在校场操练三军,说弄笔文臣,那晓武事韬略?扯下将位,棍打四十。(唱)**事难分解,**

---

① 明白,单角本作“短长”,据 195-3-85 整理本改。

殴辱功臣受非灾。(小生白)呀!(唱)**听说惊唬,逆子纵横非常祸,如何分解,如何分解?**

(白)儿吓,后来待怎么?(贴旦)来了两辽王,将三哥绑上金殿治罪,望爹爹相救才是。(小生)吓,逆子,逆子!(唱)

【皂角儿】这事情好难分解,遭奇祸、怎受非灾?不肖子胡行乱为,在金门诛戮也该。**害得个,倥偬**[①]**严亲,生遭此害,纵子律受不贷,律受不贷**。(贴旦白)爹爹!(唱)**须念同僚,年谊情怀**。**若不救,云阳市曹,血溅金阶,血溅金阶**。

(小生)这场事情,难以解救,但是这个……吓,是了,不免请出公公商议便了。(小生、贴旦)公公/祖公公有请。(外上)(唱)

【前腔】盆覆地将老成排[②]**,是和非、细说端详**。**为人的背拜留候**[③]**,有衷情细说明白**。(小生白)公公,孙儿拜揖。(外)孙儿罢了。(贴旦)祖公公,曾孙儿拜揖。(外)曾孙罢了。(小生、贴旦)公公吓! /阿呀,祖公公吓!(外)孙儿、曾孙,为何在此啼哭?(小生)公公有所未知,这班小孩子前来拜寿,在东廊饮酒,出外游玩,张君佐在那里操练三军。那薛刚心中不平,将张君佐捆打四十。(外)我道为着何事,张君佐乃是弄笔文臣,那晓武事韬略?若说武事韬略,是俺世袭公爵所管。小子家看得不平,将他打了几下,有什么大不了的事情?(小生)公公,你道他无罪,他先有罪在前了。(外)有什么罪在前?(小生)前者张万成巡哨皇城,那薛刚打伤张万成左目,奏闻圣上,其父回来,一同治罪。(唱)**泼天祸,重重罪大,这一回,难以解救,难以解救,父子命推**。

(外)薛家罪犯全家,我难道坐视旁观不成?孙儿过来。(小生)公公。(外)命你明日到朝房打听,没有事情,倒也罢了;若有事情,报我公公知道。速去。(小生)孙儿晓得。(唱)

---

① 倥偬,单角本作"康中",暂校改如此。倥偬,困苦窘迫。

② 盆覆,即"覆盆"。因光明不入覆盆之内,故用以比喻无法挣脱的黑暗和无处申诉的冤屈。老成,指年高德劭的人。

③ 留,单角本一作"苗"。"背拜留候"未详。

【尾】**纲常紊乱朝纲坏，保孩儿事担代**。(科)(小生下)(外)曾孙吓！(唱)**你与我整顿衣冠上早朝**。

(贴旦)祖公公吓！(外)曾孙不要啼哭，你不出门闯祸倒也罢了。(贴旦)若还出门闯祸？(外)若还出门闯祸，要闯得大。(贴旦)要闯得大？(外)有祖公公在此。(贴旦)我会闯。(笑)(科，下)

第十一号

净(张君佐)、付(张万成)、正生(薛丁山)、小生(程千忠)、老旦(太监)、末(唐太宗)、丑(薛刚)、外(程咬金)

(净、付上，科)(净)吓，你是张大人？(付)正是。(净)你为何这般光景？(付)老太师，你道为着何事，万岁有旨，命我巡哨皇城，不想来了三子薛刚，说我欺压平民，将我一拳，打下我的左目。你道我要气不气？(净)薛刚，薛刚，岂有此理！阿唷吓！(付)老太师，为何这般光景？(净)张大人有所未知，老夫奉旨操练三军，不想来了世袭公爵一班小畜生，薛刚不分白皂，将我扯下将位捆打呵！(唱)

【风入松】**恶子甚猖狂，不法的横行乱闯。纲常扰乱是朝堂，打得我、打得我遍体鳞伤**。(付白)老太师，薛刚这样毒手，实为可恨。(净)可恨薛丁山，如此纵子不法，若不与他理论，纵子无端也！(唱)**来痛打演武公堂，两腿儿血流淌，两腿儿血流淌**。

(正生上)(唱)

【前腔】**无端逆子犯王章，转回归惹出祸殃**。老太师！**你是个当朝勋爵受刑伤，还望你、还望你宽洪大量**。(净白)张大人，你我与他面奏也！(唱)**一任他如虎似狼，管叫他赴云阳，管叫他赴云阳**。

(正生)阿呀！(小生上)(唱)

【急三枪】**事不合，难料理，怎主张？急速的，进朝房，急速的，进朝房**。(白)

吓,老太师,为何这般光景?(净)程大人有所未知,老夫奉万岁旨意,带兵去到御校场操练三军,这班三军失放营枪,军法严刑。来了三子薛刚,将我扯下将位,捆打四十。(小生)张大人,为何这般光景?(付)程大人,万岁有旨,命我带兵巡哨皇城,来了百姓冲撞本官马头,将他打了几下,原是有的。来了薛刚,打了平民,心中不服,将我左目打坏呵!(小生)吓,那薛刚小小年纪,欺辱二位大人,令人可恼。两辽王,此事因何而起?(正生)公爷有所未知,本藩往山西挑选十万人马,才得回朝,不想逆子惹出弥天大罪,为此绑子前来请罪。(唱)**正国法,请立朝堂。纵子罪,我承当,纵子罪,我承当。**

(小生)二位大人,此事为薛刚一人而起,还望二位吓!(唱)

【风入松】须念国家紫金梁,望仁慈宽洪大量。今朝义气辅君王,正国法、正国法免奏君王。(净白)咳!(唱)**这言词难说当场,请御驾论筵前,请御驾论筵前。**

(白)万岁跟前,与他面奏。(付)面奏。(鸣钟)(老旦太监、末上)(唱)

【急三枪】何事的,击金钟,鸣奏长?出宫帏,立朝堂,出宫帏,立朝堂。(正生、小生、净、付白)臣等见驾,愿吾皇万岁。(末)众卿平身。(众)万万岁。(净)阿吓,万岁吓!(末)张相吓!(唱)**你是个,文武臣,来达上。有冤情,诉朝堂,有冤情,诉朝堂。**

(净)臣启万岁,奉旨操练三军,不想薛刚出外闲游,我在校场,三军失放营枪,军法严刑。薛刚心中不服,将我扯下将位,捆打四十呵!(唱)

【风入松】无故欺辱当朝相,(白)他说文官难掌武事韬略。(唱)**没王法面奏君王。**(末白)那薛刚前者打伤张卿左目,寡人有旨在前。今日打伤张相,两辽王不来请罪,可恼,可恼!(唱)**卿公藐视当朝相,欺寡人、欺寡人如同草莽。**(白)两辽王。(正生)臣。(末)咳,还有颜面前来见寡人。(唱)**还敢来回立朝堂,纵子罪你承当,纵子罪你承当。**

(正生)咳吓,万岁,臣往山西挑选十万人马,才得回都,不想逆子惹出弥天大罪,为此绑子前来请罪。(唱)

【前腔】丹心一点扶君王，臣怎敢欺君犯上。劝君暂息雷霆响，不肖子、不肖子玷污纲常。(末白)侍儿传旨，命武士将薛刚绑上金殿。(老旦)万岁有旨，命武士将薛刚绑上金殿。(内)领旨。(二手下绑丑上)(手下)万岁，薛刚绑到。(末)薛刚，咳，你前者打伤张卿左目，如今打伤张相。程卿听旨。(小生)臣。(末)将薛丁山父子绑出午门斩首。(小生)万岁，那薛丁山征东有功，免得其父子一死，吾皇准奏。(末)咳，寡人没有这逆臣，难道不能够主大位？武士听旨。(手下)万岁。(末)将薛丁山父子绑出午门斩首。(小生)待我报与公公知道。(科)(小生下)(手下)领旨。(手下带正生、丑下)(净、付)斩得好，斩得好。(笑)(内)刀下留人！(外上)(唱)**老年人独立朝纲，上金阶奏君王，上金阶奏君王**。

(白)老臣程咬金见驾，愿吾皇万岁。(末)皇兄平身。(外)万万岁。(末)赐绣墩。(外)谢主隆恩。(末)侍儿搀扶。皇兄，寡人无旨，你上殿有何本奏？(外)臣启万岁，薛丁山父子身犯何罪，绑出午门取斩？(末)皇兄有所未知，那薛刚前者打伤张卿左目，如今打伤张相，故而绑出午门取斩。(唱)

【急三枪】乱纪纲，正国法，罪难逃。父和子，赴云阳，父和子，赴云阳。(外白)依老朽看来，薛丁山父子斩他不得。(末)为何斩他不得？(外)目下南方起衅，单怕薛氏一门。若将他斩首，那有第二个薛仁贵来征东？(唱)**念其父，汗马功劳，忠良将。若来正国法，谁来扶家邦？**

(末)你忒多虑了。(外)非是老臣多虑吓！(唱)

【风入松】他是开国大忠良，(末白)程咬金，你敢激怒寡人么？(外白)老臣也为社稷江山。(唱)**念其父汗马功劳。东荡西驰南征剿，哭得我、哭得我泪落胸膛**。(白)张君佐、张万成。(净、付)老千岁。(外)薛刚小小年纪，殴辱二位大人，看老朽一面，忍耐些罢了。(净、付)这是万岁之故，不是我之故。(外)我晓得你二人是好的。(净、付)是好不来的。(外)万岁，他二人看老朽一面，万岁开恩，舍他父子一死。(净、付)阿唷，万岁吓！(外)吓，二位吓！(唱)**我和你同坐王朝，何故的结冤家，何故的结冤家**。

(净、付)老千岁，你年纪老了，在家享福，朝中之事，不要管闲事。(外)那个

管闲事？（净、付）你去管，你去管。（外）你管闲事，你管闲事。（倒地）（唱）

【前腔】可恨二人恶奸刁，你将我遍身痛打。王法无端真可恶，可怜我、可怜我年迈苍苍[①]。（小生上）（唱）**告急呈金阶奏上，停刑旨在那厢，停刑旨在那厢？**

（白）阿呀，公公吓！（唱）

【急三枪】可怜你，年岁迈，老苍苍。为甚的，滚地方？为甚的，滚地方？（白）臣启万岁，永平关告急，本章呈上。（末）展开。（小生）公公，那一个打的？（外）他二人打的。（净、付）我们二人那里会打他？是他自己做无赖。（小生）唔，你打，你打。（末）可恼，可恼！（唱）**此急本，难料理，怎主张？何日得，灭豺狼？何日得，灭豺狼？**

（白）程卿，那南方胡儿起衅，何将可以破之？（小生）臣启万岁，南方胡儿起衅，单怕薛氏一门。命薛丁山戴罪征蛮，得胜回来，将功赎罪，望吾皇准奏。（末）程卿奏事无差。程卿听旨。（小生）万岁。（末）命你前战先行，退班。（小生）领旨。你打，你打。（小生下）（末）侍儿传旨，命武士将薛丁山父子绑上金殿。（老旦）万岁有旨，命武士将薛丁山父子绑上金殿。（内）领旨。（二手下绑正生、丑上）（手下）薛丁山父子绑到，有绑。（末）松绑。薛丁山听旨。（正生）万岁。（末）命你带兵征伐南方，得胜回来，将功赎罪，退班。（正生）谢主隆恩。（正生、丑下）（净、付）万岁打坏了。（外）老臣打坏了。（末）二卿吓！（唱）

【风入松】他是开国大忠良，命他的戴罪南方。东荡西驰英雄将，保江山、保江山辟土开疆。（净、付白）万岁你好不公。（外）万岁你好不公。（末）非是寡人不公，只为南方胡儿起衅，单怕薛氏一门。侍儿，扶程老千岁出宫去罢。（唱）**一对的年迈苍苍，年迈苍苍，程咬金保朝堂，程咬金保朝堂。**（老旦随末下）

（外）老臣送，老臣送。（净、付）送送送，老勿死。（外）张君佐、张万成，我好好去了，七老八老老什么？（净）老千岁。（付）老寿星。（外）你二人不听我言，

---

① “可恨”至“年迈苍苍”，单角本未抄录，据 195-3-85 整理本校录。

还欠打。(科)(净、付)阿唷吓!(外)我还不老,不老。(外下)(净、付)千年勿死个短命鬼,说我也欠打,你也欠打。咳,朝纲乱了,朝纲乱了。(下)

第十二号

小生(程千忠)、正生(薛丁山)、外(赞礼官)

(小生上)头戴金冠耀龙鳞,身披铁甲日月明。一心要把南唐灭,方显为朝定国臣。俺,程千忠是也。只为薛丁山戴罪征蛮,命俺为先行。恐有差遣,在辕门侍候。(小生下)

(【大开门】)(四将、正生上)(吹【点绛唇】)(白)一片丹心报君王,扶助皇家社稷长。一心要把胡儿灭,方显威名四海扬。本藩,薛丁山,往山西挑选十万人马,三子薛刚在家,惹出弥天大祸。多感程老千岁保奏,圣上命我戴罪征蛮。命先行整顿人马,不知可曾齐备。来。(手下)有。(正生)传先行进帐。(手下)传先行进帐。(内)来也!(小生上)忽听元帅唤,辕门听号令。报,先行。报,先行。元帅在上,先行打躬。(正生)先行听令。(小生)在。(正生)吩咐人马齐往校场祭旗。(小生)得令。立点,元帅有令,将人马齐往校场祭旗。(众)有。(吹【过场】)(正生、小生上马,下)

(吹【过场】)(四将、小生、正生上,下马)(外赞礼官上)请元帅祭旗。(吹牌子)(外)整冠,束带,跪,叩首,再叩首,三叩首。上香,再上香,三上香。献爵,再献爵,三献爵。叩首,再叩首,三叩首,兴。请元帅退位。(众将行礼)(正生)山川旗帜大将军在上,本藩薛丁山,奉旨克灭胡儿,但愿旗开得胜,马到成功。(手下)吠!(摇旗)(外下)(正生)先行听令,吩咐大小三军,发炮起马。(小生)得令。立点,元帅有令,大小三军,发炮起马。(众)有。(吹)(众上马,下)

第十三号

净(苏飞虎)、正生(薛丁山)、小生(程千忠)、付(苏英珠)、丑(薛刚)

(四番兵、净上)(念【八面光】)生来英雄气概,征战沙场逞强。一心要把唐朝灭,杀气腾腾烈火扬。(白)俺,苏飞虎,父亲苏保童,死在大唐之手。如今兵强马壮,立起大兵,前去报仇。众番将。(众)有。(净)提兵带马。(众)有。(吹【尾】)(四番兵、净下)

(四家将、正生、小生上)(正生)先行听令,攻打前段,不得有误。(小生)得令。(小生下)(正生)众将用心杀上。(净上,冲阵)(净)来将可是薛丁山?(正生)本藩。(净)你敢是前来送死?(战,正生败下,净追下)

(吹打半段)(小生上)俺程千忠,元帅出阵交锋,未知胜败如何也。(内喊)(小生)咳,想是元帅败阵来也,不免前去接应者。(吹打)(小生下)(正生、净又上,战,正生败下。小生上,接战,胜,净败下,小生追下)

(四番兵、付上)(念【八面光】)赤发如火烧,魂牌定乾坤。上阵交锋何足道,杀得唐兵无处奔。(白)奴家苏英珠,父王出阵,未知胜负如何也。(净上)(付)父王在上,王儿打躬。(净)罢了。(付)谢父王。胜败如何?(净)大败而回。(付)呀,待王儿出马。(净下)(小生上,与付战,小生败下)(净上)(付)王儿打躬。(净)罢了。(付)谢父王。(净)胜败如何?(付)父王,王儿出战,魂牌一起,敌将落荒而逃。(净)好!此乃王儿之功。今夜三更,前去偷营劫寨。众将!(四番兵)有。(净)杀上。(四番兵、净、付下)

(丑上)俺薛刚,父亲征剿南方,母亲命俺四路催粮,军前效用,不免往山西走一遭也!(下)

第十四号

小生(程千忠)、正生(薛丁山)、净(苏飞虎)、付(苏英珠)

(起更)(小生上)呀!(唱)

【斗鹌鹑】[①]**黑漫漫云雾可惨凄,天昏暗也难迤逦。把营头重立非儿戏,只俺这先行御点征蛮飞。**(白)俺程千忠,昨日与蛮婆交战,手拿魂牌,看来不能取胜也。(科)呀!(唱)**夜更阑商酌军机,候天明破蛮飞。俺是个保江山英雄胆量,扶家邦以安社稷,只俺这烈烈轰轰惊天动地,惊天动地。**(小生下)

(正生上)(唱)

【紫花儿序】俺这里袖里军机,把营头何谈孤栖。犯王章国法来处,真青年多感得轻年丈提。(白)本藩薛丁山,奉旨克灭胡儿。蛮婆甚是厉害,看来不能得胜也!(唱)**只是他精通武备有神机,先行御点破蛮夷,俺这里夺寨冲锋暗使戎机,暗使戎机。**

(小生上)(唱)

【调笑令】步营前烈烈轰轰商量破蛮飞,徐步大行同叙议。(白)元帅在上,先行打躬。(正生)少礼,请坐。(小生)谢元帅,告坐了。(正生)将军,蛮婆甚是厉害,如何是好?(小生)元帅,昨日与蛮婆交战,手拿魂牌,看来不能取胜也!(唱)**须早定袖里军机,征战交锋非同儿戏。**(正生白)将军,此番看来,不能得胜也!(唱)**俺本是百战威名在辽西,凛凛威风惊天地。看将来身躯难粉**[②]**,怎忍得心下狐疑,心下狐疑。**

(四番兵、净、付两边上,围营,两面下)(正生、小生科)呀!(同唱)

【尾】只听得轰天炮响人声兴,照耀灯煉[③]**在辽西。**(小生白)元帅!(唱)**我和你**

---

① 此曲牌名单角本讹作“斗焦鹌”,今改正。下文三曲曲牌名单角本缺题,据195-3-85整理本题写。

② 躯,单角本作“居”,据文义改。难,去声。

③ 煉(làn),明。

上雕鞍前后相依，前后相依。

（四番兵上，战，四番兵下。付上，与小生战；净上，与正生战。正生、小生败下，净、付追下）

第十五号

丑（薛刚）、小生（程千忠）、付（苏英珠）、正生（薛丁山）、净（苏飞虎）

（丑上）奉母命四路催粮，只俺这一身胆量。俺薛刚，奉母命四路催粮，往大营一走。（小生、付上，战，小生受伤。丑上，接战，救小生下）（正生上）闻报心惊战，叫人怎主张？（丑扶小生上）（丑）爹爹，孩儿拜揖。（正生）畜生，为父将你一剑。（丑）爹爹，容孩儿禀告。孩儿一时犯王章，害得爹爹受灾殃。母亲霎时心胆惊，孩儿奉命解军粮。会同世袭来救解，将功赎罪到南方。爹爹何必心着急，母亲即刻到战场。（正生）畜生，还要多说，看剑。（科）（四番兵、净、付两边上，围营下）（丑）爹爹，番将围住，待孩儿出马。（正生）好，命你出马。（正生下）（付上，与丑战，丑败下，付追下）

第十六号

正旦（樊梨花）、小旦（秦梦）、花旦（罗昌）、贴旦（程方）、
净（苏飞虎）、付（苏英珠）、丑（薛刚）、正生（薛丁山）、小生（程千忠）

（正旦上）（唱）

【醉花阴】巾帼须眉女英豪，曾继受仙家奇妙。配征衣跨马坐鞍桥，俏伶伶、俏伶伶女英裙钗。知战策谙六韬，父和子仇结非小，我只得配戎鞍身挂锦袍，身挂锦袍。

（白）妾身樊氏梨花，只为薛刚犯下弥天大罪，多蒙程老千岁保奏，戴罪征剿南方。命薛刚军前效用，又恐失手，父子不和。我奏本圣上，奉旨前去助阵者。（唱）

【画眉序】提兵出沙场，统领前军轻身到。双雉飘然丝扣带，扎戎鞍凤目佼佼。统貔貅执点掌着，怎顾一路风尘道，疾如飞立功唐朝，立功唐朝。（正旦下）

（小旦、花旦、贴旦上）（同唱）

【喜迁莺】世袭家食禄王朝，小英雄同为功劳。欢也么笑破胡曹，（贴旦白）俺程方。（小旦）俺秦梦。（花旦）俺罗昌。（贴旦）二位哥哥请了。（小旦、花旦）兄弟请了。（贴旦）三哥解粮，军前效用，我们一同前去协助者。（小旦、花旦）有理。（贴旦）请。（同唱）**一个个短扎挂征袍，上阵时各显英豪。都是轻年少，胜比似高山虎豹，奏凯歌同立功高，同立功高。**（同下）

（四番兵、净、付上）（净唱）

【画眉序】沙场把兵交，胜负未分难逆料。南朝将勇甚雄骁。（付白）父王，不是孩儿夸口说也！（唱）**有魂牌无可解交，管叫他一命轻抛。**（二番兵、付下）（净）众将趱上！（唱）**见王儿志气雄豪，往接应见个低高，见个低高。**（二番兵、净下）

（丑上）（唱）

【出队子】俺是个少年英豪，（内喊）（丑唱）**又只见蛮婆来到。**（付上，驾刀）（付）那里走！（丑）阿唷，花奴，花奴！（唱）**要将你万剐千刀，管叫你顷刻命夭。**

（付）咳！（唱）

【幺篇】休得要自称英豪，来与你见个低高。（战，丑败下）（付）你走，你走！（唱）**雕鞍上立见分晓，管叫你一命难保。**（付追下）

（正旦上）（唱）

【滴溜子】马蹄跑，征尘荡飞飘；军声绕，厮喊声高。（内喊）（正旦）呀，高岗上看过明白。（唱）**两骑上下来追着，急把丝缰看分晓。伤命儿哽，我去救捞。**

（付、丑上，战，丑伤。正旦救丑，付下）（正旦）儿吓！（唱）

【刮地风】呀！见娇儿不住泪流浇，一霎时牙关紧咬。亲眼见花奴舞动落飘，有了！取金丹搭救儿曹。（白）我儿苏醒。（小旦、花旦、贴旦上）（同唱）**跨烈骑旷野飞跑，兄和弟军前到。**（白）阿呀，三哥吓！（同唱）**乍见形容顿扫，为何因身丧荒郊？**（丑唱）**杀得我神魂颠倒，这花奴忒杀凶暴。**（白）母亲在上，孩儿拜揖。(正旦)儿吓！(小旦、花旦、贴旦)阿呀，三哥吓！(正旦)儿吓，为何这般光景？(丑)母亲容禀，孩儿奉命催粮，路中先行受伤，救回大营，拜见爹爹，爹爹要将孩儿斩首吓！(唱)**执宝剑仇敌非小，**(正旦白)后来便怎么？(丑)后来胡儿踹营，孩儿奉命出战，不想遇到这小蛮婆呵！(唱)**这花奴武艺强高。摆藤牌闻烟醉倒，**(白)此刻若不是母亲相救呵！(唱)**定然是一命难逃。**

(正旦)咳，薛丁山，将我孩儿磨灭，怎肯饶你也！(贴旦)三哥，我爹爹在那里？(丑)你爹爹在大营。(正旦、贴旦)转过大营。(同下)(正生上)(唱)

【双声子】轰天炮，轰天炮，功劳非小。恶子枭，恶子枭，坐罪王朝。急回归先行受伤，匹马单枪，重围踹着，重围踹着。

(正旦、丑、小旦、花旦、贴旦上)(正生)夫人，你也来了么？(正旦)逆子不孝，绑子请罪。(正生)旧话休提。(贴旦)伯父，我爹爹在那里？(正生)在后营。(正旦)转过后营。(圆场)(手下扶小生上)(贴旦)阿呀，爹爹吓！(唱)

【尾】你默默无言魂飘渺，早难道父子相抛。(白)伯母，我爹爹这般光景，如何是好？(正旦)侄儿且是放心，我有金疮妙药在此。(贴旦)多谢伯母。阿呀，爹爹吓！(唱)**取灵丹回生及早，一霎时返日回天还道。**(科)

(贴旦)那边贼兵来了。(正旦)一同出马。(正生扶小生下，众上马)(净上，战，正旦擒净，净遁下。正旦上高台。付、丑上，战，正旦收魂牌，正旦下，付、丑下)

三五　闹鹿台

调腔《闹鹿台》共十五出，剧叙纣王无道，黄飞虎反出朝歌，连破头关、二关，投奔西岐。纣王遣郑伦领兵十万，前往三关助阵。因郑伦口吐神火，勇猛非凡，黄飞虎初战失利。西岐大将陈奇解粮回归，闻讯愤而出战，与郑伦同归于尽。三关守将余化见势不妙，前往九柳山拜见师父余元，求取法宝。余元赠以飞刀，余化用飞刀，连伤西岐诸将。姜尚(姜子牙)命杨戬乔扮成余化，到九柳山骗取妙药和八卦。余元爱徒心切，事后始悟被骗，急忙下山会战。战场上余元难分真假余化，误斩爱徒，最终被广成子收服。

整理时以1958年老艺人忆写总纲本(案卷号195-3-4)为基础，拼合正生、外、末、净、付单角本。由于忆写本曲文较为粗浅失真，整理时对于没有单角本的角色的曲文略有裁汰。因资料有限，剧中人物如费仲、雷震子、黄天化、哪吒的角色系推断。又，忆写本后附有同一人所抄的末、外、正生单角本，曲牌名和场号题写较为详细，其中单角本第十四号，本次整理在第十三号，此前皆吻合，余可类推。

第二号

末(周文王)、外(姜尚)、正生(黄飞虎)

(二太监、末上)(引)珠帘凤阁九重开，玉殿金炉坐君王。(诗)香烟缭绕宫庭中，五色祥云助金龙。有朝得志江山定，不负众卿扶助功。(白)孤家周文王，驻守西岐。朝贺新主，各邦贡献，费仲、尤浑二贼，拨乱朝纲，各邦诸侯都有礼物呈献，孤家乃是一国之主，岂肯送礼与这二贼？二贼在昏君跟前谎奏，说孤家有谋反之意。奉旨拿下，拘禁天牢，也有五载。昏君听信妖妃之言，将王儿斩为肉酱，反做了馒首，说皇上新赐，要孤家吃下。无奈吃了馒首，放回本国。即起大兵，要报前仇。得了姜尚，有飞报来说，黄飞虎反出朝歌，投奔我国，命姜尚在二十里外迎接，怎的不见回报？(内)报上，师爷、元帅驾到。(末)吩咐起乐。(吹【过场】)(外、正生上)(正生)主公请上，本藩大礼相参。(末)元帅请起。请坐。(正生)告坐了。(末)不知王爷驾到,少出远迎,多有得罪。(正生)好说。(末)王爷身为武成王,朝廷栋梁,今日一见万幸也。(正生)俺黄飞虎无能,前来投顺主公,未知可用否?(末)王爷,昏君无道,怪不得王爷。前来投奔西岐,孤家之幸也。(正生)主公,不要说起那昏君无道,费仲、尤浑,朝纲播弄,陷害忠良,实为可恨。(唱)

【点绛唇】恶贼奸刁,恶贼奸刁,难按怒恼,气咆哮。烈火焚烧,有日除奸刁。

(白)为此反出朝歌,前来服侍主公。(唱)

【泣颜回】怒气贯云霄,陷害那忠良不少。妖妃宠幸,一个个血染枪刀。难安怒恼,费仲、尤浑恶奸刁。害得个屠肠截腹,将二贼万剐千刀,万剐千刀。

(末)王爷投奔西岐,何愁纣王不灭也!(唱)

【前腔】紊乱朝纲多颠倒,害得个骨肉两抛。揭起干戈,杀昏君冤仇可报。青史名标,青史名标,食君厚禄当图报。非是俺犯法律条,恨只恨纣王无道,纣王无道。

(外)主公,元帅前来投顺,我国之喜也!(唱)

【千秋岁】心欢笑,龙颜多吉兆,真个是兵势滔滔。凯歌欢笑,凯歌欢笑,不枉我计广谋高。妙算定神机料,六爻的八卦数道。一战成功到,不枉我妙算神高,妙算神高。

(末)孤家备得有宴,王爷接风。(唱)

【前腔】心欢笑,金瓯玉液调,贺金樽满泛葡萄。畅饮酕醄,畅饮酕醄,欢乐的携手相邀。持金樽合欢笑,捧霞觞喜气标。今日来会着,不枉我青史名标,青史名标。

【尾】(同唱)**君臣今日来会着,重整山河乐滔滔。愿得个海晏河清坐王朝,海晏河清坐王朝。**(下)

第三号

小旦(妲己)、净(纣王)

(吹【小开门】)(宫女、小旦上,太监、净上)(净)行穿关移步金銮,进宫帏乐意滔滔。(小旦)臣妾妲己见驾,愿吾皇万岁。(净)平身,赐绣凳。(小旦)谢主隆恩。(净)嗳嗳嗳。(小旦)万岁声声长叹,却是为何?(净)爱妃有所未知,一悔不该将正宫去了首,二不该斩手足。(小旦)妾身貌丑,比不得正宫娘娘了。(净)爱妃容貌如花,那里比他不来?(小旦)臣妾备得有酒,与万岁欢乐。看酒来。(吹【过场】,摆酒)(净)有劳美人。(小旦)万岁请。(净)美人请。(同唱)

【(昆腔)八声甘州歌】[①]**平原麦洒,翠波摇剪剪,绿畴如画。如酥嫩雨,绕塍春色䕭苴**[②]**。趁江南土疏田脉佳,怕人户们抛荒力不加。还怕,有那无头官事,误了你的好生涯。**

(众)请万岁回宫。(净)侍女们,摆驾回宫。(吹【尾】)(下)

第四号

外(尤浑)、付(费仲)、净(纣王)

(外、付上)(同唱)

驾临朝堂,理论国事,恨逆臣不法猖狂。

---

① 此曲出自《牡丹亭·劝农》,调腔《定江山》《凤台关》帝妃饮宴亦借用此曲,而单角本皆误题为【甘州歌】。

② 䕭苴(lǎzhǎ),联绵词。"䕭"亦作"蓏"。"春色䕭苴"指残春。宋杨万里《诚斋集》卷三五《野蔷薇》:"䕭苴馀春还子细,燕脂浓抹野蔷薇。"又,二字抄本作"乐查""乐喳""慢茶",可知艺人曲音念作"乐查"。清毛奇龄《越语肯綮录》:"今越俗以食物残屑谓之'䕭槎'。"《越谚》卷中《货物》:"䕭槎:上,'落'上声;下,'遮'。"

（外）下官上大夫尤浑。（付）下官下大夫费仲。（外）大人请了。（付）请了。（外）今日黄飞虎反出朝歌，过了头关、二关，斩了陈童、陈良。三关余化，难以抵敌。你我奏闻圣上，请旨定夺。（付）御香霭霭，圣驾临殿。（内）噫。（二太监、净上）（引）锦绣江山，喜得国泰民安。（外、付）臣等见驾，愿吾皇万岁。（净）二卿平身。（外、付）万岁。（净）二卿上殿，有何本奏？（付）万岁，臣有本。（净）奏来。（付）黄飞虎反出朝歌，过了头关、二关，斩了陈童、陈良。三关余化，难以抵敌，请兵救应。有表章呈上。（净）可恨逆臣黄飞虎，不复忠良，反出朝歌，可恼，可恼！（外）臣启万岁，命镇国将军郑伦，带兵十万，前去助阵。望吾皇准奏。（净）大夫一本奏道，命镇国将军郑伦，带兵十万，命三关余化协助。得胜回来，论功行赏。退班。（净下）（外、付）臣等送驾。（下）

第五号

末（郑伦）、外（圣旨官）

（四手下、末上）（吹【点绛唇】）（白）杀气冲冠妙法广，凛凛威风气轩昂。忽听御音传旨下，少刻提兵出沙场。俺，镇国大将郑伦是也。可恨黄飞虎大反朝歌，破了头关、二关，斩了陈童、陈良。三关余化，不能对敌。因此揭起大兵，前去助阵。怎奈不奉圣旨，岂可提兵剿灭？为此点了大队人马，欲往进京，来了旨意，剿灭西岐，以消胸中之气。过来，大队人马，直进皇城者。（吹【二犯江儿水】）（内白）圣旨下。（末）摆齐队伍，摆香案接旨者。（外上）圣旨下，跪。（末）万岁。（外）听读，诏曰：今有逆臣黄飞虎，反出朝歌，斩了陈童、陈良，三关余化，不能除灭。圣旨下来，命镇国将军郑伦带兵十万，前去征伐，命余化协助。得胜回来，论功行赏。钦哉。（末）万万岁。（外下）（末）阿吓，妙吓！本要进京讨差杀贼，谁想圣旨到来，命俺带领雄兵十万，先往三关救应，共灭西岐。看西岐人马，怎挡俺天人威武。过来，将人马扯往三关。（吹【尾】）（下）

第六号

丑(余化①)、末(郑伦)

(【大开门】)(四手下、丑上)(唱)

【粉蝶儿】兵势豪强,只俺这兵势豪强,把守三关无敌将,恨飞虎扰乱成汤。(诗)青眉蓝面气轩昂,上阵交锋谁敢挡?多蒙师父赠法宝,恼恨哪吒、小杨戬。(白)吾,三关大将余化。可恨黄飞虎这贼,反出朝歌,过了头关、二关,斩了陈童、陈良,被俺拿住,解往朝歌。可恨杨戬、哪吒劫夺囚车,杀得俺羞惭无地。我写表进京,请兵来救,不见大兵到来,好生挂念也。(唱)**雄赳赳威势难挡②,他那里法宝无双,白茫茫云雾冲起,黑魆魆暗箭难防③。因此上请兵来帮,等大将杀一个搅海翻江,搅海翻江。**

(内)报上。(手下)所报何事?(内)镇国将军郑伦,奉旨前来助阵。(手下)启将军,镇国将军郑伦,奉旨前来助阵。(丑)妙吓!郑将军一到,何愁西岐不灭?大开三关。(吹打)(四手下、末上)(丑)不知将军驾到,少出远迎,多有得罪。(末)岂敢。末将力弱无能,奉旨前来助阵,也有一罪。(丑)好说。(末)请问将军,那黄飞虎有甚本领,来到三关,只消将军生擒活捉,为何被他反出三关么?(丑)那黄飞虎被俺拿住,解往朝歌。可恨杨戬、哪吒劫夺囚车,杀得俺片甲不留。(唱)

【石榴花】两交锋法宝无踪岂寻常,杀得俺、无路投奔渺茫茫。真个是有路难逃命惨伤,玄妙中鬼哭神忙。(末白)可恼,可恼!(唱)**恼得俺心忙意忙,顿令人怒发冲冠。**(白)将军,非是俺郑伦夸口说。(唱)**只消俺一人一骑,何惧那小**

① 余化的脸谱为鬼脸,装扮为插发、蓬头、大额头、黑袍,背上长出一只手,执摄魂旗一面。脸谱为黑底,颧、额与鼻皆白,额上绘有椭圆形的红色团块,螺旋鼻,獠牙,血盆大口,以示其阴险狡诈。详见石永彬主编:《新昌调腔》,浙江摄影出版社,2008,第111页。

② "势难挡"三字195-3-4忆写本残缺,今补。

③ 此句195-3-4忆写本作"黑□□□□可逃",今作增补和改动。

小儿郎？(丑白)将军，不要把杨戬、哪吒看轻。(末)可恼，可恼！(唱)**猛勇非凡发冲冠，一心要灭西岐斩为肉酱，斩为肉酱**。

(丑)妙吓！以郑将军之勇，何惧西岐不灭？众将官，个个全身披挂，出关助阵者。(唱)

【尾】动刀枪敌战沙场，那怕西岐百万狼。出关前助战威风，管叫他一个个命掩沙黄，命掩沙黄。(下)

第七号

正生(黄飞虎)、外(姜尚)、小生(杨戬)

(正生上)帏幄中心惊胆寒，(外上)神机妙算腹内藏。元帅请坐。(正生)请坐。师爷，昏君无道，被我反出朝歌，实为可恨也。(吹【剔银灯】前段)(外白)元帅且是放心，我早已安排定，他早晚之间，必会就擒[①]也。(吹【剔银灯】后段)(小生上)元帅、师爷在上，杨戬打躬。(外)少礼。进帐何事？(小生)进帐非为别事，纣王驾前来了一将，只有一人一骑，在关前叫骂，小将不敢对敌，报与元帅、师爷知道。(吹【剔银灯】前段)(外白)他一人一骑，前来会战，非比等闲也！(吹【剔银灯】后段)(正生白)师爷，何故长他人志气，灭自己威风？师爷，俺自投顺以来，并无寸箭之功，待俺出马呵！(吹【尾】前段)(外白)杨戬过来听令。(小生)在。(外)明日叫众弟子到辕门，候元帅发令，不得有误。(小生)得令。(小生下)(外)王爷。(正生)师爷。(外)请。(正生)请。(吹【尾】后段)(下)

---

① 必会就擒，单角本作“必飞聚起”，据文义改。

第八号

老旦（雷震子）、正旦（黄天化）、小生（杨戬）、小旦（哪吒）、正生（黄飞虎）

（三出场）（老旦、正旦、小生、小旦众弟子上，起霸，挖门①，报名）（小生）众弟子请了。（众）请了。（小生）师爷有令，命我们个个全身披挂，到辕门听候号令。（众）有理。请。（众弟子下）（【大开门】）（四手下、正生上）（唱）

【玉芙蓉】杀气动天关，血战沙场马壮。凛凛威风耀日光，旌旗闪闪显伎俩。怎抵挡，雄兵如虎狼，杀叫他个个闻风与丧胆，闻风与丧胆。

（众弟子上）报，众弟子。元帅在上，众弟子打躬。（正生）众弟子少礼。站立两旁。（众）谢元帅。（正生）旌旗闪闪出辕门，随扈森森神鬼惊。出阵交锋何足惧，方显忠良第一臣。本帅，黄飞虎。阵外来了一将，口吐神火，甚是厉害。来，众弟子。（众）在。（正生）此番出阵，若是忠良之辈，劝他降顺我国；若是奸佞之辈，拿来粉身碎骨也！（唱）

【前腔】切恨着不饶放，剖腹斩云阳，那怕他一箭儿枪暗藏。能征血战出沙场，齐心合胆共腔。不饶放，三军如虎狼，杀叫他个个命丧亡，个个命丧亡。

（众）元帅，只要俺干戈一起，何惧来贼不灭？（正生）众弟子，他一人一骑前来，必有奇门妙法，休得轻觑与他。（众）可恼，可恼也！（唱）

【前腔】怒气冲霄汉，保乾坤堂堂，要将他斩为肉酱。昆仑门徒神通大，何惧那来将？忒猖狂，我们出沙场，杀叫他个个命丧亡，个个命丧亡。

（正生）好，众弟子有此肝胆，何愁来将不灭？众将，提刀带马。（唱）

【前腔】催趱前往，号炮连天响，那怕他簇簇旌旗顺飘荡。凛凛威风出城关，抵住来将不饶放。气轩昂，银枪似龙潭，方显俺保国是忠良，保国是忠良。（下）

---

① 挖门，舞台调度术语，表示由室外进入室内。一人或数人由上场门出场，经上场角（与上场门相对的角落）到台口，再转身往里，走向中间或两侧。

第九号

末(郑伦)、老旦(雷震子)、正旦(黄天化)、小生(杨戬)、小旦(哪吒)、正生(黄飞虎)、外(姜尚)、净(陈奇)

(末上)(唱)

【点绛唇】猛勇非凡,猛勇非凡,乾坤日光,助家邦。力敌无双,来将命丧亡。

(白)俺郑伦是也。自从出兵以来,个个闻风丧胆。闻得黄飞虎带领众弟子起兵,前来出阵。方才听余化之言,说哪吒这厮,好生厉害。他乃小小孩童,怎挡俺天神威武也!(唱)

【混江龙】恁可也血战沙场,法无穷心惊飘荡。两交锋马壮人豪,怎挡得铁臂银膀!可称俺英雄盖世,一个个心惊胆慌。叛贼的忒杀纵横,因此上举动刀枪。小儿曹怎挡俺随身法宝,灭西岐一个个斩为肉酱,斩为肉酱。(末下)

(老旦、正旦、小生、小旦、正生上)(正生唱)

【油葫芦】动干戈不住的马蹄响,四围刀同枪,都只为君无道听信花言。非是俺不忠不良,(白)俺黄飞虎今日起兵,众弟子威武也!(唱)**出阵交锋画角上。敌来将看个明白,是忠良我当救他,奸凶辈要将他千刀万剐,千刀万剐。**

(老旦、正旦、小生、小旦众弟子冲阵,杀下)(末上)呔,来者可是逆臣黄飞虎?(正生)奸贼,俺黄飞虎奕世忠良,岂肯反叛?只因昏君无道,无奈反出朝歌,投顺周武王,此乃顺天应时。(末)呢,我把你这叛贼!身受朝廷恩禄,不思粉身图报,还敢交锋么?(正生)你这奸贼,一来侵犯,叫你人来鬼去。(末)不必多言,出马。(战,正生败,落马)(末)你走,你走!(唱)

【天下乐】杀得你无可抵挡,刀也么枪,出沙场,俺自有架海擎天。要把你一股扫亡,一股扫亡。(小生救正生下,末追下)(众弟子上,末上,战,众弟子败下,末追下)(外上)(唱)**天定数助家邦定江山,一个个、汗马功劳战沙场。不由人胆战心慌,不料得谁弱谁强,谁弱谁强。**

(众弟子、正生上)师爷。(外)众弟子、元帅,为何这般光景?(正生)师爷不好

了，郑伦这厮，口吐神火，众将受伤回营了。（外）怎么，受伤回营了？（众）受伤回营了。（外）阿吓，不好了！（唱）

【鹊踏枝】忠良将为国受伤，杀得个、人昏迷魂魄散，皮开肉绽难抵挡。（众白）师爷，元帅受伤回营，三关难破，城关难保也！（唱）**望师爷妙算计定家邦，免得个恶贼攻破城关，攻破城关**。

（外）待我算来。阿吓，那郑伦的死期，定在顷刻也！（唱）

【寄生草】六爻的算定数无差，（内白）报上。（手下）所报何事？（内）陈奇解粮到。（外）阿吓，妙吓，绝命的来了！（唱）**霎时间豁开眉梢**。（白）传陈奇进帐。（手下）请陈将军相见。（内）来也。（净上）奉命解粮草，辕门请功赏。报，陈奇。报，陈奇。师爷在上，陈奇打躬。（外）将军少礼，请坐。（净）军粮解到，候师爷清点。（外）好，记功上册。（净）师爷，小将一路而来，闻得元帅与郑伦交战，胜败如何？（外）将军不要说起，元帅出战，受伤回营了。（唱）**法无穷万道金光，顷刻间、一个个皮开肉绽**。（净白）怎么，元帅受伤回营？咳，可恼，可恼！（唱）**恼得俺冒发颠狂，拚微躯命丧黄泉**。（白）师爷，郑伦这等厉害，何不待小将出马？（外）将军，郑伦口吐神火，十分厉害也。（净）可恼，可恼！（唱）**不斩首级誓不进关，誓不进关**。（净下）

（外）众将，尔等出关助阵者。（唱）

【尾】两交锋尽丧亡，一个个难脱天罗地网。只我这数阴阳，那时节金镫鞭响，金镫鞭响。（下）

第十号

末（郑伦）、净（陈奇）、丑（余化）、老旦（雷震子）、正旦（黄天化）、小生（杨戬）、小旦（哪吒）

（内唱）

【风入松】攻破城关冲霄汉，（末上）（唱）**烈焰腾腾杀气天长。千军万马尽丧亡**，

杀叫他地覆天翻。(白)俺,郑伦。杀得西岐人马,抱头鼠窜,落荒而逃。那黄飞虎这厮,被俺口吐神火,滚下马来,正要生擒活捉,被杨戬救去。想他营中,大伤锐气。为此俺攻打前队,攻破城关,后队有余化大兵接应,看他怎生对敌也!(唱)**可认俺天魔下降,千刀剐不饶放,千刀剐不饶放**。(科,下)

(净上)(唱)

【前腔】冲冠怒发岂寻常,激得俺腾腾火光。搅海翻江谁似俺,杀叫他、血染流淌。(白)俺陈奇。那元帅、众英雄被郑伦所伤,俺一闻此言,心中大怒。为此单身独骑,活擒郑伦也!(唱)**俺这里法宝万光,管叫他尽丧亡,管叫他尽丧亡**。(科,下)

(四手下、丑、末上)(同唱)

【前腔】齐心合胆共一腔,杀叫他恶贼无双。惊天动地一场,见高下谁弱谁强。(净上,战,同下,四手下、丑追下)(老旦、正旦、小生、小旦众弟子上)(唱)**凛凛威风出沙场,显名扬威风昂,显名扬威风昂**。(众弟子下)

(净、末上)(净)来者可是郑伦?(末)呔,报名受死!(净)俺陈奇。(末)俺郑伦。(同白)出战。(战,二人死下)(四手下、丑上,众弟子上,战,丑败下,众弟子追下)(丑上)坏哉,是坏哉。那哮天犬将我手咬住,咬得头痛血流不止。但是这……有了,去到九柳山,报与师父知道便了。(下)

第十一号

付(余元)、丑(余化)

(付上)(唱)

【一枝花】妙法无边自称强,谁料得八卦阴阳。修炼着得到乾坤法又旺,九柳山、清静着宇宙安康。法宝的八面无可挡,方显俺出家人慈悲为上。

(白)法弹门,广神通,欢笑开怀。不枉了坐边关,四海名扬。老道余元,在九柳山收下弟子数百有余。目下得意门徒,名叫余化,赠他摄魂旗,下山

把守三关。(内哭)(丑上)师父!(付)呀!(唱)

【梁州第七】[1]**为甚的哭泣声响,愁锁眉尖舒不开,一一的诉说衷情,你把那始末根由说与咱。**(白)余化,我赠你法宝下山,为何这般模样前来见我?(丑)师父容禀。(唱)**守三关边地一带,谁知道、祸起萧墙。不能够封侯拜相,不能够显姓名扬。**(付白)余化,为师赠你摄魂旗,到那里去了?(丑)师父,不要说起摄魂旗,可恨杨戬、哪吒二贼。(唱)**恨杀那文王、姜尚,有西岐、紊乱朝纲起祸殃。不能够显奇功将他害,杨戬、哪吒尽丧亡。劫囚车释放飞虎,摄魂旗无影响。杀得俺昏昏沉沉,望师父大发慈悲救我行,大发慈悲救我行。**

(付)咳,小厮家这等心急,为师有妙药灵丹,敷上即刻痊愈。(唱)

【四块玉】他他他那里称什么强,顷刻血流淌。堪笑他小小儿童称什么强,见余化愁眉不展舒不开,又何须心惊胆慌?俺自有法宝八卦,蜉蝣辈不忖量,死于无踪首化烊,死于无踪首化烊。

(丑)师父果然妙药灵丹。杨戬、哪吒二贼甚是厉害,如何是好?(付)但是这……不妨,为师有飞刀。(丑)怎么,师父有飞刀?多谢师父。(付)待为师取了来。余化,下山上阵交锋,把飞刀一放。杨戬、哪吒中刀,过了七日,化为脓血而亡。(唱)

【哭皇天】凭着俺人强妙法,放飞刀难饶放。一时一刻命黄沙,管叫他皮开肉绽,皮开肉绽。(丑白)多谢师父,弟子拜别。(唱)**拜别师父下山岗,回三关、上阵交战。去沙场威风轩昂,杨戬贼!要将你斩为肉酱。**(下)

第十二号

老旦(雷震子)、正旦(黄天化)、小生(杨戬)、小旦(哪吒)、丑(余化)

(内)众弟子请了。(吹)(老旦、正旦、小生、小旦众弟子上)(小生)余化受伤,不见

---

① 此曲牌名及以下文【四块玉】【哭皇天】,单角本缺题,今从推断。

出来，我与你去到关前讨战便了。（众）有理，请。（吹）（白）嘈！守城军士听着，叫余化出来交战。（内）众将官，开关交战。（四手下、丑上）（小生上，战，丑用飞刀，小生受伤下。众弟子战，受伤下。小生上，放哮天犬，受伤下）（丑）好吓，杨戬、哪吒个个受了飞刀，七日之内，化为脓血而亡也。（吹）（下）

第十三号

外（姜尚）、老旦（雷震子）、正旦（黄天化）、小生（杨戬）、
小旦（哪吒）、末（周文王）、净（假余化）

（外上）吉凶难定料，心下好狐疑。（急锣）（老旦、正旦、小生、小旦众弟子上）上阵交锋时，飞刀伤我身。（外）杨戬，众弟子为何这般光景？（小生）师爷，众弟子上阵，与余化交战，受伤飞刀回营了。（外）阿吓，不好了！（唱）

【山坡羊】可怜你飞刀受伤，痛杀杀心乱如麻，口难言悲苦沉沉，不由人痛断纲常。魂魄化，好叫我没主张。坐卧不宁如刀绞，只见你悲悲切切，悲悲切切好难挡。泪汪，恨逆贼难招架；凄凉，少小英雄恁惊惶，少小英雄恁惊惶。

（末上）（唱）

【前腔】急急忙忙进宝帐，看分明问个端详，为甚的哭泣高声，好叫人难猜难量。（白）师爷，众弟子为何这般光景？（外）主公不好了，众弟子受伤飞刀回营了。（末）怎么，受伤飞刀回营了？（外）待我算来。主公不好了，那余化乃余元得意之徒，赠他飞刀下山，七日之内，化为脓血而亡。（末）不好了！（唱）**恁惊慌，恶贼忒猖狂。令人一见悲痛心伤，望军师细细推算，细细推算免祸殃。八卦，定阴阳数正当；八卦，灭余化早安康，灭余化早安康。**

（白）师爷，众弟子这般光景，如何是好？（外）主公请回，贫道自有定夺。（末下）（外）杨戬过来。（小生）在。（外）我命你变做一个余化模样，去到九柳山余元那边，说"师父不好了，弟子多蒙师父赠我飞刀下山，不想被杨戬收去。他回手飞刀，击伤弟子，左手疼痛难熬"。你必须要如此如此，恁般恁

般，必然将妙药赠你，你说道“营中多少大将受伤，望师父相救”。必然将八卦付与你，你即便就走，管叫他难以猜透也！（唱）

【好姐姐】取灵丹急步快，免得个心惊胆慌。重重叠叠理罗网。真和假，余元难分辨白皂，哭得个一时刻难抵挡。[①]

（小生）得令。（小生下）（外唱）

【尾】变化无穷化寻常，看余元如何疑猜。（火焰）（净上）（唱）**管叫他难辨真和假。**

（白）阿唷！（科，下）

第十四号

付（余元）、净（假余化）

（付上）（唱）

【剔银灯】赠飞刀神鬼惊慌，顿令人心下疑猜。昏昏颠颠且开怀，莫不是有什么祸灾？狐疑，叫神鬼难下，俺这里法无边西岐尽亡。

（净上）（唱）

【前腔】悲痛伤心假乔妆，高声叫难分真假。（白）呵吓，师父吓！（付唱）**终日里修炼弹丸，顿叫我难猜难详。虎穴龙潭觅根芽，又何须心乱如麻？**

（白）余化，为师赠你飞刀下山，为何这般光景？（净）师父，多蒙师父爱我身，赠我飞刀下山岭。我今能把飞刀放，被他收去伤我自己身。叫我疼痛甚难禁，还望师父救残生。（唱）

【前腔】怎禁得痛苦难挡，不料是、受伤这桩。怯怯吁吁好难挨，不能够除灭强梁。反做出一场话巴，倒不如死黄泉免得有人笑骂，死黄泉免得有人笑骂。

---

① 此曲单角本一作“等回音莫迟挨，仗你一人怎主张。难分真假，辨白皂泼天肝胆，一灵儿飘飘天涯”。

(付)且慢。小厮家休得心急,待为师取妙药灵丹来。(唱)

【前腔】**小儿曹休得要哭泣声高,俺自有妙药灵丹。哭泣面目开怀,收飞刀吾当担代。顷刻,叫神鬼难下,只我这法弹门怎样抵挡,法弹门怎样抵挡?**

(净科)吓唷,师父果然好灵丹,弟子一霎时不痛了。师父,营中大将,一个个受伤,如何是好?(付)为师妙药还有,待为师取来。(取药)余化,敷上即刻痊愈。(净)多谢师父。师父,那杨戬若再放飞刀,如何是好?(付)为师有八卦,待为师去取了来。(取八卦)余化,上阵交锋,八卦能收飞刀也。(净)师父请上,弟子就此拜别。(唱)

【前腔】**拜深深低头下,这恩德犬马报偿。何愁西岐不灭他?**(付唱)**你是个忠良可嘉。倘又是不测祸殃,命你下山岭师徒欢畅。**

(净)弟子去也。(火焰)(净下)(付)嗄唷,余化那能腾云驾雾而去?是者,待老僧算来。呀,杨戬,我骂你这贼!骗我灵丹犹可,还有那八卦。将俺八卦拿去,那余化性命难保。但是这……有了。待老僧亲自下山,保卫余化,看杨戬、哪吒二贼怎样施法也!(唱)

【尾】**随身法宝紧随腰,管叫他六魄消化。**(白)嗄唷,老僧未曾下山,霎时头晕眼花,待我算来。顺天者昌,逆天者亡。连老僧自己性命也难保,但是这……有了,待老僧带了捆仙索,除了杨戬、哪吒二贼便了。(唱)**那时我性命难逃,你命淹黄沙。**(下)

第十五号

末(周文王)、外(姜尚)、净(假余化)、小生(杨戬)、
老旦(雷震子)、正旦(黄天化)、小旦(哪吒)

(末上)(唱)

【新水令】**可恨那恶贼称强梁,伤飞刀痛断肝肠。朝夕心胆忧,痛哭悲哀伤。人伦纲常,怎能够取灵丹早早还乡,早早还乡?**

（外上）（唱）

【步步娇】**这场祸事怎痛伤，泪如麻、心惊胆又慌。一夜不宁，望断肝肠。**（末白）师爷，想杨戬去到九柳上，这般时候，不见回来，莫非被余元看破机关不成？（外）主公且是放心，那杨戬变化无穷，主公何须忧虑。（唱）**休得要心惊慌，杨戬变化难猜详，杨戬变化难猜详。**

（净上）（唱）

【折桂令】**大步行得快，难辨真与假，偷天抱月难猜详。变化无穷我承当，骗哄余元取灵丹。**（净下）（小生上）（唱）**那时节骗取余元，取灵丹回帐前。**

（外、末）呀！（同唱）

【雁儿落】**一见杨戬喜洋洋，取灵丹多欢畅。恁可也来细讲，免得个受灾殃。消祸殃，恁可也一一说明白诉悲伤。**（白）灵丹可取到？（小生）灵丹取到。（外、末）敷上伤痕者。（老旦、正旦、小旦众弟子上，敷药）（外、末唱）**休慌，敷灵丹消祸殃；开怀，顷刻间病痊泰，顷刻间病痊泰。**

（老旦、正旦、小旦）多蒙师兄，救我们活命之恩。（小生）好说。（外）杨戬，你去到九柳山，余元可有话对你讲？（小生）余元赠我八卦，上阵交锋，能收飞刀。（外）咳，余元，余元，你不识假冒，看你怎样抵挡也！（唱）

【园林好】**堪笑你误算误量，那知俺神通妙广？任你有力敌无穷，难逃俺天罗地网，天罗地网。**

【沽美酒】（众唱）**齐努力各称强，齐努力各称强，趁今番杀余化，收取飞刀来厮杀。城关的四围攻打，任你偷天挖月，难逃俺无穷变化。西岐的顺天欢畅，那怕你逆天凶行。恁呵！兵强将强，方显俺计透连环。呀！定家邦社稷安康，社稷安康。**（下）

第十六号

付(余元)、丑(余化)、老旦(雷震子)、正旦(黄天化)、小生(杨戬)、小旦(哪吒)、净(假余化)、外(广成子)

(付上)(唱)

【醉花阴】**怒气冲天欺我行，急得俺冒发颠狂。不枉了燮阴阳假乔妆，要把那西岐贼斩为肉酱。**(白)老僧余元，可恨杨戬、哪吒二贼，将俺妙药灵丹骗去犹可，还有那八卦。因恐余化性命难保，老僧亲自下山，带了随身法宝捆仙索，看他怎样抵挡也！(唱)**你那里忒杀猖狂，俺是个在山林真心修道，惹动俺法门中，恁可也难躲难藏。**(下)

(丑上)(唱)

【画眉序】**城前看分晓，杨戬、哪吒命丧亡。看他怎样来抵挡？**(白)俺余化，杨戬、哪吒受伤飞刀而去，谅来性命难保。俺把守三关，看他怎样来敌战也！(唱)**把三关紧紧防守，何惧他西岐贼将。只恨贼将乱朝纲，要把他扫尽狼烟，扫尽狼烟。**(科，下)

(老旦、正旦、小生、小旦众弟子上)(唱)

【喜迁莺】**众弟子沙场、沙场争战，到三关阵前、阵前讨战。气也么恼，见余化怒气咆哮，要与他见过低高。**(众白)众弟兄请了。(小生)请了。(众)那余化再放飞刀，如何是好？(小生)众弟子且是放心，那余化再放飞刀，有八卦能收飞刀。你我关前讨战。(众)有理，请。(同唱)**何怕他？不怕那如虎似狼，到关前暗暗怒恼，暗暗怒恼。**

(白)嘈，余化出来交战。(内)众将官。(内)有。(内)开关交战。(众弟子下)

(丑上，与小生战。众弟子上，战，丑放飞刀，小生收飞刀下)(净上，与丑战)(同唱)

【画眉序】**令人难猜详，真假余化模样。一对的一般无差，我是个真的余化。早难道阴阳两分开，移花接木难分真假，只我这一灵儿飘飘天涯，一灵儿飘飘天涯。**(战，同下)

（付上）（唱）

【出队子】只听得喧天闹垓垓，破锣鼓咚咚响。敢只是余化出沙场，看分明谁弱谁强，有什么奇门称什么强。

（丑、净上，战）（净）师父吓！（丑）师父！（付唱）

【刮地风】呀！好叫我难猜难详，真和假两下里面貌无差。一个是杨戬假冒，一个是亲徒余化。别想真假分开，撞着俺法门中能算。难量，休得要假惺惺哭悲哀，我把三尺青锋斩赴云阳。（白）看剑。（净）师父为何斩起弟子来？（付）杨戬贼，你将俺妙药灵丹骗去犹可，还有那八卦，被你拿去。看剑！（净）师父吓，我的师父吓！杨戬就是他。（丑）师父，骗妙药灵丹就是他。（付）余化，为师岂有不晓？看剑！（丑死下，净下）（小生上）杨戬在。（付）怎么，杨戬？（唱）**一霎时眼目昏花，错杀了亲徒余化。**（战，下）

（外上）贫道广成子，今有余元扰乱江山，为此拿番天印，前去收服者。（战）

（完）

三六　曹仙传

调腔《曹仙传》共三十三出，剧叙宋仁宗时，曹妃立后，其兄曹仁、曹义俱封公侯。兵马司张忠信因阻谏立后，与曹义口角而被杀，其仆张禄化名曹禄，潜入曹府。包拯出征边庭还朝，一度促使曹妃复转妃位。而曹妃设计，将包拯削职三级，调往开封府任职。张忠信之婿袁文正携妻张氏上京，路遇曹义，曹义见色起淫，诱骗袁文正夫妻入府，并将袁文正烧死。袁文正之子袁贵林先被文昌帝君换出，再被包拯拾获，包拯遂留意此事，明察暗访。由于府邸闹鬼，曹义将家人迁居狮儿巷，而自己移居郑州。张氏毁容拒奸，被曹义打入冷房，得张禄放出逃命。张氏向开封府包拯投告，不料误投曹仁之处而死，所幸包拯赶至，救张氏回生。包拯问明情由，假称病重，赚取曹仁到来，又将曹义骗回。包拯将曹仁、曹义抓住后，绳之以法，曹府太君、曹妃营救不得，直至宋仁宗亲自出面，包拯恩师王允劝说，方赦曹仁一死，而将曹义诛杀。后曹仁改恶从善，弃家修行。袁文正之子袁贵林长大后，高中状元，曹仁将女许配与袁贵林为妻，以赎罪愆。

明成化说唱词话《新刊说唱包龙图断曹国舅公案传》、明传奇《袁文正还魂记》、小说《龙图公案》卷七《狮儿巷》等，为调腔该剧故事来源，但该剧曲白与明传奇《袁文正还魂记》没有关系。该剧曲文用韵混杂，同一曲牌之内的韵部也有不同，且曲牌词式不甚规整，所存单角本多系清末民初以来所抄，则该剧大致为清末作品。

本剧存1958年老艺人忆写总纲本(案卷号195-3-8)，惜缺第二号，且第十二号后半之后的内容散佚。同一案卷号虽有圆珠笔写就的本子，但大体属于新编，且结尾亦告散佚。另有1961年油印曲谱(案卷号195-4-13)，题《包公铡曹》，但记录不全，且半数散佚。整理时前面部分以案卷号195-3-8忆写本为基础，拼合正生、小生(只抄录第二、五、六号)、小旦、净、末、外单角本，后面则拼合单角本进行整理，其中没有单角本的角色根据上下文略作添补，部分出目只好阙如。整理后的场号与单角本相合。由于现存单角本皆为主要角色，故后面部分添补内容实有限，庶几可从本次整理中窥得全剧原貌。

第二号

小生(袁文正)、小旦(张氏)

(小生上)(引)坐守寒窗,勤读文章。(诗)十载寒窗苦勤读,十五岁身入黉门。有朝得志鳌头占,一举成名天下闻。(白)小生袁文正,乃是潮州府潮水县孝廉坊铁丘村人氏。娶妻张氏,十五岁身入黉门,生下一子,才得三岁。今当大比之年,岳父有书到来,叫我上京求名。我妻子在家之中,无人作伴,好不凄凉人也!(唱)

【绣带儿】想家业妻儿在家无人伴,受尽凄凉愈加悲伤。守寒窗只得功名,也只为守本书香。我寒窗,我妻三从与四德,吓,娘子!**有日鹏程鳌头占**[①]。**衣锦荣归为功名,撇掉妻儿衣锦还乡,衣锦还乡。**

(小旦上)(唱)

【前腔】出兰房步出中堂,听夫君道短论长。有甚心事问谁诉,只为功名登虎榜。(白)官人见礼。(小生)娘子见礼。(小旦)请坐。(小生)有坐。(小旦)官人,你独坐中堂,声声长叹,却是为何?(小生)娘子有所未知,今当大比之年,岳父有书到来,叫我上京求名。你母子在家,无人作伴,叫我如何是好?(小旦)官人吓!(唱)**为功名苦守寒窗,母和子愁肠心放。提起叫人心痛乱,衣锦还乡**[②]**,衣锦还乡。**(小生白)娘子,小生不去就是了。(小旦)官人说那里话来?功名大事,那有不去之理?妾身陪伴官人进京,一则拜望爹爹,二,官人求干功名,心意如何?(小生)娘子此言不差,收拾行李,启程便了。(小旦)晓得。(小旦下,又上)官人,行李端正。(小生)有劳娘子。你我拜过祖先。(小旦)开了祖先堂。(同唱)**拜祖堂,此去功名占虎榜,衣锦归光耀门墙。但愿得宴赴琼**

---

① 此句单角本作"有儿呈豆(头)",据文义改。

② 衣锦还乡,单角本作"衣锦荣归",今稍作改动,以协于韵。按,"为功名苦守寒窗"至此,或系重复前面四句的曲调。

林，杏花一色十里香，杏花一色十里香。

（小生）娘子，此去倘能得中。（同唱）

【尾】夫妻双双离家乡，愿得个功名题榜。但愿得中回来耀门墙。（下）

第三号

末（张忠信）、外（张禄）

（末上）（引）蒙恩宠幸职非轻，丹心耿耿保朝廷。（诗）蒙恩宠幸掌权衡，一片丹心保朝廷。凶恶奸刁我不惧，除强灭暴不留情。（白）下官，张忠信，官居兵马司之职。夫人陈氏，不幸早亡，膝下无子，单生一女，许配潮水县袁文正为妻。今当大比之年，贤婿才高八斗，为此有书信前去，叫他夫妻进京求取功名，怎得不见到来？（外上）家主恩义重，做仆要殷勤。老爷请茶。（科）（末）目下自从曹娘娘进宫，万岁十分宠爱，贪恋酒色，不理朝政。（外）启老爷，做本章奏那一个？（末）曹国舅势大滔天，横行不法，罪犯十恶。此人若不除之，朝中祸患非小。待我写起本章，奏本圣上，削除奸党。（外）阿吓，老爷吓！曹国舅内宫之势，势大滔天，六部四相，不敢动摇，何况老爷官卑职小？劝老爷少奏才是。（末）待我写起本章来。（唱）

【（昆腔）**驻云飞】奸党纵横，十恶滔滔律不松。他仗着内宫势重，皇皇出旨削除奸党。**（白）吓，曹贼，曹贼！非是下官无情，只是你罪犯十恶也！（唱）**心心狠毒如虎狼，十恶滔滔不饶放。**（外白）阿吓，老爷吓！若奏曹国舅，好比虎口拔牙，凶多吉少。（末）唔。老爷为忠良者，一死何惜？（外）本章扯破。（末）唔。吓，圣上，圣上！我张忠信忠臣不怕死，怕死非为忠。（唱）**一一写明，除强灭暴，一片丹心。**

（外）阿吓，老爷吓！娘娘是他亲妹，万岁是他亲戚，请老爷三思。（末）老爷心如铁石。取朝简上朝。（下）

第四号

贴旦(曹妃),老旦、正旦(二太监),小生(宋仁宗),外(王允),
付(曹仁),净(曹义),末(张忠信)

(二宫女、贴旦上)(引)万岁常在我宫,朝暮欢乐,夜夜笙歌。(白)哀家,曹氏凤娇,万岁爱奴容貌,将我点为西宫。侍女们。(二宫女)娘娘。(贴旦)备办酒筵,万岁驾到,即忙通报。(老旦、正旦二太监,小生上)(引)雨顺风调,喜得个国泰民安。(贴旦)臣妾见驾,愿吾皇万岁。(小生)平身,赐绣凳。(贴旦)谢主隆恩。臣妾奏吾皇,臣妾进宫,蒙恩宠幸,朝欢暮乐,长在我宫,两班文武,可有奏章否?(小生)两班文武,没有本章启奏。(贴旦)臣妾备得有酒,与万岁畅饮。(小生)有劳贵妃。(贴旦)侍女们,看酒来。(二宫女)领旨。(吹【上小楼】)(小生白)爱妃才貌,天下无双,伶俐过人,况且贤德,寡人实为有幸。(贴旦)启奏万岁,臣妾虽则天下无双,可惜妃子,何足惜哉。(小生)寡人封你正宫皇后,你道如何?(贴旦)谢主隆恩。(小生)侍儿,摆驾。(老旦、正旦)领旨。(圆场)(小生)侍儿传旨,宣众文武入殿。(老旦)万岁有旨,宣众文武入殿。(内)领旨。(外、付、净、末上)移步金阶上,低头拜龙颜。(同白)臣等见驾,愿吾皇万岁。(小生)众卿平身。(外、付、净、末)万岁宣臣上殿,有何国事议论?(小生)宣众卿上殿,非为别事。爱妃才貌,天下无双,伶俐过人,况且贤德,寡人意欲纳为正宫,未知众卿心意如何?(末)臣启奏万岁,曹娘娘虽则才貌无双,他祖上又无世袭,出身微贱,本该妃子,怎好纳为正宫?(付、净)住了。大胆张忠信,小小官儿,论什么朝纲大事?(外)嘈!你妹子出身微贱,本该妃子,怎好纳为正宫?(小生)王相,寡人龙心已定,不必再奏。侍儿,取冠诰。(贴旦换衣)(贴旦)臣妾见驾万岁。(小生)平身。(贴旦)万万岁。(小生)赐绣凳。(贴旦)谢主隆恩。臣妾启奏万岁,二兄长文能天下,武震各邦,望万岁赐他官职。(小生)二皇亲,正宫奏道,二兄长文能天下,武震各邦,寡人封你公侯世袭。(付、净)谢主隆恩。(末)且慢谢恩。阿吓，万岁，他有什么功劳，封他公侯世袭？请万岁三思。(净)住了。大胆张忠信，万岁跟前，冒奏龙颜，是何道理？(末)住了。你道下官冒奏龙颜，朝中大臣，一个个有功社稷，怎容你无名小卒，官封世袭？(付)住了。大胆张忠信，出言不逊，说我无名小卒，该当何罪？(外)呸！朝中大臣，一个个有功社稷，你无功受禄，岂非是无名小卒？(贴旦)启奏万岁，有道"一朝天子一朝臣"。(小生)阿吓，是吓！二卿休得动怒，寡人自有处分，不必再奏。(付、净换衣)(小生)备得有宴，众卿畅饮。(众)臣等送驾。(小生、贴旦、外、付下)(净)卑职官儿太朦胧，(末)小小妖妃纳正宫。(净)皇亲国戚权势重，(末)丹心何惧你奸凶。(净)嘈！大胆张忠信，朝中两班文武，都是邦国大臣，那一个奸凶？(末)若说奸凶么，就是白木[①]官儿，无功受禄。(净)吓吓，你道本官白木官儿，无功受禄，你且听者：若说俺的文，文能天下；若说俺的武，武震各邦。想亲妹乃是正宫皇后，老夫乃是皇亲国戚，怎说白木官儿？怎说无功受禄？(末)吓，奸党，你且听者：俺单枪能平定各邦，匹马能抵挡万人。谁似你白木官儿，无功受禄，岂非无名小卒？吓，说什么正宫皇后，说什么皇亲国戚，下官看起来，你兄妹乃是奸妃国贼。(净)吓吓，张忠信，辱骂皇亲国戚，该当何罪？(末)吓，下官乃是冰心铁石，不但是辱骂，就打你奸贼何妨？(净)当今国舅，谁敢动摇？(末)吓吓吓，下官拚着此官不做，与你奸贼做个对手。(打净)(净)招打。(科)吓吓，大胆张忠信，开口就骂，动手就打，我与你面奏。(末)我难道惧你？(净)臣曹义见驾，愿吾皇万岁。(末)臣张忠信见驾，愿吾皇万岁。(内)有理无理，国舅先奏。(净)你奏，你奏。臣启万岁，张忠信在午门耀武扬威，开口就骂，动手就打，辱骂皇亲，如同欺君，望吾皇准奏。(内)张忠信奏来。(末)臣启奏万岁，二位国舅倚着西宫之势，罪犯十

---

① 白木，讥不识字。《越谚》卷上《詈骂讥讽之谚》："青草鹅肫，形大而满肚荒草。徐天池对'白木狗胎'，绝工。"又云："白木狗胎，骂不识字。"

恶，害人非浅也！（内）国舅奏来。（净）臣容奏。（吹牌子）（内白）国舅平身。（净）万万岁。（内）张忠信在午门耀武扬威，开口就骂，动手就打，辱骂皇亲，如同欺君，寡人龙心大怒。国舅。（净）臣。（内）命你将张忠信押出午门斩首。（净）领旨。来，转过午门。（二武士上）来此午门。（净）绑起来。（末）吓，苍天，苍天！吓，我张忠信为官，一不欺君，二不害民，为何主我无后？单生一女，许配袁文正为妻。吓，小女儿吓！为父早有书信，命你夫妻进京，同享荣华，早来几天，就有为父相见。儿吓！（净）嘈！大胆张忠信，在午门辱骂皇亲，今日将你斩首，你悔也不悔？（末）奸贼，为忠良一死何惜？在黄泉路上等你，奸贼！（净）开刀！（二武士杀末）（净）将头首高挂午门。回复圣旨者。（吹【尾】）（下）

第五号

外（张禄）、小生（奇异真人）

（外上）（引）老爷入朝去，不见转回来。（白）来此已是午门，不免待我进去。阿呀，老爷！（三退）阿吓，老爷吓！（吹）（白）咳，老爷，老奴再三劝你，不听我言，今日将你斩首，冤仇不能够报得。有道“主死尽忠，仆死为义”，拜别老爷，寻个自尽了罢。（科）（死）（小生上）且慢，不必自尽。（外）我主人冤仇不能消报，故而在此寻死短见。（小生）我赐你锦囊一个，拆开锦囊，便知明白。那边有人来了。（小生下）（外）阿吓，此人霎时不见，一定是仙家的了。付我锦囊一个，待我看个明白：“改名换姓，卖在曹府，后来自有报主人之仇。”阿吓，老爷吓，非是老奴不义也！（吹）（下）

第六号

净（曹义），付（曹仁），老旦（李氏），外、丑（官员），

正旦（太监），小生、末（奇异真人），外（院子、张禄）

（净上）（引）执掌朝纲势滔天，文和武谁敢多言？（诗）兄弟二人掌朝纲，亲妹西宫伴君王。圣上隆恩来宠幸，威权赫赫世无双。（白）某，二国舅曹义，妹子凤娇，万岁纳为西宫，十分宠幸。母亲李氏，六旬寿日，有恐两班文武前来恭贺，为此安排酒筵，与母亲上寿。不免请兄长出堂。过来。（家人）有。（净）请大国舅出堂。（家人）大国舅有请。（付上）又听家人宣，出堂问事情。（净）哥哥见礼。（付）有礼。（净）请坐。（付）有坐。叫为兄出堂何事？（净）母亲寿日，有恐两班文武前来恭贺，要办酒筵，与母亲上寿。（付）如此请出母亲。（净）一同请出母亲。（同白）母亲有请。（老旦上）寿祝筵开，猛拚沉醉。请为娘上堂何事？（付、净）今日母亲六旬，要办酒筵，与母亲上寿。（老旦）生受你了。（付、净）孩儿拜寿。（科）孩儿把盏。（吹牌子）（内白）报上。（家人）所报何事？（内）众文武前来恭贺。（付、净）吩咐起乐。（吹【过场】）（外、丑二官员上）（付、净）大人请进。（外、丑）闻得太君寿日，小官准备小小薄礼，前来恭贺。（付）何用礼物费心。（外、丑）好说。太君请上，小官拜寿。（吹）（付、净白）后堂上席。（外、丑下）（内）圣旨下。（老旦、付、净）摆香案接旨。（正旦太监上）圣旨下，跪。（众）万岁。（正旦）听宣读，诏曰：太君六旬大寿，万岁龙心大喜，赐寿烛千对，寿衣一套，黄金千两。钦哉，谢恩。（众）万万岁。（正旦）太君请上，咱家拜寿千秋。（老旦）不敢。（正旦）咱家一拜。（吹）（众白）公公后堂上席。（正旦）皇命在身，就此告退。（正旦下）（小生上）（白）白云本是无心物，又被清风引出来。小仙奇异真人，在云头观见曹国舅不思前生修道苦楚，今生恶贯满盈，难免满门诛戮之灾。他的母亲寿日，待我化作老僧模样，前去度他便了。（小生下）（焰头）（末上）化作老僧样，前来救凡人。我乃

是小仙奇异真人。曹国舅一生作恶，不思回头，难免全家诛戮之罪，为此前来度他。来此已是。门上那一位在？(外院子上)是那一个？(末)终南山僧闻得太君寿日，前来拜寿。(外)请少待。启上国舅、太君，终南山老僧前来拜寿。(老旦)我今寿日，老僧乃是不祥之兆，门首不许他立着。(净)过来，国戚门首，此乃是禁地，怎与他僧人立着？来，将他拿下，活活打死。(付)且慢。兄弟说那里话来？终南山老僧非为别事，他到来必有缘故，看他来意如何。命他进来就是。(外)国舅命你自进。(末)晓得。太太、国舅，老僧作揖。(净)唔。大胆阇梨，想两班文武到来，如同犬子一般，你这僧人，口称作揖。来。(外)有。(净)拿去砍了。(外科)(付)且慢，问他来意再处。老僧，到来何事，你且讲来。(外下)(末)国舅差矣，差矣，两班文武要享朝廷爵禄，敢不攀皇家之势？老僧每日随风飘渺，脚踩[1]祥云，你若不信，你且听老僧道来。(唱)

【风入松】(起板)**道法神通乐逍遥，终日里随风飘渺**。**无忧无虑妙法高，你是个旁人耻笑**。(净白)笑某什么来？(末)笑国舅只受今日之荣，不晓来日之灾。(唱)**月圆时必当有缺，人势尽有灾殃，人势尽有灾殃**。

(净)唔。想某乃是皇亲国戚，有什么灾殃？(末)国舅，你道皇亲国戚，没有什么灾殃，你不知三国中董卓，在朝廷一大臣，死后被天雷打散。后来曹操，有曹兵百万，战将千员，又死在永禁地狱。他人不能保全，何况你皇亲国戚？你道未有灾殃，可知未归三尺土，难保一生身；既归三尺土，难保万年坟。(唱)

【前腔】你道国戚势滔滔，倘有败露祸难消。**及早回头听我言，免得个全家有灾**。(白)有道"人在帝王边，犬羊陪虎眠"，有朝一日权势败，难免全家诛戮丧黄泉。(唱)**有一日权势消败，合满门受餐刀，合满门受餐刀**。

---

① 踩，单角本作"扯"。调腔抄本"踩"字或作"採"，或作"扯"，今改作通行字形。详见《妆盒记·盘盒》"两步忙来一步踩"注。

(净)吓,可恼,可恼!(唱)

【急三枪】听言来,冲冲怒,气难按。来,**取宝剑,斩你一命亡**[1]。(末下,净追,焰头)

(净)嗄嗄!(老旦)散了筵席。(同唱)

【尾】狂徒直恁太不良,令人怒气满胸膛。

(净)吓吓,阇梨,阇梨!(净、老旦下)(家人)老僧不见,有锦囊留下。(付)待我看来:"你害别人犹且可,别人害你却如何?嫩草怕霜霜怕日,恶人难免全家祸。"呵吓,劝我及早修行。是了,我买一个苍头,代替修行。(外上)家主仇无报,假意卖自身。老奴张禄,主仇无报,神圣叫我在曹府卖身。来此已是。门上那一位在?(家人)外面那一个?(外)小老前来卖身,未知国舅可要买否?(家人)你立一立,待我禀国舅知道。国舅,外面有位老人家前来卖身。(付)好,叫他进来。(家人)老人家,国舅叫你进来。(外)晓得。国舅爷在上,老奴叩头。(付)起来。(外)谢国舅。(付)老人家,你敢是来卖身的?(外)小老命运不济,妻子一旦身亡,我无奈,只得卖身。(付)看你年迈,不来差你,你替我在后堂诵经念佛,你道如何?(外)诵经念佛,正合老奴之意。(付)将你改名曹禄,随我进来。(外)晓得。咳,诵经拜佛念佛陀。(科,下)

第七号

末、丑(二家将),正生(包拯)

(内)左右。(内)有。(内)人马打道进京。(二手下,末、丑二家将,正生上)(吹)(同下)(二手下,末、丑二家将,正生又上)(吹)(正生白)老夫包拯,奉旨出征边庭,赈济安民,因此进京复命。二将,打道入朝。(吹)(下)

---

① 此句单角本一作"斩他命一条"。

第八号[①]

外(王允),付(曹仁),净(曹义),末、丑(二家将),正生(包拯),
老旦(太监),小生(宋仁宗),贴旦(曹妃)

(内)朝纲乱了,朝纲乱了。(外上)(唱)

【点绛唇】恨妖妃迷恋君王,迷恋君王,紊乱朝纲。恨奸党,(付上)(唱)**俺是个保国忠良,**(净上)(唱)**兄妹定家邦。**

(外)老夫三朝元老王允。(付)某,当今国舅曹仁。(净)某,二国舅曹义。(付、净)老相国请了。(外)唔。(付、净)老相国为何怒气入朝?(外科)可恨昏君无道,贪恋酒色,不理朝政,故而怒容满面入朝。(付、净)唔,老相国此言差矣,万岁乃是有道明君,怎说贪恋酒色,不理朝政?(外)唔。我想万岁,原是有道明君,可恨朝中,一则奸党弄权,那二,乃是妖妃之故。(净)住了。你这老贼,一进朝房,辱骂皇亲,该当何罪?(外)住了。你这奸党,有什么汗马功劳,公侯世禄?(净)想老夫保国大臣,想你有什么汗马功劳在朝廷?(外)奸贼,你且听者。(唱)

【混江龙】俺本是冰心铁胆,何惧你内宫势权大?你道是西宫势权重,迷君王误了龙颜。倘若是圣主回心,要把那奸党贼钢刀血染。俺是个赤胆心保朝纲,死金阶决不更改。你若是权势消败,一个个命丧黄泉,命丧黄泉。

(净)住了。大胆王允,辱骂皇亲,少刻万岁临殿,叫你死在顷刻。(付)唔。老相国,你年迈老臣,一进朝房,你恶言冲撞皇亲,该当何罪?(外)住了。老夫若还怕死,也不来辱骂与你这奸党国贼。(付)吓,老贼无礼,(净)忒杀

---

① 本出曲牌名单角本仅题有【点绛唇】。《调腔乐府·套曲之部》将“忽听得击金钟多喧嚷”至“安定坐家邦”题作【天下乐】,而以“蒙恩宠立为昭阳”至“必须细细问端详”为前腔;将“怒冲冲气满胸膛”至“除却狂徒正家邦”题作【巧巧令】,而以“他是个狠恶凶狼”至“兄和妹妖妃贼党”为前腔。按,【天下乐】当合为一支,【巧巧令】实即【哪吒令】,亦当合为一支,两者词式都不规整。

欺人。(付)辱骂皇亲,(净)罪犯分身。(外)吓,你兄弟二人,敢欺我三朝元老不成?(付、净)欺你何妨?(内)包太师到。(末、丑二家将,正生上)奉旨出边庭,复命奏隆恩。(科)取朝简,外厢侍候。(末、丑下)(正生)二位国舅见礼。(付、净)包太师请来见礼。(正生)老师,门生拜揖。(外)贤契少礼。朝纲乱了,朝纲乱了。(正生)老师在朝房冲冲大怒,却是为何?(外)贤契,为师被人欺辱了。(正生)合朝两班文武,谁人敢欺着你三朝元老?(外)你有所未知,万岁贪恋酒色,宠爱妖妃,不理朝政,反将妖妃立为正宫,他兄弟官封世袭。老朽忠言几句,他兄弟二人欺辱老夫,如同草莽。(正生)曹仁、曹义,骂你这奸贼!你家妹子有何贤德,怎好立为正宫?(付)包太师,妹子立为正宫,这是万岁之意,我等无故。(净)嘈!大胆包拯,我妹子立为正宫,两班文武大臣个个俱服,何况你这小小官儿,敢来阻挡么?(正生)住了。你道老夫小小官儿,你且听者。(唱)

【油葫芦】俺本是定国安邦,一片冰心保朝堂。你不过依着妖妃,君宠爱迷误家邦。你道是皇亲势掌朝纲,倘有差池便将你刀头身丧。有一日犯在我手,要将你万剐千刀决不饶放,决不饶放。

(付、净)要与你面奏。(正生、外)难道惧你?(净)唔。(老旦太监、小生上)(唱)

【天下乐】忽听得击金钟多喧嚷,即出宫帏坐朝堂。众文武赤心山河掌,保寡人安定坐家邦,安定坐家邦。(众白)臣等见驾,愿吾皇万岁。(小生)平身。(众)万万岁。(小生)寡人大宋仁宗,自从登基以来,风调雨顺,国泰民安,众公卿匡扶社稷。包卿,命你出征边庭,受尽风霜之苦,寡人思念与你。(正生)臣食君之禄,当分君之忧。臣启万岁,曹娘娘有何贤德,怎好立为正宫?(小生)西宫容貌,天下无双,伶俐过人,故而纳为正宫。(正生)阿,你不取贤德,反取容貌,看你如何掌得山河社稷?(小生)包爱卿不必动怒,寡人一时错见,爱卿心意如何?(正生)依臣之见,将正宫印信缴转,复转西宫。(净)臣启万岁,妹子既立正宫,怎好复转西宫来?(正生)嘈!谁与你白木官儿,前来接嘴?(净)吓吓,大胆包拯,辱骂皇亲,该当何罪?(正生)老夫不但骂你,打你这奸贼何妨？(净)吓吓，大胆包拯，你在万岁跟前，冒奏龙颜，该当何罪？(小生)包卿不必动怒，寡人自有主见。侍儿。(老旦)万岁。(小生)传旨，将正宫印信缴转，复转西宫。(老旦)领旨。啲，万岁有旨，将正宫印信缴转，复转西宫。(内)领旨。(小生)众卿退班。(众)送驾。(老旦太监随小生下)(正生、外笑)(付)嘈！大胆包拯，你在午朝门耀武扬威，辱骂皇亲，少刻奏与娘娘知道，叫你黑头下地。(正生)住口。你这奸贼，锦绣江山，断送你妖妃国贼之手。(净)吓吓，大胆包拯，你开口妖妃，闭口妖妃，可晓皇亲国戚、内宫之势？(正生)你这奸贼，无事倒也罢了，如若有事，犯在老夫之手，将你一尸分为两段。(净)吓吓，老夫皇亲国戚，谁敢多讲？(正生)咳，呸呸呸！(净)呀呸！(外)住了。曹仁、曹义，骂你这奸党！倚势欺人，有日势败冰散，将你千刀万剐，悔之晚矣。(净)吓吓，大胆包拯，此刻这等威势，少刻报与娘娘知道，管叫你一命难逃。(付)包太师，我兄弟不好，不要听他，老夫赔罪。(正生)嘈！谁要你赔罪？奸党多蜜口，奸贼，奸贼！含恨在胸膛。(正生、外下)(净)嗄嗄，包拯，包拯，寒天吃冷水，点点在心头。嗄嗄！(付、净下)(宫女、贴旦上)(唱)**蒙恩宠立为**[①]**昭阳，为甚的速缴印信好惊慌。莫不是奸徒设计奏君王，必须细细问端详。**

(净上)(唱)

【哪吒令】怒冲冲气满胸膛，速进内宫将计商。恨只恨包拯忒猖狂，除却狂徒正家邦。(白)来此已是宫门首。那一位公公在？(老旦太监上)那一个？原来是国舅。(净)二国舅有事面奏娘娘。(老旦)晓得。二国舅有事面奏娘娘。(贴旦)命国舅觐见。(净)领旨。臣见驾，愿娘娘千岁。(贴旦)国舅平身。(净)谢娘娘。(贴旦)国舅进宫，有何事启奏？(净)进宫非为别事，万岁将娘娘立为正宫，两班文武俱服，只有包拯一人阻挡。开口妖妃，闭口妖妃，开口奸党，为兄受他多少恶气。此人若不除之，兄妹三人祸事非小也！(唱)**他是个狠恶凶**

---

① 立为，195-3-8 忆写本作“立位”，据《调腔乐府·套曲之部》改。按，或当作“列位”，即“位列”，列、立方言音同。

狼，一味的谗言奏君王。在朝房声声詈骂，兄和妹妖妃贼党。

(贴旦)怎么，有这等事来？可恼，可恼！(唱)

【寄生草】听奏章怒满胸膛，恨逆贼不法纵横。全不知内宫权势重，欺哀家罪犯萧何。要与他辨个玉石，除逆臣方消胸膛，方消胸膛。(白)国舅且是放心，你且出宫去罢，哀家自有主见。(净)臣出宫去也。安排金钩江边钓，呀呀呸！那怕鱼儿不上钩？(净下)(贴旦)阿吓，包拯有这等无理，欺辱哀家，哀家难道罢了不成？这个……有了，待哀家假作母亲有病，奏与万岁知道。假作探病，要与包拯做个对头。侍女们。(宫女)娘娘。(贴旦)取朝简，转过朝房。(宫女)领旨。(贴旦唱)**非是我暗生计巧，也是你自作其祸。上金殿前来奏本，要除你凶恶奸刁，凶恶奸刁。**

(白)臣妾见驾，愿吾皇万岁。(内)爱妃上殿，有何本奏？(贴旦)臣妾奏万岁，老母有病，意欲归家探病，望吾皇准奏。(吹)(内白)爱妃有本奏道，太君有病，命爱妃前去探病。探病一过，即速回宫。退班。(贴旦)万万岁。侍女们，摆驾出宫。(唱)

【尾】奉旨意出宫帏，要与你风波骤起。(白)包拯，包拯吓！(唱)**问你声声骂妖妃。**(下)

第九号

贴旦(曹妃)，末、丑(二家将)，正生(包拯)

(二宫女、贴旦上)(内)二将，打道。(末、丑二家将，正生上，科)(末、丑)启家爷，有西宫娘娘挡住去路。(正生)怎么，西宫娘娘挡住去路？(科)二将，将人马悄悄往西门而过。(末、丑、正生下)(二宫女)启奏娘娘，包拯往西门而去。(贴旦)怎么，他往西门去了？侍女们，穿巷而过，到西门挡住去路。(末、丑二家将，正生上)(末、丑)启家爷，西宫娘娘又挡住去路。(正生)怎么，西宫娘娘又挡住去路？二将，人马往南门而过。(末、丑、正生下)(二宫女)启娘娘，他往南门而去。(贴旦)怎么,他往南门去了？侍女们,与我穿巷而过,到南门挡住去路。(末、丑二家将,正生上)(末、丑)启家爷,西宫娘娘又挡住去路。(正生)怎么,西宫娘娘又挡住去路？(科)二将,住轿。住了,你这妖妃,三番两次,挡住老夫去路,该当何罪？(贴旦)哀家御驾到此,不来迎接,倒也罢了,你反来如此无礼。(正生)你这妖妃,又不是正宫,老夫岂肯迎接与你？(贴旦)住了。大胆逆臣,开口妖妃,闭口妖妃,当今圣上不敢触怒哀家,何况你小小官儿。辱骂哀家,该当何罪？(正生)可恼,可恼！(唱)

【风入松】恶气怒难按,骂妖妃君王迷恋。朝纲紊乱纲纪变,危邦家、危邦家罪逆非浅。俺是个丹心一片,何惧你妖妃辈,何惧你妖妃辈？

(贴旦)包拯,包拯吓！(唱)

【前腔】休得将人来轻贱,我是个皇皇宠爱。逆臣无礼犯龙颜,欺君王、欺君王罪犯非浅。激得人怒气难按,恨逆臣太不良,恨逆臣太不良。

(白)住了。包拯,我且问你,哀家立为正宫,两班文武俱服,何况你小小官儿。前来阻挡,是何道理？(正生)吓,你乃出身微贱,本该妃子,有什么昭阳？有什么正宫？(贴旦)可恨,可恨！(唱)

【急三枪】逆臣的,心太狠,乱朝纲。罪非轻,欺君王[①]。(正生白)咳！(唱)**骂妖妃,心不平,痴心想。正宫位,乱纪纲,正宫位,乱纪纲。**

(贴旦)住了。大胆包拯,声声口口,辱骂哀家,该当何罪？(正生)老夫宽洪大量,不与你多讲。二将,打道回府。(贴旦)且慢。包拯,今日与哀家说个明白,饶你过去。如若不然,休想没处。(正生)吓吓,你这妖妃,三番两次,挡住去路。吓,可恼,可恼！(唱)

【风入松】骂声妖妃太不良,一味的倚势纵横。俺是个丹心一片保朝堂,何惧你、何惧你泼妇猖狂。激得俺气满胸膛,除妖妃正纪纲,除妖妃正纪纲。

(贴旦)包拯,包拯吓！(唱)

---

① “罪非轻,欺君王”,195-3-8 忆写本作“欺君罪非轻”,今作改动。

【前腔】我是内宫伴君王，你不过食禄王朝。不服君命罪不小，依律法、依律法治罪难饶。（正生白）咳！（唱）**止不住恶气难消，声声的骂妃妖，声声的骂妃妖。**

（贴旦）住了。大胆包拯，你辱骂哀家，该当何罪？（正生）咳，老夫不但辱骂，打你妖妃何妨？（贴旦）你难道不怕死的？（正生）吓，为忠良者，一死何妨？（贴旦）咳，你不怕死，你来打，你来打。料你难为我不得。（正生）呀呀，大胆妖妃，三番两次，欺压老夫，老夫拚着此官不做，与你妖妃做了对头也！（唱）

【急三枪】恼得俺，冲冲怒，气难消。家将！**取金鞭，打妖妃，取金鞭，打妖妃。**（打）（贴旦）吓，大胆包拯，痛打哀家，死在顷刻也！（唱）**我是个，内宫势，皇皇宠。把本奏，祸非小，把本奏，祸非小。**

（白）咳，大胆包拯，将哀家这般痛打，上殿面奏。（正生）我难道惧你？（贴旦）咳！（唱）

【尾】逆臣的太无理，即速上朝奏着你。（二宫女、贴旦下）（末、丑）家爷，将娘娘殴辱而去，哭奏君王，其祸非小。（正生）为忠良者，一死何惜也！（唱）**自古忠臣不怕死，怕死非为忠，怕死非为忠。**（下）

第十号

小生（宋仁宗）、贴旦（曹妃）、正生（包拯）

（小生上）爱妃探母病，不见转回宫。（贴旦上）无故来殴辱，上殿奏明君。万岁！（唱）

【不是路】冤屈难提，百般痛打受惨凄。（小生白）呀！（唱）**因何起，一一从头说是非。**（贴旦哭）万岁吓！（唱）**难提起，恨杀包拯太无礼，口口声声骂妖妃。**（小生白）他为何打骂与你？（贴旦）阿吓，万岁，臣妾归家探望母病，路过包拯，他说私自出宫，不许与我分剖，将我百般痛打。（唱）**乱纲纪，无故百般来殴辱，倒不如一命归阴，一命归阴。**（科）

(小生)爱妃,怎么,有这等事来? 可恼,可恼!(唱)

【剔银灯】按不住腾腾怒气,耐不住、殴辱爱妃。不念君王来宠溺,乱朝纲痛打爱妃。(贴旦白)万岁吓!(小生)爱妃不要如此,待寡人削他官职便了。(唱)**不住胸中怒气,恨逆臣紊乱纲纪,紊乱纲纪。**

(白)侍儿传旨。(太监)万岁。(小生)宣包拯入殿。(太监)领旨。万岁有旨,宣包拯入殿。(内)领旨。(正生上)妖妃太无礼,忒杀把我欺。臣包拯见驾,愿吾皇万岁。(贴旦)万岁吓!(小生)爱妃,寡人封你昭阳正宫。(贴旦)谢主隆恩。(小生)包拯。(正生)臣。(小生)咳,无故鞭打爱妃,将你削官三级,去到河南开封府治民去罢。(正生)万万岁。(正生下)(贴旦唱)

【尾】治逆臣心欢爱,三宫六院我当先。(白)包拯,包拯。(唱)**凭着哀家三寸舌,削除官爵到河南。**(下)

第十一号

净(曹义)

(四手下、净上)(引)执掌权衡重,为国保朝廷。(白)某,二国舅曹义,回家问安母亲。过来,人马可曾齐备?(四手下)人马齐备,二国舅起马。(净)发炮起马。(吹)(下)

第十二号[①]

小生(袁文正),小旦(张氏),付(店家),末(鬼魂),净(曹义),

老旦(李氏),正旦、花旦(丫环),外(文昌帝君)

---

① 本出195-3-8忆写本删略了张忠信鬼魂上场的内容,将"鸟鹊好惊人"至"归家耀门庭"径接于"脱蓝衫宴赴琼林"之下。今根据小旦、末本补出所删内容,其中袁文正、店家的念白系整理时添补。

（小生、小旦上）（唱）

【桂枝香】凝望帝殿，凝望帝殿。妻与夫恩爱双双，为只为宴赴琼林。（小生白）卑人袁文正，上京求取功名，感得贤德妻子同伴。娘子，一路行来，你鞋弓袜小，这是苦杀你了。（小旦）只要官人功名成就，何出此言？（小生）娘子请。（小旦）官人请。（同唱）**迤逦相赶，迤逦相赶，愿此去上达鹏程，脱蓝衫宴赴琼林。**（小生白）娘子，天色渐渐暗了下来，向前寻个旅店安寓便了。（小旦）官人此言不差。（初更）（小生、小旦）吓！（同唱）**听更声，知书为功名，今夜可安身，今夜可安身。**

（小生）来此三元旅店。店家！（内）来哉，来哉。（付上）开得三元店，安寓四方人。相公、夫人，住店那啥？（小生）正是。（付）请进。来此客房，相公、夫人请便。（小生）有劳店家。（付下）（二更）（小生、小旦睡）（末鬼魂上）（唱）

【前腔】冤气腾腾，冤枉无分。恨曹贼心忒狠毒，害得我一命归阴。（白）我乃张忠信鬼魂是也。可恨曹贼恶势猖狂，在万岁跟前谎奏，将我立斩午门，冤气难忍，贤婿、女儿那里知道？不免向前托梦一番便了。（唱）**冤屈难伸，冤屈难伸，怎奈我忠良名标，可怜我痛苦伤心。好难禁，腹破肠穿刺，遍身血流淋，遍身血流淋。**

（白）来此已是店门首，不免进去。（三更）贤婿，抬起头来，听我吩咐：此刻奸佞当道，他有一胞妹，圣上纳为正宫，你若进京来，有恐性命难保。（唱）

【前腔】不必进京，且是慢停。他那里势大滔天，有差池难保性命。（白）儿吓，为父被奸贼陷害，立斩午门，你好好劝夫回去，倘有不测，是有大祸临身。（唱）**即速回程，即速回程，若得个与父报仇，只除非龙图包拯。**（四更，鸡叫）（末）呀！（唱）**金鸡声，本要亲嘱咐，想必天乍明。**

（白）为父去也！（科）（末下）（五更）（小旦）呀！（唱）

【前腔】又听铃声，神魂难定。在店中神魂难定，今夜里梦寐不稳。（白）官人苏醒。（小生）娘子。（小旦）官人，妻子昨夜得其一梦，只见我爹爹鲜血淋淋，在我跟前，哀哀啼哭，叫你我二人不要进京才是。（小生）娘子，岳父有书到来，叫我上京求名，须要打听明白再处。（唱【桂枝香】五至八句）（白）况潮州到京，路有千里，怎好前功尽弃？（小旦）正是。（小生）如此娘子请。（小旦）官人请。（同唱）**鸟鹊好惊人，但愿功名成，归家耀门庭，归家耀门庭**。（同下）

（内）左右，打道回府。（四手下、净上）（唱）

【前腔】威风凛凛，杀气腾腾。俺本是国戚皇亲，遇着咱鬼魂神惊。（白）某家，当今二国舅曹义，归家问安。过来，路上有美貌女子，报与我知道。（唱）**权势滔滔，权势滔滔，兄和妹内权势重，威凛凛正宫名号。谁不尊吾曹？**（小生、小旦上）（唱）**移步来行走，心惊胆又慌，心惊胆又慌**。（小生、小旦下）

（手下）启国舅，有位白面书生、美貌女子行路。（净）传白面书生、女子相见。（手下）白面书生、女子请转。（小生、小旦上）（小生）何事唤声急？（小旦）向前问事因。（小生）何事？（手下）国舅到此。（小生）国舅，小人叩头。（净）起来。（小生）谢国舅。娘子，过来见了国舅。（小旦）国舅，难女叩头。（净）女子起来。（小旦）谢国舅爷。（净）阿吓！（科）动问书生，作何事业？（小生）卑人上京求取功名而来。（净）此位是谁？（小生）就是卑人的妻子。（净）听你说来，你是读书求名，合老夫之意。你在老夫衙内耽搁，朝中两班文武，俱是老夫门下，待我写书一封，你的功名，在老夫身上。（小生）多蒙国舅爷提携，自当图报。（小旦）官人，有道"无功不受禄"，不要进去才是。（小生）娘子，今日卑人得见贵人，卑人时运到了。（小旦）是。（净）过来，吩咐小轿一乘，与袁大娘坐。（手下）晓得。（净）来，带马。打道。（唱）

【前腔】赫赫门楣，堂堂公卿。我本是圣恩隆宠，众文武谁敢多言？丹心一片，丹心一片，你是孔圣门台，这功名我当相待。你的时运来，圣上保奏本，即日做高官，即日做高官。

（科，下马，进去）（正旦、花旦二丫环，老旦上）（老旦）儿吓，你回来了。（净）母亲，孩儿拜揖。（老旦）我儿常礼。（净）丫环。（正旦）有。（净）将袁大娘好生服侍上房，将婴儿抱去，备酒侍候。（正旦）晓得。（正旦带小旦下，花旦扶老旦下）（净）两旁退下。（四手下下）（小生）国舅请上，生员拜揖。（净）少礼，看坐。（小生)谢国舅,告坐了。(净)请问先生,家住那里,请道其详。(小生)家住潮州府潮水县孝廉坊铁丘村。(净)高姓大名?(小生)卑人姓袁名文正,十五岁身入黉门。今当大比之年,上京求取功名,路中得见国舅,此乃万幸也!(唱)

【前腔】**言词达上,言词达上。我本是苦守寒窗,痴心想功名有望。**(净白)听你说来,功名二字,出在老夫身上。过来,看酒来。(唱)**开怀欢畅,开怀欢畅,堪羡你勤读诗书,方显得男儿纲常。一定要占虎榜,鳌头来独占,一举姓名扬,一举姓名扬。**

(小生)多蒙国舅这等待生员,此恩何日得报也!(唱)

【前腔】**义厚恩高,义厚恩高。多感你恩德丘山,待生员衔环结草。**(净白)你说功名二字,出在老夫身上。(唱)**达上龙颜,达上龙颜,你是个才子文人,又遇着国戚皇亲。挂紫金,功名我担代,富贵不离身,富贵不离身。**

(白)袁先生,朝中两班文武,都是老夫门下。若说功名二字,待老夫写书一封,与你带去;若说官职,待老夫奏本圣上,封你大大官儿。(小生)多蒙国舅深恩。(净)老夫有言,难好启齿。(小生)国舅有金言,但说何妨?(净)老夫心中要娶一个美妾娇妻,只见先生妻子,容颜生得十分姿色,意欲先生妻子与我作妾,心意如何?(小生)住了。你道皇亲国戚,说出没廉耻话么?(唱)

【尾】**腾腾怒气又难按,**(白)奸贼吓,奸贼!(唱)**不法纵横势滔天。**

(净)吓吓吓,老夫好言对你讲,反辱骂老夫,管叫你死在顷刻。(小生)奸贼吓!(唱)

【风入松】**冲冲怒气骂奸党,无故的国法纵横。纪纲紊乱坏纲常,你是个、你是个禽兽衣冠**①。**激得俺怒满胸膛,声声的骂奸党,声声的骂奸党。**

(净)可恼,可恼!(唱)

---

① 195-3-8忆写本此下为配补部分,下文小生所唱"激得俺怒满胸膛,声声的骂奸党"和"俺是个"至"负义情",根据1961年油印曲谱(195-4-13)录出。

【前腔】听说言来怒胸膛，骂你这狐群狗党。辱骂皇亲罪难当，便将你、便将你身赴云阳。俺是个国戚堂堂，枭你命有何妨，枭你命有何妨？

（白）嘈！若还顺从老夫便罢，如若不然呵！（唱）

【急三枪】便将你，身首断，付云阳。顷刻间，命丧亡，顷刻间，命丧亡。（小生白）奸贼，我死在先，我看你也活不久了。（唱）**俺是个，饱书生。怎肯做，负义情？怎肯做，负义情？**

（净）嘈！你还要这等硬口，不肯哀求，少刻将你千刀万剐，悔之晚矣。（小生）奸贼，我骂你这奸贼！（唱【风入松】）（净白）吓吓吓，大胆袁文正，不允亲事，倒也罢了，反辱骂老夫。来，取钢刀、绳索、毒药过来。（手下）钢刀、绳索、毒药在此。（净）嘈！大胆袁文正，辱骂皇亲，毒药、绳索、钢刀，快快自尽，免得动手。（小生）奸贼，与你死不甘休！（唱【风入松】一至四句）（净白）可恼，可恼！（唱）

【风入松】恼得俺烈火焚烧，除你命气平消，除你命气平消。

（手下逼小生吞药，小生吐药）（净）狂徒，狂徒！（唱）

【急三枪】恨狂徒，太无情，不达礼。恼得我，怒生嗔，恼得我，怒生嗔。

（科）（白）你要这等用强。来，将他衣服去了。过来，叠起干柴，将他活活烧死。（科）（小生死）（外文昌帝君上，将婴儿换下）（净）过来，将袁文正儿子抱来。（三刀）（正旦丫环、小旦上）（小旦）何故婴儿来抱去？国舅，儿子抱来还了我，夫妻二人要回去了。（净）这个难道不是你儿子？（小旦）阿吓，儿吓！（唱）

【哭相思】[1]**思儿咽喉来气断，止不住泪雨如泉。痛得我腹内刀绞，害得我魂飞九天。**（白）住了，为何将我儿子打死？（净）美人，袁文正父子死，哭他怎么？老夫与你做一个长久夫妻，你道如何？（小旦）住了。我乃有夫之女，讲出没廉耻话来。（净）吓，美人，丈夫在那里？（小旦）在你府中。（净）你丈夫死过了。（小旦）你待怎讲？（净）你去看来。（小旦）官人！吓！（三退）官人吓！（唱）**痛夫君命丧黄**

---

① 此曲牌名及下文【绵搭絮】，单角本缺题，据 195-4-13 曲谱补。

泉，为妻子心如刀割。可怜我夫妻拆散，要相逢除非来生。

（白）阿吓，我的亲夫，我的亲儿吓！（唱）

【不是路】魂散魄消，亲夫亲儿命丧夭。实指望同谐到老，又谁知半路相抛。

（白）且住。这奸贼将丈夫、儿子打死，我难道罢了不成？这便怎处？有了，抱了孩儿，去到上司投告便了。（净）且慢。美人，你到那里去？（小旦）去到上司，告你这奸贼。（净）朝中两班文武，俱是老夫门下。当今万岁，老夫亲戚。阳间料无可告得，若要告老夫，除非阴司去告。（小旦科）（净）过来，将袁文正尸首葬在后花园枯井中。（小旦唱）

【绵搭絮】冤屈难分，冤屈难分，怒气满胸填。（哭）阿，夫吓！（唱）**你是个儒门子，一旦赴幽冥。**（昏倒）（净）美人苏醒，苏醒。美人，你不要啼哭，我乃是金枝玉叶，顺从老夫，享不尽荣华富贵了。（小旦）你这奸贼，将我丈夫、儿子打死，冤仇如同山海，我与你死不甘休也！（唱）**骂你这恶蛇蝎死狠心肠，把我夫活活的一命伤，把我儿活活的一命亡。见色起淫，十恶罪难当。说什么皇亲势，说什么伴君王。奸党心太狠，把我夫一命亡，**罢罢罢！**拚着一命黄泉上，一命黄泉上。**

（净）嘈！你这泼妇，可比笼内之鸟，网内之鱼，顺从老夫便罢，如若不然，将你一剑分为两段。（正旦）国舅爷且慢动手，待丫环解劝解劝。（净）难为讲情，饶你罢了。丫环过来。（正旦）国舅爷有何吩咐？（净）好好相劝与他，国舅爷重重赏你。（正旦）晓得。（净下）（正旦）大娘，何不顺从了他？（小旦）大姐吓，这奸贼将丈夫、儿子打死，仇如山海，怎肯顺从与他。（正旦）你不顺从，也是枉然。（小旦）要依我一件大事。（正旦）大娘请讲。（小旦）中堂摆开孝堂，与我官人超度亡灵，然后顺从与他。（正旦）晓得。（小旦）大姐吓！（唱）

【尾】切齿冤仇如山海，恨不得骨化飞灰。（白）奸贼，奸贼！（唱）**只怕你人容天不容。**（下）

第十三号

正旦(丫环)、净(曹义)

(正旦丫环上)国舅有请。(净上)丫环,这妇人怎么样了?(正旦)启国舅爷,要大娘顺从,须依他一件。(净)依那一件?(正旦)中堂摆开孝堂,与他官人超度亡灵,然后顺从。(净)怎么,顺从?依他,依他。过来,安排酒筵、孝堂侍候。(家人上)晓得。(下)

第十四号

小旦(张氏)、正旦(丫环)、净(曹义)、小生(鬼魂)

(小旦哭上,正旦丫环随上)(小旦唱)

【哭相思】痛夫君命丧黄泉,小孩儿身死九泉。泼天冤无门诉告,哭得我肝肠寸断。

(白)大姐,孝堂可好。(正旦)大娘,孝堂已备。(小旦)摆开祭礼。(正旦下)(小旦拜)官人吓,有道"一夜夫妻百日恩,百日夫妻海样深",指望同到老,谁知半路两离分。(哭)阿阿,夫吓!(唱)

【江头金桂】冤枉难诉,冤屈难分,可怜我生死无门。实指望功名成就,光耀门庭,谁知道路遇曹贼起祸根。夫吓!**我与你义重恩深,义重恩深,双双到老,共枕同衾,双双到老,共枕同衾,到如今只见灵位不见人。**(白)夫吓,可怜你十年寒窗苦读,指望功名成就,光宗耀祖,改换门庭,今日灵位在此,都没有得归家,思想起来,兀的不痛、痛杀我也!(唱)**恨只恨奸党心狠,奸党心狠,见色起淫罪非轻。我的好伤心,夫妻本是同林鸟,大难到来各自分,大难到来各自分。**

(白)阿吓,儿吓!为娘生你下来,指望你长大成人,侍奉双亲。为娘今日在此,祭送你了,儿吓!(唱)

【前腔】想娇儿痛断肝肠，无故的害你身丧。为娘怀胎十月，受尽凄凉，指望成人侍亲娘。可怜我冤枉难讲，冤枉难讲，夫死黄泉，子命又丧，夫死黄泉，子命又丧，冤屈无伸好彷徨。（白）阿吓，夫吓！你父子被曹贼陷害，十大冤枉，必须要阴魂显圣了，夫吓！（唱）**望夫君阴魂相应，阴魂相应，冤屈声声喊声丧**[①]。**我的好悲伤，夫妻不能重会面，若要相逢梦里来，若要相逢梦里来。**

（白）且住。我再啼哭，也是枉然。少刻这奸贼到来，我的终身岂肯失于奸贼之手？这便怎处？（科）有了，不免寻个自尽，到黄泉路上，等这奸贼便了。（唱）

【忆多娇】恨奸党骂声声，见色起淫罪非轻，奸徒十恶乱胡行。冤屈难伸，冤屈难伸，拚着一命丧幽冥。

（白）夫吓，你父子被曹贼陷害，须要阴魂显圣，保护妻子与你同归一处也！（唱）

【前腔】夫身死子不留，妻子拚着一命休，冤报冤来仇报仇。夫前妻后，夫前妻后，鬼门关上相等候。

（哭）阿吓，官人，我儿！（科）（唱）

【尾】夫君阴魂来相护，你是猖狂狠奸贼。（白）奸贼，奸贼！（唱）**善恶到头终有报，只争来早与来迟。**（科）（小旦下）

（净上）（唱）

【斗黑麻】心中欢笑，淑女窈窕。青春年少，同上蓝桥。双双欢娱，美景好良宵。三星佳配，前生主造。

（白）阿吓，美人。（科）（小生鬼魂上）（净）吓！（逃下）（小生下）

---

① 喊声，单角本作"显圣"，戏曲念白"喊"音"显"。丧，悲哀，忧伤。

第十五号

净(曹义)、老旦(李氏)、小旦(张氏)

(净上,科)唬杀哉,唬杀哉。府中冤鬼作怪,这里住不来了。家丁,请出太君。(家人上)太君有请。(老旦上)忽听高声请,出堂问事因。儿吓,何事?(净)这里冤鬼作怪,这里住不来了。请太君、夫人到狮儿巷居住,心意如何?(老旦)孩儿你到那里去?(净)孩儿到郑州去定居。丫环们,侍奉太君、夫人到狮儿巷居住。老冤鬼多作怪,迁往避风波。家丁,打道到郑州。(吹)(小旦上,老旦、小旦上轿,下,净、家人下)

第十六号

末、丑(二家将),正生(包拯),外(院子)

(内)家将,打道。(末、丑二家将,正生上)(唱)

【桂枝香】奉命出京,奉命出京。笑君王听信谗言,恨只恨妖妃迷恋。(白)老夫包拯,只为议立正宫,老夫忠言几句,圣上听了妖妃之言,将老夫削职开封府。吓吓,国贼,国贼,若有事情犯在老夫之手,怎肯饶你?左右,打道。(唱)**怒冲直上,怒冲直上,恨奸党霸弄朝纲,皇皇旨岂可违抗。**(焰头)(科)(白)呀!(唱)**难猜详,霎时火光起,谅必有冤枉,谅必有冤枉。**

(白)二将,前去看来。(末、丑)启家爷,路旁有一婴儿。(正生)抱上来。阿呀,这婴儿生得眉清目秀,必做皇家栋梁。家将,将婴儿抱了回衙,打道。(唱)

【前腔】难猜难详,心中暗想。这婴儿为甚的抛撇路旁,敢只是有什么冤枉。(末、丑)启家爷,襁褓上有票,上题诗句。(正生)拿来我看:"上告白王立木见,鸿儒赴选被人害。若要察得此事出,除非龙图与铁面。"阿呀,看此票上,有诗句在此,待老夫详解。第一句,"上告白王立木见","立木"旁边,架一

"见",此乃是"親"字,分明告皇亲的了。二将,此地可有凉亭?(末、丑)不远处有凉亭。(正生)转过凉亭。(科)两旁退下。(末、丑下)(正生)第二句,"鸿儒赴选被人害",鸿儒乃是个秀才,赴选求名,被皇亲害死。后面这两句,"若要察得此事出,除非龙图与铁面"。吓,想龙图铁面,是老夫,莫非此案要老夫伸冤?二将过来。(末、丑上)有。(正生)此票待他随风而去,此票落在何处,报与老夫知道。(科)(末、丑、正生下)(正生上)二将,此票落在何处?(末、丑上)启家爷,落在一座侯府前面,来往行人,纷纷避让,莫敢仰视。(正生)吓,怎么,这等厉害?待老夫亲自前去看来。二将。(末、丑)有。(正生)打道。待老夫看来:有人抬头观看,挖[①]下二目;用手一指,斩了一掌。吓吓吓,当今万岁金銮殿,也没有这等厉害,不知那一个贵侯?来,打进去。(末、丑)小人那里担代得起?(正生)老夫担代,大胆打进去。阿吓,这座房屋,好似天宫一般,为何没有人居住,这又奇了。二将。(末、丑)有。启家爷,那边有人来了。(外上)年长七十零,座上我为尊。太师爷请上,小老叩头。(正生)请起。(外)谢太师爷。(正生)动问老丈,这座高大房屋,是何人的?(外)启太师爷,皇亲曹国舅府邸。(正生)他为何不居住?(外)启太师爷,若说曹国舅权势,比做当今万岁犹胜。有人犯在他手,便用铁鞭活活打死。见别人家女子美貌,生得几分姿色,便要强奸,不知打死多少人。目下有一个袁文正秀才,上京赴选,二国舅见他妻子美貌,生得几分姿色,将袁秀才骗进府中,活活打死,有三岁婴儿,也被他打死。打死人不论其数,故而冤鬼作怪,曹国舅居住不来,移居狮儿巷去了。(正生)袁文正妻子,如今在那里?(外)袁秀才的妻子,国舅带去了。(正生)过来,赏老丈白银十两。(外)谢太师爷。(外下)(正生)国贼,国贼,你这等凶恶,虽是皇亲国戚,有日犯在老夫之手,怎肯饶你这凶奸贼!(唱)**恶势滔滔,恶势滔滔,自古道善有善报,遇着咱一命难逃**。(白)阿呀,想袁文正妻子被曹贼带去,这便怎处?吓,是了。二将,准备羊羔美酒,一则前去恭贺,二

---

① 挖,方言,拿。

察听袁文正妻子下落便了。二将，将人马打转狮儿巷。(唱)**气难消，有日犯我手，皇命难讨饶，皇命难讨饶**。(下)

第十七号

老旦(李氏)，末、丑(二家将)，外(院子)，正生(包拯)

(老旦上)(引)身受荣恩，喜得个福寿安康。(白)老身李氏，夫主早亡，生下二子一女，我女凤娇，万岁纳为正宫；我儿曹仁、曹义，官封世袭。朝中两班文武俱服，恨只恨包拯目中无人，冒奏龙颜，万岁将他削职，这也不在话下。(末、丑二家将上)奉得家爷命，前来拜公侯。里面有人么？(外院子上)是那一个？(末、丑)开封府包太师前来恭贺。(外)候着。启太君，包太师前来恭贺。(老旦)包拯与我家做了对头，不要睬他。(外)太君说那里话来？他有礼前来恭贺，那有不睬之礼？(老旦)既如此，命他自进。(外)命包太师自进。(末、丑)家爷有请。(正生上)心中思计谋，定要除奸臣。二将，可通报？(末、丑)已通报过了，太君命家爷自进。(正生)怎么，命我自进？(科)太君请上，小官大礼相参。(老旦)罢了，看坐。(正生)谢太君，告坐了。(老旦)到来何事？(正生)到来非为别事，闻得太君移居到此，小官备得羊羔美酒，前来恭贺。来，礼物献上。(老旦)唔。包太师，你也忒欺人了。(正生)老夫食君之禄，必当与国除害，怎说老夫欺人？(老旦)吓，我家乃擎天之柱，你难道不晓皇亲之势么？(正生)老夫不晓皇亲之势，只晓皇亲犯法，庶民同罪。(老旦)吓，大胆包拯，目无皇亲。来。(外)有。(老旦)连人带物，与我扯下。(老旦下，外将正生推出，将礼物拿出，外下)(正生)阿呀，老夫前来恭贺，不敬老夫倒也罢了，反将礼物扯下。吓吓，国贼，国贼，皇亲国戚势滔滔，你道擎天柱一条。若还冤情来察出，俺一斧斩断你擎天柱一条。二将，打道回府。(下)

第十八号

写大国舅曹仁回府，路遇恼怒而回的包拯。曹仁见过母亲后，托曹禄带书信给曹义。曹禄从曹仁话中得知袁文正妻子落在曹义手中，不觉惊疑。

第十九号

小旦（张氏）、净（曹义）、外（曹禄）

（小旦上）（唱）

【绵搭絮】[①]**夫遭屈害，夫遭屈害，含冤非浅。冤枉无门来诉告，可怜奴受苦难言。恨深深冤如山海，眼巴巴不见青天。愿夫君阴魂圣显，护我身免得个受贼陷害，阿吓，夫吓！免得个受贼陷害。**

（白）我乃张氏，丈夫袁文正被曹贼陷害，将我带进郑州，要奸奴家。我乃不从，将奴锁在冷房。夫吓，妻子拚着一命，以保贞烈也！（唱）

【斗黑麻】叩拜夫君，阴魂显灵。你妻子拚着残生，决不肯玷污终身，望夫君怜悯报应。（白）官人吓，此冤若还可报，你将阴魂现出；此冤若还无报，妻子早归幽冥也！（唱）**倒不如早赴黄泉，免得个玷污终身。看将来冤屈无伸，到黄泉与他再评论，阿吓，官人吓！到黄泉与他再评论。**

（白）少刻奸贼到来，强逼奴家，这便怎处？（科）是了，待奴扯破花容便了。（唱）

【忆多娇】深深叩拜苍穹，十大冤枉无可伸，贞烈难保女裙钗。扯破花容，扯破花容，还望夫君显圣神功。（哭）（科）

（净上）（唱）

【前腔】急急的到上房，观看娇容女红妆，同上阳台效鸾凤。心中欢畅，心中欢畅，淫心顿开欲火难挡，欲火难挡。

---

① 此曲牌名单角本缺题，据195-4-13曲谱补。

(白)阿吓,美人!(科)(小旦)奸贼,与你死不甘休!(净)吓吓,这恶妇将花容扯破。无用之人,还要这等倔强,可恼,可恼!(唱)

【尾】**腾腾怒气难消,恨恶妇花容扯破**。(白)来。(家人上)国舅爷,有何吩咐?(净)将女子锁入冷房,除他一死。(唱)**打死恶妇放胸窝**。(家人带小旦下)

(外上)奉着太君命,即速到郑州。国舅请上,老奴叩头。(净)起来。到来何事?(外)奉太君之命,有书呈上。(净)待我看来。我道为着何事,母亲有书到来,将袁文正妻子谋死。家丁,为何要将他谋死?(外)启国舅爷,有所未知,包太师到我府中前来恭贺,太君与包太师斗口几句,他怒气冲冲而去。有恐知觉,祸患非小,叫国舅爷速速将他谋死。(净)这有何难?老夫去到房中,将他一刀分为两段,岂不是美?(外)且慢。你将他杀死,冤魂不分,又要作怪。后花园中有口枯井,深不见底,将酒灌醉,抛在井中,岂不是美?(净)院子此言不差,赏你白银十两,你去办来。(外)老奴晓得。(净下)

(外念)(打【缕缕金】)闻言来,心惊跳,一心要救女多娇。即忙来到冷房,手开门。(白)张大娘快来。(小旦上)(哭)(唱)

【哭相思】**忽听得声声高叫,唬得我魂透九霄**。(白)你敢是老院公?(外)敢是小姐?(科,三退,跪)吓吓吓!(哭)(同唱)**见了你肝肠痛断,止不住两泪如泉。怏怏的诉说衷情,一一的受苦难言**。(外白)小姐吓,你为何落在曹府,说与老奴知道。(小旦)阿吓,老院公吓!我夫妻二人进京,求干功名,路中遇见曹贼,见色起淫,将我夫妻骗进府来,将官人活活烧死,三岁孩儿又打死,冤仇不能消报,思想起来,兀的不痛、痛杀人也!(唱)**这冤屈无门诉告,扯破花容受苦非小**。(白)老院公,你为何不在家中侍奉爹爹?为何落在曹府?(外)阿吓,小姐吓!我家老爷,被曹贼陷害,立斩午门。(小旦)阿吓!(科,三退)怎么,将我爹爹立斩午门了?阿吓,爹爹吓!(唱)**听言来好似刀攒,恨不得海底沉冤**。(白)阿吓,爹爹吓!(唱)**可怜你身丧刀头,这冤屈好比山丘**。

(外)阿吓,小姐吓!一家人俱被曹贼陷害,想起来兀的不痛、痛杀人也!(唱)

【不是路】**闻言怒恼,声声不住骂奸刁。怒冲霄,十恶滔滔罪不小**。(白)小姐不好了！(小旦)为何？(外)曹贼道你扯破花容，今夜将你斩首了。(小旦)你待怎讲？(外)取你一死了。(小旦三退)老院公，奴一死何惜，丈夫冤仇，不能消报了。(外)阿吓，小姐且是放心，老奴今夜放你逃生去罢。(小旦)老院公，此事被曹贼知道，叫你如何吃罪得起？(外三退)阿吓，小姐吓！年迈天命，一死何惜？有白银十两，以为盘费，去到包太师衙门投告，与你丈夫伸冤。(小旦)如此老院公请上，受奴一拜也！(唱)**拜谢你释放残生，不然是一命难存。冤难分，还望苍天来怜悯，愿此去花抛雪恨，花抛雪恨**。(小旦下)

(圆场)(外)且住。此事若还泄漏，如何吃罪得起？这便怎处？(科)有了，有枯井在此，不免寻个自尽了罢。阿吓！(科)(死下)

第二十号

小旦(张氏)

(初更)(小旦哭上)(唱)

【山坡羊】哭啼啼无处迷走，泪淋淋冤屈难休，黑漫漫有路难走，战兢兢黑夜里如何行走？(白)我乃张氏，被曹贼陷害，多感老院公释放与我，逃生柙笼虎口。我乃女流之辈，黑夜之中，鞋弓袜小，如何行走得来？(二更)夫吓，若要妻子与你伸冤，今夜须要阴魂显圣，夫吓！(唱)**冤不休，恶贼用机谋。提起冤屈如山丘，这是奴命犯该伤，命犯该伤夫子流。怨尤，夫吓！上前妻在后；还愁，阿吓，我夫吓！冤仇不报怎肯休，冤仇不报怎肯休**。

(白)吓，黑夜之中，我看那边有灯亮前来度我，这也奇了。(科)是了，想是官人阴魂前来护送与我。(三更)苍天，苍天，我张氏黑夜之中，受尽了百般苦痛，难道没有苍天相救了？夫吓！(唱)

【前腔】对苍天声声愁叹，可怜奴受苦难言，叫天天不来护我，恨深深冤重山海。(四更)(白)官人吓，你阴魂护送与我，我与你恩爱夫妻，今生不能相会，若要相会，除非来生也！(唱)**恩难罢，夫妻五伦首。可怜奴单身独自走，过荒丘**

受尽凄凉，受尽凄凉苦难休。泪流，恨曹贼设计谋；阿吓，冤仇，还望苍天相保佑，还望苍天相保佑。（五更）

（白）行了一夜，不知什么所在，待我看来。（科）东京界。吓，是了，莫非官人护我？待我做了状纸，前去投告便了。（科）阿吓，我想曹贼皇亲国戚之势，权势滔天，那一个胆敢与我做了状纸？这便怎处？有了，待我咬破手指，扯下汗衫一幅，做了血状，前去投告便了。（科）阿唷吓！（唱）

【前腔】咬指尖痛断肝肠，止不住两泪汪汪，自古道十指连心，痛得我魂飞飘荡。（科）（转头）**状纸我亲做，鸣冤纸一张。上告着皇亲与国戚把命丧，恨曹义贼，恨曹义贼，恶如虎狼。**（白）状纸做好，待我去到包青天跟前投告便了。（锣声）（科）霎时开锣响道，想是包青天来了，待我去投告便了。（唱）**冤枉，拚残生投御状；我心慌，十大冤枉不饶放，十大冤枉不饶放。**（下）

第二十一号

写大国舅曹仁离开狮儿巷，前往京城。张氏拦路告状，曹仁得知张氏状告曹义，遂借口冲撞他的马头，命手下将张氏拷打，几至于死。按，小旦本无此出，则曹仁下令拷打时，张氏未安排出场，而张氏仅在包拯面前诉冤之时，间接陈述被打一事。

第二十二号

付（曹仁），末、丑（二家将），正生（包拯），小旦（张氏）

（大走板）（四手下、付上）（唱）

【山坡羊】[①]**威凛凛武耀威扬，偷天手瞒过冤枉，包黑头今日还朝，俺这里办事妥当。**（四手下、付下）（内）二将，打道。（末、丑二家将，正生上）（唱）**怒满腔，为冤枉**

① 此曲牌名单角本缺题，据词式可知为【山坡羊】，今补题。

难察详；怒嚷，除却奸党放胸膛，除却奸党放胸膛。

(白)老夫包拯，只为曹贼一起命案，察他不出，日夜愁闷，为此到城隍庙祷告神圣。来，打道。(科)(末、丑)启家爷，马不走。(正生)爷马有三不走。(末、丑)那三不走？(正生)万岁御驾到此不走，皇后、太子到此不走，若有大大冤枉不走。二将。(末、丑)有。(正生)前去看来。(末、丑下，又上)启家爷，有妇人倒在路旁。(正生)可曾绝命？(末、丑)还未绝命。(正生)怎么，还未绝命？叫他苏醒。(末、丑下，带小旦上)(小旦)太师爷叫冤。(科)(昏倒)(正生)叫他苏醒。(末、丑)小妇人醒来。(小旦)苦吓！(科)(末、丑)小妇人醒来。(小旦)阿吓，苦吓！(唱)

【尾】打得我骨碎如齑粉，满身遍体血淋淋。真个是死到阴司又还生。

(白)什么样人，相救与我？(末、丑)包太师在此。(小旦)吓，怎么，包太师在此了？阿阿！吓，苦吓！(唱)

【哭相思】跪尘埃哀哀诉告，泼天冤仇如山海。恨曹贼狠毒凶谋，把夫主一旦一命休。

(正生)你这女子，不要啼哭，把冤枉一一说出来，老夫替你伸冤。(小旦哭)阿吓，太师爷吓！(唱)

【江头金桂】冤枉难诉，夫主命丧，哭哀哀两泪双双。(哭)**恨只恨曹贼心毒，见色起淫，假骗夫妻进府门。把夫君受苦非轻，受苦非轻。**(白)太师，我官人袁文正，夫妻进京求名，路中遇着曹贼，他见色起淫，将我夫妻二人骗进府去，将我官人活活烧死，三岁婴儿打死，强逼奴成亲。奴无计可施，只得扯破花容，以保贞烈也！(唱)**这冤仇深如山海，还要奴强逼成亲，深如山海，强逼成亲，我只得扯破花容保烈身。**(白)太师爷吓，这奸贼道奴花容扯破，要将奴谋死，多感老院公释放与我逃生。我咬破指尖，做了血状，与张府伸冤。有一位官长，不问口供，说奴冲他的马头，将奴铁鞭打死呵！(唱)**可怜奴受苦难禁，受苦难禁，咬指尖鲜血淋淋。做御状要与夫君把冤伸，谁知官长心太狠，不问口供害奴身，不问口供害奴身。**

(正生)可恼,可恼!(唱)

【忆多娇】听言来怒气生,恨曹贼乱胡行,见色谋命罪非轻。怒满胸襟,怒满胸襟,令人一见怒气生嗔。

(白)小妇人吓,今日遇着老夫,你丈夫冤仇可伸,你儿子就有相会。曹仁、曹义,当万命绝也!(唱)

【前腔】俺本是保朝堂,除却奸党正纪纲,铁面无私情难讲。怒气满腔,怒气满腔。皇亲犯法决不饶放。

(小旦)太师爷吓,我儿子被曹贼活活打死,有什么母子相会?(正生)小妇人吓,不要惊慌,带你到衙,就有母子相会。(小旦)太师爷,我丈夫冤仇,可以报得?(正生)小妇人,待老夫捉拿曹仁、曹义到来治罪便了。(小旦)阿吓,太师爷吓!他有正宫皇亲国戚之势,太师爷如何拿得?(正生)阿吓,是吓!他有正宫之势,若与他面奏,万岁是他亲戚;若还私自前去拿他,他有皇亲之势,如何拿得?但是这个……(科)有了,待我假作有病,写书到老师跟前,诓骗国贼到来探病,再作计较。(唱)

【斗黑麻】贼势滔滔,十恶难饶。萧何律法,万剐千刀。(白)待我写起书来。(唱)**亲笔书写着,字字写分晓,病沉重生死难料。**(白)待我做起本章来。(唱)**圣上来达奏,君王恩非浅。达奏曹仁,达奏曹仁,亲自到河南。**

(白)二将过来,这份本章,你说家爷病体十分沉重,死在顷刻。(末、丑)晓得。(正生)还有内书一封,叫大国舅亲自到河南探病,不可泄漏风声。(唱)

【尾】暗中设计妆圈套,管叫他一死难逃。(白)国贼,国贼!(唱)**十恶滔滔罪难饶。**(下)

第二十三号

外(王允),末、丑(二家将),付(曹仁),老旦(太监),小生(宋仁宗)

(外上)(引)奕世忠良,秉丹心何惧奸党。(白)老夫王允,可恨朝中奸佞弄权,万岁不听忠言,岂不可叹?(末、丑二家将上)奉着家爷命,前来送书信。门上那一位在?(家人上)是那一个?(末、丑)包太师有书到来。(家人)候着。启太师,包太师有书到来。(外)命他自进。(家人)太师爷命你自进。(末、丑)太师爷在上,小人叩头。(外)起来。你家爷可好?(末、丑)太师爷,不好了!(外)为何?(末、丑)家爷病体十分沉重,死在顷刻。有书呈上。(外)待我看来。吓,贤契,"染成一病,病体十分沉重,还望恩师奏与万岁知道"。(末、丑)启太师爷,还有内书一封。(外)拿来我看。阿吓,看此内书,要大国舅亲自到河南开封府探病之意。此事其中必有缘故。(末、丑)转过朝房。(外)外厢侍候。(末、丑下)(付上)王太师请了。(外)请了。(付)王太师入朝何事?(外)包拯染成一病,病体十分沉重,命在旦夕,前来奏闻圣上。(付)怎么,有这等事来?御香霭霭,万岁临殿,一同面奏。(老旦太监、小生上)(引)锦绣河山,喜得个国泰民安。(外、付)臣等见驾,愿吾皇万岁。(小生)平身。(外、付)万万岁。(小生)爱卿上殿,有何本奏?(外)臣启奏万岁,包拯染成一病,病体十分沉重,命在旦夕,有本章呈上。(老旦取本章)(小生)王爱卿,可否代寡人前往探病?(外)老臣年迈。(小生)大国舅。(付)臣。(小生)命你代寡人亲自到河南探病。(付)领旨。(小生)退班。(外、付)送驾。(老旦随小生下,外、付下)

第二十四号

末、丑(二家将),正生(包拯),小旦(张氏),付(曹仁)

(末、丑二家将,正生上)(引)曹贼心忒狠,冤屈实难分。(小旦上)夫妻遭屈害,今日见青天。太师爷请上,难女叩头。(正生)起来。(小旦)谢太师爷。望太师爷母子一会，可否？（正生）来，叫袁贵林出来。（末、丑）将袁贵林抱出来。（家人抱婴儿上）（小旦）阿吓，儿吓！（吹【哭相思】）（内白）大国舅到。（正生）送死的来了。张氏，少刻当堂须要质对。（小旦）晓得。（小旦抱婴儿下）（正生）来，开正门。（付上）奉着君王命，登门来探病。（正生）国舅请上，小官大礼相参。（付）少礼，请坐。（正生）谢国舅，告坐了。（付）包太师，王太师奏你染成一病，病体十分沉重，命在旦夕，你敢是欺君不成？（正生）国舅有所未知，昨夜三更时分，神圣对我说："包拯，你的病死在顷刻，只为你为官清正，铁面无私，只为朝中奸党未除，去你病症，可除朝中奸贼。"（付）原来。（正生）来，看酒来。请。（吹）（付白）包太师请。（正生）国舅，前日老夫接一张状纸，丈夫、儿子被人打死，妻室被人谋害，后来逃到东京，与丈夫伸冤。有一个狠心官儿，将他铁鞭打死。这是天命未绝，复告老夫手中。老夫准他状纸，为此请国舅到来商议。（付）大胆包拯，你难不成道着老夫不是？（正生）嘈！大胆国贼，你不准状纸，倒也罢了，反将他活活打死，罪犯分身。二将。（末、丑）有。（正生）将他拿下。（付）谁敢？大胆包拯，你难道不晓皇亲之势了？（正生）老夫不晓皇亲国戚，只晓皇亲犯法，庶民同罪。拿下！（付）嘈！大胆包拯，你可晓正宫娘娘，是我胞妹？（正生）呀，不要提起正宫娘娘，老夫拚着此官不做，与你做个对头，拿下！家将，去了冠诰。（科）（付）嘈！大胆包拯，欺辱皇亲，该当何罪？（正生）二将，将他身上搜来。（末、丑）有图书在此。（小旦上）太师爷伸冤。铁鞭将我打死，就是这恶贼。（付）嘈！大胆包拯，如此无礼，少刻我二弟知道，管叫你黑头下地。（正生）拿去收监。（末、丑押付下，小旦下）（内）收监是实。（末、丑上）（正生）二将，大国贼已经拿下，不可泄漏风声。阿呀，大国贼拿下，二国贼在郑州为官，如何拿得？（科）是了，曹贼有图书在此，待我套写家书一封，说道他娘亲病体沉重，命在旦夕，叫他星夜回府。用图书印着，管叫他必中我计。待我写起书来。（吹）（科）（白）二将，命你扮作曹府公差，星夜赶到郑州，说太君病重，叫他星夜回府，不可泄漏风声。（末、丑）晓得。（正生）曹贼，曹贼！（下）

第二十五号

净(曹义)

(净上)(吹)(白)昨夜三更,心惊肉跳,我道为着何事,原来母亲有病,叫我星夜回府。来。(二手下上)有。(净)打道回府。(科)(下)

第二十六号

正生(包拯),末、丑(二家将),净(曹义),小旦(张氏)

(正生上)(引)心中思谋计,要除那奸臣。(白)老夫包拯,差人去到郑州,不见回来,好生挂念。(末、丑二家将上)启家爷,国舅星夜出府来了。(正生)他星夜来了。妙吓,这国贼中我之计。来。(末、丑)有。(正生)我有帖儿一个,请他到来饮酒,不可泄漏风声。(末、丑)晓得。(末、丑下,正生下)(内)打道回府。(二手下、净上)(吹)(白)老夫曹义,母亲病重,兄长有书到来,因此星夜回府。左右,打道。(内)报上,包太师家将求见。(手下)启国舅,包太师家将求见。(净)命他相见。(手下)国舅爷命你相见。(末、丑上)国舅爷在上,小人叩头。(净)起来。(末、丑)谢国舅爷。(净)到来何事?(末、丑)我家老爷有帖相邀。(净)阿吓,包拯与老夫在朝房吵闹一场,将他削职开封府,今请老夫饮酒,分明满足与我,莫非托、托老夫的势头?来,转过开封府。(吹)(正生上)(吹)(白)国舅请上,小官大礼相参。(净)包太师少礼。(正生)闻得国舅到此,小官备得有酒,与国舅畅饮。(净)请。(正生)酒来。(净)包太师,你这等恭敬老夫,老夫奏闻圣上,封你大大官儿。(正生)有劳国舅。(净)就此告别。(正生)为何去之忒速?(净)家兄有书到来,母亲病重,另日再会,告别。(小旦上)太师爷伸冤。(正生)什么冤枉,你且讲来。(小旦)将我丈夫、儿子打死,就是这奸贼。(净)嘈!何处泼妇,胡言乱道,就此告别。(正生)且慢。曹义,你这奸贼,如今朝廷钦犯,还想逃走?(净)嘈!大胆包拯,如此无礼,少刻兄长知道，管叫你黑头下地。(正生)吓，若说你兄长，早已拿下，有图书在此，你且看来。(净)嘈！大胆包拯，将兄长图书记盗来，该当何罪？(正生)住了。你这奸贼，你兄长老夫早已拿下了。(净)你待怎讲？(正生)下在监中了。(净)吓吓吓，此地不与你多讲，我与你上殿面奏。(正生)在那里做梦？(打)来，家将，去了冠诰，上了刑具，带去收监，明日早堂审问。封门。(下)

第二十七号①

曹府总管将曹仁、曹义下狱之事，报与曹府太君李氏，李氏急命总管进宫向曹妃奏报。

第二十八号

曹府总管进宫，将曹仁、曹义下狱之事报与曹妃，曹妃急忙前往营救。

第二十九号②

正生(包拯)、付(曹仁)、老旦(李氏)、净(曹义)、贴旦(曹妃)

(【大开门】，吹【过场】，四手下上)(三出场)(正生上)(唱)

【一枝花】可恨那奸凶十恶犯王章，怒冲冲气满胸膛。俺本是铁面无私正纪

---

①　本出外本内容为："(上)／忙步急凶事，报与太君知。(白)太君不好了！／大国舅被包拯拿去了。／二国舅下在监中了。／立时处决了。／吓。"下一出外本内容为："(上)／奉着太君命，即速到宫门。宫门首那一位公公在？／曹府老总管，有急事要见娘娘。／有劳。／娘娘不好了！／我家犯了命案。／我家大国舅被包拯拿去了。／二国舅下在监中了。／立时处斩了。／(下)"

②　本出曲牌名单角本仅题尾声。《调腔乐府·套曲之部》以首曲为【一枝花】，"你本是伤人命罪逆不小"至"方消胸窝"为【夜啼莺】(按，当作"夜啼乌"，即【乌夜啼】)，"骂你这狠恶凶狼"至"斩你首理应当"为【梁州七】(按，当即【梁州第七】)，"恼得俺怒冲冲气满胸填"至"顷刻归泉台"为【四块玉】，"可知道皇亲犯法罪难饶"至"一命断送"为【折桂令】，今参照补题，并改【折桂令】为【哭皇天】。

纲，何惧那皇亲国戚如虎狼。你道是君王宠权势大，你是个蛇蝎心肠。害人命罪难当，要斩你奸党贼决不饶放，决不饶放。

(诗)可恨曹贼太不良，十恶滔滔犯王章。今日坐堂来开问，立斩二贼一命亡。(白)老夫，包拯。可恨曹贼见色起淫，打死二命，因此拿恶贼到来正法，以消冤魂之恨。来，将恶贼抓进来。(手下带付上)有捆。(正生)去捆。嘈！大胆国贼，见了老夫，为何不下跪？(付)住了。我乃皇亲，岂肯跪你？(正生科)打！恶贼，恶贼！(唱)

【乌夜啼】你本是伤人命罪逆不小，你本是、十恶滔滔不消放。你本是恶狠狠自称强暴，一味的雄赳赳紊乱纪纲。你道是正宫势兄妹定山河，你道是君恩宠朝纲颠倒。自古道善有善报十恶难饶，今日个立斩你国贼奸刁，除你命方消胸窝，方消胸窝。

(白)嘈！你这恶贼，将女子活活打死，招不招？(付)嘈！大胆包拯，你冤枉皇亲，该当何罪？(正生)吓，还要这等硬口。刽子手，夹起来。(手下夹付)(正生)恶贼，恶贼！(唱)

【梁州第七】骂你这狠恶凶狼，打死人妇罪难当。你道是皇亲国戚势堂堂，律犯萧何不饶放。泼天冤有报偿，遇着咱命丧亡，今日个斩你首理应当，斩你首理应当。

(白)刽子手，招不招？(手下)不招。(正生)收，再收，收满。(内)太君驾到。(正生)嘈！太君驾到。连夹棒起过一边。(老旦上)大胆包拯，为何将我儿拿来拷打？(正生)你儿子见色谋命，因此老夫拿来，以正国法。(老旦)包太师，看在老身一面。(正生)住了。生下不肖儿子，还要前来讲情。老夫要治你儿子不法之罪。(老旦)我家有诰文在此，谁敢放肆！(正生)吓，你把诰文压量老夫，老夫拚着此官不做。刽子手，再夹起来。收，再收，收满。(付)愿招。(正生)放了夹棒。(老旦)阿吓，儿吓！(正生)没廉耻的，扯出辕门。(老旦)吓，包拯，包拯，老身与你死不甘休。(手下扯老旦下)(正生)带去收监。(手下带付下)(正生)刽子手，将曹义抓进来。(手下带净上)有捆。(正生)去捆。嘈！这奸贼，见了老夫，为何不下跪？（净）住了。老夫皇亲，岂肯跪你？（正生）扯下去打。（净）谁敢？大胆包拯，少刻正宫娘娘奏闻圣上，管叫你黑头下地。（正生）吓，还要这等硬口。刽子手，打八十。（科）吓，恶贼，恶贼！（唱）

【四块玉】**恼得俺怒冲冲气满胸填，激得俺、怒目睁开。你是个见色谋命罪非浅，骨化飞灰理应该。你本是天不容来地不载，要想偷生难上难。**恶贼，恶贼！**俺本是铁面无私，犯吾手顷刻归泉台，顷刻归泉台。**

（白）嘈！你这恶贼，烧死袁文正，打死他儿子，谋死他妻子，招来。（净）嘈！你冤枉皇亲，该当何罪？（正生）吓，夹起来。（手下夹净）（正生）吓吓吓，恶贼，恶贼！（唱）

【哭皇天】**可知道皇亲犯法罪难饶，可知道、庶民同罪不虚讹。你是个十恶滔滔犯萧何，杀伤人命罪非小。骂你这恶蛇蝎心肠毒，万剐千刀决不恕饶。凶恶奸刁心如狼豹，一任你皇亲势大，犯着咱一命断送，一命断送。**

（白）刽子手，恶贼招不招？（手下）不招。（正生）收，再收，收满。（净）愿招。（正生）放了夹棒，取画招上来。（净）不好了！（正生）画招已实，上锁。（内）正宫驾到。（净笑）（正生）呵呀，正宫、正宫到，将二贼并锁起来。（手下带付上）（贴旦上）大胆包拯，为何将我兄长拿来锁了？（正生）住了。你兄长犯了泼天大罪，为此拿来，以正国法。（贴旦）大胆包拯，冤枉皇亲，该当何罪？（正生）吓，你说老夫冤枉兄长，兄长画招已实，狗眼拿去看来。（贴旦）包太师，看哀家一面。（正生）好吓，看正宫娘娘一面。刽子手，正宫娘娘在此讲情，来，再打八十。（付、净）娘娘相救。（贴旦）住了。大胆包拯，我且问你，你那家官？与谁出力？（正生）老夫朝廷命官，与皇家出力。（贴旦）既如此，哀家命你放了我兄长。（正生）吓吓吓，你把正宫皇后压量老夫，你兄长犯了死罪，私自出宫，我与你面奏，你该当何罪？来，扯出辕门。（贴旦）吓，包拯，包拯，少刻奏闻圣上，管叫你黑头下地。（贴旦下）（正生）将二贼带去收监，封门。（唱）

【尾】**冲冲怒气难按，激得人怒目睁开。**（白）吓，奸贼，奸贼！（唱）**不法纵横，头上有青天。**（下）

第三十号

写曹妃、太君面奏君王，宋仁宗决定亲往开封府法场讨保。

第三十一号

正生(包拯)，付(曹仁)，净(曹义)，末、丑(二家将)，

小生(宋仁宗)，外(王允)，老旦(李氏)，贴旦(曹妃)

(【大开门】)(四手下、正生上)(唱)

【佚名】[①]**怒冲冲立斩奸刁除强暴，萧何律不相饶。**(转头)**你是个奸凶十恶势滔滔，说什么皇亲势正宫名号，要除你凶恶奸刁。万剐千刀，万剐千刀，一任你皇命讨饶，正国法决不虚讹，决不虚讹。**

(诗)冰心铁胆保皇朝，铁面无私不虚讹。皇亲国戚犯我手，虎头铜铡决不饶。(白)老夫，包拯。曹贼被我拿下，他母亲、妹子必要哭奏万岁，万岁必出赦旨，前来讨保，因此将二贼拿来斩首。吓吓，圣上，圣上，非是老夫没有君臣之义，这是二贼罪犯十恶也！(唱)

【佚名】**非是俺忒杀无情，也是你、奸党心狠。一味的抢佳妇丧人命，全不念萧何律法不留情。今日个犯我手休想偷生，顷刻间赴云阳命归阴，赴云阳命归阴。**

(白)刽子手，将二贼绑上来。(手下绑付、净上)有捆。(正生)去捆。嘈！你这二个奸贼，今日将你斩首，悔也不悔？(付、净)小人一时之错，还望包太师饶恕，饶恕。(正生)二贼，到如今悔也迟了。恶贼，恶贼！(唱)

【佚名】**记当年凶恶奸刁，到如今悔也迟了。非是我不留情不恕饶，也是你自惹其祸。说什么正宫势皇皇宠，号锣一起可不道一命断送，一命断送。**

(内)众大臣前来讨保。(正生)吓，怎么，众大臣前来讨保？家将，尚方宝剑

---

① 此曲词式与调腔《六凤缘》第三十七号【一煞】相近。

一口，高挂辕门，何官讨保，与国舅一体同罪。(末、丑)得令。(正生)吓，恶贼，恶贼！(唱)

【佚名】**俺本是铁面银牙，秉丹心、正了纪纲。犯下弥天罪，十恶不饶放；萧何律法重，那怕诏皇皇？犯律法照律断，超冤鬼免冤枉。**

(内)报上。(手下)所报何事？(内)万岁驾到。(正生)阿吓，我也明白了。来，将二贼带过一边，摆香案接旨。(太监、小生、外上)(正生、付、净)臣等见驾，愿吾皇万岁。(小生)平身。(正生)臣启万岁，这玉带可赐与臣？(小生)便将玉带赐你。(正生连咬三口)(小生)包爱卿，这是何故？(正生)启奏万岁，今日出朝，敢祭上苍天地？(小生)不是。(小生)敢劝百姓、农夫？(小生)也不是。(正生)万岁胡乱出朝，主天下三年大旱，如何做也？(小生)寡人前来讨保。(正生)启奏万岁，二皇亲已犯死罪，万岁御驾到此，也是枉然。(小生)怎么，你敢抗旨不成？(正生)阿吓，万岁吓！万岁出旨，臣怎敢违抗旨？今日二皇亲恶贯满盈，已犯死罪，若不允臣判决，臣情愿还了冠诰，归家务农。(科)(小生)王爱卿，你去解劝来。(太监、小生下)(外)贤契，此事太执意了。为师主见，大国舅必须要看万岁一面。(正生)恩师，二位国贼若不除之，天下都赦完了。(外)贤契，依为师主见，杀了一个，放了一个，待为师奏闻圣上。(外下)(正生)吓，圣上，圣上，非是微臣没有君臣之义也！(唱)

【佚名】**俺俺俺是个保国大忠良，除强灭暴正纪纲。俺本是冰心一片，真个是龙图铁面。**家将！**将二贼绑起高杆，**(内白)刀下留人。(正生唱)**顷刻间命归泉台，命归泉台。**

(老旦、贴旦上)包太师，刀下留人。(净)母亲、妹子，快快相救。(正生)住了。老夫铁面无私，岂可留情？来，将二贼放铜铡。(老旦、贴旦)包太师，且饶一刻，待我母子兄妹分别而去。(正生)难为母女求饶，再停一刻，午时开刀。(内)圣旨下。(正生)摆香案接旨。(外上)圣旨下，跪，听宣读：大国舅本当斩首，看万岁洪恩天下，不拘罪犯轻重，一齐赦免。包拯宽洪大国舅罪名，毋得抗旨。钦哉。(众)万万岁。(正生)来，大国舅放绑。(手下杀净下，众下)

第三十二号

写曹仁弃家修行，证果成仙之事。

第三十三号

袁贵林考试。

第三十四号

正生(包拯)、外(王允)、小生(宋仁宗)、付(曹仁)

(正生、外上)(吹)(正生白)老师。(外)贤契少礼。贤契，袁文正之子得中状元，倒也难得。(正生)自古道"善有善报"。(内)噫。(太监、小生上)(吹)(正生、外白)臣等见驾，原吾皇万岁。(小生)平身。寡人大宋仁宗，自从登基以来，风调雨顺，国泰民安，有赖众公卿匡扶社稷。(正生、外)万岁洪福齐天，臣等何功之有？(付上)包太师请了。(正生)请了。你是什么样人？(付)小仙大国舅曹仁是也。(正生)敢是报冤仇来的么？(付)非也，乃报包太师的恩德而来。(正生)怎说报老夫的恩？(付)法场留命，岂不是恩？(小生)包爱卿，那一个在讲话？(正生)臣启万岁，大国舅在云头讲话。(小生)怎么，大国舅在云头讲话？(正生)出位看个明白。(吹)(付白)包太师，烦劳禀上明君，小仙有一女，许配新科状元袁文正之子，以解昔日之冤。(正生)臣启万岁，大国舅他说有一女，许配新科状元袁文正之子，以解昔日之冤，望吾皇准奏。(小生)包太师一本奏道，大国舅有一女，许配新科状元袁文正之子，以解昔日之冤。退班。(正生、外)送驾。(太监、小生下)(正生、外)金殿花烛，点起龙凤花灯。(拜堂)金殿团圆，拜谢皇恩。(下)

三七 连环计

调腔《连环计》共十四出，取材于《三国演义》第三、四、八、九回，剧叙东汉末年，太师董卓专权，意欲废少帝而改立陈留王为帝，丁原起而反对。董卓命部将樊稠等人攻打丁原，然而诸将不敌丁原义子吕布，于是董卓遣虎贲中郎将李肃赍赤兔马和金玉，离间丁原父子。吕布杀原投卓，被董卓收为义子。其后董卓改立陈留王为帝，身任相国，欺君图位，权倾朝野，引起司徒王允等人的不安。一日，王允夜游花园，见义女貂蝉在月下拜祷，情愿舍身为国分忧，乃定下连环之计。于是王允拜访相府，面赠金冠，并邀董卓到舍饮宴。为酬赠冠之恩，吕布登门拜谢，王允命貂蝉相见，并当面将貂蝉许与吕布。其后董卓来访，王允又将貂蝉相送。吕布闻知此事，赶来质问，王允诈言董卓迎貂蝉回府，要与布做亲。翌日吕布前往相府，却见貂蝉与董卓相狎，吕布向前探问，反遭董卓斥退。李肃得知后建议董卓将貂蝉许与吕布，而貂蝉假意不离董卓。董卓随即移住郿坞，王允借机激怒吕布，吕布请来李肃，合计诛卓。事后李肃假传禅位圣旨，董卓在赶往受禅的路上被吕布刺杀。王允传旨诛杀董卓余党，吕布到郿坞抢回了貂蝉。

民国二、三年（1913、1914）之交，绍兴的调腔班“大统元”赴上海商办镜花戏园演出，曾数次搬演本剧。民国二十四年（1935）9、10 月间，绍兴的调腔班“老大舞台”赴上海远东越剧场演出，9 月 9 日日戏演《凤仪亭》，即《连环计》或《连环计》当中的一部分；9 月 30 日夜戏演《连环计》，注明“由献貂起，归郿坞止”。而在当时，“《西厢记》《凤仪亭》这两出戏是高腔戏中最富盛名的”①。

本剧有 1958 年老艺人忆写总纲本（案卷号 195-3-37），但该忆写本过半篇幅抄自明王济戏文《连环记》，至第十号王允宴请吕布起方较可信。整理时以 1958 年老艺人忆写总纲本（案卷号 195-3-37）为基础，拼合正生、小生、小旦（第十号起）、外单角本，共得十出，其中第十、十一号的昆腔唱段，除小

① 笔花：《从绍兴戏说到的笃班（四）》，上海《申报》1938 年 12 月 5 日第 15 版。

生者外，均据忆写本校录。至于未予整理的第二、五、六、九号，第二号为昆腔场次，写董卓温明园排宴和丁原愤而离席之事；第五号亦为昆腔场次，写董卓收吕布为义子；第六号用曲为【一枝花】【梁州第七】套，正生、外本第六号写王允等汉室忠臣慨叹社稷有难，提到董卓带甲士上殿的情节，则第六号大概包含董卓废立一事；第九号或写董卓命人杀害废帝弘农王及唐妃之事，忆写本即有董卓谋害弘农王、唐妃的场次，用曲为【风入松】【急三枪】套，惜曲文颇为粗浅失真。

第三号

外（丁原）、小生（吕布）、贴旦（李傕）、花旦（郭汜）、丑（张济）、正生（樊稠）、净（董卓）、付（李肃）

（内）众将人马，齐出皇城。（四手下、小生、外上）（外唱【新水令】首句①）（白）可恼，可恼！可恨董卓这厮，无一线之功与汉室，自专朝野之威，他要废立圣主，震动天下。想这厮定有蠹国之心，因此带兵出城，与他决一死战，灭却豺狼，以表原之愿也！（唱）

【新水令】**食君禄死心一腔**。（小生科）爹爹！（唱）**朝纲来颠乱，年迈老苍苍。为国勤王，**（同唱）**不枉俺英雄浩荡，英雄浩荡**。（四手下、小生、外下）

（贴旦、花旦、丑、正生四将上）（同唱）

【步步娇】**催动三军出城关，奋勇抖锋芒。战鼓咚咚响，画角齐鸣剑如霜**。（贴旦白）俺李傕。（花旦）俺郭汜。（丑）俺张济。（正生）俺樊稠。（贴旦、花旦、丑）请了。（正生）请了。（贴旦、花旦、丑）我等奉命讨伐丁原，须要齐心努力。（正生）见那丁原，麾下有一干子，名曰吕布，武艺盖世，勇猛非凡，须要提防才是。（同唱）**齐心并力胆大，汉威名英雄将，汉威名英雄将**。

---

① 【新水令】首句外本未抄录。

（净上）（贴旦、花旦、丑、正生）众将打躬。（净）少礼，站立两旁。老夫董卓，可恨丁原老贼，无故欺人，今日立起大兵，除灭恶贼。（众）明公巍巍天下，赤心保国，上苍感助。（净）众将官，用心杀上。（四手下、外上，冲阵）（净）丁原老贼，老夫意欲立陈留王为帝，众文武皆服，独汝不服，是何理也？（外）住口。国家不幸，外官弄权，因此万民涂炭。汝无一线之功，敢窃言废立，颠乱国政，销汝之骨，以平我心。照枪！（战，外败下）（众）丁原大败。（四将、净下）（小生上）（唱）

【江儿水】天降英雄将，名震威山川。貔貅铠甲叩连环，就飞双翅随飘荡，方天画戟谁抵挡。（外上）（小生）爹爹。（外）儿吓，董卓这厮，甚是骁勇，须要防备与他。（小生）爹爹且是放心，他那里兵多将广，何挂吕布之眼梢也！（同唱）**必须要抖擞精神，灭豺狼我心欢畅，我心欢畅。**

（贴旦、花旦、丑、正生四将上，与小生战，四将败下）（小生）真个没有用的东西也！（唱）

【雁儿落】虚名儿真无实伊尹行，（外唱）**不过是藓苔数敢冲撞。真个是父和子，上阵时心一腔。**（外、小生下）

（贴旦、花旦、丑、正生四将，净，付上）（净）呀，吾观吕布非常人也，若得此人，何虑天下哉！（正生）明公，那吕布名闻盖世，小将鼠耗之辈，他有猛虎之勇，若能得之，天下可定矣。（净）汝等何以说？（付）某闻主公有名马一匹，号曰赤兔，日行千里。他需此马，再用金玉，以利结其心。某更说辞，吕布必反丁原，来投主公矣。（净）更与黄金一千两，明珠数十，行事去罢。（付）得令。（付下，四将、净下）（小生上）（唱）

【侥侥令】我心意彷徨，没个亲党。椿萱不幸先早丧，碌碌为人没主张，为人没主张。

（白）咳，我吕布，自拜丁原为父，他并无所爱之心，一味轻觑藐言。男儿为人在世，不与父母荣宗耀祖，反躬身呼父别人，想起来好不惶恐人也！（唱）

【收江南】呀！论为人男儿立志名扬呵，今做了没父人伦忘爹娘，兀的不羞惭无地臭名扬。（小生下）

(内)众将趱上。(花旦、丑二将随付上)(付)俺李肃,奉主公命送礼来。二将。(花旦、丑)有。(付)往吕骁骑营寨一走。(花旦、丑)来此已是。(付)下了马,通报。(花旦、丑)营门上那一位在?(手下上)那一个?(花旦、丑)李肃要见吕骁骑。(手下)请少待,待我通报。骁骑有请。(小生上)何事?(手下)外面李肃要见。(小生)说我出来。(手下)骁骑出迎。(付)一同进去。(小生)原来李兄,请进,弟别来可无恙否?(付)贤弟,不瞒你说,现任虎贲中郎将之职,闻得贤弟匡扶社稷,不胜之喜。(小生)足见故人不忘旧情。(付)有良马一匹,日行千里,渡水登山,如履平地,名曰赤兔,特献与贤弟,以助虎威。二将。(花旦、丑)有。(付)将马拉过来。(小生)妙吓,果然好马!浑身上下如火炭之色,并无半根杂毛。此马名曰赤兔,焉知马有腾空入海之状,令人心喜也!(唱)

【园林好】似奔腾千里飘荡,扫尘埃、涉水登山。火龙驹天降下表,喜称心意洋洋,喜称心意洋洋。

(白)备酒侍候。(付)多谢贤弟。(小生)蒙兄赐弟龙驹,何以得报?(唱)

【沽美酒】两情投心欢畅,两情投心欢畅,莫负了、又是同乡,莫逆交情不二样。胜手足昆弟相看,(付白)我与贤弟少相会,令尊却在何来?(小生)李兄你敢是醉了?弟先父去世多年,焉敢与兄相见?(付笑)非也,某说今日丁刺史耳。(小生)兄出此一言,使弟惭愧无地。我虽拜丁建阳为父,也是出于无奈。(唱)**这一言说得我惭羞难当**。(付白)贤弟有擎天架海之才,四海莫不钦敬。功名富贵,如探囊取物,何言无奈而在人之下乎?(小生)呀!(唱)**听言来心意彷徨**。(付白)良禽择木而栖,贤臣择主而侍,见机不作,悔之晚矣。(小生)弟听兄之言,看满朝文武,何人为世之英豪?(付)某遍观群臣,皆不如董卓。(小生)兄吓,他有什么好处?(付)董卓为人礼贤下士,赏罚分明,终成大业。(小生)弟若从兄之言,无路可进,如何是好?(付)来,取金珠玉带过来。贤弟,此是董卓久慕大名,特命某将此奉献,赤兔马亦为董公所赠也。如某之才,尚为虎贲中郎将,公若到彼,贵不可言。(小生)阿吓,妙吓!董公如此见爱,弟已望报，却无进见之礼。（付）功在反手之间，公不肯为耳。（小生）我杀了丁原，以投董卓，如何？（付）贤弟若能如此，真乃没世之功也。但事不宜迟，在于速决。（花旦、丑、付下）（小生）如此俺去也！（唱）**俺呵！一世的鸱鸮名望，不顾义结情况**。（科）（大锣三己）（白）阿吓，使不得吓！阿呀，罢罢罢！（唱）**呀！不顾着杀父名扬，杀父名扬**。（下）

第四号[①]

外（丁原）、小生（吕布）

（外上）（唱）

【（昆腔）**泣颜回】兵速运机谋，满襟怀气冲斗牛。千钟禄享**。[②]（白）老夫丁建阳，蒙先帝大恩，位列朝臣。可恨何进不听忠言，遭十常侍之乱，不幸死于非命。除害阉宦，肃清朝纲，又有西凉刺史董卓，保护圣上西进京都，自专大权。皇家之事，犹遭豺狼秉性。想汉室江山，何日得清也！（唱）**我心中僝僽**，（白）咳，董卓，董卓！（唱）**满朝中狼狈共相投。立朝端暴害贤能，要将你胸抢脑割**。

（小生上）（唱）

【前腔】自夸猛勇实含羞，耐不住熬情怒吼。（外白）吕布我儿。（小生）咳！（唱）**父子交言，心不平怒冲斗牛**。（外白）奉先你何必如此。（唱）**父子情投，存仁义忘却恩情厚**。（小生白）住口。我乃堂堂丈夫，岂肯为汝之子？（唱）**我好没来由，没来由是冤愆结下成仇**。

（外）阿呀！（唱）

【（昆腔）**千秋岁】我意绸缪，劈面将情丢，全不念父子情投**。（白）吓，奉先，你何意心变？（小生）吓，丁建阳，我吕布拜你膝下，也是出于无奈。笑你轻视待人，

① 光绪二十九年（1903）“裘老凤台”小生本（195-1-122）从上文【侥侥令】开始为第四号，此从《仁义缘》等小生本（195-2-13）。

② 此下外本脱一句曲文。

我心不服也!(唱)**休轻觑冲斗牛,要将你一命难留**。(外白)吓,吕布,你好太无情也!(小生)咳!(大锣一己)(唱)**休言来差谬,不思冤仇**。(杀,追外,下)

(小生上)众将。(四手下上)(小生)丁原不仁,我已杀了。你们愿从者相随,不从者各自散去。(众)末将愿随。(小生唱)

【(昆腔)**尾】感承你义相投,忘前情诉意谋**。

(白)好,随我来。(下)

第七号[①]

小旦(貂蝉)、正生(王允)

(小旦上)清夜无眠暗自吁,花阴月转粉墙西。欲知无限含情意,十二阑干不语时。奴家,貂蝉,自幼蒙老爷、夫人教养成人,学习歌舞,粗知文墨,感恩万千。看此月明良夜,不免到瑶台之上,焚香拜祷则个。(唱)

【花月渡】[②]**盼嫦娥淑女也那孤身,想是那月里风景,想必是玉立亭亭舞娉婷,月美牡丹花枝映。思省,非是奴昭阳宫殿欲沾恩,伴着那万民紫宸。只奴这人也百媚生,不昧玉无瑕体千金。看此皓月圆清辉泄,终有日团圆庆**。(走板)(白)移步上瑶台,焚香拜明月。恩主剑如霜,早把奸邪灭。(唱)**螺甲香拜**

① 本出缺乏小旦本,195-3-37 忆写本掺入明王济《连环记·拜月》的曲白,唯【花月渡】的部分曲文以及【三段子】【归朝欢】两支曲牌信为调腔原本。为保持剧情完整,开篇保留取自王济本的小旦念白。而"贱妾安敢有私",忆写本内容为《连环记·拜月》【园林好】;"怏怏的诉说衷情"之下的小旦说白,忆写本直接把《连环记·拜月》【品令】曲文当成念白。鉴于调腔本剧人物宾白多取《三国演义》原文为之,今改用《三国演义》第八回《王司徒巧使连环计 董太师大闹凤仪亭》的相关说白,只是后者将"妾蒙大人恩养"的"大人"改作"老爷、夫人",以与前文一致。

② 【花月渡】即【醉归花月渡】,系集曲,曲文集自【醉扶归】【四时花】【月儿高】和【渡江云】(一说【驻云飞】)。按:195-3-37 忆写本此曲较为混乱,今略作改动,其中"盼"原作"聘","玉立"至"花枝映"原作"玉立花无月美牡丹","紫宸"原作"之正","不昧玉无瑕体千金"原作"不卖千金之体",而忆写本"月里风景"右侧散抄有"玉无瑕"三字。"思省""欲沾恩""圆清辉泄""庆"系整理时增补。

月明，顿忘却风透罗襦冷[1]。

（正生暗上）呢！（小旦跪）（正生）你敢有私情么？（小旦）贱妾安敢有私！（正生）你既无私情，何得夜深更静，轻入花园，长吁短叹？（唱）

【三段子】**言词说明，**（白）休得隐瞒，可实言告我。（唱）**隐情轻丧你自身；万事评论，快快的诉说衷情**。（小旦白）妾蒙老爷、夫人恩养，训习歌舞，优礼相待，妾虽粉身碎骨，莫报万一。近见大人两眉愁锁，必有国家大事，又不敢问。今晚又见行坐不安，因此长叹，不想为大人窥见。倘有用妾之处，万死不辞。（正生）好！汉江山在汝手中，请上，受老夫一拜。（唱）**汉室江山在你身，保护天下君和民，深托其情，紧记在心**。

（小旦）老爷何故如此？（正生）可怜天下有倒悬之危，君臣有累卵之急，非汝不能救也。贼臣董卓，将要篡位，满朝文武，无计可施。贼臣有一义子，名曰吕布，看他二人皆是好色之徒，我今欲用连环之计。先将你终身，许配与吕布，后献与董卓，要他父子不睦，要吕布自杀董卓，绝其大患，重振汉室，皆汝之功也。（小旦唱）

【归朝欢】**蒙堪爱，蒙堪爱，儿女交情，也算的、望报恩深；今日个，今日个，嘱咐私情，刻时的紧记在心**。（正生白）貂蝉，你若泄漏风声，我当灭门绝族矣。（小旦）我若泄漏风声，倒是死在此剑之手。（正生）好！（唱）**今日月下讲私情，受托连环在你身，堪羡你琐裙钗汉忠良**。（下）

第八号[2]

净（董卓）、小生（吕布）、正生（王允）、末（院子）、外（管家）

（净、小生上）（同唱）

---

① “移步”至“罗襦冷”，195-3-37忆写本抄自《连环记·拜月》，调腔本原貌不可考。

② 本出净角说白系整理时增补。

【(昆腔)**出队子**】**保国权衡，带砺山河**[1]**驾升平。愿得风调多雨顺，咸宁卒士万民。文武群僚，谁不钦尊？**

(小生)爹爹勤劳王事，除暴安良，今日得布与天下，为国朝野望乎？(正生上，末院子随上)(正生)暗图连环妙计，保护汉室江山。通报。(末)门上那一位在？(外管家上)是那一个？(末)王司徒请见。(外)启相爷，王司徒要见。(净)请相见。(外)请相见。(正生)老太师。(净)司徒。(正生)老太师请上，司徒参。(净)司徒别来无恙。(正生)不敢。(小生)大人。(正生)不敢。下官闻得老太师令嗣公，势勇过人，名闻天下。下官特备微礼，以表寸敬。来，取金冠过来。将军，这是下官薄礼，请收。(小生)这个怎敢受赐？(正生)太师金言一声。(净)有道"长者赐，不可辞"，拜而受之。(小生)是。(正生)下官一则前来恭贺，二则小介降辰，请太师到舍，以蓬幕增光。(吹【驻云飞】)(白)异日专等仰望，告别。(小生)大人，小将候送。大人吓！(唱)

【(昆腔)**驻云飞**】**嗏！言之谆谆，说不尽虚日无名。异日相酬，叩首到门庭。**

(正生)将军吓！(同唱)

【**尾**】**果有三生定有幸**。(正生下)

(小生)孩儿受他厚礼，明日登门前去致谢才是。(下)

第十号

正生(王允)、外(管家)、小生(吕布)、末(院子)、小旦(貂蝉)

(正生上)(引)襟怀一片，存恩义四海流传。(白)扶汉室，除奸佞，不忘君王雨露恩，可叹老孤臣。老夫，王允，蒙先帝大恩，职受司徒。可恨董卓这贼，焚烧宫殿，罪及朝廷，欺君图位，大乱宫帏，咳，汉室不幸。我如今巧施连

---

① 带砺，同"带厉"。《史记·高祖功臣侯年表序》："封爵之誓曰：使河如带，泰山若厉。国以永宁，爰及苗裔。"谓纵使黄河变得像衣带般狭窄，泰山变得像砺石(磨刀石)般低平，爵位也不会断绝。后以"山河带砺"或"带砺山河"指封爵永续不绝。

环妙计，使他父子不睦，那时汉室江山可保也！（唱）

【（昆腔）**洞仙歌】朝纲来辅佐，掌握是山河**。**恼恨奸凶，怒气满胸窝**。（白）若能除得奸贼，汉室之幸也！（唱）**父女来除他，万民皆欢乐**。（外管家随小生上）（小生唱）**特到门庭酬谢他**。

（白）通报。（外）门上那一位在？（末院子上）是那个？（外）温侯到了。（末）请少待。老爷，温侯到了。（正生）说我出堂。（末）我老爷迎接来。（小生）司徒。（正生）将军请进。（小生）奉揖。（正生）请坐。（小生）有坐。（正生）老夫不知温侯驾到，有失迎候了。（小生）小将蒙司徒厚礼，因此登门致谢。（正生）好说。备得水酒壶樽，与温侯叙谈心曲。（小生）小将有何德何能，有劳大人了。（正生）来，看酒侍候。（吹【细过场】）（正生）温侯请。（小生）多谢司徒。（唱）

【前腔】嘹亮闹笙歌，承感来酬贺。**畅饮开怀，共叙笑呵呵**。（正生白）我观天下英雄，是将军了。我非敬你之职，敬将军之才也。（小生）司徒吓！（唱）**无实是虚度，一介是武夫**。（正生白）温侯宽饮几杯。（小生）小将量窄，怎好受此？（正生）可晓得酒能壮英雄之胆也！（唱）**这是知己谈心，非是酬贺**。

（白）来，传语后堂，请小姐出堂陪客。（小旦上）（引）移步金莲，离绣阁逆性情偷眼。（白）爹爹请上，女儿万福。（正生）罢了。（小旦）谢爹爹。叫女儿出来，有何吩咐？（正生）我儿见了温侯。（小旦）女儿晓得。将军。（小生踢足科）司徒大人，这是何人？（正生）这是小女貂蝉。（小生）怎么，是令爱么？（正生）蒙将军不弃，至戚亲谊，故而与将军见了。吓，我儿拜敬一杯。（小生）司徒，小将怎好受此？（正生）吓，不妨不妨。我儿来，来。（小旦）爹爹。（正生）阿吓，儿吓！你多敬将军几杯酒，但是我家全靠将军了呢。（小旦）女儿晓得。将军请上，拜酒一杯。（唱）

【前腔】奉敬酒一杯，怎知奴计多？但开眉笑，容颜把吕布魔。（小生白）妙吓！（唱）**细观丰姿，凤目自秋波**。（小旦白）爹爹，女儿要去了。（正生）儿吓，将军是为父知己，你便坐坐何妨？（科）（小生）司徒你太褒奖了。（小旦）谢爹爹，告坐了。

(小生)如此请坐。(正生)我醉了,醉了。(小生)小将转敬一杯。(科)(小旦)将军,奴是不吃酒的。(小生)阿吓,妙吓!(唱)**淑女经银河,欲渡蓝桥过**。

(正生)将军,将军,老夫意欲将小女,送与将军,将军可喜爱否?(小生)司徒你待怎讲?(正生)将小女送与将军,可肯纳否?(小生)司徒若得如此,布愿为犬马之劳。(正生)选定吉日,送至府上。(小生)多谢司徒。(小旦科)爹爹,女儿要进房去了。(唱)

【(昆腔)**尾**】**羞杀我无言可对**,(小旦下)(小生唱)**叫人喜气上心窝**。(正生白)儿吓进去。(科)将军,本要留你上宿,恐太师见疑不便。(小生)选定吉日,前来迎娶,就此告别。(唱)**承蒙不弃轻,感结丝萝**。(小生下)

(正生)一计中了。(科,下)

第十一号

净(董卓),末(院子),正生(王允),小旦(貂蝉),老旦、正旦(歌女),

外(樊稠),贴旦(李傕),花旦(郭汜),丑(张济),付(李肃),小生(吕布)

(净上)(吹)(末上)老爷有请。(正生上)何事?(末)董太师到。(正生)起乐。(吹【过场】)(正生)相爷请进。(净)司徒。(正生)太师请上,下官一拜。(净)起来。(正生)请坐。(净)有坐。今日司徒寿日,老夫特来庆贺。(正生)小介降辰,敢劳太师屈驾。(净)好说。(正生)太师盛德巍巍,周室不能及也。(净)司徒谬赞了。(正生)侍者,起乐。太师,下官奉敬一杯。(敬酒科)(净)有劳司徒。(正生)太师请。(唱)

【(昆腔)**朱奴儿**】**承蒙不弃到蓬茅显光耀**,(白)下官自幼习学天文,夜观天象,汉室气运已终,太师之功也。(净)唔。(正生)自古有道伐无道,无德岂可问鼎?(净)若得天下归于老夫,司徒以为元勋。(唱)**饮琼浆醉酩酊胜缘开怀笑**。(正生白)来,传歌女们走动。(末)后堂歌女们走动。(小旦、老旦、正旦上)(同唱)**又听得酒筵前中堂屏雀,笙琴歌舞乐逍遥**。(白)侍女叩头。(正生)起来。(众)

谢老爷。(唱)**堪羡你恩高义好,谢得你衔环结草**。

(净)这歌女叫什么名字?(正生)启上太师,这是貂蝉。貂蝉。(小旦)老爷。(正生)来见了太师。(小旦)太师在上,貂蝉叩头。(净)为何不抬头?(小旦)有罪。(净)恕你无罪,大胆抬头。(小旦)谢太师。(净)妙吓!(唱)

【前腔】这窈窕令人心意好,看他轻盈香消。(白)司徒,老夫看这女有玉女之貌、仙姬之容。(正生)太师太谬赞了。貂蝉来,拜敬一杯。(小旦)太师,奴奉敬一杯。(唱)**奉金樽酒宴是山珍海味**,(净白)青春几何?(小旦)年方二八。(净)真是个玉女仙姬也!(唱)**堪羡你娉婷娜窈窕**。(正生白)太师若喜爱,将此女献上太师,未知太师心意如何?(净)司徒如此之德,何以得报。(正生)貂蝉,进去梳妆起来,准备车辇侍候。(小旦)晓得。(小旦下)(正生)此女服侍太师,福分非浅也。(净)司徒大人,老夫若得貂蝉,我心足矣。(唱)**堪羡操行两字可畏,承感你同仕相交**。

(正生)下官当夜送进相府。(净)怎好有劳司徒?(正生)老太师吓!(吹【剔银灯】)(小旦上)(净)众将。(外、贴旦、花旦、丑四将上)有。(净)打道回府。(上车)(正生)送。(付上)拜见太师。(净)起来。(付)这回如何?(净)多蒙司徒,送了一个女子与老夫,刻时难忘。(正生)将军,蒙太师不弃,叙议情投,故而夜深了。(净)多蒙厚意是盛情,(正生)另眼看待是亲生。我要回去了。(净)李肃代送。(四将、净下)(付)司徒大人请。(正生)请。(付下)(正生)连环一计杀奸贼。(科)(小生上)(唱)

【(昆腔)**普天乐】乍闻心惊恐,太相受来奚落**①。(白)呔,司徒,将貂蝉许配与我,如今又送与太师,是何理也?(唱)**没情理言已许合好**,(正生白)将军,何事怪着老夫?(小生)如此随我来。(唱)**须意剖情踪根苗。须是冤仇,不显难报**。

(白)有人报道,你当晚将女儿送入相府,其意何也?(正生)(笑)原来将军不

---

① 此句195-1-122本作“太爱来欺落”,195-2-13本作“太相受欺落”,今合而校之。相受,当即私相授受。

知其情，老太师下降寒家，置酒相待，问起我有小女，原说许配将军。太师恐下官言语有变，要我女儿出来一见。老夫怎敢有违，就命小女出来，拜见公公吓！（小生）你不说起公公犹可，说起公公，叫我心下如何过得？（正生）此事原怪你不得。（科）（唱）

【（昆腔）**玉抱芙蓉**】**我劝你何须怒恼**，（白）太师说今日吉日良辰，就与将军做亲。（唱）**就完姻终身有靠**。（小生唱）**听言来作事颠倒，好叫我难分白皂**。（正生白）莫说将军气忿，就是老夫心中有些难过。（小生）司徒，布一时错见，也是莫怪。（正生）怎敢怪着将军，怪老太师作事有些狐疑。（小生）司徒，你且在敝衙止宿，明日早上到相府打听明白。（唱）**察音耗，我心中展转，明日里细问根由便知晓**。

（正生）小女有些妆奁，异日送过府来。（唱）

【（昆腔）**尾**】**姻缘夙世会良宵，五百年前偕白老**。（小生白）司徒吓！（唱）**好叫我心绪难宁自烦恼**。（科，下）

（正生）原怪他不得。（笑下）

第十二号

小旦（貂蝉）、小生（吕布）、净（董卓）、付（李肃）

（小旦上）（唱）

【**金络索**】**颦蹙双眉皱，满面甚含羞。体态轻盈，心意两绸缪**。（小走板）（小生暗上）（净上）（小旦）太师吓！（唱）**奴蒙君两相投，世厮守**，（净白）美人吓！（唱）**爱你风姿不二谬。真个是国色天姬好温存，爱杀你喜姻媾**。（小旦白）太师！（唱）**奴是个贫贱之女，怎好结鸾俦？**（净唱）**夸毗**[①]**体柔，搂抱着玉碎身躯，见你心欢意，何事的两秋波来凝眸？**

---

① 夸毗，195-3-37忆写本作“喷鼻”，暂校改如此。《尔雅·释训》：“夸毗，体柔也。”郭璞注：“屈己卑身以柔顺人也。”

(白)你是吕布?(小生)孩儿吕布。(净)进来何事?(小生)是进来问安。(净)外面可有事?(小生)无事。(净)既然无事,与我退下,退下!(小生)是。(科,下)(净)美人,你梳妆起来。(小旦)待奴梳妆起来。(小走板)(小生暗上)(小旦唱)

【前腔】整束是三绺,青丝绿鬓悠。轻拂花容,翠钿蟠龙扣。巧妆梳油头,扮花透,我看他心猿意马,刻时难逗留。他也是为奴身挂心头,要风流。(小生科)(小旦科)(唱)**菱花宝镜并相投。**(净唱)**我看你娇娇凤目,腰肢嫩柳,双双的到白头。**

(白)你是吕布?(小生)孩儿吕布。(净)进来何事?(小生)问安爹爹。(净)可有事么?(小生)无事。(净)你敢是戏弄我爱姬?(小生)孩儿怎敢?(净)从今后不许进来,去罢。(小生)孩儿晓得。(净)退下。(小生)是。吓吓吓!恨小非君子,无毒不丈夫。(小生下)(净)真真岂有此理!(小旦)太师爷吓!(唱)

【三换头】何须怒吼,且自踌躇挂心头。何须疑惑,心切恨悠悠[①]。(白)太师,吕布进来何事?(净)这畜生,特来勾引与你。(唱)**狼心起谋意,我好没来由,想来怒气冲斗牛。**(小旦唱)**羞杀奴家一笔勾,无义乔才来引诱。**(净生气,小旦哄,三遍,净、小旦下)(小生上)咳!(唱)**恨老贼差谬,将我詈言僝僽。**

(白)气死我也,气死我也!我吕布,蒙司徒将女儿许配与我,不想这没脸的禽兽,谋占我妻。方才进去,见那貂蝉,眉目传情,有我之心,叫我如何撇得他下?(唱)

【前腔】见他望想投,这冤家无处分剖。(付上)贤弟,你为何独自在此长叹吓?(小生)兄吓,我正要告诉与你。可恨董卓这老贼,他行止有亏,反来嗔责与我。(付)兄弟到底为着何事?(小生)王司徒有一女,名叫貂蝉,许配与我。他送我花烛,谁想这老贼,谋我亲事,占我妻子,我故而一早进去打听,他正与貂蝉两下取乐,反说我调戏他爱姬,你道气也不要气?(付)是吓,那贤弟堂堂

---

① “何须”至“恨悠悠”,《三闯》等旦本[195-1-140(1)]所抄《连环计》小旦本作“何须义子心切莫恨悠悠”,民国年间赵培生旦本(195-2-19)作“何须义吾,心切恨悠悠”,195-3-37忆写本作“何须凝吾,心切恨悠悠”,今暂校上句第三、四两字作“疑惑”。

丈夫,难道做了这个?(小生)有什么这个?(付)做了那个。(小生)什么那个?(付)咳,乱话,乱话。(小生)咳,羞死我也!(唱)**好叫我满面含羞,我是英雄,天下把名留**。(付科)(小生)如此多谢仁兄了。(唱)**望你来仁厚,免得我刻时难留**。(小生下)

(付)太师有请。(净上)(唱)

【四豌豆】[①]**无义禽兽,令人怒吼。嬉我爱妾,誓不宽宥**[②]。(付白)太师,貂蝉不过是个女流,还须忍耐才是。(唱)**休得要冲冲怒气,这天下须仗温侯**[③]。(净白)叵耐逆子戏我爱姬,必杀之。(付)太师,吕布年少英雄,将貂蝉赐予吕布,天下岂不是平定了呢?(净)你言虽是,你且暂退。(付)是。(付下)(净)貂蝉那里?(内)来了。(小旦上)(唱)**移步出罗绮,书斋问情由,那知我花言巧语来参透**。

(白)太师请上,貂蝉叩头。(净)起来。(小旦)谢太师爷。叫我出来,有何吩咐?(净)貂蝉,方才吕布眉来眼去,两下有情,我将你赐予吕布,你意下如何?(小旦)太师道言差矣,我老爷吩咐下来,叫我服侍太师爷。太师将奴身赐予吕布,太师的体面何在?貂蝉死也不从的。(净)我想吕布年少英雄,是吕布好。(小旦)我太师好。(净)是吕布好。(小旦)总是太师好。(净)我怎生舍得与你,你且起来。(小旦)谢太师。吕布,吕布吓!骂你这没人伦的禽兽也!(唱)

【尾】奴是个闺阁女来遗臭,(小旦下)(付上)(唱)**他是个绝色女子花并头**。

(白)太师,将貂蝉赐予吕布,两下成其花烛吓。(净)吕布与我有父子之情,不便赐他,汝可好言慰之可也。(付)太师,貂蝉不过是个女子,我劝太师赐予吕布,天下岂不是平定了呢?(净)李肃,我且问你,将你妻子赐予,你道如何?(付)但是这……(净)你可传令三军,令李傕、郭汜、张济、樊稠同归郿

---

① 此曲牌名195-3-37忆写本题如此,《调腔乐府》从之,或即【四换头】。

② "嬉我"至"宽宥",195-3-37忆写本作"犯上欺尊,嬉我女流",据《调腔乐府》改。

③ 须仗温侯,195-3-37忆写本作"自有安平",据《调腔乐府》改。

坞。(净下)(付)得令。立点,太师有令下来,令李傕、郭汜、张济、樊稠四人同归郿坞。(下)

第十三号

外(樊稠)、贴旦(李傕)、花旦(郭汜)、丑(张济)、付(李肃)、净(董卓)、小旦(貂蝉)、小生(吕布)、正生(王允)、外(管家)

(【大开门】,吹【泣颜回】)(四手下,外、贴旦、花旦、丑四将,付,净,小旦扶车上)(净)美人。(小旦)太师。(圆场)(小生上,小旦看)(净)咳!(科)(四手下、四将、付、净、小旦下)(正生暗上,科)(小生)气死我也!(正生)温侯,你为何不同老太师同归郿坞,一人在此长叹?(小生)咳,正为你之女,我心不平,故而长叹。(正生)咳,岂有此理,不想老太师做出禽兽之事,将军请到寒舍来。(吹打【六幺令】)(白)请坐。(小生科)有坐。(正生)将军,难道老太师做出禽兽之事,将小女强占不成么?(小生)那日一早进相府打听,当夜与令爱欢乐。(正生)难道我儿有心与他么?(小生)那有真心与他!紧蹙眉峰,有心与我。(正生)是吓,我小女早早有心与将军了吓!(小生)我正与令爱眉目传情,被老贼看破,反说我调戏他爱姬,将我嗔责。(唱)

【粉蝶儿】怒气满怀,只我这怒气满怀,不顾着父子人伦败。**一味的自逞能将我轻视,这恶气儿甚难挨**。(正生白)我小女在他跟前不允,你必须要早早救他才是。(小生)这老贼疑我有情,所以你令爱同归郿坞。(唱)**离却了金阶,双双的归郿坞交情欢爱,玷污了弱质裙钗,弱质裙钗**。

(正生)吓,董卓,我骂你这老贼,淫我之女,夺将军之妻,岂不被天下人耻笑?咳,天下人非笑太师,笑老夫与将军了吓!(小生)咳,气死我也!(唱)

【石榴花】听言来闷着心头好难布摆,(正生白)想老夫乃是无能之辈,不足为虑,可惜将军盖世英雄,亦受之委屈。(小生)咳,可恼,可恼!(唱)**一霎时、恶气难忍冲天盖**。(正生白)老夫失言,将军休得动气。(小生)咳,我吕布若不杀你这老贼，怎泄此恨！（正生）将军切莫多言，累及老夫不便。（小生）大丈夫生于天地之间，岂郁郁文房人？意欲杀这老贼。奈是父子之情，恐被后人谈论。（正生）呸！将军姓吕，太师姓董，他要谋占你妻，岂有父子情，岂有父子情？（唱）**你道是父子人伦在心怀，他是个凶恶狡猾，蛇蝎狼豺**。（小生白）听司徒之言，布几误大事。（正生）将军扶助汉室，可做忠臣，青史名标，流芳百世；若助董卓，他是反贼，可不遗臭万年也？（唱）**堪羡他盖世英才，这英名威震不二改**。**这纲常世业名流万古千秋，自去猜摩，大丈夫扬名天下，扬名天下**。

（小生）阿吓，司徒吓！我心已定，你无得多疑了。（正生）恐大事不成，反招其祸，剿灭了董卓，破了郿坞，我女归与将军了呢。（小生）司徒计将安出？（正生）计虽有，没有心腹之人，去到郿坞。（小生）小将有一知己，名曰李肃，与我同乡，此人可能行事。（正生）如此请他到来。（小生）家人那里？（外管家上）有何吩咐？（小生）你去到相府，请李肃将军到来，说我有话。（外下）（小生唱）

【泣颜回】喜气在天外，若灭奸凶心意快。**思之怒忿，害忠良轻丧泉台**。（正生唱）**我心疑猜**，（小生白）有什么疑猜？（正生）李肃乃董卓门下之人，他怎肯行事？（小生）那李肃为董卓，甚有怒恨，若得此人到彼，那奸贼决不疑忌。（正生）他若不去？（小生）若不依吾，先将杀之。（唱）**料他知已无情态**。（正生唱）**这大事莫漏风声，画虎不成反来其害，反来其害**。

（外上）李将军请到。（小生）请见。（外）李将军有请。（付上）（正生）将军。（小生）李兄。（付）司徒、贤弟，叫我到来何事？（小生）李兄，你当初说我杀了丁原，而投董卓，不想这奸贼，上欺天子，下欺生民，人人皆怨，我今要将他杀死。（正生）将军，你可传天子之诏，往郿坞，宣董卓入朝，伏兵诛之，扶助汉室，尊意如何？（付）我早有此心。（小生、正生）若有二心。（付）取箭过来。苍天在上，我三人共议此计，除灭董贼，若有三心二意，死在乱箭之下。（小生、正生）好！（同唱）

【尾】你是个除却奸佞丈夫家，三人共叙保皇家。**不枉我保国忠心，感苍天保佑护赖，保佑护赖**。（小生、付下）

（正生科）这遭成功了。（科，下）

第十四号

老旦（董母）、净（董卓）、小旦（貂蝉）、付（李肃）、小生（吕布）、正生（王允）、外（樊稠）、贴旦（李傕）、花旦（郭汜）、丑（张济）

（老旦上）（唱）

【扑灯蛾犯】①**老年人步出中堂，受荣封、我心欲醉**。（大走板）（净、小旦上）（同唱）**梦寐难耐，**（净白）美人。（唱）**因甚的、肉绽心惊骇？**（小旦唱）**为国事费神劳精，**（净唱）**喜杀我满口络腮**。（白）孩儿拜揖。（小旦）万福。（老旦）罢了，一旁坐下。（净）谢母亲，告坐。（老旦）儿吓，为娘心惊难安。（净）孩儿将来身登大宝，母亲以后就是母后，岂不预先警报？（内）报上。（老旦、小旦下）（付上）参见太师。（净）起来。（付）谢老太师。（净）所报何事？（付）圣上有恙，旨诏进京，太师身登大宝。（净）司徒怎讲？（付）午门候旨。（净）呵唷，果有今日。李肃过来传令，叫李傕、郭汜、张济、樊稠四将保驾进京。（付）得令。（付下）（老旦、小旦上）（小旦）太师，京报到来何事？（净）旨诏进京，身登大宝。（小旦）太师身登大宝，貂蝉可喜也。（净）老夫身登大宝，封你为贵妃。（老旦）儿吓！（唱）**但愿你身登大宝，坐江山太平和谐，太平和谐**。（老旦、小旦、净下）

（大拷）（四手下、小生、正生上）（正生）奸贼凶狼忒纵横，今日除去这奸党。众军士听着，你们各执器械，埋伏午门，等我呼唤，一齐动手。吕将军听令，前往行事者。（小生）得令。（小生下）（正生）众将，杀上。（四手下、正生下）（大拷）（外、贴旦、花旦、丑四将随付上）（付）太师有请。（净上）（唱）

【叠字犯】进皇都喜笑颜开，筑禅台冕旒冠带。（小生上）爹爹，圣上有诏，传位爹爹，身登大宝，乃天意也。（净）儿吓，为父身登大宝，封天下总领明王。（小

---

① 此曲牌名195-3-37忆写本缺题，今从推断。本曲曲文“欲醉”“惊骇”“和谐”，原作“欲想”“惊怕”“顺和”，今作改动。

生)多谢爹爹。(小生下)(净)众将趱上!(唱)**紧紧的金阶,速速到帝台**。(四手下、正生上)呔,董卓在此,照剑!(净)我儿护驾!(小生上)照戟!(刺净,净死下)(正生)圣旨下,奉诏讨贼臣董卓,其除不闻令者。(众)万岁!(同唱)**妄想霸业篡帝台,今日里一死应该,就将他千刀万剐,千刀万剐**。

(正生)二位将军听令,带兵到郿坞,将董氏一门杀尽,鸡犬不留,不得有误。(小生、付)得令。(正生)众将,董卓尸首示众者。(唱【尾】)(下)

第十五号

小生(吕布),付(李肃),外、贴旦、花旦、丑(董卓部将),老旦(董母),小旦(貂蝉)

(四手下、小生、付上)(吹打【泣颜回】)(小生白)将军,你我奉司徒之命,将董氏一门杀尽,但是貂蝉不在其内的。(付)贤弟,你为来为去,为了这个女子。(小生)招招招[①],趱上!(四手下、小生、付下)(外、贴旦、花旦、丑四将上)(吹打【千秋岁】)(外白)将军,老太师奉诏进京,莫非途中有变不成?(同白)听金鼓之声,上城看者。(吹打【千秋岁】合头)(四手下、小生、付上)(外)将军,看杀气连天,上前刺杀一阵者。(冲阵,架住)(四将)吕布,你反了不成?(小生)不必多言,看戟!(杀四将)(小生)进去搜来。(老旦、小旦上)(老旦死,小生背小旦下)

① 招,亦作“照”或“着”,应答之词。